FILHAS DE UMA NOVA ERA

CARMEN KORN

FILHAS DE UMA NOVA ERA

A história emocionante de quatro mulheres
que enfrentam juntas as próprias batalhas

Tradução
Ana Maria Pinto da Silva

Copyright © Rowohlt Verlag GmbH, Reinbek bei Hamburg, 2016
Copyright © Editora Planeta do Brasil, 2023
Copyright da tradução © Ana Maria Pinto da Silva, 2021
Todos os direitos reservados.
Título original: *Töchter einer neuen Zeit*

Preparação: Jean Xavier
Revisão: Thais Rimkus e Ligia Alves
Projeto gráfico: Anna Yue
Diagramação: Anna Yue e Francisco Lavorini
Capa: Planeta Arte & Diseño baseada na original de any.way, Barbara Hanke e Cordula Schmidt
Imagens de capa: Ullstein Bild / Getty Images
Adaptação de capa: Renata Vidal

Dados Internacionais de Catalogação na Publicação (CIP)
Angélica Ilacqua CRB-8/7057

Korn, Carmen
  Filhas de uma nova era / Carmen Korn; tradução de Ana Maria Pinto da Silva. - São Paulo: Planeta do Brasil, 2023.
  496 p.

  ISBN 978-85-422-2250-0
  Título original: Töchter einer neuen Zeit

  1. Ficção alemã 2. Ficção histórica I. Título II. Silva, Ana Maria Pinto da

  23-2414   CDD 833

Índice para catálogo sistêmico:
1. Ficção alemã

Ao escolher este livro, você está apoiando o manejo responsável das florestas do mundo

2023
Todos os direitos desta edição reservados à
Editora Planeta do Brasil Ltda.
Rua Bela Cintra, 986, 4o andar – Consolação
São Paulo – SP CEP 01415-002
www.planetadelivros.com.br
faleconosco@editoraplaneta.com.br

Março de 1919

Henny levantou a cabeça e apurou o ouvido. Do quintal, chegou-lhe um som até o segundo andar, um som nostálgico, como o repique dos sinos e o canto de um melro. Vieram-lhe à memória os sábados de sua infância. Os clarões na água do balde que utilizavam para recolher a chuva. As bagas brancas das groselheiras que cresciam junto ao muro de trás do quintal. O aroma do bolo que a mãe assava aos domingos. O pai chegando do escritório e assobiando baixinho ao mesmo tempo que afrouxava a gravata e desabotoava o colarinho da camisa.

Henny aproximou-se da janela, abriu-a e escutou o som que a fizera evocar todas essas imagens: o ranger do velho balanço.

Faltava muito para o verão. O rapazinho que se encontrava empoleirado no balanço usava polainas de malha grossa e um casaco curto, o céu era cinzento, as groselheiras ainda estavam despidas. No entanto, no campo já se viam os primeiros rebentos, na orla cresciam flocos-de-neve-de-primavera, e a luz parecia mais promissora que uns dias antes. Os duros meses de inverno haviam passado e, com eles, os obscuros anos da guerra.

— Ainda de pijama, filha? E aí plantada, com o frio que está... — Henny virou-se para a mãe, que havia entrado na cozinha e se aproximava da janela onde ela estava. — Não são nem oito horas e a senhora Lüder já deixou o pequeno vir para o quintal. — Else

Godhusen abanou a cabeça. — Anda, chispa daqui. Ainda tem água quente na chaleira, vou colocar um pouco na bacia.

O garoto desceu do balanço, e Henny o perdeu de vista. É possível que ele tenha entrado em casa pelo porão. O balanço ainda balançou durante um bom tempo. Henny afastou-se da janela e dirigiu-se à pia com a bacia esmaltada, deixou correr a água fria sobre a quente da chaleira e abriu a cortina branca de algodão, cujos bordados desfiados se arrastavam pelo chão de linóleo. As argolas da cortina deslizaram pelo varão de ferro, e o algodão branco formou um pequeno compartimento reservado no meio da cozinha.

O varão de ferro tinha sido levado pelo pai pouco depois de Henny completar doze anos. "A menina está crescendo. Não tem cabimento que a vejamos tomar banho", dissera Heinrich Godhusen. No dia anterior, Henny tinha feito dezenove anos, e seu pai morrera havia muito tempo. Durante a guerra.

Henny tirou a camisola e pegou o sabonete de lavanda. Não era tão áspero como o que havia nos tempos de guerra, que mal continha gordura e misturava praticamente tudo, inclusive argila para fazer tijolos. Mergulhou por um instante o precioso sabonete na água e passou-o de uma das mãos para a outra, pensativa, até que um pouco de espuma se formou. Em seguida, começou a lavar-se da cabeça aos pés.

— O cheiro se espalhou pela cozinha toda — observou a mãe, orgulhosa de tê-lo oferecido.

O sabonete estava em cima da mesa juntamente com os presentes de Natal, ao pé de uma maleta de parteira velha, porém em bom estado. Else Godhusen havia sacrificado um pouco de margarina para que o couro escuro ficasse lustroso.

— Para a futura parteira — afirmou. — É ainda melhor que enfermeira. Seu pai ficaria muito orgulhoso.

Mãe e filha quiseram impedir que ele fosse para a guerra precipitada e voluntariamente aos trinta e oito anos. "Não banque o herói", disse-lhe Else à época. Contudo, Heinrich Godhusen deixou-se levar pelo delírio patriótico de agosto de 1914. Agitou o chapéu – não o rígido, mas o leve chapéu de palha, que com tanta alegria se movia. "Vida longa à Alemanha. Vida longa ao *kaiser*." A banda tocava, e no cano das espingardas havia flores.

Partiu para a guerra, morreu e enterraram-no em solo polonês, na Mazóvia. O segundo batalhão do regimento de reserva já estava na Frente Oriental em setembro. "A guerra é o inferno", escreveu Heinrich a Else. Sobre isso, entretanto, Henny nada sabia.

— Fiquei com a impressão de que Käthe estava com um bocadinho de inveja de você por causa da maleta — comentou Else Godhusen. — Vamos ver com que trapo aparece na Finkenau. Se bem que o mais estranho é que a tenham escolhido, a bem da verdade, desleixada como ela é. Logo que vi, percebi que não tinha as unhas muito limpas.

— Basta, mãe — pediu Henny, detrás da cortina.

Sua melhor amiga de infância hesitou no momento de se candidatar também a uma vaga de aprendiz. Ser parteira na Finkenau, que havia cinco anos era considerada uma das melhores maternidades do estado, parecia ambicioso demais para Käthe, que era auxiliar numa associação beneficente.

— Você a conhece desde os seis anos, mas às vezes acho que não gosta dela — disse e pegou a camisola que tinha deixado no varão.

— Pode sair nua, sem problemas. Você não devia ter vergonha de mim; além disso, na cozinha não está frio.

Henny abriu a cortina e saiu de camisola.

— Você ouviu o que falei? — perguntou Henny.

— Por acaso não fui à adega pegar a última garrafa de vinho do Reno do seu pai para bebê-lo com você e Käthe?

— Isso significa que agora você gosta dela?

A mãe de Henny fez uma pausa antes de responder:

— Gosto dela — disse, depois de algum tempo. — Mas é que você é mais elegante.

"Sua mãe tem um parafuso a menos", havia comentado Käthe na tarde anterior, ao despedir-se de Henny à porta de sua casa. "E é melhor nem falar da teimosia dela quando o assunto é política."

O dia do aniversário começou bem. Terminaram a garrafa de *Oppen-heimer Krötenbrunnen* de 1912 e beberam um espumante que havia envelhecido demais e escurecera devido à oxidação. Brindaram a Henny e seu pai, que descansasse em paz, e depois ao futuro e às futuras parteiras. De acompanhamento, pão de cebola e picles, que Else encontrou no meio de uns potes de vidro vazios.

— Uma vez eu e Heinrich pedimos *consommé* com folhas de ouro de verdade — contou, deleitando-se com a recordação. — Foi na ostraria Cölln's. Seu pai não gostou das ostras que encomendamos; tinham um gosto muito forte de peixe.

— Ouro na sopa. — Käthe abanou a cabeça. — No hotel Reichshof há bolinhos franceses com cobertura de glacê cor-de-rosa e amêndoas caramelizadas que também brilham. Mas não se aceitam senhas de racionamento lá.

— Você sempre foi louca por doces. — A mãe de Henny parecia ofendida e certamente preferia ter aproveitado melhor o esplendor dos tempos anteriores à guerra. — Não entendo termos *petits-fours* quando há tão pouco tempo estávamos em guerra com os franceses. Aliás, por que você frequenta o hotel Reichshof, Käthe?

— Fiz bolo mármore de sobremesa — apressou-se a dizer Henny, de modo a levar a conversa para um terreno menos perigoso.

— Ficou pequeno. Os ingredientes não eram suficientes para a forma grande. Käthe vai se acabar com esse bolo.

— Nesse caso, é melhor nem tocarmos nele — retorquiu Käthe. — Chega a ser pecado.

Talvez o espumante não tenha caído bem para Else Godhusen. Henny estava disposta a culpar a bebida pelo fato de a mãe ter começado a cantar esta canção:

Não se apoderarão dele, do Reno livre e alemão.

Ainda que o reclamem aos gritos como corvos gananciosos.*

— A guerra foi um ato criminoso — replicou Käthe, após o segundo verso. — Prejudicou todos os países. Além do mais, o *kaiser* é um patife desavergonhado.

— Também houve atos de grande valentia, então me poupe de discursos comunistas aqui na minha cozinha, Käthe.

Assim, a tarde acabou mal.

Depois, quando Käthe percorreu os poucos passos que a separavam de sua casa, na Humboldtstraße, onde vivia sozinha com os pais desde que os irmãos mais novos morreram, Henny permitiu-se por um momento sonhar que tinha um quarto só seu. Um quarto onde a mãe não estivesse sempre presente.

Käthe e ela haviam crescido vizinhas. Os pais de Henny se mudaram para o edifício de quatro andares da esquina, no bairro de Uhlenhorst, na zona leste, perto de Barmbeck, pouco antes de Henny começar a frequentar a escola. Henny viu a menina de cabelo negro com tranças e um avental no primeiro dia de aula. Tal como ela, Käthe carregava um saco de papel com guloseimas que os pais lhes haviam oferecido nesse dia tão importante. Da pasta saía o pano com que limpariam a lousa, o qual ondulava ao vento, assim como as tranças esvoaçavam. Tranças negras, tranças louras. Era um dia de tempestade.

— Olha só como ela usa o avental mal amarrado — comentou Else Godhusen. Naquela época, ela já tinha esse olhar crítico e essa atitude tão pouco complacente para com os outros.

---

* *"Sie sollen ihn nicht haben, den freien deutschen Rhein./ Ob sie wie gier'ge Raben sich heiser danach schrein."* Canção patriótica e nacionalista de 1840 dirigida contra os franceses. (*N. T.*)

No dia anterior, antes de ir para a cama, a mãe ainda cantou a plenos pulmões mais três longas estrofes da malfadada canção, para profundo desgosto de Henny, que foi atormentada em sonhos pelo último verso: "*Até as últimas águas terem sepultado os restos mortais do último homem*".

Perseguiu-a sem piedade, e apenas o ranger do balanço conseguiu calá-la de uma vez por todas.

Henny vestiu o terno de lã cinza-pérola que Else havia feito a partir de um que era do pai e a blusa branca enfeitada; por último, amarrou o cadarço das botas.

— Ficou chique — aprovou Else. — Aproveite a liberdade, mas ao meio-dia quero você de volta em casa.

Henny beijou a mãe rapidamente e fechou a porta ao sair. Já na rua, parou, olhou para o segundo andar e despediu-se com um aceno de mão; a mãe, como sempre, estava debruçada na janela. Depois, agachou-se e voltou a amarrar o cadarço de uma das botas pretas.

Tinha visto na vitrine da Salamander uns sapatos de salto de camurça. Talvez se desse a esse luxo quando começasse a trabalhar na Finkenau, para começar com o pé direito a nova etapa da vida. Longe da mãe.

— E começa tudo de novo — disse Käthe na tarde anterior, erguendo o punho enquanto Henny a seguia com o olhar desde a porta.

Desde pequenas tinham de dar seis a oito grandes saltos para ir da casa de Henny, na esquina da Schubertstraße, à de Käthe, na Humboldtstraße, que ficava bem em frente. Käthe era a que mais saltava.

Um quarto próprio. Uma porta que fechava a chave. Poderia pagá-lo com seu salário de enfermeira, mas a mãe não queria que ela saísse de casa, e o simples fato de abandonar o quarto dos pais constituiu uma prova de fogo, porque desde que a guerra eclodira ela dormia no lado da cama que o pai costumava ocupar, não mais na cama dobrável de quando era pequena.

Henny ocupou a imaculada salinha reservada às ocasiões especiais e instalou-se no sofá, até que a mãe acabou permitindo que ela fosse buscar a cama dobrável no sótão para colocar naquele ambiente. Isso tinha sido no inverno anterior, e desde então a chave da porta desaparecera.

De manhã, quando ouviu o balanço, foi tomada por outra recordação: a abelha morta que encontrara certa vez no quintal. A pequena Henny surpreendeu-se com o fato de as abelhas morrerem no verão. O pai pegou o inseto e, depois de acomodá-lo em sua grande mão, levou-o para o campo a fim de enterrá-lo.

Seu bondoso pai, que se deixou arrastar pela loucura daquela guerra. "*Castelo forte é nosso Deus*", cantava enquanto fazia a barba diante do espelho no último dia que passou em casa. Muita era a saudade que a filha sentia dele.

———-:-———

— Você terá de lavar muito bem as mãos se for parteira — advertiu Karl Laboe, olhando para a filha, que estava de costas.

— Não se preocupe — respondeu Käthe, que pegou água e molhou o rosto. O resto deixaria para mais tarde, quando o pai não estivesse presente.

— Pois eu diria que isso é um banho de gato.

— Prefiro ir à piscina a aguentar seus olhares.

— Muito cuidado com essa língua, Käthe. Você ainda mora sob meu teto, e não me parece que as coisas vão mudar enquanto ainda for estudante.

Karl Laboe apoiou as mãos sobre a mesa da cozinha e levantou-se da poltrona. Tinha uma perna que não se movia desde o acidente que sofrera no estaleiro, e fora essa perna paralisada que o livrara de ir para a guerra. Se bem que a vida ali, ao comando do lar, também não era algo que lhe agradava, uma vez que não tinha abundância de comida e duas mulheres dependiam dele.

— Sua mãe hoje vai chegar tarde. Arrumaram um lugar novo, a casa de uns ricaços da Fährstraße. Agora ela também fará limpezas lá.

— Eu já sabia. E agora vai, sai daqui depressa.

— Seu pai não é um trem expresso — respondeu Karl Laboe, pegando na bengala que estava encostada à mesa.

Käthe soltou um suspiro de alívio quando finalmente ouviu a porta se fechar. Se fosse trabalhar na fábrica, poderia se tornar independente mais cedo. Na clínica, passaria dois anos como aprendiz, o que soava como uma eternidade. No entanto, era indiferente, Henny tinha razão. Quando ela se atreveria a fazer alguma coisa senão agora, aos dezenove anos? Mas por que o pai se opunha assim a que ela, a única filha que lhe restava, fosse alguém na vida?

Despiu a combinação e continuou a lavar-se. A água da bacia havia esfriado, e o sabão era áspero como uma pedra-pomes.

— Fico contente por você querer ser alguém na vida — afirmou Rudi, o rapaz que havia conhecido em janeiro na Juventude Socialista.

Rudi, de cabelos castanhos encaracolados, trabalhava como aprendiz de tipógrafo no *Hamburger Echo*. Era seis meses mais novo e sempre lia poesia para ela. Bom, nem sempre. Mas, durante os dois meses que se passaram desde janeiro, foram ao menos quatro poemas. Podia ser que naquele dia lesse um quinto enquanto ela comia um bolinho no café do hotel Reichshof. Ainda não tinha perguntado a Rudi onde ele conseguia dinheiro para se permitir tal extravagância.

Lina pegou no guarda-roupa o lençol grande, o que tinha bordadas as iniciais da mãe. Era uma das poucas coisas boas que não haviam levado para o mercado clandestino, e, no entanto, isso não fora suficiente para salvá-los durante o mísero inverno dos nabos. O pai morrera em 1916, dois dias antes do Natal, e a mãe, em janeiro. Na certidão de óbito, o velho médico de família registrou "insuficiência cardíaca", o que era um grande eufemismo. O desespero de Lud, seu irmão, que a essa altura tinha acabado de completar quinze anos; a primeira certeza, a princípio reprimida, de que os pais tinham morrido de fome para garantir que os filhos sobrevivessem.

Os Peters tentaram por muitos anos ter filhos e já passavam dos quarenta quando Lina veio ao mundo, em 1899. Dois anos depois, nasceu Lud. Tanto o pai como a mãe amavam os filhos acima de tudo e se sacrificaram por eles – ideia que era difícil de suportar. Lud, inclusive, sofria muito mais que a irmã, se é que isso era possível.

Lina sacudiu os ombros, como se assim pudesse se livrar desses pensamentos, e abriu a porta do quartinho próximo à cozinha, onde o irmão, que era um habilidoso faz-tudo, havia instalado um chuveiro. Talvez tivesse sido melhor que ele desempenhasse um trabalho manual em vez de se ter tornado aprendiz na área do comércio. Lud queria trabalhar como comerciante, tal qual o pai. Tanto esforço para preservar algo... Que sentido fazia? Eram águas passadas.

Despiu-se, colocou a roupa em cima do banquinho e entrou no chuveiro. A princípio só saíam umas poucas gotas de água. Lud havia feito uma junção com o encanamento da cozinha, que ficava na divisa com o que um dia fora a despensa. Não era a solução ideal, mas era muito melhor que lavar-se apenas por cima e por baixo na pia; além disso, havia muito tempo já não tinham nada para guardar. A pouca comida cabia no armário da cozinha e no parapeito da janela.

O sabão arranhava, mas começou a sair um jato de água. Com a pele irritada, Lina lavou-se e enxugou-se até ficar avermelhada. Reparou na roupa. Era absurdo usar espartilho quando suas costelas estavam aparentes. Era mais que suficiente apertar o cinto do vestido folgado.

No segundo verão da guerra, o professor de desenho incentivou as alunas a não se sentirem obrigadas a usar essas peças de roupa apertadas com as quais nem sequer conseguiam andar. Pronunciou a palavra *"barbatana"* como se fosse imoral. Era admirador de Alfred Lichtwark, célebre historiador de arte, e partidário da pedagogia reformista, e Lina, que tinha dezesseis anos, estava perdidamente apaixonada por ele. Depois ficou sabendo que havia morrido na França, o país onde ansiava viver.

Dele ficaram a ideia do que poderia significar amar um homem e a intenção de ser professora para mudar algumas coisas nas escolas do estado. Será que era uma ousadia pensar que a pedagogia obsoleta tinha sua parcela de culpa naquela guerra horrorosa, já que havia formado um exército de pessoas subjugadas?

Inclusive, nos últimos dias do conflito, Lina teve medo de recrutarem seu irmão. No entanto, o aprendiz de comerciante da Nagel & Kämp, fabricante de guindastes de barcos e de porto, livrou-se de ir para a guerra. Lina havia prometido à mãe que cuidaria dele – e pelo menos isso conseguira fazer.

Pôs o vestido e levou o espartilho para a cozinha. Embora a faca afiada não tivesse nada para cortar havia bastante tempo, deslizou pelo espartilho como se fosse manteiga. Lina quase sentiu prazer ao fazê-lo, ao mesmo tempo que se lembrava do professor de desenho.

Ida deu um grito. Até ela tinha consciência da irritação que sua voz deixava transparecer; dispôs-se a gritar de novo, com uma voz rouca. Será que Mia enfim responderia? Aquela garota era estúpida. Agora que saía água quente da torneira, nenhum dos criados descia ao porão para buscar carvão a fim de acender a lareira, e ali estava ela, esperando uma eternidade para tomar banho.

Contemplou os dedos rosados dos pés, que espreitavam pelo macio e longo roupão de banho felpudo, e as unhas brilhantes. Tinha dezessete anos, e tudo em sua vida era cor-de-rosa.

A guerra era uma chatice. Não se podia comer o que desejasse, e havia pouco tempo também tinham ficado sem os requintados tecidos para confeccionar vestidos que vinham de Paris e Londres. Sabia de pessoas cujos filhos haviam falecido, mas, tirando isso, eles não conheceram grandes sofrimentos, tampouco passaram fome. Os Bunge tinham os melhores padrinhos.

Friedrich Campmann, que havia se tornado banqueiro em Berenberg, escapou de forma decorosa da guerra. O pai de Ida veria com bons olhos que se mostrasse benevolente com suas investidas. Mas aquele rapaz significava alguma coisa para ela?

Ida descartou o pensamento com um ligeiro movimento de cabeça, ainda que ninguém a observasse. Ou talvez sim. A estúpida entrou nesse momento e ficou ali, imóvel, olhando para ela.

— Estou esperando você preparar meu banho — disse Ida. — Com a água bem morna. E sem economizar no óleo.

— Não pode prepará-lo você mesma? Tenho muita coisa para fazer.

Ida Bunge inspirou fundo. Desde os dias da Revolução, aquela gente tinha ficado despeitada demais. Aquela ralé toda. Bastaria estalar os dedos que sua *maman* despediria essa tal Mia. Pelo visto, a estúpida deve ter pensado a mesma coisa, porque fez um ligeiro movimento de reverência, correu para as torneiras e debruçou-se sobre a água, que corria fumegante na banheira.

— Na verdade, deixe — decidiu Ida. — Vá fazer o que tem para fazer. Já está parecendo um tomate. A propósito, como você faz para ter tanta energia? Por acaso vocês têm estoque de comida?

Mia parecia bastante constrangida. Voltou a fazer o movimento de reverência e retirou-se. Quantos anos teria? Com certeza não era mais velha que ela.

Ida fechou a torneira da água quente e acrescentou um pouco da fria. Com água quente a pele envelhecia mais cedo, dizia *maman*. Ida pegou o frasquinho de óleo de abeto e colocou uma boa quantidade na banheira. Fechou a porta antes de tirar o roupão e contemplar-se um longo momento ao espelho. O que viu pareceu-lhe bom demais para Campmann, que não podia ser mais intransigente, ainda que o pai projetasse um grande futuro para ele. A menina Bunge despertou do devaneio e entrou na água verde-escura, que cheirava como dois hectares de bosque.

Ficou muito tempo imersa, pensando em como seria tomar as rédeas de sua vida. Esse pensamento a enchia de satisfação e talvez a salvasse do terrível tédio que sentia.

Henny permaneceu um bom tempo sob o toldo da Salamander, que ficava na Jungfernstieg, olhando a vitrine. Os sapatos com que sonhava havia semanas já não estavam expostos, e os que restaram era ainda mais caros. Pensou em entrar para perguntar pelos de salto cor de vinho em camurça macia, mas talvez fosse melhor guardar o dinheiro para se permitir umas pequenas liberdades.

A primavera acabava de começar, e ela já esperava com impaciência pelo verão. Por estar tão perto do lago Alster, seria possível se divertir bastante caso tivesse algum dinheiro: andar de barco com sua amiga Käthe, nadar na piscina ao ar livre próxima ao parque Schwanenwik. O último verão em que havia sido feliz, ela tinha treze anos. O seguinte trouxe consigo o medo da paz.

Pouco depois de terminar o período como aprendiz no hospital Lohmühlen, foi transferida para o hospital militar, que ficava no edifício da escola para cegos, no número quarenta e dois da Finkenaustraße.

Henny se lembrava do dia em que as enfermeiras acompanharam os soldados feridos que podiam andar para tirar uma fotografia de grupo na parte externa. Poucos haviam vestido a farda, e a maioria usava a roupa branca do hospital com a boina dos soldados rasos.

Henny ficou atrás do fotógrafo e olhou para além do grupo, com a maternidade do outro lado da rua, de onde uma senhora acabava de sair pelo portão que dava para a Finkenau com um pacotinho nos braços.

Naquele exato momento, Henny soube que era ali o seu lugar. Não queria ser enfermeira, e sim parteira. Ansiava profundamente por uma nova vida, pois no hospital militar já vira todos os dias muita dor e sofrimento.

Depois, em novembro do ano anterior, a guerra finalmente terminou e ela candidatou-se a uma vaga de aprendiz na Finkenau. A mãe a apoiou, mesmo que em casa seu salário fizesse bastante falta.

Henny teve de esperar passarem carruagens e charretes, além de duas carroças, para atravessar a Jungfernstieg e chegar ao Alster. As pequenas árvores que ornamentavam esse lado da rua exibiam as primeiras folhas verdes, o céu cinzento havia desanuviado e agora também era azul, e na copa das árvores chilreavam os pardais.

Dar um passeio, comer o ensopado de Else, ir à casa de Käthe ver como passava um de seus últimos dias livres. Mas Käthe não lhe tinha dito que se encontraria com Rudi na hora do almoço?

Henny tinha muita vontade de conhecê-lo. Dava a impressão de que a amiga gostava bastante daquele jovem que conhecera em janeiro. Ela passava muito tempo imaginando seu príncipe encantado, ainda que se apaixonar fosse algo pendente em sua lista de desejos.

O *petit-four* que Käthe escolheu era branco com pérolas prateadas; ela com certeza teria ficado feliz em pedir mais um, daqueles verde-limão decorados com pequenas violetas de açúcar, mas teve a sensação de que Rudi estava ficando nervoso, talvez não tivesse levado dinheiro suficiente no bolso.

Sentaram-se debaixo de um dos grandes lustres que banhavam de luz o café do Reichshof. Como era bom estar do lado esplendoroso da vida, com um pequeno garfo na mão. No entanto, Käthe o deixou de lado, pegou uma bolinha coberta de glacê e colocou na língua para prolongar o prazer.

Rudi tomou um gole de chá e colocou a mão no bolso do blazer. O poema para acompanhar o bolinho. Käthe tentou demonstrar interesse, mas os versos se perderam no ar, e ela começou a pensar em sua mãe, que naquele dia tinha começado a trabalhar numa mansão. Não era Anna quem sustentava a família? E não o seria mais agora, sem o dinheiro que Käthe antes lhe entregava? O pai tinha trinta e quatro anos quando sofreu o acidente no estaleiro, e a pensão de invalidez era insuficiente.

E ali estava ela, sentada com Rudi sob aqueles lustres. Dois jovens cujas simpatias pendiam para a esquerda e que, não obstante, gostavam do luxo. Não era contraditório?

Se bem que Rudi gostava mais ainda da poesia que do luxo. Sua maneira de se debruçar sobre o papel, com um cacho caindo sobre o rosto, o gesto com que o afastava da testa. Tinha as mãos compridas e finas. Rudi era o jovem mais atraente que havia conhecido na vida. Käthe teria gostado de beijá-lo com a doçura da pequena pérola de açúcar na língua.

Com todos esses pensamentos na cabeça, ela se esqueceu de comer o bolinho devagar. Quando se deu conta, já tinha acabado. Assim como o poema.

Rudi dobrou o papel e guardou. Ao ver o prato de Käthe vazio, lamentou não poder comprar-lhe outro bolinho. Pegou-lhe a mão, depositou-lhe uma última pérola de açúcar que havia caído e beijou a mão e a pérola.

Sentado na penumbra de seu escritório, o pai de Ida ocupava-se de seus negócios e, muito em particular, da borracha da Amazônia.

No mercado não se encontrava borracha. Durante a guerra, haviam confiscado até as rodas das bicicletas para suprir as necessidades do exército, uma vez que o material sintético era cada vez mais raro. Também já não havia rodas de bicicleta, e ele continuava sem poder guardar sua excelente borracha brasileira.

O bloqueio dos portos alemães ainda não havia sido levantado, e a globalização que havia enriquecido os comerciantes de Hamburgo já acabara. O que a Alemanha se tornou? O *kaiser* vai-se embora, e Albert Ballin suicida-se com veneno nesse mesmo dia ao ver destruída a obra de sua vida. Claro que, para o *kaiser,* eles não passavam de mercadores insignificantes. Ninguém estava à altura de sua majestade, provavelmente nem mesmo Ballin. O que foi que ele disse no início, o grande armador que transformou a Hapag na transportadora marítima mais importante do mundo e levou todos a países longínquos?

"A guerra é uma necessidade que explode."

Não podia confidenciar à esposa, Netty, que era da mesma opinião. Ela chorava a perda do *kaiser*; ele não. Ele só sentia saudade dos velhos tempos, de quando era fácil ganhar dinheiro.

Agora Netty havia contratado outra criada e uma diarista, porque, ao que parecia, as outras duas empregadas não davam conta do recado. Carl Christian Bunge abanou a cabeça. Uma cozinheira, duas criadas, uma diarista e um jardineiro. O motorista não contava, pois era indispensável. Ou por acaso ele teria que conduzir o *Adler*?

Ida tinha de se apaixonar por Campmann, que exalava sucesso e dinheiro; para isso Bunge tinha faro. Desse modo, sua exigente filhinha seria sustentada e ele só teria de tratar Netty como rainha. Ela era uma esposa encantadora, mas tinha cérebro de minhoca. Embora as minhocas também tivessem sua graça.

A filha era farinha de outro saco. Contava com uma inteligência viva, muito viva. Contudo, desde que terminara a formação no estabelecimento da menina Steenbock, Ida não fez mais nada. Não tinha nenhuma motivação e era mimada. Muito mimada. Se bem que ele também tinha sua parcela de culpa nisso.

Talvez devesse procurar outra fonte de renda. Seu amigo Kiep, por exemplo, agora se dedicava a comprar e vender bebidas alcoólicas. Era algo em que pensar. Mais cedo ou mais tarde, os franceses voltariam a estar na berlinda.

Sendo assim, precisavam jantar juntos, Kiep e ele. Já fazia algum tempo desde a última vez; nessa oportunidade, almoçaram no hotel Atlantic e beberam uma garrafa de *Feist-Feldgrau* – mesmo que, para ser franco, não lhe agradassem os espumantes. Os Feist, da região do Reno, eram patriotas judeus, como Ballin havia sido. Uma pena.

Sua mulher, Netty, a minhoca, que havia sido batizada Antoinette, azucrinava a nova empregada. Teria ela se equivocado com a tal senhora Laboe? Era a segunda vez que deixava passar umas manchas no chão – desta vez, no piso da estufa.

Netty Bunge apontou para um canto onde vistosos ornamentos alegravam os mosaicos brancos e pretos. Junto a um vaso com uma palmeira, uma mancha visível; era como se alguém tivesse deixado ali um frasco de geleia de cereja, marcando uns círculos grudentos.

— Espero que preste mais atenção. Não vai durar muito aqui se cometer esse tipo de descuido — advertiu, com a voz tão carregada de recriminação como o dedo indicador que apontava para o canto.

Anna Laboe seria capaz de jurar que não havia mancha quando limpara a estufa, quinze minutos antes. Contudo, não a haviam contratado para protestar. Só se permitiu soltar um suspiro quando a patroa saiu. Bastava um dia de trabalho na casa dos Bunge para partilhar da opinião de Käthe, apesar de a filha ter demonstrado tendências muito esquerdistas até mesmo para os padrões de Karl, que continuava a acreditar em seus social-democratas, embora estes não tivessem demorado a curvar-se ante o *kaiser* e a pátria.

Que resultado obteriam nas eleições? A filha revoltava-se por ainda não poder votar agora que as mulheres poderiam fazê-lo. Por sua vez, Anna Laboe não se privaria de votar no colégio eleitoral com Karl. Além disso, de braço dado com o marido, seria para este mais fácil voltar para casa depois.

Ajoelhou-se no piso e limpou a mancha vermelha sem ser capaz de explicar aquela gosma, que sem dúvida lhe teria chamado a atenção. Geleia com certeza não era.

Horas mais tarde, estava sentada à mesa da cozinha, sem tirar o casaco nem o pequeno chapéu liso. Diante de si tinha dois sacos de papel, de onde saíram rolando umas tristes batatas e umas cebolas que Anna Laboe contemplou com fadiga, como se não soubesse o que fazer com elas. Em pouco tempo seria hora de jantar.

— O escritório do patrão é de um tom inquietante que dá a impressão de que uma pessoa vai morrer afogada num lago profundo do bosque — comentou, sem se virar para Käthe, que havia entrado na cozinha e aumentado a intensidade da luz do candeeiro a gás. — A serapilheira verde-escura das paredes parece lama. E, além do mais, há vasos com fetos em pedestais. Mia diz que é elegante. É uma das criadas, também nova. Limpa o pó e lustra os móveis. Quanto a mim, nem me deixam chegar perto deles. Só entrei no escritório porque caiu um vaso e estava tudo encharcado. Contrataram-me para isso, para os pisos e os vasos sanitários, e também para a banheira, na qual a menina passa horas a fio.

Käthe olhou para o relógio da cozinha: seis horas. E nem sinal do pai. Era capaz de se enfiar nos bares, inclusive em plena luz do dia.

— Você ficou dez horas nessa casa? — perguntou.

— Fui à galeria Heilbuth comprar um avental. Achei que estava pouco apresentável. E depois fui à mercearia comprar batata.

— O lago de um bosque — repetiu Käthe, embora ainda estivesse pensando na banheira em que a menina ficava de molho. — Todos os quartos são assim? Com lama e fetos?

— Só o escritório do patrão. A cozinheira diz que, antes da guerra, ele fez fortuna com a borracha na América do Sul. Provavelmente se apegou ao verde lá. Por acaso você sabe onde seu pai está?

— Não o vejo desde manhã, mas também não parei muito em casa — respondeu Käthe.

— Espero que não tenha voltado a se embebedar. Ainda não superou a morte dos pequenos. E, para piorar, tem a questão da perna.

— E como foi que a senhora superou? — perguntou-lhe a filha.

Anna Laboe agitou a mão sem forças.

— Fico contente de você ter conseguido entrar na maternidade. Quero que saiba disso, Käthe, mesmo que para você signifique continuar a suportar esta miséria.

— A senhora viu como a menina tomava banho?

— Dei uma olhada rápida, mas estava coberta de linho branco do pescoço aos tornozelos. Chama-se Ida.

— Para além disso, o que faz uma menina rica?

A mãe encolheu os ombros.

— E você, onde esteve o dia inteiro? Foi se encontrar com aquele rapaz? Não é muito novo para você?

— Temos a mesma idade. Eu sou de janeiro e ele é de julho.

— O mais importante é que seja um bom rapaz — afirmou Anna Laboe.

Käthe sentou-se numa cadeira e começou a acariciar as mãos da mãe. Esqueceu-se de tirar o casaco.

— Posso saber o que se passa aqui? — perguntou Karl Laboe. — As duas sentadas ainda de casaco e cara sonsa e o jantar por fazer.

— Você está cheirando a bebida — retorquiu Käthe, com aspereza.

— Isso não é da sua conta.

— Não discutam — pediu a mãe, levantando-se para tirar duas facas da gaveta. Colocou uma diante de Käthe.

— Tirem os casacos de uma vez — disse Karl Laboe, acomodando-se numa das cadeiras da cozinha. — Ou, ainda, por que você não pega a caneca e vai buscar cerveja, Käthe? Para comemorar o fato de sua mãe ter conseguido um emprego nessa casa de gente rica.

— O senhor já bebeu o bastante por hoje — respondeu Käthe, ajudando a mãe a tirar o casaco e levando-o para o corredor.

— E então? Como foi com os ricaços, Annsche? — ouviu o pai perguntar.

"Annsche", diminutivo carinhoso que fazia tanto tempo não ouvia da boca dele. A segunda surpresa apanhou-a quando entrou de novo na cozinha: Karl Laboe pegara uma das facas para descascar batatas.

— As batatas não se cozinham sozinhas — comentou.

Rudi Odefey era de opinião de que o desleixo que a mãe de Henny atribuía a Käthe era sensual, e ele gostava muito disso. Se havia alguma coisa em Käthe que o incomodava era não compartilhar de seu amor pelas palavras.

Tinha lido para ela um poema de Anna Akhmatova: "Todos envelhecemos cem anos. E em apenas uma hora. O verão dá lugar ao outono nos campos. A terra, aberta pelo arado, fumega".

Käthe não demonstrou emoção diante as palavras; limitou-se a dar conta do bolinho com as pérolas de açúcar prateadas, que uma vez mais lhe havia custado uma fortuna.

— O título do poema é "1º de agosto de 1914" — informou. — Mas só foi escrito em 1916. A poeta é de São Petersburgo.

Käthe assentiu e lambeu os lábios na esperança de desfrutar de mais outra guloseima. Apesar disso, Rudi gostava dela como de mais ninguém, exceto, talvez, sua mãe, que infelizmente também não compartilhava de seu amor pela poesia.

Rudi sacudiu os cachos escuros, que eram bem compridos para o gosto do velho Hansen, com quem aprendia o ofício de tipógrafo. No entanto, este costumava morrer de rir com as coisas que lhe desagradavam. Na imprensa, ouviam-se muitas gargalhadas.

O *Hamburger Echo* era um dos porta-vozes da classe operária da cidade, ainda que no início da guerra tivesse mudado de orientação política, bajulando o *kaiser* e a pátria. Mesmo assim, Rudi não teria encontrado lugar melhor para se formar: ali estava muito próximo das palavras.

De quem havia herdado aquela paixão? Não da mãe, disso ele tinha certeza. Talvez do homem cujo alfinete de gravata dourado ele levava agora à loja de penhores para conseguir mais dinheiro. Já havia penhorado a corrente do relógio. Tinha esperança de um dia resgatar essas peças herdadas que a mãe lhe dera no dia em que fizera a crisma.

O pai havia desaparecido antes mesmo de ele nascer. Uma única fotografia mostrava um homem jovem de ar decente, com chapéu e sobretudo, diante de uma paisagem alpina pintada num estúdio fotográfico.

Ainda criança, descobrira que era filho ilegítimo, pois costumava revirar a gaveta em que a mãe guardava os documentos e lia tudo o que encontrava. Não havia muito mais para ler. O único livro que havia em casa era *A canção da minha vida*, de Rudolf Herzog, que aos dez anos o garoto já sabia de cor.

— Depois, o casamento não se realizou — disse-lhe a mãe, depositando em sua mão a cigarreira com a corrente do relógio, o alfinete de gravata e a fotografia, sem revelar se o noivo tinha morrido.

Ele a viu tão transtornada que teria sido cruel pressioná-la para saber a verdade. E o assunto morreu ali. Nunca mais voltaram a falar sobre ele.

Rudi subiu os degraus gastos da escada de madeira, parou diante de uma porta com vidros decorados no primeiro andar e tirou o saquinho de feltro do bolso do blazer. No alfinete de gravata não havia muito ouro, de maneira que depositou as esperanças na grande pérola que o adornava, mesmo que provavelmente fosse de cera.

Confiava no velho prestamista. Pela corrente do relógio dera-lhe mais que esperava obter. Com isso, não só financiava os bolinhos de Käthe como havia comprado para a mãe um xale de algodão verdadeiro e, para ele, um volume de poesia de Heinrich Heine.

Atrás do balcão, o idoso assentou a lupa no olho e examinou o que Rudi havia herdado desse pai que não conhecera.

— Um alfinete de latão banhado a ouro com uma pérola do Oriente. Materiais assombrosos para combinar. Onde foi que encontrou a peça?

— É herdada — replicou Rudi —, assim como a corrente do relógio que lhe trouxe. — Talvez fosse boa ideia recordar-lhe que mantinham uma frutífera relação comercial havia algum tempo.

— Antes da guerra, em Hamburgo havia alguns receptadores que gostavam de transformar os objetos roubados.

Rudi ficou vermelho como um tomate. O pai, receptador?

— Minha mãe herdou esta joia há dezenove anos — assegurou o rapaz, com firmeza.

O velho fitou-o.

— Não desconfio de você, meu jovem. Em meu ofício, é absolutamente imprescindível conhecer bem as joias e também as pessoas.

Rudi fitou a nota que o velho havia colocado em cima do balcão – vinte *reichsmarks*. Também desta vez era mais do que esperava. Talvez conseguisse manter Käthe afastada do Reichshof e pudesse tentá-la com a pastelaria Mordhorst, que oferecia pasteizinhos de massa folhada às escondidas e sem senhas de racionamento. Imaginou a quantidade de pasteizinhos que Käthe comeria nesse lugar em vez de um único bolinho francês.

E isso sendo uma garota muito magra. Durante um instante, suas ideias perderam-se na recordação dos pequenos seios de Käthe, que ela o deixava acariciar. Não desperdiçava o tempo com ninharias.

— Aceita os vinte?

Rudi corou pela segunda vez. Assentiu e estendeu a mão para pegar a nota. Dizia, assim, adeus aos tesouros da linhagem dos Odefey.

Foi acometido por uma recordação: a mãe lhe dando colheradas de óleo de fígado de bacalhau. Sabia que era péssimo; no entanto, revivia uma sensação de bem-estar, e, para ele, a colher cheia do óleo gorduroso era, havia muito tempo, um símbolo de amor e segurança.

Lud Peters ansiava voltar a ter uma família – pai, mãe, filhos – como a que tivera até pouco mais de dois anos antes. A irmã, Lina, não constituiria a própria família quando terminasse o curso de professora. Isso era algo que lhe estava vedado, como se fosse ingressar num convento. As professoras não podiam se casar e, caso se opusessem a essa condição, perdiam o direito ao emprego e à reforma. Lud abanou a cabeça só de pensar nisso.

Ou seja, aumentar a família Peters dependia dele. O único parente próximo ainda vivo era uma irmã do pai, já de idade avançada e que passava a velhice num convento em Lübeck. Mas onde encontraria mulher que o amasse e que estivesse disposta a constituir família com ele? Lina não o levara a sério quando lhe expôs essa preocupação e o relembrara dos dezessete anos que ainda tinha. Mas não era verdade que os pais começaram muito tarde e por isso esgotaram suas forças antes do tempo?

Lud contemplou o canal Osterbeck, cujas águas captavam os últimos raios de sol vespertinos. Por fim, respirava-se a primavera. Do outro lado do canal, erguia-se a fábrica da Nagel & Kämp, onde uma vez mais tinha voltado a desperdiçar um dia de sua vida. Talvez Lina tivesse razão e o comércio não fosse para ele; mas, se queria ter mulher e filhos, precisava aguentar e construir uns alicerces sólidos.

Passou diante da fábrica de gás e entrou no bairro de Barmbeck. Ainda não tinha vontade de ir para casa, mesmo que Lina estivesse à espera com o jantar pronto. Exasperava-o: ela zombava de suas aspirações e queria convencê-lo de que não tinha culpa do que havia acontecido.

Mas como ele pudera comer o que a mãe e o pai lhe punham no prato todos os dias sem se dar conta de que morriam de fome por Lina e por ele?

Foi até a Alten Schützenhofstraße e veio-lhe à mente a tarde em que, naquela esquina, de mãos dadas com o pai, havia visto como arrancavam um guarda a pancadas de uma taberna. Uma de suas primeiras recordações era sentir-se seguro agarrado à mão do pai e ver o guarda como um homem ridículo.

Mais à frente avistou um casal jovem que vinha em sua direção, de frente. A moça comia um pastel de massa folhada e mesmo assim conseguia beijar o jovem, que depois passava a língua pelos lábios. Será que o fazia para saborear o beijo ou apenas a doçura pegajosa do pastelzinho? Um pastelzinho de massa folhada. Onde seriam vendidos? Lina gostava deles, comia-os com gosto antes da guerra. Esteve quase a fazer das tripas coração e perguntar ao casalzinho onde tinham comprado o quitute. Mas de repente sentiu frio e começou a caminhar a passos largos para fugir do frio e da solidão, então começou a correr até se ver defronte da casa paterna, na Canalstraße, onde vivia com Lina.

Na maleta de parteira que a mãe lhe havia dado um tempo antes não havia nada a não ser um frasquinho de álcool, uma vasilha para clisteres e as bacias esmaltadas, que as correias de couro mantinham presas no fundo. Em todo caso, ela teria ficado envergonhada com a falta de conhecimento, mesmo de posse do equipamento completo. O dia seguinte era 1º de abril, começo de sua nova vida. Käthe sentia-se muito nervosa, por isso tentava ingerir bastante açúcar para acalmar os nervos.

Henny tinha gostado de Rudi. Conhecera-o no dia anterior, por fim. Convidara-as – Käthe e ela – para tomar um chocolate no café Vaterland.* O chocolate, na realidade, não passava de uma bebida marrom doce e quente, mas os poemas de Heine que Rudi leu para elas eram excelentes. Ela recitou os últimos versos de "Suavemente atravessa a minha alma" com ele, algo que o fez sorrir e que fez Käthe franzir a testa.

"*E quando vires uma rosa,
cumprimenta-a por mim.*"

Antes de a guerra ser declarada, ela ia com o pai a esse café, que, na época, ainda se chamava Belvedere. Quando tudo começou, o dono não perdeu tempo e trocou a palavra estrangeira por outra alemã; a alusão à pátria era onipresente. No entanto, os hamburgueses não permitiram que lhes roubassem tudo – inclusive Else continuava a dizer *trottoir*, em francês, não *passeio*.

---

* Em alemão, "pátria". (*N. T.*)

Não se apaixonar por Rudi era questão de honra. Até o momento, Henny não tinha gostado de nenhum outro homem, exceto, por breves instantes, de um jovem do hospital militar que, uma vez restabelecido, voltaram a enviar para a frente e de cujo destino ela nada sabia.

Um homem que lia poesia. Nem seu pai fazia isso. Enquanto percorria a Finkenaustraße como se estivesse perdida, Henny receou pensar demais no namorado da melhor amiga.

— Está pensando em levar isso amanhã? — perguntou Karl Laboe.
— Não temos nada melhor que essa relíquia?

Käthe levantou o velho saco de pano da mãe e o observou.

— Está deformado por causa da quantidade de nabos e repolhos que sua mãe colocou aí dentro.

Käthe ficou boquiaberta: o pai estava preocupado com a imagem que a filha transmitiria no primeiro dia na Finkenau?

— Pelo menos dá para fechá-lo.

— Vou ver se encontro coisa melhor. — Karl Laboe se levantou e saiu mancando da cozinha. Käthe o ouviu abrir gavetas no quarto. Quando voltou, segurava diante do peito sua velha pasta como se fosse um escudo. — Ia com isto todos os dias de madrugada para o estaleiro — disse, com a voz embargada.

— Eu sei, papai. — Käthe olhou para o pai quase com carinho.

Na pasta de couro marrom não levava muito mais que sanduíches. No entanto, algo a comoveu profundamente.

— Está um pouco gasta, mas deixa comigo. Só preciso lustrar as partes arranhadas com graxa de sapatos, coisa que ainda tenho.

Será que a mãe tinha falado com ele? Será que dissera para ele a encorajar? Que, uma vez que era a única filha que sobrevivera à difteria, deviam dedicar-lhe todos os cuidados que pudessem?

O pai começou a procurar no baú em que guardava os utensílios de calçados. Era provável que pairassem no ar muitos sentimentos.

Ela fora a primeira a adoecer. Tinha dez anos, e os irmãos, seis e quatro. Eles não foram os únicos do bairro que morreram de difteria, mas a sensação de culpa pela morte dos pequenos nunca abandonara Käthe, uma vez que tinha sido ela a levar a doença para o seio da família. Será que o pai pensava o mesmo? Será que ele guardava rancor por ter sido ela a mais forte? Karl Laboe ainda chorava a perda desses filhos que havia esperado durante tanto tempo e muitas vezes mostrava-se rude em sua dor.

— Olha, Käthe, como está ficando lustrosa.

Karl Laboe soprou na pasta e continuou a esfregar com o pano que havia tirado do baú e que ainda conservava graxa de dias passados.

A pasta não era nenhuma peça magnífica, tampouco havia sido quando a tinham comprado, muitos anos antes, mas Käthe a recebeu como se fosse um tesouro: uma declaração de amor do pai.

Else Godhusen estava de mau humor. Passara o dia anterior inteiro, domingo, o dia do Senhor, ao tanque lavando roupa, porque não tinha lembrado mais cedo que Henny devia levar o uniforme no primeiro dia na Finkenau.

Voltou a ficar salpicada de cloro quando a água do balde esquentou e a roupa pressionou a tampa. Nem com a colher de pau conseguiu evitar a vermelhidão nas mãos nos pontos em que havia espirrado, e agora a filha não queria vestir o uniforme de enfermeira recém-engomado.

— Pelo menos o avental branco — pediu Else. — E a blusa. Não precisa pôr a touca.

— Vou com roupas normais — afirmou Henny. — As outras moças também não vão de uniforme. Se a senhora faz tanta questão, posso levar o avental na maleta.

A mãe era de outra opinião. Afinal, era sempre bom a pessoa destacar-se logo desde o princípio. Era importante que o professor e os médicos reparassem em sua filha e notassem que era do ramo. Henny ergueu as sobrancelhas quando a mãe apresentou esse argumento.

— Quando age assim, parece mesmo seu pai — censurou-a Else.

A garota sorriu. Recordou-se do pai erguendo as sobrancelhas, reagindo com irritação a alguma atitude de soberba da mulher, mas sempre com carinho.

Idealizava o pai? Talvez aquele que já não estava presente tivesse mais probabilidades de ser objeto de um amor incondicional. Talvez sempre tivesse sido mais menina do pai.

— Você vai buscar Käthe ou ela vem encontrar você aqui?

— Vou buscá-la.

— Gostaria de ver como ela vai se arrumar. Bom, é provável que o faça como se deve — observou Else Godhusen, que, depois da decepção anterior, pelo menos teve a sensação de proferir a última palavra.

Ida considerou partir antes do Dia da Mentira porque o pai não só não parava de falar de Campmann como intercalava em seu discurso a expressão *"compromisso matrimonial"*. Se só em agosto completaria dezoito anos, por que toda aquela pressa? Certamente não tardariam a realizar bailes em que poderia exibir-se, e Campmann não seria o único a pedir sua mão. O pai agia como se fosse urgente arranjar-lhe um marido.

Com certeza, a estúpida Mia não tinha essa preocupação. Imóvel e sem fazer barulho, plantada no alto da grande escadaria, Ida observava a criada, que colocava tulipas nos vasos lá embaixo, no saguão de entrada. Parecia a filha de açougueiro que era, com o rosto sempre corado.

Ida debruçou-se sobre o corrimão. Naquele momento, lá embaixo, havia algo além de tulipas e vasos. Agora Mia tinha uma garrafa em mãos, vai saber onde teria conseguido. Levou-a aos lábios.

Seu primeiro impulso foi chamá-la, como se tivesse a obrigação de avisá-la de alguma coisa. Contudo, Ida não disse nada. Mia bebia lá embaixo, e ela via lá de cima. O que *maman* sempre dizia? "Quem sabe se possa tirar daí algum proveito." Depois de contemplar a cena, Ida pegou o lenço da manga do vestido de seda. O lenço também era de excelente qualidade e tinha as suas iniciais: I. B.

Largou-o, e o lenço caiu lentamente no saguão, aos pés da criada. Quando Mia levantou a cabeça, não viu a menina, mas não teve dúvidas de quem era a dona do lenço e compreendeu que a mensagem era uma verdadeira ameaça.

Era isso a felicidade, pensou Rudi naquele instante. De mãos dadas com Käthe, o tímido verde das árvores, o céu azul. *Gravá-lo na memória*, pensou, *eternidade*. Por que seus pais não haviam se casado? Não se amavam o suficiente?

— Quer se casar comigo, Käthe?

Ela soltou a mão e parou.

— Que grande tolice, Rudi. Antes tenho de terminar o curso na Finkenau. Tolice, tolice das boas. Além disso, achei que você fosse revolucionário. Não precisamos nos casar.

— Vejo que você gosta da palavra *tolice*.

— Gosto de você, mas pode tratar de esquecer essa ideia de casamento.

Rudi quase perguntou por quê, mas não o fez. Talvez sua própria história familiar fosse a razão para se mostrar tão insistente.

— Não tem nada a ver com o fato de você ter lançado esse sorriso doce à Henny só porque ela sabia de cor um poema.

— Você está com ciúme, Käthe. Que sentimento revolucionário é esse? — Rudi sorriu, grato por sua nobre pretensão não ter continuado a macular o momento. Talvez, de fato, fosse muito cedo.

— Vamos nos sentar naquele banco ali — propôs Käthe.

De manhã, seu pai com a pasta; à tarde, uma proposta de casamento. Agora, para fechar com chave de ouro, Rudi colheu uma florzinha que crescia em meio ao mato, junto ao banco, e ofereceu a ela.

Agosto de 1919

Os aventais brancos invadiram a sala como uma nuvem de gafanhotos, indo inquietos de cama em cama, embora um pouco mais devagar que nos outros dias. Fazia calor em Hamburgo. Henny estava junto a uma cama ao pé da janela, bem longe do professor e dos médicos, da enfermeira e da parteira-chefe, para ver bem o que se passava na sala.

A franzina senhora Klünder, numa das camas da frente, levantava a mão em vão, pois não conseguia chamar atenção. Há uma semana havia começado a sentir as dores do parto, que pararam repentinamente, e preocupava-se que a criança nascesse mais tarde que o previsto.

A nuvem branca passou. Umas quantas palavras às mulheres que jaziam nas camas e esperavam, tensas, que comentassem alguma coisa sobre seu caso. A enfermeira-chefe assumiu o comando, guiando os médicos. Apenas um deles, o jovem doutor Unger, atrevia-se de vez em quando a mudar de assunto e incluir as pacientes na conversa. No entanto, nesse dia estava em silêncio e avançava em um bom ritmo com os demais.

Uma das parteiras contara-lhe que era tudo diferente nos quartos da ala particular, onde demoravam o tempo que fosse preciso. Os próprios médicos apalpavam ventres, escutavam com o estetoscópio os batimentos cardíacos dos bebês, sentavam-se na beira das camas, acariciavam mãos e proferiam palavras de conforto. Käthe ficava furiosa quando ouvia a expressão "ala particular".

Para Henny, o começo foi menos duro. Talvez porque cultivara a paciência convivendo todos os dias com sua mãe. Käthe encarava as coisas com menos calma. "A respondona", era assim que o doutor Unger a chamava. No entanto, dava-se bem com ela, e as parteiras também perceberam que Käthe era determinada e não tinha chilique nem nojo quando via sangue ou quando era preciso limpar outros fluidos.

Käthe sem dúvida preferia os cateterismos ou os enemas às aulas de patologia geral ou estrutura e peculiaridades do corpo humano, em especial do corpo da mulher. Henny gostava mais da teoria, embora a patologia não a motivasse muito; e, apesar do diploma que já possuía, não lhe era permitido faltar às aulas e dedicar-se a outros deveres.

— Não é justo que os médicos passem por aqui sem parar — queixou-se uma das mulheres.

Ouviram-se murmúrios de concordância. Algumas olharam para Henny, o único membro do pessoal médico que continuava na sala. No entanto, ela não se atrevia a partilhar abertamente a opinião das mulheres: só fazia isso quando estava na companhia de Käthe.

Então, passou a mão com timidez pelo colchão, onde havia apenas um resguardo de borracha. Ela mesma tinha retirado os lençóis dois dias antes, e ainda não haviam colocado outros.

Fez-se silêncio na sala, talvez por ela estar ao pé dessa cama, muito embora Bertha Abicht não tivesse morrido nela, mas lá embaixo, na sala de partos. Antes de expelir a placenta, esvaíra-se em sangue, em consequência do fim das contrações durante o parto. Henny soubera pelas duas parteiras que, juntamente com o médico, tentaram salvar a mãe do bebê que acabava de nascer. No entanto, não conseguiram provocar as contrações vitais com massagens nem esvaziando a bexiga. A matéria do tema "hemorragias na fase de expulsão da placenta" contou com uma experiência dramática.

O recém-nascido ainda estava aos cuidados das parteiras, mas o marido de Bertha Abicht não tardaria a chegar com a filha mais velha para levar o bebê para casa. O oitavo.

— Muitos filhos e muito seguidos — afirmou o doutor Landmann —, absoluta irresponsabilidade da parte do marido.

Desde que o trabalho de parto se iniciara, havia se sentado junto à cama de Bertha Abicht e a ocupado. Afligiam-no todas as mortes, mas essa, além de tudo, enfurecia-o.

Henny tentou sorrir para as onze mulheres ao abandonar a enfermaria. Parou por um instante perto da franzina senhora Klünder.

— Vou pedir que o doutor Unger venha vê-la — disse.

Henny tinha muita confiança nele, mas já adivinhava o que diria. A jovem, que esperava seu primeiro filho, estava completamente subnutrida e muito fraca. O próprio corpo parecia querer poupá-la do parto. Não obstante, se o médico de clínica geral tinha feito os cálculos direito, ela já estava se aproximando da quadragésima segunda semana de gestação.

Quando Käthe e Henny saíram da clínica à tarde, Rudi, que se encontrava à porta, dirigiu-lhes um sorriso radiante.

— Fährhaus — disse. — Nesta tarde de verão, não nos privaremos desse prazer.

Estaria Käthe entusiasmada? É possível que pensasse que Fährhaus era um lugar onde conspirava a burguesia de Hamburgo. É provável que preferisse ir sozinha com Rudi, mas ele não pareceu perceber isso, queria apenas desfrutar do momento. Rudi Odefey estava ávido por viver a vida.

— Unger está caidinho por você — comentou Käthe enquanto se dirigiam para o rio Alster. Era melhor marcar o território quanto antes.

— Quem é Unger? — perguntou Rudi, ao mesmo tempo que conduzia ambas as mulheres até a curva do rio, em direção ao edifício Fährhaus.

— É um médico que está apaixonado por Henny.

Constrangida, Henny tinha os olhos cravados nos sapatos, que, mesmo que ainda não fossem os de camurça macia, pelo menos, com o calor que fazia, também não eram as botas, e sim umas sandálias brancas de pano com um saltinho. Nos verões de paz, a mãe as usava quando ia passear.

— Tolice — afirmou, vermelha como um tomate.

— Adoro ouvir essa palavra da sua boca e da boca de Käthe — afirmou Rudi.

Olhar de desconfiança de Käthe, de interrogação de Henny. Ninguém explicou para Henny.

Rudi, que era a naturalidade em pessoa e estava no meio das duas, deu o braço às moças e presenteou-as com um alegre passo de dança assim que se avistaram as três torres do Fährhaus. No céu, o sol começava a se pôr, a música tocava, e na baía havia dezenas de canoas e barquinhos. Com o calor do verão, a fria Hamburgo explodia de alegria.

— Devia avisar lá em casa — considerou Henny.

— Tolice — retorquiu Rudi, com uma gargalhada.

— Corte o cordão de uma vez por todas — comentou Käthe.

Arranjaram lugar no jardim do Fährhaus, junto à mesma balaustrada que os separava da água e das embarcações e ocupado por pessoas alegres e bem-dispostas que tinham levado as próprias bebidas e ouviam música sem ter de pagar por ela. Contemplaram o rio Alster, em cuja extremidade oposta havia a ponte dos Lombardos e a avenida Jungfernstieg. Rudi pediu vinho, aproveitando que ainda lhe restava algum dinheiro no bolso.

— Ao que consta, o dono do Fährhaus certa vez cortou a carne em pedacinhos para Guilherme. Ele não se ajeitava com o braço inútil — contou Käthe. — Ensinaram-nos isso na aula. Paralisia do plexo braquial durante um parto pélvico.

— Para quem ele cortou a carne? — perguntou Henny.

— Para o *kaiser*, que esteve aqui — respondeu Rudi. — Não aqui embaixo, com a plebe; lá em cima, no primeiro andar, onde aconteciam os *dîners-dansants*. Mas isso são águas passadas.

— O que acontecia lá? — quis saber Käthe.

— Eventos para jantar e dançar — esclareceu ele.

Seu Rudi sabia de tudo um pouco. Käthe parecia embevecida.

— Você fala francês? — perguntou Henny.

Rudi riu e abanou a cabeça.

— Você nem imagina a quantidade de coisas que se aprende por alto ao trabalhar em jornal.

Ergueu o copo de vinho do Reno. Um último raio de sol arrancou um reflexo no pé da taça.

De repente, Henny sentiu-se feliz. Riu e sorriu para Rudi, que, por sua vez, devolveu o sorriso. Rudi, sempre tão natural.

— Bom, já chega — retorquiu Käthe, com rispidez. — Pare de trocar olhares com meu namorado. — Soltava faíscas, tal como o vidro.

— Não estou trocando olhares — replicou Henny, após um tempo. — É isso que você pensa de mim?

— Käthe, por favor. Você sabe muito bem que contigo sou o homem mais feliz do mundo.

— A felicidade pode depressa simplesmente acabar — afirmou ela.

— Tolice — disse Rudi, pela segunda vez na tarde. E, na sequência, prendeu, com ternura, uma madeixa de cabelo que se havia soltado atrás da orelha de Käthe.

O sol se pôs sobre o Alster, e começou a escurecer.

———— -:- ————

Campmann não parava de falar de galinhas de engorda, molhos de nata e couves-de-bruxelas enquanto os pratos apresentavam umas míseras fatias de carne. A garrafa de *Bernkasteler Doctor* estava no balde de prata com gelo; Friedrich Campmann servia o vinho com diligência, como se acreditasse ser capaz de embebedar Ida, e os empregados de mesa andavam assoberbados com a multidão que enchia as esplanadas, as varandas e o jardim do Fährhaus.

Era bem-apessoado, alto, esguio, cabelo ondulado e louro, bigode farto, de família rica, e o Banco de Dresden o nomearia diretor, um dos mais jovens no cargo. Isso era algo que também contava a seu favor. Todas essas coisas, ao que parece, eram muito importantes para o pai da garota, que dificilmente teria permitido que outro rapaz convidasse a filha de dezoito anos para sair sem alguém que a acompanhasse para segurar vela. Durante um momento, Ida perguntou-se se o pai passava por problemas nos negócios.

Ida estava aborrecida, mas não tinha a ver com o fato de Campmann ser dez anos mais velho. O único traço encantador nele era parecer completamente maravilhado por ela. Seus elogios eram muito mais aprazíveis que suas recordações do banco privado da Antuérpia onde havia iniciado seu trajeto antes de a guerra começar. Ida percorreu com o olhar as pessoas que ali se reuniam em vez de prestar atenção nele.

O jovem da frente, o dos cachos castanhos, a agradava; tinha duas mulheres que o comiam com os olhos. Qual delas seria a dele? A loura com a blusinha branca ou a de cabelo negro? Nenhuma das duas usava chapéu, mas o cabelo preso no alto – a de cabelo negro deixava escapar uma ou outra madeixa.

Davam a impressão de se divertir com aquele rapaz. Ida olhou para Campmann, que, aos vinte e oito anos, sem dúvida ainda não era velho, mas, em comparação com o rapaz dos cachos, parecia ter cem, considerando sua aparência e quão artificial soava.

A mulher dele era a de cabelo negro. Ida viu quando o rapaz lhe arrumou uma madeixa solta de cabelo atrás da orelha e sentiu inveja.

— Ida, está me ouvindo? — indagou Campmann.

Sem chapéu, pensou Ida. *Maman* não lhe permitiria que saísse de casa sem chapéu. A não ser que fosse a um baile e ostentasse uma tiara. Tirou o chapéu de palha com as cerejas artificiais.

— Um chapéu muito elegante — comentou Campmann, por obrigação.

Não demoraria a escurecer, e os empregados de mesa corriam de um lado para o outro acendendo o pavio das lanternas. Ainda havia claridade no céu, embora este começasse a tingir-se de um vermelho carregado. Campmann tinha de levá-la para casa antes que escurecesse, pois sua mãe havia insistido nisso, e até a mansão paterna era apenas uma curta caminhada.

Lá embaixo, numa mesa perto da balaustrada, pensou ter visto Mia. Claro que o Fährhaus abria as portas a um público bastante vasto. Ida encolheu os ombros em sinal de repúdio. Voltou a olhar para as mesas lá de baixo. Não, não era Mia.

— Está com frio? — perguntou Campmann.

Ela ignorou, porque naquele exato momento passou-lhe pela cabeça que Mia afirmava ter perdido sua carteira de trabalho como criada. Havia perguntado por ela a *maman* depois de tê-la visto ter problemas com álcool, e um pouco mais tarde o pai reclamara da enorme quantidade de vinho do Porto que se consumia em casa.

"Foi recomendada pela senhora Grämlich", explicou a *maman*. Ao que tudo indicava, essa referência era mais que suficiente. Afinal de contas, todos sabiam que a velha solteirona simpatizava com as causas perdidas da sociedade e nem sequer se deixava intimidar com a reintegração de malfeitores.

"Cuidado com a arrogância, Ida", o pai a aconselhara no dia de seu aniversário, que infelizmente não se comemorou em grande estilo, apenas com um almoço para um círculo reduzido de pessoas a cargo do célebre chefe de cozinha Franz Pfordte, no hotel Atlantic. Em vez disso, recebeu essa crítica disfarçada de bom conselho. Estaria se referindo a Campmann? Ou ao fato de falar mal da criadagem?

Desde aquele dia de março, guardava para si suas observações sobre Mia. Por que não contava o que sabia? Como podia Mia ter alguma utilidade senão cumprindo as tarefas domésticas? Entre estas já não se incluía preparar-lhe o banho nem os típicos afazeres de uma criada de quarto.

O lenço com suas iniciais apareceu na penteadeira, lavado, engomado e dobrado com todo cuidado. Junto a ele, um pequeno vaso com os primeiros amores-perfeitos em tons de branco e lilás.

Cortesia de Mia com um pedido implícito. Ou significaria outra coisa?

— Sem dúvida quer saber sobre as obrigações que me esperam no Banco de Dresden — observou Campmann. — Na verdade, é impressionante que tenham me confiado esse cargo, sendo eu tão novo.

Ida fitou-o com ar de espanto. O pai entenderia por que as coisas não avançavam entre Friedrich Campmann e ela. Era provável que relatar-lhe os acontecimentos daquela tarde fosse suficiente.

— Talvez devêssemos ir embora, já está escurecendo — retorquiu ela, e podemos dizer que já falava com a mesma presunção que Campmann. — Imagino que você não queira aborrecer *maman*.

— *Maman*? — perguntou ele.

Se Campmann falava de galinhas de engorda e de couve-de-bruxelas, ela, então, presumiu que teria liberdade para empregar novamente uma ou outra palavra francesa. Soava pura e simplesmente mais elegante. Olhando para Campmann sem o ver, Ida sorriu.

———⋅!⋅———

— Vejo que agora você resolveu passear — comentou Lina. — Chega tarde para jantar e vem me dizer que ficou perambulando pelo bairro.

Naquela noite de verão, Lud e ela estavam sentados na pequena varanda do primeiro andar, bebendo suco de framboesa. No recanto mais escondido do armário da cozinha, havia aparecido um pouco de xarope num frasco de geleia.

Lud girava o copo entre as mãos e contemplava a rua escura.

— Fui em busca de vestígios — explicou —, em todos os lugares onde um dia fomos felizes.

— Você é masoquista, Lud.

— Você não entende. — Lina era sempre tão eficiente, inclusive com os sentimentos. Tudo bem ordenado. — Sei o que quero — disse ela, em voz baixa.

— Quer ser professora primária. Por mim, até pode ser professora de liceu… Estará desperdiçando a vida da mesma forma.

Por que não dizia que os social-democratas queriam abolir o celibato das professoras? No seminário quase não se falava de outra coisa.

— Tenho a impressão de que você está perdido, meu irmão.

— Mas tenho você, Lina. — Lud deu um sorriso maroto. — Pensa só no que vai acontecer se ficarmos os dois sozinhos, você e eu. Dois irmãos velhinhos.

Lina bebeu um longo gole de suco de framboesa desejando que fosse aguardente. Lud não sabia a vontade que ela de vez em quando tinha de fugir da realidade, de se deslumbrar, antes que a alcançassem as tristes verdades.

— Que sem cabimento, Lud — replicou. — Tenho vinte anos e você vai completar dezoito em novembro. Estamos a anos-luz de ser velhos. — Esperava que o que estava dizendo fosse verdade. A anos-luz. A verdade é que só havia sido jovem de verdade durante um breve verão em tempos de guerra.

— Assim espero — respondeu Lud, que contemplou com melancolia o corrimão de ferro e os vasos vazios. — Nossa mãe tinha sempre brincos-de-princesa de um vermelho intenso — observou.

Lina suspirou.

— Talvez possa conseguir uns crisântemos — sugeriu. — Também tínhamos crisântemos no outono.

— Crisântemos são para lápides.

Ouviu-se um pequeno ruído, que mal se conseguia disfarçar. Lud levantou a cabeça e olhou para a irmã. Lina chorava.

———— ·:· ————

O marido de Bertha Abicht era um homem austero que levava para casa o dinheiro necessário, geria-o com parcimônia, lia a Bíblia todas as noites e aos domingos e gerava filhos. Não tinha a menor dúvida de que essa era a vontade de Deus. A mãe de seus oito filhos havia morrido cumprindo sua obrigação: isso também era vontade de Deus.

O médico que fizera todo o possível para salvar a mulher, que ainda era jovem, viu entrar o homem vestido de preto, com a filha, e teria gostado de lhe bater por causa da arrogância que exibia. Não obstante, em vez de lhe dar uma surra, o doutor Kurt Landmann viu quando a parteira depositou o bebê no moisés, cuja alça a filha segurava com a braçadeira em sinal de luto.

E se lhes dissesse meia dúzia de verdades – ou, melhor ainda, se as gritasse? Na cara daquele homem pálido que arqueava as sobrancelhas?

Deixou que o marido de Bertha Abicht fosse embora com suas filhas mais velha e mais nova. O doutor Landmann deu meia-volta e percorreu o corredor a passos largos, até se chocar com um colega.

— Você também esteve no campo de batalha, não esteve, Unger? — perguntou. — Não caíamos no desespero nos hospitais militares ao ver tanto massacre? Não desejávamos viver num mundo melhor, mais sensato, quando toda aquela matança absurda terminasse de uma vez por todas?

Theo Unger fitou-o surpreso. Talvez encontrasse uma alma semelhante ali, onde menos esperava. Os médicos com quem cruzava no refeitório da direção durante o almoço pareciam ser todos velhos cérebros militares que só estavam presos a ressentimentos e lamentavam a perda do império.

— Por que se lembrou disso bem agora? — indagou Unger.

— O caso Abicht — respondeu o doutor Landmann. — À custa de gravidezes sucessivas, aquele homem causou a morte da mulher e, se não me engano, ainda por cima acredita que levou a cabo a obra do Senhor em vez da do diabo.

— Se quiser, podemos tomar uma taça de vinho juntos um dia destes.

— Vejo que você tem uma garrafa na mala. Por acaso andou saqueando a adega de seu pai?

— Nesta mala também há uma caixa cheia de ovos frescos. Do galinheiro de minha mãe.

— O que você tem em mente, prezado colega?

— Vinho tinto com gema de ovo e açúcar. Minha mãe deposita uma confiança cega nesse fortificante. Só falta o açúcar.

— E quem você quer fortalecer?

— A senhora Klünder, essa passarinha. O parto está muito atrasado.

— Pelo menos o vinho vai relaxar a jovem. Talvez assim ela deixe de resistir às dores e desista de tentar manter o controle.

— Está subnutrida — observou Unger.

Landmann assentiu.

— Vou buscar açúcar na cozinha da ala particular — informou —, e não contaremos nada ao chefe.

— Cesariana, se não adiantar?

— Nesse caso, eu o ajudarei — ofereceu-se Landmann.

———·!·———

— Será que não agrada você?

— Não tente fazer nenhum arranjo para mim, Käthe. Não vou me aproximar do seu Rudi. É essa a consideração que você tem por mim?

— Ele está no laboratório, misturando vinho tinto com gema de ovo e açúcar. O Unger é um bom homem.

Henny guardou a última tesoura na gaveta e a fechou.

— O doutor Unger está misturando vinho tinto com ovos e açúcar? No laboratório? E posso saber por quê?

— Quer dá-lo à senhora Klünder para fortalecê-la e viabilizar o parto de uma vez por todas.

— Foi isso que ele disse?

— Não exatamente, mas quase. Desculpe-me por ser tão ciumenta, Henny. Acontece que gosto de Rudi e tenho pavor de perdê-lo. Você conhece alguns poemas e sabe se comportar.

Por pura timidez, Henny fingiu ajeitar o coque que estava preso com grampos.

— E seu Rudi é o príncipe encantado?

— Sim — assegurou Käthe.

— Pensava que era comunista.

— Ele é de tendências esquerdistas, mas ainda não se filiou ao partido.

— Não acha que ele a olha com altivez? Você não me contou que é de origem humilde, que a mãe é solteira e que ele nem conhece o pai?

— E isso importa? — Käthe bufou e enfureceu-se de novo. — Você parece sua mãe falando.

— Acho que você está mais irritada que de costume. Se não soubesse que é impossível, diria que está grávida.

— E como você sabe que é impossível?

Henny deixou-se cair num dos pequenos banquinhos que havia em frente aos armários em que se guardavam os instrumentos médicos.

— Pelo amor de Deus, Käthe. E agora?

— Pelo visto, eu lhe preguei um belo susto. Não se preocupe, Rudi agora toma todos os cuidados. Tem desses preservativos *Fromms*.

— Vocês já foram para a cama?

— Você acha que agora ele vai pensar mal de mim? Que sou fácil?

— Fico surpresa que você ainda tenha dúvida; Rudi a adora, mesmo você não conhecendo poemas.

— Ai, isso eu sei. Estou aprendendo um de cor. Goethe. Escolhi um dos grandes.

— Quero ouvir — pediu Henny.

— "No fundo das árvores só há mudez" — começou Käthe —, "por entre os ramos ouve-se o leve assobio do lamento."

— "Ouve-se o leve assobio do *vento*" — corrigiu-a Henny, que logo em seguida envergonhou-se de si mesma.

— É isso, *vento* — disse Käthe; logo depois, saiu da sala batendo a porta.

—·—

O pequeno Klünder veio ao mundo quando a noite chegava ao fim, o que encheu de júbilo não só o pai, que aguentara estoico no duro banco do corredor, diante da sala de partos, como também os dois cavalheiros que ajudaram que isso fosse possível. A mãe dormia, esgotada.

Unger e Landmann deram-se tapinhas nas costas enquanto a parteira se ocupava do recém-nascido.

— A partir de agora, resolveremos as coisas com vinho tinto e ovos com mais frequência — propôs Landmann, que não havia se privado de dar auxílio mesmo não tendo sido necessário fazer cesariana. — Relaxa que é uma maravilha.

— É melhor não contarmos essa solução aos alunos — comentou Unger, cuja voz parecia transparecer que, ao longo das últimas doze horas, também havia tomado vinho tinto com gema de ovo. — Estou ansioso para saber o que o chefe dirá sobre isso.

— Silêncio — retorquiu Landmann —, sugiro que mantenhamos silêncio. O melhor é não mostrarmos as cartas que temos na manga. Não tenho certeza de que ele vá vê-las com bons olhos. É preciso senso de humor. Se já não estivesse amanhecendo, eu convidaria você com muito prazer para beber alguma coisa no consultório. Tenho uma última garrafa de armanhaque guardada.

Theo Unger declinou do convite.

— Já bebi o suficiente, caro colega. Agora preciso mesmo é dormir um pouco. Dentro de algumas horas estarei de plantão.

— Nesse caso, devia descansar.

— Esteve na Frente Ocidental durante a guerra?

— O último local foi em Lorena. Foi arrasada pelos americanos.

Theo Unger assentiu.

— Venha visitar-me com essa garrafa. Não moro muito longe daqui. As galinhas de minha mãe fornecerão os ovos necessários para preparar omelete.

— Cresceu no campo?

— No nordeste, na região de Walddörfer. Meu pai é médico lá. Um paciente agradecido ofereceu-lhe duas galinhas e um galo pouco antes da guerra. Para sorte de todos nós, minha mãe cedeu-lhes o jardim e, a partir daquele momento, dedicou-se à criação.

— Avise-me quando for conveniente, Unger, e irei visitá-lo com o armanhaque — assegurou o doutor Landmann ao saírem juntos pelo portão.

Do outro lado do canal Eilbeck começava a raiar o sol. Prometia ser um domingo quente. O último dia de agosto.

———┈┊┈———

Ida estava no terraço, estendida numa das espreguiçadeiras de vime, ouvindo o alvoroço da mãe, que continuava considerando que uma dama devia ter a pele branca, que não lhe caía bem nem o mais ligeiro tom bronzeado. A respeito de algumas coisas a mãe não podia ser mais antiquada. O fato de Ida ter se levantado logo em seguida pouco tinha a ver com a obediência filial: estava morrendo de sede, e, aos domingos, as duas criadas tinham a tarde de folga. Não havia ninguém que pudesse levar-lhe uma limonada ao jardim.

Quando entrou na cozinha, Ida se surpreendeu ao encontrar Mia devorando um pedaço de bolo recheado. Ali estava, endomingada e pronta para sair, mas, ao que tudo indicava, ainda faminta. Mia engasgou e começou a tossir quando se deu conta da gravidade da situação.

Havia algum tempo Ida andava pensando de que maneira exercer seu poder sobre Mia, um poder que lhe conferiam esses furtos. Vinho do Porto da reserva do pai, iguarias da despensa. Por isso estava assim corada e roliça, de tanto comer e beber.

Ida ficou desconcertada ao ver uma coisa que não combinava com a blusa branca de gola alta que Mia usava: um lencinho de seda, de aparência exótica, que a moça havia atado ao pescoço.

— O que é isso? — perguntou.

— Bolo recheado — respondeu Mia, ainda tossindo.

— Estou me referindo a essa coisa vermelha e dourada em seu pescoço.

— É um lencinho chinês. Ling que me deu.
— Quem é Ling?
— Amiga minha. Trabalha numa taberna.
— E o que é uma taberna?
— É um restaurante chinês.
— Ling é chinesa?

Mia assentiu, sem fazer a mínima ideia de como terminaria aquele diálogo. Com sua demissão era o mais provável.

— Quer dizer então que você conhece chineses? — comentou Ida, pensativa.
— A taberna é do pai da Ling. Fica na Schmuckstraße.
— É a primeira vez que ouço falar disso. Onde fica essa rua?
— No bairro de St. Pauli. Perto da Reeperbahn. — Era muito provável que a menina já tivesse ouvido falar desse local.
— Quer dizer que você conhece uns chineses donos de um estabelecimento perto da Reeperbahn? — repetiu Ida. — E é lá que você passa seus dias de folga?
— Nem sempre. Às vezes damos um passeio pelo porto ou andamos de barco a vapor.
— Você não visita sua família?
— Sim, também. Minha irmã. Mas, para isso, tenho de pegar o trem até Glückstadt e depois a balsa.
— Preste atenção, Mia. Sabe muito bem que já peguei você roubando, e não é a primeira vez. Se eu contar para minha mãe, ela vai despedir você.

Mia assentiu e apoiou o queixo no lencinho.

— Mas tive uma ideia.

Mia ergueu o olhar.

— Você vai me levar nesses passeios. Hoje não, pois temos de combinar tudo. Não posso ir ao jardim e anunciar que vou acompanhar a criada até St. Pauli. Preciso arranjar uma desculpa.

Mia, que era esperta, compreendeu de imediato que estava salva e o que Ida queria dela.

— Quer viver um pouco — afirmou.

— Faremos um acordo baseado no silêncio mútuo, e você me apresenta os chineses, o porto e todo o resto.

— E o que você vai dizer ao patrão quando ele lhe perguntar aonde vai? Se ele souber que você vem comigo, aí é que me mandam embora mesmo.

O que dizia de vez em quando Carl Christian Bunge? "Devemos engendrar um plano de ação que seja do agrado inclusive do velho marechal de campo Blücher."

— O mais importante é você manter a boca fechada, Mia. Deixa que me encarrego de todo o resto. Vou pensar em algo. Agora, vai visitar sua amiga Ling.

Mia limpou do rosto as últimas migalhas de bolo e foi-se embora. Ida pegou a jarra de limonada, encheu um dos copos que havia na bandeja e esperou até ouvir a pesada porta da casa se fechar.

Só então voltou para o jardim, a fim de se sentar à sombra e maquinar uns planos que seriam do agrado até do próprio Blücher.

Janeiro de 1921

Bunge surgiu na janela do escritório, contemplando o jardim de inverno. A pereira que crescia junto à parede dava a impressão de estar prestes a partir-se, tamanho o peso que o gelo fazia. A lenha já estava quebradiça; na primavera seguinte seria preciso fazer alguma coisa a respeito, sem falta. Tudo se deteriorava, tanto dentro como fora de casa; claro que no ano seguinte já teria cinquenta anos nas costas.

O tempo era de loucos, e janeiro não podia ser um mês mais inconstante: primeiro surpreendia com as temperaturas amenas, e, de um dia para o outro, a cidade amanhecia debaixo de um manto de gelo. O *Adler* não dava a partida, e era impossível pegar uma carruagem; havia suspendido a reunião com Kiep e Lange, pois acreditava que nenhum dos dois esperaria que ele fosse a pé, aos escorregões, até a estação da linha circular. Inclusive achava por bem suspendê-la: os fulgurantes negócios de ambos só conseguiam deixá-lo de mau humor.

Devia ter entrado na onda do comércio de bebidas alcoólicas. No verão de 1919, quando levantaram o bloqueio dos portos, fora demasiado otimista e apostara tudo achando que viriam grandes tempos para a borracha; contudo, infelizmente os preços continuavam congelados. No entanto, todo mundo bebia champanhe, conhaque e licor e dançava foxtrote. Era uma loucura.

O fato de Ida tê-lo feito prometer que não seria obrigada a se casar com Campmann até completar vinte anos não facilitava muito as coisas. Mas o que ele podia fazer? Agosto haveria de chegar e, com ele, o aniversário da filha, que depois iria comportada para o altar.

A propósito, o que será que ela queria dizer com "não ser obrigada a se casar"?

Talvez faltasse um pouco de fogosidade e paixão a Campmann, sim, mas o mais importante era ter um genro endinheirado, não o tenor de uma opereta vienense. E menos ainda com Ida.

Pensando melhor no assunto, a filha havia se tornado realmente inacessível. Claire Müller, a professora de piano supostamente tão genial a quem Ida entregava seu dinheiro desde novembro do ano anterior sem que seus ouvidos fossem capazes de detectar melhoria substancial no domínio dela ao piano, parecia-lhe algo suspeita.

Netty afirmava que só assim os estudos davam frutos, pouco a pouco, e que a interpretação de Ida de "Dia de casamento em Troldhaugen", de Grieg, era magistral. É provável que já se visse sentada na primeira fila da sala de concertos Laeiszhalle, na qualidade de mãe da *virtuose*. Não, ele não era da mesma opinião.

Só tinha visto Claire Müller uma vez, num prelúdio de Natal no salão da professora. Por que ela não ia a sua casa tocar o excelente piano de cauda que tinham? Por que Ida ia pelo menos duas vezes por semana até a Colonnadenstraße visitá-la? Claro que, em comparação com todos os locais a que era possível ir naquela cidade cheia de tabernas mal-afamadas, pouco se podia dizer em desabono da moradia de uma jovem que tocava piano.

"Dia de casamento em Troldhaugen." O único casamento que lhe interessava era o que se realizaria em Santa Gertrudes, com o subsequente banquete no Fährhaus. Não economizaria em nada, e com certeza Campmann também se mostraria generoso.

Carl Christian Bunge virou-se quando a porta do escritório se abriu.

— E então, Netty?

Sua querida minhoca tinha emagrecido, embora agora houvesse comida em abundância. Contudo, isso a favorecia, uma vez que os movimentos de Netty voltaram a possuir a leveza da juventude.

— Olha só o que encontrei no quarto de Ida.

Bunge viu dois pauzinhos lacados ricamente ornamentados.

— O que você acha? — indagou Netty.

— São pauzinhos chineses, para comer.

— E o que Ida pretende fazer com eles? Será que não temos prata suficiente em casa?

— É possível que nos conte que Claire Müller tem raízes chinesas e marca o compasso com os pauzinhos.

— Não brinque, Carl Christian.

— Já está na hora de se tornar a senhora Campmann.

— Não vamos remodelar a casa antes do casamento?

— Não faremos nada aqui. O casamento será celebrado na igreja, e a recepção e o jantar, no Fährhaus. Acho que Campmann não devia demorar muito para comprar uma casa numa zona nobre; a casa da Büchstraße é muito pequena. De preferência, perto daqui.

— Você vai falar com ela sobre estes pauzinhos?

— Vou, já que não tem outro jeito — retorquiu Bunge, que, em seguida, soltou um suspiro.

Henny foi parar exatamente em seus braços, pois a rua inteira era uma pista de patinação. Theo Unger riu, e ela tentou se desvencilhar do abraço. Por sua vez, Käthe levantou primeiro um pé e depois o outro para mostrar as polainas de lã que calçara por cima das botas.

— Isso não vai acontecer comigo — afirmou. — Embora seja uma pena.

— Quando o canal congelar, vamos patinar sobre o gelo — propôs Unger. — Depois, tomamos ponche.

— Vamos? Quem? — indagou Käthe.

— Você e seu namorado, aquele que sempre vai buscá-la, e Henny e eu.

---·:·---

— Aham — respondeu Käthe, olhando para a amiga.

— Quanto tempo pretende fazê-lo esperar? — perguntou-lhe mais tarde, quando já estavam trocando de roupa para entrar na sala de partos.

— Não o estou fazendo esperar — objetou Henny. — Ele é muito agradável, mas não pretendo ter nada com um dos médicos. A parteira-chefe nos alertou sobre isso.

— Ele suspira por você há pelo menos um ano e meio.

— Isso não passa de imaginação sua, Käthe.

— Em março você completa vinte e um anos.

— E você, depois de amanhã. Consequentemente, está na hora de se casar com Rudi. Afinal, já andam juntos há dois anos.

— Ele bem quer.

— E você não?

— Acho que ele é muito burguês — afirmou Käthe.

Minha mãe teria um ataque se ouvisse essa resposta, pensou Henny. Se Else desconfiasse de que um médico estava interessado na filha, não a deixaria em paz um minuto. Em seu aniversário seguinte, haveria um altar portátil na mesa dos presentes, para não perder tempo depois do pedido de casamento.

— Se o gelo derreter nos próximos dias, podemos dizer adeus à patinação — argumentou Käthe.

Henny já havia encerrado o assunto. Outro tópico a preocupava mais.

— Já pensou no que vai fazer quando terminarmos as provas? — perguntou-lhe.

— Espero que nos contratem.

— Assim teríamos um salário. Suponho que você não vá querer passar a vida dormindo no sofá da cozinha.

— Eu e Rudi decidimos procurar um pequeno apartamento.

— Estava convencida de que você não queria se casar.

— Não podia ser mais aburguesada — afirmou Käthe.

— Ah, é? Quem quer me juntar com o doutor Unger?

— Não estou falando de casamento. Só de você ir para a cama com ele — especificou Käthe no exato momento em que a porta do banheiro se abriu de repente.

— Imaginei que vocês estivessem aqui — disparou a parteira-chefe em tom brusco. — Na maternidade, todo mundo está atolado de trabalho. Primeiro a febre da primavera; depois, no frio de janeiro, as crianças. Será que as meninas se importariam de ir para a sala de partos ajudar as colegas?

Ir para a cama com Unger, que ideia mais descabida. Henny dirigiu um olhar inquieto a Käthe antes que esta desaparecesse na primeira sala de partos. "Você vai ficar para titia", tinha-lhe dito Else no dia anterior, ao ver que Henny não queria dançar no Lübscher Baum no domingo. Como era de esperar, a companhia da mãe não lhe apetecia. "Sempre enfiada em livros, você vai ficar para titia."

E já tão velha. Vinte e um anos. Completamente aburguesada. Teria de dar uma lição a Else e Käthe lançando-se a uma vida lasciva. "A senhora conhece os preservativos *Fromms*, querida mãe?"

Henny parecia muito decidida quando entrou na grande ala da maternidade. O doutor Unger estava debruçado sobre uma das parturientes, segurando-lhe a mão. Caramba, agradava-lhe. Era atraente e, simplesmente, um bom homem. Nesse sentido, Käthe tinha razão. Estaria pulando o coração dentro do peito? Abanou a cabeça com tal veemência que o coque se soltou debaixo da touca. Talvez Unger quisesse sair para dançar.

O céu estava cinzento e denso, prometia neve. Lud preferia neve ao gelo, tanto que desde pequeno gostava de abrir caminho por entre a neve em vez de deslizar. "O rapaz é um cagão", dizia o pai quando chegavam em casa depois de atravessar a pé o Alster gelado com ele agarrado firme a seu sobretudo.

Lina achava divertidas as ruas cobertas de gelo, tomar impulso e deslizar – e ainda o fazia. Por isso, agora via-se na obrigação de estudar para o exame final com o lábio inchado. Caíra de bruços e machucara a boca. Lud envergonhava-se de ficar feliz.

Por causa de seu aniversário, ofereceu a Lina uns óculos que encontrou na loja de Jaffe. Também achou isso engraçado. As lentes não eram muito fortes, mas combinavam com o nariz de uma professora. Um achado fortuito, os óculos, pois havia entrado no estabelecimento de Jaffe para comprar a ametista violeta que estava na vitrine, perfeita para o medalhão de madeira de tília que havia esculpido para Lina. Agora a irmã o usava no pescoço, pendurado numa fina fita de veludo, e Lud sentia-se feliz pelo fato de a ametista combinar com os olhos dela.

Na coluna de anúncios havia um cartaz de teatro experimental. *A ronda*, de Schnitzler. Estreara havia algum tempo. Uma infinidade de panfletos de anúncios balançava, talvez a cola tivesse soltado com o gelo. As cores do cartaz do baile de máscaras que se realizaria no Lübscher Baum no domingo seguinte estavam desbotadas, com as letras já quase ilegíveis.

No ano anterior, *A ronda* provocara tumultos diante do teatro da Besenbinderhofstraße. De modo a impor a ordem e a impedir que a multidão acalorada interrompesse a apresentação, contrataram o guarda de uma taberna de marinheiros. Lud gostaria de um dia ir ao teatro, a uma das tabernas de marinheiros de St. Pauli, e, quem sabe, assistir a uma luta. Atrever-se a fazê-lo. Afinal de contas, em novembro completara dezenove anos.

Já tinham morrido havia quatro anos. O aniversário da morte da mãe fora no início de janeiro, pouco antes do aniversário de Lina; o do pai, em 22 de dezembro. Esses dias do ano o deixavam abalado, porém a dor havia se tornado mais suportável. Se devia alguma coisa aos pais, era o fato de constituir uma família em sua memória. Os passeios que fazia já não eram uma busca pela felicidade perdida.

Tinha se transformado num transeunte esperançoso, ainda absorto em pensamentos e distraído com as ruas escorregadias.

Escorregou e conseguiu não perder o equilíbrio, mas o embrulhinho com a gravata que havia comprado na loja de roupa masculina da Hamburgerstraße caiu no chão. Preussner, o pai, já era seu cliente. A gravata era xadrez – predominava o azul-marinho, não era muito arrojada, mas era a primeira gravata própria. Combinaria com o terno escuro que lhe haviam ajustado. Lud inclinou-se para pegar o embrulho e, ao erguer o olhar, viu o rosto de uma jovem que levou os dedos à ponta do cabelo louro, na altura do queixo.

— O senhor é o primeiro a vê-lo, mas já percebi que se assustou e deixou cair tudo — observou.

Lud gostaria de ser menos tímido. Sobretudo, não fazia a mínima ideia do que ela estava falando, de maneira que ficou estupefato e fez uma cara de surpresa.

— Acabei de cortar o cabelo — acrescentou, então, a jovem.

— Devia pôr uma boina.

— Ficou tão ruim assim?

Por fim, Lud conseguiu sorrir.

— Por causa do frio — especificou.

— Nesse caso, é melhor continuarmos a caminhar. Por causa do frio.

Lud levou a mão à aba do chapéu fedora de feltro e ergueu-o em cumprimento. Instantes depois, disse a si mesmo que era um idiota completo. Devia ter se apresentado, talvez ela lhe dissesse como se chamava. Lud virou-se e olhou para a rua, mas a jovem de cabelo louro já não estava mais ali.

———— -•- ————

Era uma senhora enguia. Comprara-a de Hein; ainda tinha contatos com pescadores que defumavam as enguias no bairro de Finkenwerder e depois as levavam para o outro lado do Elba, para Övelgönne.

Hein crescera numa das casinhas na margem do Elba e era um bom colega, muito embora nenhum dos dois trabalhasse mais no estaleiro.

Karl Laboe colocou a enguia embrulhada em jornal do lado de fora, no parapeito da janela, e amarrou o embrulho, alongado e estreito, com um barbante que prendeu ao varal. Käthe ficaria contente; embora gostasse mais de bolos, também gostava de enguias.

Anna entrou na cozinha com o saco de pano cheio de coisas; tinha ido fazer compras, e por sorte voltara a ter mais mercadorias.

— O que há lá fora, no parapeito da janela? — indagou. Aquela mulher tinha olhos de lince.

— Uma enguia para Käthe. Para o aniversário dela. Afinal, vai fazer vinte e um.

— E você decidiu convidá-la para comer enguia?

— Trata-se de uma bela peça. Vai ser suficiente para todos.

— Nosso futuro genro também vem — informou Anna Laboe. — Vem lanchar. Ainda tenho de fazer o bolo.

— Vamos ver se esses dois se decidem de uma vez por todas. Você e eu fomos parar no cartório pouco depois de nos conhecermos.

— Claro, eu já estava grávida — declarou Anna Laboe, sorrindo. — A propósito, onde você arranjou essa enguia? No Hein? Você foi a pé até Övelgönne com a perna nesse estado?

— Eu estava ali pelo bairro. E você? Vai estar de folga amanhã?

— Só de manhã. Foi muito simpático da parte do Hein.

— Você acha que Käthe e Rudi se vão casar?

— Se depender dele, sim.

Laboe suspirou.

— Mas depende de Käthe — afirmou. — Antes, a história era outra, tudo o que as mulheres queriam era se casar.

— Nesse sentido, nossa Käthe é especial.

— Gosto desse rapaz — assegurou Karl Laboe.

— Ainda temos leite na despensa?

— Acho que não. — Laboe deu uma olhada no que a mulher havia comprado, que ainda estava em cima da mesa da cozinha. — Só dois ovos?

— Para a massa só preciso de um. Vou fazer um bolo de cereja, pois a cozinheira me deu cerejas em calda.

— Pelo que vejo, vocês se dão bem.

— Na opinião da patroa, as cerejas não estavam vermelhas o suficiente. Ela gosta das que são bem vermelhas.

— Está bem — replicou Karl Laboe, que depois assentiu. — Bem vermelhas. E o que você vai fazer sem leite?

— Vou substituí-lo por uma colherada de vinagre.

Anna Laboe havia colocado a tábua grande de madeira em cima do encerado da mesa da cozinha, amontoou a farinha e fez um buraco nela.

A manteiga cortada em cubos, a gema, o açúcar, o vinagre. Num piscar de olhos, tinha uma massa homogênea.

— Seus dedos continuam ágeis, Annsche.

— A massa tem de ir para o parapeito da janela, ao pé da enguia.

— Vão ficar apertadas.

Anna já havia embrulhado a massa num pano e agora abria a janela.

— O parapeito da janela do quarto é muito estreito — comentou e depositou o embrulhinho no canto esquerdo.

— É melhor colocar a tampa por cima, para que sua bela massa não caia no chão e algum patife a roube.

— A tampa de ferro fundido é capaz de esmagar o tratante, e depois a polícia logo chegaria aqui em casa — elucidou Anna Laboe. — Meia hora e continuo a tratar da massa.

— Não faz o estilo dela colocar uma vela de aniversário num bolo simples — refletiu o marido. Começou a remexer numa das gavetas do armário da cozinha e tirou uma vela branca e curta. — Comprei esta do saboeiro.

— Quando você for velho, será um belo puxa-saco — afirmou Anna Laboe, deixando de lado o pano com que acabara de limpar a mesa da cozinha. — Vem cá. — Virou-se para Karl, deu-lhe um beijo no rosto e voltou a cuidar do encerado.

— Não sei por que você faz isso, filha.

— Calma. No fim das contas, é só cabelo.

— O que você tem na cabeça? Seu lindo cabelo...

— É só um penteado *à la garçonne*, e o corte é bom.

— Seu cabelo dourado — lamentou-se Else Godhusen, à beira do choro. — Com esse penteado, ninguém vai querer você. E, ainda por cima, reservei uma mesa para o baile de máscaras do Lübscher Baum.

Se a mãe não estivesse tão transtornada, Henny teria ficado furiosa. Vá para o inferno. Quem ia dançar? Else e ela?

— E quem você acha que vai?

— É evidente que você não pensa em sua pobre mãe. Se bem que não seria nada mal se eu tivesse um cavalheiro.

Será que Else sabia alguma coisa sobre Unger?

— Estava pensando na Käthe e em você. Afinal, amanhã é aniversário dela.

— E Rudi? Não me parece que Käthe queira dançar sem ele.

— Eu não conheço esse rapaz.

Não era bem assim; é claro que o conhecia. Käthe as tinha visitado com ele. Ele havia se comportado de maneira correta e fora amável com Else. Vai saber que tipo de preconceitos tinha contra ele. Talvez fosse porque trabalhava no *Hamburger Echo*, jornal social-democrata que ela considerava um panfleto de esquerda. Em sua casa, lia-se o *Hamburger Nachrichten*, de tendência nacionalista alemã.

— Ainda bem que está frio. Assim você poderá usar boina, e, no trabalho, sempre pode usar a touca. Mas como vai ser com a máscara?

— Poderia ir de Dona Flocos de Neve, que usa capuz.

Else Godhusen assentiu, até que viu a cara da filha.

— Você não leva nada a sério. Estou pensando em uma tiara, com o cabelo preso no alto. Quando a comprei, você ainda não tinha nascido, e só pude usá-la uma vez.

— Você quer que sua filha seja uma princesa.

— É verdade — admitiu Else. — E eu, a rainha. Mas sou viúva, tenho uma filha com cabelo de rapaz, e não vai demorar até que eu fique completamente sozinha. Preferia um destino melhor.

Disse-o com a mais absoluta sinceridade e cheia de receio.

— Sinto muito, mamãe.

— Bom, há de crescer.

— Não estou falando do cabelo, mas do fato de você desejar ter uma vida diferente e o papai já ter morrido. Mas sozinha a senhora não vai ficar, pois tem a mim.

— Não vai demorar a aparecer um homem com quem você se casará.

— Há alguns minutos você dizia que ninguém iria me querer. — A gargalhada que Henny soltou não era alegre. — Mas, se me casar, a família aumentará, não diminuirá — afirmou.

A mãe assentiu com um aceno de cabeça.

— E imagino que você vá querer filhos.

Será que Henny deveria mencionar que essa não era uma prioridade? Gostava muito de trazer ao mundo filhos dos outros, mas não tinha pensado em engravidar, parir e criar os seus. Era mais tentador tornar-se parteira-chefe. No entanto, não disse nada. Já tinha dado muitos sustos em Else por um dia.

— Rudi é o tal cacheado?

— Por fim, você sempre se lembra dele.

— Pois então vão os três. Com certeza haverá lugar na mesa para esse tal Rudi.

— Talvez até possamos ser quatro. Vou perguntar a alguém lá do trabalho. A propósito, o cabeleireiro disse que o cabelo não era dourado, mas louro-cinza-claro.

— Com certeza deve haver colegas simpáticas — concordou Else Godhusen, sem disposição para questionar o dourado.

———— ⋅⋅⋅ ————

O encontro mais surpreendente na taberna do pai de Ling foi com a senhora Grämlich. Ida não sabia que aquela mulher de idade avançada não só se ocupava das criadas desgarradas de Hamburgo como também ajudava os marinheiros chineses que estavam encalhados na cidade e procuravam sustento.

O sorriso que assomou no rosto da senhora Grämlich ao ver entre os vapores da cozinha a filha de Antoinette Bunge, com quem de maneira geral só se encontrava em chás ilustres nas mansões que se erguiam em redor do rio, perturbava Ida sempre que o recordava. A mulher imediatamente se deu conta de que os Bunge nem sequer desconfiavam das excursões que a filha fazia ao bairro chinês de St. Pauli.

A surpresa seguinte foi o fato de a senhora Grämlich ter entendido perfeitamente o desejo de Ida de se aventurar. E não só se mostrou disposta a guardar segredo como propôs que Claire Müller fosse o álibi.

Até então, Ida só tinha podido ausentar-se de casa no máximo por duas horas, fingindo dar um passeio e ir às compras no departamento de acessórios dos grandes armazéns Tietz, na Jungfernstieg, livrando-se da companhia da mãe ou de uma amiga adequada. No entanto, a professora de piano, sempre precisando de dinheiro e ainda por cima protegida da senhora Grämlich, havia sido sua salvação.

Ida ampliara seu raio de ação algum tempo antes, assistira a filmes no cinema da estação central e tinha se atrevido a entrar numa taberna do bairro vermelho. No entanto, não estivera sozinha em Bauke, na Kohlhöfenstraße, nem na Trattoria Italiana, na Davidstraße. Ela sabia que seu acompanhante deixaria os pais ainda mais furiosos que os locais que visitavam. Mas, por sorte, não sabiam nada de Tian, irmão de Ling.

Apenas Ling sabia dessas aventuras, e ela tinha jurado guardar segredo. Jurara perante sua amiga Mia e perante os pais de Ling e Tian, que se mostravam tímidos com a ocasional presença de Ida em sua taberna. Se a senhora Grämlich, que intercedia por sua filha, não tivesse estado presente, pediriam a Ida que não voltasse mais.

Tian não era muito mais velho que Ida, mas, a seu lado, ela se sentia segura e protegida – e como. Estava apaixonada até a alma por esse belo rapaz que demonstrava a mesma curiosidade pela vida que ela.

No entanto, seu destino chamava-se Campmann – quanto a isso, Ida não se enganava. Carl Christian Bunge jamais permitiria que se casasse com um rapaz chinês cujo pai havia chegado a Hamburgo para trabalhar como fornalheiro num barco da empresa de transportes marítimos Norddeutscher Lloyd. Não o teria deixado sequer se aproximar de sua preciosa filha. Nem mesmo se soubesse que Tian estava prestes a concluir um curso de comerciante numa prestigiosa fábrica de café.

Mia havia assumido a responsabilidade pelos pauzinhos lacados. E, graças a Deus, a pequena tartaruga de jade branca não caíra nas mãos da mãe. Tian lhe dera no ano anterior, quando completou dezenove anos, e Ida gostava muito mais dela que do pesado abre-cartas de prata com que Campmann a havia presenteado.

Não. Campmann não tinha nada a ver com ela.

Ida desejava desfrutar com Tian de cada dia de que dispusessem. Em pouco mais de seis meses, completaria vinte anos, e o casamento seria inevitável. Embora se permitisse sonhar acordada pensando que, apesar de Campmann, Tian continuaria presente em sua vida, o jovem chinês dificilmente iria querer viver num engano; era íntegro demais para isso.

O condutor a fitou com desprezo quando entrou na carruagem e lhe comunicou que seu destino era a Schmuckstraße. Será que ele pensou que era uma dessas prostitutas que ficavam nas esquinas de St. Pauli? Mia tinha-lhe falado delas e chegara a lhe apontar uma.

No entanto, o homem se comportou com mais amabilidade quando a viu pelo retrovisor. Tudo nela dizia que era de boa família, até a caixinha que levava presa por um laço e que continha um sabonete de rosa dos Tietz para a mãe de Tian.

Um pormenor e uma pequena tentativa de suborno. O senhor e a senhora Yan não se mostravam muito entusiasmados com o fato de Tian ter se apaixonado por uma jovem donzela distinta. Não era próprio de sua classe social. Nem da de Ida, nem da de Tian. Os Yan esforçavam-se bastante para evitar que o filho e Ida ficassem a sós na sala vizinha à taberna. Se desconfiassem que Ling lhes cedia de vez em quando seu quartinho do sótão para que se abandonassem a pequenas demonstrações de carinho, teriam proibido a entrada de Ida em sua casa.

Tian havia pedido a Ida que fosse ao estabelecimento dos pais comer qualquer coisa antes de irem ao teatro Lessing assistir ao filme do diretor de quem todos estavam falando: Ernst Lubitsch. Tian adorava cinema.

Mas o que ele esperava conseguir com aquela refeição? Que os pais aprovassem a relação se conhecessem Ida melhor? E, mesmo que os Yan fizessem isso, sem dúvida os Bunge não se mostrariam dispostos a receber Tian de braços abertos.

Tinha sido necessário arranjar um plano que permitisse a Ida ausentar-se de casa desde a manhã até a tarde. O pai consentira que o *motorista* a levasse no *Adler* até a Colonnaden e sem dúvida disse ao funcionário que seguisse Ida e não tirasse os olhos dela para ter certeza de que ia de fato à casa de Claire Müller, a professora de piano.

Ida havia mencionado a "Viagem de inverno", de Franz Schubert, a fim de ter um bom motivo para permanecer tantas horas fora de casa.

— Trata-se de um ciclo de vinte e quatro *lieder*, muito longo — afirmou. — Para voz e piano. Eu acompanho a cantora, então preciso praticar.

Só esperava que os pais nunca lhe pedissem para executar essa peça.

Tian aproximou-se do carro assim que este parou. Abriu a porta para Ida e insistiu em pagar ao condutor, que olhava com curiosidade. Tian não se enquadrava na Schmuckstraße, com o terno de flanela que também usava na fábrica, e não restava a menor dúvida de que era chinês.

— Por favor, não fique chateada — desculpou-se. — Só puseram a mesa para os dois, não é apropriado que nos sentemos todos como se fôssemos família. Você e eu vamos nos sentar na sala de estar, e Ling vai nos servir. Além disso, ela nos fará companhia.

Será que Ida não ficou aliviada, apesar de se ter mostrado aborrecida?

— Mas você vai provar o pato crocante do meu pai. Com bambu, feijão e cogumelo. É o melhor do cardápio.

— Nesse caso, teremos tempo só para nós — respondeu ela. — Não temos de disfarçar na presença de Ling.

— Fico contente por você ver o lado bom. — Tian sorriu.

— Posso ao menos cumprimentar seus pais? Trouxe uma lembrancinha para sua mãe.

— Ela vai ficar constrangida.

— Parece-me que os chineses são complicados — observou Ida.

Ai, como gostaria de beijar Tian... Se bem que agora já havia entendido que todos os olhos estavam postos nela.

Quando, algumas horas mais tarde, Ida saiu do teatro Lessing para a praça Gänsemarkt, continuava mergulhada no mundo de *Madame du Barry*, que Lubitsch havia projetado na tela. Não seria ela a chapeleira Jeanne, que amava o estudante Armand, mas era cortejada por Don Diego, homem de idade avançada?

Tian e Ida iam de mãos dadas quando Don Diego em pessoa lhes surgiu à frente. O olhar de Campmann primeiro foi de incredulidade e, em seguida, frieza.

Ida ficou vermelha. Não se sentiu culpada quando Friedrich Campmann deu meia-volta e se dirigiu firme para a Büchstraße; apenas acalentou a esperança de que ele já não fizesse questão de que se cumprisse a promessa de casamento.

Bunge colocou o telefone no gancho. O segundo aparelho estava na saleta de Netty, que podia ter ouvido a conversa, mas, como a costureira tinha acabado de chegar, não ousaria escutar, ainda que fosse curiosa. Caso contrário, dificilmente teria entrado furiosa no quarto de Ida e encontrado os pauzinhos lacados. Sorte que não tinha ouvido a conversa. Netty ficaria muito nervosa e teria tido um de seus ataques de tosse, que eram cada vez mais frequentes e que o preocupavam. Devia pedir que alguém viesse vê-la? A minhoca não iria a um médico. Mas qual era a causa de sua preocupação atual?

Se entendeu bem o que Campmann dissera, Ida tinha saído de uma casa de ópio de mãos dadas com um chinês. Ou havia sido do teatro Lessing? De todo modo, a filha teria de lhe dar uma explicação plausível. *Viagem de inverno*, Schubert. Bunge balançou a cabeça furioso ao pensar nas mentiras que Ida havia lhe contado.

No escritório, andou de um lado para o outro. De repente, o verde-escuro das paredes e a textura do papel pintado lhe pareceram opressivos. Talvez por causa da menção às casas de ópio. Talvez também porque apenas ele e Campmann soubessem que o banqueiro havia emprestado uma elevada quantia de dinheiro ao futuro sogro.

Fosse quem fosse esse chinês, Campmann era necessário – e por isso não se podiam levar em consideração os sentimentos de Ida. Se as mulheres soubessem como os negócios iam mal, entenderiam suas obrigações: economizar e se casar.

Bunge apareceu na janela e contemplou o jardim e o grande terraço, os canteiros das rosas, as árvores antigas. Nada daquilo podia se perder. Nem mesmo a pereira desconjuntada.

É verdade que já havia algum tempo percebera em Ida o cheiro de gengibre e outras especiarias, o que havia entendido como um perfume muito especial. Mas aquilo que se impregnara nela era o odor de uma lojinha chinesa.

Espere e verá, minha menina, pensou. Todavia, faltava ali alguma coisa. Bunge soube o que era quando se sentou à escrivaninha: faltava a ira.

Henny colocou a tiara no cabelo e uma estola de arminho. A gola era de sua avó paterna, exalava naftalina, mas, na opinião de Else Godhusen, ambos os acessórios eram dignos de uma princesa, e sem eles o vestido de tafetá, que lhe chegava à panturrilha, pareceria muito simples. Else Godhusen era adepta de echarpes, laços e vestidos de cauda.

Henny tirou a estola e guardou-a no bolso do casaco assim que acabou de se despedir de Else na janela; em seguida, tirou as antiquadas luvas de renda branca com botõezinhos de madrepérola que Else lhe entregara no corredor.

Käthe e Rudi esperavam à frente da casa, e, ao vê-los, Henny parou de achar que faltava alguma coisa em sua máscara. Rudi ia de Rudi, e Käthe tinha uns brincos grandes de ouro batido e os lábios pintados de vermelho, havia tirado todos os grampos do cabelo escuro, que estava solto. Debaixo do casaco, que chegava ao meio da perna, via-se o vestido da crisma, que desfazia qualquer impressão que pudesse dar de ser uma cigana.

— Unger vai se encontrar conosco no Lübscher Baum? — perguntou Käthe.

Rudi olhou para Henny como se tentasse ler o pensamento dela.

— Sim — respondeu —, ele vai direto para lá.

Havia sido um grande esforço para ela perguntar ao médico se gostaria de acompanhá-la a um baile cheio de fumo em vez de patinar no gelo ao ar livre. Como se a pergunta a levasse à cama de Unger.

Avançaram a bom ritmo pela Hamburgerstraße e entraram na Lerchenfeld para chegar à Lübecker. Iam de braços dados, apesar de as ruas já não estarem escorregadias. Três amigos. Käthe nem sequer havia rido da tiara.

Muitas das mesinhas redondas já estavam ocupadas no salão do Lübscher Baum, onde de tempos em tempos havia uma cobrança de tarifas aduaneiras na porta da cidade que conduzia a Lübeck e que desde algum tempo atrás era um dos salões de baile preferidos da cidade, além de uma sede de casamentos.

Naquele momento, a orquestra ocupava o palco, mas o ar vibrava mesmo sem música; uma grande bagunça imperava. Por fim, encontraram a mesa, porém os empregados andavam de um lado para o outro apressados demais para ouvir perguntas – e mais apressados ainda para dar respostas. Nem sinal de Unger.

Uma hora depois, ele ainda não havia chegado, e Henny estava nos braços de um jovem soldado que lhe era vagamente familiar. Dançava valsa, abandonando-se ao compasso, apoiada no veludo vermelho do blazer do rapaz, muitíssimo ofendida pelo fato de o doutor Theo Unger não ter aparecido. Já fazia um bom tempo havia tirado a tiara.

A orquestra tocava "Du sollst der Kaiser meiner Seele sein".*

— Com certeza foi alguma emergência na clínica — afirmou Käthe, depois de meia hora.

Mas Unger não tinha dito que no domingo não estava de plantão e que evitaria passar pela Finkenau para que não o apanhassem desprevenido?

O rapaz levou-a ao bar, beberam champanhe, ergueram as taças, brindaram. Henny já estava influenciada pelo vinho e por um brandi de *Bols* cuja rodada Rudi havia oferecido ao ver que Unger não aparecia.

— Não creio que a donzela que está sentada a sua mesa fique muito satisfeita por continuarmos dançando — observou ela.

O jovem ficou vermelho como seu blazer.

— Ah, não — replicou. — Posso garantir que está muito contente.

Henny descansou a taça de champanhe e ficou olhando para ele. *Um jovem por quem eu poderia me apaixonar*, pensou.

— Foi o senhor que me aconselhou a usar boina quando tinha acabado de cortar o cabelo. Que deixou cair no chão o embrulhinho com a gravata. Não a colocou hoje. — Henny passou a mão por um dos galões dourados do blazer.

---

* Ária da opereta *O favorito*, do compositor austríaco Robert Stolz. (*N. T.*)

Ainda bem, pensou Lud, sorrindo. O blazer, que havia resgatado do velho guarda-roupas do sótão, dera-lhe a coragem necessária para fazer um gesto cortês diante da jovem bonita, que parecia tão refinada, além de corada e bondosa, e pedir que lhe concedesse uma dança. O destino lhe havia proporcionado uma segunda chance depois de ele se ter comportado com tanta falta de jeito e não ter aproveitado a oportunidade com que Winterhuder Weg o havia brindado.

— A donzela é minha irmã. Permita-me que eu as apresente?

Teria sido o fato de se sentir ofendida que fizera Henny se mostrar disposta a exibir sua simpatia àquele rapaz que provavelmente era mais novo que ela? Não era Rudi também mais novo que Käthe?

Antes dançaram a "Canção de Vilia".* Passaram diante de Käthe e Rudi, que piscaram para ela. Ou será que Henny estava enganada?

Vilia, ó, Vilia, donzela do bosque,
aceita-me e permite-me teu amante ser.

Uma letra absurda, pensou Henny, achando estranho que o cantor conseguisse entoá-la com o semblante sério. Em seguida, aproximaram-se da mesa do canto, e Lud Peters apresentou Henny Godhusen a sua irmã, Lina.

---——-:-——---

Theo Unger estava estendido no sofá do doutor Landmann, tentando se lembrar do dia anterior. Embora a manhã de domingo tivesse começado com espirros e dores de cabeça, ele tinha ido à estação buscar uma amiga da mãe. Contudo, não encontrara a dama, que talvez nem estivesse no trem.

---

* Da opereta *A viúva alegre*, do compositor austro-húngaro Franz Lehár. (N. T.)

Em seguida, dirigiu-se à taberna Nagel e pediu um copo de água para tomar uma aspirina, mas entrou também para usar o telefone e ligar para Duvenstedt.

Lá, encontrou-se com Landmann, com uma cerveja e um prato com um escalope que o cobria por completo. Unger não comeu o escalope, mas bebeu, sim, uma cerveja grande e vários copos de cúmel, forte aguardente de cominho que Landmann considerava um remédio para combater a constipação.

E agora ele acordava naquele apartamento, que sabia situar-se na Bremer Reihestraße. Bem ao lado da estação central e não muito longe da taberna Nagel. No sofá de Landmann. Unger sentia a cabeça explodindo e, naquele momento, na realidade, tinha de estar na Finkenau, e, no dia anterior, devia ter ido ao baile do Lübscher Baum.

— Maldição. Maldição. Maldição — disse, em voz alta, embora ninguém o ouvisse, pois estava sozinho no apartamento.

Landmann já estava diante da mesa de operações na Finkenau. Desculpou-se em nome do colega Unger, que tinha uma forte constipação. Landmann percebeu que Henny Godhusen, futura parteira, olhava para ele com atenção. Com relação a isso, Unger tinha fortes possibilidades, pois já havia algum tempo notara que a pequena Godhusen tinha uma queda por ele. Contudo, no sofá da Bremer Reihe, Unger não desconfiava de nada disso.

— Maldição — repetiu, em voz mais baixa.

Botou tudo a perder. Todos os olhares que ele dirigia a Henny: auspiciosos, de admiração, também ternos. Infelizmente, uma ala de maternidade não era um labirinto de plantas e não era exatamente indicada para conquistar o amor de alguém. Na verdade, para essa empreitada, a maternidade talvez fosse o lugar menos indicado do mundo.

No decorrer do quente verão do ano anterior, ele devia ter convidado Henny para visitar o jardim de seus pais e mostrar-lhe as galinhas, os coelhos, as macieiras, o mundo saudável. Demonstrar a ela suas intenções sérias. Que, embora ele e Landmann partilhassem parte de seu tempo livre, o mesmo não acontecia com a reputação duvidosa.

— Espero que nem passe por sua cabeça se envolver com um médico — ouviu dizer uma das jovens parteiras —, porque eles namoram você e depois se casam com a filha do chefe.

Será que Henny sabia que os sentimentos dele por ela iam além de mero galanteio? Ele definitivamente precisava de uma oportunidade para esclarecer essa questão. Esperava que a garota não fosse rancorosa.

Unger levantou-se com cuidado. Do outro lado da janela, o dia estava cinzento. O cinza era apropriado. A verdade é que podia explicar tudo a ela. Talvez tivesse uma segunda chance.

Em cima da mesa da cozinha de Landmann, um bilhete:

Espero que você melhore. Vou riscar o cúmel Helbing da lista de medicamentos.

Theo Unger fechou a porta depois de sair e andou em direção à estação central rumo a sua casa, para que a mãe lhe preparasse uns ovos fritos e lhe explicasse por que a velha senhora que havia provocado aquela cadeia de acontecimentos funestos não estava no trem.

Novembro de 1921

Tinha causado a morte de Netty. Carl Christian Bunge estava no cais de Schwanenwik à espera do barco com que atravessaria o Alster, absorto em pensamentos. Estava se sentindo esquisito e acabava de concluir que fora responsável pela morte de Netty. Ele não era dos que se reprimiam.

Desde janeiro, tudo acontecera muito depressa. Devia ter levado Netty ao médico bem antes. Teria considerado a possibilidade de uma bronquite persistente, nos dias mais difíceis talvez uma tuberculose e uma internação num sanatório em Davos. No entanto, a fera que espreitava e havia arrebatado Netty era ainda mais voraz.

Não devia ter obrigado Ida a se casar com Campmann. A filha estava sofrendo na mansão Hofweg-Palais. Acabava de visitá-la e quase não a vira animada no passeio entre Hofweg e Schwanenwik. O que teria acontecido com sua filhinha despreocupada, de vez em quando caprichosa, mas que esbanjava curiosidade e alegria? Agora era uma jovem séria que não desejava outra coisa a não ser ter um filho. Por que desejava com tanta urgência ter filho com um homem que não amava? Para se sentir menos sozinha?

O casamento fora celebrado em maio. Quais seriam os motivos para tanta pressa? Manter afastado o chinês? Beneficiar-se de um crédito ainda mais substancial de Campmann? O rápido declínio de Netty, que ainda assim queria ser a soberba mãe da noiva?

Bunge entrou no barco e, na proa, contemplou a espuma e a água cinzenta do Alster. Agora o vento era mais frio, podia ter arejado as ideias de qualquer um, mas voltaram a assaltá-lo os mesmos pensamentos turbulentos: saber que naquele dia mostrara sua mansão a um corretor imobiliário teria sido o fim para Netty.

Nenhuma das ofertas lhe havia alcançado a indulgência dos deuses; sacrificara em vão o coração de Ida diante de seu pedestal.

Se Ida soubesse que estava prestes a oferecer o próprio coração, três meses depois da morte de Netty... O problema é que não se sentia bem sozinho. A casa vazia. Mia na casa de Ida, sem cozinheira, criada, jardineiro, motorista. Todos tinham ido embora.

Tudo isso lhe partia o coração; dependia muito da minhoca. Era sorte ter encontrado Guste.

Na pensão de Guste, na Johnsalleestraße, ele tinha um lar. Na mansão, sem Ida, sem a minhoca e sem os funcionários domésticos, sentia-se sozinho. Quão diferentes podiam ser o princípio e o fim de um ano – dez ínfimos meses, e a decadência de um mundo.

Também havia se distanciado de Kiep e Lange. Para não mais lamentar o fato de não ter entrado na onda das bebidas alcoólicas, apostou na goma-laca. Na pensão de Guste, hospedava-se um holandês que viajava fazendo representação de produtoras discográficas. Ele também oferecia vitrolas de dez e doze polegadas.

Nos discos, estavam condensadas operetas. Orquestras completas. E Caruso cantava. Na pensão de Guste passava o dia inteiro a cantar no gramofone. As árias de Rodolfo. *La Bohème.** Caruso também havia morrido. Em agosto, antes de Netty.

— *"Que mãozinha fria!"*** — cantarolou Bunge à medida que o barco se aproximava da outra margem do Alster.

Afinal, a goma-laca estava relacionada com a borracha.

Voltando a enriquecer, poderia resgatar Ida. Mas, como estava dizendo, ela que se resolvesse com Campmann. De uma forma ou

---

* Ópera do compositor italiano Giacomo Puccini. (*N. T.*)
** "Che Gelida Manina", ária para tenor da mesma ópera. (*N. T.*)

de outra, o caso com o chinês não teria dado certo, pois a cultura do rapaz era muito diferente da deles. De vez em quando, na pensão de Guste, pernoitava um chinês idoso comerciante de porcelanas. Não dava a impressão de fazer grandes negócios, parecia pobre; podia ser que muitas vezes tivesse ficado devendo o valor do quarto. Sem dúvida Guste Kimrath tinha um grande coração.

Quem sabia o que a vida reservava e ainda queria levar consigo? Esse ano tinha-se revelado destruidor. Destruidor como o câncer de Netty. Contudo, enquanto se mantivesse em jogo, pensou Carl Christian Bunge, caminhando em direção à Johnsallee, jogaria para ganhar.

Henny subiu os degraus da estação de metrô da Emilienstraße; o endereço anotado no papel ficava bem perto. Uma placa esmaltada na casa: "Doenças da mulher e doenças sexuais". Entrou no consultório, ao qual se chegava descendo dois degraus, como se fosse uma lojinha, e espantou-se ao ver como era diferente aquele mobiliário do luxo da clínica Finkenau. Mas não era isso mesmo que queria? Afastar-se de sua verdadeira vida?

Informou seus dados e mandaram-na entrar em uma das salas de espera, a menor. Na outra, ouviam-se vozes altas; ali estava sozinha. Nas paredes, desenhos coloridos pendurados, todos eles intitulados "O milagre da maternidade".

Havia seis meses que podia afirmar ter o diploma oficial de parteira e agora estava sentada naquela sala de espera. Estava louca. Mas em quem podia ter confiado? Nem mesmo Käthe sabia de algo.

Lud considerava de conhecimento geral que queria ter uma família numerosa. Por que Henny não havia esclarecido esse ponto logo no início? Por que foi que ela se entregou assim ao jovem? Por sua ternura?

Chamaram a senhora Godhusen para ser atendida. Casada com o senhor Godhusen. *Ai, papai*, pensou Henny, *talvez eu tivesse confidenciado a você. Mas será que teria entendido por que não anseio pelas alegrias da maternidade? Por que prefiro ter uma carreira? Não podia ser médica, mas poderia chegar a ser parteira-chefe.* Diversas vezes teve a impressão de que Else sacrificara muitas coisas pela filha.

Dois anos como aprendiz de parteira e nem sequer tinha sido capaz de tomar precauções. Henny, estendida nas questões ginecológicas, teria recitado de cor o capítulo sobre a posição de litotomia que acabava de adotar o cavalheiro idoso de avental branco e olhar severo por cima dos óculos.

— Sem dúvida — afirmou —, fim do segundo mês. — Seus olhos repararam na mão direita de Henny: tinha virado o anel de Else com a pedra da lua, de maneira que só se via o ouro, não a pedra. — Parabéns — felicitou-a o médico, com ar hesitante. Exercia o ofício numa zona em que a gravidez era com frequência uma contrariedade.

Henny pagou doze marcos e saiu do consultório, desceu a escada da estação e sentou-se no metrô. Lud estaria à espera quando saísse pela porta da Nagel & Kämp. Dava-lhe medo a alegria que ele poderia sentir.

———— ~!~ ————

Não foi até a Nagel & Kämp. Henny saltou na estação central e desceu pela Steindamm, sem prestar atenção às lojas nem ao bonde, que passava sacolejando pela rua. Foi Rudi quem a deteve e impediu que fosse atropelada. Rudi, que saía da casa de penhores onde por fim resgatara o alfinete de gravata com a pérola do Oriente. À corrente do relógio não tinha assim tanto apego.

Henny desejou que Rudi a abraçasse e desatou a chorar.

O rapaz a conduziu até o bar da estação, uma vez que ela não queria ir à taberna Nagel, pediu um chocolate de verdade com natas para reconfortá-la e escutou as lamúrias de Henny. Surpreendeu-se com o fato de ela não ter tomado precauções, mas não disse nada. No entanto, lamentou muito que Käthe, por sua vez, fosse tão precavida.

— Lud vai querer se casar com você, disso pode ter certeza — observou. — Você não o ama?

— Claro que sim — respondeu ela, olhando para a xícara.

— Então não estou entendendo por que toda essa preocupação. Você tem medo do que sua mãe perfeita vai falar? Medo de ela condenar o aspecto libertino das relações pré-nupciais?

— Não quero ter filhos — confessou Henny.

Os comensais da mesa ao lado olharam irritados quando o jovem sacudiu com veemência os cachos escuros. Mas que modos eram aqueles, quando havia gente comendo?

— E, mesmo sabendo disso, você se envolve com Lud, que vive falando para todo mundo que quer ter um monte de filhos?

Henny encolheu os ombros.

— Você está tentando se enganar — comentou Rudi.

— Você está dizendo que no fundo eu desejo ter filhos?

— Mais ou menos, pois custo a acreditar que isso tenha acontecido logo com você, que não é descuidada.

— Não — retorquiu ela —, isso não é verdade.

— Tenho um emprego novo. Na Friedländer. O dos cartazes. O que fazem é mais que imprimir. É litografia.

— Fico muito contente, Rudi, agora já podem se casar.

Por acaso passou por sua cabeça durante um instante um casamento duplo na igreja de Santa Gertrudes?

— Você já sabe qual é a opinião de Käthe sobre casamento. Mas, se você subir ao altar, talvez ela também queira.

Henny o observava. Parecia ansioso. Ou será que ela começava a vivenciar o sentimentalismo das grávidas? Ela sempre tivera um carinho por Rudi, desde o primeiro momento.

— Você não está pensando em interromper a gravidez, certo?

— Não — afirmou Henny —, vai contra a ética das parteiras.

Não se sentira tentada, no dia anterior, a preparar uma lixívia quente com o sabão carbólico? Na clínica, já havia visto mulheres que tinham conseguido provocar um aborto prematuro desse jeito.

Rudi assentiu, parecia aliviado.

— Você deveria contar ao Lud o quanto antes. — Preparava-se para acrescentar que ele ficaria louco de alegria, mas viu que o rosto de Henny se entristecia. — Eu a acompanho até sua casa — decidiu.
— Não se preocupe, não pretendo me afogar no Elba.
— Não conseguiria mesmo, porque você nada muito bem.
— Käthe comentou sobre o clube náutico para trabalhadores? — O semblante de Henny enfim relaxou. — Frei Nass.
— Contou que você foi campeã do clube.
— Tolice — negou ela.
— Tal como diria Käthe.
— Por que raios ela não quer se casar?
— Você a conhece há muito mais tempo que eu — respondeu Rudi.

———— ⁃⁚⁃ ————

No trem, o caminho foi mais animado, mas, quando viu acesa a luz no segundo andar da casa da esquina na Humboldtstraße, Henny perdeu a coragem de contar tudo à mãe e decidiu primeiro falar com Lud. Queria ver rostos felizes, e da parte de Else esperava críticas e desilusão.

Na Canalstraße, Lina abriu-lhe a porta; Lud ainda não havia chegado. Chamou-a para sala de estar, que para Henny parecia muito mais acolhedora que o quarto que sua mãe fazia questão de manter um brinco, diante do qual Else teria gostado de colocar um cordão vermelho para impedir a entrada. Aquela sala, porém, fazia as pessoas se sentirem bem-vindas.

O sofá de formas arredondadas, a prateleira cheia de livros, cujas portas estavam sempre abertas, a luz cálida do candeeiro atrás de uma poltrona de leitura. Terá sido por isso que a frase lhe saiu com facilidade?

— Vou ter um filho de Lud.

Não notou na voz de Lina nenhuma hesitação. Como se fosse a coisa mais normal do mundo Lud ser pai aos vinte anos recém-completados.

— Fico muito contente, porque a vida continua e porque assim não choramos apenas os mortos. Fico contente pelo Lud, que deseja ter uma família. Mas imagino que você tivesse outros planos, não é verdade, Henny?

— Crescer profissionalmente. Era esse o plano.

Lina sentou-se junto dela no sofá.

— Ainda assim, vai ser possível. Todos ajudaremos. Lud será um pai dedicado, e eu serei uma tia também devotada. Sua mãe ficará a seu lado.

— Com certeza — replicou Henny —, pelo menos isso ela vai adorar, não me perder mais de vista. — O desejo de não ter filhos parecia ter muito a ver com Else. Naquele dia, isso ficou muito claro para ela.

Lina sorriu. Ela também tinha dificuldade para lidar com a possessiva Else Godhusen, de bondade implacável.

— Conheço uma médica que acabou de ter o segundo filho e continua a trabalhar na clínica. Digo a minhas alunas que elas não têm por que renunciar à profissão por causa dos filhos. As mulheres deviam não só poder escolher como poder conciliar ambas as funções.

As duas levantaram a cabeça quando ouviram a chave na fechadura.

Era Lud, que chegava em casa. Primeiro, ficou preocupado ao ver Lina se levantar depressa e pegar o casaco, ao passo que Henny, sentada no sofá, retorcia as mãos.

— Estou com vontade de dar um passeio — explicou-lhe a irmã, que logo saiu porta afora.

— Henny, aconteceu alguma coisa ruim?

Será que a vida não lhe tinha ensinado que as coisas podiam correr bem e depois tudo sair dos trilhos?

Lud tirou o casaco e o chapéu e, em vez de se sentar ao lado de Henny no sofá, agachou-se à sua frente e começou a acariciar-lhe as mãos.

— Devo parecer uma panela de pressão. — Era assim que Henny se sentia: sufocada, suada, oprimida.

— Você parece de fato meio quente. Está com febre? — Lud colocou a mão fria na testa dela.

— Lud, vamos ter um filho.

Ainda abaixado, Lud perdeu o equilíbrio e caiu no pequeno tapete oriental defronte do sofá. Quando se levantou, era ele quem parecia sufocado e oprimido. Tinha os olhos marejados.

— Você está grávida?

Henny assentiu. Não, nunca havia pensado que o silencioso Lud pudesse irromper num semelhante grito de júbilo; um grito que interrompeu repentinamente e, onde momentos antes estivera agachado, agora se via de joelhos.

— Gostaria muito que você fosse minha mulher — disse, agarrando-a com firmeza. — Henny, queridíssima Henny, quer se casar comigo?

Ela sorriu.

— Não pretendo mesmo ser mãe solteira — retorquiu. — Else nunca mais se atreveria a pôr o pé na rua.

— Então, isso quer dizer que me você me ama?

— Você sabe muito bem que sim. Venha, sente-se de uma vez aqui no sofá, meu querido Lud. Vai ser incômodo se nos beijarmos com você ajoelhado.

— E sua mãe? — perguntou ele. — O que ela disse?

— Ela ainda não sabe de nada.

— Nesse caso, vamos contar a novidade juntos.

Será que Else iria gostar? De todo modo, Henny não queria privar Lud da imensa felicidade que sentia.

———— ·:· ————

Havia algum tempo, Landmann tinha a impressão de que Unger era incapaz de esquecer que o havia feito beber tanto cúmel na taberna Nagel. Unger contou o que sucedeu naquele dia funesto a Henny Godhusen para que ela o perdoasse, mas não houve segundo encontro.

Landmann assobiava baixinho pelo corredor, a caminho da ala particular. Havia descoberto naquele dia que a jovem estava comprometida. O doutor Kurt Landmann gabava-se um pouco de ser capaz de adivinhar à primeira vista quando a mulher estava grávida. Era bem possível que Unger estivesse precisando de consolo, pois sem dúvida lhe teriam chegado aos ouvidos os rumores que circulavam na sala das enfermeiras.

Foi encontrar Theo Unger onde supôs que estaria, ao pé da cama da senhorita Liebreiz. O sobrenome, que significava "encanto", era um presságio. Talvez Unger já estivesse se consolando por conta própria. Landmann conhecia a família Liebreiz, liberais que não davam importância nenhuma à religião e aceitariam como genro um *gói*, um não judeu.

Unger podia servir perfeitamente.

No caso de Elisabeth Liebreiz, desconfiava-se de uma possível inflamação do apêndice, mas, depois de ter começado a sentir dores também no lado esquerdo do ventre, suspeitaram de inflamação nos ovários. A família inteira estava preocupada que isso pudesse causar infertilidade.

Landmann cumprimentou os dois com um leve aceno de cabeça e fechou a porta.

Será que Henny Godhusen teria se interessado tanto assim por Unger, uma vez que se havia se mostrado tão pouco complacente? Sua amiga Käthe, com quem acabava de esbarrar na escada, era sem dúvida a mais sensual das duas. E sabia o efeito que causava, tinha certeza disso. Mas também já devia estar comprometida.

Era algo que vivera em sua juventude no campo de batalha, e depois muitas dessas coisas haviam terminado. O amor e as oportunidades. *Oda*. Permitiu-se pensar nela por um segundo.

Unger era dez anos mais novo que ele, talvez ainda pudesse se apaixonar e se casar, tendo em vista a maneira como acabava de vê-lo, à beira da cama de Elisabeth Liebreiz.

Landmann piscou para a senhorita Laboe e sorriu quando Käthe lhe retribuiu. "Você ainda nem sonhava em existir." Quem tinha dito isso? Uma aventura sem importância. Algo que lhe faria bem, talvez pudesse tentar a sorte. Ainda não tinha ouvido nada sobre a senhorita Laboe ser comprometida ou não. Mas o que ele estava fazendo? Devia continuar fiel a seus princípios. Käthe Laboe era um tabu para ele.

Seu velho professor catedrático teria gostado de proibir um casamento desse tipo. "As enfermeiras e as parteiras solteiras são as mais fiéis ajudantes do médico." Pronunciava essa frase com tanta frequência quanto Catão, *o Velho*, proferia sua máxima sobre a destruição de Cartago.

Landmann ergueu novamente o olhar depois de ter descido a escada. O que a jovem estaria fazendo na ala particular àquela hora? Por ora, não havia lá parturientes de quem cuidar. No entanto, Käthe já tinha sumido. Era uma pena. Estava com vontade de, pelo menos, namorar um pouco.

Der fröhliche Landmann,[*] isso sempre. Sempre colocavam essa peça de Schumann para tocar e a consideravam original. No entanto, Landmann não era capaz de rir de maneira nenhuma. Sentia-se sozinho.

Era a primeira vez que fazia isto: roubar uma lata de chocolate. Quando lá em cima, na cozinha, faltava uma lata, pegava da que estava na prateleira ao lado. As mulheres da ala particular eram bem atendidas, não sofriam privações.

Das ricas para as pobres, pensou Käthe Laboe, colocando a caixa sob o avental branco. As mulheres da enfermaria também precisavam de açúcar para acalmar os nervos. Um quilo de raspas de chocolate daria para umas quantas xícaras a cada uma das dezesseis mulheres que ocupavam a sala.

---

[*] A autora faz um trocadilho com o título em alemão, *Der fröhliche Landmann*, ou "O camponês feliz", e o sobrenome do médico. (*N. T.*)

Dois anos antes, no verão, Unger tinha preparado no laboratório vinho tinto com gema de ovo e açúcar para fortalecer uma paciente. No laboratório também havia um fogareiro de dois bicos, a gás. Só faltava o leite, pois o que tinha precisaria ser misturado com água para render. À tarde, entraria na sala com a mesa de rodinhas e distribuiria as xícaras. Santa Käthe.

Abriu seu armário, deixou a lata de chocolate na prateleira e assustou-se ao ouvir a porta.

— O que você ainda está fazendo aqui?

— E você? — perguntou Käthe, virando-se para Henny.

— Troquei pelo turno da noite. Amanhã de manhã Lud quer conversar com o padre da igreja de Santa Gertrudes.

— Um pouco precipitado, não acha?

— Casamento leva tempo, e não quero ir para o altar com a barriga enorme. O que se passa com você e Rudi? Não é possível que seja apenas sua veia revolucionária.

Käthe fechou a porta do armário com cuidado, como se a trancasse a sete chaves.

— Ele me ama — retorquiu.

— Isso já eu tinha percebido.

— E eu também o amo. Mas alguma coisa me deixa com medo.

— O que a deixa com medo?

— Não sei. Sinto como se não fôssemos ter sorte.

— Superstições, Käthe.

— Não — negou ela.

Dito isso, abraçaram-se e choraram. Visto que não era possível avançar no tempo, nenhuma das duas sabia o que as esperava.

— Chega de lágrimas — disse Käthe, afastando-se. — Talvez seja porque não me sinto bem.

Os Laboe não se permitiam exprimir muito os sentimentos, e Henny sabia disso. Aproximou-se do lavatório, molhou o rosto, enxugou-o e ajeitou os grampos da touca. Já estava na hora de começar a trabalhar.

— Hoje só nasceram meninas — observou Käthe. — Morro de vontade de saber o que será o seu.

Esse não era um assunto que Henny queria aprofundar. Tudo aquilo era demais: a alegria de Lud, os suspiros de Else. Como se o sucessor ao trono inglês também tivesse estado na fila para pedir a mão de Henny em casamento e agora surgisse um jovem comerciante da fábrica Nagel & Kämp, de apenas vinte anos, e lhe tivesse arrebatado a filha. A única pessoa com quem Henny podia contar era Lina, sua futura cunhada.

Assoou o nariz, dirigiu um olhar de assentimento a Käthe e fechou a porta ao sair.

Käthe continuava diante do armário, com o casaco no corpo e a mala na mão. Abriu o armário depressa, pegou a lata e colocou-a na mala. O couro ficou deformado com o volume de um quilo de chocolate.

Mas ninguém a não ser ela pensava em seus nervos, que também precisavam de açúcar com urgência, mais que de uma auréola de santa. Tomara que ela e Rudi pudessem ficar com o bendito apartamento. Esses proprietários miseráveis, que os acusavam de ter uma conduta imoral. O que era imoral?

Estava farta de passar as noites no sofá da cozinha de sua casa e dos encontros amorosos na casa da mãe de Rudi. Quantas vezes tinham se levantado da cama num pulo e se vestido com pressa ao ouvir a chave na fechadura? Nessas ocasiões, Grit Odefey fitava-os como se o que tentavam ocultar não fosse a felicidade do amor, mas o princípio de uma tragédia.

Rudi não tinha nada da mãe, eles não se pareciam. Ao mesmo tempo, dificilmente podia chamar de "pai" o homem que se via na fotografia com a paisagem alpina pintada. "Você caiu do céu", dizia Käthe, "nesta casa de dois cômodos com a privada do lado de fora."

Achava estranho que não houvesse outro vestígio do pai nem do passado de Grit Odefey. Também na família Laboe tinham morrido todos: Anna, Karl e ela eram os únicos sobreviventes. Contudo, havia fotografias e histórias dos que já lá não estavam. Quanto mais velhos ficavam os pais, mais frequentemente as contavam. "Lembro-me de que uma vez...", começava o pai, passando para o dialeto local. Rudi, que amava as palavras, havia crescido sem histórias. Dizia que não se atrevia a fazer perguntas porque Grit ficava constrangida.

De pedra, pensava Käthe, *o rosto da mãe dele podia ser de pedra*.

Olhou para o armário, diante do qual ainda se encontrava. Estava ali, absorta em pensamentos, em vez de ir embora. O que pensou não era mais que um pedido de desculpas por ter surrupiado a lata de raspas de chocolate.

Porque a vida era dura e as coisas não eram fáceis para ela.

———— ~¦~ ————

Se lhe tivesse chegado aos ouvidos essa reflexão, Ida Campmann, cujo nome de solteira era Bunge, se mostraria de acordo, mas só havia cruzado com Käthe Laboe uma vez. A filha da mulher havia dias pedira desculpas pelo fato de a mãe faltar ao trabalho, pois estava constipada. Aquela vez, na casa da Fährstraße.

Se houve um tempo em que pensara que aquela casa era como uma gaiola dourada onde se aborrecia, hoje ela representava um baluarte de felicidade que havia desaparecido, cuja guardiã era Netty.

Quando se lembrava dela, Ida só chamava a mãe pelo nome, Netty, já não *maman*, como se pudesse acariciar *a posteriori* Antoinette Bunge com a menção do carinhoso diminutivo. O pai continuava a chamar-lhe "minhoca", coisa de que Ida nunca tinha gostado. É possível que não tivesse levado Netty a sério durante um só minuto do casamento deles.

Havia sido uma morte doce, assegurara o médico. A uremia tinha deixado Netty em estado vegetativo, o que era uma bênção no caso de ter de câncer. Será que o pai encontraria algum consolo nisso? Ida não.

A vida era dura e as coisas não eram fáceis para ela.

Ida percorreu os oito cômodos de sua casa. "Mansão", dizia o pai, algo pomposo e típico dele. Gostava de exagerar. Não havia dúvida de que o Hofweg-Palais era um edifício senhorial, com acesso para o automóvel, uma pequena fonte diante da porta, o estuque mais bonito e inúmeros ornamentos de estilo modernista. Contudo, faltava-lhe o jardim da Fährstraße, o grande terraço, a pereira.

Sobretudo, faltava-lhe vida. Campmann passava o dia inteiro fora e chegava muito tarde. Só o encontrava à noite, na cama.

Não havia outros criados além de Mia. Não seria nada mau contar com uma cozinheira. Da cozinha saía um cheiro de queimado. Mia estava tentando preparar escalopes a pedido do dono da casa, que, naquela tarde, as honraria com sua presença.

Ida entrou na ampla cozinha onde nunca havia mexido num tacho, limitando-se a levantar as tampas para ver o que Mia preparara. O que eram aquelas coisas cheias de crostas na travessa de prata?

— O senhor ainda não chegou. Os escalopes devem ser fritos *à la minute*, Mia.

— Pensei em fazê-los primeiro e cuidar depois das batatas.

— Coma você os frios e não comece a fritar os escalopes enquanto meu marido não chegar em casa. Ainda temos bastante vitela, não é? — Pelo menos gostava de manter as provisões sob controle, pressionar os fornecedores e conseguir que lhe enviassem o melhor do Michelsen ou do Heimerdinger e do corte.

Quando Ida saiu da cozinha, Mia já estava comendo a carne fria. Ao ver semelhante gula, Ida balançou a cabeça. Quem diria que teria paciência para ela, mesmo que fosse apenas porque a amizade que Mia mantinha com Ling servia de ponte para chegar a Tian? Uma ponte que Ida não se atrevia a atravessar, mas só de saber notícias de Tian sentia-se reconfortada.

Claire Müller continuava à disposição. Gostava de aceitar dinheiro como pagamento pelas aulas de piano que não dava. Campmann dava a Ida bastante dinheiro para suas despesas, a ponto de ter financiado essa empreitada com facilidade, mas, infelizmente, não havia como inventar um álibi. Apesar de tudo, talvez devesse entrar em contato com *mademoiselle* Müller.

Ou será que Campmann era indiferente à maneira como ela passava os dias? Evidentemente não teria aprovado uma aventura com "o chinês".

Ida entrou na sala de jantar, onde já estava posta a cabeceira da longa mesa de mogno. Porcelana da Fábrica Real, do enxoval de Netty, copos de cristal, prataria.

Um casamento solitário com uma criada.

Atravessar a ponte em cuja extremidade oposta estava Tian.

Ida ouviu Campmann chegar e foi à cozinha a fim de instruir Mia a começar a fritar os escalopes.

Talvez fosse o sol baixo de novembro, banhando a casa numa luz suave, que fez Käthe se mostrar entusiasmada com os dois cômodos com cozinha e uma pequena varanda para sudoeste.

Virou-se para Rudi, que estava diante de uma lareira revestida de azulejos brancos. Se ele pudesse ler o pensamento dela naquele momento, saberia que Käthe estava disposta a fazer muita coisa por aquele apartamento.

— A menina parece enfeitiçada — comentou o amável idoso a quem pertencia o imóvel da Bartholomäusstraße. — Imagino que estejam pensando em se casar... Ou já são casados?

Rudi desviou a atenção da lareira para encarar Käthe, que voltou a contemplar os cômodos bem iluminados antes de se despedir da ideia de fazer de lá um lar.

— Há também uns balanços — observou Rudi, ao aproximar-se da janela.

— E piscina — acrescentou o velhote.

— Não somos casados — interveio Käthe.

— Mas, se não entendi mal, gostariam de viver aqui juntos, não é verdade? Não posso alugar o apartamento para vocês sem uma certidão. Esta é uma casa decente. Casais. Famílias.

A voz do velho continuava cordial, e eles ainda tinham sua simpatia, mas Käthe percebeu que não havia como prosseguir.

— Nem se fôssemos agora mesmo ao cartório, não vai reservar o apartamento para nós, correto? — Käthe parecia triste.

— O senhor confiaria em nós se lhe trouxéssemos os proclamas? — Rudi conteve a respiração depois de formular a pergunta, à espera de que Käthe levantasse algum tipo de objeção.

Não o fez. Estaria ela pensando no sofá da cozinha? Ou no rosto de Grit ao vê-la sair do quarto de Rudi sem meias e com a blusa semiabotoada?

— Vão depressa fazer os proclamas. O empregado do cartório que utilize papel-carbono e faça uma cópia.

— O senhor confia em nós? — perguntou Rudi.

— Não vai entregar o apartamento a outra pessoa? — indagou Käthe.

— Sempre tive em alta estima os cartazes da Friedländer — respondeu o velho. — Sobretudo os do jardim zoológico Hagenbeck. E as parteiras prestam um serviço inestimável à comunidade e não lhes é dado o devido valor. — O cavalheiro sorria, satisfeito. — Vamos, mexam-se.

Ao olhar pela janela, viu que os dois se abraçaram lá embaixo, em frente à casa. Não tinha pressa nenhuma em alugar o apartamento, pois quatro casas em Barmbeck proporcionavam-lhe um belo rendimento. Gostava dos jovens. Era preciso ajudá-los nos tempos que estavam vivendo.

— Está falando sério? — perguntou Rudi, já na rua. — Você não vai voltar atrás quando o proprietário tiver a cópia em mãos?

— Você acha que podemos manter em segredo que seremos casados? — perguntou Käthe.

— Por quê?

— Como eu ficaria com Henny, casando-me antes dela? E os outros, o que diriam?

— Não importa em quem você está pensando, todo mundo vai compartilhar de nossa alegria.

— Lá em cima, no apartamento, pensei que talvez você e eu pudéssemos, de fato, ser felizes.

Rudi olhou para Käthe sem saber do que ela estava falando. Ele não sabia nada dos medos e das superstições. Ouviram uma gritaria de crianças no balanço. Sentiu-se tentado a dizer que seus filhos poderiam brincar ali, mas ficou com medo de prolongar muito a conversa.

———•:•———

Lina fez a proposta e, num primeiro momento, Lud e Henny foram contra. No entanto, parecia uma boa solução. Lina queria deixar a casa da família, na Canalstraße, que era bastante espaçosa, para a futura família do irmão.

A outra margem. Se escutasse sua voz interior, ouviria o quanto se sentia atraída pela mudança. De repente, era como se a separasse desse momento apenas o canal Eilbeck. Uma colega da escola havia comentado sobre a senhora da Eilenaustraße, que alugava um quarto para uma pessoa solteira.

Lina dava graças a Deus por Henny, que havia sido um presente do céu. Henny, a jovem pragmática, era a mulher ideal para o sonhador Lud. Lina não esperava que fossem ter filho tão cedo, afinal Henny era parteira e devia ter sabido fazer as coisas... Ou não? Isso mesmo depois de Lina ter dado sinal verde para que os dois ficassem juntos no quarto de Lud. Mas será que devia ter passado a vida abrindo a porta para apontar para eles de modo ameaçador?

Henny também fora pega de surpresa por aquela gravidez prematura. Ela tinha ambição, tinha planos. Será que Lina não achava estranha essa situação? Claro que sim.

Talvez Henny tivesse um grande instinto maternal do qual nada sabia e seu coração estivesse preparado para acolher Lud, que tanto desejava ser amado.

Entre Lud e Henny existia uma atração física que fazia sair faíscas. Centenas de pequenas carícias quando estavam sentados juntos no sofá – e depois levantavam-se apressados para se jogar na cama. Devia parar de considerar Lud seu irmão mais novo.

Em sua cama era apenas ela. Quer essa cama estivesse na antiga casa ou na nova. Lina ganhou impulso e pulou por cima de um monte de folhas coloridas na ponte, fazendo-as voar. Uma pessoa solteira. Lud nunca havia comentado com ela a revolta da proibição de se casar que pesava sobre as professoras. Será que não sabia de nada?

Desde setembro, trabalhava na escola da Telemannstraße, que era considerada um centro experimental. Um ambiente otimista, muita gente jovem no corpo docente, embora também os mais velhos proviessem do professorado orientado para a reforma pedagógica de Hamburgo.

Lina deteve-se diante da casa de dois andares na Eilenaustraße. Tijolo claro, estuque branco. Por cima da porta, a data: 1900, quase o ano de seu nascimento. Nos sótãos, uma janela de três folhas de onde se via, do outro lado do canal, até a Finkenau e além. Gostava da casa. Subiu a escada que conduzia à porta e ficou preocupada por talvez não conseguir agradar. Talvez a senhora tivesse uma ideia completamente diferente das pessoas solteiras.

Quando saiu, a escuridão já pairava sobre as árvores despidas, fazendo com que a folhagem alta fosse indiscernível. Quase não se distinguia a orla de passeio. Era preciso adivinhar onde pisar. No entanto, Lina ia saltitando como uma criança.

Folhas que caíam. Não era sinal de boa sorte se uma folha roçasse a pele de alguém? A senhora Frahm e Lina haviam tomado duas, três, quatro xícaras de chá. As águas-furtadas eram suas. Saiu pela Canalstraße dando pulos de alegria.

Era o início de tudo.

Lud já havia começado a fazer um berço bastante sólido para embalar muitos bebês.

———·:·———

Ao dar um passeio, acabou transpondo a escura porta da cocheira e, adentrando o pátio iluminado, viu-se diante da marcenaria e inspirou o aroma da madeira. Da primeira vez, comprara apenas um pedacinho de madeira de tília para esculpir o medalhão de Lina.

Depois, levou para casa duas ripas de abeto-falso para melhorar o cubículo do chuveiro. No entanto, o ato de escolher a madeira para um berço, de decidir-se pela custosa cerejeira da região de Altes Land, fez Lud experimentar uma felicidade com a qual foi capaz de suportar a escuridão de novembro.

Seu filho nasceria em pleno verão.

A única coisa que se interpunha no caminho de sua felicidade era Else Godhusen. "Você é muito jovem, Lud", disse, se bem que desconfiava de que houvesse outros motivos que não faziam dele o genro de seus sonhos. "Sempre teve ideias fixas", confidenciou-lhe Käthe.

"Não tem sangue azul", afirmara também Henny, sorrindo e omitindo que Else dizia que ele era comum. Henny imaginara algo muito diferente, mas já não havia nada a fazer; o amor que sentia por Lud era grande o suficiente para que dali saísse algo bom. Não queria passar a vida suspirando e lamentando as oportunidades perdidas, tal como fazia a mãe.

No entanto, Lud não sabia nada sobre os pensamentos de sua prometida. Serrava, colava e aspirava o cheiro da madeira. Não se sentia tão jovem. Muito pelo contrário, achava que tinha de se apressar.

Como terminou o berço cedo, Lud resolveu trabalhar mais nele. Contemplou a madeira de cerejeira que lhe havia sobrado e pensou que dava para fazer uma caixinha. Um pequeno porta-joias para Henny.

— Não quero que mamãe faça limpezas na clínica, será que não entendem?

Não, Karl Laboe não entendia. Afinal, não havia nada de degradante em arrastar um balde com água e passar um rodo no chão. Isso sem falar na falta que o dinheiro fazia em casa. Sua pensão por invalidez era mínima, e, embora Käthe contribuísse com alguma coisa para as despesas, ele pressentia que a filha estava prestes a abandonar o ninho. E, nos tempos atuais, em que o *reichsmark* definhava e as poupanças, tanto as pequenas como as grandes, sumiam, não era fácil arranjar trabalho de diarista. Até mesmo os fidalgotes lutavam com dificuldade, e sua Annsche já não era mais uma menininha.

Sim, Anna Laboe entendia Käthe. Também ela tinha levado um susto quando de repente viu a filha à frente, no extenso corredor que limpava naquele momento. A filha com o uniforme de parteira recém-engomado, a mãe de joelhos no meio do cloro. Não se atreveu a contar a Käthe sobre o período de experiência na Finkenau; esperou apenas que a clínica de mulheres fosse grande o suficiente para não ter de fazer limpezas nas salas de parto, no piso das parturientes, e não dar de cara com Käthe nem com Henny.

— Se não quiser que ela faça isso, vai ter de contribuir com mais dinheiro — disse Karl Laboe. — Ou não chegamos ao fim do mês.

Seria a hora da verdade?

No dia anterior, haviam sido publicados os proclamas. *Mas podiam ser anulados*, pensou Käthe. Ela, no entanto, não o faria; era muito tentador viver a própria vida, com papéis de parede de que gostassem, camas das quais não eram obrigados a sair correndo assim que ouviam a mãe de Rudi colocar a chave na fechadura.

— Vê-se de longe — assegurou Karl Laboe.

— O quê? — perguntou Käthe.

O pai não costumava reparar em nada. Era assim tão perceptível que se sentia culpada?

— Que já não respeita seus velhos pais.

— Para onde você quer ir? — perguntou a mãe de Käthe.

Pois bem. Já que tinha de ser, que fosse agora. Käthe inspirou fundo.

— Para uma casa a poucos quarteirões daqui, mamãe, na Bartholomäus.

— Mas não vai sozinha, certo?

— Não, vou com Rudi.

— E conseguiram encontrar um proprietário disposto a aceitar vocês apesar da vida libertina que levam? — perguntou Karl Laboe.

— Vão se casar — comentou Anna, mais perspicaz.

— Vocês se importam de não contar nada a ninguém? Não quero que Henny saiba; bem, nem ela nem ninguém.

— Por quê? — quis saber Karl Laboe, com a mesma pergunta que seu futuro genro havia formulado alguns dias antes.

— Porque eu não queria me casar.

— Pronto, aí está a revolucionária — replicou o pai.

Anna Laboe tinha se levantado da mesa da cozinha para abraçar Käthe, a quem embalava agora como se fosse uma criança.

— Agora que seu dinheiro vai para Bartholomäus, eu e sua mãe vamos ficar mais apertados — afirmou Karl Laboe.

— Vamos dar um jeito, Karl. Farei limpeza na Finkenau.

— Na Fährstraße pagavam mais, mas a senhora morreu e venderam a casa.

— Agora que pensei nisto... O que será da menina? Não se casou com um bom partido? — interessou-se Käthe, afastando-se da mãe.

— Agora tem sua própria casa, no Hofweg-Palais, e levou Mia com ela.

— E ela limpa tudo sozinha?

Anna Laboe não sabia.

— Vou perguntar se precisam de ajuda — propôs Käthe. Isso era algo que podia fazer.

Ida acabava de descobrir sangue no algodão branco da roupa interior quando Mia bateu à porta do banheiro para anunciar a presença da senhorita Laboe. O sangue significava que não haveria filho. O que Ida não sabia era a que se devia a visita de Käthe Laboe.

Pediu a Mia que a mandasse seguir para a salinha, trocou de roupa e a curiosidade fez com que esquecesse a desilusão que representava não estar grávida. O atraso da menstruação criara-lhe grandes expectativas, e um filho implicava dar sentido a sua vida. Talvez desse modo pudesse perdoar Campmann por ser Campmann.

O fato de esse filho não chegar dificilmente poderia ser atribuído à falta de convivência deles; seu marido era enfadonho, mas nunca se fartava. O pior era a inutilidade de seu sacrifício, pois, apesar disso, o pai tinha ido à falência. Se Netty não tivesse caído no leito de morte de um dia para o outro, com certeza teria se oposto com mais veemência ao casamento. Contudo, assim sendo, Ida vira-se sujeita à pressão não só de salvar a casa da Fährstraße, mas de cumprir o último desejo de Netty e casar-se com Campmann.

E agora ia encontrar Käthe, filha de sua antiga diarista.

Ida entrou no ambiente que chamava de "sala ensolarada". Justamente porque pelas janelas do andar nobre não entrava muito sol, tinha escolhido um amarelo vivo para as cortinas e o estofado de seda das pequenas poltronas e do sofá. Era raro Campmann ser avarento; além disso, dava-lhe carta branca. Ele chamava isso de "dar espaço". Para ele, a salinha era o "*boudoir* do pintinho".

Käthe Laboe estava diante de uma das poltronas, como se tivesse receio de se sentar e sujá-la. Usava apenas um casaco que ia até o meio da perna, do qual Mia, ciente de suas obrigações, mas com ar de reprovação, havia se encarregado. Sua saia cinza estava úmida, visto que chuviscava.

Käthe não gostara nada daquela casa, era senhorial demais. Ainda que na Fährstraße uma única casa abrigasse apenas três pessoas de quem seis criados se ocupavam, aquele palacete alugado lhe parecia mais intimidante. Seria porque, apesar de todos aqueles móveis, dava-lhe a impressão de vazio?

— Está à procura de emprego? — perguntou Ida, com a voz impregnada de condescendência. Ali estava a soberba de que Tian havia tentado desacostumá-la.

— Não para mim — respondeu Käthe —, mas, quando a senhora trouxer ao mundo seu primeiro filho, estarei com muito gosto à disposição. Sou parteira.

Era como se Käthe Laboe soubesse onde lhe doía. Ida corou.

— Então para quem?

Agora foi Käthe quem se sentiu constrangida.

— Minha mãe anda à procura de serviço, não sei se a senhora lembra que ela trabalhou mais de dois anos na casa de seus pais, na Fährstraße. E se dava bem com Mia, por isso pensei que talvez fosse bom.

— Foi isso que pensou — retorquiu Ida, arrastando as palavras. Na verdade, não era má ideia sobrecarregar Campmann com mais despesas.

— É uma casa grande — observou Käthe.

Ida assentiu. Mia teria tempo para ir com mais frequência à Schmuckstraße, unindo-a a Hofweg com uns fios com que pudesse tecer uma rede sólida. Desde que se casara, em maio, só vira Tian uma vez, e infelizmente ele tinha se comportado como um cavalheiro.

— Numa casa tão grande, é difícil conciliar as demais obrigações de uma criada com a limpeza — argumentou Käthe.

Mia, que tinha a orelha colada à porta, quase soltou um grito de concordância. Adoraria transferir de novo o trabalho pesado para a senhora Laboe.

— Meio dia — concordou Ida. — Quatro dias por semana.

— As mesmas condições de antes?

Ida encolheu os ombros, pois desconhecia que condições eram essas. Havia sido um erro erguer os ombros.

Käthe soube aproveitar a oportunidade.

— Oitenta *pfennig* a hora.

Mia não acreditava no que ouvia.

Ida achou caro, mas acedeu. Quem pagaria seria Campmann. Vender-se cara era um consolo pobre, mas, ainda assim, um consolo.

Levantou-se. O pai não fechava sempre os negócios com um aperto de mãos, aludindo à Liga Hanseática? O gesto tinha a mesma validade que um contrato em branco. Ainda assim, Ida hesitou antes de estender a mão a Käthe, que também se pusera de pé.

— Você tem coragem, não é verdade? — perguntou Ida.

— É a única maneira.

— E diga-me uma coisa: onde trabalha como parteira?

— Na clínica de mulheres Finkenau.

— Um belo lugar. Algumas amigas minhas deram à luz lá.

Käthe sorriu. Ida Campmann conseguiu, por fim, abandonar seu tom condescendente.

— Venha quando quiser — respondeu.

Ida estendeu-lhe a mão.

— Seria ótimo.

A operação foi confiada a Landmann; o doutor Unger não quis assistir, por isso haviam chamado Geerts, médico jovem, cirurgião muito competente. O anestesista havia colocado a máscara de éter, Landmann realizara a primeira incisão na pele macia e alva, e Geerts ocupava-se dos instrumentos. Landmann suspirou: seus receios foram confirmados, o chefe hesitou muito e por muito tempo sobre fazer alguma coisa. Anexite dupla, mas não foram afetados só os ovários: as trompas também estavam inflamadas e cheias de pus.

Merde — bramou o doutor Kurt Landmann.

Geerts o fitou, e Landmann acenou. Extrair os ovários não adiantaria. Podiam dar graças se conseguissem tirar a jovem do perigo.

Tinha falado alguma vez com Unger sobre ter filhos? Não lembrava. Não era um tópico muito recomendável: o caso com Elisabeth Liebreiz ainda era recente e estava bastante marcado pela condição de paciente, embora Unger não tratasse dela.

Seria capaz de pedir a Theo que comunicasse à jovem Liebreiz e aos pais dela que não poderia ter filhos? Talvez acrescentando que Unger amava Elisabeth mesmo que não tivesse filhos? Landmann balançou a cabeça suavemente, e ainda assim a touca escorregou-lhe para a testa. Havia se transformado num cínico no campo de batalha e, ao que tudo indicava, continuava a sê-lo.

Não, não podia sobrecarregar Theo com isso; o cirurgião era ele, e era ele quem devia comunicar a amarga verdade.

Geerts encarregou-se de costurar tudo como devia ser. Landmann foi até o banheiro se lavar e trocar de roupa. A porta se abriu, e ele agradeceu o fato de a pessoa que entrou não ser Unger.

As enfermeiras proporcionariam os melhores cuidados a Elisabeth Liebreiz quando saísse da recuperação e voltasse para sua ala. Agora, o mais importante era evitar riscos secundários. Para que, ainda por cima, não desenvolvesse trombose.

No hospital, realizavam amputações e depois bebiam espumante. Talvez devesse comprar uma garrafa de *Feist* antes de procurar Theo. Ou, melhor ainda, duas garrafas.

Por que todos encobriam as decisões erradas? Continuavam a imperar as velhas hierarquias, como se sua natureza fosse divina? Travara-se uma guerra cujas atrocidades eram inconcebíveis e continuavam sem coragem de levantar a voz.

Landmann dirigiu-se a seu consultório, colocou o avental branco em cima da cadeira dos pacientes e, depois de tirar do armário o sobretudo xadrez e pôr o chapéu, saiu da clínica rapidamente.

———–:-———

Um dia depois do primeiro domingo do Advento, Ida pisou na ponte em cujo lado oposto estava Tian; para isso, entrou num automóvel. Um *Adler,* como o que o pai tivera algum tempo antes, mas de um modelo mais novo. A fábrica de café dispunha de dois.

Tian, ao volante, irradiava o orgulho e a desenvoltura de um jovem com uma das escassas autorizações para conduzir. No entanto, não estava tranquilo; não estaria ele infringindo seus próprios princípios? Havia jurado a si mesmo não começar uma relação secreta com Ida e agora seguia a Wohldorf para cometer adultério com ela.

Uma casinha de veraneio que a amiga Claire Müller tinha ante o portão norte de Hamburgo. A professora percebera de imediato que era preciso muito mais que um álibi quando, depois de tanto tempo, Ida entrou de novo em contato com ela; farejou um bom dinheiro e ofereceu-lhe a casinha.

— Não há aquecimento — advertiu —, mas com certeza você arranjará outra maneira de se esquentar.

Tian pegou um cobertor fino do veículo, pois fazia frio naquele dia enevoado de novembro.

— Sua *mademoiselle* guardará segredo?

— Já está preocupado com isso? — perguntou Ida. — Vamos aproveitar o momento. — Era ela quem mais arriscava, mas se sentia viva, com uma sensação que julgava ter perdido. A única maneira de viver era com coragem, disse a filha dos Laboe.

— O casaco de pele é suficiente? — perguntou Tian.

— Também tenho uma echarpe.

— E eu, dois cobertores.

— Não cheiram mal?

Cheiravam menos a mofo que a casinha. Abriram a janela para ventilá-la e poderem ver alguma coisa até encontrarem a lamparina de querosene e a acenderem.

Uma cama de ferro com um colchão, uma mesa e duas cadeiras. Uma bacia esmaltada em cima de uma pequena cômoda. De onde saía a água para enchê-la? No jardim havia um vaso sanitário.

Tremiam enquanto tiravam a roupa um do outro. Primeiro de frio, mas depois de desejo, e Tian surpreendeu-se com a facilidade com que Ida se excitava quando lhe acariciou os seios, a suave pele do ventre. Sentiu calor, um calor maravilhoso. E depois permaneceram deitados entrelaçados até escurecer por completo.

Já passava das oito horas quando Tian a deixou perto do Hofweg-Palais. Ida pegou no saco em cujo fundo se encontrava o cobertor de lã e por cima o *Álbum de Natal* e as *Sonatas para piano* de Beethoven.

As luzes em todas as janelas estavam acesas, incluindo o escritório de Campmann. Acreditaria que ela tinha voltado de uma visita à *mademoiselle* Müller? E se lhe tocasse um cântico de Natal? "Abri a porta"? "Uma rosa surgiu"? Ou "Für Elise"?

Tenho de voltar a praticar com Claire Müller, poderia dizer quando se enganasse.

———-:-———

Lud debruçou-se sobre a caixinha que acabara de fazer e aspirou de novo o aroma da madeira de cerejeira. Em seguida, levantou a tampa, tirou a bandeja com os inúmeros pequenos compartimentos puxando pelas duas fitas de seda, contemplou sua obra e sentiu-se satisfeito.

A goma-laca havia escurecido a madeira, intensificando o tom avermelhado. No momento, Henny só tinha uns brincos de criança, coraçõezinhos de coral, o crucifixo da crisma e um colar de pérolas cultivadas; Lud esperava encher-lhe o porta-joias ao longo de sua vida em comum. Em breve ele lhe daria uma aliança de ouro, ainda que devesse usá-la sempre no dedo.

O casamento seria celebrado em janeiro. De bom grado, voltaria a pôr-se de joelhos a fim de agradecer a Deus.

Julho de 1923

Tian dirigira-se com Ida ao porto até o cais de Übersee, de onde zarparia no dia seguinte. O navio *Teutonia*, da companhia Hamburg-Amerika, ainda não estava no cais, mas no dia seguinte seus pais e sua irmã, Ling, o acompanhariam até o porto a fim de se despedir. Hinnerk Kollmorgen, o proprietário da fábrica de café, também o havia informado de que estaria presente. Guillermo, seu sobrinho, que estava à frente da filial de Puerto Limón e visitava Hamburgo, embarcaria com Tian.

— Você sabe que é melhor assim — argumentou Tian.

A brisa despenteava o cabelo de Ida e privou-a por breves instantes do calor do sol.

— Mesmo dizendo isso uma centena de vezes, não faz com que seja mais fácil.

— Não posso continuar com este segredo — afirmou ele.

— Eu poderia me separar.

— Você já disse isso uma centena de vezes, mas não o fará. Não posso lhe oferecer a vida a que está habituada.

— Afinal, você agora é um comerciante que pode dar-se ao luxo de viajar em primeira classe — respondeu Ida, sorridente.

— Na Costa Rica terei menos conforto.

— Quem dera não fossem três anos.

— Não serão três anos inteiros — especificou Tian. — Volto em março.

— Mas 1926 parece muito longe. Assim como a Costa Rica. — Ida semicerrou os olhos para se proteger do sol e olhou para o Elba. Para lá do porto tinham início os oceanos.

Durante muitos anos, o pai fizera negócios na Amazônia, e também viajara para lá em algumas ocasiões – numa delas, Netty o acompanhara.

No entanto, saber que agora Tian estaria noutra parte do mundo lhe causava imensa dor.

— Você vai conhecer uma costa-riquenha e me esquecer.

— Ou então você terá um filho com seu marido e se esquecerá de mim.

— Durante esses dois anos não engravidei. E, ao contrário de você, Campmann não usa preservativo.

Houve dias em que teria sido de todo indiferente para Ida trazer ao mundo um filho de Tian. Teria sido mais fácil suportar o escândalo a viver ao lado de Campmann.

— Quem sabe não tropeço num filão de ouro e volto rico.

— Há ouro na Costa Rica?

Tian riu.

— Eu só entendo de cafezais.

— O sócio do meu pai fez fortuna com diamantes. Na África do Sul — contou ela.

— Nesse caso, vou embarcar no navio errado.

— Vamos para a sombra, estou ficando enjoada.

Tian a fitou com cara de preocupação.

— Anda, vamos para outro lugar. Vamos nos sentar debaixo de um toldo.

Ida negou com a cabeça.

— Leve-me para casa — pediu. — Campmann tem assuntos a tratar em Berlim e Mia está sozinha.

— E se voltar antes do previsto?

— Ele vai passar a noite na capital — respondeu Ida.

— Não quero desrespeitá-lo dentro da própria casa.

— É muito tarde para qualquer outra coisa — explicou ela.

— Vou acompanhá-la até em casa, mas não entro.

— Nesse caso, já vamos pegar uma carruagem — suplicou Ida. — Não quero continuar aqui, amanhã sua família vai estar no cais para se despedir de você e acenar, e depois você vai ter partido.

Junto às docas, entraram numa carruagem, sentaram-se no banco traseiro, de mãos dadas, e notaram o olhar do cocheiro, que os observava pelo retrovisor como se contemplasse dois espécimes estranhos. Deixou para trás o bairro de Uhlenhorst e levou-os a Hofweg, onde entrou pelo acesso ao Palais.

Tian pagou e saiu para abrir a porta para Ida. O cocheiro seguiu-os com o olhar, até que o jovem casal entrou na casa.

A mãe de Henny tinha se conformado com o penteado *à la garçonne* desde que a filha deixara crescer mais o cabelo e passara a fazer cachos suaves com ferro quente. A primeira vez tinha sido no dia de seu casamento, um ano e meio atrás, e agora a pequenina celebraria seu primeiro aniversário no dia seguinte. O tempo passava depressa.

Else Godhusen ia a caminho da Schrader, na Herderstraße, que tinha na vitrine as bonecas mais bonitas. Eram feitas de celuloide e ainda não eram para Marike, mas com certeza na papelaria e na loja de brinquedos Schrader encontraria um bom presente para a neta.

Lud era um rapaz encantador, embora, sonhador demais, nunca viesse a ser ninguém de respeito na vida. E Marike foi para eles uma dádiva, uma menina esperta, com pequenos cachos dourados que não precisavam de ferro quente.

Ficou parado em frente à vitrine observando. Para uma casa de bonecas, também era cedo, e com certeza Lud preferiria ele mesmo construí-la. Ele tinha esculpido para Marike um lindo patinho que poderia ser puxado por um cordão assim que as perninhas da menina se equilibrassem melhor. Talvez um quebra-cabeças com cubos de madeira para formar uma imagem de *João Felizardo*: quando acabava de ficar com o ganso, o tonto do João.

Else saiu da loja com um pião e o livro ilustrado *Hänschen no bosque de mirtilos*. Estava satisfeita consigo mesma, mesmo sendo provável que a fortuna pesasse mais que os presentes guardados em sua mala. Aonde iria parar a inflação? Será que o chanceler do Reich tinha alguma ideia?

Agora precisava levar os presentes depressa para casa e depois ir à Canalstraße tomar conta da menina, uma vez que o expediente de Henny começava à uma hora na Finkenau e ela ainda precisava comer. Sempre depressa e correndo.

Na verdade, sentia-se bem. Voltava a ter uma família e ocupava o centro, e Lina também era um encanto de pessoa, além de muito boa com Marike. Em novembro, temia que as coisas ficassem muito piores. Tudo tão prematuro, tudo tão precipitado.

Em sua casa, na Schubertstraße, o filho da senhora Lüder estava sentado na escada. O garoto já tinha nove anos. Será que não ia à escola ou já tinha terminado as aulas? Nas famílias, não havia disciplina. Else virou-se de modo a olhar para o outro lado da rua: na casa dos Laboe, as janelas estavam abertas de par em par. Naquele dia também fazia calor.

Käthe ainda não tinha filhos, e o tal Rudi parecia não se importar com isso.

— Vai, afaste-se — disse para Gustav Lüder enquanto tirava a chave.

Ai, vida, pensou enquanto subia a escada até o segundo andar, *se a pessoa soubesse de antemão o que vai acontecer... Heinrich, você tem uma neta, uma menina linda que amanhã vai fazer um ano. Por que você foi para aquela guerra maldita? Não deveria ter ido, pois dali não saiu nada além de uma profunda humilhação para a pátria, e não lhe restou oportunidade de conhecer sua neta. E hoje você ainda teria quarenta e sete anos.*

Para o almoço, prepararia pudim de sêmola com geleia de cereja. Apropriado para um dia quente. Só tinha de terminar as coisas.

Quando colocou a mala em cima da mesa, Else Godhusen sentiu náuseas e caiu desamparada no chão da cozinha.

---·:·---

Ida não havia se separado da pequena tartaruga de jade branco desde que Tian saíra de sua casa, como se o animalzinho tivesse poderes telepáticos e pudesse mantê-la conectada a ele. Na casa reinava o silêncio: Mia havia se retirado para a ala da criadagem que havia no Hofweg-Palais, e Ida se sentia muito sozinha.

Conseguira que Tian se deitasse com ela sem tomar precauções, mesmo que no último momento ele parecesse ter tido muito cuidado. Dessa vez não havia nada que Ida ansiasse com mais fervor que gerar um filho, e ela acalentava dentro de si um desejo desenfreado de apresentar a Campmann uma criança com feições chinesas.

Sem envergar o vestido, Ida dirigiu-se apenas em combinação até a varanda dos fundos e deixou-se cair num dos cadeirões de vime branco. Do último andar, era possível ver o Alster, mas, daquele ponto exato onde estava, via-se apenas a folhagem. Nesse aspecto, Campmann havia economizado: os andares mais altos eram mais caros. Era normal que a vista lhe fosse indiferente, afinal, era raro estar em casa durante o dia; a verdade é que vivia no Banco de Dresden, na Jungfernstieg.

Em agosto completaria vinte e dois anos, mas Ida se sentia velha quando pensava na vida que a esperava. Talvez adoecesse, como Netty, de puro tédio. No entanto, a mãe desfrutava do estatuto de esposa, frequentava os círculos mais distintos, não fazia nada além de dar instruções aos criados, receber a costureira e organizar de vez em quando um evento beneficente. Isso sem contar que seu paizinho era muito mais divertido que Campmann.

"Paizinho." Nunca antes o havia chamado desse modo. Era como se com esse diminutivo afetuoso tentasse assegurar sua primeira aproximação de Carl Christian Bunge desde que estava nas mãos de Guste. Já não vivia na pensão dela, os negócios com os discos de gramofone corriam bem e tinha fundado com o sócio sua própria empresa. Contudo, Guste Kimrath frequentava a casa na Rothenbaumstraße, que ficava logo depois da esquina da pensão.

Ida apoiou os pés descalços no cadeirão de vime. Os dedos rosados, as unhas rosadas. Tudo ainda era jovem nela, mas, quando Tian regressasse, teria vinte e cinco anos e já teria murchado ao lado de Campmann. Talvez devesse contar tudo ao paizinho, toda a verdade. Que nunca havia renunciado a Tian, que o amava e abandonaria Campmann de bom grado. As dívidas que o pai tinha contraído com ele seriam quitadas em algum momento. No fim das contas, os negócios eram favoráveis ao pai, apesar da inflação. A Diamant Grammophongesellschaft apostava no dólar.

O pai nunca tinha deixado de pensar no futuro e, agora, relacionava-se tanto com artistas que, sem dúvida, olharia para um genro chinês de maneira bem diferente de quando Netty era viva.

Na verdade, sentiu vontade de tomar um licor de menta como o que bebera uma vez com Tian, embora duvidasse de que Mia soubesse prepará-lo – e, de todo modo, em casa provavelmente não havia folhas de hortelã-pimenta. Ida se levantou, entrou na casa escura e dirigiu-se à biblioteca, onde estava o carrinho das bebidas. Diversas marcas de *brandy*, armanhaque, licor *Bärenfang* e aguardente *Goldwasser* de Danzig, que Campmann lhe oferecia vez ou outra... E ainda por cima Ida não gostava de licores. Pegou um dos copos e serviu-se de vermute branco.

Ida voltou para a varanda e ergueu o copo pensando em Tian. Se naquele dia tivesse engravidado, o mais simples seria que Campmann a abandonasse. Ele jamais suportaria semelhante humilhação, e ela poderia reservar um camarote num barco que partisse rumo à Costa Rica.

A pequena tartaruga de jade continuava sobre a mesa de vime; não podia se esquecer de escondê-la, pois vê-la aborreceria o dono da casa, e o aborrecimento não serviria de nada.

O relógio da cozinha fazia tique-taque, e Henny tentava se concentrar no bolo que tirava do forno em vez de olhar para o relógio mais uma vez. Era cedo para desenformá-lo, isso era coisa que Else podia fazer mais tarde, depois de a forma redonda esfriar.

Onde estava a mãe? Já devia ter chegado havia meia hora; o ponteiro do relógio acabava de assinalar meio-dia. Mal teriam tempo para almoçar, e isso era algo a que Else dava sempre importância.

Henny olhou para Marike, que estava sentada no corredor, no chão, brincando com o pato.

— Vovó — disse a pequenina.

— A vovó já deve estar chegando — retorquiu Henny, desejando que assim fosse. Onde estaria? Via de regra, a pontualidade de Else era exemplar.

Meio-dia e dez, Henny pegou a filha no colo, pegou as chaves, colocou-as na bolsa, fechou a porta ao sair e desceu a escada. Pôs Marike no carrinho, que estava atrás da escada, e correu para a esquina da Winterhuder Weg a fim de telefonar para a fábrica de biscoitos de Harry Trüller e avisar que se atrasaria. Já sentia o coração bater desenfreado.

Henny empurrava o carrinho a todo vapor pela Heinrich-Hertzstraße até a Humboldtstraße; era esse o caminho que Else fazia sempre, talvez se encontrassem de repente.

— Vovó — repetiu a menina.

E esse "vovó" pronunciado pela vozinha rouca de Marike deixou Henny ainda mais nervosa.

Chegou à Schubertstraße e viu as janelas abertas dos Laboe. Na pior das hipóteses, se a mãe de Käthe estivesse em casa, poderia deixar a menina com ela. "Na pior das hipóteses." O que isso queria dizer?

Henny abriu a porta com sua chave e, depois de tirar Marike do carrinho e deixá-lo ali, subiu a escada e colou o indicador na campainha; segurava a filha no outro braço, e esta começava a pesar. Não. Dessa maneira, a única coisa que ouvia era o toque estridente da campainha. Bateu na porta com o nó dos dedos.

— Mamãe, a senhora está aí?

Colocou a chave na fechadura. Abriu. O que a deixava paralisada? O medo do que ela e Marike pudessem encontrar?

Tinha diante de si o corredor, sombrio e escuro.

— Mamãe?!

Marike começou a chorar. Henny abriu a porta da cozinha e viu a mãe no chão. Graças a Deus: estava sentada.

— Os olhos — murmurou Else... — Estou agoniada.

— Mamãe, o que aconteceu?

— Fiquei sem forças de repente. Talvez seja o calor.

Henny abriu a janela da cozinha, ainda que lá fora não estivesse muito mais fresco, mas viu o filho dos Lüder no pátio. Debruçou-se da janela.

— Você conhece o doutor Kluthe?

O rapaz ergueu o olhar e assentiu.

— Vá buscá-lo, Gustav. O mais depressa que puder. Diga a ele que é uma emergência na casa dos Godhusen.

Esperava que o médico estivesse no consultório na hora do almoço, na esquina da Beethovenstraße.

Quando Kluthe entrou, Else estava deitada no divã, com as pernas levantadas sobre duas volumosas almofadas bordadas e com uma toalhinha úmida e fria na testa. Marike havia se deitado no chão, ao pé do divã, e estava entretida com as franjas do tapete persa.

— É o quarto paciente hoje que sofre queda brusca de pressão — contou Kluthe, enquanto enchia uma seringa com uma solução salina.

— É preciso levá-la ao hospital?

— De maneira nenhuma — recusou-se Else, que já parecia um pouco restabelecida.

— Acho que não vai ser necessário — replicou o médico —, mas gostaria de vê-la em meu consultório, senhora Godhusen. Não será suficiente auscultá-la.

— Amanhã minha neta faz um ano.

— Caso contrário, vou chamar uma ambulância.

— Está bem, desde que não tenha de esperar muito — consentiu Else Godhusen.

— Diga-me, quanto foi que bebeu hoje?

Else deu mostras de começar a ficar indignada, mas Henny a deteve.

— Água, mamãe. O doutor Kluthe receia que, com o calor que está, a senhora não tenha ingerido líquido o suficiente.

O interpelado sorriu.

— É melhor ficar deitada um tempinho. Sua filha agiu bem: um pano frio na testa e as pernas para o alto. E beber muita água. Pode ser da torneira.

— Minha filha também é do ramo — explicou Else.

Kluthe assentiu. Não havia uma única vez que Else Godhusen fosse a seu consultório e não mencionasse a competência médica da filha.

— Mas deitada não posso ficar; alguém vai ter de tomar conta da menina. E você já devia estar na clínica há um bom tempo, Henny.

— Liguei para lá. Da loja do Trüller.

— Sendo a senhora uma parteira, devia ter telefone.

Else assentiu com tanta veemência que voltou a sentir-se enjoada.

— Meu marido já solicitou um.

— E agora, o que vamos fazer com a pequenina? — Kluthe agachou-se à frente de Marike, que o fitou com atenção e tentou tirar-lhe os óculos. — Se quiser, posso telefonar para a Finkenau do consultório e informá-los de que hoje não poderá trabalhar. Certamente entenderão, tendo sua mãe acabado de desmaiar.

Else soergueu-se.

— Nem pensar — assegurou. — Eu e Marike ficamos aqui sossegadas, vou ler uma história para ela e, enquanto isso, fico deitada. Vou dar-lhe hoje mesmo um dos presentes. Comprei *Hänschen no bosque de mirtilos*. Você teve um desses quando era pequena, só não sei onde está.

— Ela ainda é muito pequena para essa história — objetou Henny.

— Mas não para ver as ilustrações.

Kluthe havia guardado os instrumentos médicos e se preparava para se despedir das duas senhoras. Enfim, Else Godhusen parecia estar mais desperta outra vez.

— Espero a senhora amanhã às oito e meia no consultório.

— O que você acha, doutor Kluthe? Posso trabalhar?

— Se a avó e a neta se comportarem bem, se ficarem sossegadinhas no sofá e beberem bastante água, pode ir sem problemas.

Marike olhou para a avó.

— Combinado — disse Else.

———·!·———

Kurt Landmann tirou o quadro do armário do consultório. Cada vez era mais difícil investir em arte, pois ninguém queria se desfazer dos objetos de valor. *No sopé do monte Süllberg*, tela de Paul Bollmann, havia sido vendida por uma idosa amiga íntima da família Liebreiz.

— Já não preciso de dinheiro e menos ainda de um que não vale nada. Quero ter certeza de que o quadro estará em boas mãos — disse, e morreu seis dias depois.

No entanto, não se tratava apenas de salvar a pequena fortuna que possuía. Gostava do novo quadro. Havia começado a coleção dois anos antes com Emil Maetzel e sua *Natureza morta com figura negra*, que estava pendurada por cima do sofá de seu apartamento. Maetzel era um dos principais talentos da Secessão de Hamburgo. Devia propor a Unger uma visita conjunta à Kunsthalle; além do mais, no museu estava fresco e era agradável.

O querido colega andava deprimido. Pelo visto, Theo Unger não tinha sorte com as mulheres. E o que se podia fazer? Ele também era solteiro, mas gostava de seu dedo sem aliança, ao passo que Theo sonhava em se casar.

Landmann estendeu um papel de embrulho na maca em que examinava as pacientes e começou a embrulhar o quadro de Bollmann. Era um quadro pequeno, podia colocá-lo debaixo do braço com facilidade e levá-lo para casa. Fora deixado na Finkenau pelo advogado da anciã, colocado dentro de uma fronha velha que o cavalheiro, depois de realizar a entrega da tela, dobrou com cuidado até obter um pequeno retângulo e colocou no bolso interior do blazer, como se a fronha fosse uma carteira bem recheada.

Landmann pensava que a senhorita Liebreiz e Unger estivessem se dando bem, mas Elisabeth tinha se afastado, e isso depois de, no inverno anterior, já ter falado até em compromisso. O pai da jovem supunha se tratar de uma extravagância da filha bem ao jeito de Tellheim,[*] porque já não se sentia uma mulher completa. A verdade é que Theo também não se preocupava com essas questões – inclusive, chegou a confidenciar-lhe que também não nutria grande desejo de ter filhos; o irmão mais novo já tinha dado três netos a seus pais, por isso não havia nenhum tipo de pressão a esse respeito.

Agora, só precisava amarrar bem o quadro com um cordão e dar uns belos nós utilizando a técnica cirúrgica. O saber não ocupava lugar. Talvez devesse falar com Elisabeth na qualidade de amigo da família. Não a conhecia desde que era pequena? Por motivos que absolutamente não era capaz de entender, tinha um grande interesse em que Unger e Elisabeth formassem um casal.

———— ~:~ ————

Nos sótãos fazia tanto calor que mais parecia um forno, mas Lud continuava lá, trabalhando no carrinho de bonecas. Uma das rodas de madeira não funcionava bem.

A pequena oficina que havia instalado no desvão não passava de uma casota de madeira onde no verão se fritava e no inverno

---

[*] Referência à comédia de Gotthold Ephraim Lessing *Minna von Barnhelm ou a felicidade do soldado*. Nela, o comandante Tellheim tem um ferimento de guerra que lhe paralisa o braço direito, e ele acredita que, por esse motivo, deve renunciar ao amor que professa pela nobre Minna. *(N. A.)*

se congelava. Talvez pudesse alugar um barracão no pátio traseiro quando por fim aquela inflação insana passasse.

Lud colocou o carrinho no chão e começou a movimentá-lo para trás e para a frente. Agora estava perfeito. Marike podia levar os ursinhos de pelúcia para passear e, de quebra, aprender a andar. Para Henny, também havia um presente pelo aniversário de Marike, algo para o porta-joias, pois era um anel que não usaria todos os dias. Muito bonito: de prata, com lindas granadas entalhadas, uma peça antiga que havia comprado no Jaffe, tal como havia feito algum tempo atrás com a ametista violeta para Lina.

Gostava do estabelecimento e também de Moritz Jaffe. Durante a guerra, havia lutado pelo *kaiser* e no presente ainda simpatizava com o império. Lud, por sua vez, via com bons olhos os social-democratas; simpatizava com Ebert, mas ainda não tinha podido votar para presidentes nem para chanceleres. Em 1920 era jovem demais, e, desde então, não tinha havido eleições. Entretanto, já se tinham sucedido cinco chanceleres e havia dúvidas sobre se o último, Wilhelm Cuno, aguentaria muito mais. Afinal, não lhe agradava nenhuma das coligações.

Lud sorriu. Ainda não tinha votado, mas era marido e pai de uma menina. Absurdo, no entanto um bom resultado. Ter escapado da solidão que tanto temia.

Era sorte ter Marike e Henny. Lá embaixo, em casa, estava a sogra tomando conta da menina; já bem melhor depois do desmaio.

E em breve Henny regressaria da Finkenau, então se sentariam na varanda, com os vasos de brinco-de-princesa de um vermelho vivo que esta havia plantado a seu pedido e a garrafa de vinho, com sorte fresca o bastante na água fria do balde de latão. Um dos colegas havia comprado um refrigerador americano, algo que só era possível caso tivesse um tio rico na América que enviasse um aparelho no barco a vapor.

Pensar no refrigerador fez com que começasse a suar ainda mais. Bastava por esse dia, a varanda o esperava. Embrulhou o carrinho num cobertor fino e saiu para a escada.

A pequenina não ganhou muitos presentes de aniversário, mas Lud estava entusiasmado com todas as comemorações que teria pela frente até levar a jovem noiva ao altar. Em seu casamento com Henny nenhum pai esteve presente, e Lina havia sido sua família.

No entanto, agora as coisas eram muito diferentes. E, quando Marike tivesse irmãozinhos, seu sonho de constituir uma família numerosa estaria realizado. Lud desceu a escada pensando no quanto era abençoado.

———--•--———

— É muita gentileza de sua parte visitar seus pais, imagino que no quarto andar esteja muito calor para você — observou Karl Laboe quando abriu a porta para Käthe. — Você está parecendo um tomate. É calor ou você me traz boas notícias?

Käthe soprou uma madeixa de cabelo que havia se colado à testa.

— Rudi filiou-se ao KPD* — replicou.

— Quando disse "boas notícias", não me referia a isso.

— Mesmo assim, vai ver que não se pode continuar com Cuno e companhia e o SPD.**

— Eu aqui não vejo nada e não tenho vontade de ter uma conversa acalorada com esse tempo. Quando você e Rudi vão ter um bebê?

— Por favor, papai.

— Não creio que seja uma pergunta assim tão tola. Pegue a jarra e se sirva. Sua mãe preparou suco de framboesa. Ele fica bem gelado nesse traste velho de pedra.

Käthe pegou a jarra, que estava embrulhada num pano úmido, e serviu-se um copo.

---

* Kommunistische Partei Deutschlands [Partido Comunista Alemão]. (*N. T.*)
** Sozialdemokratische Partei Deutschlands [Partido Social-Democrata Alemão]. (*N. T.*)

— Quer? — perguntou.
— Eu já comi rãs.
— Prefiro esperar um pouco — afirmou Käthe.
— Com relação às rãs?
— Com relação a filhos.
— Henny passou na frente.
— É possível que tenha sido acidente.
— Mas dele saiu uma coisa boa. É bonita, a pequena. Eu a vi pela janela. Devem ter ido à casa da senhora Godhusen.
— Hoje ela desmaiou. Henny chegou atrasada ao trabalho.
— A preguiça é um grande aborrecimento — respondeu Karl Laboe. — E que história é essa de Rudi e o Partido Comunista?
— Filiou-se por causa de um colega. A verdade é que o país está afundando.
— E os comunistas sabem fazer melhor?
— Vale a pena tentar, papai. Mamãe ainda está na casa dos Campmann?
— Sim. Ao que parece, Mia também anda com preguiça, então sua mãe está lá para lhe dar uma ajudinha.

Käthe serviu-se outro copo da jarra cinza-azulada.

— Podiam comprar gelo na cervejaria — sugeriu.
— Teríamos de ir longe. Já não somos muito rápidos, e o gelo teria derretido quando chegássemos aqui.
— Rudi pode trazê-lo se continuar fazendo este calor.
— Não sei se é boa ideia isso do KPD — comentou o pai. — Seu Rudi é um bom rapaz.
— Justamente por isso, porque é um filantropo — respondeu Käthe.
— Nesse caso, você está se enganando se pensa que ficará bem junto dessa gente.
— Na realidade, eu só queria vir visitar vocês.
— É muito generoso de sua parte, Käthe. Mas leve minha opinião pelo mesmo preço. — Karl Laboe levantou a cabeça ao ouvir a porta.

A mãe de Käthe entrou na cozinha e colocou um cesto sobre a mesa.

— Trago meio frango cozido — anunciou. — Um agradecimento por ter ajudado. — Fez um gesto com a cabeça na direção de Käthe, um cumprimento sucinto próprio dos Laboe. — Você pode comer um pouco, Käthe.

— Já estou de saída, só queria ver como estavam. Combinei de me encontrar com Rudi no parque Stadt.

— É uma pena — retorquiu Anna Laboe enquanto começava a tirar algumas coisas. Um pratinho de salada de batata. Um saco de cerejas.

— Querem tomar uma cerveja no terraço? — Karl Laboe parecia nostálgico.

— Tem frango frio, Karl.

— E suco de framboesa — acrescentou ele.

— O que se passa com Mia? — indagou Käthe.

— Não se sentia bem. Anda assim há algum tempo. Se quiser minha opinião, acho que ela está grávida.

— Se for isso mesmo, você vai precisar dar uma ajudinha para ela daqui em diante — prenunciou Karl. — Bom, Käthe disse que quer esperar um pouco antes de ter filhos. Então, não pense que será avó tão cedo.

———— ·!· ————

— Janto com a Marike o pudim de sêmola do almoço — afirmou Else. — Vocês dois vão dar um passeio, aproveitem que o tempo está bom e mimem-se um pouco. — Gostou de ver como Henny se mostrou perplexa com aquela proposta tão altruísta.

Lud e Henny saíram disparados, como se lhes tivessem dado folga das aulas por causa do calor e receassem que o professor mudasse de opinião.

— Podia convidar a mãe da minha filha para ir ao Fährhaus — propôs Lud. Já estavam quase na Hofweg.

— O melhor seria irmos a um lugar onde não haja tanto barulho.

— Se é isso que você quer... O melhor teria sido ir à taberna. Hoje todo mundo vai estar fora.

No entanto, quando chegaram ao fundo da Schillerstraße, em vez de virarem à esquerda para irem até o Uhlenhorster Fährhaus, entraram à direita, na direção do cais. O vapor *Galatea* estava naquele momento entrando no canal de Mühlenkamp; a bordo havia muitas pessoas, a maioria saindo do vapor que percorria o Alster. Lud pegou na mão de Henny, e eles desceram os degraus do cais para entrar no barco.

O convés aberto na parte traseira, na popa, com o banco de madeira semicircular, estava deserto; as senhoras de idade que seguiam no *Galatea* receavam que a aragem lhes batesse na nuca quando o vapor ganhasse velocidade.

Foram até a Jungfernstieg e voltaram. Lud entregou ao cobrador um maço de notas; como uma pessoa se habituava a esses papéis com absurdas cifras elevadas? Agora, estavam sentados a sós contemplando o crepúsculo enquanto a alegre multidão do Fährhaus, os pavilhões brancos das mansões que se erguiam na margem do Alster, os transeuntes, os cães sossegados, tudo aquilo passava diante deles como um caleidoscópio.

— Você é minha alegria da vida — afirmou Lud.

Henny fitou-o com carinho. Seria Lud a alegria da vida dela? Havia coisas que era melhor nem aprofundar.

O *Galatea* parou no Fährhaus e na Rabenstraße. Um jovem que saiu da popa pareceu quase constrangido ao vê-los. O que irradiavam? Uma união indissolúvel?

Sentou-se na outra extremidade do banco, posicionou-se de frente para o vento e só de vez em quando lançava um olhar ao casal e à ternura que professava.

Ele também havia sido um espectador do amor um dia, pensou Lud, e veio-lhe à memória o beijo do pastelzinho de massa folhada na Winterhuder Weg que presenciara algum tempo antes. Dois anos depois, Käthe e Rudi começaram a fazer parte de sua vida, mas naquela época ainda não conhecia aquelas duas pessoas que acabavam de se beijar e cuja paixão o fez se sentir tão sozinho que experimentou um frio atroz.

— Fico contente por termos começado tão cedo — comentou.
— Fica contente por quê?
— Porque temos muita vida pela frente. — Lud quase pronunciou a frase a cantar.
— Meu querido sonhador — disse Henny.

Quando o *Galatea* atracou de novo no pontão da ponte de Mühlenkamp, já quase havia escurecido, e o céu estava alto e limpo, salpicado de estrelas. De algum lugar ouvia-se um acordeão tocando a velha canção espanhola "La Paloma".

Passaram em frente ao grande edifício escuro da escola de ensino primário e prosseguiram por outra rua mais animada até chegar à Canalstraße, onde propuseram a Else que dormisse em sua casa, terminando a noite na varanda, na companhia dos brincos-de-princesa vermelhos.

———-•·-———

Devia rir ou chorar? Ida abanou a cabeça. Não podia ser verdade. Havia dois anos esperava engravidar de um ou de outro homem, embora preferisse de longe que fosse do outro. E Mia conseguia-o assim como quem não quer nada e podia escolher nada mais, nada menos que entre quatro possíveis pais. A estúpida tinha confessado a ela. Aquela peste tinha ido para a cama com os jovens da zona, incluindo um chinês. A ideia não agradara a Ida.

Tinham medo de que Campmann pusesse Mia no olho da rua. Só que seria uma vantagem que a criança morasse ali: um bebê poderia compensar essa espécie de morte em vida que se respirava na casa. Em todo caso, ela se oporia a que o marido despedisse Mia. Quem poderia imaginar que a garota acabaria sendo importante para ela?

Ida foi até a cozinha, onde a senhora Laboe havia deixado uma salada de batata no refrigerador. O gelo começava a ficar escasso; no dia seguinte teria de telefonar para pedir mais.

Naquele dia, Campmann iria ao restaurante Ehmke, perto de seu antigo bairro. Ao que tudo indicava, jantaria com alguns diretores. Ida não podia se importar menos com quem iria se sentar debaixo do teto de madeira e comer caviar. O marido gostava de caviar, embora normalmente não tendesse a extravagâncias.

Sua criada havia frequentado o bairro chinês, onde havia muitos jovens cujo sentido da moral coincidia com o de Mia. Claro que não era ninguém para se dar ares de moralista, ela, que tinha convencido Tian a retomar a relação mesmo casada.

Ida sentou-se na varanda e pegou uma boa quantidade de salada com o garfo; era saborosa, melhor que a de Mia. Talvez devesse promover a cozinheira a senhora Laboe, que estava bastante desvalorizada.

Da varanda próxima ouviam-se gargalhadas, um tilintar de copos. Que espécie de vida levava? Uma tarde de verão esplêndida, e estava ali sozinha, desanimada. Mais tarde Campmann chegaria transbordando da *aquavita* que tanto gostava de beber com o caviar, à espera de encontrar uma esposa devotada. Talvez devesse ir ao refrigerador e tirar o Mosela; se estivesse embriagada, seria mais fácil suportar as investidas de Campmann. Não podia adiar mais a conversa pendente com o pai, precisava lhe contar toda a verdade.

Mia fora encontrar o primeiro dos quatro possíveis pais. Só restava esperar que não desse com a língua nos dentes e mencionasse a existência dos outros candidatos. Talvez um dos quatro pedisse Mia em casamento, talvez os quatro, e a estúpida poderia escolher. Embora esse assunto não interessasse a Ida. No fim das contas, Mia era sua única aliada naquela casa.

———— -¦- ————

Campmann foi convencido a visitar o estabelecimento de Hélène Parmentier, uma rainha do submundo da cidade. Supunha-se que na realidade se chamasse Helene Puvogel, algo assim. Mas isso não importava.

Escolheu Carla, morena, delicada e muito diferente de sua esposa, que era loira; Carla sabia satisfazê-lo. No momento do orgasmo, teve consciência de que era muito o que faltava ao lado de Ida. Ela o suportava, mas só isso. É provável que com o chinês se desse ares de mulher fatal. Friedrich Campmann pensou que não merecia não ser desejado.

Amanhecia quando chegou em casa. Deitou-se ao lado da mulher, que dormia, e permaneceu acordado durante um bom tempo.

———·:·———

O alvorecer era o momento mais poético do dia. No verão, Rudi começava a trabalhar na Friedländer, no ateliê de litografia, às sete da manhã, quando o sol já se via no céu. No entanto, nesse dia Käthe havia trabalhado no turno da noite, depois de ter tido três tardes de folga, e ele mal conseguira dormir sozinho na cama sem o corpo quente dela ao lado.

Eram quatro e vinte quando Rudi chegou à ponte do canal Hofweg, contemplando o dia que se dispunha a principiar a leste.

Estivera a noite inteira com um verso de Hofmannsthal na cabeça, talvez por isso não tenha conseguido dormir. "Sobre o efêmero", intitulava-se o poema, e o verso que o perseguia referia-se aos antepassados: "Tão unos comigo são, como o meu próprio cabelo".

Havia dois dias tinha ido visitar a mãe, pois não lhe saía da cabeça algo que Käthe dissera no Stadtpark, e não pela primeira vez: que não se parecia em nada com os pais. Nem no físico nem no caráter, tampouco no talento. Mas o que sabia ele do caráter e do talento do pai? Só tinha aquela fotografia diante da paisagem alpina.

E os meus antepassados que se encontram nos seus sudários
tão unos comigo são, como o meu próprio cabelo.

Dessa vez Grit não se calou; ficou tão furiosa que ele até se assustou. Por acaso não tinha o legítimo direito de exigir saber sobre seu pai? Se estava vivo ou se tinha morrido havia muito tempo?

A mãe não era da mesma opinião. Quando depois, por puro desamparo, lhe contou que se havia afiliado ao Partido Comunista, ela desatou a rir e falou-lhe do alfinete de gravata com a pérola do Oriente, que era herança do pai. Umas frases críticas que Grit se recusou a explicar. Teria enlouquecido?

Rudi saiu para a rua deixando para trás o suntuoso edifício onde a mãe de Käthe trabalhava como diarista.

Qual era o problema do malfadado alfinete? A mãe agia como se tivesse pertencido ao último tsar.

Rudi chegou à margem do rio, e o precoce sol estival arrancava lindíssimos clarões. As pessoas sentiam-se ricas só de estar ali, de poder estar naquele lugar sem igual, com semelhante pano de fundo.

Se Grit decidisse revelar o segredo, seria de seu interesse. Rudi sabia que poderia reclamar seu direito a ocupar um lugar neste mundo na qualidade de filho de um pai que lhe havia legado algo além de uma joia. A capacidade de amar? O amor pelas palavras? A empatia que Rudi sentia pela esquerda? Ou seria o homem que o havia gerado um obstinado capitalista? O contexto do KPD e o alfinete de gravata que a mãe lhe havia oferecido confundiam-no. Mas, se o pai fosse rico, o alfinete seria de ouro vinte e quatro quilates, não de latão banhado a ouro. Nesse alfinete, o mais valioso era a pérola.

O sino de uma igreja próxima marcou cinco horas. Talvez fosse o de Santa Gertrudes, onde Henny tinha se casado. Ou o de Santa Maria. Käthe encerrava o expediente na maternidade às seis horas, mas não tinha tempo de buscá-la para tomar um café.

Rudi decidiu ir a pé para a Friedländer, uma longa caminhada do Alster até St. Pauli, na Talstraße, atravessando a ponte dos Lombardos. Contudo, aquela manhã estava convidativa.

———⋅⋮⋅———

Foram as piores horas de Käthe numa sala de partos. No momento de máxima tensão, Kurt Landmann gritou que limparia o chão da sala com ela, e isso sem ela ter feito nada de mal. Nenhum deles havia feito nada de mal.

O que sucedeu naquele momento só poderia ser qualificado como fatalidade.

— Peçamos ajuda a Deus misericordioso — disse a enfermeira. Todavia, Deus não ajudou: os gêmeos morreram. O fato de a jovem ter sobrevivido, depois de chegar à clínica como caso urgente a minutos de entrar em trabalho de parto, era um milagre. Podiam dar graças por isso.

O primeiro gêmeo tentara vir ao mundo de nádegas. Landmann começou a gritar assim que reparou que o bebê havia levantado os braços e tinha se enganchado no outro bebê, que empurrava por trás. A cabecinha ficou presa, e uma cesariana de emergência não os teria salvado. Os bebês se asfixiaram.

Às quinze para as seis, o doutor Unger entrou na sala de partos, adiantado, pois ia fazer o turno da manhã, a fim de se ocupar da mãe. Käthe, o doutor Landmann e o doutor Geerts saíram da sala completamente esgotados.

— Käthe, eu peço desculpas. Por favor, aceite — disse Kurt Landmann. — Só passei por semelhante sensação de desorientação no hospital militar.

— Não vamos embora ainda — opinou o doutor Geerts. — Ou prefere ir direto para casa, senhora Odefey?

Käthe negou com a cabeça.

— Proponho que subamos até a ala particular para prepararmos um café bem forte. Sem misturar água. Depois, damos um passeio pelo canal para tomar um ar — sugeriu Geerts.

— Está bem, doutor. — Landmann olhou para Käthe, que se limitou a assentir, pois ainda não se sentia capaz de falar.

— Precisamos avisar o marido — acrescentou Geerts. — Ele está em casa cuidando da filha pequena. Deixou o telefone de um vizinho.

— Eu me encarrego disso — ofereceu-se Landmann. — Pelo menos conseguimos salvar a mãe.

No canal, patos nadavam; nas árvores, pássaros cantavam. Como poderia ser belo um dia cuja madrugada havia trazido sofrimento e desespero?

— Não vai poder ter mais filhos — observou Geerts.

— Não creio que, se o desfecho tivesse sido diferente, estivesse disposta a passar de novo por um parto — opinou Landmann.

Käthe cobriu o rosto com as mãos e começou a soluçar. Foi Kurt Landmann quem a consolou com um abraço.

Dezembro de 1923

Bunge não tinha consciência de que estava abrindo caminho na base da cotovelada quando entrou na carruagem. O outro cavalheiro ficou plantado à frente da estação com quatro malas e lançou-lhe um olhar furioso, mas Carl Christian Bunge não soube interpretar. No cruzamento, uma multidão. As coisas estavam voltando ao normal, e isso era perceptível em toda a cidade.

Gustav Stresemann agiu bem: pôs fim à hiperinflação e introduziu como moeda oficial o *rentenmark*. No entanto, nenhuma dessas medidas lhe servira de nada, uma vez que se viu obrigado a abandonar o poder. Dele só restara o traje que recebeu seu nome: blazer preto com uma única fila de botões, colete cinza, calça de riscas.

Bunge também tinha um *stresemann* no guarda-roupa. Esteve a ponto de dizê-lo em voz alta, mas o cocheiro não teria dado a menor importância para aquela indumentária e para o fato de Bunge estar outra vez na moda.

Agora Wilhelm Marx tentava a sorte com as coligações. Todavia, estava tudo dando errado, independentemente de serem os chanceleres social-democratas ou os conservadores do Partido Popular Alemão como Stresemann ou do Centro Católico como Marx. As coisas estavam um pouco melhores que nos tempos logo após a guerra: à direita estavam os reacionários; à esquerda, os bolcheviques.

A tentativa de golpe de Estado ante o Salão dos Marechais em Munique, no início de novembro, merecia apenas um meneio de cabeça. Esses bávaros impetuosos... Ao que tudo indicava, ainda por cima o comandante era austríaco.

Große Freiheit era a rua pela qual passavam agora. Precisava voltar ali. Ao Hippodrom. E lá em cima, na esquina com Hamburger Berg, o restaurante de Heckel, aonde ele fora quando era um rapazinho.

Quatrocentos e setenta bilhões de marcos por um pão. Sentia-se contente por naquela época já ter terminado. Podia se dar ao luxo de algo melhor que um pão. Dez dólares seriam suficientes para um mês; ou seja, cem dólares eram ostentação.

Havia desfrutado de tudo isso na companhia de Guste. A boa Guste. "Tinha um grande coração", ele sempre dizia. Se bem que aquela moça de pernas compridas chamada Margot tinha outras virtudes.

Oito dias antes, quando viajava de trem para Berlim, conhecera Margot, que o convidou de imediato para ir ao vagão-restaurante. Pediu champanhe, brindou com ela com sua cerveja *Pilsner Urquell* e trocaram endereços. Margot vivia em Altona, dividia o apartamento com uma amiga que, assim como ela, era atriz. Estava a caminho de uma audição, entusiasmada com o fato de Bunge se dedicar aos discos fonográficos.

Sem dúvida o negócio, quando se sabia tudo o que havia para saber, era muito mais atraente que a enfadonha borracha. Naquele dia, daria início a algumas conversas no edifício Vox-Haus, onde desde 29 de outubro se faziam transmissões de rádio. Ainda se arrepiava em sinal de profundo respeito quando se lembrava de Knöpfke e do discurso inaugural que tinha proferido naquela tarde de outubro: "Atenção, atenção, emissora Berlim na Vox-Haus retransmitindo em comprimento de onda de quatrocentos metros. Minhas senhoras e meus senhores, temos o prazer de comunicar que hoje se inicia o serviço de radiodifusão de entretenimento, com a transmissão de peças musicais por telegrafia sem fio".

Beleza no meio do caos. Reparações de guerra, separatismo, revoltas e um dólar cotado a quatro mil e duzentos milhões de *papiermark*.

Ainda bem que tudo aquilo havia terminado e era possível voltar a ganhar dinheiro.

Mas, infelizmente, ele tinha sido obrigado a desapontar Ida. O dinheiro ficava na empresa; ainda não podia apresentar-se diante de Campmann para saldar suas dívidas com ele, pois só liquidara uma ínfima parte. A filha o deixaria em sérios apuros se abandonasse o marido. Bunge tinha a certeza de que imediatamente o banqueiro poria juros à complacência de que fazia gala por ser seu genro e exigiria a quantia inteira de uma só vez. Talvez fosse capaz de juntar em breve uma riqueza maior se a Diamant Grammophongesellschaft estendesse seus tentáculos além-mar, como a Lindström AG. A América do Sul era um território familiar.

O chinês de Ida estava na Costa Rica, por sorte; caso contrário, a filha o teria pressionado ainda mais. Quando regressasse, veria o que fazer. Bunge não tinha nada contra pessoas de países exóticos. A minhoca, ela, sim, teria se exaltado, mas agora descansava em paz.

Hohenzollernring, uma rua magnífica com árvores ao centro.

— Pare — ordenou Carl Christian Bunge —, este é o número setenta e quatro; estava quase passando direto por ele.

O cocheiro parou, Bunge pagou e deu uma generosa gorjeta, como sempre fizera durante toda a vida. Era um velho casarão compacto. Seis andares e um telhado de duas águas, de aspeto sólido.

Margot vivia no quarto esquerdo. Antes que a porta se fechasse, apressou-se a entrar por onde acabava de sair alguém. Assim, podia subir a escada com toda a tranquilidade e recuperar o fôlego antes de tocar a campainha. Não queria que Margot pensasse que não estava em forma.

Atrás da cortina, Margot Budnikat o vira havia um bom tempo, o cavalheiro de certa idade e divertido do trem. Falou dele a Anita, que também sentiu no ar o cheiro do dinheiro. Talvez a empresa não fosse tão importante como a Lindström ou a Odeon; em contrapartida, certamente estariam muito mais ávidos para descobrir novos talentos. Anita e ela interpretavam às mil maravilhas cançonetas ligeiras, certas de que conseguiriam tirar algum proveito disso. A questão era o que Bunge esperaria em troca.

— Mostre um pouco do decote e quem sabe a roupa íntima — sugeriu Anita.

Será que bastaria? O mais importante era que o convencesse a gravar um disco de gramofone com elas. Dessa maneira, ela e Anita ganhariam dinheiro sem ter de mostrar nada e sem que ninguém lhes encostasse um dedo sequer.

Margot examinou as unhas pintadas. Era provável que o gorducho precisasse de algum tempo para recuperar o fôlego. Teria de exercitar a paciência com ele, mas, se fosse engenhosa, não precisariam de mais nenhuma companheira de apartamento. Pagariam o aluguel sozinhas. Veio-lhe à cabeça a "Canção de Vilia": *"Toma-me e permite-me teu asno de ouro ser"*, cantarolou. Por fim, a campainha tocou.

— Companheiro de raça... — disse Rudi, como se cuspisse a palavra. Lud ergueu o olhar do jornal e fitou-o. — "Só pode ser companheiro de raça todo aquele que possuir sangue alemão" — leu.

— Mas você é, não? — perguntou Lud.

Rudi revirou os olhos.

— Lud, você diz ser social-democrata. Não acha decepcionante o discurso do Partido Alemão dos Trabalhadores?

— Mas esse partido não existe mais.

— Pois é. Agora chama-se Partido Nacional-Socialista dos Trabalhadores Alemães, e tentaram dar um golpe de Estado. Diante do

Salão dos Marechais. Imagino que você esteja a par do que aconteceu em novembro, não é?

— Ah, sim — respondeu Lud Peters.

A lareira de azulejos brancos crepitava, e diante das janelas imperava o frio de dezembro.

O único aspecto em que os dois homens que liam o jornal na casa de Rudi e Käthe se assemelhavam era que ambos eram boas pessoas, que desejavam o bem. Quando se apresentavam a alguém, diziam: "O marido da melhor amiga de minha mulher". E o que lhes passaria pela cabeça ao fazê-lo? "Meu amigo Lud, infelizmente ingênuo até não querer mais." "Meu amigo Rudi, um romântico de esquerda, o pobrezinho."

Nesse domingo, tanto Käthe como Henny cobriam o turno da noite. Não era em vão que as pessoas chamavam a Finkenau de "fábrica de bebês", pois em nenhum outro lugar de Hamburgo nasciam tantas crianças.

— Tenho de buscar Marike, que está com a mãe da Henny. — Lud deixou o jornal de lado.

— Que pena. Pensei que poderíamos sair para tomar uma cerveja. Ir a uma taberna outra vez. Há tanto tempo não fazemos isso…

— Sou pai, tenho obrigações — respondeu Lud, sem remorsos.

— Pois é — concordou Rudi.

— E vocês?

— Käthe toma muito cuidado para não engravidar.

— Henny também não está com muita pressa em ter um segundo filho.

— Quem sabe talvez faça sentido com o passar do tempo.

— Não — contrapôs Lud —, os tempos nunca foram bons para ter filhos. Se deixássemos isso nos impedir, a humanidade teria acabado há muito tempo.

— Nisso você tem razão. Tome uma aguardente comigo, vá, antes de sair para a rua, que está frio. Tenho cúmel dinamarquês.

— Está bem — respondeu Lud, voltando a se sentar. — Só um copo.

— E o Natal? — indagou Rudi.

— Na véspera, Lina e Else vão lá para casa; nos dias seguintes, Else ficará conosco. Ela nos ajuda muito, mas, de verdade, às vezes exagera.

Rudi sorriu.

— Anna e Karl vêm para nossa casa — disse.

— Você teve sorte com os sogros. Não cobram o tempo todo até onde você poderia ter chegado.

— A mãe de Henny é ambiciosa — afirmou Rudi. — Com certeza acabará fazendo de você um príncipe. Toma mais uma?

— É bom este cúmel, mas tenho de ir embora.

Levantaram-se. Rudi despediu-se de Lud e permaneceu na porta até que este desapareceu no lance de escada seguinte. Então, voltou para a poltrona a fim de continuar lendo o jornal.

Se o tal Hitler pusesse em prática uma ínfima parte do que havia anunciado na cervejaria, todos eles teriam motivo para sentir medo. Não só os judeus como os da Friedländer. No entanto, agora Hitler e sua comitiva seriam processados; caso fossem condenados por alta traição, poderiam receber a pena de morte. Rudi não era partidário da pena capital, mas ficou surpreso que lhe agradasse a ideia de mandar para o inferno o líder dos fascistas.

Baixou o jornal e pensou que devia pedir à mãe que passasse a ceia em sua casa. Embora não se sentisse muito à vontade de fazê-lo, uma vez que Grit ficava tensa na presença de Käthe e esta também não demonstrava muita alegria quando se encontrava com a sogra.

"Grit tem medo que eu desvende seu segredo de família", opinava Käthe. "É por isso que está sempre tensa."

Rudi suspirou e pegou de novo o jornal. Era melhor se concentrar nas preocupações do mundo que nas próprias.

———-·:·-———

De sua boca formava-se um vapor branco enquanto davam a volta no canal Kuhmühlenteich; eram quatro e quinze da tarde e já tinha escurecido. Na realidade, planejavam sair duas horas antes, quando o sol brilhava por breves instantes no céu e tornava mais suportável o frio, mas os dois haviam ficado presos na clínica.

— Então, você e Elisabeth continuam se encontrando? — perguntou Landmann.

A resposta de Theo Unger foi seca: um leve gesto de assentimento.

— O velho Liebreiz me contou. Ele dá muita importância a essa relação.

— Eu sei. Está do meu lado.

— Já fez dois anos em novembro. Elisabeth ainda não superou o trauma?

— Tem gravada a ferro e fogo a palavra *"histerectomia"*.

— Você imagina tranquilamente uma vida sem filhos? — perguntou Kurt Landmann.

— Desde o princípio. Contudo, talvez haja uma luz no fim do túnel; Elisabeth começou a escrever reportagens para a *Die Dame*. Assim, sempre se distrai.

— A revista de moda? A sede da editora Ullstein não fica em Berlim?

— Correspondente em Hamburgo, é como se diz.

— E...? Sabe escrever?

Unger sorriu.

— Ao que parece, os berlinenses gostam.

— Pois aí está a solução — afirmou Landmann. — Um médico trabalhador e uma jornalista bem-sucedida. Os filhos só atrapalhariam. Seus pais têm alguma coisa contra uma nora judia?

— Sempre colocando a carroça à frente dos bois, Kurt; ainda não chegamos tão longe. Diga-me uma coisa: qual é sua opinião sobre esse tal Hitler?

— Espero que os muniquenses sejam duros na hora de processá-lo e o deixem na cadeia por muito tempo.

Theo Unger assentiu.

— Vamos para outro lugar, estou congelando aqui.

— Podemos pegar o bonde em Mundsburg. Até minha casa são só algumas paradas. Ainda não lhe mostrei o quadro, minha última aquisição.

— Quem é o pintor?

— Willy Davidson.

— Já ouvi falar dele.

Entraram no trem suspenso e foram até a estação central. Em seguida, percorreram o breve trajeto que os separava da Bremer Reihe com a gola do sobretudo levantada e as mãos enfiadas nos bolsos.

Unger permaneceu um bom tempo diante do quadro de Davidson, que estava pendurado em frente a *Natureza morta com figura negra*, de Emil Maetzel. O contraste dificilmente podia ser maior: de um lado, a imagem sensual de Maetzel; do outro, os sulcos castanhos das *Sementeiras* de Willy Davidson. Surpreendeu-o que o amigo confrontasse as duas telas. Via muito mais Kurt nas cores luminosas de Maetzel.

— Vejo que ficou surpreso — observou Landmann.

— Não sou grande entendedor do assunto — hesitou Theo.

— É sóbrio e triste. Espero que não corresponda a seu estado de espírito.

Kurt Landmann serviu conhaque em dois grandes copos de vidro e ofereceu-lhe um.

— É provável que os tempos que nos esperam não sejam sombrios... Pelo menos é o que nos dão a entender esses desfiles aparatosos. Já estão se preparando diante do Salão dos Marechais. Mas serão sem dúvida marrons.

— Você está falando da multidão que rodeia Hitler? Já não bastou o Putsch da Cervejaria?*

Landmann deu um gole no conhaque.

— Receio que não.

---

* Tentativa frustrada de golpe de Estado da parte de Adolf Hitler e do Partido Nacional-Socialista Alemão contra o governo da região da Baviera, em 9 de novembro de 1923. (*N. T.*)

―·!·―

Lina conheceu Kurt Landmann na clínica quando foi buscar Henny. Ela e a cunhada haviam combinado visitar um ateliê num dos pátios traseiros da Canalstraße, mais precisamente numa cocheira onde antes havia uma charrete. Reunia as condições necessárias – luminosa e sem umidade, onde não fazia muito calor nem muito frio – e seria o presente de Natal que Henny e Lina dariam a Lud: arrumar aquela marcenaria e pagar dois meses de aluguel.

Landmann estava diante dela e sorriu com os olhos para Lina, que mal conseguiu desviar o olhar do dele. Era raro que os sinais de um homem surtissem qualquer efeito nela; algum tempo antes, aquele jovem professor havia realizado tal feito, mas mais ninguém desde então.

Talvez tivesse se refugiado durante muito tempo no papel de irmã mais velha de um rapaz ingênuo. Os homens feitos causavam--lhe insegurança, e o magnífico Kurt Landmann, com costas largas e farto cabelo escuro, era, sem dúvida, um homem feito.

Henny os apresentou, e simpatizaram um com o outro. O que foi isso? Um anseio de ambas as partes, quase uma necessidade?

Esse encontro, no dia de São Nicolau* de 1923, foi o princípio de uma história de amor complicada, que, não obstante, teria uma reviravolta peculiar.

―·!·―

Mia estava gorda, como se o bebê fosse nascer a qualquer momento, não em dois meses. Contudo, ela sempre fora corada e roliça, inclusive nos dias de fome que se seguiram à guerra.

É mesmo filha de um carniceiro. Ida estava sentada em seu *boudoir* do pintinho, pensando que parecia que Mia a ajudava havia uma eternidade.

---

* Dia 6 de dezembro. (*N. T.*)

A garota acabava de lhe levar uma carta, em cujo endereço figurava um jovem cozinheiro chinês, um dos possíveis pais de seu filho. Não fosse ele, a paternidade ficaria em xeque, já que, segundo Mia, os três candidatos restantes eram entre loiros e ruivos e, sobretudo, puxando todos eles mais para o forte.

O cozinheiro da Schmuckstraße não mantinha correspondência com Tian, mas se encarregava de fazer chegar a Ida as cartas dele. Havia demorado nada menos que oito longas semanas para receber o primeiro sinal de vida. O *Teutonia* atracara em inúmeros portos antes de Tian desembarcar em Puerto Limón. "O navio com correspondências seguiu a passo de tartaruga", escreveu Tian na primeira carta.

Campmann aceitara a gravidez de Mia na condição de que acabasse de uma vez por todas a exaltação que Ida sentia por esse chinês; caso contrário, Mia teria de abandonar a casa de imediato. Uma ameaça que uniu ainda mais a patroa e a criada.

Os rumores dessas aventuras chegaram aos ouvidos de Anna Laboe, a única na casa que sentia certa simpatia por Campmann. Talvez o homem precisasse de senso de humor, mas tinha talento para a ironia; e nela se refugiava, não lhe restava alternativa, quando a esposa lhe virava as costas e nem sequer a criada demonstrava respeito por ele. A ironia elegante agradava Anna, cujo marido mostrava mais tendência para piadas de mau gosto.

Em todo caso, Anna Laboe estava prosperando. Havia tempos que não se dedicava apenas às limpezas, ainda que continuasse frequentemente de joelhos para esfregar o piso com areia e uma escova de cerdas duras. Mas, ao contrário da Fährstraße, naquela casa não havia cozinheira; Ida não tinha conhecimentos nem vontade de preparar uma refeição, de modo que se reuniam ao redor do fogão de Anna.

Nem em sonhos Ida teria cogitado que lhe pudesse fazer tão bem sentar-se à mesa da cozinha com o pessoal, tomar café e renegar os homens. Assim era possível passar o inverno em tempos difíceis.

Saberia Netty o alívio que isso pressupunha? Esse intercâmbio entre mulheres? No entanto, os tempos haviam mudado, pois, antes da guerra, arquear as sobrancelhas com desdém era um gesto admitido em sociedade. Não exibia ela esse ato de arrogância?

"Você vai se separar?", escreveu Tian.

"Vou."

"Quando?"

Ficou devendo uma resposta a ele. No carimbo da carta que Ida segurava naquele momento, podia-se ler: 29 de outubro de 1923.

"Você tem vinte e oito meses para levar a sério nosso amor e se separar de seu marido."

Ida escondeu a carta, juntamente com as outras três, no álbum de capa preta que continha as fotografias de seus pais e seus avós. Campmann dificilmente pegaria nele para dar uma olhada.

Vinte e oito meses. Uma eternidade. Três invernos. Dois verões. No entanto, esse tempo devia ser suficiente para que o pai regularizasse os negócios pendentes com Campmann. O paizinho havia se transformado numa criança lamurienta quando Ida lhe falou sobre a separação, e nele não havia nem sinal do comerciante dotado de inteligência viva e com futuro garantido. Claro que talvez todos tivessem se enganado e Carl Christian Bunge nunca houvesse passado de um aventureiro *bon vivant* que, durante algum tempo, juntara uma fortuna considerável.

Tian a avisou de que haveria consequências. Sim, Ida compreendia perfeitamente. Contudo, ainda havia tempo de sobra para resolver o assunto. Três invernos. Dois verões. Fazia algum tempo tinha uma coisa bem clara em mente: que seu pai fizera o mesmo quando os negócios iam mal e as dívidas aumentaram. Ela já havia esperado tempo demais.

— O café está pronto.

Ida levantou-se do sofá amarelo para se dirigir à cozinha. Campmann franziria o nariz se soubesse o que se passava ali em sua ausência.

Estariam as mulheres mais capacitadas para a democracia? Não. Nem de longe. Ou talvez sim?

———-:-———

Nos fundos da taberna havia uma densa fumaça. Bastante gente se reunia ali. Muitos fumantes, que seguravam o cigarro entre dedos amarelados. Rudi nunca tinha fumado. Seus olhos começaram a lacrimejar assim que se aproximou.

— Nosso príncipe poeta vem aqui.

Quando se ouviram pela primeira vez essas duas palavras numa reunião? Rudi nem se deu ao trabalho de explicar que não escrevia poesia, apenas lia poemas de outros. Contudo, Hans Fahnenstich, o brincalhão, era um tipo afável que não o dizia com maldade.

Outros camaradas empregavam um tom mais duro quando atacavam Rudi, pois os tempos exigiam algo mais que uma pequena revolução interior. A revolução de outubro que tinham previsto, seis anos depois da russa, acabara por ser uma derrota de outubro em Hamburgo: a insurreição armada foi derrotada não só ali, mas em todo o país, e o Partido Comunista foi empurrado para a ilegalidade. Ainda que não fosse durar, os ânimos estavam muito exaltados e o romantismo de esquerda não estava na moda.

— Fale sem rodeios — estimulou-o Alfred.

— Não pretendo fazer tal coisa — replicou Rudi.

— Você está na lista de oradores.

— É um erro.

Veio-lhe à mente Erich Mühsam: "Era uma vez um revolucionário, de estado civil limpador de lampiões. Marchou a passo revolucionário ao lado dos revolucionários".

Seria ele um desses? Dos que exclamavam "sou revolucionário!" e inclinavam a boina sobre a orelha esquerda com ar temerário?

O que Rudi queria? Um pouco de alegria com Käthe? Ler o jornal em frente à lareira? Uma felicidade maior para a humanidade? Dava os primeiros passos na política, mas lhe faltava agressividade e talvez também ambição. Rudi não aspirava a ocupar um cargo, nem sequer o de secretário da seção do litoral, embora tivesse sido considerado durante um breve período por seu primoroso domínio das palavras.

Tinha vinte e três anos. Aonde pretendia chegar? Era um homem casado. Sem filhos. Litógrafo na Friedländer, cujos cartazes haviam conquistado fama inclusive fora de Hamburgo. Não sabia até onde gostaria de chegar por intermédio desse partido que considerava o mais coerente em termos políticos.

— Não queremos molengas aqui — retrucou Alfred, que desapareceu por entre a fumaça.

— O ar está rarefeito — resmungou Hans, que tinha aberto caminho até ele. — Também é contra mais uns tantos. Alfred quer um julgamento.

É possível ser mais prussiano que isso? Rudi sentiu vontade de rir.

— Alfred diz que vossa fraqueza prepara o terreno para os fascistas.

O bairro no sul de Barmbeck ia de social-democrata a comunista, então era difícil imaginar que os fascistas pudessem se consolidar ali. No entanto, no partido, eram os agitadores que tinham a palavra, donos de uma agitação que operários das fábricas e dos estaleiros já não queriam seguir desde que a situação se acalmara um pouco com a introdução do *rentenmark* em novembro.

O levante reprimido havia sido extinto com a morte de alguns insurretos e agentes da polícia, mas morreram sobretudo civis que não participaram. Não era motivo suficiente para ter dúvidas? Rudi tinha.

— Rapaz, aí não tens razão — afirmou o pai de Käthe. — Esses imbecis todos são manipulados por Moscou. Não lhes permitem ter ideias próprias.

Karl Laboe continuava a acreditar nos social-democratas, que em Hamburgo formavam maioria, mas, tal como a ainda jovem e débil República, via-os como uma folha que se agitava ao sabor do vento.

— Uma força pouco eficaz — comentou Käthe —, mas poderiam bater com mais intensidade na esquerda.

Käthe era mais dura que ele. O fato de ainda não ter se filiado ao partido tinha a ver com seu acentuado caráter pragmático. No verão, tinha havido uma mudança na administração da Finkenau: o primeiro diretor clínico desde a fundação se aposentara, e Käthe não queria chamar negativamente a atenção de seu sucessor, que não achava que fosse menos conservador, antes da hora, visto que entoara em coro com as enfermeiras "Quem o querido Deus deixa agir", em vez de canções revolucionárias. Rudi raras vezes jogava palavras na cara de Käthe, mas achou isso hipócrita.

E de onde vinham as latas de raspas de chocolate e os pacotinhos de manteiga que se acumulavam na cozinha deles? Muito embora nada indicasse que fossem propriedade da clínica de mulheres Finkenau, Rudi achava que o anunciavam aos quatro ventos.

É provável que Käthe os considerasse "propriedade coletiva".

— E se os camaradas de Berlim veem os hamburgueses especialmente voltados à ação porque nos atrevemos a revoltar-nos... — ouviu Alfred dizer.

— Esses paus-mandados — comentou alguém.

— ... podemos ficar orgulhosos disso — encerrou Alfred.

Pelo menos uma centena de mortos. Rudi olhou para Hans Fahnenstich, que aplaudia. Não questionaria nada?

— Thälmann, Thälmann! — gritavam agora à frente.

Ernst Thälmann, um dos líderes da fracassada insurreição, havia desaparecido no fim de outubro.

Rudi saiu da sala. Os homens que estavam no balcão da taberna fitaram-no com curiosidade. Ele os cumprimentou com um aceno de cabeça e levantou a gola do blazer. Sem sobretudo, sentia muito frio, mas a Bartholomäusstraße ficava bem perto dali.

---—·!·—---

— O marido deve amar sempre mais a mulher que ela a ele. Com seu pai e comigo era assim — afirmou Else Godhusen enquanto passava o ferro pelos fios de lã verde dos ramos de abeto.

Henny não pretendia fazer nenhum comentário.

— Vai acabar queimando o bordado — advertiu. A toalha natalina havia sido confeccionada pela mãe de Lud muito antes de a guerra eclodir, e Lud tinha por ela o mesmo apego que ao restante das preciosas recordações de sua infância.

— Não vai querer me ensinar a passar roupa — comentou Else, com rispidez.

— Com esse ferro já não precisa pressionar tanto.

A mãe respirou fundo.

— Você deveria ficar satisfeita por ser eu a encarregada de passar suas coisas. O que eu disse antes também é verdade com relação a você e Lud.

— É verdade o quê? — indagou Henny. Não era um assunto que tivesse grande vontade de discutir com a mãe.

— Que ele a ama mais que você a ele. — Else silenciou. — Estou vendo que você não vai dizer nada — acrescentou, depois de algum tempo.

— Somos felizes juntos.

— Ele quer ter mais filhos, Lud.

— Por enquanto temos Marike.

— E ele ainda é um garoto.

Henny pensou em dizer que não se metesse em sua vida, mas não estava com vontade de suportar Else ofendida.

— A propósito, onde está Lina com a menina?

— Queriam sair e ver a vitrine da Heilbuth. Ficou linda, decorada com temas de contos de fadas.

— E que diferença faz se a pequena não entende nada?

— Mas a senhora a leva à Schrader para ver bonecas.

— É diferente. — Else Godhusen levantou o ferro. — Esta casa não é nada natalina — resmungou.

Henny olhou para a coroa do Advento, com a primeira das quatro grossas velas vermelhas acesa. A grande estrela dourada na janela, que havia feito com papel laminado juntamente com Lina e Marike. Os biscoitos de canela em forma de estrela. A toalha com o bordado natalino que a mãe agora passava a ferro.

— Posso saber o que está havendo com a senhora, mamãe?

Else Godhusen suspirou.

— Estou muito sozinha.

— Mas a senhora tem a nós.

— Quando saio daqui, vou para casa e começo a ler até ficar com os olhos lacrimejantes, em seguida me deito na cama e me sinto sozinha. Será que minha vida já acabou, aos quarenta e seis anos?

— Onde podemos encontrar um marido para a senhora?

— No Lübscher Baum sou velharia. Não vou agora me pendurar no pescoço de um rapazinho.

— Pois então vá dançar no Boccaccio, que é mais elegante.

— Lá não me atrevo a ir. Muito menos sozinha.

— Iremos as três: a senhora, Lina e eu.

— E vou tomar conta das bolsas de vocês quando forem convidadas para dançar.

— Iremos antes do Natal — decidiu Henny, começando a gostar da ideia.

— Você está falando sério? — perguntou Else. — Não quero incomodar.

— Lud pode ficar com Marike.

— É bonita, para dizer a verdade, a toalha natalina — elogiou Else. Passou a mão pelos ramos de abeto de lã verde e sorriu.

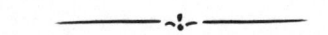

"Seus pais têm alguma coisa contra uma nora judia?"

Nos ouvidos de Theo Unger ainda ressoava a resposta que havia dado: "Sempre colocando a carroça à frente dos bois, Kurt; ainda não chegamos tão longe".

Seria verdade que estava naquele sábado no *salon* dos Liebreiz, diante da cena pastoril da grande tapeçaria, vendo a dona da casa acender outra vela na menorá?

Também tinham convidado Landmann, que não parava de sorrir. Depois do passeio ao redor do Kuhmühlenteich, apenas uma semana antes, era bem possível que seu amigo e colega de trabalho tivesse planejado tudo aquilo.

Elisabeth aproximou-se dele com dois copos de vinho e ofereceu-lhe um.

— Brindamos ao futuro? — propôs timidamente, com a face ruborizada.

O pai encontrava-se ao pé de Kurt Landmann, e ambos ergueram os respectivos copos. Saberia toda a gente mais que ele?

— A seu futuro como jornalista? — perguntou Theo Unger.

— Sim — retorquiu Elisabeth —, a meu futuro como crítica de teatro na *Die Dame*. Serei concorrente de Alfred Kerr, e no *Berliner Tageblatt* já estão tremendo. — Sorriu. — Ali, naquele canto, vamos pôr a árvore de Natal. Ela tem quatro metros. Meu pai não gosta das árvores pequenas. Na família, comemoramos o Chanucá e o Natal. *Chanutal*. Embora não acreditemos que o filho de Deus tenha vindo ao mundo.

— Brindamos também ao futuro em comum? — sugeriu Unger.

Estavam sozinhos no meio do *salon*, que agora devia chamar-se *sala*. Os restantes mantinham-se a uma distância prudente, como se fossem atirar um buquê de noiva e fosse preciso apanhá-lo. A casa da Klosterstern era a maior residência particular que Unger já tinha visto. Seria mesmo verdade que um médico insignificante de clínica – e, pior, um não judeu – podia ser o genro ideal?

— É verdade que você não quer ter filhos? — Elisabeth nunca havia abordado o assunto de maneira tão direta. Fitou-o olhos nos olhos como se procurasse um movimento de pálpebras que o denunciasse.

— Para mim é mais importante desfrutar de uma vida com você — respondeu Unger. — Já estivemos perto de conseguir isso uma vez, Elisabeth. Será que poderíamos retomar a ideia do compromisso?

— Em minha família, os compromissos matrimoniais são uma tradição na Festa das Luzes.

Theo Unger não precisou se virar para saber que Landmann e Liebreiz o encaravam, pois sentia os olhos cravados em suas costas.

— Sempre deu sorte aos casais — assegurou Elisabeth.

— Nesse caso, também dará sorte para nós.

— Você está me pedindo em casamento?

— Pela segunda vez. Na primeira, você não me deu uma resposta e depois se afastou de mim.

— Eu precisava desse tempo, Theo.

Seriam os sapatos de cabedal de Landmann que arranhavam o piso como os cascos de um cavalo impaciente? O ambiente na sala parecia mudado. Reinava um nervosismo maior? Liebreiz acabava de fazer sinal a um criado.

— Serei sua esposa com muito gosto.

— Beijem-se — pediu Landmann, em voz alta. Estaria ele escutando com o estetoscópio?

Theo Unger pousou o copo, colocou as mãos delicadamente nos ombros de Elisabeth e a beijou. O criado entrou com uma bandeja de prata com taças altas, estreitas, cheias de um champanhe que parecia rosado debaixo da tênue luz do lustre de cristal. Aproximou-se primeiro deles com a bandeja e depois percorreu a sala até todos terem a bebida em mãos. Compromisso matrimonial na Festa das Luzes.

Unger tinha certeza de que seus pais não tinham nada contra uma nora judia. No dia seguinte, iria a Duvenstedt cortar o pão doce natalino e daria todas as explicações pertinentes. Devia tê-lo feito muito antes.

Diante do teatro da Kirchenallee havia um grupo de crianças que, de mãos dadas com os adultos, remexiam-se impacientes à espera de que se abrissem as portas do teatro para desfrutar dos contos de Natal. Else, Lina e Henny desceram do bonde, e Henny pensou que teria preferido ver *A viagem do pequeno Pedro à Lua*.

Faltava pouco para as quatro e já escurecia; no céu só se via uma última faixa avermelhada do invernal sol poente. "O menino

Jesus está cozinhando bolachinhas no forno", costumava dizer Else a Henny quando o céu se tingia de vermelho em dezembro. Agora dizia-o a Marike.

Else Godhusen ficava muito bem com o casaco impermeável cinza que ela mesma havia confeccionado e que, na realidade, lhe parecia simples demais. Sem laços, sem echarpe, a nova moda não era lá muito de seu agrado. Não houve maneira de dissuadi-la de pôr a gola de arminho, e o odor do perfume *Tosca* mal disfarçava a naftalina. No chapelinho, um pequeno alfinete com pedrarias de fantasia; nos lábios, um toque de vermelho.

O chá dançante do Boccaccio, não muito longe do teatro, começava às quatro. Considerava-se um tanto quanto embaraçoso chegar tão cedo, mas não eram as primeiras a se sentar nos cadeirões aveludados e olhar com expectativa para o palco que seria ocupado pela orquestra.

Henny achava comovente o nervosismo da mãe. "Afinal, já se passou uma eternidade desde que seu pai flertava comigo", contou, e agora olhava ao redor com cara de espanto, tal como é provável que também fizessem as crianças uns edifícios adiante quando se levantasse o pano para *A viagem do pequeno Pedro à Lua*. A orquestra começou com "Salomé". "*A flor mais bela do Oriente*", entoava o cantor, e os primeiros cavalheiros já se punham de pé. Henny e Lina se entreolharam: ambas estavam abaixo da média de idade naquele lugar.

Lina foi a primeira que vieram convidar para dançar, depois Henny, de novo Henny e, em seguida, Lina.

— Eu disse. — A voz de Else tremia. O homem que se aproximava agora da mesa delas e as cumprimentava ostentava um bigode bem cuidado, um farto cabelo ondulado e um sorriso cativante, com o qual presenteou Else.

Henny e Lina soltaram um suspiro de alívio quando ambos se dirigiram para a pista de dança e ergueram as respectivas xícaras de chá.

— Você não sente falta de um homem a seu lado? — perguntou Henny ao mesmo tempo que observavam Else na pista.

— Mas eu já dancei duas vezes.

— Você sabe muito bem a que estou me referindo.

Estaria Henny pensando em Landmann, que no dia anterior lhe havia perguntado pela cunhada?

Else e o cavalheiro rodopiavam ao compasso de "A princesa cigana". Na opereta de Emmerich Kálmán havia muitas melodias que convidavam à dança. Os pares não paravam de rodar. "*Emulemos as andorinhas*", dizia o violino.

— Acho que, durante os anos que vivi sozinha com Lud, assumi um papel que já não sou capaz de abandonar, o papel de mãe que esbanja cuidados — respondeu Lina. — Não saberia como estabelecer uma relação.

Henny preparava-se para replicar no momento exato em que Else voltou para anunciar que o senhor Gotha e ela iriam para o balcão beber uma taça de champanhe. Tirara a gola de arminho e agora também o casaco do terninho. A blusa branca com a gola de renda tinha um botão desabotoado.

— Beber champanhe com o senhor Gotha ao balcão — repetiu Henny, depois de Else se afastar. — As coisas não estão indo depressa demais?

— Sua mãe ficou muito tempo na seca — comentou Lina. — Nesses casos, é comum agir como se fosse uma colegial.

— Na seca — repetiu Henny.

— Por favor, não se refira a mim nesses termos. — Lina riu.

— Quando a apresentei ao doutor Landmann, vocês se olharam demoradamente.

— Ele talvez preferisse que eu tivesse baixado o olhar.

— É um liberal, não um retrógrado. Tem uma ideia progressista das mulheres.

Lina chamou o garçom.

— Vou pedir vermutes. Com certeza sua mãe vai demorar. — Olhou para a cunhada. — Tenho a impressão de que você gosta do Landmann. Tem tudo o que falta ao Lud.

— Sim, é muito diferente do Lud. Ao longo destes vinte anos, viveu muitas coisas. Quando tiver quarenta, Lud também estará diferente.

— Você é feliz com meu irmão?

— Sim — respondeu Henny. — Sou feliz. Nós nos amamos e gostamos muito de dormir juntos.

Ambas pegaram o respectivo vermute assim que as bebidas chegaram à mesinha.

— Vamos pagar e dar uma olhada no balcão? — propôs Henny depois de um tempo sem mencionarem Lud nem Landmann e após recusarem inúmeros convites para dançar.

Else e o senhor Gotha apareceram antes de terem tempo de pedir a conta ao garçom.

— Peço que me desculpem por ter raptado a senhora. Infelizmente, agora tenho de pegar o trem para Munique.

— O senhor Gotha é um caixeiro-viajante — informou Else.

— Em especial na Baviera. Mas moro em Hamburgo — elucidou Gotha, pegando na mão de Else e mantendo-se assim por um momento. — Espero voltar a vê-la — sussurrou.

Será que Else ficou vermelha? Sim, ficou.

— Bem, agora tenho de pegar o trem — assegurou Gotha. Cumprimentou Lina e Henny inclinando a cabeça, dirigiu-se a passos largos para a chapelaria, e elas o perderam de vista.

— Eu diria que a senhora tem alguma coisa para nos contar — disse Henny, como se fosse uma professora feliz.

— É um cavalheiro elegante — replicou Else Godhusen. — Ferdinand Gotha. E tem cabelos muito bonitos. Trocamos endereços. De resto, não há nada para contar.

———·:·———

Um pão de amêndoas que a mãe assava todos os anos no Natal, uma vez que nenhum deles gostava de passas. O fato é que o irmão de Theo com a mulher e os filhos só chegariam mais tarde, mas a notícia que Theo tinha de dar era urgente, e Claas, o mais novo, era sempre muito rígido com o mais velho. Desaprovaria que Theo tivesse calado durante tanto tempo esse afã amoroso que professava por Elisabeth.

Perceberam que nas janelas havia geada quando se juntaram para contemplar a escura paisagem, que só clareava um pouco graças aos lampejos que o gelo irradiava. Os três constrangidos.

— É algo inesperado — comentou o pai de Unger.

A mãe fez um montinho com as agulhas de abeto que se haviam desprendido da coroa do Advento.

— Teria sido melhor conhecer nossa nova nora mais cedo — observou.

— Meus queridos pais — replicou Theo Unger. — Ontem nem eu mesmo desconfiava de que ficaria comprometido, se bem que esse já fosse meu desejo dois anos atrás. Sabem bem o que aconteceu com Elisabeth.

— Uma ovariectomia — disse o pai, médico. — Adeus aos filhos. Vai ser duro para a jovem.

— Ainda bem que já temos netos — interveio Lotte Unger. — E os Liebreiz são muito ricos?

— Trabalham no comércio de cereais — comentou o marido.

Theo Unger olhou para a chama das duas velas acesas na coroa.

— Vocês têm algum problema com o fato de Elisabeth ser judia?

— Não, filho. Não é isso que nos preocupa — assegurou-lhe o pai. — Alguma vez você teve a impressão de que somos antissemitas?

— A única coisa que as pessoas querem é que os filhos tenham uma vida fácil — esclareceu Lotte. — E os judeus nunca a tiveram.

— Quando você pensa em trazer sua noiva para cá?

— No quarto domingo do Advento estarei outra vez de folga.

— Queremos muito conhecê-la — garantiu-lhe o pai.

— Quando vierem, assarei dois frangos. E prepararei croquetes de batata. Ainda tenho um pote de geleia de cranberry na despensa.

— Depois do choque inicial, Lotte Unger começou a fazer planos, e isso sempre a reconfortava e lhe servia de distração quando algo a preocupava.

— Hoje só tem guisado de carne picada — informou o pai de Unger. — Como pode ver, sua mãe sabe apreciar devidamente o novo membro da família, pois está disposta a sacrificar seus preciosos frangos.

Theo Unger soltou um suspiro de alívio. A contenção que reinava na salinha parecia ter evaporado pelas frestas das velhas janelas. No entanto, estremeceu quando a campainha da porta tocou com intensidade. Como o irmão iria reagir? Claas era casmurro e conservador. Sempre tinha sido.

———·:·———

O segundo encontro com Kurt Landmann ocorreu no domingo ao fim da tarde, depois de Lina ter passado um bom tempo no Boccaccio para que Else tivesse a oportunidade de conhecer alguém. Lina saía da casa de Henny e Lud e dirigia-se para a sua quando, de repente, viu diante dela Landmann, que assumia sozinho um turno longo e duro na clínica, mas não parecia cansado.

— Não deixemos escapar essa indulgente chance do destino — afirmou. — Aceita tomar uma taça de vinho comigo?

— Bebi vermute e tenho a sensação de que ingeri uma garrafa inteira de champanhe — respondeu ela. — Preferia ter a cabeça tranquila para conhecê-lo melhor.

— Que pena. Se estivesse um pouco embriagada, talvez pudesse lhe mostrar minha coleção de pinturas.

— Não são coleções de selos que se mostram? — replicou Lina.

— Sua cunhada me disse que você é uma pedagoga progressista e dá aulas na escola Telemann. Imagino que não só se interessará por Lichtwark como também pela arte. Tenho quadros da Secessão de Hamburgo que poderiam lhe agradar, particularmente um de Emil Maetzel, além de um Bollmann.

Quer dizer que havia perguntado a Henny sobre ela. Henny não havia dito nada a esse respeito quando o nome de Landmann surgiu na conversa no Boccaccio.

— Moro logo ali, então gostaria de convidá-lo para uma xícara de chá. — Lina ficou espantada com o que acabava de dizer.

— A proprietária da casa onde mora não tem nada contra visitas de cavalheiros?

— Em primeiro lugar, não vivo numa casa alugada; em segundo lugar, a dona da casa é muito acessível.

Estava parecendo o quê? Uma mulher mundana que passava a vida levando homens para seu apartamento?

— Peço que me desculpe, foi um comentário infeliz. Às vezes caio num estado de idiotice próprio do pré-guerra.

— Henny disse que o senhor era um homem liberal, então idiota que não é.

Kurt Landmann sorriu.

— Quer dizer que Henny Peters é uma espécie de médium entre mim e você — disse.

— Só que nós não somos espíritos.

— Claro que não. Também não é preciso que sejamos tão pessimistas.

A casa da Eilenau era tentadora, com as janelas do piso térreo e do primeiro andar iluminadas. *Como um calendário do Advento*, pensou Lina. Apenas o sótão ainda estava às escuras.

Subiram a escada de madeira, e Lina abriu a porta branca laqueada. Como gostou de fazê-lo. Afinal, Landmann havia declarado que, no caso das mulheres, continuava a não ser natural terem casa própria. No entanto, além de Lud, até o momento nenhum homem havia transposto aquela soleira.

— É o sofá mais bonito que já vi — elogiou Landmann quando entraram e Lina acendeu a luz.

— Como assim?

— Sem babados, sem relevos, simples, porém de um requintado tom de vermelho-coral. Todas essas bugigangas ultrapassadas há muito tempo e que somente sobrecarregam o ambiente. Já as franjas são uma autêntica necessidade.

Teriam vindo à memória as suntuosas divisões da Klosterstern, onde estivera no dia anterior?

— Gosta de Gropius e da Bauhaus?

— Neste exato momento estou é muito constrangido. Por isso não digo outra coisa a não ser um monte de besteira.

— Caramba. Eu não diria que Walter Gropius e a Bauhaus são um monte de besteira. Por favor, sente-se no requintado sofá vermelho-coral enquanto preparo o chá.

— Não — corrigiu Landmann —, claro que não. Não são nenhuma besteira. E tomarei o chá com muito gosto. Você me permite acompanhá-la até a cozinha? — Era bem pouco habitual que uma mulher o desconcertasse.

Lina teria preferido ficar sozinha na cozinha para reunir forças para a cena seguinte na qualidade de excelsa anfitriã.

Preparou o chá da Frísia Oriental com mãos trêmulas. Kurt Landmann a observava e voltou a se impor.

— Quantos anos você tem, Lina? Ou a pergunta é precipitada demais, além de impertinente?

Quase deixou a água fervendo cair na mão.

— Ambas as coisas — assegurou.

— Desculpe minha falta de tato.

— Em janeiro farei vinte e cinco.

— O celibato para as professoras ainda está em vigor?

— Voltou a estar, desde outubro. Por quê?

Por que perguntava? Havia algo na jovem que o desconcertava. Ainda não sabia o que era.

Lina conseguiu levar para a sala ao lado uma bandeja de vime com um bule, duas xícaras e um açucareiro e depositou-a na mesinha sem que lhe tremessem muito as mãos. Logo em seguida, sentou-se no sofá e deixou que ele servisse o chá.

— Estava aqui pensando quantos pretendentes já terá recusado.

Por que ela permitia semelhantes transgressões? Por que nem sequer se importava muito? Lina pegou a xícara de chá com a borda dourada, herança de sua tia de Lübeck, que ele lhe oferecia. Porcelana de Fürstenberg. Seis xícaras de chá. Um bule. Um açucareiro. Faltavam dois pires. Contemplou o chá da Frísia Oriental, que era muito claro. Queria saber o que era estar com um homem? Começava a afligi-la o fato de que a considerassem uma solteirona ou que estava caminhando para ser uma?

Landmann pôs-se a mexer o chá por um bom tempo, embora não tivesse colocado açúcar. De repente, percebeu que a jovem nunca havia tido intimidades com um homem. Imaginou a que devia isso.

— Não sou nenhuma princesa altiva — garantiu Lina.

Kurt Landmann sorriu.

— Imagino que sua noção de vida feliz seja moderna e tão despretensiosa quanto seu estilo de vida — aventurou-se a dizer, uma comparação que tão logo lhe saiu da boca soou infeliz, mas que pareceu agradar Lina.

— Gostaria de ver seus quadros — disse. — Que obra o senhor possui de Maetzel?

— *Natureza morta com figura negra*. E também posso lhe mostrar um belo, ainda que um tanto quanto sombrio, Willy Davidson. Como conheceu os expressionistas?

— Por intermédio de meu professor de desenho na escola superior feminina — contou Lina.

— Aqui, em Lerchenfeld?

— Sim. Matriculei-me pouco depois de ser inaugurada, com onze anos, e cinco anos depois já me tinha apaixonado perdidamente por Robert Bonnet. Ele nasceu em uma família huguenote e sonhava viver na França. De preferência, como pintor em Montmartre. — Lina soltou uma risadinha. — Mais tarde, morreu numa das batalhas, na do Somme, e um ano antes despertou meu amor pelo expressionismo. — As palavras pareciam sair-lhe com facilidade, e aquilo era algo que nunca contara a ninguém; Kurt Landmann exercia nela um efeito que superava e muito o do espumante.

— E quanto a Robert Bonnet? Ainda o ama?

Lina abanou a cabeça levemente.

— Não passou de maluquice de uma garota muito jovem.

— Mas que sabe mais coisas sobre ele que as que se costumam saber acerca de um professor.

— Uma vez demos um longo passeio aqui pelas margens do canal, depois ao redor do Kuhmühlenteich. E ele me falou sobre sua vida.

— Aposto que ele também era muito jovem, não é verdade?

— Era a primeira vez que lecionava como professor de desenho. Tinha vinte e quatro anos.

Kurt Landmann suspirou. Todos aqueles jovens que tinha visto morrer no campo de batalha.

— Eu também estive no Somme — contou —, entre outras batalhas. — Talvez Robert tivesse se esvaído em sangue em suas mãos.

— Espero que não tenhamos outra guerra — disse Lina.

E, dito isso, foi à cozinha a fim de buscar o rum que havia sobrado dos doces de Natal. Lud gostava dos biscoitinhos de nozes com rum que a mãe costumava assar antes da guerra. Serviu-o em dois pequenos copos de vinho e, sem perguntar, ofereceu-lhe um.

— Depois vou embora — declarou Landmann, na esperança de ouvir uma resposta.

Lina sorriu e não disse nada.

— Imagino que terá de se levantar cedo amanhã.

— E o senhor? Não o esperam na clínica?

— Amanhã estou de folga. E, se me permitir, gostaria de buscá-la para lhe mostrar meus quadros.

— Tenho aula até as quatro — respondeu Lina, e pela última vez naquela tarde surpreendeu-o por lhe permitir isso também.

———-:-———

Foi uma surpresa para Anna, que sempre havia desejado ter uma cristaleira. Karl Laboe a encontrou num ferro-velho; era de madeira de abeto simples, ideal para o Natal, embora fosse laqueada de branco.

Rudi foi buscá-la, levou-a para casa e a subiu até o primeiro andar com a ajuda de um colega. Por isso chegou tarde à Friedländer, por ser coração mole. Hans, o colega, não precisou tirar o dia de folga, pois estava desempregado.

Karl gostava muito de surpreender sua Annsche, embora o presente tivesse chegado à cozinha oito dias antes do previsto. Ainda pensou em cobri-lo com um dos lençóis grandes e descobrir a cristaleira na véspera de Natal com toda a solenidade, mas descartou a ideia. Com certeza Annsche ficaria feliz por arranjar o lugar adequado para pôr o móvel e utilizá-lo antes do Natal, e em todo o caso era evidente que debaixo do lençol não havia um memorial de guerra.

Lembrou-se dos filhos, que tinham morrido em 1910. Já não pensava neles com tanta frequência, mas naquele momento passou-lhe pela cabeça que teriam sido eles a levar a cristaleira para casa. Já teriam dezenove e dezessete anos, sem dúvida seriam dois rapazes fortes. Karl Laboe não sabia por que imaginava os filhos fortes quando ele próprio nunca o tinha sido. "Que raio de pigmeu você nos trouxe?", havia dito o pai de Anna. Ele era um tipo alto e quase corpulento demais para marinheiro. Talvez por isso tenha se afogado em seu barco: a embarcação era demasiado leve para ele.

Todos esses mortos, pensou Karl Laboe. Mas a cristaleira não podia ser a causa de sua tristeza e de os fantasmas passearem por ali a seu bel-prazer. O mais provável era que o Natal estivesse influenciando seu estado de espírito.

É verdade que não chegou a ser ninguém na vida, isso o sogro já havia predito. Com relação à perna rígida, que depois do acidente o manteve afastado do estaleiro, não podia fazer nada. Mas também não foi isso que o privou de uma grande carreira.

O móvel voltou a deixá-lo mais perspicaz e mundano. Karl Laboe foi mancando até o sofá e acomodou-se nele, atento à porta da cozinha para ver a cara de surpresa que Annsche faria. Não tinha podido mimá-la muito durante a vida que compartilharam. Em junho daquele ano, comemorariam bodas de prata. Tinham se casado quando Anna engravidou de Käthe. Ambos com vinte e um anos;

agora, no mês seguinte, Käthe completaria vinte e quatro anos – e ainda não tinha filhos. Isso era algo que fazia Rudi sofrer, Annsche e ele tinham certeza disso.

Käthe sabia o que queria e era obstinada. Tempos antes, fora a única dos três filhos a sobreviver à difteria. No entanto, ele nunca tinha ouvido que a difteria pudesse causar esterilidade.

Já estava escuro às quatro da tarde. Em quinze minutos Annsche regressaria da casa dos Campmann. Era ridículo ficar ali sentado às escuras, mas a surpresa seria ainda maior se a mulher visse a cristaleira assim que acendesse a luz.

Naquele momento, ele tinha quarenta e cinco anos. Com exceção da perna, uma distensão nas costas e, de vez em quando, uma pontada no coração, estava bem. Ainda queria continuar por muito tempo ali onde estava agora o novo móvel.

Mas que pensamentos eram aqueles? Idiotas até dizer chega. Karl tateou em cima da mesa o cinzeiro de vidro e a ponta de cigarro, que continuava perto dos fósforos. O cinzeiro era uma recordação. Já depois de casados, ele e Annsche acharam divertido ir um domingo até a baía de Kieler Förde, em Ostseebad Laboe. Apesar do nome, não havia ali nenhum parente. Todos os Laboe que conhecia viviam em Barmbeck, e apenas um irmão de seu pai morava em Hammerbrook.

Acendeu a ponta de cigarro e soltou a fumaça, impaciente para que Annsche chegasse e para ver seu entusiasmo ao se deparar com o armário de abeto laqueado de branco.

Ele, porém, não contava com o susto que Annsche levaria ao entrar na cozinha escura e ver apenas a brasa vermelha do cigarro. Mas, logo em seguida, acendeu a luz e deu de cara com a cristaleira, então ficou tudo bem.

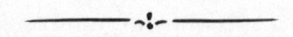

———— -:- ————

— Essa — disse Margot, que um segundo depois já tinha a pesada corrente de ouro no esguio pescoço. Bunge não gostou nada do sorriso que o joalheiro esboçou.

— Com isso, vai ficar com o pescoço doendo — comentou.

— Vinte e quatro quilates — comentou o joalheiro —, não se pode pedir mais.

— Sem dúvida — retorquiu Carl Christian Bunge. Conheciam-se havia apenas quatro semanas, e o investimento parecia-lhe excessivo. — Não tem nada mais delicado? — perguntou.

— Naturalmente sim, cavalheiro. — O joalheiro depositou uma corrente sobre um pano de veludo negro, tão delicada como a do crucifixo de ouro que oferecera a Ida por ocasião da crisma da filha.

— Já não sou criança — queixou-se Margot.

A garota começava a irritá-lo. No fim das contas, ele também não era assim tão tolo.

— Vamos pensar no assunto — resolveu Bunge, arrastando a ofendida Margot para fora da loja.

Encontravam-se na gélida Jungfernstieg, que resplandecia com as decorações natalinas. *O Alsterpavillon parecia uma exposição para vender lâmpadas*, pensou Bunge. Certamente havia mais joalheiros com correntes de ouro que não fossem tão grossas nem tão finas, mas Margot estava de mau humor, e a verdade é que ele também.

— Pense nas audições — sugeriu.

Tinha conseguido marcar uma data no novo ano para gravar Margot e Anita em goma-laca cantando acompanhadas ao piano. Canções breves como as que entoava Ebinger em Berlim, escritas por Friedrich Hollaender. Bunge não estava muito certo de que Margot e Anita tinham a classe de Blandine Ebinger,[*] mas a gravação estava ficando cada vez mais barata que uma pesada corrente de ouro de vinte e quatro quilates.

Margot esboçou um sorriso e acariciou-lhe o braço; o grosso sobretudo de pelo de camelo impedia que sentisse um formigueiro erótico. Em todo caso, não é que lhe tivesse sido concedida muita coisa nesse sentido. Bunge lembrou-se de Guste e seu erotismo, da

---

[*] Atriz e cantora alemã que atuava em importantes cabarés berlinenses. Casou-se em primeiras núpcias com o compositor e letrista Friedrich Hollaender. *(N. A.)*

comida caseira, que era aceitável e, quando ele assim o desejava, servida todos os dias. Tinha de oferecer-lhe alguma coisa bonita, talvez uma peça de seda – Guste costurava bem. E também uma grande caixa de bombons belgas, como os vendidos no Michelsen.

— Vamos ao Schümmans? — perguntou Margot. — Comer umas ostras escondidos?

Até já sabia. Margot era capaz de devorar duas dúzias delas. Nem sombra de intoxicação. Muito bem, faria a vontade dela. No fim das contas, em breve seria Natal. Margot já tinha começado a andar em direção à casa de Heine, e, pouco depois, entraram no Schümmans Austernkeller, que já não era um *keller*,* mas um estabelecimento que dava para a rua. De todo modo, ele se daria ao luxo de pedir a sobremesa de frutas vermelhas pela qual o Schümmans também era famoso.

Entraram num dos compartimentos reservados a artistas, onde Margot ficou olhando embasbacada para as fotografias autografadas. Bunge duvidava de que seu retrato um dia estivesse pendurado naquelas paredes; na melhor das hipóteses, quem sabe como famosa devoradora de ostras.

De repente foi acometido por um profundo sentimento de nostalgia em relação a Guste e sua cozinha na Johnsallee. Fígado à berlinense, era isso que lhe apetecia.

— Está ficando com água na boca, gorducho.

Ele a encarou mal-humorado e pensou que ainda tinha de comprar um presente para Ida. Nada de joias. Estas Campmann podia muito bem comprar. Um candeeiro de mesa com um abajur amarelo e, na base de porcelana branca, um pastor tocando charamela. Tinha-o visto num estabelecimento da Colonnadenstraße. Ficaria bem em seu *boudoir*.

Puseram pão na mesa. Manteiga.

— Você se empanturrou disso — disse Carl Christian Bunge.

---

* Em alemão, *keller* significa "porão", "adega". (*N. T.*)

Não tinha certeza de que aquela relação fosse capaz de durar até a audição. Mas, nesse caso, era Margot quem sairia de mãos abanando. Bunge se alegrou, mas dissimulou o melhor que pôde. Sorriu.

———•—•—•———

— Pôr um laço vermelho na chave — propôs Henny. — Ou você pensa em algo melhor?

Primeiro ela e Lina tinham pensado em vendar os olhos de Lud e conduzi-lo até seu futuro ateliê, mas, ficando este ao fundo da Canalstraße, estava muito longe para brincarem de cabra-cega.

— Nesse caso, podemos inspecionar o ateliê no primeiro dia de Natal — respondeu Lina. Apoiou-se na vassoura e contemplou o espaço iluminado e seco, cujo chão de pedra já havia varrido duas vezes.

As paredes estavam recém-pintadas, as janelas, impecáveis, a estrutura de ferro fundido laqueada de preto. Lud só teria de colocar a bancada de carpintaria, levar as ferramentas e pendurá-las nas paredes.

— Ele vai ficar muito empolgado — assegurou.

— Também acho — corroborou Henny. — É capaz de ficar tão entusiasmado quanto uma criança. Às vezes acho que podia ser irmão mais velho da Marike.

Lina assentiu. Sabia muito bem o que Henny queria dizer e, desde que conhecia Kurt Landmann, tinha mais consciência que nunca da ingenuidade do irmão. Era como se Lud se tivesse proposto continuar o rapaz de quinze anos que os pais deixaram naquele inverno de guerra. E a verdade é que amava de todo o coração sua pequena família e desejava que esta aumentasse. Lina franziu a testa.

— Não se preocupe, Lina. Eu o amo assim mesmo, do jeito que ele é.

Era exatamente esse o sentimento que Lud despertava nas mulheres, o desejo de amá-lo e de protegê-lo. Lina lembrou que anos antes havia prometido à mãe que cuidaria sempre de Lud. Agora eram duas cuidando dele: Henny e ela.

Kurt Landmann tinha-lhe mostrado seus quadros. E a tinha beijado. Com delicadeza. Mesmo assim, ela ficou assustada.

— Do que você tem medo? — perguntou-lhe Landmann.

Henny não sabia de nada disso. Contar a ela teria feito Lina se sentir constrangida.

— Como andam as coisas entre você e Landmann? — perguntou Henny quando fecharam a porta do ateliê e saíram para a rua pelo arco do portão depois de atravessar o pátio de cascalho.

Lina olhou fixamente para a cunhada: será que ela lia pensamentos?

— Ele não me contou nada, mas pensei que talvez você quisesse contar alguma coisa.

— Tenho medo dos homens. — Não era o que Lina queria dizer. Foi como se lhe tivesse escapado.

— Lud tem medo das mulheres, exceto das que são mães. É por isso que quer que eu o seja mais vezes.

Lina assentiu.

— Somos uns irmãos esquisitos — afirmou.

— Você vai para casa?

— Vamos dar um pulo no Alster e ver se já congelou. Gostaria de voltar a patinar lá. Ou você precisa pegar Marike com sua mãe?

— Elas estão fazendo biscoitos. É coisa demorada. Seus biscoitinhos de nozes e minhas estrelinhas de canela não preenchem por completo os sagrados requisitos.

— Else teve notícias do galã dela?

— Apenas um cartão de boas festas. Um ramo de abeto com pinhas revestidas de purpurina prateada no mais requintado papel *couché*.

— E...? Ela se deu por satisfeita?

— Acho que ficou desiludida. Estava esperando uma caixa de lencinhos e um encontro natalino. Gotha diz que voltará a Hamburgo no Ano-Novo e que a avisará.

— Talvez tenha família na Baviera.

Henny sorriu.

— Não creio que queira ser bígamo. O mais importante é que faça Else girar por um bom tempo na pista de dança e que não perca cabelo.

A jovem envolta no casaco de pele que se aproximava na direção delas próximo ao Hofweg-Palais cumprimentou-as com um aceno de cabeça.

— Feliz Natal — desejou-lhes. — Embora as senhoras já pareçam felizes.

Perplexas, Lina e Henny seguiram-na com o olhar e viram-na desaparecer numa das entradas do suntuoso edifício.

— Feliz Natal — disseram, antes que a porta se fechasse.

— É ali que trabalha a mãe da Käthe — esclareceu Henny. — Promoveram-na a cozinheira.

— Que bom. Talvez seja verdade que parecemos felizes, embora não tenhamos motivo.

— Cuidado, não vamos cometer um pecado — disse Henny. — A vida até que está indo bem.

Naquele momento, sua mãe teria se benzido.

———— ·!· ————

Ida subiu pela escada até o andar nobre e pensou em como sentia falta de ter amigas de sua idade. Depois de o pai perder a fortuna e ela se casar com Campmann, muitas pessoas se afastaram. Mia, que pouco a pouco ia se transformando numa leitoa, mal conseguia dar-lhe o que ela precisava, e a senhora Laboe, ainda que fosse mais esperta, era vinte anos mais velha que ela e tinha as próprias preocupações.

Talvez devesse procurar a senhora Grämlich para pedir que lhe arranjasse uma ocupação, as criadas desencaminhadas, os marinheiros encalhados. Esses, melhor não. Seria aproximar-se demais dos chineses.

A resposta que havia dado a Tian, na carta que lhe enviara no fim de outubro, fora vaga. Por que lhe custava tanto abandonar Campmann? Por medo de perder o luxo em que vivia?

A casa cheirava a carne assada. A senhora Laboe já estava cozinhando, empilhando as panelas nas frias bancadas para que a Campmann e Ida não faltasse nada nessa solitária refeição. O paizinho preferia comemorá-la com Guste e só iria visitá-la no dia de Natal.

Dos vinte e oito meses que Tian lhe concederam, não tardaram a passar dois. Faltavam vinte e seis. Em todo caso, tinha de separar-se primeiro, um divórcio não podia ser precipitado. Quem dera conhecesse alguém que pudesse aconselhá-la bem, de preferência uma mulher. Simpatizou com as duas que acabava de ver e pensou em como seria ter amigas em quem pudesse confiar.

Ida tirou as luvas e deixou que o casaco de pele de zibelina lhe deslizasse pelos ombros, contando que Mia trataria de pegá-lo do chão.

— Diga a Anna que quero um chocolate quente — ordenou, porém mudou de ideia e foi ela mesma até a cozinha.

Depois, sentada no *boudoir* do pintinho e bebendo o chocolate, vieram-lhe à mente umas frases estranhas que, depois de um tempo, identificou como sendo de um poema de Rilke: "A solidão é como uma chuva. Ergue-se do mar ao encontro das noites... E, quando aqueles que se odeiam têm de dormir juntos na mesma cama, então a solidão vai com os rios".

Só se lembrava dos primeiros e dos últimos versos; os outros se perderam entre o estabelecimento da senhora Steenbock e o momento presente; com eles, também ela se perdeu.

Ida mexeu os dedos dos pés, que continuavam frios, e os dobrou tal como fazem as crianças muito pequenas. *Tian*, pensou. O que aconteceria agora?

— Cocorocó, cocorocó — disse. Por que se havia se lembrado daquilo agora?

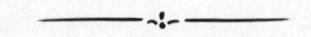

— Gostaríamos muito que você passasse o Natal conosco.

Grit Odefey olhou para o filho.

— Esqueça, Rudi. Eu e Käthe não nos damos bem.

Rudi sabia muito bem que as duas não se davam. Justamente por isso tentou. Em seguida, deixou o embrulhinho em cima da mesa com o poema, um papelzinho enrolado e preso com um laço vermelho.

— O que é? Eichendorff?

Não. Não era "Desertos estão mercados e ruas".

— Eu o lerei amanhã com uma taça de vinho. — Rudi deixou, também, uma garrafa embrulhada em papel de seda.

— Você é um bom filho — respondeu Grit.

———-·!·-———

A panela com o assado estava na cozinha; as almôndegas já preparadas, assim como a salada de feijão-verde. Um guisado como o que a mãe de Lina e Lud havia colocado na mesa no primeiro dia de Natal. Else era capaz de viver só disso. Só se recusara a preparar as carpas.

— Têm muita espinha — disse a Marike, que estava sentada na cadeirinha alta e tinha nas mãos duas fichas de jogo da memória: uma bola colorida em uma e um patinho na outra. — Que coisa bonita o menino Jesus lhe trouxe.

A pequeninha sorriu e, descrevendo um amplo arco, atirou as figuras para o lado oposto da cozinha, para junto das que já estavam no chão. Else levantou-se da mesa, pegou-as e se aproximou da janela. Estava nevando.

— *"Flocos de neve, saia branca"* — começou a cantar, e tirou a neta da cadeira para que esta pudesse ver os grossos flocos brancos que caíam. Marike estendeu as mãos com vontade de pegar a neve. No entanto, a janela estava fechada: fazia muito frio e era muito perigoso. Depois, a menina voltou ao chão.

E se acendesse de novo o fogo do guisado? Era provável que Henny, Lud e Lina ainda demorassem um pouco a regressar da visita ao ateliê.

— Vamos ver de novo a árvore e os outros presentes — sugeriu, e, dito isso, levou a menina para a salinha.

Da árvore pendiam anjos e trombetas prateadas. Velas brancas. Coroava-a uma agulha prateada. Achava simples demais para seu gosto, mas quem mandava ali era Henny.

Em sua casa, na Schubertstraße, a árvore era rematada por quatro anjinhos que tocavam três sininhos e giravam lá no alto. Isso sim era sublime.

— Consegue sentir o cheiro, Marike? — perguntou à neta. — Inspire bem fundo, como a vovó. É o Natal, um dos melhores cheiros da vida.

———·:·———

Será que Lud desconfiou de alguma coisa quando abriu a caixinha vermelha e viu a chave lá dentro, no meio de aparas de madeira? Este último detalhe fora ideia de Lina. Só teve de subir até o sótão: no depósito de Lud havia madeira de sobra.

Independentemente do que Lud pudesse farejar, foi superado pelo que o esperava quando transpôs a soleira do portão. Haviam percorrido a Canalstraße os três de braço dados, com Lud no meio segurando o grande guarda-chuva. No entanto, naquele momento, Lina parou junto ao portão.

— Entrem vocês primeiro — propôs.

Da gasta maçaneta da porta da cocheira ao fundo do pátio pendia um enorme laço vermelho, que foi preciso retirar para pôr a chave na fechadura. Lud abriu a porta.

— Você me deu um ateliê — observou.

— Diga-me, desde quando você sabe?

Lud sorriu e abanou a cabeça.

— Uma chave no meio de aparas de madeira: eu sei somar dois mais dois.

Uma pequena lareira de ferro fundido, que não estalava porque ninguém a havia acendido, mas lá Lud podia preparar a cola. Não obstante, no ateliê não fazia frio, apesar da lareira apagada.

— Vamos buscar Lina — sugeriu Henny.
— Antes quero beijar você.
— E não se arrisca a fazê-lo diante de sua irmã?
— Quero beijar vocês duas — respondeu ele —, mas primeiro me deixe dizer uma coisa, Henny. Isso é mais que um ateliê; vai ser um refúgio para nós dois.
— Então precisamos de um refúgio?
— Não que eu tenha alguma coisa contra Else — comentou Lud, constrangido.
— Você tem razão. Desapareceremos e viremos para cá de vez em quando. E agora vamos buscar a Lina. Não quero que ela fique lá no frio.

Lud apertou Henny nos braços e a beijou. Em seguida, saiu para o pátio e chamou a irmã.

Março de 1926

Tian regressou no barco da Hapag que o havia levado de Hamburgo a Puerto Limón no verão de 1923. Estava junto ao comandante do *Teutonia*, contemplando o familiar horizonte da cidade: a igreja de Santa Catarina, a de São Miguel, o observatório marítimo por cima do cais de St. Pauli. *Meu lar*, pensou e, no entanto, sentiu-se estranho. A seu lado, o oficial de serviço terminou a manobra de atracagem; os rebocadores se retiraram. Apenas as gaivotas, que haviam levantado voo quando da chegada da embarcação, continuavam a guinchar.

Tian dirigiu-se para a multidão que esperava em terra pela correspondência. Avistou Ling. Deu-lhe a impressão de que a irmã quase não mudara durante os anos em que estiveram longe. Não viu os pais e sentiu certo medo de que lhes tivesse acontecido alguma coisa desde a última carta recebida. Mas, na verdade, deviam estar atolados de trabalho. Era dia de semana, talvez nos dias anteriores tivessem chegado barcos chineses à cidade e, com eles, centenas de marinheiros famintos, todos querendo comer na melhor taberna de St. Pauli.

Poucos minutos antes de ser obrigado a abandonar a cabine para ficar de olho na bagagem, atreveu-se a procurar Ida entre a multidão que se aglomerava no pontão. Tian estava morrendo de frio porque, quando a primavera chegava em Hamburgo, fazia mais frio que na Antuérpia, o primeiro porto onde haviam atracado na Europa. Porque ele se lembrava da última correspondência que tinha trocado com Ida, havia mais de um ano. Na época, ela ainda vivia com o marido, e Tian não tinha dúvida de que nada mudara.

Ling acenou, pois provavelmente não esperava vê-lo lá em cima, na cabine de comando, e só o tinha visto agora. Talvez soubesse de Ida. A amizade que Ling mantinha com Mia se atenuara um pouco desde que viera ao mundo um bebê gorducho e ruivo, mas não se desfizera por completo. Tian achava que era muito possível que Ida já não mantivesse aquela amizade.

Durante a longa travessia, para além das conversas e das partidas de xadrez, dominó e damas, ele teve tempo de sobra para pensar se poderia haver um futuro para ele e Ida. Amava-a tanto quanto antes, mas não queria suplicar como um cãozinho por um pedaço de pão. Tinha vinte e quatro anos e era um comerciante com boas perspectivas. Se ele percebera algo na viagem entre a Costa Rica e Hamburgo, era que seria necessário tomar decisões, e que não queria abdicar de sua dignidade.

Ling abriu caminho por entre a multidão e estava na primeira fila quando o irmão desembarcou. Abraçou-o e desatou a chorar. Será que tinha acontecido alguma coisa ruim?

— Como fico contente de você voltar — disse-lhe.

Há dois anos e oito meses, teria dito isso em cantonês, mas sua irmã mais nova tinha decidido se adaptar por completo à nova terra. Não teria tido grande apoio dos pais, que haviam criado sua própria China na Schmuckstraße.

Ling e ele saíram de mãos dadas das docas. Um criado transportou o carrinho com a bagagem até a praça de fiacres, e Tian fez sinal ao cocheiro, tal como fizera naquele dia de julho com Ida a outro cocheiro para que os levasse ao Hofweg-Palais.

Não viu a jovem dama com vestido leve que observava aquela cena. O simples chapéu de aba estreita ocultava-lhe o cabelo de cor clara, agora curto. Tian também não percebeu que a irmã olhou para todos os lados antes de entrar no carro, tão ocupado que estava supervisionando o carregamento da bagagem. Ling, por sua vez, viu Ida, mas não contou ao irmão que Mia a atormentara até ela se dar por vencida e lhe confessar o dia em que Tian chegaria. Não, já não ofereceria seu quarto para ele estar com essa louca caprichosa. Ida não fazia bem nenhum ao irmão.

Ida só se aproximou da praça quando o carro que transportava Tian e Ling já estava a caminho da Schmuckstraße, mas não queria ir para casa, pois lá, em seu escritório, Campmann preparava uma viagem de negócios a Dresden. É possível que se tratasse de uma nova promoção de Friedrich Campmann no banco.

Ida pediu ao cocheiro que a levasse ao lago Aussenalster e saltou na ponte Krugkoppel. Por que naqueles dois anos e oito meses ela fora tão fraca para assumir as consequências de seus atos? Por que continuava a ser a filha mimada do paizinho e de Netty, para quem o mais importante era o próprio conforto?

Na ponte Krugkoppel, o vento soprava. Que estupidez ter escolhido aquele vestido, mais adequado a um maio ameno. Tian nem sequer a tinha visto com ele. Ida colocou a mão no bolso esquerdo do longo e justo casaco e tirou a pequena tartaruga de jade branca. Durante um instante, sentiu-se tentada a atirá-la no Alster, mas voltou a guardá-la no bolso. Depois, não seria capaz de dizer se já tinha pensado em fazer aquilo quando tirou a aliança do dedo e a atirou na água cinzenta, que não era mais que um reflexo do céu.

Henny percorreu com rapidez o curto caminho entre a casa e o ateliê. Lud queria dar-lhe seu presente de aniversário: um guarda-roupa alto, de duas portas, cuja miniatura havia deixado de manhã em cima da mesa dos presentes. Na Nagel & Kämp só permitiam meia hora de almoço; e o desleixo de Lud com os horários teria provocado inúmeros problemas em qualquer outro lugar, mas seu chefe era louco.

Nos velhos paralelepípedos do pátio, ressoavam os saltos dos sapatos novos de Henny, e Lud, que já a tinha ouvido, esperava por ela à porta com um sorriso radiante.

Para construir o guarda-roupa, ele comprara madeira de cerejeira da região de Altes Land, a mesma com que anos antes havia construído o berço que aguardava no vão da escada os irmãos de Marike.

Henny contornou o guarda-roupa, que estava no meio do ateliê, e sentiu o aroma da cera de abelha.

— É lindo — assegurou. — Fico contente por não ter usado goma-laca.

Quase não havia móvel que não fosse envernizado com goma-laca, mas Lud havia se rebelado contra essa corrente moderna e, em vez disso, diluía cera de abelha em aguarrás e aplicava a solução com um pincel grande. Henny reparou que ele estava cortando panos para lustrar e, parecia, já estava lá havia um bom tempo.

Percebeu seu olhar.

— Para dar o último retoque — explicou.

Sem fazer comentários sobre a ínfima meia hora de que Lud dispunha, Henny abriu as portas do guarda-roupa e contou as gavetas em que guardaria os lençóis e a restante roupa de cama de seu enxoval.

Passou-lhe pela cabeça uma das histórias que Else costumava contar, sobre como, em um Ano-Novo, pouco antes de meia-noite, Else subiu ao terraço com a cesta pela escada instável a fim de buscar os lençóis brancos da corda para que, naquela última noite do ano, não ficasse aprisionada neles alguma maldição e se transformassem em sudários. Algo que podia muito bem ter acontecido se Else tivesse tropeçado no escuro com a quantidade de ponche que tinha na cabeça e no estômago, além da cesta em mãos. Não seria difícil quebrar um pescoço. Por que se riam sempre com aquela história?

— Na família da Else, bebia-se coquetel de champanhe na virada de ano — contou ela. — Pode ser que eu prepare um.

— Por que você se lembrou disso agora?

— Para comemorar o dia.

Lud assentiu.

— Claro. Para comemorar o dia. No domingo o guarda-roupa estará em casa. Pedi a Rudi que me dê uma mãozinha. Nós dois conseguiremos carregá-lo até o apartamento.

— Não cabe numa carroça.

— Pedirei uma emprestada e eu mesmo a puxarei. E já contei ao porteiro da fábrica. Você gostou mesmo do guarda-roupa?

— Gostei demais, Lud. É sua obra-prima. Talvez você devesse deixar de ser empregado de comércio para se dedicar à carpintaria.

— Se fizesse isso, demoraria até poder sustentar minha família.

— Também contamos com meu salário.

— Mas é você quem terá os filhos.

Henny não disse nada, pois sabia o quanto Lud queria comemorar o dia. Gerando um primogênito ou uma segunda filha. Como ele esperava ter meia dúzia, não havia problema nenhum se os primeiros fossem meninas.

Henny tinha receio de que ele fosse capaz de notar o corpo estranho nas relações sexuais. Talvez Lud fosse muito ingênuo ou apenas muito crédulo para desconfiar de que Henny estava se prevenindo.

Na clínica, algumas pacientes colocaram diafragmas ou anéis de Gräfenberg, mas, àquela altura, Henny também tinha bons motivos para ir ao consultório da Emilienstraße. Para o ginecologista, tanto fazia que fosse a senhora Godhusen ou a senhora Peters. Era uma mulher casada que não queria ter mais filhos, e, além disso, pagava-lhe em espécie. Andava enganando Lud, tinha consciência disso, e de vez em quando a consciência dela pesava de remorso.

— Do que precisa para o coquetel?

— Vinho branco, espumante e casca de limão — contou Henny.

— E açúcar de baunilha. Isso temos lá em casa.

— Não me importo de me embriagar um bocado esta noite.

Estava na expectativa, e isso a comoveu. O grande amor, o que era? Não era muito mais importante a segurança? Estarem unidos e enfrentarem juntos as agruras da vida? Podia ser que tivessem outro filho; o anel anticoncepcional não continuaria eternamente onde estava.

"O resultado da relação sexual é, em geral, um filho", frase de quando andava estudando para se tornar parteira. Na maternidade, teria vivido mais alegrias que abalos? Dois dias antes, em seu turno, tinha nascido um menino com síndrome de Down. A parteira-chefe hesitou antes de colocá-lo no colo da mãe. No entanto, esta contemplou o pequenino durante um bom tempo e depois o abraçou com ternura.

Chamou-lhe Gerhard, o "forte com a lança". Talvez isso fizesse falta na vida daquele menino.

Também vinham ao mundo os bebês mais saudáveis e mais bonitos, e as mulheres viravam a cabeça, como se não soubessem o que fazer com o filho e só lhes restasse melancolia.

— Vou comprar duas garrafas de Mosela — ofereceu Lud. — E duas de *Matheus Müller*. De uma forma ou de outra, sua mãe também vai beber.

Em alguns momentos, Else bebia muito.

— Ela bebe porque se sente sozinha — explicou Käthe quando Henny lhe abriu o coração.

A relação de Else com Gotha havia estagnado; ou, melhor dizendo, era inexistente. De vez em quando ele a levava para dançar, mas dava a impressão de que quase nunca estava em Hamburgo. Henny viu o cartão de Ano-Novo que ele havia escrito a Else: em vez da ferradura, o limpa-chaminés empunhava uma cruz suástica. Ferdinand Gotha, o caixeiro-viajante de artigos de papelaria de qualidade, também possuía esse tipo de cartões em sua grande variedade de material e não hesitava em felicitar Else com um deles.

— Você não ultrapassou muito o horário de almoço?

— Amanhã entro mais cedo para compensar — respondeu Lud, sorridente. — Afinal, é aniversário de minha mulher.

Uma pequena comemoração. Os quatro, com sua mãe e Marike. Käthe estava trabalhando no turno da noite, e Rudi iria para lá com ela no domingo, felicitar Henny e ajudar com o guarda-roupa.

Era bem provável que Gotha fosse nazista, e estes gozavam de um prestígio cada vez maior entre os bávaros. E Else? Ficaria sozinha? No ano seguinte completaria cinquenta anos.

Saíram para o pátio, e Lud fechou o ateliê.

— O que você está tramando? — perguntou a Henny.

— Estava só pensando em Else.

— No fato de ela beber demais?

Então também ele havia reparado.

— E ainda por cima eu incentivo esse vício preparando um ponche para ela.

— Melhor que beber às escondidas.

— Vamos ter de passar a vigiá-la mais de perto — comentou Henny.

— Mas ela está todos os dias lá em casa.

— Porque toma conta da Marike.

"Hoje também é meu dia: dei-te a vida", foi isso que Else lhe disse quando Henny, depois de terminar o turno, chegou em casa. A seus ouvidos, pareceu uma ameaça.

— Podíamos pôr Marike numa creche. Assim, ela conhecerá outras crianças com quem brincar — sugeriu Lud, e não era a primeira vez que o fazia.

— Não creio que sejam capazes de se adaptar a meus horários de trabalho.

Essa também não era uma frase nova. Aquele diálogo mais parecia uma partida de pingue-pongue.

No entanto, a verdade é que Henny não se atrevia a privar a mãe dessa incumbência. Se o fizesse, Else cairia mais fundo ainda no poço em que se encontrava.

— Bom, daqui a pouco vou ter de voltar para o escritório — replicou Lud, beijando-a nos lábios. — Depois conversamos sobre a creche. Eu me encarrego de comprar as bebidas.

Else teria de levar a poncheira. O pesado recipiente de vidro com tampa e asas de prata estava em sua casa, na despensa da Schubertstraße. A última vez que alguém havia preparado um ponche nela fora na crisma de Henny, em abril de 1914. A última primavera em que reinara a paz, quando o pai, ainda jovem, parecia imortal.

"Querida mãe, por favor, busque a taça, faça um esforço para polir a prata e deixa sua filha sozinha por alguns instantes." Quase cantou o estranho estribilho quando se viu diante da porta de entrada de sua casa. Lá em cima, esperavam-na Else e Marike, com vontade de ser acolhida com carinho.

Mia tinha parido no campo, e lá o pequeno Fritz continuava, já tendo completado dois anos em fevereiro. Ela pretendia confundir o patrão chamando o pequeno bastardo de Friedrich?

Em janeiro, pouco antes de a criança nascer, fora obrigada a ir embora; Campmann não suportava mais olhar para ela. Teria chegado aos ouvidos dele que dentro dela talvez crescesse um pequeno chinês? Representaria uma afronta a seu senso estético ver Mia suando pela casa em pleno inverno?

Só alguns meses depois de ter desmamado o filho lhe foi permitido regressar à casa, despedir com mão firme a criada que a havia substituído e retomar seus antigos hábitos assim que Campmann ia para o escritório na Jungfernstieg e ela podia sentar-se na cozinha com Ida e a senhora Laboe, tomar café e contar as últimas fofocas.

Mia não sentia muita saudade do filho, que estava em boas mãos com sua irmã, em Wischhafen, às margens do Elba, onde tinha os dois primos como companheiros de brincadeiras, com quem se sentava feliz na imundície do galinheiro. Essa imagem ficou gravada na retina de Mia quando foi visitar Fritzchen no dia do aniversário dele. No curral, fazia calor, e as galinhas estavam chocas. Antes de ir embora, Mia ficou brava com a irmã até ver Fritzchen em uma banheira de zinco com água quente. Na casa da irmã, a limpeza deixava muito a desejar, de modo que Mia imaginou que o filho voltaria a ficar sujo antes de ela chegar à balsa para depois, em Glückstadt, pegar o trem até Altona.

Não havia a menor dúvida de que em Wischhafen era vantagem Fritzchen não ter pai chinês. No entanto, atribuir a paternidade a um de seus companheiros de cama para receber uma pensão mostrou-se praticamente impossível, uma vez que o garoto era parecido com os três candidatos restantes.

Dos vinte marcos mensais que Mia recebia, além de comida e moradia, enviava oito para a irmã. De vez em quando rapinava uma moeda de prata da pequena bandeja que ficava em uma cômoda no quarto de Campmann. Além dos trocos, havia ali cartões de visita, botões de camisas e às vezes a conta de um restaurante, que Mia lia com atenção para em seguida ficar pasma com as iguarias com que se banqueteavam.

Em cima da penteadeira da senhora, havia uma pequena bandeja semelhante – não de prata, mas de cristal cor-de-rosa, e que reunia a infinidade de pequenas joias que possuía. Mia a vasculhou repetidas vezes, e também em outros lugares, mas a aliança de casamento não estava lá. Havia dias que Ida não estava com ela no dedo.

Campmann não tinha percebido isso. Aqueles dias de março tinham sido fora do normal, e já lhe bastava ter de superar o duro golpe sofrido. Em Dresden, ficou evidente que o banco era uma instituição judia entre os grandes bancos, de modo que quem não fosse judeu tinha dificuldade para chegar ao topo da carreira. Suas esperanças de que o nomeassem para um cargo no conselho de administração foram frustradas, mas não deviam demorar muito a transformar-se em realidade, uma vez que seu atual cargo de diretor havia sido o ponto de partida de outros que o conquistaram. Não obstante, havia picuinhas e diversos assuntos desagradáveis.

Pouco antes de viajar para Dresden, ele teve a impressão de que a esposa estava passando por uma mudança de humor, de modo que agora não só se mostrava reservada com ele como, de certo modo, estava introspectiva, o que despertava nele a preocupação de que, além de tudo, ela sofresse de algum transtorno depressivo. Como eram diferentes as mulheres na Hélène, apesar de a irresistível Carla ter abandonado o estabelecimento.

Pelo menos Ida já não o importunava com o desejo de ter filho, pois, caso contrário, seria obrigado a dar-lhe uma explicação. O médico que costumava atender os pais parecia ter a certeza do prognóstico: provavelmente a caxumba que ele tivera na infância era o motivo de ela não conseguir engravidar. A ideia fez Campmann dar de ombros. Não devia ter escondido da mulher essa informação, mas as coisas eram como eram.

Levantou-se da mesa, contemplou o Alster através de uma das janelas altas e, em seguida, atravessou o amplo escritório e olhou sério para a secretária, que lia uma revista.

— Volto às duas — informou.

Dito isso, tirou o chapéu e o sobretudo do cabide para entrar no elevador e descer os quatro andares até o saguão de entrada. Ia encontrar-se com o sogro, Bunge, no Alsterpavillon, sob as palmeiras.

Fora o sogro quem tinha solicitado o encontro, e era muito possível que quisesse uma nova prorrogação para o crédito. Alguma vez havia pensado que Carl Christian Bunge entendia de dinheiro? Se continuasse a adiar a devolução do empréstimo, poderia manter Ida.

Por maior que fosse a desilusão que suportava no casamento, dependia de Ida, aquela criatura entediada que havia anos lhe fazia sentir todos os dias sua indiferença. Em Dresden, foi dar uma volta depois de uma longa reunião e, ao contemplar o céu noturno, chamou de "amor" o que sentia por ela. Nunca ninguém poderia saber que tinha derramado lágrimas. Campmann chorava. Talvez se devesse apenas ao dia extenuante que havia tido.

— Um círculo ilustre de narcisistas — opinou Elisabeth. — Mas assim são os panfletistas, e no teatro a coisa não é muito diferente.

Theo Unger ofereceu-lhe um *gin fizz*, pegou o dele e colocou um pequeno recipiente com frutas secas em cima da mesa redonda de vidro junto à poltrona de couro em que Elisabeth estava sentada. Por sua vez, acomodou-se no sofá novo, que o sogro afirmava que parecia soldado numa oficina de automóveis. O velho Liebreiz não era muito adepto da Bauhaus.

Unger adorava as histórias que Elisabeth contava sobre a efervescente Berlim. Era difícil haver algo mais diferente de seu dia a dia como médico na Finkenau, e era precisamente isso que o reconfortava. Achava que a esposa estava acima da vaidade que imperava em seu ramo, levando em conta o fato de sua pena ser cada vez mais ágil. Unger sentia-se orgulhoso dela.

— Está preparando algo grandioso — afirmou. — Erwin Piscator é um dramaturgo genial. E depois também temos aquele jovem bávaro, Bertolt Brecht.

— Ao que tudo indica, também se produz algo de bom na Baviera.

— Você nem imagina como é bom Karl Valentin, comediante de Munique. Kerr disse que ele disseca a linguagem até alcançar seu significado mais profundo.

— Você parece entusiasmada — asseverou Unger. — Fico feliz.

— Podíamos adotar uma criança — sugeriu Elisabeth.

Pegou-o tão desprevenido que Theo Unger quase estremeceu.

— Você sente falta de um filho?

— Você não?

— Não — respondeu —, estamos muito bem assim. — Completamente desconcertado, bebeu seu *gin fizz* em um único gole.

— Pensei que talvez na clínica houvesse crianças que ninguém quer.

Unger hesitou.

— Às vezes, sim — admitiu depois de um tempo.
— E o que acontece com essas crianças?
— O serviço social cuida delas.
— Se houvesse um bebê nessas condições... — Elisabeth deixou a frase pairando no ar.
— Você tem uma carreira maravilhosa — replicou Unger. — Quem cuidaria desse bebê?

Em realidade, ele intuía a resposta: o pai de Elisabeth enviaria uma legião de babás. Da mesma forma que lhes havia comprado aquela casa na Körnerstraße, no abastado bairro de Winterhude. Embora não se comparasse com a mansão da Klosterstern, Unger nunca teria adquirido uma casa como aquela.

"Você não acha que Theo fica triste por não poder comprar tudo isso para você?", o pai questionara Elisabeth. Sem pensar no que fazia, ela contou a ele, mas devia ter ficado calada.

— Carl Zuckmayer — comentou Elisabeth, apressando-se a mudar de assunto. — *A vinha alegre*. Trata-se de uma obra irresistível. Estreou em dezembro no teatro da Schiffbauerdammstraße.

Berlim. Sem dúvida sua cidade de interior era provinciana.

— Elisabeth, eu lhe imploro: vamos desistir dessa ideia de filho.
— Mas por quê? Conosco ele terá uma boa vida.

Landmann apreciava Louise Stein. Era filha de uma amiga da mãe, de Colônia, que tinha amigas com filhas casadouras em todas as regiões e afilhados em toda parte.

Louise, dramaturga, tinha conseguido seu primeiro emprego no teatro Thalia, na praça Pferdemarkt. O pai dela, livre-pensador não judeu, dava aulas de filosofia na Universidade de Colônia.

Landmann gostava da família e foi com gosto que fez o favor de cuidar de Louise, que ainda não conhecia a cidade, para a mãe. Fez isso num domingo à tarde e tinha intenção de lhe apresentar a mulher com quem, ao longo de dois anos, havia passado uma única noite de amor. Tinha sido uma noite especialmente boa, e, até aquele momento, não entendia por que Lina recusava com um sorriso suas tentativas de repeti-la.

Landmann não via Louise havia algum tempo. Da última vez, ela continuava sendo, de forma geral, uma menina. Foi buscá-la em uma pensão da Johnsallee, onde morava temporariamente, e ficou impressionado ao ver aquela jovem de franja escura, descontraída e sem chapéu, vestindo calça e casaco comprido.

Cuidar de Louise. Assim que a viu, Landmann teve a certeza de que aquela seria uma pretensão ridícula. Louise Stein irradiava uma segurança típica de alguém que viveu duas vidas.

— Não ligue, Kurt. Nossas mães nunca deixarão de querer nos proteger e se intrometer em nossa vida.

Teria ela lido seu pensamento?

— Como Deus não podia fazer tudo sozinho, criou a mãe — replicou.

Louise sorriu.

— Nós dois vamos tratar de passar uma tarde agradável. Mencionou há pouco uma amiga. É a mulher que é dona de seu coração?

— Sim e não. Trago-a no coração, embora a verdade seja que ela não quer estar nele. Mas que loucura. Você poderá tirar suas próprias conclusões, Louise. A verdade é que ela se parece um pouco com a senhorita. Só que Lina ainda não sabe o quanto é boa.

— Pode me chamar de você, Kurt, como fazia antes.

— Só que você já não é a pequena Louise que me via como o tio Kurt.

— Nesse caso, também vou tratá-lo por senhor — decidiu e fez sinal a um cocheiro, que se aproximou. — Você não tem carro?

— Se alguma vez me der vontade de ir para o campo, comprarei um.

— O senhor é mais da cidade, não? Assim como eu.

Permitiu que Landmann lhe abrisse a porta, se bem que ele não teria estranhado se tivesse sido o contrário. Deu ao cocheiro o endereço da Eilenau, e Louise pôs-se a olhar pela janela, fazendo exclamações de júbilo. O céu azul, com nuvens brancas com delicados fiapos; o Alster, onde se viam os primeiros veleiros; as pessoas que passeavam pela margem e atiravam gravetos aos respectivos cães – a Hamburgo mais acolhedora, embora o verde das árvores de Harvestehuder Weg ainda se mostrasse hesitante.

— Adoro esta cidade — afirmou Louise.

— A senhorita tem algum apartamento em vista?

— A verdade é que, por ora, estou muito satisfeita e à vontade com Guste Kimrath. Há alguns hóspedes que vivem na pensão, inclusive alguns tipos excêntricos. Guste também é peculiar, simpatizo com ela. Diga-me uma coisa: o que sua amiga Lina faz?

— É professora numa escola progressista. Discípula de Lichtwark. Uma mulher bastante versada em arte.

Por que ele estava exaltando as virtudes de Lina?

— E o senhor? Continua trabalhando na clínica de mulheres?

— Não me apareceu nada melhor.

— A Finkenau tem boa fama. Sua reputação chegou inclusive a Colônia.

— Talvez eu me torne chefe. — Sorriu.

Seguiam pela Körnerstraße, onde Unger e Elisabeth residiam, numa das menores casas. Na verdade, o caminho mais curto teria sido pela ponte dos Lombardos, mas, desse modo, podia mostrar a cidade a Louise, e não queria repreender o cocheiro por causa disso. Havia muito tempo que não se sentia tão relaxado. Esperava que as duas mulheres se dessem bem.

— Dá a impressão de que em Hamburgo só há casas bonitas, habitadas por pessoas endinheiradas.

— Infelizmente, isso é uma ilusão — afirmou Landmann, a cuja memória vieram as casas do bairro de Gängeviertel que ainda restavam e as sombrias residências dos altos blocos de apartamentos de aluguel, a que chamavam de forma eufemística de "coberturas".

A carruagem parou em frente à casa de tijolo claro e estuque branco em cujo sótão Lina morava, e uma vez mais Louise se mostrou encantada. No topo da escada, a porta laqueada de branco estava aberta. Lina os recebeu com as boas-vindas.

Landmann nunca se sentira entusiasmado. Pelo contrário, em sua vida o amor e a paixão já tinham se aproximado, mas agora pôde ser testemunha de uma descarga elétrica: será que não tinha mesmo se dado conta? Será que Lina já sabia? Louise parecia saber e encarou Lina por um longo tempo. Duas mulheres.

———·:·———

Eram quatro e meia da manhã e estavam sozinhas na sala de partos. Henny aguardava havia meia hora pela expulsão da placenta, mas, quando esta enfim saiu, notou que faltava parte das membranas ovulares, que a placenta não estava inteira.

O parto era responsabilidade do doutor Geerts, que havia rendido o doutor Unger, cujo paradeiro desconheciam, mas sabiam que não era ali, na sala de partos. Henny olhou para a mulher que acabava de dar à luz e que meia hora antes ela mesma instigava a fazer força. Não, não queria deixá-la sozinha de forma nenhuma para procurar Unger.

Esteve a tarde toda sob tensão, embora na noite anterior Henny tivesse dormido bem; não haviam varado a noite com Käthe e Rudi, embora houvessem brindado o guarda-roupa de madeira de cerejeira e tenha sido uma noite animada.

Henny olhou para a paciente e reparou que havia fechado os olhos, apoiando a cabeça de maneira pesada no travesseiro e parecendo dormir. Aquele parto terminaria bem, apesar da placenta. O bebê saíra sem problemas, e agora Henny também queria manter a mãe a salvo. Estava à beira da súplica: uma placenta que não se desprendia, da qual restavam partes no ventre, causava hemorragias e infecções e, no pior dos cenários, a morte da mulher.

Começou a massagear a parte inferior do útero. Examinou a mulher: a bexiga não estava cheia, então não era isso que impedia a expulsão. Apalpou de novo, explorou com suavidade o útero e chegou à conclusão de que o colo estava contraído demais para libertar os resíduos da placenta.

— Algum problema?

Unger estava à porta, e Henny virou-se para ele. Por que estava irritada? Ela contou o que havia acontecido e observou-o com atenção quando este examinou a paciente. Não tinha bebido. Sua mão estava firme, mostrava uma concentração total.

— É preciso operar — decidiu.

— Pode ser que saia sozinha.

— Não. Tem razão, o colo está fechado.

Ele mesmo administrou o éter. Bastaria uma curetagem, embora quisesse evitar fazê-la na mãe, que estava plenamente consciente.

— Posso saber o que está havendo com você? — perguntou Henny.

De repente vieram à tona todos os sentimentos que nutria por Unger havia anos. Ao que tudo indicava, em meio à rotina da clínica esses sentimentos se perderam.

— Kurth, a mulher franzina da enfermaria dois — respondeu —, amanhã vai vir aqui um assistente social. Ela não quer o bebê. Tentei convencê-la do contrário, mas não consegui.

— Pena — lamentou Henny.

— Minha mulher quer adotar um bebê. Ela não me perdoaria se descobrisse que estou escondendo isso dela.

Tinha a sensação de que Unger se arrependia de ter contado isso a ela.

— Eu coloquei um anel de Gräfenberg, embora meu marido queira ter mais filhos.

Confiança se paga com confiança. Mas talvez ela tivesse confessado isso apenas porque se sentia esgotada e com um turbilhão de emoções à flor da pele.

— Guardarei seu segredo, Henny — prometeu Unger. — E você, o meu. — Sorriu-lhe e logo em seguida tirou a cureta da bandeja que continha os instrumentos.

Trabalharam com mão firme; a enfermeira que se juntou a eles não notou nenhuma réplica do ligeiro tremor que durante um instante os sacudiu.

Pouco depois, já no lavabo, tirando as luvas e o avental, ambos permaneceram em silêncio; quando Unger olhou para Henny e se preparava para dizer alguma coisa, ela se limitou a negar levemente com a cabeça.

Käthe acordou Henny quando encontrou a amiga dormindo no sofá da sala das enfermeiras ainda de uniforme.

Ela não era a primeira que entrava ali naquela terça-feira de manhã, mas as outras tinham deixado Henny dormir. Correu a notícia que de madrugada houvera complicações após um parto demorado de que ela participara.

Ela se levantou e procurou o relógio.

— Pelo amor de Deus, já são dez horas — disse.

Lud saía de casa às vinte para as oito, e a essa hora ela já devia lá estar havia um bom tempo para cuidar de Marike. Seu turno terminava às seis.

— O melhor é você tomar um café antes. Na cozinha da ala dois acabaram de preparar. A propósito, Unger quer falar com você.

— Ele ainda está aqui?

— A mãe está bem. Foi para a unidade pós-partos.

Henny lembrou-se da confissão feita na sala de partos.

— Lud telefonou para cá às sete quando viu que você não voltava para casa. Levou Marike para sua mãe, que vai mais tarde para sua casa com a menina. Está tudo em ordem.

Henny levantou-se e retirou os grampos da touca, que tinha ficado achatada depois de se ter deitado com ela.

— Onde Unger está? No consultório?

O que ele poderia querer? Esperava que não se tratasse de outra confidência. Henny passou as mãos pelo cabelo ondulado, que ia até a altura do queixo.

— É verdade que você foi apaixonada por ele?

— Imagino que esteja se referindo a Unger.

Käthe assentiu.

— Às vezes ele continua olhando para você daquela maneira. Como se para ele você não fosse apenas uma boa parteira.

— É assim que Landmann olha para você.

— Somos todos comprometidos — objetou Käthe.

— Landmann não é.

— E sua cunhada?

— Não creio que possa dizer que sejam comprometidos. A única questão é que vão juntos ao Kunsthalle. — Henny virou-se para Käthe. — Claro que não sei de tudo. Lina é muito reservada. — Afrouxou o avental e aproximou-se do armário para pegar um casaco de malha. Estava com frio, continuava a sentir a noite impregnada nos ossos. — Até logo, Käthe — despediu-se e saiu da sala.

Seguiu para o consultório do doutor Theo Unger, mas ele não estava. A primeira coisa que Henny sentiu foi alívio.

———— ~·~ ————

— "*Rosquinhas de rosas, manteiga para as gulosas, manteiga temos, amanhã jejuemos, dentro de dois dias um cordeirinho morrerá, o pobrezinho balirá.*"

Quando abriu a porta de casa, Henny ouviu a voz da mãe, que cantava a plenos pulmões a velha canção infantil. No entanto, ouviu também Marike chorando.

Else virou-se para ela quando entrou no quarto. Em sua voz havia um tom de censura:

— Sua filha não quer que um cordeirinho morra nem quer comer uma fatia de pão com manteiga.

— Por que a senhora canta essas canções tão hediondas?!

— Hediondas? A menina nunca passou fome. Caso contrário, ficaria muito contente se matassem um cordeirinho.

— Mamãe, a senhora não está falando sério! — Era a mesma mulher que apontava para um céu tingido de vermelho onde o menino Jesus cozinhava biscoitinhos?

— Não devemos mimar as crianças — afirmou Else.

Talvez isto também se devesse à noite que havia passado na sala de partos: Henny gritou. Marike se assustou e começou a soluçar. Nunca tinha ouvido a mãe gritar, muito menos com a avó. Else baixou o olhar para o prato de pão com manteiga e mordiscou o lábio. Henny deixou-se cair numa das cadeiras da cozinha, sentindo-se completamente exausta.

— Desculpe-me, mamãe.

Else fungou e baixou ainda mais a cabeça.

— Não. Já faz algum tempo que você tem agido com frieza.

— Que besteira.

— Cada vez que me atrevo a dizer a verdade, você fica dizendo que é besteira.

Henny pegou uma das fatias, mais para demonstrar reconciliação que por ter fome, embora não tivesse dado uma mordida. Devia pelo menos ter bebido o café na maternidade, mas planejou tomar café da manhã com bastante tranquilidade.

— Bom, já posso ir embora — afirmou Else, arrastando a cadeira para trás.

— Quero que saiba que precisamos de você, mamãe. — Henny tinha consciência da aversão que a própria voz destilava.

Aí estava a oportunidade de matricular Marike na creche, como Lud queria e como sem dúvida também seria bom para a pequenina, que só se encontrava com crianças de sua idade nos balanços do parque infantil – e não com muita frequência. Para Else, era difícil ficar sentada num banco duro, ou mesmo na areia, com mulheres muito mais jovens.

— Vocês dão conta muito bem sem mim. — Era evidente que Else fazia questão de ignorar o que se fazia notar na voz de Henny.

Ela não fez nenhum comentário. Pegou a menina, que tentava subir em seu colo. Já não soluçava, na cozinha as vozes alteradas tinham se acalmado, e agora também estava disposta a comer uma fatia de pão com manteiga.

— Não quero que o cordeirinho morra — afirmou Marike.

— Não vai morrer — respondeu Henny, vendo que a mãe abanou a cabeça.

Era sério que ela desejava mesmo aquilo? Que Else educasse a filha com aquela maneira antiquada de pensar? Cogitou voltar a falar com Lud sobre os aspectos positivos da creche, embora soubesse que não sairia nada de novo dessa conversa.

— Bom, por hoje vou embora — disse Else. — É melhor assim. Afinal, você tem o resto do dia livre. — Levantou-se. — Preparei uma sopa de ervilha para vocês; a panela está na bancada. Piquei duas salsichas, que a Marike gosta.

— Obrigada, mamãe.

Else saiu para o corredor disposta a vestir o casaco e pôr o chapéu, mas voltou a enfiar a cabeça pela porta:

— Marike, nas salsichas há porquinhos, que também morreram.

A menina desatou a chorar de novo.

Henny teria gostado de encher a mãe de insultos, mas se limitou a contar até dez, e lhe custou muito não derramar uma enxurrada de lágrimas. Marike já estava bastante abalada.

———— ~!~ ————

Era pouco frequente que as duas tivessem folga no mesmo dia, menos ainda aos domingos. Havia uma semana que o tempo estava fantástico.

Na pequena confeitaria dos Löwenstein, na Humboldtstraße, já se encontravam coelhos de chocolate; na decoração, pequenos ovos doces coloridos. Rudi comprou numa confeitaria da praça Gänsemarkt os primeiros ovos de Páscoa: de flocos de arroz para Käthe e recheados de pralinê para Grit.

Estava na região, e naquela manhã sua única incumbência fora levar à Colonnaden uns cartazes para a livraria de Felix Jud. A partir de meio-dia, na Friedländer fechariam a tipografia e o escritório; um enterro em Altona que não lhe dizia respeito.

Pensou em deixar para Grit os ovos de pralinê em frente à porta, a fim de que os encontrasse ao voltar do trabalho no ateliê de costura à tarde. O mais provável era que não soubesse apreciá-los, já que tinha dito que o pralinê não era próprio da Quaresma; antes, quando pequeno, a Igreja tinha muita importância.

Talvez fizesse parte do que ela mesma se impunha, uma mulher solteira que educara o filho sozinha. Será que fazia igualmente parte desse caráter o fato de só lhe oferecer migalhas quando ele lhe pedia que contasse coisas acerca do pai? Guardaria Grit um terrível segredo?

Rudi entrou no bonde. Käthe queria ir à casa de Henny antes de ir para a dela, na Bartholomäusstraße. Era para lá que ele estava indo. Queria convidar Käthe para darem um passeio pelo rio, irem até St. Pauli no meio da semana. Com o colarinho da camisa desabotoado, sem chapéu, sentindo a brisa no cabelo, o sol na cara. E depois, sem mais nem menos, amarem-se diante da lareira em plena luz do dia.

— Comprei um bolo — disse Käthe quando ele entrou —, pensei que podíamos ficar à vontade. — Tinha as mãos cheias de terra, pois estava plantando amores-perfeitos na varanda, e agora as colocava sob a torneira da cozinha.

Muito bem. Primeiro comeriam o bolo. Talvez fosse de *buttercream*, porque era o preferido de Käthe, e depois concordaria com todo o resto.

— Olha. Só plantei flores brancas e lilases.

Rudi obedeceu e olhou para sua Käthe, que naquele dia estava linda.

— Você precisa ver os amores-perfeitos na varanda — especificou Käthe.

Lembrou-se dos ovos de flocos de arroz. Tirou o saquinho do bolso, olhou na direção da porta da varanda e contemplou os amores-perfeitos. Ainda queria ir à casa de Grit, mesmo que o dia livre deixasse de ser livre.

— Você gostou?

— Muito — retorquiu Rudi, dando-lhe o saquinho.

— Abençoado pecado — afirmou Käthe.

A maneira como ela passou a língua pelos lábios e moveu o pequeno ovo pela boca... *Talvez fosse melhor* não fazer nada, pensou Rudi. Caso contrário, depois estariam cansados demais para o tal passeio.

— Henny discutiu com a mãe por causa da educação da menina.

— Caramba — respondeu ele.

— Henny prefere algo mais liberal. Eu a aconselhei a ir ao grupo infantil da Schleidenplatz.

— Tenho dúvidas se Henny e Lud quererem deixar a educação da filha nas mãos dos comunistas.

— É melhor então deixá-la nas mãos da Else Godhusen?

— O mais provável é que seja pequena demais para ingressar nos Falcões.

— Rudi Odefey, como pode ser um comunista tão pouco entusiasta? Os Falcões não são dos nossos. São socialistas.

O dia estava seguindo um rumo errado. Rudi suspirou.

Käthe tirou o roupão e pegou outro pequeno ovo do saquinho.

— Abençoado pecado — disse Rudi, para testar.

— Embora eu ache que no presépio da Schleidenplatz também quisessem sacrificar cordeirinhos — respondeu Käthe.

Podia ter perguntado o que queria dizer com aquilo, mas Rudi deixou o assunto morrer e começou a baixar-lhe as alças da combinação.

— Como se não bastasse, Else depois disse que nas salsichas há porquinhos que também morreram. Disse para uma criança.

— Depois você me conta melhor essa história — respondeu Rudi.

Se não ignorasse o assunto, tudo o que sobraria daquele dia seria o *buttercream* e deixar os ovos de pralinê diante da porta de Grit.

Käthe abriu a boca e mostrou-lhe a língua, que ainda estava cheia de chocolate.

— Vem cá para eu lhe dar um beijo — disse.

Abençoada Käthe. Na cozinha entrava o sol pela varanda. Talvez devessem esquecer o passeio. Também era bom que o sol lhe batesse nas costas, não apenas no rosto.

— Seria bom termos uma pele de urso — observou Käthe quando estavam deitados diante da lareira, no chão.

— Mas depois você não quer que morram cordeirinhos.

— Talvez baste um tapete. Há um tempo, vi um em Heilbuth.

— Vou buscar a colcha da cama — ofereceu-se Rudi. Na cama estariam mais confortáveis, mas um dia de folga pedia lugares especiais.

Acabava de colocar o saquinho sobre o capacho do quarto andar da casa da Herderstraße quando ouviu passos na escada. Segundo andar. Terceiro. Era Grit. Rudi não queria vê-la, mas o fato é que tinha se atrasado depois de fazer amor, comer bolo e sentar-se numa cadeira na varanda para desfrutar do sol de março.

— O que você está fazendo aqui? — perguntou-lhe a mãe, que ficou parada por uns instantes na escada e agora subia os últimos degraus.

— Fui à confeitaria da Gänsemarkt e comprei uns ovos da Páscoa de pralinê para você, porque sei que a senhora gosta — respondeu.

— Esperava que eu chegasse mais tarde?

Rudi pegou o saquinho no capacho e o entregou.

— Posso entrar?

Grit começou a procurar a chave. Algum tempo antes, quando Käthe e ele viviam seus encontros amorosos naquele apartamento de dois cômodos, dava a impressão de que a mãe tinha a chave a postos num abrir e fechar de olhos para surpreendê-los e quase não lhes dar tempo para que se vestissem. Agora, em sua própria casa, tudo era muito mais tranquilo.

— Até que enfim — disse, e Rudi não percebeu se ela se referia à chave, que por fim segurava, ou se lhe pedia explicação. Olhou para a mãe quando acendeu a luz do corredor; algumas madeixas do coque haviam se soltado, e esse desleixo era uma novidade.

Sentaram-se à mesa da cozinha, e Grit tirou um pequeno ovo de pralinê do saquinho e ofereceu outro ao filho, que o recusou com um aceno de cabeça.

— São para você — disse ele.

— Não costumo comer muito doce.

— O dinheiro será suficiente até o fim do mês? — Ele dava à mãe vinte marcos desde que trabalhava na Friedländer.

— Com vinte e cinco ficaria mais folgada — replicou Grit —, mas deixa para lá. Afinal de contas, vocês ainda estão montando uma casa.

— Você não mencionou a Quaresma.

Grit fez um gesto de censura com a mão.

— Isso já não é mais viável. Não posso ficar remoendo as mesmas coisas para sempre.

— Tem alguma coisa que eu deva saber?

— Ninguém lhe avisou que você usa o cabelo comprido demais?

Rudi pensou nas mãos de Käthe, que lhe afastavam os cachos da testa, tal como havia feito naquela tarde. Será que a mãe conhecia momentos de ternura? Que ele soubesse, ela não tivera qualquer outro homem desde que o grande desconhecido evaporara. Será que se amavam quando o geraram?

— Pouco depois da guerra, levei o alfinete de gravata ao penhorista — contou.

Grit soltou uma gargalhada áspera e desagradável.

— Muito bem. Uma coisa a menos — respondeu. — Já estava estranhando não ter visto mais você com ele.

A verdade é que era raro colocá-lo, ainda mais quando ia visitá-la.

— Mas depois fui desempenhá-lo.

— O estranho é que tenham dado alguma coisa por ele. O alfinete é apenas de latão banhado a ouro.

— A senhora já sabia?

— Fui eu que o mandei fazer.

O momento da verdade. Até a peça herdada do pai não passava de uma farsa. Depois de um dia esplêndido, ele sentiu vontade de chorar.

— Então ele nem sequer pertenceu a meu pai?

Grit cerrou os lábios com força, como se não fosse deixar sair nem mais uma palavra, expressão que ele já conhecia.

— Não arredarei pé daqui enquanto a senhora não me revelar o segredo desse alfinete.

A mãe se levantou e foi até a despensa.

— Tome uma *Bill Bräu*, se quiser. Mas não está gelada.

— Não quero cerveja, só quero que a senhora me conte a verdade — disse com tal aspereza que ela se assustou.

Grit voltou para a mesa e massageou os nós dos dedos.

— Quando você fez a crisma, tomei a firme decisão de lhe dar sua herança.

— A cigarreira com o alfinete de gravata, a corrente do relógio e a fotografia — replicou Rudi.

— Mas a única coisa que restava do alfinete era a pérola de cera.

Quer dizer que ela acreditava que a valiosa pérola era de cera. Rudi não disse nada.

— Você era muito pequeno, estávamos prestes a ficar sem casa, você e eu. Sendo assim, vendi tudo o que era de valor, incluindo o ouro do alfinete. Era do melhor ouro que há.

Vinte e quatro quilates, pensou Rudi.

— A pérola foi retirada; o comerciante não a queria, pois só comprava ouro.

Que idiota, pensou ele.

— Para dar a você e para que voltasse a ser um alfinete, mandei banhá-lo a ouro. E isso é tudo.

— E a corrente do relógio? Não quis vendê-la?

— Já estava na casa de penhores. Consegui desempenhá-la muito tempo depois. Caso contrário, não estaria onde estava.

Sabe lá em que patife sua desesperada mãe havia confiado. Mais uma vez começou a sentir pena dela.

— Fale-me sobre meu pai — pediu Rudi, em voz baixa e calma.
— Não. Já chega. Pegue o ovo de Páscoa e vá embora.

Rudi se levantou. Sabia que não lhe arrancaria mais nada. Observou a mulher franzina de cabelo louro e fino que mantinha a cabeça baixa, com o olhar cravado na mesa. De quem havia ele herdado os cachos escuros? O pai da fotografia também era louro.

— Bom, então vou embora. A partir de abril lhe mandarei vinte e cinco marcos.
— Você é um bom filho.

Sempre dizia isso em momentos assim. No entanto, dessa vez proferiu a frase em voz tão baixa que, se não a conhecesse desde que se entendia por gente, teria sido obrigado a ler os lábios dela.

Já havia escurecido quando chegou a casa. No quarto andar, a luz estava acesa. Certamente Käthe tinha preparado sanduíches. Talvez devesse abrir o vinho de Pomerol que Max Friedländer lhe dera.

O primeiro vinho clarete da vida. Rudi trataria com todo o cuidado do *La Croix* de 1924. Era o dia perfeito para bebê-lo com Käthe.

— A ideia é educar moças e rapazes juntos, com professoras e professores — explicou Lina. — Assim também nas escolas superiores.

Louise sorriu. Adorava ver o rosto corado de Lina quando defendia com veemência uma ideia. Seus olhos brilhavam, e o pescoço, com o medalhão de ametista que tão bem combinava com os olhos de Lina, ruborizava-se. "Você tem olhos de um tom lilás", tinha-lhe dito Louise na primeira noite.

Lina falou-lhe de Lud, da época que se seguiu à morte de seus pais, quando viviam sozinhos. De como ficou comovida quando, em seu vigésimo segundo aniversário, Lud lhe ofereceu o medalhão de madeira de tília que ele mesmo havia esculpido. Como, quando chegou a hora de sua mãe, prometeu-lhe que cuidaria sempre do irmão e que agora dividia essa tarefa com Henny, mulher de Lud.

— Você me disse que seu irmão tem vinte e quatro anos.

— E é o maior sonhador que existe na face da Terra — acrescentou Lina.

— Mas já é um homem feito e maduro — afirmou Louise, que era apenas uns dias mais velha que Lud.

— Quando você é irmã mais velha, será sempre irmã mais velha. Principalmente quando os pais morreram de fome por causa dos filhos.

Louise sentou-se ao lado de Lina no sofá cor de coral e passou-lhe o braço sobre os ombros.

— Terrível. Em Colônia também morreu muita gente de fome, mas eu não me recordo de não ter o que comer. Estava tudo sob controle de minha mãe, que é um verdadeiro gênio da organização. Meu pai gosta ostentar a pose de professor alheio às coisas mundanas.

— Nesse caso, você se parece com sua mãe.

— Puxei o melhor de ambos. E agora também estou contigo, então espero que Kurt seja capaz de lidar com isso.

— Ele nunca me teve e sempre soube disso.

— E aquela única noite de que me falaste?

Lina movimentou a cabeça.

— Uma experiência que até correu bem, mas eu era uma espectadora naquele jogo de *mulher apaixonada ama homem*, cujas regras eram bem estabelecidas pela literatura.

— Quero ler esses livros. — Louise sorriu. — Por que não participamos das aventuras sexuais de Effi Briest? Já não lembro. E Bovary? Por que não nos sentamos na beira da cama e aprendemos algo sobre jogos amorosos? Em *Henrique, o verde* não há nada.

— Você não me leva a sério.

— Claro que levo. E muito. — Louise retirou o braço e se levantou. — Acho que eu gostaria de um *gibson*. Aceita? — Espreguiçou-se.

— Não faço ideia do que seja isso.

— É um coquetel. Adoro coquetéis.

— Não vá me dizer que está pensando que tenho aqui algum dos ingredientes necessários!

— Genebra, vermute, cebolinha para decorar?

Lina fez que não com a cabeça.

— Vamos ter de agir, então — afirmou Louise. — Onde se podem comprar bebidas especiais em Hamburgo?

— Eu faço compras no armazém — respondeu Lina. Antes ia ao Peers, na Zimmerstraße. Henny chegou a comprar lá.

— Com certeza Kurt conhece algum lugar — concluiu Louise —, vou perguntar a ele. De quem é o cacho de cabelo que você guarda no quadro? Ou é uma fotografia?

Novamente o rubor dominou o pescoço de Lina.

— Vamos deixar que alguns segredos fiquem só entre nós, Louise — pediu.

Bunge saiu da fábrica Slomanhaus e foi para as docas; adorava o porto e sentir o vento no rosto, a sensação de imensidão e o mar. Para lá do porto, tinha início o mundo.

Havia encontrado Kiep, que continuava no ramo das bebidas alcoólicas, mas será que a aguardente dele não se enquadrava perfeitamente nas canções ligeiras gravadas em discos de goma-laca que Bunge produzia?

Noites de gala. Os artistas no palco, as bebidas alcoólicas nas mesinhas lá embaixo, na sala. No banheiro, donzelas com elegantes chapéus em que se lia bordado: "Diamant Grammophongesellschaft". Eles tirariam os discos de suas mãos.

Carl Christian Bunge entrou por uma das transversais da Baumwall, a Rambachstraße. O local diante do qual parou dava a sensação de ter vivido outro fracasso.

Contemplou as vitrines, mulheres nuas e também uma artista vestida fumando na piteira. Demorou um pouco a reconhecer Margot. Sim, era ela. Sem sua amiga.

Quanto tempo se passara desde que se separaram, não da melhor maneira, em janeiro de 1924? Mais de dois anos. A audição não tinha resultado em nada senão no produtor de Berlim bastante insatisfeito e nas damas fazendo de conta que eram pelo menos Blandine Ebinger multiplicada por duas.

A soberba que antecede a queda, pensou Bunge. Quer dizer que Margot fora parar naquele teatro de variedades. Bunge gostaria de dar uma espiada, mas ainda não tinham aberto. Tirou o relógio do bolso do colete: "A. Lange & Söhne. Glashütte I/SA". Herdara-o do pai. Muitas vezes, contemplar o objeto era um consolo.

Era cedo demais para um lugar assim. Ainda demorariam um século a abrir a grade que lhe permitiria descer os quatro degraus. Além do mais, estava com fome.

Em quinze minutos Guste serviria o jantar aos hóspedes da pensão, e ele podia aparecer lá sempre que desejasse. No entanto, não eram os pratos de Guste que lhe apeteciam naquele momento. O vento do porto parecia instigar aventuras.

À cabeça vieram-lhe ideias absurdas. Quando chegou à praça de carruagens, já havia descartado várias delas.

— Para a Schmuckstraße — ordenou ao cocheiro ao mesmo tempo que se recostava no assento e via deslizar diante de seus olhos a Helgo-länder Allee, o extravagante edifício de Bismarck, a Reeperbahn, a Talstraße e, por fim, a Schmuckstraße.

O homem não parecia muito satisfeito, pois o trajeto havia sido curto demais.

— Algum número específico? O dezoito? As pessoas gostam de comer lá.

Bunge negou com a cabeça; em todo caso, levantou a mão para que parasse e deu-lhe uma generosa gorjeta. O cocheiro logo mudou de expressão.

Percorrer a rua de cima a baixo, respirar novos ares. Bunge não sabia qual era o sobrenome do chinês de Ida. Por cima das portas havia caracteres estranhos, talvez ali se escondessem casas de fumo de ópio. Colocou a cabeça por uma cortina e viu chineses ao pé de fogareiros a gás mexendo tachos de estanho. Um deles o encarou com a sobrancelha franzida.

Aquilo era um tanto quanto inquietante: os forasteiros virando as esquinas com aqueles chapéus grandes demais e calças largas e curtas demais. O que levariam nos bolsos?

Depois de um bom tempo, entrou no estabelecimento que lhe pareceu menos exótico, pediu *wonton* à cantonesa quando entendeu que era uma espécie de ravióli e, olhando através da grande vidraça, viu Mia passar. O que faria ali a criada de Ida? Estaria ela prestes a fazer as vezes de *postillon d'amour*?

Bunge apressou-se a pagar, mas, ao sair da taberna, Mia já havia desaparecido. Ida não tinha dito a ele que o caso com o chinês já terminara?

Não havia quem entendesse sua filha.

Dirigiu-se para a Reeperbahn, onde apanhou uma segunda carruagem para o levar à Johnsallee. Já bastava de loucuras; no fundo, talvez fosse mais de comida caseira. De todo modo, já não estava com disposição para ver Margot no papel de *femme fatale*.

Tian não lia nenhuma das cartas que Mia levava, e Ling só as aceitava – e de má vontade – por causa da amiga. Nos primeiros dias após seu regresso, pediu a Ling que se informasse por intermédio de Mia sobre a situação na casa da Hofweg, apenas para descobrir que Campmann era onipresente e que, embora os patrões não vivessem como dois pombinhos, Ida cumpria suas obrigações sociais ao lado do marido.

Para ela, o esplendor e a glória eram mais importantes que o amor de sua vida.

Se é que tinha sido isso e não um agradável passatempo destinado ao entretenimento de uma jovem dama mimada.

Hinnerk Kollmorgen lhe fizera a generosa proposta de ficar com parte da fábrica de café. Kollmorgen queria aposentar-se, e Guillermo, o sobrinho, recusava-se a deixar a filial nas mãos de um funcionário e trocar a Costa Rica por Hamburgo.

— Você será o primeiro chefe da fábrica a preferir chá a café — comentou Kollmorgen, enquanto lhe dava um tapinha nas costas. Não conseguia habituar-se àquela mania de tapinha nas costas.

Tian olhou pela cortina e logo entendeu que o cavalheiro de certa idade que passava pela Schmuckstraße era pai de Ida. Tempos antes, em janeiro, no despontar de seu amor por ela, tinha ido à casa da Fährstraße se apresentar e esclarecer que suas intenções eram nobres, mas, no momento exato em que se perguntava como entraria na dita propriedade, o portão se abriu e à frente passou uma limusine conduzida por um motorista. Depois de estabelecer um breve contato visual com Bunge, que ia sentado no banco traseiro do carro e o olhou diretamente nos olhos, ele desviou o olhar.

O que o pai de Ida estaria fazendo por ali? Estaria procurando por ele? Para lhe dizer o quê? "Tire as mãos de cima da minha filha"? Havia tempos as mãos de Tian não tocavam em Ida.

Soltou a cortina e foi para o quartinho que haviam recuperado para ele. Ling e Mia estavam sentadas na sala de estar, cochichando. Assim que o novo contrato com Hinnerk Kollmorgen estivesse pronto, procuraria uma casa própria.

Que desgraça era amar Ida.

Ouviu um barulho na taberna dos pais, que ficava mesmo ali ao lado. Zuko, o novo cozinheiro, estava sempre a causar problemas. "Não se adapta", dizia o pai de Tian. Adaptar-se era a maneira de a família resolver as coisas.

Tian levantou-se quando ouviu alguma louça quebrando. É possível que Zuko estivesse em melhor posição para se impor que os filhos de Yan Chang. O pai já não se atrevia a enfrentar Tian, mas, para Ling, a situação era mais difícil.

Um dos pratos azuis e brancos passou-lhe rente quando entrou na cozinha; espatifou-se contra o marco da porta e se estilhaçou. O jovem Zuko afrouxou o avental, atirou-o no chão e foi embora. Gritos praguejantes da parte do pai, que se virou para Tian. Não, Chang podia tratar de tirar aquela ideia da cabeça. Ling não substituiria o cozinheiro que havia ido embora. Yan Tian, futuro sócio minoritário, iria lhe propor trabalhar na Kollmorgen.

———–·—–———

Lud também prolongou aquela meia hora de almoço. O ar morno o envolvia, insistente; sempre se rendia à primavera. Saiu da Nagel & Kämp, nas margens do canal Osterbeck, e caminhou, comendo o sanduíche de queijo *edam* com rodelas de pepino que Henny havia preparado para ele e fazendo de conta que estava de férias, que não tinha obrigação de voltar para o trabalho em, no máximo, meia hora.

Lud cortou para a Gertigstraße e, do canal de Mühlenkamp, entrou na Hofweg, parando em todas as pontes para contemplar a água reluzente. A vida era bela, e que bom seria se não houvesse tantas obrigações.

Desejava libertar Marike de tais obrigações. Ao longo das últimas noites, a menina tivera violentos pesadelos e acordara às lágrimas. Cordeirinhos e porquinhos que estavam prestes a morrer nos sonhos e que Marike tentava, em vão, salvar.

Else não era uma sogra fácil; Lud se dava bem com ela, mas andar perturbando assim a menina, isso ele não perdoava. Assim que terminasse a Semana Santa, Marike iria para a creche que Lina lhes havia recomendado e que seguia Fröbel, discípulo de Pestalozzi.

No dia anterior, Henny tinha conversado com a mãe e contado sobre o jardim de infância. Else, porém, não reagiu bem ao fato de tirarem Marike dela durante quase todo o dia; além do mais, desaprovava as novas ideias educativas que eram tão importantes para Lina.

A raiz do mal era, na opinião de Lud, que Else não respeitava a opinião de ninguém. Talvez se recusasse a buscar a menina à tarde, mas, nesse caso, ele mesmo se encarregaria disso quando Henny tivesse de trabalhar na Finkenau; por sua vez, confiava plenamente na generosidade de seu superior.

Chegou à Papenhuderstraße, era hora de dar meia-volta; talvez devesse até pegar um bonde lá em cima, na ponte, para ganhar tempo.

Ali estava o Alster a tentá-lo; as embarcações; quem seriam os afortunados que praticavam vela em plena terça-feira? Lud virou-se para eles com vontade de cumprimentá-los. Pôs um pé na ponte. E viu o *Opel* tarde demais.

Todas aquelas coisas cotidianas nas quais pensara nos últimos instantes de sua vida... mas quem iria saber daquilo?

———⁓⁚⁓———

Duas horas mais tarde, Henny estava na ponte. Já não havia nem rastro do que acontecera a Lud naquela terça-feira. Nada de sangue na estrada. Nem de areia para eliminá-lo.

Henny movia-se como se lhe tivessem dado corda, parecendo o macaquinho de lata de Marike. Teria Lud uma expressão pacífica em seu leito de morte no hospital Lohmühlen? Poderia dizer a Lina que o irmão fazia uma expressão tranquila? Henny não tinha conseguido encontrar Lina, pois na escola Telemann era dia de passeio.

Lud tinha sido atropelado. Assim, sem mais nem menos. Falava com seus botões tentando entender o que havia acontecido. Era incompreensível.

O lenço que lhe deram. Estaria chorando? Henny levantou a cabeça e olhou para a senhora elegante à frente, com a vaga impressão de já tê-la visto. Mais tarde, Ida contaria que Henny desatou a chorar. A própria Henny não se lembrava de nada. Era como se não tivesse vivido esse dia.

Só se lembrava do desejo de parar tudo. Não ir para casa e ser obrigada a enfrentar a mãe e Marike. Confiar nos desconhecidos que de repente estavam com ela. O que mais temia era contar para Lina, que havia prometido sempre cuidar do irmão.

Lud, sonhador e carpinteiro.

Já começava a sentir a dor.

Setembro de 1926

Henny tinha pego o anel de granadas no pequeno porta-joias que Lud tinha feito e só o tirava quando desinfetava as mãos para depois se ocupar das pacientes no consultório, na sala de partos ou na unidade de pós-parto.

— Não sei como esse anel não a incomoda — comentou Else. — Afinal de contas, não é uma joia para usar todos os dias.

Talvez fosse verdade, talvez a incomodasse muito mais que a fina aliança que, juntamente com a de Lud, colocara num saquinho de veludo negro. No entanto, usar aquelas pedras escuras era sua maneira de prometer a Lud que ele sempre estaria em seu coração.

O que Henny fazia eram pequenos gestos para conservá-lo na memória. Passar a mão pelo guarda-roupa de madeira de cerejeira quando de lá tirava um cobertor ou um lençol. Cuidar dos brincos-de-princesa que havia plantado nos vasos da varanda, de um vermelho-vivo, como os que floresciam no túmulo de Lud até que em outubro fossem substituídos pelos narcisos de outono e depois pelas rosas de Natal.

— O papai já está chegando? — perguntava Marike.

Lina passava muito tempo com ela. "Choramos nossas mágoas no balanço e na areia do parque infantil", contava, "e também sorrimos." Lina e Louise brincavam com a menina dando-lhe a mão e levantando-a no ar, e a menina queria subir cada vez mais alto para chegar ao céu e procurar o pai.

— Não adiantará — afirmou Else.

Era preciso aceitar o destino que a vida reservara a cada um, em épocas tanto de paz como de guerra, e a vida matava às claras, pelas costas, e ria na cara do destino.

Acabaram abrindo mão do jardim de infância; Else Godhusen não estava disposta a ir até Winterhude para que a menina fosse educada de acordo com essas novas ideias bárbaras. Else era a única que podia garantir que levaria e buscaria a pequena. Era um triste triunfo que Henny dependesse agora de sua benevolência.

Setembro se mostrava um mês lindo, como haviam sido a primavera e o verão. As estações do ano não estavam de luto, e Henny recriminava o sol por se desperdiçar dessa maneira, resplandecendo no Alster e nos canais, quando Lud já não estava mais ali.

O sol também arrancou centelhas às pedras do anel quando Henny levantou a mão para saudar Ida, que estava diante do Hofweg-Palais, olhando na direção da Canalstraße. Uma amizade que havia nascido a partir da morte de Lud.

— Deus decidiu — dissera o pastor junto ao túmulo; depois, benzeu o caixão.

O último ato religioso a que Henny estaria disposta a assistir.

Como Ida estava bonita com aquele vestido ainda estiloso de seda branca com papoulas. Henny decidiu não mais se vestir de luto, pois Lud não teria gostado disso.

— Vamos até o Fährhaus — propôs Ida. — Eu a convido.

Sentaram-se a uma das mesas mais próximas da água, e Henny se lembrou daquela tarde de verão em que Käthe sentira ciúme. Ida lhe falou de Campmann, que a havia aborrecido desde o primeiro encontro com histórias do banco e as galinhas de engorda com couve-de-bruxelas. Nem todo o *Bernkasteler Doctor* que pudesse ter bebido seria suficiente.

O que Henny Peters e Ida Campmann não sabiam era que falavam da mesma tarde de agosto de 1919.

— Vou marcar uma consulta em sua clínica para que me examinem — contou Ida enquanto tomava um segundo café com creme. — Quero saber de uma vez por todas por que não consigo engravidar.

Isso significava que ela tinha relações com o marido? Durante o ainda breve intervalo que durava a amizade de ambas, Henny tinha ouvido muitas coisas sobre seu deserto conjugal.

— Você conhece o doutor Unger? Tenho consulta com ele.

— É um bom médico.

— Acha que ele vai gostar de mim?

— Você está procurando um amante ou um médico? — perguntou Henny.

O que pensava de Ida? Lina chamava a nova amiga de "camaleão", alguém cujo humor era bastante inconstante. No entanto, Ida estava presente no dia em que Henny entrou em queda livre e a amparou.

Sentaram-se no sofá amarelo, e Ida a embalou como se embala uma criança cuja dor não conhece consolo. Só depois foi que Henny voltou para casa para contar a Else e à filha o que havia acontecido, e Ida a acompanhou pessoalmente até a porta.

— Não passa de mero passatempo agora que o chinês já não está mais por aqui — comentara Käthe.

O chinês? Henny não sabia nada sobre ele.

— Quer uma fatia de bolo? — perguntou Ida, virando-se para acenar ao garçom.

Por que lhe doía menos estar com Ida que com Käthe?

Seria porque agora Henny era viúva e Käthe ainda tinha seu Rudi?

— Ali está a senhora Grämlich — informou Ida. — Parece um réptil.

Henny abandonou seus pensamentos e viu que Ida se dirigia a uma senhora franzina, já de certa idade, que se apoiava pesadamente numa bengala com cabo de prata. Ida levou a anciã até sua mesa.

— Permitam-me que recupere o fôlego por um instante junto de vocês — pediu a senhora idosa. — Conheço sua amiga, Ida?

Esta apresentou-lhe Henny, ao que a senhora Grämlich assentiu.

— Quer dizer então que houve um falecimento em sua família. Gostaria de se distrair realizando um trabalho beneficente?

Henny esteve a ponto de gargalhar. A primeira coisa que faria assim que chegasse em casa seria tirar o vestido negro que usava e nunca mais voltar a vesti-lo, independentemente do que Else considerasse decente durante o luto.

— A senhora Peters é parteira na Finkenau e é bem ocupada.

A senhora Grämlich dirigiu-se a Ida:

— Chegou a meus ouvidos que manteve Mia no serviço durante alguns meses difíceis. Infelizmente, continua a ser comum mandar embora de casa criadas grávidas.

Ida lamentou que a anciã concentrasse a atenção nela.

— E seu chinês? Ouvi dizer que regressou a Hamburgo.

Devia ter se escondido debaixo da mesa ou se atirado no Alster quando viu a anciã na esplanada. Ida olhou para Henny, que se esforçava para se manter séria.

— Em minha vida não há nenhum chinês — assegurou Ida, firme.

— Formavam um bonito casal, você e o jovem senhor Yan. Mas imagino que as duas famílias considerariam o casamento desigual. — A senhora Grämlich sorriu. Uma serpente afável.

— Em todo caso, agradeço-lhe a discrição com que agiu na época. A propósito, como está Claire Müller?

— É uma pena, mas já não está entre nós — respondeu a senhora Grämlich, que, com dificuldade, ajeitou-se para se levantar.

— Lamento ouvir isso — respondeu Ida.

O que seria feito da casinha de verão em Wohldorf? Levantou-se da cadeira a fim de ajudar a anciã, porém esta sentou-se novamente e começou a dizer mais frases do tipo "ouvi dizer...".

— Fiquei muito contente por voltar a vê-la, minha querida Ida. Vou visitá-la para tentar convencê-la a juntar-se à causa beneficente. — A senhora Grämlich brandiu a bengala com ar ameaçador. Henny viu que, com efeito, o punho de prata era a cabeça de uma serpente. — Você, por sua vez, sem dúvida terá tempo. Chegou-me aos ouvidos que você e Campmann não têm filhos.

A anciã cumprimentou as duas jovens com um aceno de cabeça e afastou-se com dificuldade.

Ida olhou o cartão de visita que ela havia deixado.

— Imagino que você queira saber tudo sobre o chinês — comentou.

---·!·---

Rudi chorava a perda do amigo. A moderação de Lud o surpreendera e muitas vezes o incomodara, mas agora sentia falta dele. Os que falavam em voz muito alta o assustavam, tudo lhe parecia barulhento: as reuniões dos camaradas, o ruído das ruas.

Não tinha reparado em quanto a cidade mudara até Lud morrer atropelado por um *Opel*? O agressivo ruído dos bondes, as buzinas dos automóveis, trens nas pontes que atravessavam a cidade, trânsito agitado sobre e sob a terra.

Até os poemas se tornaram mais ruidosos.

E Käthe. Ela também. Não ficava muito feliz com o fato de o marido não levar mais a sério as atividades do partido. Um comunismo contido demais, era o que, na opinião de Käthe, o marido defendia. *Moderado*, pensava Rudi. Seu comunismo era moderado.

— Isso é algo a que não se pode dar ao luxo nos tempos atuais — assegurava Käthe. — Basta olhar para Hitler.

No ano anterior, depois de cumprir uma tolerável pena de prisão na fortaleza de Landsberg, durante a qual escrevera um livro e inclusive arranjou tempo para receber admiradoras, Hitler fundou o Partido Nacional-Socialista Alemão. Käthe tinha razão: ele era um homem perigoso. O povo o aclamava, ele atraía as pessoas como a luz atrai as mariposas. A gritaria de Hitler não parecia incomodar quase ninguém, e o nacional não andava muito longe do populista.

Rudi colocou o livro de poesia no parapeito da janela. Os poemas de Ernst Toller o fascinavam e o perturbavam ao mesmo tempo, mas o pior era que o deixavam profundamente infeliz.

Abracei-vos com mãos flamígeras,
as palavras transformaram-se em lanças por onde pulsava o sangue.

Na primeira vez que se debruçou naquela janela, imaginou uma vida diferente. Filhos brincando lá embaixo, filhos com quem ir à piscina, a quem ensinar a nadar.

Lud teve Marike e esperara ter mais filhos e filhas. Só depois de ele ter morrido soube por Käthe que Henny havia tomado precauções às escondidas.

— Você fez o mesmo?

Käthe negou com a cabeça.

— Não — respondeu.

Ele acreditaria?

Sabemos que estamos de passagem
e que nada de importante virá depois de nós.

Bertolt Brecht, também perturbador. Mas talvez fosse a morte de Lud que o deixava tão vulnerável.

Na infância, as palavras eram suas companheiras, mesmo que no apartamento de Grit não houvesse muitas. Uma gaveta em que guardava os escassos documentos, o livro de Rudolf Herzog, a que nunca se acrescentou nenhum outro – nem mesmo do próprio Herzog.

Desde pequeno saía em busca de palavras, recolhia-as de colunas de anúncios, de placas de lojas, de jornais velhos que encontrava nos bancos do parque.

Sobre a praça do outro lado da Bartholomäusstraße, caía a escuridão. Käthe não sairia da clínica antes das dez, na melhor das hipóteses.

Nesse dia, Henny e ela cobriam o mesmo turno. Antes, numa tarde como essa teria passado na casa de Lud com uma garrafa de vinho debaixo do braço.

Que silêncio reinava na casa.

Käthe queria um rádio, pois os vizinhos já tinham um aparelho e de vez em quando ouviam uma melodia, o genérico da Norag.* A taxa paga anualmente era elevada, motivo pelo qual não tinham comprado um até então. Talvez devessem permitir-se algum capricho antes que fosse tarde demais. Lud, por exemplo, guardava dinheiro para comprar um piano para Marike.

Rudi sentou-se diante da pequena escrivaninha que tinha se dado ao luxo de comprar quando se instalara no apartamento. Um canto onde podia escrever. Reunir palavras. Abriu a gaveta do lado direito, onde guardava os documentos. Uma fina pasta de cartão cinzento, onde estava sua certidão de nascimento. Grit lhe entregara quando ele e Käthe deram entrada nos proclamas.

> Registro civil Hamburgo-Neustadt
> Nome e sobrenome: Rudolf Odefey
> Data de nascimento (por extenso): Vinte de julho de mil e novecentos.
> Nome, sobrenome e profissão do pai: desconhecidos
> Nome e sobrenome de solteira da mãe: Margarethe Odefey

Na noite anterior, Käthe voltara a lhe dizer, quando estavam jantando na cozinha, com o candeeiro de mesa aceso:

— Você não parece nem um pouco com Grit.

Rudi levantou-se para abrir uma das garrafas de vinho do Reno que havia na despensa. Serviu-se. Käthe também gostava de tomar uma taça quando voltava do trabalho. Sua vida era burguesa. Será

---

* Fundada em 16 de janeiro de 1924, a Nordische Rundfunk AG foi ao ar pela primeira vez no dia 2 de maio de 1924. Depois da tomada de poder do Partido Nacional-Socialista, foi nacionalizada em 1934. No fim da guerra, tornou-se Nordwestdeutscher Rund-funk (NWDR) e, posteriormente, NDR. *(N. A.)*

que Käthe tinha ciência disso? Rudi sorriu. Hans dizia que ele era um romântico de esquerda. Hans Fahnenstich era um comunista convicto. Por fim, voltava a ter trabalho na Heidenreich & Harbeck, na Wiesendamm.

Por que a mãe não tinha permitido o nome em vez de mandar pôr "*desconhecido*"? Havia uma fotografia do pai, um valioso alfinete de gravata. Isso significava que o mais provável é que a mãe soubesse o nome. A quem Grit queria proteger?

Rudi abriu outra gaveta e procurou no meio das fotografias a do homem jovem diante da paisagem alpina pintada. Foi até a cozinha e iluminou com a luz intensa do candeeiro seu rosto, observando aquela fotografia pela enésima vez com um olhar perscrutador.

Não, aquele não era seu pai. Grit mentia havia vinte e seis anos. Rudi não sabia por que teve aquela certeza de repente.

Talvez o pai tivesse morrido muito tempo antes, estivesse enterrado em algum lugar, e o filho nunca tivesse conhecimento. Rudi lembrou-se do túmulo de Lud. No domingo fora a Ohlsdorf. Sozinho. Sem Käthe.

Os brincos-de-princesa já não estavam viçosos. Não tardariam a murchar nesse túmulo duplo que Henny não queria, mas que era importante para sua mãe. Talvez Else Godhusen pudesse descansar ao lado. O marido jazia muito longe, na Mazóvia.

— O senhor jaz sempre à direita — disse o agente funerário quando escolheram o túmulo. Henny havia contado a ele e Käthe.

— Nesse caso, não terei de mudar de hábitos quando for cadáver. Já durmo do lado esquerdo mesmo — comentou Käthe.

Rudi serviu-se de um segundo copo de vinho branco do Reno comprado do vinicultor Gröhl, na Hagedornstraße. Hans gostava de chamar Rudi de "príncipe poeta" e, quando o fazia, dava uma piscadinha para ele. Fahnenstich era incapaz de ser sarcástico.

Talvez devesse abandonar o partido, pois era óbvio que não se dedicava a ele de corpo e alma. Mas com isso estaria em sérios apuros com Käthe, e esse conflito lhe seria muito difícil de suportar.

Príncipe poeta. Romântico de esquerda. Rudi sorriu à medida que bebia a terceira taça de vinho. De que ria? De felicidade ou de tristeza? Rudi Odefey imaginava muitas coisas de maneira diferente. Mas quem não?

———·:·———

Se não fosse Louise, Lina teria morrido nos dias que se seguiram ao atropelamento de Lud. "Está com o coração despedaçado", dizia Louise, que fazia tudo o que podia para que aquele coração sarasse. O coração de Lina. Será que poderia curá-lo com chá de tília? De camomila?

Lina havia fracassado. Não cuidara bem do irmão. "Me perdoe, mamãe." Foram momentos, horas, dias, noites de angústia.

O que Louise fazia a esse respeito? Dava atenção ao desespero e preparava coquetéis. Louise não era uma mulher superficial, mas queria apresentar a Lina um mundo de superficialidades reconfortantes. Kurt Landmann indicara-lhe L. W. C. Michelsen como merceeiro de confiança, e ela comprava iguarias, cozinhava, mexia e misturava. Não eram só as orações que faziam bem ao espírito.

Lud não chegara a conhecer Louise. Será que teria aprovado? Duas mulheres? Um amor lésbico? Lina perguntou a Henny. Agora, era mais fácil formular perguntas desse gênero. Não tinha sido sempre contra todas as convenções? A morte fazia enxergar muitas sob uma perspectiva diferente, conferia maior liberdade para chamar as coisas pelo nome.

E Henny sentiu-se grata por saber responder àquela pergunta. Lud teria se alegrado com qualquer coisa que tirasse Lina da solidão. O celibato a que estavam sujeitas as professoras parecia-lhe um pesadelo. Na opinião dele, a pessoa estar sozinha não trazia nada de bom. Queria saber que Lina era amada e tinha alguém ao lado.

Lina não percebia grande coisa dos pensamentos de um sonhador que lhe esculpira o medalhão porque encontrou um cacho escuro de cabelo no relato de Stefan Zweig que Lina conservava na mesinha de cabeceira.

Lud era dos que proporcionavam um receptáculo a uma madeixa de cabelo.

Lina. Louise. Henny. Estavam sentadas em frente à grande janela, cujas três folhas estavam abertas de modo a permitir que entrasse um ar ainda morno. Ergueram os copos a fim de brindar a Lud e contemplaram o canal Eilbeck, que era escuro como o céu sob o qual se encontravam.

— A propósito, o que estamos bebendo? — indagou Henny.

— *Gibson* — responderam, em uníssono, Lina e Louise.

Tinham conseguido um dos quartos do primeiro andar. O papel de parede com florzinhas. Nada de cor-de-rosa ou azul. O sexo do bebê não era importante, dissera Elisabeth.

Não havia na Finkenau muitos recém-nascidos a cargo da assistência social. Dava a impressão de que Unger chegava sempre tarde, e o bebê já tinha ido parar em outras mãos.

Elisabeth escrevia artigos e críticas que também repercutiam fora da *Die Dame*. Contudo, a fama lhe parecia passageira, não lhe bastava. Num quarto forrado com papel de parede com florzinhas, aguardavam um berço e um trocador.

Theo Unger mordiscava uns palitos de gengibre cobertos de chocolate meio amargo que Elisabeth comprara na Erich Hamann, na Leipzigerstraße, e sentia saudade da mulher, que passava mais tempo na capital enquanto não havia um bebê em casa.

— Aceita um palito de gengibre? Minha mulher os trouxe de Berlim — explicou ao mesmo tempo que oferecia a caixinha a Henny.

Henny Peters, nome de solteira Godhusen. Viúva.

Henny pegou um palito e recusou o convite para almoçar.

Para que retomar aquele assunto? Unger era um homem casado.

— Acho que o bebê da Brinkmann, aquela jovem franzina, nascerá nas próximas horas — disse Henny. — O senhor vai participar?

— Esperamos complicações?

— Pélvis estreita.

— Raquitismo? Nesse caso, devíamos fazer cesariana.

— Ela não quer — objetou Henny. — Tem medo da operação.

— Foi informada das possíveis complicações?

— Sim. Diz que aprendeu a andar com um ano e meio e tem a coluna direita. Nada disso indica que tenha raquitismo.

— Vou dar uma olhada nela. Quer ficar com o bebê? Ninguém disse quem era o pai, certo?

Henny surpreendeu-se sobremaneira com a pergunta, mas depois entendeu.

Brinkmann, a jovem franzina, deu à luz um bebê bem pequeno. Tremenda sorte para ela, pois o corpinho e a cabeça minúsculos passaram pela pélvis estreita. Henny lavou a mãe e o filho, trocou a roupa de cama. Unger aproximou-se e, ao ver como a senhora Brinkmann segurava o filho nos braços, sentiu-se aliviado por ela não querer se separar dele.

Por acaso o lugar onde Elisabeth se enquadrava melhor não era o Lutter und Wegner, na praça Gendarmenmarkt, bebendo e comendo iguarias, falando das estreias, em vez de segurando nos braços seres diminutos que no exato momento do nascimento pareciam pobres infelizes?

Estava sendo injusto. Arrependeu-se no mesmo momento de ter pensado isso. E veio-lhe de novo à mente o encontro frustrado no Lübscher Baum, onde deixara Henny plantada por ter bebido cúmel demais na taberna Nagel a fim de combater a constipação. Se nada daquilo tivesse acontecido, quão diferentes teriam sido as coisas?

Amava Elisabeth, mas ela não passava muito tempo em casa.

— Como você está, Henny, depois da morte de seu marido?

A jovem encolheu os ombros. Como havia de se sentir?

Passou pela cabeça de Unger se Henny estaria arrependida de ter tomado precauções às escondidas para não engravidar. No entanto, não quis lembrá-la da mútua confissão que outrora haviam feito.

Karl Laboe estava na esquina da Humboldt com a Hamburger. Apoiado na bengala, olhava pela porta da farmácia. Lá dentro estavam conversando a sogra de Käthe e o farmacêutico Paulsen, que lhe preparava sempre o remédio para as costas.

Laboe não sabia muito bem como abordar Grit; parecia-lhe nervosa demais e franzina. Como aquele jovem alto e bonito podia ser filho dela? O pai devia ser um tipo imponente. Talvez a convivência fosse mais fácil se houvesse um neto entre eles. Todavia, no ritmo em que as coisas iam, podiam tirar essa ideia da cabeça.

Seria melhor se afastar para que a senhora Odefey não o visse; afinal, ele já não usava um chapéu que pudesse tirar para cumprimentá-la. Moveu-se para a esquerda diante da vitrine e se deu conta de que, por cima do cartaz de xarope para tosse, via ainda melhor. Paulsen estava colocando comprimidos brancos num saquinho. Teria de perguntar a Rudi o que havia com a mãe dele. Talvez Käthe soubesse de alguma coisa, perguntaria quando estivessem sentados diante do bolo.

Laboe deu outro passo para a esquerda ao ver que a senhora Odefey se preparava para pagar, pois logo mais sairia pela porta. Quase caiu por causa do movimento brusco que fez. Ainda não tinha completado cinquenta anos e já caminhava como um verdadeiro ancião. Aquela maldita perna.

Era sorte que a mulher estivesse com pressa e nem sequer tivesse olhado para ele. Karl Laboe conferiu o relógio de bolso: quase três horas, hora em que combinara encontrar-se com Käthe.

— Você podia ter entrado — observou Käthe quando chegou, sem fôlego, ao café Mundsburg. Ficou conversando com Landmann na escada. O médico-chefe tinha opiniões políticas mais claras que seu querido Rudi.

— Acabei de ver sua sogra na farmácia.

— E...? Disseram alguma coisa?

— Nem me viu. Eu só estava olhando a vitrine.

Käthe balançou a cabeça. Deu passagem para o pai.

— Entre você primeiro, pois fui eu quem convidou — afirmou.

— Não é muito habitual eu e você cedermos a um capricho.

Karl Laboe assentiu, satisfeito. Não é que gostasse muito de café e bolo; teria preferido algo mais forte e uma ou duas cervejas. Mas, ao que tudo indicava, a charlote era deliciosa, dizia Käthe.

Ela procurou mesa junto a uma das grandes janelas ogivais, e ele encarregou-se de acomodar com elegância a perna rígida.

— Então, quer provar a charlote? — perguntou Käthe, que logo em seguida aproximou-se do expositor dos bolos.

— Você deve ganhar muito dinheiro — comentou o pai depois de terem à frente as enormes fatias de bolo. — Isso daria para três pessoas.

Käthe deixou o garfo suspenso no ar em vez de introduzi-lo no *buttercream*.

— Não comece, papai — pediu.

— Só estava pensando que podíamos nos dar melhor com a senhora Odefey. Com certeza ela também gostaria de ter um neto.

— É muito presa aos segredos. Sem dúvida deve estar satisfeita por não haver mais membros da família para lhe fazer perguntas desagradáveis.

— Ela está doente? Paulsen entregou um saquinho com comprimidos a ela.

— A coroa de Frankfurt também é uma delícia — retorquiu Käthe. — Não faço a mínima ideia. Se está assim tão interessado, posso perguntar ao Rudi.

— Você e eu nos damos bem melhor desde que se casou com Rudi — refletiu Karl Laboe. — Você teve muita sorte.

A filha assentiu e comeu o último pedaço de bolo.

— Você também amoleceu com a idade — respondeu.

— Mas vocês são felizes, não são?

— Isso não é da sua conta. Essas perguntas quem faz é a mamãe.

Karl Laboe calou-se e ficou olhando a metade do bolo no prato. Era enorme. Não sabia como Käthe tinha sido capaz de devorar uma coisa daquelas num piscar de olhos.

— É uma pena que ele não saiba quem é o pai — lamentou. — Sempre achei que devia ser um tipo notável.

Acontece que o pai desconhecia a história do alfinete de gravata. Käthe o fitou, pensativa.

— Você acha que um *brandy* a ajudaria a digerir o bolo?

Karl Laboe assentiu com alegria.

— Pode comer minha metade da charlote enquanto tomo essa aguardente — ofereceu. — Você precisa voltar para o trabalho?

— Vou buscar Rudi na Friedländer. Queremos ir a uma reunião. A esquerda tem de se posicionar de uma vez por todas.

— Agora os nazistas levantam o braço. A saudação fascista. Isso vai complicar, e você e Rudi passarão a ser considerados inimigos. — Pegou na mão de Käthe. — Fico com medo — admitiu.

Grit tentou a sorte em duas farmácias da Wartenau antes de entrar na da Victoria. O resultado estava na mesa da cozinha – e não seria suficiente, entre outras coisas porque Paulsen lhe havia falado de um sonífero suave.

Não contou a Rudi que perdera o emprego no ateliê de costura, assim como lhe ocultava todas as outras coisas.

Mas também havia escondido a verdade na central de empregos e colocava no bolso os vinte e cinco marcos que ele lhe dava por mês.

Sentia um cansaço infinito. Tinha prometido cuidar do menino e fazê-lo passar por seu. Era isso, e agora esse menino já era independente havia muito tempo. Chegava o momento de pensar em si mesma e encontrar a paz.

Antes de qualquer coisa, tinha de conversar com Rudi, pois ele havia sido um bom filho, bom demais para o mundo em que viviam. Mas o que ele tinha a ver com aqueles comunistas? Lamentava ter zombado tanto dele quando lhe contou que havia se filiado ao KPD. Rudi e ela tentaram se amar, mas continuavam a ser dois estranhos.

Grit Odefey empilhou os comprimidos em cima da mesa da cozinha e deixou-os assim. Antes de ele nascer, haviam destruído muitas coisas, e ela inventou uma história para contar ao pequeno. A corrente do relógio e o alfinete de gravata ocultavam a verdade.

Grit abriu a janela da cozinha e olhou para a Herderstraße. Não eram necessários comprimidos, pois havia muitas outras maneiras. Deixou a janela aberta para o ar tépido de setembro entrar. Colocou o leite na pia e buscou pão e manteiga na despensa. Cortou duas fatias, que comeu com apetite.

Por que não ir a uma festa de fim de verão na Johnsallee? Henny estaria de folga naquele sábado, e Louise pediu-lhe expressamente que levasse Marike.

— Não me diga que, de luto, você está pensando em usar esse vestido — questionou Else, embora o vestido lhe desse pelo meio da perna e estivesse muito longe de ser colorido: azul-marinho com bolinhas e gola brancas.

Um grande jardim nos fundos da casa de dois andares. Não era um jardim senhorial como tantos outros: groselheiras, um balde para recolher água da chuva, no qual se refletia a astromélia que subia pelo alpendre, e um balanço.

Guste Kimrath recebeu-as com uma calorosa saudação de boas-vindas, colocou uma taça de ponche na mão dela e deu um suco de pera para a menina.

Naquele jardim, tudo parecia natural: que Lina e Louise andassem de mãos dadas, tal como faziam outros amantes; que Marike brincasse no balanço e sempre algum dos convidados a empurrasse. Que o balanço não rangesse.

No ponche, que com tanta facilidade se bebia, havia pera e bagas de sabugueiro. Henny quase não notava o álcool. Sentou-se numa das cadeiras brancas de vime que havia no gramado e pela primeira vez desde aquele dia de março não sentiu o pesado fardo que lhe oprimia o peito.

— Pegue sanduíche de peixe defumado — sugeriu Louise, oferecendo-lhe um prato grande —, ou o ponche vai lhe subir à cabeça.
— Será que se notava? — Tem o rosto um pouco vermelho, mas de resto não tenho nada a dizer contra nossa Guste — observou, com um sorriso.

A proprietária da pensão soprava para afastar do rosto as madeixas de cabelo avermelhado que lhe escapavam uma e outra vez do penteado. Parecia uma camponesa vigorosa, não alguém que havia nascido naquela morada do bairro de Harvestehude. Um cavalheiro roliço quase não saía de seu lado e a fitava transbordante de orgulho, como se fosse propriedade dele. Henny só soube mais tarde que era o pai de Ida.

— É uma pena que a senhora não more na pensão de Guste, pois assim eu a veria com mais frequência — afirmou um homem bonito, que, quando Henny ergueu o olhar, agachou-se ao lado dela na grama.

— Tenha cuidado, Henny, esse é nosso cantor de ópera — disse Louise, sorrindo. — Jockel é um mestre da sedução.

Como a vida parecia fácil naquela tarde.

— Henny e Jockel. É tudo o que sabemos um do outro até o momento — observou ele.

Deveria ela acrescentar que era viúva e estava de luto? Henny levantou a mão e revirou o anel de granadas no dedo.

— Bonito anel.

— Foi meu marido quem me deu. Ele morreu em março.

— O pai da princesinha no balanço?

Henny assentiu.

— Sinto muito — comentou Jockel.
— Lina, namorada de Louise, é minha cunhada.
Jockel pegou-lhe na mão que ostentava o anel e deu-lhe um beijo.
Mais tarde, quando começou a refrescar no jardim e eles entraram na casa, no grande salão reservado aos hóspedes da pensão, Marike ia de cavalinho em Jockel, que rodopiava com ela pelas diversas salas.
— *"Timoneiro, baixe a guarda!"*
Tinha de ser *O holandês errante*.*
— *"Timoneiro, vem conosco!"*
Jockel cantava, e a menina soltava gritos de alegria.
— "Ó, é, ié, ah!"
— A menina vai acabar em cima do candeeiro logo, logo — prenunciou Louise.
Havia chegado o momento de ir para casa, e a festa estava no auge.
Lina, Louise e elas pegaram uma carruagem, Henny e a pequena foram as primeiras a descer. Henny olhou para as janelas do primeiro andar da Canalstraße e viu a luz acesa. Else? Será que ela queria controlar a hora a que chegavam? Poria tudo em pratos limpos. Sem problemas. No entanto, a intromissão de Else em sua vida parecia-lhe excessiva. Era como se a morte de Lud permitisse que a mãe a mantivesse de novo sob sua tutela.
A porta abriu-se antes de Henny ter tempo de colocar a chave na fechadura.
— Aposto que se divertiram até não poder mais — comentou Else.
— Ó, é, ié, ah! — exclamou Marike.
Else movimentou a cabeça.
— É a influência dessa tal Louise — concluiu. — Hoje vou dormir aqui, pois amanhã você trabalha.

---

* Outro nome por que também é conhecida a ópera *O navio fantasma*, do compositor alemão Richard Wagner. (*N. T.*)

— Mas só entro à uma da tarde — especificou Henny, que não estava com vontade nenhuma de entrar em discussão. A pequenina continuava radiante.

— Vá para a cama, Marike, você está muito agitada.

— Mamãe — disse a menina, estendendo os braços na direção da mãe.

— A uma hora destas, criança pequena já devia estar na cama.

— É uma exceção, e só são nove da noite — argumentou Henny. Em todo caso, onde é que a mãe pensava em dormir? Intuiu algo.

— Dormirei no lado da cama que era de Lud.

— Vamos preparar uma cama na sala de estar para a vovó — disse Henny, como se fosse um jogo divertido.

Foi até o quarto e pegou travesseiros e um edredom, além de um lençol do guarda-roupa de madeira de cerejeira.

Ao ver o que Henny estava fazendo, Else torceu o nariz e fez cara de quem ia desatar a chorar de um momento para o outro.

Quando o sofá ficou pronto, Marike foi ao quarto procurar seu ursinho preferido.

— A senhora pode dormir abraçada com ele, vovó.

— Assim que puser Marike na cama, vamos nos sentar na varanda e tomar uma taça de vinho — propôs Henny, esforçando-se para parecer conciliadora.

— Lá fora está frio — protestou a mãe.

— A senhora pode vestir um casaco de malha de Lud. — Não podia ceder; caso contrário, em breve deixaria de mandar na própria casa.

Else se instalou no sofá e apagou a luz. Às nove e quinze da noite de sábado.

Henny sentou-se sozinha na varanda, com os brincos-de-princesa. Muito em breve plantaria margaridas.

E se gostasse de alguém como Jockel? Seria cedo demais. *Perdoe-me, Lud*, pensou. As granadas eram vermelhas como o vinho que tinha na taça, e fora Rudi quem o levara. Começou a ser especialista desde que conhecera o vinicultor Gröhl.

As consultas particulares do doutor Unger eram agendadas a partir do início da tarde. Até lá, já teriam terminado as operações e o desfile, que era como Landmann chamava as visitas. Ida Campmann seria a primeira atendida, às duas e meia. Ela já estava no consultório quando ele chegou.

— Talvez a senhora Peters tenha comentado sobre mim.

Unger fitou-a surpreso.

— Henny Peters? Nossa parteira?

— É minha amiga.

Unger negou com a cabeça.

— A senhora Peters é muito discreta — replicou.

— Não duvido. Simplesmente seria um alívio se o senhor já soubesse a que se deve minha visita.

— Diga-me a senhora.

— Não consigo ter filhos e quero saber a razão.

— Muito bem, trataremos de descobrir.

Deixou-a falar enquanto ia tomando notas. Julgou perceber que Ida Campmann não sentia grande afeto pelo marido. Sondou com cuidado o assunto que lhe parecia importante: havia tido relações sexuais com outros homens?

Ida hesitou.

— Com um — confessou, passado um bom tempo. — Mas sempre usava proteção. — Não era de todo verdade. Certa vez, Tian não tinha usado proteção, e isso ocorreu no dia anterior a sua partida para a Costa Rica. Ela esperou, em vão, ter concebido um filho.

— *Coitus interruptus?*

— Não. Utilizava preservativos.

— Muito bem, vou examiná-la agora.

Ida soltou as meias de seda da cinta-liga, tirou a cinta e a calcinha e subiu a combinação para se acomodar na cadeira. Era seu primeiro exame ginecológico, mas, graças ao doutor Unger, sentiu-se tranquila.

— Com que frequência você tem relações sexuais com seu marido?

— Sempre que ele tem vontade.

Unger ficou surpreso com a resposta. Ida Campmann não lhe parecia ser daquelas mulheres que se acomodavam aos desejos de alguém.

— E com que frequência ele tem vontade?

— Todos os dias — respondeu Ida.

O que não disse foi que ela o repudiava na maioria das vezes. Talvez quisesse acentuar quão boas eram as possibilidades de ficar grávida.

Unger a examinou com delicadeza e a fundo, depois pediu-lhe que se vestisse.

— Seu marido tem algum médico de confiança?

— O senhor acha que o responsável pode ser ele?

— Não consigo determinar que a responsável seja a senhora.

— Ele não irá ao médico. A família Campmann julga não ter defeitos.

— Talvez a senhora possa pedir a algum amigo que o convença.

— O senhor se encarregaria disso?

Unger hesitou.

— Por que não? — respondeu, por fim.

Quando Ida Campmann se foi, propôs-se interrogar Henny. Que se danasse a discrição: queria saber se era verdade que Ida se deitava com o senhor Campmann.

Tian olhou para Ling, que datilografava um contrato. Hinnerk Kollmorgen estava bastante satisfeito com ela, e ele também. Na taberna foi um tremendo alvoroço quando a Yan Chang não restou alternativa a não ser entender que a filha também escapava da influência paterna e começava a seguir o próprio rumo.

Desde junho, Ling e Tian dividiam um apartamento na Grindelhofstraße, bem em frente à sinagoga. Gostavam de morar no bairro judeu da cidade, onde também se situava a universidade. Era uma existência mais vital que na Schmuckstraße, onde, apesar do exotismo, respirava-se tristeza.

O Alster não ficava muito longe do bairro de Grindel, e a vizinha Rotherbaumschaussee chegava ao bairro de Harvestehude, onde as famílias abastadas ostentavam mansões com grandes jardins.

No dia em que se prestava homenagem aos antepassados, Ling e ele foram à casa dos pais. Eles rememoravam os defuntos e colocaram recipientes com arroz diante das fotografias, mas, como os avós tinham falecido na China, não havia túmulos a visitar.

De resto, Ling e ele iam com frequência à antiga casa, sobretudo por causa da mãe, uma vez que o pai tinha dificuldade em entender que os filhos já não cediam a suas pretensões de poder.

Ling namorava um afável jovem chinês que trabalhava num armazém de tapetes no bairro de Speicherstadt. Tian também dava suas escapadas, mas voltava para casa sempre sozinho.

Que infortúnio era amar Ida. Como se uma fada lhe tivesse lançado o feitiço de não desejar mais outra mulher. Teria sido uma fada malvada? Pensava em Ida quando acordava e quando se deitava.

— Você está obcecado — afirmava Ling.

Ling e Mia já não mantinham contato. Na Schmuckstraße, ninguém lhe daria seu endereço.

E se em algum momento Ida tomasse coragem e fosse procurá-lo na fábrica? Ambos tinham vinte e cinco anos. Quanto tempo mais pretendiam esperar?

Campmann ficou fora de si quando Ida lhe sugeriu que fosse consultar um médico especialista em doenças de mulheres na Finkenau. O que ela estava tramando? Com certeza tinha a ver com aquela parteira que um tempo atrás virava o ambiente de sua família de cabeça para baixo. Desde quando uma mulher podia se submeter a um exame ginecológico sem a permissão do marido?

— Há apenas seis meses seu pai prorrogou a dívida por tempo indeterminado — atirou-lhe com rispidez. As armas que manejava eram contundentes.

— E o que isso tem que ver comigo? — perguntou-lhe Ida.

— Eu podia rescindir a dívida e abandoná-la; nesse caso, você ficaria com seu pai, a quem o dinheiro escapa como areia por entre os dedos.

— Por favor, Campmann — replicou ela.

— Ou você pensa em se manter sozinha?

Não, Ida não saberia fazê-lo, e o pior é que ela dificilmente seria capaz de renunciar aos prazeres do luxo, por isso suportava aquele casamento.

Campmann torceu o nariz. Sabia o que estava passando pela cabeça de Ida. Quando pretendia lhe contar sobre a caxumba? Seria como desferir-lhe um golpe certeiro o fato de ser ele quem não podia ter filhos? Será que ela se limitaria a ficar zangada por conta de todos esses anos em que lhe havia ocultado a verdade?

— O doutor Unger parece convencido de que o responsável pode ser você.

— Estou me lixando para seu doutor Unger.

— Que falta de educação, Campmann. Pelo menos até agora você mantinha a elegância.

Injúrias. Autênticas injúrias. Campmann olhou o *boudoir* do pintinho e, como única resposta, veio-lhe à cabeça uma simples palavra: "*destruir*". Quem sabe o candeeiro com o abajur amarelo e aquele ridículo pé de porcelana? Despedaçá-lo contra a parede caso Ida continuasse a humilhá-lo.

— Tive caxumba quando pequeno — confessou.

— O que isso quer dizer?

— Que é muito provável que seja incapaz de ter filhos.

Ida desatou a rir, às gargalhadas.

Campmann agarrou o candeeiro e atirou-o contra a parede com tal força que o pastor ficou feito em pedaços. Em seguida, desatou a chorar.

Grit começou a ter sonhos, coisa que não lhe acontecia havia muitos anos, e sonhava sempre com o nascimento de Rudi. Suspeitava que a mulher não sobreviveria ao parto, uma vez que, dias antes de começar a ter dores, Therese fora acometida de uma febre alta e, para piorar, naqueles dias de julho fazia um calor infernal. O medo da cólera, que tantos estragos causara oito anos antes, continuava presente: Therese quase não queria beber água.

Grit não era parteira, não tinha nenhum tipo de conhecimento; no entanto, estava a sós com ela nos sótãos sufocantes. A irmã mais nova engravidara de um homem que a deixara havia alguns meses.

— Prometa-me que se chamará como o pai — sussurrou Therese quando segurou por um instante o menino.

Era possível que Grit tivesse aquiescido, embora não tivesse a intenção de cumprir promessa feita de maneira tão vaga. Não estava disposta a criar nenhum Angelo; para ela, o progenitor não havia sido nenhum anjo.

A única coisa que havia deixado Therese eram aquelas joias: uma corrente de relógio e um alfinete de gravata com uma pérola do Oriente cujo valor lhe parecia duvidoso. Nenhuma fotografia. Esta, Grit achara num ferro-velho: um alemão aceitável de cabelo louro. Depois, inventara a história para o pequeno, que, não obstante, herdara os cachos escuros de Angelo. Nem sequer parecia a mãe.

Rudolf. Um nome sonoro. *Fama e lobo*, era o que significava. Alemão.

Depois, o menino começou a amar as palavras, a poesia, como nunca ninguém na família havia feito. Era um estranho, mas ela o amava.

Angelo voltou para uma cidade pequena cujo nome Grit havia esquecido. Falava de uma fazenda perto de Pisa, a qual Grit conhecia por causa da torre inclinada. Tinha-lhe dado um endereço extraviado fazia algum tempo.

Tinha a sombria recordação de ter enterrado Therese em qualquer lugar, embora num cemitério de pobres; agora, passados vinte e seis anos, voltava a revivê-la.

Contar tudo a Rudi, foi a isso que se propôs com firmeza, mas não o fez. Grit deu uma passada de olhos pela cozinha e tomou a decisão: abriu a torneira do gás e colocou a cabeça no forno.

Uma das felizes circunstâncias de tão triste morte foi que era pleno dia quando o filho encontrou Grit Odefey. Se estivesse escuro na cozinha, Rudi teria acendido a luz, e a casa da Herderstraße teria ido pelos ares.

———–·–———

— Eu ajudo — ofereceu-se Karl Laboe quando o caixão de Grit desceu à terra.

Não foi um enterro de pobres, porque Rudi só queria o melhor para sua mãe – pelo menos o melhor que pudesse oferecer-lhe. Agora o que tinham de fazer era esvaziar o apartamento de dois andares.

Não era a primeira chance de procurar indícios, pois ele já estivera muitas vezes sozinho no apartamento. Mas o mais provável era que já estivesse na posse de tudo aquilo que pudesse fornecer-lhe alguma pista sobre sua origem.

A certidão de nascimento. O alfinete de gravata. A fotografia de quem quer que fosse aquele homem. Rudi levou consigo os escassos pertences, que podiam ser mais úteis a Karl que a ele e Käthe, que não desejava ficar com nada de uma sogra de quem não gostava.

Rudi encontrou a carteira de trabalho de Grit com os respectivos carimbos. Encontrou uma fotografia sua da crisma diante da igreja de Santa Gertrudes, com um terno escuro, a primeira calça comprida, uma flor na lapela. Grit também queria o melhor para ele, e Rudi entendia isso desde pequeno. É óbvio. Amava-a e queria ser um bom filho. Ela dizia sempre: "Você é um bom filho".

Uma foto manuseada da jovem Grit, de braço dado com uma mulher ainda mais jovem num jardim. De vestidos brancos e uma gola alta que envolvia o pescoço. O cabelo preso num coque, tão esticado atrás das orelhas que dava a sensação de que as duas tinham o cabelo curto. Rudi nunca tinha visto aquela fotografia.

Sua melhor amiga? Ou teria Grit uma irmã? Nunca o havia mencionado. Ele crescerá sem avós, sem tios nem tias. Grit estava sozinha no mundo antes de ele nascer. No entanto, o jardim não se assemelhava ao pátio de um orfanato.

Karl observou a foto e imediatamente reconheceu Grit, a expressão que nunca havia perdido: alguém que não esperava nada da vida. A mais jovem, porém, parecia esperançosa e tinha as feições mais delicadas, o sorriso mais rasgado.

Num dos últimos dias de setembro, Rudi foi visitar Jaffe, cuja loja frequentava de vez em quando. Colocou o alfinete de gravata no pano de feltro que estava sobre o balcão de vidro. Moritz Jaffe inspecionou o alfinete com a lupa por um bom tempo, dirigiu-se para a parte de trás da loja a fim de buscar um catálogo, abriu-o numa página e assentiu.

— O ouro não é ouro, mas latão banhado a ouro — anunciou —, mas a pérola é extraordinária. Nunca tinha visto uma tão grande. Num leilão em Leipzig, uma semelhante alcançou os dois mil *reichsmark*. — Jaffe subiu os óculos, que ameaçavam escorregar-lhe pelo nariz, e dirigiu um olhar inquiridor a Rudi.

— O senhor não acredita que uma pérola como essa seja minha, certo?

Jaffe examinou o terno simples que Rudi vestia.

— A verdade é que não tenho dúvida — respondeu.

— Lembra-se de Ludwig Peters?

— Há muito tempo não o vejo. Agora que me dei conta, vinha sempre me visitar.

— Morreu. Atropelado por um automóvel.

— Sinto muito — lamentou Moritz Jaffe.

— Gostava dele.

Jaffe assentiu.

— E eu dele. Era um jovem extraordinariamente cuidadoso. Deseja pôr o alfinete à venda?

— Não — recusou Rudi. — Gostaria de conservá-lo o máximo de tempo que puder.

— Espero que seja a vida inteira — respondeu Jaffe e, dito isso, saiu de trás do balcão de modo a apertar a mão de Rudi.

Este saiu pela porta, que se fechou devagar, e ouviu o tilintar da campainha. Grit havia levado consigo o segredo de sua origem. Havia sido abandonado pelo pai, que, mesmo assim, lhe dera aquela joia valiosa.

Que tragédia, carregar todos esses anos tamanha amargura e, no fim, privá-lo da verdade.

Fevereiro de 1930

— Não creio que o professor queira ver sua caligrafia — disse Henny, olhando para a mãe, que cerrou com força os lábios enquanto escrevia no caderno de Marike.

A menina estava sentada ao lado, entretida, desenhando um homem com chapéu.

— Quem é esse senhor? — perguntou Else, olhando com desconfiança para o bloco de desenho. Talvez um ladrão de crianças? Não havia um assassino à solta em Düsseldorf, que estrangulava mulheres e meninas e depois lhes cortava o pescoço?

— Nosso professor — respondeu a pequena. — É novo.

— Agora deixe que ela escreva as frases sozinha — pediu Henny.

— Só quero mostrar como se faz.

Em abril, Marike iria para a segunda série e, em julho, completaria oito anos. Era uma criança bonita, de cabelo louro macio, que se parecia muito com o pai, embora não fosse sonhadora.

— Tenho que me lembrar de nunca lhe pôr um laço grande no cabelo, pois, segundo o jornal, é isso que atrai o assassino de meninas de Düsseldorf.

— Mas esse assassino não anda por Hamburgo.

— Você é sempre tão inconsequente, Henny.

Não, não era. Comportava-se como uma viúva corajosa, que ia visitar a cunhada e a companheira desta, de vez em quando frequentava uma festa na pensão de Guste e em um mês chegaria aos trinta. Käthe já os tinha feito.

— Sempre foi — insistiu Else Godhusen. — Seu pai também era; caso contrário, não teria ido para a guerra.

Henny não teceu nenhum comentário, pois aquele tipo de conversa com a mãe estava se tornando cada vez mais difícil.

— E agora tudo vai de mal a pior — afirmou Else. — E com certeza Käthe faz parte do escândalo. O que dizem de sua parteira comunista na Finkenau?

Marike ergueu o olhar do caderno.

— O que está havendo com tia Käthe?

— A que escândalo você está se referindo? — quis saber Henny. Fez um embrulhinho com o papel de jornal onde estavam as cascas de batata e abriu-o para tirar a faca esquecida lá dentro.

— Ao dos comunistas e dos nazistas. Em Hammerbrook voltou a haver confronto. Aquele tal Wessel ainda é vivo? O responsável foi um comunista.

— Horst Wessel não é exatamente um santo. Não se esqueça de que era *Sturmführer* das SA, que nada mais são que bandidos.

— Nem por isso se anda por aí dando tiros na cabeça de alguém. Ainda é um homem jovem. O que Käthe e Rudi têm a dizer sobre isso? Estão de acordo?

— Não creio que seja necessário falarmos sobre isso agora.

Marike tinha começado a mordiscar a lapiseira ao mesmo tempo que olhava primeiro para a mãe e, em seguida, para a avó. Não lhe entrava na cabeça que tia Käthe e tio Rudi fossem do grupo dos maus. Gostava em especial de Rudi, que se agachava para conversar com ela.

— A senhora Lüder diz que em Altona as pessoas quase não se atrevem a pôr o pé na rua por causa dos tumultos.

— Acho exagero — replicou Henny. — Mostre-me o caderno, Marike.

Sentou-se à mesa da cozinha com a menina e leu o que ela havia escrito sobre a primavera, que os melros, os tordos, os tentilhões e os estorninhos aguardavam com impaciência. Marike havia pintado uma flor de sabugueiro ao lado.

— Gustav também é a favor dos nazistas.

— Mas ele só tem quinze anos, como você diz *também*?

— Nem tudo o que dizem dos nacional-socialistas é ruim.

Henny sentiu a cabeça latejar. Se Lud ali estivesse, teria falado do SPD com a moderação que lhe era característica e teria deitado por terra os argumentos de Else. Ela, porém, começou uma discussão com a mãe.

— Não dá para falar de política com você — concluiu Else. — Por isso o melhor é acender o gás e colocar a batata no fogo. O que mais temos para comer?

— Requeijão com cebolinha. E também comprei um pedaço de queijo *edam*.

Else Godhusen torceu o nariz.

— Em casa tenho um resto de carne acebolada, mas vai ter de esperar até amanhã. Deixei no parapeito, pois está bastante frio.

Henny pensou que não havia motivo para comer a carne somente no dia seguinte, mas não disse nada.

— Em março faz quatro anos que Lud morreu — comentou a mãe, olhando para Marike, que tinha guardado o caderno na pasta. — Se já terminou os deveres, vá brincar no quarto.

— Mas quero ouvir o que a senhora vai dizer sobre meu pai.

— Não é assunto para crianças.

— Mamãe, por favor, não deixe Marike confusa.

— O que a deixa confusa?

— Ela pensa que a senhora vai dizer alguma coisa ruim sobre o pai dela. Primeiro, Käthe e Rudi; agora, Lud.

— Eu sou sincera.

Na opinião de Henny, a sinceridade estava muito sobrevalorizada, mas ela se sentou depois de colocar a panela com a batata no fogo.

— Vou arranjar sarna para me coçar — afirmou Else assim que Marike abandonou a cozinha —, mas acho que você deveria voltar ao

Lübscher Baum e procurar um marido. Você está ficando velha. Olha para mim: ninguém me quer mais. Gotha não passou de uma aventura.

— A senhora teve notícias dele? — perguntou Henny, querendo mudar de assunto.

O movimento que Else fez com a mão indicava descontentamento.

— Só os votos de bom Ano-Novo de praxe. Desta vez um porquinho da sorte sobre o qual está sentado um homem com uniforme marrom. — Consequentemente, ao que tudo indicava, também não sentia assim tanta simpatia pelos nazistas. — Diz que está crescendo no partido.

— Ainda bem. — Henny levantou-se para picar cebolinha e preparar o requeijão. Era sorte que Ferdinand Gotha tivesse sido só uma aventura. Em seu círculo de amizades não havia simpatizantes dos nazistas, e assim deveria continuar, para o bem de seus amigos e companheiros.

Henny lavou a cebolinha e a colocou na tábua.

— Mas estávamos falando do Lübscher Baum — acrescentou Else.

— É melhor esquecermos esse assunto — respondeu a filha, que começou a picar os talos com força.

———–·!·———–

— É preciso erradicar os judeus — disse Kurt Landmann. Estava lavando as mãos. Naquela manhã, tinha ajudado a trazer ao mundo quatro bebês. A população aumentava.

— Quem disse isso? — perguntou Unger.

— Goebbels, aquele agitador.

Landmann pegou uma toalha e contemplou as unhas, que estavam curtas.

— O que a família Liebreiz pensa a esse respeito?

— Os pais de Elisabeth acham que é um pesadelo que acabará.

— A questão é quando e, até que esse momento chegue, quem terá sido eliminado da face da Terra. É algo que não pode ser minimizado.

— Não creio que meu sogro consiga viver tanto tempo assim. Está sofrendo com um câncer no estômago, já num estado bastante avançado.

— Sinto muito. Sempre foi um amante da boa mesa.

— Agora nem permite que a cozinheira lhe sirva mingau de aveia. Continua encomendando iguarias no Michelsen, as coloca na boca e depois cospe.

— E como Elisabeth encara a situação?

— Você se refere a Hitler ou ao fato de o pai estar morrendo? Está extremamente inquieta com ambas as coisas. Ao que parece, o ambiente em Berlim está mudando. Goebbels sabe o que faz, e Wessel também era um agitador notável. Em virtude da situação do pai, Elisabeth nos prometeu que passará mais tempo em Hamburgo.

Landmann se lembrou da tarde de janeiro na Körnerstraße, quando foi convidado para a casa dos Unger, embora a esposa dele não estivesse; mantiveram uma boa conversa mesmo sem a presença de Elisabeth. Theo o levou ao primeiro andar para lhe mostrar um quarto de criança, todo mobiliado. No berço, um ursinho de pelúcia branco, que já estava ali esperando havia quatro anos – isso também era uma espécie de pesadelo.

— Venha visitar minha quitinete — propôs Landmann, que continuava morando na Bremer Reihe, no meio de suas obras de arte, embora tivesse subido na hierarquia da Finkenau e pudesse se dar ao luxo de ter uma casa maior e melhor.

— Será um prazer — respondeu Unger.

Por que voltara a se lembrar de Henny Peters? Por que, anos antes, encontrava-se no sofá de Landmann da Bremer Reihe com uma ressaca dos diabos e havia deixado escapar sua chance com Henny?

— O lema de Goebbels de que os judeus são os culpados de tudo está se mostrando um veneno lento, mas eficaz — argumentou Landmann. — Li o livro de Hitler. Você deveria sair do país com Elisabeth.

— E você? — perguntou Theo Unger.

— Eu sou sozinho, Theo. Não tenho ninguém sob minha responsabilidade. Minha mãe já não é viva, por isso já não tenho com que me preocupar.

— Não creio que as coisas serão tão ruins — opinou Unger. — Estamos ficando loucos com o hitlerismo. O que eu faria em outro país? Aqui é meu lar, e o instrumento de trabalho de Elisabeth é a língua alemã.

Kurt Landmann deu de ombros. Talvez visse as coisas piores do que de fato eram.

Hans Fahnenstich acabou se tornando um bom amigo. Aquele homem alto e atrapalhado não desejava mal a ninguém; acreditava no comunismo como única salvação e via o lado bom tanto naquela linguagem alheia às realidades da vida, com ordens cheias de cláusulas, quanto no controle que Moscou ditava. Rudi sofria ao constatar que os demais que compunham a porção do litoral, ao que parecia, não viam o que ele via.

Käthe também andava obcecada, e, quanto maiores eram os ares de superioridade alardeados pelos nazistas, menos importância ela dava aos argumentos que ele expunha. Havia muito tempo que não percebia a distância que se abria entre eles e os ideólogos do partido. Rudi pensava seguir por um caminho errado, mas não conseguia voltar atrás, pois não queria ofender Käthe nem Hans, muito menos perdê-los.

O alfinete de gravata estava em uma pequena gaveta ao fundo da escrivaninha. Käthe sabia o valor que tinha, mas, pelo visto, não era importante para ela. Se tivessem tido um filho, seria sorte oferecer-lhe um dia aquele alfinete, pois seria uma joia que passaria de geração em geração.

Não tinha mencionado a valiosa herança a Hans Fahnenstich, pois temia que a amizade pudesse sair dos trilhos. Rudi se sentia um andarilho entre dois mundos – o dos acomodados e o dos que não tinham nada –, um andarilho que não era capaz de alcançar uma margem nem a outra. Não havia remédio a não ser deixar-se levar pela corrente.

Estou muito longe
de me sentir feliz,
apenas uma tênue luz
na outra margem fala de felicidade.

Teria gostado de que a vida voltasse alguns anos, para recuperar Lud e, quem sabe, também Grit.

Aprendi
a resistir ao medo
que me impede
de vencer a corrente.

Era a primeira vez que utilizava palavras para escrever um poema. Teria gostado de escrever um mais alegre.

Julgo saber
que a ponte afunda
e essa luz tênue
perder-se-á
para mim, que sou quem
arrasta a corrente.

Rudi escondeu o papel ao ouvir a campainha, forte e persistentemente. Olhou para o relógio de parede, que fora de Grit, uma das poucas coisas que tinham ido parar em sua casa.

Käthe. Era frequente esquecer a chave, embora fosse cedo demais para ser ela, tendo em vista que não chegaria antes das dez.

Não conhecia o homem que viu na escada ao abrir a porta. Ele suava e parecia completamente sem fôlego.

— Não sei por que nenhum de vocês tem telefone — disse.

Rudi continuava na porta, sem se mostrar muito disposto a deixar entrar aquele desconhecido que o tratava com tanta desenvoltura.

— Hans está fazendo loucuras na taberna aqui ao lado. Você é o Odefey, certo?

Rudi assentiu.

— E você?

— Erich. Sou camarada do Hans. Apesar de ver que prefere que o trate por você, saiba que temos de ir andando. O mais importante é tirarmos Hans de lá, pois ele está caindo de bêbado. Ouvi dizer que um dos nazistas telefonou, então eles não tardarão a chegar com um bando de brutamontes.

Fahnenstich estava na taberna Sternkeller em cima de uma mesa, com a cara vermelha, proferindo um discurso inflamado contra a peste nazista.

— Ao amigo, a mão; ao inimigo, o punho! — bramava quando Rudi e Erich o obrigaram a descer da mesa à força.

— Se quiser conhecer o meu, aqui está, amigo — redarguiu um dos ali presentes.

— Esses aí podem acabar com você — replicaram outros.

Rudi teve vontade de responder, mas Erich e os companheiros estavam empenhados em arrancar da taberna o enraivecido Hans Fahnenstich.

— Vamos levá-lo para sua casa. É preciso dar o fora quanto antes, porque aqueles patifes já estão vindo. Você ouviu?

— A bandeira desfraldada, a companhia em formação cerrada!

Rudi deixou cair a chave no chão ao tentar abrir a porta. Carregavam Hans Fahnenstich, que se apoiava neles com todo o peso e resmungava. Os das SA teriam se dado conta?

— A rua livre para os batalhões marrons.

Dava a impressão de que as vozes estavam muito perto quando Rudi enfim abriu a porta, que se fechou assim que entraram. Quatro andares carregando aquele urso. Sentaram-no numa cadeira, e a cabeça tombou-lhe para a frente, batendo na mesa.

— Ele pode ficar um pouco com você? — perguntou Erich.

Rudi aproximou-se da janela e a abriu. Na rua reinava a calma. Só se ouvia um grande barulho na taberna. Era possível que os brigões das SA estivessem quebrando mesas e cadeiras por pura frustração.

— Você pode ir embora — afirmou. — A rua está sossegada. Mas vá em direção à Beethovenstraße e não passe pela Sternkeller.

— Claro que não. Obrigado. Se for importante, posso tratá-lo por você. Hans diz que você é o melhor.

— Besteira — respondeu Rudi. — Aceita um café?

— Prefiro ir para casa enquanto os camisas pardas destroem a taberna.

Rudi se aproximou da janela a fim de vê-lo. Erich dirigiu-se para a Beethovenstraße, longe do local.

Por sua vez, Hans dormiu na mesa. Ia preparar o sofá para que ele pudesse se deitar. Depois, quando chegasse, Käthe ficaria satisfeita.

Foi até a escrivaninha e, depois de tirar o papel, sem sequer olhar uma vez mais para o poema, rasgou-o. O hino que Horst Wessel havia escrito era muito mais sonoro que aquelas palavras.

Elisabeth foi à casa dos pais, sentou-se junto à cama do pai e segurou a mão dele. Ninguém esperava que definhasse tão depressa.

Theo continuava na clínica. A paciente havia saído, e Elisabeth estava sozinha em casa. Teria ficado feliz se fosse outro dia.

Na sala, o gramofone tocava: havia colocado um disco para aplacar o silêncio. "*Ich küsse Ihre Hand, Madame*", cantava Richard Taube. Ela havia ganhado o disco por conta da estreia do filme, e a canção que estava tocando era uma das primeiras incursões do cinema alemão nos filmes com som. Ela escreveu sobre o assunto na *Die Dame*, saldando, assim, a dívida em que consistia essa promoção publicitária. Elisabeth escutava os últimos compassos da canção quando subiu ao primeiro andar e entrou no quarto do bebê.

Tirou o ursinho do berço, e as unhas pintadas de vermelho se destacaram na pelúcia branca. A funcionária do salão de beleza berlinense havia dito que o formato que dava a suas unhas era chamado de "meia-lua" e, em seguida, as pintou com um dos novos esmaltes americanos. Achou as mãos esquisitas. "Como se sangrasse", disse-lhe o pai.

Deixou o ursinho no berço, debaixo do céu branco, na almofada de flores. Em cima do trocador havia uma caixinha de música que tocava a canção de ninar de Johannes Brahms, e Elisabeth se controlou para não dar corda. Ainda assim, as lágrimas vieram-lhe aos olhos, mas não, não chorava por causa do bebê que lhe faltava na vida, mas pelo ancião que agonizava na casa da Klosterstern e que sempre fora seu protetor.

Naquele quarto ela tinha criado um refúgio, a mesma segurança acomodada que tão bem lhe fizera quando pequena. Queria recuperar aquilo ou era uma mulher privada da possibilidade de ser mãe?

Logo em frente estava o carrinho de bonecas de sua infância, bem como seu cavalinho de balanço, no qual Elisabeth se sentou com cuidado. O cavalinho tinha uma sela de amazona que a mãe comprara na Inglaterra. O pai, porém, queria que ela montasse como um rapaz.

Elisabeth tirou um lenço da manga da blusa de seda, mas o manteve na mão, amarrotado. Quem dera as lágrimas caíssem de uma vez por todas.

— Então você está aqui — disse Theo Unger, abrindo mais a porta. — Acabei de falar com sua mãe por telefone.

Elisabeth ergueu o olhar.

— Não me diga que... — Não terminou a frase. Não podia ser.

— Não, nada com seu pai. Telefonei para a casa deles porque queria buscá-la, mas sua mãe me disse que você já havia ido embora. — Aproximou-se dela e colocou a mão em seu ombro. — E agora eu a encontro aqui, sentada no cavalinho e chorando.

— Theo? — Elisabeth levantou-se. O cavalo continuou balançando. — Também há mulheres pobres que dão à luz na clínica, não há?

O marido sentiu a tensão tomar conta de si.

— Distribua essas coisas para essas mulheres, eu lhe imploro. Só quero ficar com o cavalo de balanço e com o carrinho.

— Mas e a adoção?

— Não quero filhos.

— Tem certeza?

— Sim, tenho — respondeu Elisabeth Unger. — Vamos pôr outro disco para tocar e beber o *Château Pétrus* que meu pai me deu. É de 1921. Ele disse que é de uma safra muito boa e que lhe daria pena cuspi-lo. Quanto tempo você acha que lhe resta de vida?

— Viverá para ver a primavera — replicou Theo Unger.

———-:-———

Lene tinha arrancado a folha do bloco das despesas domésticas, e a impressão era de que a lapiseira não tinha ponta. Mia quase não conseguia decifrar a lista da irmã: uma pasta, uma lousa, tesoura e cola, uma caixa de lápis de cor, mudas de roupa, camisas, meias.

E em quantidade suficiente para os três rapazes. Em abril, Fritz iria para a escola com o primo mais novo, nascido em 1923, mas no outono.

Como Lene pensava em pagar aquilo tudo? E, ainda por cima, um boné de marinheiro. Será que tudo aquilo era mesmo necessário para ingressar na escola de Wischhafen? O menino não podia ir com a cabeça descoberta? O mais importante era que Lene se encarregasse de eles estarem limpos.

— Apesar de já lhe ter enviado algo pelo aniversário — disse para Anna Laboe, que estava tirando um bolo do forno. Ela o havia coberto com maçãs, que já estavam bem moles, mas ninguém se importaria com aquilo quando ela cobrisse com creme.

— Filhos custam caro — respondeu Anna, e veio-lhe à mente Käthe, que não os tinha, e seus próprios filhos, que só tinham chegado aos seis e quatro anos.

Mas não dava para reclamar com seu avental branco engomado naquela cozinha quente. Pagavam-lhe mais que nunca e muitas vezes podia levar comida para casa. Para o trabalho pesado, haveria uma diarista na casa dos Campmann na Hofweg. Embora não fosse como na Fährstraße, Ida sempre comprava móveis novos para a casa.

— Posso comer um pedaço de bolo? — perguntou Mia.

— Primeiro vai ter de esfriar, depois você vai levar uma fatia ao senhor no escritório. — Se havia alguém que pensava no bem-estar de Friedrich Campmann, esse alguém era Anna Laboe.

Ida estava na porta do escritório de Campmann, ponderando se devia ou não entrar. O marido falava ao telefone, aos gritos, irritado, talvez com a secretária, em quem descarregava grande parte de tudo o que o contrariava. Não era uma boa hora para pedir que investisse mais dinheiro nas contas que tinham nas lojas de alimentos selecionados.

Ida não gostava das vezes em que Campmann trabalhava em casa e deixava isso bem claro. Gostava, sim, das viagens que ele fazia a trabalho, agora cada vez mais frequentes a Berlim, não a Dresden. A verdade era que sua presença só servia para causar inconvenientes, uma vez que, em tais circunstâncias, as mulheres deixavam de se reunir para tomar café na cozinha.

Ida deu uma olhada em seu *boudoir*, onde agora havia uma enorme garça de porcelana branca, com um abajur amarelo novo.

A garça era de porcelana de Meissen, as espadas entrecruzadas sob o pé do candeeiro agradavam a Ida: é, quebrar o pastor que tocava charamela saíra caro a Campmann.

— É assombroso o que seu casamento aguenta — comentara Henny —, tendo em vista que há anos você o considera sem futuro.

Podia compensar os anos que passava ao lado de Campmann com dinheiro e ouro, mas não era feliz. Henny também levava uma vida sem homem para amar, porém tinha obrigações sérias: uma filha, um emprego.

— Lene me escreveu dizendo que, não bastasse, abril é o mês das cartilhas — deixou escapar Mia, assim que Ida entrou na cozinha.

— Anna, não se esqueça de encomendar a sopa de tartaruga no Heimerdinger ou no Michelsen. Tanto faz.

Quando Anna contou a Karl que agora era ela quem telefonava para encomendar nas mercearias da cidade o que havia de mais caro, ele ficou boquiaberto. "Nem sonha em trazer para casa uma sopa dessas", advertiu. "Eu não como tartaruga."

— E qual é o problema com as cartilhas? — interessou-se Ida, olhando para Anna, não para Mia, que estava sentada à mesa, pensativa.

— A irmã de Mia enviou-lhe uma lista de coisas que é preciso comprar para quando Fritzen começar as aulas, em abril.

Não podia contar com Campmann para isso. Para ele, Fritz não passava do filho de Mia; portanto, teria de sair do bolso dela.

— Vou lhe ajudar — decidiu.

Mia esticou o lábio inferior e agradeceu-lhe quase inaudivelmente. Ida suspirou: sua alcoviteira a punha nervosa desde que deixara de ter um amante.

Continuaria a gostar de Tian ou estaria fantasiando?

Em agosto, completaria vinte e nove anos, e ali estava, desperdiçando a vida ao lado de Campmann e de um pai que mal era responsável pelos próprios atos.

Bunge se divertia. Os tempos pediam espumante no Alsterpavillon e bife em Emcke sempre que tinha dinheiro no bolso. Weimar começava a desmoronar, pois a República estava ferida, e Bunge previa isso, mas, até lá, entre um baque e outro, ia levando a vida. Continuaria a aproveitar tal como havia feito depois da morte da minhoca.

No entanto, não tinha ido à Rambachstraße; Margot podia muito bem estar no teatro de variedades, já nem lhe interessava. Houvera momentos em que pensou que a comida caseira de Guste não era suficiente, mas aquela mulher era uma força da natureza, e essas forças vinham a calhar, sobretudo a ele.

Guste considerava-se receptora de todos os fracassados da época, coisa que ele apoiava. Tudo começou com os russos depois da sangrenta noite em Sverdlovsk. Então, teve a ideia de abrir uma pensão na casa que herdara do pai.

Havia doze anos que Guste se dedicava ao bem-estar de seus hóspedes, alguns dos quais fazia muito não pagavam no prazo. Afinal, também o haviam acolhido quando sua situação não poderia ser mais precária. Depois, começou a entrar mais dinheiro e podia viver bem. Passava noites no Trocadero, na distinta Große Bleichenstraße.

Em outubro do ano anterior, voltara a ter prejuízo na Quinta-Feira Negra da Bolsa de Nova York e, com isso, a Diamant Grammophongesellschaft já não podia pagar a casa da Rambachstraße, mas Guste pôs à disposição um quarto amplo com uma porta de duas folhas que dava acesso à ala privada dela.

As perspectivas de negócios com a América do Sul não deram em nada, em parte porque seu sócio tinha se acovardado. Estava sentado em cima dos próprios diamantes; no entanto, era possível ganhar muito dinheiro com os discos, disso Bunge continuava tão convencido quanto antes. É claro que Campmann teria de esperar para ver a dívida quitada.

Guste esvaziou o quarto para ele, que levou alguns móveis consigo dos tempos em que morava na Fährstraße. O resto das coisas ele conseguiu vender, de maneira que voltou a ter algum dinheiro em mãos para se permitir os pequenos prazeres de que gostava. Não era sentimental, por isso a única coisa de que não se desfez foi o relógio de bolso que havia sido de seu avô.

Bunge parou para desabotoar o sobretudo e tirar o relógio de ouro do bolso do colete. Como de costume, contemplar a esfera reconfortou-o. Iria até a Brahmfeld und Gutruf, joalheria na Jungfernstieg, para ver se os relógios da *Lange & Söhne* estavam na vitrine e quanto custavam.

O café Vaterland ficava perto da catedral de São Pedro, e durante um momento ele ponderou entrar para comer qualquer coisa. Uma jovem vinha da Alsterdamm com um cavalheiro de certa idade e entrou pela rua que ia dar na Jungfernstieg. Ia com um volumoso casaco de pele. Será que Ida ainda usaria o casaco de zibelina? Fazia muito tempo que não a via com ele.

Era chegado o momento de convidar Ida. Por que não para o Vaterland? Se bem que o mais provável era que lhe parecesse escuro e pomposo. Não obstante, tinha de testar o terreno. Ouvira dizer em algum lugar que o genro se relacionava com aquele líder nazista.

Só o que faltava era Campmann ser nazista. Embora isso fosse algo a que não pudesse dar-se ao luxo por trabalhar no Banco de Dresden. Já era quase da família Warburg, todos judeus, ele não tinha nenhum problema com judeus. Aliás, na pensão de Guste também havia alguns.

Bunge estava quase chegando à joalharia quando deu um passo atrás e olhou para um dos lados: não restava dúvida de que a mulher que vestia o casaco de pele era Margot.

Carl Christian Bunge sorriu satisfeito ao ver como ela apontava para a vitrine com o indicador: com certeza havia alguma coisa bem cara ali. Anos antes, tinha ido com ela a outro joalheiro, pois, em sinal de respeito à minhoca, ir ao Brahmfeld und Gutruf era impensável. Ainda assim, recusara-se a comprar a pesada corrente de ouro maciço.

Sentia certa pena do cavalheiro que entrava agora no estabelecimento, seguido pela gananciosa Margot. Como estava bem com Guste. Era uma preciosidade.

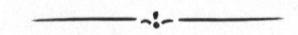

— O que a escola Lerchenfeld tem de ruim?
— Fica perto demais.
Louise balançou a cabeça.
— Assim, podíamos dormir mais um bom tempo. Eu só tenho de estar no teatro de manhã, mas é exigir demais que professores e alunos comecem o dia antes de terem acordado como se deve.
— A essa hora a cabeça ainda está fresca — objetou Lina.
— Qual é o verdadeiro motivo?
— Eu me sinto bem onde estou, na Telemannstraße.
— Você podia dar aulas de alemão e desenho, sempre quis lecionar essas disciplinas.

O professor Schröder, diretor da escola secundária Lerchenfeld, já a tinha em grande estima quando era aluna da escola recém-fundada e teria gostado que fizesse parte do corpo docente. No entanto, ele se aposentaria dentro de um ano... Quem iria substituí-lo? Eram circunstâncias imprevisívcis que na Telemannstraße não ocorriam, e, além do mais, ali a reforma pedagógica era superior.

— Você só teria de atravessar a ponte — comentou Louise. — Desse modo, ganharia tempo para outras coisas.
— Gosto do trajeto até Eimsbüttel.
— Pense em nós — pediu Louise.

Louise conseguia ser bastante insistente, embora isso nem sempre lhe servisse de algo. A madeixa de cabelo que Lina guardava no medalhão continuava um segredo a desvendar.

Deixou o quarto que tinha na Johnsallee, embora mantivesse sua amizade com Guste. Tal como o pai de Louise, em Colônia, Guste sabia que ela e Lina eram um casal, mas sua mãe preferia ver essa convivência como uma espécie de pensão para jovens solteiras.

— Talvez não seja bom voltar à escola onde estudou durante tantos anos.

— Besteira — objetou Louise. — Você chegou a ler a peça que lhe deixei?

Lina assentiu.

— Pretende interpretá-la?

— Estreia em março em Leipzig. Espero que possamos interpretá-la na próxima temporada.

— Brecht é difícil para mim.

— Você não gosta de pisar em terreno desconhecido.

— Se isso fosse verdade, em vez de estar com você, eu me entregaria a uma relação certinha com Landmann.

— Para mim, Kurt sempre foi terreno desconhecido — respondeu Louise. — Foi o único homem por quem me apaixonei, e isso é algo que você e eu temos em comum.

Lina não disse nada.

— Ou será que houve mais algum? Já sei que você é um mistério. O cabelo no medalhão. Sente-se aqui perto de mim e me mostre. — Louise deu umas palmadinhas no sofá vermelho-coral.

— Impossível. Ainda tenho provas para corrigir.

— Besteira — repetiu Louise. Essa era sua nova mania linguística. Antes, começava quase todas as frases com "vejamos".

Lina se sentou à mesa e abriu a pasta.

Louise levantou-se do sofá.

— Nesse caso, vou preparar uns coquetéis. — Dito isso, bateu palmas.

— Se você pensa que o álcool me faz falar, está enganada — assegurou Lina.

Por que hesitava tanto em ir para Lerchenfeld? Seria porque lhe fazia lembrar Robert? Tinha sido o primeiro a morrer. No fim do outono de 1916, recebeu a notícia de que havia morrido quase no fim da batalha do Somme. Depois, em dezembro, o pai morreu; em janeiro, a mãe.

— Gosto de ir até Eimsbüttel — garantiu quando Louise colocou um copo em cima da mesa.

— Claro, você sempre viveu no mesmo lugar e quer ver o mundo — argumentou Louise.

— O que é essa coisa tão verde?

— É o *crème de menthe* que compramos. Beber *Gibsons* puro é chato.

Lina provou a bebida.

— Não sei por quê, mas tem um sabor perigoso.

— Não passa de um coquetel — esclareceu Louise. — Na realidade, levaria hortelã, mas nós não temos.

— Seja como for, vou corrigir umas tantas provas.

Louise acomodou-se de novo no sofá, de mau humor, e pegou o livro *Ascensão e queda da cidade de Mahagonny*.

———·:·———

Theo Unger se acomodou. Sentou-se de maneira a ver o quadro de Maetzel: naquele momento, *Natureza morta com figura negra* era uma de suas obras de arte preferidas.

Faltava *Sementeiras,* de Willy Davidson. A tela que ocupava seu lugar era uma cena orgiástica de mulheres entrando no mar, todas vestindo roupas de banho escuras e longas, porém naquela praia parecia reinar uma grande liberdade.

— Paisagens do norte — explicou Landmann. — É de Eduard Hopf, *Banhistas na praia do Elba*. Davidson estava me deprimindo. Marrom demais. Hopf é dos que amam as mulheres.

— Gosto muito — assegurou Unger, pegando o copo de conhaque oferecido por Landmann.

— Você queria me contar alguma coisa. É sobre Elisabeth?

Unger deu um gole no conhaque e contou-lhe a cena do quarto do bebê que havia acontecido, dias antes, na Körnerstraße.

— Sempre foi um pouco impulsiva.

— O fato de ela ter um momento de impulsividade a cada quatro anos não quer dizer nada de especial — ponderou Unger. — Mas será que devo levar mais a sério esses altos e baixos de minha mulher?

— Ela se sente atormentada pelos tempos atuais. Elisabeth não quer ser responsável por um filho que corra riscos.

— Eu não tinha pensado nisso.

— Se Wessel morrer, Goebbels terá o mártir de que precisava. Será o pontapé inicial.

— Parece que tudo isso o preocupa bastante.

— Soube por um colega de Berlim que Wessel recusou a ajuda de um médico só porque era judeu.

— Há doidos em toda parte. Continuo acreditando que não chegaremos ao pior dos cenários. Heinrich Brüning é um homem prudente.

— Quanto tempo manterão como chanceler alguém que pertence ao Partido do Centro Alemão?

— Um povo civilizado dificilmente será vítima da fúria coletiva.

Kurt Landmann se mostrava surpreso com a obtusidade que via ao redor. Ele tinha o dom de encarar a vida com uma alegria que beirava o sarcasmo, mas nunca se havia mostrado relutante em admitir a verdade. Por que o faziam os demais? Sentia-se pregando no deserto.

— Como vai seu sogro? Sempre teve uma inteligência aguçada.

— E continua tendo. Só lhe faltam forças físicas. Mas aguenta com estoicismo. Levanta-se e segue ativo.

— Ele já sabe que Elisabeth renunciou ao desejo de ter filhos? Os netos sempre foram importantes para ele.

— Não, ainda não. E acho que essa é a menor das preocupações. Em todo caso, adotar uma criança é diferente de ter uma que seja sangue do nosso sangue.

— Isso é supervalorizado — garantiu Landmann.

— Por que você não constituiu família?

— Talvez porque, na idade ideal, fui obrigado a encarar muitos soldados moribundos, e todas as enfermeiras da Cruz Vermelha já estavam comprometidas.

— Isso é desculpa — objetou Unger.

— Pois é — admitiu o amigo.

— Imagino que tenha havido um grande amor.

— Sim — replicou Landmann —, mas não espere nenhuma confissão.

— Somos todos uns pobres diabos — respondeu Unger, sentando-se de maneira a contemplar o Hopf, *Banhistas na praia do Elba*.

Um grande amor. Fez um exercício de introspeção.

Käthe não se sentia muito melhor que Rudi, mas aquele era um momento histórico. *Aqui estou, não posso fazer outra coisa.*

Não estava muito de acordo com Martinho Lutero. Havia feito a crisma em 1914, com Henny, mas a essa altura as dúvidas que Käthe tinha eram maiores que sua fé. No momento presente, só acreditava numa coisa: era preciso parar Hitler, pois ele representava um perigo enorme para todos os seres vivos.

Rudi lhe tinha confidenciado o valor do alfinete de gravata do pai. Naquela ocasião, sentiu-se tentada, num primeiro momento, a partir com ele, começar uma nova vida em outro país. Contudo, Rudi era um custódio e tinha de conservar o alfinete na pequena gaveta do fundo. Para sempre.

Ela não estava disposta a viver com a simplicidade dos pais, mas teria se sentido culpada se levasse uma vida de opulência. Dois cômodos com cozinha e uma varanda virada para o sudoeste já a fariam muito feliz. Para isso, não era necessário o dinheiro que podiam obter com o alfinete de gravata.

A noite em que deu de cara com Hans Fahnenstich no sofá de sua casa foi decisiva. Já não duvidava mais de Rudi, pois sabia que ele lutaria com ela pela causa a fim de que não voltasse a haver guerra.

Käthe estava na sala de esterilização, mergulhada em reflexões com uma bandeja de instrumentos clínicos na mão, quando a porta se abriu atrás dela.

— Käthe, estava lhe procurando — disse Kurt Landmann.

— Alguma emergência? — Naquela tarde não se esperava nenhum parto, mas talvez tivesse chegado uma ambulância.

— Pode-se dizer que sim. — Landmann fechou a porta. — Denunciaram você à direção da clínica.

Käthe apoiou a bandeja, uma vez que suas mãos começaram a tremer. O que teria roubado nos últimos tempos? Não se recordava de nada. Havia muito tempo que não tocava nos alimentos da cozinha da ala particular.

— Agitação comunista — esclareceu Landmann.

Käthe soltou um suspiro e procurou um lugar para se sentar. Encontrou um banquinho junto à janela.

— O KPD é um partido legal — defendeu-se Käthe. — Os deputados estão no Parlamento e na Câmara de Representantes de Hamburgo.

— Ao que parece, você e seu marido estiveram envolvidos num tumulto e divulgaram discursos comunistas subversivos em uma taberna. Sternkeller, talvez?

— Quando isso aconteceu, eu estava trabalhando aqui.

— Então quer dizer que você sabe o que ocorreu.

Meu marido tirou de lá um amigo que estava bêbado e falava barbaridades. Algum delator telefonou para a SA. É provável que a briga tenha ocorrido quando esses baderneiros chegaram, mas, a essa altura, Hans e Rudi já tinham ido embora.

— E outro delator piorou tudo e denunciou o fato ao diretor clínico.

— Por quê?

— Para prejudicá-la. As coisas vão ficar muito piores, Käthe, pois estamos na iminência de uma guerra civil entre os fascistas e a esquerda. Já conversei muitas vezes sobre esse assunto com o doutor Unger, que começa a acatar e a dar ouvidos a meus maus presságios.

— Ninguém quer ver nem ouvir nada, as pessoas se recusam a admitir a realidade — respondeu Käthe. — O que o senhor vai fazer em relação a mim?

— Vou dizer exatamente isto ao chefe, que você estava trabalhando e seu marido agiu como um bom samaritano.

— Então, quer dizer que acredita em mim?

— Sei que há muito tempo surrupia raspas de chocolate; no entanto eu a considero uma pessoa honrada, Käthe. De todo modo, procure ter mais cuidado também com o chocolate.

Käthe ficou vermelha como um tomate, algo que raras vezes lhe sucedia.

— Cante com mais frequência no coro das enfermeiras, por exemplo. — Landmann sorriu. — Ouvi dizer que, antes da Semana Santa, vai haver um concerto com cânticos de Paul Gerhardt. *Geh aus mein Herz und suche Freud.*

Käthe levantou-se do banco.

— Obrigada — disse.

— Uma das parteiras me disse há pouco que chegará o dia em que os médicos judeus deixarão de ter autorização para trazer ao mundo bebês alemães.

Käthe ficou ainda mais indignada.

— Quem disse isso? — perguntou. — Gostaria de saber.

Landmann meneou a cabeça.

— É possível que a dama em questão frequente a Sternkeller. Avise seu marido para ter mais cuidado, pois chegou a hora das acusações.

Henny atravessou o pátio familiar da escola da Bachstraße. Ali, muito tempo antes, haviam brincado de amarelinha e polícia e ladrão. Käthe e ela passaram a frequentar essa escola em 1906; agora, em abril, Marike passaria ao segundo ano. Não sabia o que o professor de sua filha queria. Era o sucessor da senhora Kemper, tida em muito alta estima e que havia se casado no estado de Holstein.

Marike era boa aluna, nunca tinha dado problemas, mas dois dias antes ela chegara com um bilhete no qual lhe pediam que fosse até a escola. Talvez o professor não tivesse gostado da maneira como Marike o desenhou. O desenho não estava lá aquelas coisas, tanto que, no fim das contas, Else pensou que o retratado era um assassino de crianças.

Tinha chuviscado, e sentia-se um agradável cheiro de terra molhada. Henny subiu a escada da escola, virou-se para trás e contemplou uma vez mais o pátio, recordando aquela época, vinte e quatro anos atrás.

Lud frequentou a escola da Schillerstraße, e dificilmente seria possível que se tivessem conhecido antes. *Meu querido Lud*, pensou e revirou o anel de granadas, como fazia sempre que a tristeza a embargava.

Ernst Lühr era muito mais jovem que ela imaginara, e era impossível que tivesse gostado do desenho. Era um homem atraente, de farto cabelo escuro, que sorriu e lhe pediu que entrasse na sala de aula onde Marike passava as manhãs.

— Ela fez alguma coisa?

— Marike? Não. — Sorriu. — Quero conhecer os pais das crianças que me são confiadas. Comecei pelas problemáticas, e hoje fiz um favor a mim mesmo e decidi apresentar-me à mãe de minha melhor aluna. É verdade que Inge não vem muito atrás dela, mas as duas meninas se dão muito bem. Jogam limpo.

— O senhor sabe que Marike não tem pai? Meu marido morreu em um acidente há quatro anos.

— O diretor tinha me contado. Nem sequer as crianças do pós-guerra se livram de semelhantes perdas. Sinto muito por vocês duas.

— Minha mãe me dá uma grande ajuda. Talvez o senhor já a tenha visto, às vezes vem buscar Marike.

Ernst Lühr negou com a cabeça.

— Quase sempre vejo Marike ir embora com Thies. Eles são muito amigos.

Henny nunca tinha ouvido falar de Thies.

— Vão para o mesmo lugar. Thies também mora na Canalstraße, mas mais para o lado da Hofweg.

— Quer dizer que minha filha tem seus segredinhos — comentou Henny, que se levantou da carteira, pequena demais para ela.

— Permita-me que a acompanhe por uns minutos? Meu trabalho por aqui já terminou. Ou será que a senhora tem algo para fazer?

Henny fez que não a cabeça.

— Hoje trabalhei no turno da manhã.

— Marike sente-se orgulhosa de que a senhora ajude a trazer bebês ao mundo.

— Então o senhor também sabe disso.

Ernst Lühr pegou um chapéu que estava atrás de sua mesa.

— Viu o desenho que Marike fez de mim?

— Um homem com chapéu — respondeu Henny.

— Achei por bem começar a dormir mais — assegurou Lühr. — Aquele homem de chapéu parece muito mais velho.

———— ~¡~ ————

— Linguado — disse Ida. — Ou melhor, tournedos Rossini. — Colocou o cardápio e contemplou a Jungfernstieg através das palmeiras do Alsterpavillon. Chuviscava.

— Não tenho a carteira recheada como seu marido — advertiu Bunge.

— Você prefere que peça algo mais barato, paizinho? Duas sardinhas em óleo por sessenta *pfennig*?

Parecia debochada. Contudo, aborreceu-a saber que o pai voltava a passar por dificuldades. Havia anos que vendia a única filha a Campmann por não conseguir saldar as dívidas.

Pediram folhados recheados e um copo de xerez para cada um.

— Você vai sair de casa? Imagino que voltará a se instalar na Guste.

— Já fiz isso — respondeu Bunge. Não lhe agradava o rumo que o almoço estava tomando. Ida descarregando seu mau humor no pai idoso; achava a filha muito descontente. — Você e Friedrich ainda dividem a mesa e a cama? — perguntou.

— Eu gasto o dinheiro de Campmann e ele se deita comigo quando tem vontade. Embora seja estéril, sua virilidade é espantosa.

— O que você disse?

Como Ida se atrevia a falar daquela maneira?

— Isso mesmo que o senhor ouviu. — Passei esses anos todos esperando ter um filho. Mas só quando tomei a iniciativa e me esclareceram que a responsável por isso não acontecer não era eu ele se dignou a me dizer que teve caxumba quando pequeno.

— Você queria ter um filho de um homem que não ama?

— Queria um filho do meu chinês, como costumam se referir a ele. — Veio-lhe à mente a senhora Grämlich.

— Foi ele quem lhe ensinou essa linguagem tão grosseira?

Ida pôs-se de pé e arrastou a cadeira com tal veemência que a derrubou no chão.

— Tian é a pessoa mais refinada que já conheci — disse e saiu correndo do restaurante, deixando plantado o pai, estupefato e com dois copos de xerez.

Do outro lado da Jungfernstieg, Campmann saiu do banco na mesma altura, mas não se viram. Ele levava o chapéu bem enterrado na cabeça, e Ida ia pensando na saída que acabava de protagonizar. Talvez sua reação tivesse sido exagerada. Henny às vezes lhe dizia que ela agia como uma criança com raiva.

Era a ira que lhe fazia agir assim. Ira pela incapacidade de pôr um ponto-final em toda aquela situação. Raiva do pai, em quem confiara. Da vida luxuosa que a entorpecia algumas vezes. Sobretudo, raiva de Campmann e de sua traição.

Teria aprendido alguma coisa no estabelecimento da senhora Steenbock que lhe permitisse ser independente? Não, o que havia aprendido eram verdadeiras tolices destinadas a manter conversas distintas.

Henny lhe falara sobre Elisabeth Liebreiz, que era casada com um dos médicos. Os Liebreiz eram muitíssimo ricos, e Ida os conhecia de nome.

Ela é crítica de teatro — contara-lhe Henny.

Mas Ida estava convencida de que não tinha qualquer talento.

Foi até a praça Rathausmarkt e quase não viu o táxi que se aproximava. Só faltava isso. Descansaria no cemitério ao pé do marido de Henny. Ida levantou o braço, e o automóvel parou.

Poderia apresentar-se assim, sem mais nem menos, na casa da senhora Grämlich? Netty teria ficado horrorizada com modos tão reprováveis. No entanto, Ida não queria perder o entusiasmo que a acometera, até porque quem deixava um cartão em uma mesa devia querer ser visitada, mesmo que muitos anos depois. Tirou de sua elegante carteira o pequeno cartão, àquela altura já deteriorado, e entregou o endereço ao motorista.

———— ·:· ————

Não imaginava que a casa da senhora Grämlich fosse como era; afinal, ela transitava pelos círculos mais seletos da sociedade. Como subia ao último andar da Hoheluftchaussee naquela idade? Até Ida chegou lá em cima quase sem fôlego.

O chapéu que a senhora Grämlich usava nos passeios oficiais talvez fosse antiquado, mas era muito superior em qualidade e confecção à touca amarrotada que usava agora na cabeça. Quem ainda usava touca naqueles dias? Ida tinha a impressão de estar em outra época.

— Ida Campmann — disse a senhora Grämlich, surpresa. — Está esperando ser purificada?

Purificada? Ida procurava contatos. Fosse num hospital de doentes terminais, fosse nas criadas grávidas, isso não importava. Queria estabelecer uma rede que a amparasse quando abandonasse Campmann – e por que não começar pela beneficência? O saber não ocupava lugar, disso não havia dúvida. Era Netty quem o dizia? Não. Nem lhe teria ocorrido.

A senhora Grämlich serviu-lhe um chá fraquinho, e no fundo da xícara flutuavam partículas, como se tivessem cozido uma tartaruga naquela água. Quase lhe deu ânsia de vômito, mas Ida conseguiu beber um gole. Talvez devesse parar de encomendar sopa de tartaruga enlatada *Lady Curzon* no Heimerdinger ou no Michelsen.

— Estava pensando no hospital específico para todo tipo de pessoas com deficiência mental — disse a anciã —, parte do sanatório de Alsterdorf. — O pastor Lensch, um homem de bem, vai assumir a direção.

A senhora Grämlich tinha a intenção de tratar com dureza a mimada senhora Campmann, cujo sobrenome de solteira era Bunge. O fato de Ida ter ido vê-la naquelas circunstâncias reafirmou sua decisão.

— E o que terei de fazer nesse lugar? — perguntou Ida.

— Imagino que alegrar a vida dos idiotas — retorquiu a senhora Grämlich, ao que tudo indicava divertindo-se muito e discretamente.

———-:-———

Guste já estava impaciente pelo serão que Louise organizava. Não rivalizaria com a festa dos artistas que ocorria na vizinha Rothenbaumchaussee, no edifício Curiohaus, frequentado por todo o pessoal do teatro, que bebia até cair.

Louise desejava aproveitar todas as oportunidades e dançar nas mesas.

— Aqui também haverá bebidas e comidas requintadas — disse Guste a Bunge. — E as mulheres estarão seminuas. — Sabia entusiasmar um conquistador barato. Era uma pena que o cantor de ópera tivesse ido embora algum tempo antes e cantasse no teatro real de Dessau. Todavia, Bunge tinha levado para lá um gramofone ultramoderno antes de voltar a perder dinheiro e refugiar-se junto dela.

— Vou colocar as grinaldas — ofereceu-se.

— Da decoração encarrega-se Louise, mas, se você quiser, pode subir a escada. Há muita coisa para fazer, como descascar as batatas para a salada e preparar uma taça de vinho branco.

Bunge pediu para convidar Ida. Continuava a pesar-lhe na consciência aquela saída do Alsterpavillon. Desde então, não soube dela.

Pelo visto, o chinês continuava a ocupar o coração de Ida. Ele devia ter sugerido a ela que abandonasse Campmann, mas este havia deixado bem claro que a duração de seu crédito estava ligada à permanência de Ida, deixando-o de mãos atadas.

— Nesse caso, o melhor será convidarmos também o chinês — sugeriu a incomparável Guste.

Bunge não achou boa ideia. Como também não gostou de que Guste insinuasse que ele podia se disfarçar de pobretão. Seu senso de humor tinha notas bastante amargas.

Lina não tinha espírito carnavalesco. Colocar máscara e vestir-se de palhaço eram coisas que lhe eram alheias – e não pelo fato de ter nascido naquela cidade, pois os habitantes de Hamburgo também conseguiam ser alegres. Se Lud estivesse vivo, diria que Lina só se descontrolava quando patinava sobre o gelo.

— Um chapeuzinho — propôs Louise — ou serpentinas no pescoço, Lina, por favor.

Ela iria de Colombina, buscaria a máscara no guarda-roupa do teatro Thalia. Deixar de lado, sem mais, toda a miséria e criar um paraíso ali onde viviam. Devia sugerir que se encarregasse da direção artística de *Hurra, estamos vivos*. Sem dúvida Toller tinha razão: o mundo era um manicômio.

Bunge estava em cima da escada, estendendo um cordão para os balões e colocando grinaldas onde Louise as queria. Numa das vezes, esticou-se demais e sentiu uma pressão no peito. Pensou que o coração falharia, mas logo passou.

O ocorrido com Ida causava-lhe imensa dor. Não se costuma dizer de uma pessoa que lhe dói o coração, tem o coração partido ou apertado? Talvez Ida o considerasse um velhote insensato, pois era isso mesmo que a cena no Alsterpavillon sugeria, mas lhe doía que Campmann mantivesse a filha refém.

Ai, o dinheiro, o volátil dinheiro.

— Mais para a esquerda — pediu Louise.

Bunge inclinou-se mais para esse lado e quase caiu da escada.

— Desça daí de uma vez — disse-lhe Guste. Agarrara pelo pescoço um jovem que entrou pela porta a fim de perguntar o preço dos quartos e estava agora na escada. — Que tipo de quarto procura? — perguntou Guste, depois de tudo pendurado e de Louise se ter mostrado satisfeita.

Um quarto pequeno. Em março, entraria como aprendiz de livreiro na Kurt Heymann, em Eppendorf.

Esse título de livreiro soava bem aos ouvidos de Guste Kimrath, afinal a maioria era composta por cabeças pensantes, e o jovem não parecia nada burro.

— Vou lhe mostrar um — sugeriu —, depois veremos o que se pode fazer.

Momme Siemsen mal podia acreditar na sorte. O quarto não era assim tão pequeno, e podia pagá-lo – tudo isso na grande cidade de Hamburgo. Em Dagebüll, ninguém teria acreditado que encontraria um quarto com o dinheiro que tinha, ainda mais num bom bairro. A mãe se preocupava que pudesse parar em St. Pauli, um lugar que toda Dagebüll conhecia, embora quase ninguém falasse por experiência própria.

Compraria um mapa da cidade e circularia a Johnsalleestraße para que em Dagebüll vissem a sorte que teve.

— E amanhã realizaremos uma festa de Carnaval — informou Guste. — Pode instalar-se agora mesmo, meu jovem, e começar a pensar na fantasia.

Momme Siemsen voltou à Windfang, taberna em que havia deixado a mala. Talvez aquelas pessoas achassem que tudo o que a mãe havia colocado em sua velha mala era para se mascarar.

Tanto fazia. Era o começo de uma nova vida, e a cidade grande agradava-lhe muito. Momme suspirou de alívio.

———— ~·~ ————

Ida declinou do convite no último momento. O barulho do Carnaval não seria ruim depois de sua primeira visita ao hospital para pessoas com deficiência mental, mas não queria facilitar a vida ao pai.

— Por que você quer fazer precisamente o trabalho mais pesado? — perguntou-lhe Henny. — A senhora Grämlich quer martirizá-la. Pessoas muito mais fortes que você não aguentam o que se passa nesses sanatórios.

No entanto, Ida compareceu com toda a valentia ao encontro e seguiu pelos corredores a enfermeira, que já estava farta com mais uma dama caridosa da sociedade que não faria outra coisa a não ser estorvar.

Do outro lado das portas, ouviam-se gritos abafados. Os rostos que Ida viu tinham um olhar inexpressivo, e por todo lado havia desespero. Quando entraram numa sala, Ida sentiu como se lhe tivessem dado um soco. Viu o rosto envelhecido de uma anciã que uivou com ar triunfante. Para as pessoas que ali estavam, ela não passava de uma provocação.

— Bom, então até amanhã — despediu-se a enfermeira, e Ida notou uma profunda antipatia. — Começamos às seis da manhã.

Ida estava sentada no sofá do quarto ensolarado, que havia muito tempo não se chamava assim, sequer ela lhe chamava assim. À volta tudo era de cor amarela e de seda, mas demorou a se alegrar.

— O que vou fazer agora? — perguntou, olhando para Henny. Não posso desistir. Caso contrário, a senhora Grämlich vai rir ainda mais de mim. Ela fica feliz com meu fracasso geral.

— Você teria coragem de ajudar as mães jovens com seus filhos nas casas delas?

— Não é ridículo que uma mulher ajude em outras casas quando na própria tem cozinheira e criada?

— Você não terá de cozinhar nem tirar pó.

— Então o que farei? Ver se dão comida ao bebê e se trocam a fralda dele? As mulheres que vivem na periferia reagiriam da mesma maneira que a enfermeira de hoje.

— Não estamos falando apenas dos locais periféricos, até porque todas as mães precisam de ajuda durante os primeiros dias em casa com recém-nascidos.

— Mas não sei nada sobre recém-nascidos. Teria medo de machucá-los.

— A ideia foi de um de nossos médicos, o doutor Landmann. Ocorreu-lhe no dia em que, ao sair da clínica, uma mulher disse que preferia que o filho estivesse sujo a correr o risco de afogá-lo ao lhe dar banho.

— Trata-se de um trabalho fantástico para uma mulher que tem experiência com recém-nascidos — disse Ida, quase chorando.

— Landmann vai organizar cursos. Não na clínica, mas um médico que ele conhece vai disponibilizar o consultório para você; eu e Käthe já fomos abordadas para dar aulas.

— Você acha que sou mesmo capaz de fazer isso, Henny?

— Acho — assegurou ela. — Vou apresentar você ao Landmann. Unger você já conhece. Acredito que a coisa se desenrole antes mesmo da Semana Santa.

— Por que você não está na festa de Carnaval da Guste Kimrath? — indagou Ida.

Henny levantou-se.

— Porque começo meu turno daqui a pouco — respondeu. — E falarei sobre isso com o doutor Landmann assim que chegar.

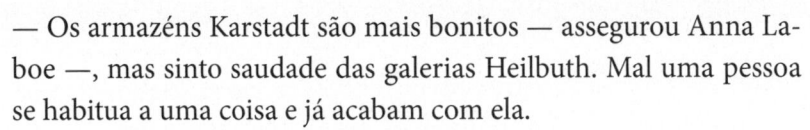

———·:·———

— Os armazéns Karstadt são mais bonitos — assegurou Anna Laboe —, mas sinto saudade das galerias Heilbuth. Mal uma pessoa se habitua a uma coisa e já acabam com ela.

— Mas as galerias Heilbuth funcionaram por vinte e quatro anos — respondeu Karl. — Käthe tinha três anos, e você estava grávida do primeiro dos rapazes. A jarra de cerveja não é de lá? Não me habituo às garrafas, jarra é uma coisa mais séria.

— Os Karstadt também são muito mais caros.

— Ai, Annsche, é aí que envelhecemos, quando começamos a lamentar pelo que já não existe mais.

Anna reparou no cinzeiro, que estava no escorredor. Era provável que Karl se tivesse dado ao luxo de fumar um charuto.

— Podíamos ir até Laboe — sugeriu. — Na Semana Santa tenho três dias de folga, com certeza nessa época já estará fazendo calor. Neste ano a Semana Santa será mais tarde.

— Passear pela praia e pensar nos tempos em que namorávamos e éramos jovens.

— Nos Karstadt uso a escada rolante para subir e descer — contou Anna —, em todos os andares.

— Esta é a questão: o que é novo também tem vantagens.

— Talvez em nossa vida fosse tudo simples demais. — Pensaria isso porque agora via como se podia viver bem com uma cozinha perfeitamente equipada no andar nobre de uma casa?

— Não diga asneiras — replicou Karl Laboe. — Se bem que você até tem razão. O fato é que não tivemos muita sorte.

— Mas felicidade, sim — referiu Anna.

— Você sabe que a amo muito, não sabe, Annsche?

— Sim — afirmou ela. — Eu sei, Karl.

Que sensível se tornara. Käthe já havia falado isso. Se bem que isso não era problema. Veio-lhe à mente sua avó, que estava a sete palmos de terra havia uma eternidade. Ela tinha uma frase para isso: "Esse aí não viverá muito, ficou sensível demais. Os anjos vão levá-lo para junto de si".

— Que grande besteira — disse Anna Laboe, em voz alta.

— Foi o que eu disse — retorquiu Karl.

———— ·:· ————

Henny estava atrás da cortina observando as crianças do outro lado da rua com as mãos estendidas. Estariam dançando? Sim. O rapazinho e Marike dançavam. Rodopiavam e cumprimentavam-se. Agora, tocavam-se com um dedo. Henny sorriu e se afastou quando viu que Marike olhou na direção da janela. Não sabia como não tinha percebido logo:

Inclina agora a cabeça, nic, nic, nic!

Sacode os dedos, tic, tic, tic!

A campainha tocou três vezes. Era assim que Marike tocava quando sabia que a mãe estava em casa. A menina subiu a escada correndo e foi direto para os braços da mãe.

— Aprendemos uma canção de uma ópera de verdade — contou. — Uma ópera sobre Hansel e Gretel.

— Foi o professor Lühr quem ensinou?

— Sim — respondeu Marike —, agora gosto mais dele que da senhora Kemper. E também gosto do Thies.

— Você não me contou nada sobre Thies.

— É um menino da turma que também mora nesta rua. Posso brincar hoje na casa dele?

— Ele já pediu à mãe dele?

— Disse que depois me telefona. Ele também tem telefone, porque o pai dele trabalha no jornal e precisa contatar muito rapidamente as pessoas que querem alguma coisa dele.

— E os deveres?

— Só tenho de escrever a canção e pronto.

— Assim que você terminar, eu a levo na casa de Thies — propôs Henny. — Mas primeiro temos de saber se a mãe dele não vai achar ruim.

O telefone tocou quando acabavam de se sentar à mesa para comer os pãezinhos com geleia de maçã. Marike correu para atender, falando com a boca cheia. Apesar disso, Thies, ao que parece, a entendeu.

— Às três e meia — disse Marike, de volta à mesa.

— Sabe que número é a casa dele? — perguntou Henny quando já iam a caminho.

Marike abanou a cabeça.

— Disse que nos espera na porta.

Thies não estava em frente à casa, mas do outro lado do arco, chutando a bola contra a parede. Henny sentiu o coração acelerar quando se aproximaram. Pelo visto, a senhora não lhe era familiar, embora tivesse ido visitar o pai no ateliê, que ficava ali perto. Claro que Marike só tinha três anos quando Lud morreu. Ela havia se esquecido do pátio pavimentado e do ateliê com as paredes caiadas de branco e as janelas com o caixilho de ferro forjado negro.

— Moram aqui há muito tempo, Thies?

— Há apenas um ano — replicou o rapazinho, cujo cabelo escuro e fino caía sobre a testa. Sua maneira de ajeitá-lo agradava às meninas. — Quanto tempo Marike pode ficar?

— Antes vivíamos em Winterhude — contou uma jovem que saiu pela porta e se apresentou. Chamava-se Sigrid Utesch.

— Meu marido alugou o ateliê do pátio por uns tempos — disse Henny. — Carpintaria era sua paixão. Infelizmente, faleceu. Num acidente.

— Sinto muito. Thies contou-nos que Marike não tinha pai. O ateliê é agora o estúdio de um pintor, o que nos surpreende, porque não tem muita luz. Gostaria de subir para tomar um café?

— Agradeço, mas hoje é meu dia de folga e tenho uma longa lista de afazeres. Sou parteira, trabalho na Finkenau. Tudo bem se vier buscar Marike lá pelas cinco e meia?

— Nãããão! Mais! — pediram, em uníssono, Thies e Marike.

— Talvez seja melhor às seis? — propôs a mãe de Thies.

As duas crianças já estavam correndo pelo pátio cantando e dançando.

Campmann tirou o anel e guardou-o no bolso do blazer cinza-chumbo. Era algo que nunca havia feito quando visitava o estabelecimento de Hélène Parmentier: tirar a aliança. Mas lá era alguém que pagava pelos serviços oferecidos. E naquele lugar era o quê?

Olhou ao redor do bar do hotel Adlon. A clientela era internacional, dava a impressão de que inglês era o idioma. A seu lado havia duas mulheres com sotaque americano, pareciam estar sozinhas, como se fosse a coisa mais normal do mundo. Surgiam agora por todo lado mulheres procedentes do Novo Mundo que irradiavam uma superioridade que, para ele, era quase obscena. Uma obscenidade que o fascinava. Estariam ali com a permissão dos maridos ou iam por conta própria? Eram tão diferentes... Campmann pensou em Ida, que era rebelde, mas não arrogante.

Havia aprendido inglês na escola do Johanneum, embora um pouco mais tarde, porque lá os alunos começavam pelo latim e pelo grego clássico. Além disso, os ingleses estavam em trincheiras opostas. Durante a época que passou no Banco Berenberg, concluiu cursos de línguas especializadas complementares. Será que ele se sentia suficientemente preparado para estabelecer contato ou, quem sabe, dar início a um jogo de sedução naquele lugar?

Voltar a conhecer uma mulher que o levasse a sério, que apreciasse seu valor, por cujos serviços não fosse obrigado a pagar nem a mendigar. Tinha a sensação de que suplicava os atos sexuais à própria esposa e cultivava Ida como se fosse um campo estéril. Se ele desconfiasse que às vezes ela o considerava um violador onipotente, teria ficado desconcertado.

Estava ouvindo o pianista, que naquele momento tocava *Schöner Gigolo, armer Gigolo*, e era perceptível o som da água da vizinha e famosa fonte dos elefantes. Campmann bebeu outro gole do *singapore sling* que estava tomando. A verdade é que não era muito adepto de coquetéis; na verdade, preferia uma boa cerveja.

No meio da tarde, havia transposto o Portão de Brandeburgo sentindo a atmosfera da capital. Então por que ceder diante daquelas mulheres? Ceder não era coisa digna de um homem alemão.

Havia muito tempo tinha percebido que Ida já não usava aliança, escolha que a ele conferia certas liberdades. Campmann bebeu o resto do coquetel, sentindo na língua o licor de cereja. Das duas mulheres, a loura tinha-se levantado, provavelmente à procura da galeria dos espelhos. De qualquer modo, gostava mais da morena, talvez porque não lhe lembrasse Ida em nada, nem sequer na cor do cabelo.

Não era capaz de entender o culto aos louros do novo poder. Goebbels, que o instigava, estava longe de ser um padrão nórdico. Tinha-o visto naquele dia, não na qualidade de representante do banco, mas como simpatizante influente. Joseph Goebbels fora forçado a levantar a cabeça para olhar para ele; no entanto, não deixou de exercer seu domínio.

Friedrich Campmann sorriu para a americana de cabelo castanho, gesto que considerou um tanto quanto ousado. No entanto, ela lhe retribuiu o sorriso. Talvez tivesse deixado de se sentir um homem bonito com o abandono que sofria no casamento. Quando regressasse a Hamburgo, perguntaria a Ida onde estava a aliança.

Ao que tudo indicava, a loura não voltaria. Campmann se levantou, avançou dois bancos e, depois de fazer um gesto cortês, apresentou-se.

Em seguida, num inglês aceitável, convidou a mulher para beber um *singapore sling*.

———·:·———

Pouco antes do início do turno da tarde, a parteira-chefe acompanhara a nova colega à grande área das salas de parto. Hildegard Dunkhase vinha da clínica de mulheres do hospital universitário. Passados quinze minutos, Käthe já tinha a impressão de que devia ter ficado lá.

Conseguiu descobrir a que se devia a mudança. No hospital universitário, o diretor era Heynemann, considerado muitíssimo conservador, e a nova funcionária exalava as convicções nacionalistas por todos os poros da blusa engomada. As duas coisas combinavam perfeitamente. O que se tinha perdido na Finkenau?

Na gola da blusa trazia preso o alfinete da Associação de Parteiras da Alemanha. Käthe não custou a imaginar a insígnia do partido com a suástica. Olhou para Henny, mas esta parecia absorta no discurso da parteira-chefe. Foi Landmann quem reparou no olhar e lhe retribuiu. Ambos se entendiam e compartilhavam preocupações. Até então, poderiam dizer que o ambiente que reinava entre os colegas era quase liberal, mas Hildegard Dunkhase se encarregaria de transformá-lo.

Assim que terminou seu turno, Käthe bateu à porta do consultório de Landmann, onde se ouvia o rádio que o médico comprara.

— Entre, Käthe — convidou.

— Será que o senhor tem o dom de ver através das portas fechadas?

O médico sorriu.

— Achei que viria aqui. Seu turno terminou, e com certeza você já sabe.

Ela se surpreendeu: não sabia do que ele estava falando, só queria desabafar sobre a nova parteira, com quem havia passado horas na maternidade.

Ao ver sua expressão de surpresa, o médico baixou o volume do aparelho. Agora ela e Rudi tinham um rádio como aquele em casa.

— Horst Wessel morreu — informou Landmann. — Por fim, provavelmente de septicemia. Devia ter permitido que o tratassem mais cedo, em janeiro. Do modo como foi, o sofrimento se prolongou por semanas.

— Até parece que está com pena dele.

— Sabia que recusou que um médico judeu lhe prestasse os primeiros socorros?

— Não. Também não sabia disso. Queria apenas desabafar um pouco a respeito da parteira Dunkhase.

— Sente-se, Käthe. Esteve hoje com ela?

Käthe sentou-se na cadeira que havia diante da escrivaninha de Landmann.

— Descobri por que foi transferida: discutiu com um médico que autorizou medidas de prevenção em seu consultório. Disse que era um desgarrado que pretendia prejudicar o povo alemão e que, em sua opinião, era normal que um judeu não quisesse que a Alemanha crescesse. Não posso trabalhar com uma mulher assim.

— Fico surpreso que Theodor Heynemann tenha deixado escapar um espírito nazista em vez de se desfazer do colega em questão.

— Talvez seja apenas meia verdade — argumentou Käthe. — Alguma possibilidade de não ser aprovada no período de teste?

— Trata-se de uma parteira com experiência. Mais de vinte anos, segundo me informou o chefe.

— Acho que devo evitar expor opiniões. No fim das contas, já tenho na consciência o peso do que aconteceu na taberna.

— Pelo contrário, quem a denunciou é que devia ter a consciência pesada.

— Isso significa que o senhor sabe quem foi?

Landmann negou com a cabeça.

— E, mesmo que soubesse, não lhe diria. Já temos problemas de sobra.

Käthe levantou-se.

— Obrigada por se mostrar sempre disposto a ouvir — disse. — Gosto muito de trabalhar com você.

— Mesmo depois daquela vez em que eu quis que você limpasse o chão da sala de partos?

— Foi um momento tenso, e depois você pediu desculpas.

— Espero que continuemos juntos, Käthe — respondeu Kurt Landmann.

———•!•———

— Ainda não apanharam o Vampiro de Düsseldorf — contou Else. — Continua matando a torto e a direito. Não sei o que a polícia anda fazendo. — Pôs o jornal de lado e, depois de olhar para Marike, sussurrou no ouvido de Henny: — Ele bebe o sangue das vítimas.

Else Godhusen não tinha muito jeito para sussurrar. Marike levantou o olhar antes fixo no bloco de desenho.

— Que nojo — declarou.

— Bom, vou deixar vocês sozinhas — disse Henny. — Talvez assim a senhora pare de contar atrocidades, mamãe.

— Mas é o que diz o jornal.

Henny fez um carinho no cabelo de Marike. Naquele dia não a beijaria, pois Else também iria querer beijo, e não estava com vontade de lhe dar um.

— Vá lá trazer crianças ao mundo — acrescentou Else, com frieza.

Não restava dúvida: sem Else, não daria conta. A menina, o trabalho e, além do mais, a casa, a vida familiar – e tudo isso sem Lud. Talvez fosse injusta com a mãe, mas quase não a suportava. As coisas também não estavam péssimas para ela?

Else pegou no jornal outra vez.

— Deviam prender todos eles — afirmou —, todos os delinquentes.

— O assassino? — Henny ouviu a menina perguntar quando já estava no corredor vestindo o casaco e colocando o chapéu.

— Toda essa multidão da esquerda — retrucou Else, com rispidez.

— Mamãe, por favor — disse Henny na direção da cozinha.

— Mamãe, por favor — imitou-a Else.

Henny fechou a porta ao sair. Nos anos que se seguiram à morte de Lud, jamais considerara deixar que um homem entrasse em sua vida, mas agora era capaz de ver nisso uma oportunidade de impor limites a Else. É claro que, mesmo assim, se deixasse ela se sentaria na beira de sua cama.

Respirou fundo logo que saiu para a rua. O ar começava a cheirar à primavera. Marike tinha-lhe levado uma carta do professor. "Eu não fiz nada, mamãe." Talvez fosse a mãe de Marike quem estivesse prestes a fazer alguma coisa. Ernst Lühr a cortejava.

Devia haver outra vida para além daquela que levava.

Ainda assim, continuava com a sensação de existirem coisas mais importantes nos tempos atuais que refletir sobre a própria existência. Käthe e Rudi andavam muito preocupados. Será que ela alguma vez tivera consciência política?

Henny não gostava dos nazistas. Gostava dos comunistas? Todos exageravam que era um absurdo. Rudi havia dito que Lud era um social-democrata moderado, do mesmo modo que ele se definia como um comunista moderado.

No entanto, dava a impressão de que a moderação acabara.

Agosto de 1930

Lina não acreditou no que viu quando Louise passou à frente com o *Dixi*.* O pequeno conversível de quatro lugares, com lataria verde e para-choque negro, pareceu-lhe uma miragem.

— Desde quando você tem carteira de habilitação?
— Desde ontem — retorquiu Louise.
— E o carro?
— Kurt me deu. Prometi passear com ele pelo bairro quando estiver velho e doente. Espera que o carro aguente até lá.
— Eu pensava que você, da cidade, não quisesse ter carro.
— A jovem da cidade lembrou-se de que nós duas podíamos fazer uma pequena viagem. Quiçá seguindo o curso do Reno. Você devia conhecer minha terra. Você tem férias, e eu também.
— E vamos levar Landmann conosco?

Louise riu com afinco.

— Ele não tem férias — objetou. — É melhor irmos só as duas; além disso, já apanharam aquele assassino de mulheres. Sendo assim, nós, beldades, podemos viajar com tranquilidade pelo Reno.

Os assassinatos de Düsseldorf eram motivo de preocupação para ela, embora ocorressem bem ao norte; em maio, um homem chamado Peter Kürten confessara os crimes.

---
* Primeiro veículo fabricado pela *BMW*. (*N. T.*)

— Talvez possamos levar Henny e Marike.
— Nem pensar. Seremos duas amantes na estrada.
— Você é egoísta. — Lina sorriu. Aquela mulher era uma gigantesca onda desgovernada em sua vida. — Quando partimos?
— Amanhã?
— Me dê mais um dia — pediu Lina, que era das que gostavam de fazer preparativos: passar blusas a ferro, fazer as malas, despedir-se de Henny e Marike. — Vamos visitar seus pais em Colônia? — indagou.
— Claro. É necessário. Afinal, você os viu apenas uma vez, e isso foi há três anos.

A caminho de Sylt, os Stein tinham parado em Hamburgo. Haviam acabado de inaugurar a barragem de Hindenburg, que unia a ilha de Sylt à terra firme.

— No colégio interno para meninas de bem eu também tinha amigas muito próximas — confidenciou àquela altura Grete Stein a Lina.

O que a mãe de Louise sabia? Apenas o que queria saber.

———·!·———

— O Reno — disse Henny, na varanda, sentada junto aos brincos-de-princesa de que Lud tanto gostava e que Henny plantava todos os anos no verão. — O rio que marcou o destino dos alemães. — Em que estava pensando? Na canção que Else havia entoado naquele aniversário que já lhe parecia tão longínquo? *"Não se apoderarão dele, do Reno livre e alemão"*?
— Você tem um admirador — comentou Lina.
— Por que diz isso?
— Marike me contou.
— Você fica triste?
— Não. Fico muito contente. Sua vida continua, assim como a minha.

Marike havia feito oito anos em julho e era sábia como uma anciã. Ela ficava feliz com o que estava acontecendo entre Henny e Ernst Lühr. Else, por sua vez, não dizia nada. Quisera mandá-la para o Lübscher Baum para arranjar marido, mas agora achava que as coisas iam depressa demais.

Pelo visto, o destino de Henny era que o amor não entrasse em sua vida pouco a pouco, mas de maneira impetuosa. Tinha sido assim com Lud, e assim parecia ser com Ernst Lühr. Apenas com Theo Unger não fora assim. No caso dele, a grande chance de um amor incipiente tinha passado para outra pessoa.

— Você vai me apresentar ao professor?

— Quando vocês voltarem, sairemos para almoçar os quatro.

— Ele é generoso?

— Sim — assegurou Henny.

— Inclusive nas opiniões?

Henny hesitou.

— Não suporta Käthe. É a única coisa que me preocupa.

— Por uma questão de afinidade ou por ela ser comunista?

— Uma coisa é consequência da outra.

— Há sempre um senão.

— Entre você e Louise também?

— Louise se aborrece com facilidade. Gosta de mudar. — Lina sorriu. — É um milagre que me aguente há quatro anos. Foi ela quem me incentivou a mudar de escola; eu estava contente na Telemannstraße.

— Você começa em setembro, não é?

— Depois das férias de verão. — Lina levantou-se e alisou a saia de linho. — Venha cá, deixa eu lhe dar um abraço, querida cunhada — disse.

— Boa viagem — desejou Henny. — Mande lembranças ao Reno por mim.

———— ❦ ————

Embora fizesse um esplêndido dia de verão, seu pai sentia frio. Elisabeth entrou em casa para buscar outra das mantas de caxemira que tia Betty mandara de Bristol. A irmã de sua mãe, cujo nome ela herdara, havia se casado e partido para a Inglaterra pouco antes do início do século. Havia trinta anos que essas mantas eram *her favourites* na lista de presentes.

Elisabeth cobriu o pai cuidadosamente com a manta bege. Ele estava deitado numa das espreguiçadeiras, contemplando o jardim florido. Fritz Liebreiz beirava os oitenta anos e era vinte anos mais velho que a mulher; antes de ter adoecido de câncer no ano anterior, porém, era um homem forte que gozava a vida. Agora, a filha seria capaz de pegá-lo no colo.

— Todos os anos, no último dia do Chanucá, quando todas as velas estão acesas, eu fazia uma breve oração a Deus para que nos permitisse estar juntos na Festa das Luzes seguinte e não faltasse nenhum de nós. — Conferiu se Elisabeth o ouvia, pois falava em voz baixa. Ela pegou na mão dele. — Agora eu que não estarei presente.

— Ora, pai — respondeu ela. Mas era absurdo contrariá-lo, e o ancião sabia muito bem como iam as coisas.

— Sei que não pode me prometer que será feliz, mas não deixe de tentar. Theo é um bom homem.

Também não podia contestar isso. Elisabeth acariciou-lhe a mão.

— Perdemos muito dinheiro com a queda da Bolsa, mas há o bastante para que você e sua mãe tenham uma vida confortável.

— Eu trabalho, pai.

Ele assentiu.

— Estou orgulhoso de você, filha. Cuide de sua mãe. Talvez seja melhor que ela vá morar com Betty na Inglaterra. Esta casa sempre foi grande demais, mesmo quando você era pequena e morávamos os três aqui; para ela sozinha, será um labirinto.

— Theo e eu cuidaremos de tudo. Não gaste suas energias com isso, pai.

Fritz Liebreiz calou-se e contemplou as rosas inglesas, claras, brancas, alaranjadas. De York e Lancaster ou *Great Maiden's Blush*, assim se chamavam. As roseiras também eram ofertas da cunhada.

Respirou fundo e aspirou o perfume, um prazer que seu estômago ainda suportava.

— Hitler não chegará ao poder. Os que afirmam tal coisa são pessimistas declarados. Os alemães não são insensatos

Agora foi Elisabeth quem não disse nada. Que bom seria se o pai não estivesse enganado.

— Permitam-me que continue entre vocês mesmo depois de morto.

Elisabeth teve dificuldade de continuar sentada no pequeno banquinho de vime. Teria preferido correr até o fundo do jardim e desatar a chorar, mas não largou a mão do pai. Só quando ele adormeceu e ela viu que sua respiração era regular foi que a soltou e se levantou para ir até a outra ponta do jardim, onde cresciam carvalhos. Ainda não tinha acabado.

Ida passou a manhã de seu vigésimo nono aniversário diante de um trocador de fraldas, colocando pela enésima vez fralda num bebê já limpo e fazendo demonstração da técnica. Aquela jovem mãe parecia ser de lenta compreensão.

O avental branco de Ida e o vestido de verão que usava por baixo ainda estavam molhados depois de ter dado banho no pequeno, que agitou os braços e as pernas quando ela deslizou a mão por sua barriguinha, de modo a segurá-lo dentro da água da grande bacia esmaltada.

Em seguida, deixaria em cima da mesa os folhetos da Henkel & Cie., cuja leitura recomendaria à mãe: *Nosso bebê: conselhos sobre cuidados.* Durante o curso, o título irritou Käthe. No fim das contas, pareciam instruções para cuidar de um automóvel. Não obstante, a crítica de Käthe fora mais longe. Elas não seriam cúmplices da indústria se divulgassem os folhetos da Henkel às pessoas? No entanto, nem todas as mães dispunham de tempo para ler um calhamaço como o do professor Birk, recém-lançado: *Manual da parturiente.*

Dar-se bem com Käthe foi uma surpresa para Ida, e sua destreza no tratamento dos bebês foi uma surpresa maior ainda. De uma forma ou de outra, talvez tivesse talentos ocultos.

Mia e a senhora Laboe organizaram a manhã de seu aniversário; o marido estava em Berlim, como tantas outras vezes ao longo dos últimos meses. Não havia dúvidas de que ela adorava isso, mesmo que em alguns momentos nutrisse a forte desconfiança de que Campmann mantinha uma relação extraconjugal. Ele deixava à vista contas de restaurantes e hotéis a fim de provocá-la.

A senhora Laboe preparou um bolo de aniversário enfeitado com um número 29 escrito com natas. Ida teria dispensado o algarismo indiscreto e também a canção de Mia; no entanto, a intenção era boa.

O paizinho a convidara para o Atlantic, onde comemorara seus dezoito anos havia algum tempo com um círculo reduzido de convidados. Ao que tudo indica, parecia ter dinheiro novamente – no restaurante Pfordte, não se contentaria com folhados nem com uma fatia de pão com presunto e queijo derretido; teria de desembolsar uma boa quantia se decidisse comer sopa de lagosta e depois um peixe com ostras.

Ida deixou mãe e filho e, já na escada, consultou o relógio de pulso, que havia guardado na mala por precaução, para que não molhasse. O valioso relógio suíço fora um presente de Campmann, que, pelo visto, pretendia fazer vista grossa ao fato de que, naquele dia, era seu aniversário.

Talvez a verdade sobre o paradeiro da aliança de casamento tenha sido dura demais. Não podia ter dito apenas que perdera? Tinha de dizer que a havia atirado no Alster? Pelo menos não havia mencionado a pequena tartaruga de jade, de cuja vida se apiedara.

Ida subiu, com brio, a escada. Mia abriu depressa, como se estivesse à espera atrás da porta. Ida tinha dado o resto do dia de folga à senhora Laboe como forma de lhe agradecer pelo bolo e porque naquele dia almoçaria fora.

— Estou com pressa, Mia. Chame um táxi, por favor, ainda tenho de trocar de roupa. E ligue para a senhora Peters, diga a ela que nosso encontro de hoje à tarde continua de pé.

O automóvel já estava à porta quando ela saiu do banheiro com um vestido branco de piquê.

— Chegou algo para você — disse Mia.

"Mais tarde", preparava-se Ida para responder, mas já tinha um embrulhinho na mão.

———— ·:· ————

O pai estava sentado a uma mesa perto da fonte, no pátio interno. Levantou-se e beijou-lhe a mão.

— Ai, paizinho — disse ela, embaraçada.

A verdade é que o amava, apesar das trapalhadas financeiras em que se envolvia vez ou outra, das quais ela se considerava vítima.

Ida abriu o embrulhinho quando estava sozinha diante do grande espelho do lavabo das senhoras. O rosto no espelho refletiu surpresa.

— Aconteceu alguma coisa no banheiro? — perguntou-lhe o pai. — Tenho a impressão de que se transformou nesses dez minutos.

Ida negou com a cabeça e pediu pêssego *à l'aurore*. Os pêssegos brancos flutuavam em champanhe rosado, encarecendo de maneira indescritível o almoço. No entanto, o pai nem sequer pestanejou.

Quando o porteiro fez menção de lhe chamar um táxi, ela recusou. O Hofweg-Palais não ficava longe do Atlantic, e um passeio junto à margem do rio lhe faria bem.

Já em casa, abriu uma das gavetas da penteadeira, forradas de veludo cinza, e colocou a mão até o fundo. Ida depositou a tartaruga branca na palma da mão e colocou ao lado o pequeno elefante de jade negro. Não vinha acompanhado de nenhuma carta, chegou-lhe às mãos sem uma única linha escrita.

Só depois de um momento saiu do quarto para perguntar a Mia quem lhe havia levado o embrulhinho.

— Um homem do mais normal que há. Não era chinês — replicou Mia.

Ida olhou-a fixamente.

— Um homem normal, com um boné como os do porto.

— Era jovem? Velho? — Ida duvidava da ignorância da criada. Mia encolheu os ombros.

— Nem novo nem velho — respondeu.

Ida suspirou. Que outra coisa podia significar além de que Tian desejava retomar contato?

———·!·———

Colônia. Bonn. Koblenz. Boppard. Assmannshausen.

Lina tinha na mala o guia de viagem, mas Louise conhecia o itinerário, pois guardava na memória uma infância repleta de excursões dominicais. O vento soprava em seus ouvidos, apesar do lenço de seda que ambas usavam. O céu sobre o vale do Reno era azul, mesmo através dos óculos de sol.

Em Colônia fora tudo muito cordial; no entanto, estavam felizes por seguir caminho, por não se verem obrigadas a fingir que não eram amantes. Louise tinha reservado dois quartos no hotel Krone, também recordação de sua infância. Folhas de parreira subindo pelas varandas, quartos luxuosos, o Reno em frente, os vinhedos atrás.

— Pedi quartos contíguos — informou Louise. — Talvez não engulam a história, mas estou pouco me lixando.

Lina não encarava a situação de maneira tão leve, mas não era a coisa mais natural do mundo? Duas mulheres que mantinham uma amizade estreita? Com isso, consolava-se também Grete Stein, embora sentisse falta dos netos. O pai de Louise continuava a dar aulas na universidade, se aposentaria em dois anos. Louise esperava que o tédio não se instalasse na casa que se erguia no bairro de Lindenthal, em Colônia, e pedissem netos com mais insistência.

A primeira noite que passaram no Krone conheceram dois rapazes ingleses donos de uma pequena editora em Londres. Jantaram os quatro na esplanada, uma noite alegre, com bastante vinho. Louise estava convencida de que os jovens se empenhavam em demonstrar-lhes sua heterossexualidade.

Hugh e Tom comentaram sobre deixar ali o conversível no dia seguinte e ir de barco visitar o rochedo de Lorelei; as mulheres, por sua vez, decidiram passar os dias seguintes no Krone, passear pelas vinhas, tomar banho no Reno. Combinaram de se encontrar na volta e subir juntos a montanha Drachenfelds, em Königswinter.

Naquela noite, mais tarde, Louise deu um jeitinho de fugir para o quarto de Lina, que ficava duas portas adiante. No corredor, deu de cara com Hugh, de pijama, e este levou um dedo aos lábios. Louise sorriu.

Alguns dias mais tarde, exploraram a Drachenfelds, mas não a pé, pois fazia calor demais. Também não quiseram ir de burro nem na ferrovia de cremalheira, uma vez que Hugh tinha descoberto as carruagens na cidade velha de Königswinter.

Percorreram o vale de Nachtigallental, e foi tamanho o afeto que nasceu entre eles que a vendedora da loja de suvenires em frente à zona de piqueniques pensou que fossem dois casais em lua de mel.

— E somos — disse Louise, beijando Lina na boca. Tom beijou Hugh. A fim de amenizar o susto que a amável senhora levou, compraram quatro copos com estampa do castelo em ruínas.

Como despedida, beberam na esplanada da estalagem Zur Traube quatro garrafas de *riesling* de 1927 de Schloss Vollrads, e cada um foi para seu quarto. Não houve movimentação pelo corredor.

Henny tinha diante de si uma taça prateada de sorvete *Fürst Pückler*, na qual enfiava a colher até o fundo de modo a desfrutar dos três sabores: morango, baunilha e chocolate. Fazia isso desde pequena e agora via, espantada, que Ernst só passava ao sabor seguinte quando já não restava o menor vestígio de morango na baunilha nem de baunilha no chocolate.

Seria generoso e avarento ao mesmo tempo?

Estavam sentados na esplanada do último piso dos novos armazéns Karstadt, inaugurados dois anos antes com toda a pompa.

— São tantas vitrines que não consigo ver tudo — reclamou Else, tempos antes. — Quem compra tantas coisas assim?

A orquestra tocava. Terminaram o sorvete. "Auch Du Wirst Mich Einmal Betrügen". Em abril, tinham visto o filme que trazia essa canção, na primeira vez que foram ao cinema juntos: *Dois corações ao compasso da valsa*. Não se parecia Ernst com Willi Forst?

Ernst limpou a boca com o guardanapo de papel.

— A senhora me concede esta dança?

— São quatro da tarde e estamos no meio da semana. Não estou vestida para a ocasião.

— Você ficaria linda até mesmo de roupão.

Rodopiaram ao compasso da valsa. A eles juntara-se outro par, e Henny sentiu-se menos envergonhada.

Ao microfone, o cantor apresentava uma bonita canção. Sobre as cabeças tinham o céu de Hamburgo e, vinte e seis metros abaixo, as casas e as ruas onde se desenrolava a vida.

Ernst levou-a para a mesa e pediram café e *brandy* para cada um; o dia a dia parecia distante.

— Você tem visto sua amiga Käthe?

— Eu a vi há pouco mais de duas horas, na maternidade.

— Eu a vi na praça Gänsemarkt. Estava distribuindo panfletos com outros comunistas.

Henny gelou.

— E...? Você pegou algum?

— Não. — Ernst ergueu o copo e sorriu-lhe, ao que tudo indicava sem perceber que a aborrecera. — Era sobre a manifestação de domingo.

— Eu sei — respondeu Henny. Käthe havia lhe contado.

Por um instante, Ernst Lühr pareceu inquieto.

— Espero que não esteja pensando em ir.

— Não, claro que não. — Não simpatizava com o KPD, e isso era algo que ele sabia havia muito tempo.

— Vai acontecer outro massacre. Muito me espanta que não tenha havido mais mortos de ambos os lados.

Ernst se dava muito bem com sua mãe. Isso devia deixá-la preocupada? Mas que loucura. Tinha de se pôr no lugar dele.

— Estou achando você muito pensativa — comentou Ernst.

Henny balançou a cabeça.

— No domingo pretendem não só percorrer Barmbeck, onde contam com simpatizantes, mas também entrar em Eilbeck.

— Onde há nazistas à espreita.

Ernst Lühr mexeu o café e virou-se para a orquestra, que, após um intervalo, tocava uma canção de O anjo azul.

Também tinham visto esse filme juntos. No cinema Palast.

O clarinete soava rouco, quase lascivo.

— Mas falemos de coisas boas — propôs ele, pegando na mão de Henny. — Amo você e acho que devemos nos casar.

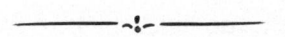

Os Lucky Strike que Joan acendia a cada quinze minutos incomodavam Campmann. Agora não parava de se deparar com mulheres que fumavam – no cinema e na vida. Nos beijos de Joan notava-se o tabaco, mas ele se esquecia disso quando suas compridas unhas vermelhas se enterravam nas costas dele enquanto ela emitia sons que ele nunca ouvira, nem sequer de Carla.

A verdade é que nunca conhecera mulher como Joan Broadstreet, que trabalhava como correspondente do jornal *Philadelphia Inquirer*. Havia momentos em que sentia falta da esposa, que dependia dele. Joan tendia a encarregar-se demais de todas as coisas, tinha o dinheiro necessário e não precisava de sua ajuda condescendente.

Quando perguntava por que ela havia tomado uma decisão sem o consultar, mesmo que fosse apenas organizar a *soirée*, ela sorria e acendia um cigarro.

— Nesse caso, vou visitar você em Hamburgo, e você me mostrará todos os cabarés e todos os bares do bairro vermelho — declarou quando Campmann anunciou que não poderia ir mais com tanta frequência a Berlim. Fazia algum tempo que deixara um pouco de lado o escritório da Jungfernstieg.

Não lhe agradava a ideia de Joan em Hamburgo. Na capital talvez pudesse não usar nada no dedo anelar, mas em Hamburgo os costumes eram outros. Nem por Ida, mas pelos cavalheiros do Banco de Dresden. Em sua carreira, os mexericos dificilmente o ajudariam.

Joan falava um alemão quase perfeito, embora com forte sotaque. Gostava disso e sorria ao recordar a maneira como a abordara havia uns tempos no Adlon.

— Achei você adorável — dizia Joan de vez em quando.

Alguma vez alguém lhe disse isso? Naquela época, Campmann levava uma boa vida, mas agora tudo tinha ficado mais complicado. A política interferia no trabalho dos bancos, exigia medidas que não tinham nada de bom. O chanceler do Reich os vigiava de perto, assim como o presidente do Reichsbank, o banco central. A empresa têxtil Nordwolle, o banco Danat, todos eram assuntos que lhes dariam dores de cabeça.

Mas primeiro jantaria no Horcher, então um dos restaurantes mais na moda em Berlim, e depois iria à Kantstraße, à casa de Joan, que ela chamava "*apartment*".

Ida. Sentia saudade dela? No dia do aniversário da mulher só lhe telefonara à tarde, e ela se mostrou moderada nas palavras; estava com a tal parteira. É óbvio que considerava uma ofensa o fato de ele não lhe ter dado presente. No quarto do hotel, ainda tinha o exemplar de *Narciso e Goldmund*, de Herman Hesse, que acabava de chegar às livrarias. Não sabia se Ida gostaria, mas antes costumava ser mais generoso.

Campmann vestiu o terno simples e leve e calçou os sapatos bicolores que Joan o incentivara a comprar. Será que não ficava parecendo um gigolô com eles?

Saiu do hotel e chamou um táxi. Deu o endereço: Lutherstraße, vinte e um. O motorista assentiu. Os hóspedes do Adlon costumavam ir ao Horcher.

Campmann deixou que a iluminada e ruidosa cidade de Berlim deslizasse diante de seus olhos e suspirou.

Na realidade, a única coisa que queria era uma mulher carinhosa.

———·:·———

A menina de treze anos que tinha à frente respirava tranquila com a leve anestesia que Landmann lhe administrara. Podia ter concluído o exame sem anestesia, mas não queria continuar massacrando a garota.

— Estupro, sem dúvida — disse Käthe. — Vamos informar a polícia. O melhor é telefonar para a delegacia de Oberaltenallee.

A menina fora levada até a clínica pela tia.

— Receei que lhe tivessem feito alguma coisa — disse e, infelizmente, estava certa: Friedchen Lüttjen havia sido vítima de estupro.

— Tratemos Friedchen com o devido cuidado, depois a levaremos para a ala particular, para um quarto individual. Mande instalar uma cama para a tia, que pediu para passar a noite com ela aqui. Eu assumo as despesas adicionais que tivermos — disse Kurt Landmann.

O mais importante era não colocar a menina numa enfermaria com quinze mulheres, pois todas teriam alguma coisa a dizer com base nas próprias experiências. Já tinha sofrido mais do que devia.

— Desconfia de alguém? — perguntou Käthe quando a levaram para o quarto.

— Isso a tia terá de informar a polícia — respondeu Kurt Landmann. Aproximou-se do lavatório e lavou as mãos como se desse modo pudesse desfazer-se do mundo. — Mande preparar na cozinha lá de cima duas xícaras de chocolate quente, com as raspas de chocolate, e que as levem ao quarto delas. — Sorriu-lhe. — Desta vez, tudo legal e com a permissão do médico.

Käthe ficou meio ruborizada.

— O que seu marido anda fazendo, Käthe? Está tudo bem com ele?

— Agora já sabe por que há de lutar — respondeu ela. — Iremos à grande manifestação de domingo.

— A manifestação da esquerda? Espero que tudo corra bem — observou Kurt Landmann. — Que não haja uma carnificina.

———————— ~:~ ————————

Guste emprestou-lhe dinheiro e esboçou um sorriso indulgente quando Bunge disse que tinha perspectivas de ganhar uma grande quantia nos próximos tempos. Ida tinha-lhe saído cara no Pfordte, mas dessa vez ele não se mostrara fraco diante dela.

No entanto, era verdade que tinha algo em mente. Uma produção de discos do mais requintado que existia. Havia iniciado uma negociação com um homem da Norag. A emissora era a vitrine da indústria fonográfica: quando punha uma canção para tocar várias vezes ao longo do dia, muitas pessoas iam às lojas.

Momme estava alerta. Bunge gostava do jovem e sentia-se satisfeito por despertar seu interesse na vida da grande cidade; tinham ido ao Trocadero, aos cinemas... Em Dagebüll não havia nada disso, apenas ovelhas na barragem.

St. Pauli continuava a fazer parte de seus planos, afinal um futuro livreiro devia ter conhecimentos; como iria recomendar aos clientes *Anna Karênina* ou *O amante de Lady Chatterley* se não sabia nada sobre o prazer nem sobre as exigências da vida?

Guste estava no jardim descascando o feijão-verde. Começava a época do toucinho com feijão-verde e pera, refogado que ele adorava. Era uma imensa sorte estar naquele lugar, mas sorte a que mostrara certa resistência. Era frequente que se desse conta tarde demais do que lhe convinha.

A jovem cantora em quem ficara de olho também interpretava pequenas canções, como Margot e Anita o fizeram um dia, mas tinha mais classe; o homem da Norag estava entusiasmado e talvez devesse pedir à amável vienense que fosse lá com o marido para que Guste não pensasse que tinha voltado aos velhos e péssimos hábitos.

Muitas vezes as melhores ideias ocorriam-lhe quando olhava através da janela. Cumprimentou Guste, que levantou a cabeça e o observava. Seu querido rosto, emoldurado por aquele cabelo ruivo rebelde, sempre sem maquiagem.

Bunge afastou-se da janela, decidido a sair para o jardim e sentar-se próximo de Guste. Mas primeiro foi até a cozinha e abriu a porta do majestoso refrigerador que Guste comprara no verão. Sempre ligado nas novidades.

Tirou da geladeira a garrafa de vinho de Mosela que já estava aberta e pegou duas taças na cristaleira. O que costumavam dizer nas colônias? "Nada de álcool antes de o sol se pôr." Isso pouco importava em agosto. Bunge consultou o relógio da cozinha: cinco era uma boa hora.

Guste não precisava de álcool para estar alegre; aliás, desse modo retirava os fios dos feijões com facilidade. No entanto, para ele depois foi muito mais fácil contar as virtudes do novo projeto. De vez em quando, Guste o fazia sentir que não sabia apreciar como devia seus dotes de comerciante.

——————·!·——————

A tia de Friedchen quase não acreditava. Não sabia que não era boa ideia deixar o primo da pequena no quarto com ela. Antes tivesse dito a ele para dormir no sofá naquela noite apenas.

E onde estavam os pais da menina?

O pai havia morrido nas últimas semanas da guerra e a mãe trabalhava no campo. A tia de Friedchen soluçava baixinho.

Chorava mais ainda pelo próprio filho que pela inocência perdida de Friedchen. O que seria dele? Trabalhava na construção em

Bremerhaven, e agora estava à frente do comissário; o mais provável era que acabasse em prisão preventiva.

— Mas a menina não tem nenhum ferimento, certo? — perguntou a tia de Friedchen.

— Talvez alguns danos emocionais — respondeu Landmann.

— Estou falando lá embaixo.

Embora o rapaz tenha tratado a prima com brutalidade, a menina ficaria bem. Lá embaixo.

Sem dúvida a tia de Friedchen era uma mulher cuidadosa, mas não levara em conta o desejo desenfreado de um homem simples de vinte anos. Vítimas. Todos eles.

Henny tomou nos braços o recém-nascido e pingou-lhe nos olhos umas gotas de nitrato de prata. Uma atrocidade para uma criaturinha durante os primeiros minutos de vida; contudo, assim era possível prevenir uma infecção transmitida pelos agentes patogênicos da gonorreia. Melhor evitar esse risco.

No dia anterior, um bebê havia morrido asfixiado pelo cordão umbilical.

— Cada vez evitaremos mais fatalidades — disse Unger a Henny.
— A medicina avançou muito; no entanto, ou um bebê morre asfixiado pelo cordão umbilical, ou aparece-nos a febre puerperal. O que os alunos aprendem na aula é muito mais do que sabia a geração anterior sobre a saúde da mulher. Mesmo assim, nunca será suficiente.

Não. Nunca seria suficiente.

— O médico tem de realizar os diagnósticos usando os sentidos, as mãos, a cabeça — disse Landmann, na aula, e em seguida enalteceu os raios X. — Vamos ter de eliminar o pensamento simplista na medicina em favor de uma nova diversidade.

Sempre que os horários lhe permitiam, Henny sentava-se para acompanhar as aulas no auditório da Finkenau, inaugurado dois anos antes. Perguntava-se por que Kurt Landmann não havia ainda sido nomeado sucessor do diretor da clínica.

— Porque é judeu — esclarecera Käthe.

— Nas clínicas importantes há judeus por todo lado, como em todas as áreas da ciência. Basta ver esse tal Einstein.

No sábado, ela e Käthe terminaram seus turnos juntas.

— Vamos tomar um café? — propôs Henny.

— Combinei de me encontrar com dois camaradas.

— Käthe, é verdade que você está pensando em ir à manifestação amanhã?

— Posso saber o motivo da pergunta? Esse professor não lhe faz bem. O que ele lhe conta? Que não fazer nada é a primeira obrigação dos cidadãos?

— Você e eu nunca discutimos por questões políticas.

— Nem discutiremos. Mas ficar olhando de braços cruzados, Henny, não dá. Até Rudi percebeu isso.

— Está bem, mas tenham muito cuidado — advertiu Henny, que, ao dizer isso, abraçou Käthe, que tinha pressa em ir encontrar os camaradas.

Ainda permaneceu um bom tempo na janela, seguindo a amiga com o olhar.

Teria preferido não ir. Rudi odiava manifestações, mas Käthe acreditava no comunista que renascera nele desde que arrancara Hans daquela taberna e ele não podia decepcioná-la. Tampouco podia decepcionar Hans, Erich e todos os que haviam se reunido na Schleidenplatz para a manifestação contra os fascistas. Entre eles estavam muitos membros da Frente Vermelha, braço paramilitar do KDP, apesar da proibição do RFB.

Era agosto, o calor tinha conseguido inflamar ainda mais os ânimos. Passaram-se garrafas de cerveja por entre as fileiras, e ele viu que Hans pegou uma. Rudi dava graças pelo acaso que obrigara

Käthe a substituir uma colega doente – mesmo que as maledicências que ela havia proferido ainda o fizessem estremecer.

— Você não tem bandeira, camarada! Nas primeiras filas só os porta-bandeiras! — gritou o homem de quepe aos que ali estavam reunidos.

Erich aproximou-se, com a bandeira vermelha na mão, seguido de Hans, que na outra segurava a garrafa. Rudi foi outra vez instigado a chegar à frente e ficou na fila atrás de Erich e Hans quando a massa humana se pôs em movimento.

Primeiro seguiriam pela Lohkoppelstraße, passando à frente do bloco de apartamentos da cooperativa Produção, projeto de habitações para operários de esquerda, onde as pessoas estavam debruçadas nas janelas, saudando-os. Entrariam na Barmbecker Markt para rumar em direção à Dehnhaidestraße e dali para Von-Essen. Tudo parecia correr bem, inclusive quando chegaram a Eilbecktal. Rudi preocupara-se sem motivo.

— Onde está Käthe? — perguntou um homem que havia ganhado terreno e se aproximara dele.

— Na maternidade — respondeu —, trazendo ao mundo uma geração que nos faça ter mais esperança. — Será ele que acreditava mesmo nisso?

— Bom — afirmou o outro —, é por isso que lutamos.

À volta o ambiente mudou. Nas janelas já não havia gestos de aprovação, e os residentes de Eilbeck estavam detrás das cortinas. Teriam medo de viver uma batalha como a que havia ocorrido na revolta de outubro de 1923, que resultara em inúmeros mortos?

— Ataquem os fascistas e atinjam-nos onde puderem.

A frase se repetia e agora ressoava por todo lado. Chegaram à Maxstraße; um pouco adiante entrariam no bairro de Wandsbeck.

Instantes depois, instalou-se a confusão. Da taberna da esquina saíram grupos de membros das SA armados com cassetetes e facas. "Adlerhorst", leu Rudi de soslaio. Será que ninguém sabia que era um baluarte nazista? Ou teriam traçado a rota precisamente por isso?

Rudi recebeu um golpe e caiu no chão, esforçando-se para não ser pisoteado. Havia polícia por toda parte, e é provável que tivessem ficado a postos durante a manifestação. Rudi levantou-se. Cambaleava.

Tiros. Quem estaria disparando? Quem tinha carabinas? Seria a polícia? Sentiu um sabor férreo na boca, talvez tivesse mordido a língua ao cair. Viu o homem de quepe, o que havia chamado os porta-bandeiras na Schleidenplatz. Saía-lhe sangue debaixo do boné. Hans. Erich. Onde estariam?

Algo se agarrou a suas pernas tentando derrubá-lo de novo, algo que tinha a força de um urso. Rudi demorou uma fração de segundo para se dar conta de quem se agarrava a ele. Conseguiu arrastar o corpo ensanguentado até a porta de uma loja. O que estava escrito na vitrine o deixou paralisado, como todas as palavras em sua vida: "Flores e plantas". Algo tão harmonioso como uma florista, em cuja porta fechada ele estava encostado agora, com a cabeça de Hans Fahnenstich no colo, gritando por ajuda médica.

Hans abriu os olhos, uns olhos azul-claros. Como os do *kaiser*. Os de Hitler. Mas no que estava pensando? Era a antecâmara da loucura.

Os olhos de Hans Fahnenstich estavam muito abertos e imóveis quando, por fim, os paramédicos chegaram, para transportar um morto na maca.

Rudi pôs-se de pé com dificuldade e foi com eles; queria que ficasse registrado quem era o homem que jazia na maca. Desde a morte de Lud, aquele era seu melhor amigo.

———— ·!· ————

Karl não era dos que costumavam farejar o perigo. Não era dado a conjecturas. No entanto, naquele domingo passou-lhe pela cabeça o que havia dito a Käthe muitos anos antes: "Tenho medo".

Que Käthe e Rudi acabassem no meio de fogo cruzado, era disso que tinha medo. "No meio"? Mas o que estava dizendo, se Käthe ia à frente de tudo com os comunistas? Nesse aspecto, o rapaz era mais moderado e evitava os tumultos.

Era um aborrecimento que Anna e ele não tivessem rádio, pois certamente transmitiriam alguma coisa sobre a manifestação. Havia pouco tinha ouvido vozes alteradas pela janela e, mais embaixo, na Humboldtstraße, vira pessoas com bandeiras vermelhas rasgadas.

O que Anna tinha dito? Que Käthe ia trabalhar naquele dia? Que iria à manifestação? Ou teria ouvido mal? Quem dera Annsche estivesse ali, pois ela sempre sabia o que fazer; além disso, era rápida, podia ter corrido para se informar. Todavia, estava na cozinha dos fidalgotes preparando um banquete.

Karl assustou-se quando a campainha tocou. De maneira intermitente, como se fosse um sinal combinado. Foi até a porta. Abriu. Ouviu alguém que subia com muita dificuldade o primeiro lance de escada.

— Rudi, rapaz. — Karl o colocou depressa para dentro de casa, como se no patamar estivessem os agentes da polícia.

Santo Deus. O rapaz estava com sangue por todo lado. Antes de tudo, iria sentá-lo na cadeira da cozinha, depois aqueceria água para as feridas. Todo aquele sangue. Quem dera as duas mulheres estivessem ali.

———-¡-———

Quando as primeiras notícias da batalha campal travada durante a grande manifestação chegaram à Finkenau, dizia-se que tinham morrido três pessoas; Käthe encerrara seu turno naquele momento e tirava o uniforme. Esteve a ponto de sair dali correndo só com as roupas de baixo.

Rudi não estava em casa. A pequena sede do KPD, na Humboldtstraße, estava fechada. Sua parada seguinte foi a casa dos pais, perto dali. Tocou à campainha desesperadamente.

A porta estava entreaberta, e Käthe entrou apressada na cozinha e viu o pai, que contornava a mesa mancando, depois avistou Rudi.

Num abrir e fechar de olhos, tinha quase tanto sangue quanto ele de tanto que o abraçou.

— Com cuidado — advertiu Karl —, você vai machucá-lo.

A chaleira apitou. Karl deu graças por fazer algo tão útil como colocar água quente na bacia e misturá-la com a fria, além de buscar uma toalha limpa no quarto.

Käthe aplicava água com vinagre com gestos suaves no rosto de Rudi, que tinha o olho esquerdo inchado, arranhões profundos na testa, os lábios ensanguentados e um hematoma sob a camisa rasgada.

— Quem morreu? — perguntou Käthe, em voz baixa.

— Um deles, Hans. — A voz de Rudi parecia apagada. — Morreu em meus braços.

Karl Laboe escutava. O rapaz que havia ajudado a levar o armário para cima. Um bom rapaz. Karl aproximou-se do armário e procurou algo lá dentro. Ainda havia uma garrafa de cúmel. O rapaz precisava de álcool. Como não pensara nisso antes?

Encontrou a meia garrafa de cúmel e, sem questionar nada, serviu três cálices e os colocou em cima da mesa.

— Bebam. Sei que não resolve nada, mas relaxa o cérebro.

Beberam. Ninguém se atreveu a perguntar quem tinha dado um tiro em Hans Fahnenstich. Será que Rudi sabia mais alguma coisa? Os nazistas tinham cassetetes e facas, mas as armas de fogo eram coisa da polícia, não?

Hans tinha trinta e dois anos e era um bom rapaz, com ideais. O homem do quepe também morrera. Abriram-lhe a cabeça – sem dúvida, um nazista. Também havia perdido a vida um rapaz de dezessete anos de Hammerbrook.

— Maldição — exclamou Karl, que, ao se dar conta de que não tinha palavras para descrever o sucedido, serviu mais cúmel.

Käthe sentou-se na cadeira ao lado de Rudi e apoiou a mão no ombro dele.

— Pode chorar se tiver vontade, quem sabe ajuda.

Contudo, Rudi estava ali, imóvel, olhar perdido. Era como se ele se propusesse a assumir a responsabilidade por aquelas mortes.

Suspirando, Karl sentou-se no sofá e esticou a perna rígida sob a mesa da cozinha. Já tinha sido obrigado a suportar muitas coisas, como a morte dos filhos. Esperava que Rudi fosse capaz de superar aquilo... Quase todas as pessoas acabavam superando as adversidades que a vida lhes lançava. Mas ainda era cedo para saber.

———-:-———

Podia confiar em Mia? Acreditar nela quando dizia que havia anos que não via Ling e só ouvia falar que os irmãos já não moravam na Schmuckstraße?

A primeira coisa que lhe ocorreu foi justamente ir até lá em busca de pistas. A taberna ainda existia? Uma pergunta que formulou a Mia, que, por sua vez, balançou a cabeça e fingiu não saber de nada. Por que Ida duvidava dela?

Passaram-se duas semanas desde seu aniversário. Folheara o livro que Campmann lhe dera e não foi capaz de se entusiasmar nem com Narciso, nem com Goldmund. Excêntricos, os dois: que tinham que ver com ela? Segurou nas mãos uma infinidade de vezes o elefante de jade negro. Um pequeno gesto sentimental de alguém que um dia amou? Uma maneira de entrar em contato? Mas, se tinha sido isso, por que não teve notícias dele?

Tian completara vinte e nove anos poucas semanas antes dela. Seria possível que continuasse vivendo sozinho? Ida resolveu ir a uma biblioteca consultar o diretório comercial de St. Pauli e do porto.

Um homem normal, com um boné como os do porto.

Entre todos os desempregados que brotavam pelas ruas de Hamburgo, sem dúvida seria fácil encontrar um a quem pôr uma moeda na mão para repassar um recado. Tian fizera isso? Não. Ele enviara alguém conhecido, disso Ida tinha certeza.

Aqueles chineses e seus segredos. Podia ter telefonado; o número de Campmann constava na lista telefônica, talvez até Tian o tivesse. Por sua vez, Ida procurou o nome de Tian, mas o dele não constava como assinante.

Mais tarde veio-lhe à mente o nome de Kollmorgen. A fábrica de café ficava na Große Reichenstraße. Por que não procurar lá? Era provável que Hinnerk Kollmorgen fosse um comerciante próspero e capaz de superar crises econômicas.

Talvez a senhora Grämlich soubesse o paradeiro de Tian. Em sua cabeça, ainda ressoava aquele "chegou-me aos ouvidos", a máxima que a solteirona proferira algum tempo antes no Fährhaus.

Mas nem sequer o coração inquieto de Ida a faria visitar a velhota; preferia depositar suas esperanças na Große Reichenstraße. Agora, só precisava reunir a coragem necessária.

———— ~ ! ~ ————

Fritz Liebreiz morreu em paz. Sua esposa estava sentada ao lado, junto à cama no quarto da grande casa da Klosterstern. Também estavam presentes Elisabeth, Theo e Betty, sua cunhada. Foi uma morte que, em anos vindouros, naquele país seria permitida a muito poucos dos que partilhavam de seu credo religioso. Uma morte de luxo na tarde do último dia de agosto.

— *He has passed away* — comentou Betty. — *Good old Fritz. Very* carinhoso.

As últimas palavras de Liebreiz não foram dedicadas à religião que seguia. De sua boca não saiu o Shemá Israel, oração que seu pai havia pronunciado pouco antes de morrer. O que disse foi:

— Cuidem uns dos outros.

Abençoar a família, para isso faltaram-lhe as forças nos derradeiros segundos de sua existência terrena. No entanto, todos se sentiram abençoados pelo homem bondoso que sempre lhes dera amor e cuidados em abundância.

Betty ofereceu-se para organizar os preparativos que ditava a tradição, lavá-lo e envolvê-lo na mortalha branca e comprida que estava em sua posse havia muito tempo.

— Vão para junto das rosas — propôs —, disponham do tempo de que precisarem para chorar por ele. *I know what to do. I did it all for Joseph.*

Joseph, o falecido marido de Betty, era o judeu mais piedoso; não restavam dúvidas de que Fritz Liebreiz dificilmente consideraria necessário submeter-se àquele ritual, mas ninguém levantou qualquer objeção à oferta de Betty. Todos agradeceram por poder ir ao jardim recordar o marido e o pai, que teria gostado que se sentassem em torno da mesa redonda de vime e pedissem à cozinheira que lhes servisse sanduíches e bebidas.

Tiveram um ano para se despedir dele.

— *L'chaim!* — brindou Theo Unger quando ergueram os copos. À vida. Estava disposto a fazer o que fosse necessário para proteger as mulheres de Fritz Liebreiz.

Só depois, quando chegou à clínica e informou Kurt Landmann da morte do sogro, também ele se sentiu desprotegido. Mas o que lhe faltava? Tinha Elisabeth ao lado e os pais em Duvenstedt – o pai já não praticava medicina com o mesmo vigor de antes e esperava que Theo se encarregasse do consultório. Unger sabia que não queria ser um médico de aldeia, mas ainda não tinha se atrevido a dizer isso ao pai.

— Estamos todos montados em nosso cavalinho do carrossel, às voltas — comentou Landmann.

— E, de tanto girar, enjoamos.

— Quando será o enterro de seu sogro?

— Em dois dias — respondeu Unger, parecendo surpreso.

— Sim, nós, os judeus, somos rápidos — observou Kurt Landmann.

Abril de 1933

Henny levantou o carrinho de bebê para ultrapassar o degrau alto da loja de tecidos. Viu de soslaio o membro das SA que deu um passo à frente e tentou interceptá-la.

— A senhora sabe que este é um estabelecimento judeu?

Fitou o rosto imberbe, que lhe era familiar.

— Hoje o Führer fez um apelo para boicotar as lojas de judeus. Ninguém deve fazer compras em estabelecimentos desse povo.

A voz do jovem membro das SA tremia de importância. Foi nesse momento que Henny o reconheceu: era o filho dos Lüder.

— Deixe-me passar, Gustav. Por que essa besteira agora?

Gustav hesitou.

— Henny Godhusen — disse, embora já não o fosse havia muito tempo. Agora era Henny Lühr. Ia deixando sobrenomes para trás. Não significavam nada.

— Sua mãe sabe que você está aqui?

Gustav jogou a cabeça para trás com tamanha força que seu boné quase caiu.

— Não admito uma coisa dessas.

— Ande, deixe-me falar com Simon. Preciso de uns almofadões.

Gustav Lüder olhou ao redor: não havia nenhum membro das SA perto. Só havia lojas de judeus na Herderstraße. A seguinte pertencia a Moritz Jaffe, perto da Humboldt.

Gustav fez-lhe sinal com o queixo para que se apressasse e entrasse na loja de tecidos Simon.

— Abra a porta para eu entrar com o carrinho — pediu Henny.

O rapaz estava bastante atordoado, de maneira que fez o que ela lhe pediu.

Os Simon mal podiam acreditar que um membro das SA segurasse a porta para uma cliente entrar. Teriam tido o maior prazer em correr para ajudar Henny, mas não se atreviam a sair de trás do balcão. No entanto, Gustav já tinha desaparecido, como se pudesse se contagiar com peste bubônica naquela loja que conhecia desde pequeno.

A senhora Simon tinha os olhos chorosos e fungava quando subiu na escada para abrir a gaveta dos almofadões de linho.

— Também temos bordados — informou.

— Vou levar dois lisos. — No carrinho, Klaus se remexia, pois tinha acordado com o ocorrido na porta e tentava sentar-se.

— Daqui a pouco já não caberá mais no carrinho — comentou Simon.

Henny acenou. O menino crescia, apesar de ainda não ter um ano e meio. Na idade dele, Marike era uma mocinha. Uma vez mais, tudo caminhava depressa em sua vida: casamento, gravidez.

E agora, ainda por cima, Hitler, que saíra vitorioso nas eleições de março. Henny tinha votado no SPD, gesto que a fizera sentir uma profunda saudade de Lud. Não queria saber a quem Ernst havia dado seu voto. Esperava que tivesse no máximo ido parar no DVP, de ideologia liberal e nacionalista.

A senhora Simon embrulhou os almofadões, e Henny os pagou. O senhor Simon ficou perturbado quando lhe entregou um embrulhinho.

— É apenas um lencinho — disse —, mas do melhor algodão.

— Por quê? — quis saber Henny.

— Por ter a amabilidade de vir hoje à loja.

Henny sentiu-se corar.

— Não posso aceitar. É normal que tenha vindo, faço compras aqui há anos.

— Aceite-o como agradecimento por todos esses anos de lealdade.

— A senhora é a senhora Peters, não é? — perguntou a senhora Simon.

— Sou, mas há dois anos meu sobrenome é Lühr. O que vai acontecer com a loja?

— Este pesadelo não pode durar muito. Meu marido quer ir para a Holanda ficar com uns parentes, mas, se formos e ficarmos em Maastricht e Hitler abandonar o poder, teremos fechado a loja em vão.

— Helene — advertiu o marido, sério.

— Por mim, continuarei cliente de vocês.

Desta vez foi Helene Simon quem lhe abriu a porta. Gustav havia sumido. No entanto, as coisas não seriam assim tão fáceis em todo lugar naquele 1º de abril de 1933.

———·⁒·———

No dia anterior a seu casamento, Henny tirou o anel de granadas e o guardou no porta-joias de madeira de cerejeira. Não foi a única despedida naqueles dias, já que Ernst havia lhe confidenciado que não queria viver em Canalstraße; queria, sim, explorar novos horizontes.

Encontraram esses novos horizontes num dos prédios de cinco andares da Mundsburger Damm. Quatro cômodos espaçosos e bem iluminados no terceiro andar, com varanda na parte da frente e nos fundos. Quase da alta burguesia. Mais perto de Lina e da Finkenau – mesmo que para Ernst a escola ficasse mais longe, na Bachstraße.

Henny empurrava o carrinho e, ao passar por sua antiga casa, sentiu saudade. Em vez de viver a vida, a vida a tinha vivido, e isso depois de aos dezenove anos ter traçado um plano.

O pequenino tentou se colocar de pé no carrinho, mas o cinto o impediu; do contrário, teria caído de cara no chão.

Quisera aquele filho? Não. Mas o amava da mesma forma que amava Marike. Foi o destino que os trouxe.

Estava tudo de pernas para o ar. Käthe andava preocupada com o fato de Rudi poder ser pego no turbilhão do KPD. Mas ela não o forçara quando ainda não era tão perigoso ser comunista?

Na esquina com a Hamburgerstraße, Henny dirigiu-se para a Mordhorst a fim de comprar um bolinho para Klaus e biscoitos de massa folhada para Ernst e Marike. O pequeno esticou as mãozinhas para pegar o pacote. Tinha fome sempre, a qualquer hora do dia – para alegria de Else, que continuava a dizer que Marike era "um palito".

Em meia hora Marike regressaria da Lerchenfeld, onde acabava de iniciar o primeiro ano do ensino secundário. Não teria aulas com a tia, uma vez que Lina lecionava para o último ano.

Ernst já devia estar em casa, pois aos sábados só tinha quatro horas de aulas. Assim podia tomar conta de Klaus quando ela começasse seu turno na Finkenau. Na maioria das vezes era sua mãe que cuidava do menino, assim como já havia feito com a neta.

Dois filhos. Marido. Um apartamento grande. O trabalho familiar. A vida ia bem? Henny não sabia. Teria preferido imaginar manter sua vida afastada da política, mas isso não parecia ser possível. Henny tinha medo dos tempos que se avizinhavam.

―――――⋅⋮⋅―――――

— Quero que saiba que é muito difícil para mim, caro colega Landmann. Não é segredo para ninguém que tenho por você grande estima. No entanto, estou de mãos atadas, pois a nova lei entrou em vigor ontem.

— Vou arrumar minhas coisas imediatamente — respondeu Kurt Landmann.

O chefe levantou a mão em tom de protesto.

— Peço-lhe que fique até o fim de abril. Não é nossa intenção implementar mais depressa ainda as ideias do novo regime; além disso, temos de resolver algumas coisas por aqui.

Landmann hesitou. Para que perder tempo sob a guilhotina?

— Você mesmo propôs em novembro contratar dois colegas novos. O doutor Kolb, de Marburgo, também segue a religião de Moisés e infelizmente não poderá ser considerado candidato. O colega de Bonn pode ocupar o cargo a partir de 1º de junho.

Kurt Landmann olhou além do diretor da clínica, através da grande janela que dava para a Finkenau. Na rua, floresciam as árvores; a primavera não se sentia desgostosa.

— Talvez possamos avaliar juntos os outros candidatos antes da Semana Santa.

Landmann ergueu o olhar. Provavelmente tinham terminado os cinco minutos diplomáticos. Deveria escolher seu sucessor?

— Por acaso tem um plano B? No fim das contas, a partir de 30 de janeiro já se podiam intuir muitas coisas.

Landmann abanou a cabeça. Havia anos que considerava a situação obscura, mas nem mesmo ele pensara que, meses depois de Hitler chegar ao poder, poderia perder seu cargo de médico-chefe da Finkenau.

O diretor se levantou. Era o momento de fazer o mesmo.

Kurt Landmann apertou a mão que ele lhe estendia.

———⸪———

Theo Unger estava sentado no parapeito da janela de granito. Mudar de ares, ocupar outros locais, adiantaria para lidar com uma desgraça? Sentia como se o elevado peitoril lhe permitisse ter uma perspectiva diferente do ocorrido, um ponto de vista que não teria na cadeira diante da mesa de Landmann. Lembrou que Elisabeth passara metade da noite apoiada no aquecedor da sala de estar quando recebeu a notícia da doença fatal do pai.

— Lei para a reabilitação da função pública — disse Landmann, como se murmurasse uma fórmula para destilar veneno.

— Essas palavras ocultam um ato infame — opinou Unger.

— Como você sabe, eu não acreditei que as coisas estavam assim tão ruins.

— O que você está pensando em fazer?

Landmann deu de ombros.

Unger espreguiçou-se no parapeito da janela.

— Essa lei se aplica aos médicos com consultório próprio? — indagou.

— Ainda não. Apenas para as clínicas.

— Eu o veria como médico de província em Duvenstedt.

Kurt Landmann fitou-o, surpreso.

— Sabe que meu pai está ficando sem forças e gostaria que eu trabalhasse com ele no consultório? Mas tomei a firme decisão de não o fazer.

— E você acha que nos tempos que vivemos seu pai estará disposto a colocar no consultório um médico judeu e apresentá-lo aos pacientes?

O importante era não demonstrar a menor hesitação. Se bem que naquele exato momento passou pela cabeça de Unger que já havia sido otimista demais no que dizia respeito ao entusiasmo com que os pais aceitariam uma nora judia. No entanto, tudo tinha corrido bem, e seus pais nutriam um afeto sincero por Elisabeth.

— Se for capaz de se imaginar lá, falarei com ele. Claro que talvez você prefira ir para o exterior, para Zurique ou Viena.

— Vou fazer cinquenta e um anos e começo a me tornar muito recluso — respondeu Landmann. — Já não sinto tanta vontade de viajar.

— Nesse caso, vou falar com meu pai — replicou Unger.

Käthe não esperava outra coisa. Em vez do alfinete da Associação de Parteiras da Alemanha, agora era o distintivo do partido que adornava a blusa de Hildegard Dunkhase. Desde que esta chegara, três anos antes, o ambiente não tinha melhorado. Eram poucos os que não se importavam de trabalhar com ela, mas, desde que Hitler arrebanhara o povo, Dunkhase estava no auge.

Na sala das enfermeiras, distribuía panfletos em nome da Organização de Parteiras Alemãs do Reich, que, depois da unificação forçada das associações de profissionais, era a única organização do ramo e anunciava cursos teóricos sobre hereditariedade e sobre noções de raça.

Desde a tomada de poder, em janeiro, a parteira Dunkhase fizera de conta que o doutor Landmann não existia, embora agora risse dos rumores de sua demissão que circulavam pelos corredores e pelas salas da clínica.

— Fico muito satisfeita por ele não poder mais tocar num bebê alemão — afirmou, e no último momento Henny agarrou com força a mão de Käthe, que se preparava para se levantar e dar-lhe um soco bem dado.

Não lhe passou despercebida a expressão de triunfo no rosto de Dunkhase.

— Você corre perigo, Käthe — advertiu Henny quando ficaram a sós em frente aos armários. — Já está na mira dela. Desde o incêndio do Reichstag, andam loucos.

— O que não posso é ficar calada.

— Dunkhase vai cortá-la em pedacinhos, temperar com sal e pimenta e devorá-la no café da manhã assim que você der motivo.

— Esta noite Rudi recebeu novas instruções de Moscou. Todo mundo está tentando derrubar Hitler. Não vai durar muito tempo.

Henny levou o indicador aos lábios, como se as paredes tivessem ouvidos.

— Colocam papéis debaixo de sua porta? — perguntou, em voz baixa.

— Ele escuta a Rádio Moscou. Eles dão instruções codificadas. Depois, fazem e distribuem os panfletos — sussurrou Käthe. — Na Stadthaus já se infligem torturas medonhas, tanto que os comerciantes da Neuer Wall se queixam dos gritos.

Henny não queria saber como Käthe estava a par de tudo aquilo. Na verdade, queria que a amiga se calasse, como se, dessa maneira, os horrores deixassem de existir.

— Venha nos visitar um dia destes — propôs Käthe. — Assim, poderemos falar abertamente. Na sua casa não sou bem recebida. Quando penso em como nos dávamos bem, você e eu, Rudi e Lud...

Era uma pena que na maioria das vezes as pessoas não se dessem conta do quanto haviam sido felizes até ser tarde demais.

— O que vai acontecer aqui a partir de agora, sem Landmann? — perguntou Käthe. Ela sempre contara com a proteção dele, e esse não seria o único motivo para sentir falta dele. Ela perdia uma alma gêmea.

— E causaram problemas na Friedländer? — quis saber Henny.

— Você acha que vão ter de fechar as portas e que Rudi perderá o emprego?

— Por ora, está tudo bem. Ficou bravo de terem proibido o *Hamburger Echo*. Afinal, foi lá que aprendeu o ofício.

— Que tempos horríveis são estes em que resolvi trazer Klaus ao mundo? Talvez tenha sido você que fez bem em não ter filhos.

— Vou lhe contar um segredo, Henny, mas não diga nada a ninguém. — Käthe virou-se e fitou a amiga nos olhos. — Não posso ter filhos. Por culpa de uma abortadeira.

Ela havia guardado segredo por catorze anos e, de repente, sentia necessidade de dividi-lo. Como se se visse na obrigação de se abrir.

— Você recorreu aos serviços de uma abortadeira? Quando?

— Depois de ir para a cama com o Rudi pela primeira vez. No entusiasmo, não tomamos precauções. Logo depois, ele começou a usar *Fromms*. Podia tê-los poupado, mas eu só soube mais tarde, quando decidimos ter um filho. Rudi não sabe de nada.

— Foi Landmann que a examinou?

Käthe negou com a cabeça.

— Fui a outro local.

Henny lembrou-se da consulta na Emilienstraße e do diafragma que escondera de Lud. Nesse aspecto, tratava-se de um poder recém-adquirido pelas mulheres. O poder implicava de maneira inevitável o abuso?

— Rudi não teria me perdoado por ter abortado — garantiu Käthe —, por me livrar de um filho nosso. Teria desejado se casar comigo assim que soubesse da gravidez.

— Você devia contar a ele.

A amiga inclinou a cabeça.

— Você também não contou a verdade nua e crua a Lud.

— E você não imagina como minha consciência pesa por causa disso — respondeu Henny.

A porta abriu-se, e Hildegard Dunkhase reparou nos rostos tensos das duas.

— Vocês vão ter motivos de sobra para ficar com essa cara — comentou. — E de você, senhora Odefey, também acabaremos nos livrando.

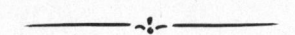

Louise conteve a respiração.

— Não foi por minha culpa, certo? — perguntou quando, por fim, recuperou o fôlego.

— E por que seria por culpa sua?

— Porque agora sou pária.

— Besteira. Isso não tem nada com você — assegurou Lina.

— Há pouco tempo, um dos contrarregras me disse que parecia judia — contou Louise. — Por isso, não se iluda se pensa que vivo aqui em mistério com minha namorada loura.

— Você é a cara de seu pai.

— Aí é que você vê como tudo isso é descabido. Por que vai abandonar a Lerchenfeld?

Agora foi Lina quem respirou fundo.

— A nova lei só permite que deem aulas em escolas de educação secundária funcionários com formação universitária. Infelizmente, frequentei apenas o magistério superior de professoras. A medida afeta metade do corpo docente.

— Em setembro vai fazer três anos que você entrou lá.

— E de repente chegam os nazistas e promulgam novas leis.

Louise sentou-se no sofá coral, cruzou os braços e apoiou o queixo nas mãos. Era a postura que adotava quando refletia.

— Posso tentar voltar para a Telemannschule. Ou para a Lichtwark-schule. Mas não serei a única a tentar. No fim das contas, essa lei não afeta apenas a Lerchenfeld.

— E se fôssemos para Londres? Pode ser que Hugh e Tom tenham alguma coisa para nós na editora deles.

— Você pinta a realidade mais bonita e mais fácil do que ela é. Além disso, você está feliz no Thalia.

— Sabe-se lá por quanto tempo. Nos círculos de artistas são muitos os que estão emigrando.

Lina meneou a cabeça. Emigrar não era opção. O que tinha ali significava muito para ela: Henny, Marike e Klaus – sua família. Aquele apartamento com vista para o canal, no qual podia se dar ao luxo de morar. E Louise ainda não estava em perigo, pois um de seus pais era ariano. Com que naturalidade lhe vinha à cabeça aquela palavra estúpida.

— Convidei Kurt para vir aqui na Quinta-Feira Santa — disse Louise. — Pensei que seria um bom dia para estarmos juntos. Jesus se reúne com os discípulos para cear e tudo o mais.

— Mas não sei se a Última Ceia será um bom presságio.

— Besteira. Vou comprar coisas deliciosas para comer e beber.

— Ele está muito abatido?

— Você conhece Kurt. Ele ri de tudo.

— E sua mãe? Você acha que está em segurança?

— Assim espero. Tem meu pai. — A voz de Louise soou áspera. Era teatro do absurdo.

Tantos coelhinhos e ovos coloridos que Guste queria esconder para a Páscoa no jardim; havia comprado as guloseimas na confeitaria da Eppendorfer Baumstraße. Havia ali duas velhas judias que continuavam a ser incomodadas pelos membros das SS plantados à frente da loja desde o 1º de abril. Era incrível que deixassem as pessoas com medo. Bunge sempre defendera a generosidade, em todos os sentidos, pois, sem ser assim, não havia alternativa a não ser a pessoa fechar-se em si mesma, certo? Por outro lado, o mundo havia perdido seu atrativo.

Guste dava uma ajuda, como sempre, mas sem chamar a atenção do novo regime. Em comparação com essa gente, o *kaiser* era um homem do mundo, e muitas das coisas que se consideravam antiquadas teriam sido bastante úteis naqueles dias.

Nos fundos, no quarto menor da casa, vivia um jovem que ganhara a antipatia dos cavalheiros camisas pardas em Berlim, mas que não passava de uma criança.

— Guste, Guste — alertou Bunge —, vamos pensar se isso ainda não vai nos custar o pescoço, como aconteceu com o pobre Marinus, o holandês que foi acusado pelo incêndio do Reichstag, apesar de não restar dúvida de que eram outras as mãos que se haviam sujado.

Carl Christian Bunge comeu vários ovinhos de chocolate que Guste guardava no aparador de carvalho da sala de jantar; teria tempo de repô-los, afinal a Páscoa era só no domingo seguinte. Os recheados de licor eram os melhores.

Compraria para Ida um grande ovo pralinê no Hübner, na Neuer Wall. A filha continuava não colocando os pés no chão e, ao que tudo indicava, ela e Campmann não partilhavam a mesa nem a cama. Seu querido genro prosperava cada vez mais. Ele e a minhoca, em contrapartida, sempre foram bem realistas.

Caramba. Aquele ovo crocante era uma delícia. No dia seguinte, iria sem falta à loja da Eppendorfer Baum para que ninguém percebesse aquele ato de gula durante o período da Quaresma. Depois, podia visitar Momme na livraria Heymann, para que o jovem tivesse certeza de seu prazer em zelar por ele. Benfeitor, patriarca, sentia-se bem nesses papéis, ainda que não tivesse dinheiro, uma vez que a verdadeira chefe continuava a ser Guste, matriarca cuja beleza nenhum pintor jamais conseguiria reproduzir.

Será que Ida pensava que ele imprimia dinheiro? Campmann não entendia como a mulher podia gastar tanto. Talvez encarasse isso como uma forma de compensação pela amante que ele tinha, da mesma maneira que outras mulheres exigiam joias e peles. Ida queria dinheiro vivo, "*apanage*".

A princípio, pensou que o entregava às escondidas ao arruinado Bunge, mas, ao que parecia, este vivia sobretudo à custa da dona da pensão. O disco que produzira estava no móvel do gramofone que possuíam – tinha caído no esquecimento, assim como tudo o que o sogro havia empreendido depois da guerra.

Campmann, que aguardava na plataforma cinco da estação central, consultou o relógio. Acabavam de anunciar que o trem chegaria com dois minutos de atraso. Quando, a partir do mês seguinte, começasse a circular com regularidade o Fliegender Hamburger, o trajeto desde a estação Lehrter duraria apenas cento e quarenta e dois minutos, e Joan demoraria menos a estar com ele.

Na noite anterior, Ida o acompanhara a um jantar de gala no hotel Vier Jahreszeiten. Fazia-o sempre que no convite explicitava "Friedrich Campmann e senhora". Ida adorava a alta sociedade e, sem dúvida, dava mais importância a essas aparições esporádicas que à presença em cozinhas humildes e às trocas de fraldas. Claro que também as esposas de outros banqueiros e mandachuvas da economia desempenhavam atos de beneficência. Se Ida queria dar banho em bebês, que o fizesse: manter as aparências era uma coisa boa. Vários cavalheiros já haviam falado com ele a esse respeito.

Foi anunciada a chegada do trem vindo de Berlim, e logo em seguida Joan saiu do vagão-restaurante. Era ali que costumava se sentar, não no compartimento – capricho seu. No entanto, seus caprichos continuavam a deslumbrá-lo mesmo passados três anos, embora a ânsia de Joan por se divertir, em especial nos clubes noturnos concentrados ao redor da Reeperbahnstraße, começasse a cansá-lo. Os novos e puritanos avisos de que a nudez e, consequentemente, a prostituição só podiam ocorrer na clandestinidade eram pura hipocrisia.

Na noite anterior, um dos armadores lhe dera um endereço para *striptease* de verdade. Não aquele jogo absurdo em que era preciso pescar do corpo da dançarina umas cartas dotadas de pequenos ímãs até que a mulher ficasse nua.

No entanto, pediu primeiro uma mesa num dos compartimentos reservados da ostraria Cölln's. Joan adorava ostras. Já tinha ouvido que as mulheres apreciavam ostras, e era provável que tivessem lido em alguma revista que o elevado teor de albumina ajudava a manter a pele resplandecente. Caso contrário, dificilmente se explicaria tamanha paixão por aqueles moluscos viscosos. Ele, por sua vez, preferia caviar.

Naquela noite esperava com impaciência poder deleitar-se com seu prato preferido no Cölln's: o lombo com cebolinhas e batatas salteadas. Essa refeição lhe daria forças, que viriam a calhar para as noites que passaria no hotel Jacob, na Elbchaussee. Bem longe da Hofweg e da Jungfernstieg.

Depois, Joan iria despi-lo e chamá-lo de "meu adorado nazista". Seu alemão havia piorado desde que Hitler subira ao poder. Talvez quisesse se distanciar.

Ah, ali estava ela, irresistível com aquele vestido justo. Campmann cumprimentou-a e levou a mão à aba do chapéu branco que sobressaía.

Ida pegou a nota de cem marcos nova em folha que à tarde, debaixo do nariz de Campmann, tinha colocado no bolso do casaco de malha quase sem cerimônia e guardado na caixinha de ferro que ela mesma comprara *ex professo* e escondera no canto do fundo de seu amplo guarda-roupas de modo a vigiar sua crescente fortuna.

A nota era de um valor mais alto que o habitual. Talvez por causa dos elogios que ela recebera na noite anterior no Vier Jahreszeiten.

Ou porque a prostituta americana chegaria a Hamburgo e ele a tinha informado de que passaria duas noites fora de casa.

Ida não pretendia abandonar Campmann e deixar o caminho livre para a americana. Aguentaria até ter juntado dinheiro suficiente para se dar ao luxo de viver bem sozinha.

Não tinha pressa nenhuma desde aquele dia de setembro, depois de ter feito vinte e nove anos, quando viu Tian na Große Reichenstraße com outra mulher nos braços. Àquela altura, passou-lhe pela cabeça que o pequeno elefante negro não tinha sido presente dele... mas Campmann não tinha tanta imaginação para lhe pregar uma peça tão perversa. Ling? Teria sido ela quem lhe enviara o animalzinho de jade? Por que faria algo assim? A irmã de Tian sem dúvida estava satisfeita por Ida ter desaparecido da vida do irmão.

Ao sair para o corredor, ouviu a voz de Mia e da senhora Laboe na cozinha. No Domingo de Ramos, Mia tinha ido a Wischhafen e estava entusiasmada com a impressão que lhe havia causado o cunhado, marido de Lene, chefe do grupo do local.

— Nunca pensei que Uwe seria alguém na vida. — A voz de Mia deixava transparecer quanto se sentia orgulhosa desse parentesco. — Fritz teve sorte. Em um ano poderá se juntar aos recrutas e também será um deles.

A senhora Laboe mostrou-se bastante prudente, a ponto de não tecer nenhum comentário. Ida piscou-lhe quando entrou na cozinha.

— Já soube do meu cunhado? — perguntou Mia, na mesma hora.

— O suficiente — respondeu Ida, que, dito isso, sentou-se à mesa da cozinha.

— Aceita um pouco de carne assada? Acabo de tirá-la do forno. Ia agora mesmo cortá-la. O molho tártaro, preparo num instante — ofereceu a senhora Laboe.

Ida balançou a cabeça.

— Por que para mim ninguém pergunta nada? — resmungou Mia.

Ida queria ter notícias de Käthe, mas sem que Mia ouvisse, porque, depois, a palerma logo contaria tudo ao chefe do grupo local. Ali, em sua cozinha, encontravam-se os extremos alemães.

— O senhor Campmann vai almoçar aqui hoje? — perguntou Anna.

— Não. Partiu numa viagem de negócios.

Mia fitou-a com uma expressão maliciosa. Ida não sabia por que continuava a suportá-la. Talvez por força do hábito.

— Que se preparem muitos para ter medo, todos os que sempre olharam para Uwe de cima — comentou Mia. — Os que diziam que só servia para limpar estábulos.

A senhora Laboe colocou na mesa um prato com fatias de bolo de manteiga. Talvez quisesse que Mia calasse a boca, e esta olhou para Ida por um instante, pegou um pedaço de bolo e comeu-o fazendo barulho.

— As ratazanas abandonam o barco que afunda — observou Anna Laboe.

Ida fitou-a, surpresa.

— Mas, antes, se erguerá uma onda monumental — acrescentou Anna.

Ida pensou que a cozinheira sabia muito mais coisas que ela. A senhora Laboe era uma mulher extraordinária.

Mia continuou a comer ruidosamente, sem compreender nenhuma palavra.

Ao que tudo indicava, a despedida da grande casa da Klosterstern fora fácil para a sogra, o que deixou Unger intrigado. No entanto, agora achava uma feliz coincidência que tivesse sido coerente e liquidado tudo depois da morte de Fritz Liebreiz.

Grande parte dos bens de que ainda dispunham tinha sido transferida para o nome de Elisabeth, mas Ruth havia se adiantado à lei sobre divisas promulgada pelo presidente da República,

Hindenburg, e pôde mandar dinheiro para Inglaterra. O desejo de Liebreiz de que a mulher pudesse viver com a irmã Betty tinha se realizado.

Unger também se sentia aliviado. Grato por tudo. A conversa com seu pai estava iminente: era preciso empregar Landmann.

No entanto, foi tudo mais fácil do que pensava; embora a mãe tivesse dito "Que importância tem para você essa doutrina?", ele partiu do princípio de que ela não estava falando sério. Lotte tinha uma veia sarcástica, e, nesse sentido, sem dúvida cairia nas boas graças de Kurt Landmann.

Seus pais tinham visto Landmann no dia de seu casamento com Elisabeth, mas quase não se lembravam dele, pois a casa da Klosterstern estava cheia de gente.

— Traga-o aqui — decidiu o pai. — Sei reconhecer um bom médico, confie no meu faro.

Tudo correu às mil maravilhas no consultório do pai; Lotte e ele, que aguardavam na recepção, ouviram as gargalhadas.

Os dois saíram da sala se dando tapinhas nas costas, como se tivessem estudado juntos em Heidelberg. Unger levou Landmann de volta à cidade no Mercedes 170 de Elisabeth.

— Como foi a conversa?

— Vamos nos dar bem — garantiu Landmann. — Embora o sonho de seu pai fosse você ocupar aquele consultório e sua mulher viver na casa do lado com três filhos.

— Todos temos direito a sonhar — respondeu Theo.

— Por que você não quis trabalhar com ele?

— Porque acho que faço diferença na Finkenau.

— Foi o que pensei.

— Desculpe — lamentou-se Theo Unger.

— Antes, não sabia que a clínica era minha vida.

— Você me convida para tomar um conhaque? Com vista para a figura negra de Maetzel e as banhistas de Hopf?

— É claro.

— A vida continua — disse Unger.

— Com certeza — replicou Kurt Landmann.

---·:·---

— Não se mexa — pediu Ernst, focando-a com a *Agfa Box*.
"Fim de semana de sol, no bosque, só você e eu."
Não. Sozinhos não estavam. Else levava pela mão Klaus, que tentava dar os primeiros passos. Marike apanhava pinhas. Henny dobrou o vestido que usara havia sete anos num jardim da Johnsallee. Azul-marinho com bolinhas brancas e gola branca.
— Você está muito bonita — disse Ernst.
Sexta-Feira Santa. Tanto Ernst como Henny tinham o dia livre. Por que não antecipar as alegrias da Páscoa?
— Depois vamos ao restaurante Waldesruh, na margem do lago Mühlenteich, comer cordeiro assado — propôs Ernst.
Henny olhou para Marike, cujo rosto entristeceu. Ainda comiam porcos, apesar de também serem fofinhos, mas cordeiros continuavam a ser tabu.
— Na Sexta-Feira Santa come-se peixe — objetou Else.
A *Agfa Box* deixou escapar um clique. Inúmeras fotos com o rebordo recortado. Ernst as colaria no álbum de recordações. Desfrutava dos novos tempos. Enfim voltava a haver estabilidade. A democracia não tinha gerado nada de bom à Alemanha.
— Posso dormir na casa do Thies na segunda-feira de Páscoa? — perguntou Marike.
— Nem pensar — responderam, em uníssono, Ernst e Else.
— Por que não? — perguntou Henny.
A menina olhou para a mãe, esperançosa.
— Porque não. E já para a cama — replicou Ernst.
— Mais tarde falamos sobre isso — retrucou Henny, apanhando para Marike uma pinha especialmente bonita.
— Por enquanto, é Sexta-Feira Santa — retorquiu Ernst, olhando para a sogra. — Então, comeremos truta no Waldesruh. — Colocou Klaus, que começava a choramingar, no carrinho de vime.

— Dodói na perna — disse Klaus.

— Podemos entrar com o menino no estabelecimento? — perguntou Else.

— Trouxe a história do coelhinho da Páscoa — comentou Henny.

Deram meia-volta e caminharam na direção do lago. O musgo amortecia seus passos e, de repente, Ernst levantou o braço fazendo sinal para que ficassem quietos.

— Ali à frente há uma corça — murmurou, entre dentes.

A câmara fez clique de novo, mas a corça havia saído correndo.

O panfleto número dez. Comemorativo. Ninguém viu o sorriso atormentado que Rudi esboçou. Parou de girar a manivela do copiógrafo e apurou o ouvido. Não, no apartamento não se ouvia nada.

O medo era constante. Por que fazia aquilo? De vez em quando imaginava ter prometido isso ao moribundo Hans, mas, naquele domingo, não trocaram uma única palavra. Da boca de Fahnenstich só saía sangue.

Nesse dia, havia impresso uma centena de panfletos número dez. Pouquíssimos, que chegariam, então, a um pequeno grupo. Se tivesse à disposição as impressoras da Friedländer, podia ter enchido de panfletos a cidade de Hamburgo, mas o ateliê de litografia e tipografia judeu já estava sob vigilância das autoridades.

Em casa, seu estado de espírito estava em conformidade com a Sexta-Feira Santa, apesar do sol que entrava pelas janelas. Käthe estava na clínica, seu turno coincidia com o do doutor Landmann. Não podia acreditar que o médico não lhe jogasse na cara as migalhas que lhe davam.

Rudi embrulhou o copiógrafo na capa do acolchoado e deixou-o no cesto de roupa suja. Por cima, colocou as velhas mantas que encontrou no porão da tipografia. A chave do sótão continuava na mesa da cozinha. Colocou-a no bolso da calça e pegou o grande cesto de vime.

Era sorte que morassem no quarto andar, pois apenas uma escada os separava do sótão. Assim que saiu, a porta da casa ao lado se abriu. O vizinho, um senhor simpático que conheciam havia anos, se preparava para seu passeio diário, com o chapéu e a bengala na mão.

— Olha só, senhor Odefey. Vocês estão arrumando as coisas? Minha mulher passou o dia inteiro limpando, como se a Sexta-Feira Santa fosse dia para isso. Para ela, sexta-feira é dia de limpezas e ponto-final.

— Minha mulher também estava fazendo uma limpeza, mas agora quer que eu vá ao sótão.

— Pois bem. As mulheres sempre inventando alguma coisa para fazermos.

Pôs o chapéu e começou a descer a escada.

Será que ele havia percebido que no cesto, debaixo das mantas, havia um objeto volumoso? Besteira. Rudi subiu os estreitos degraus; a escada era pouco melhor que a de um galinheiro. Não era fácil manter o equilíbrio com o cesto pesado em mãos, e o ruído de passos que se ouvia no térreo não contribuía para sua estabilidade.

Se a polícia secreta arrombasse a porta de sua casa naquele momento, encontraria uma lata vermelha de especiarias e condimentos de Hermann Laue e, lá dentro, uma centena de panfletos. Nem sequer tinha fechado a tampa.

Ele e Karl tinham encontrado a lata no apartamento de Grit. Rudi não se lembrava de alguma vez a ter visto. Quando a mãe havia comprado especiarias e condimentos? A lata estava vazia, com exceção de umas travessas e uns laços que Rudi tinha imensa dificuldade em imaginar Grit usando.

Lá embaixo ouviram-se gargalhadas. A polícia secreta não ria, pois revistar um apartamento não era o momento ideal para fazer piadas. Rudi abriu a porta do sótão e empurrou o cesto até o fundo, no espaço que lhe fora atribuído.

— Pensem no sofrimento de Nosso Senhor — ouviu dizer a porteira, com voz estridente, quando ele desceu a escada. — Deviam ter vergonha, estando as coisas como estão.

Rudi subiu no parapeito e viu que lá embaixo estavam os gêmeos do primeiro andar com uma terceira criança.

— Já para a rua, fazer penitência.

Rudi entrou em casa e serviu-se uma aguardente.

Tian estava debruçado na janela, vendo os fiéis entrarem na sinagoga, como sempre no *sabá*. No momento, não parecia haver nada diferente, mas ali, naquele bairro, reinava um desassossego maior que na Große Reichenstraße ou na Rödingsmarkt, onde sobretudo nas fábricas se percebia certa insurreição.

— Toma café da manhã comigo?

Virou-se para a irmã, que havia posto a mesa para dois. A chaleira no fogareiro; um prato de porcelana com pão torrado.

— Você chegou tarde — comentou Ling.

— Fiquei um pouco mais no escritório e vim a pé. A brisa estava agradável.

Tian sentou-se e pegou uma fatia de pão. Ling e ele já não seguiam a dieta cantonesa, que, de manhã, costumava ser com pãezinhos cozidos no vapor. Tinham mudado de hábitos anos antes, quando se instalaram no apartamento da Grindelhofstraße. Todavia, continuavam a ingerir grandes quantidades de chá, apesar de ambos se dedicarem ao comércio do café.

Ling estivera noiva, mas anulara o compromisso. Agora, viviam como um casal de velhos; ele em breve completaria trinta e dois anos, e ela já tinha trinta. Na China, país de seus pais e seus antepassados, teriam sido considerados "excedentes" havia muito tempo, flores secas.

— Eu tinha esperanças de que você tivesse encontrado uma mulher.

Tian sorriu.

— Pare de se preocupar com isso. — Muito embora Ling gostasse de sua independência, não parava de tentar arranjar-lhe uma namorada. Havia feito uma última tentativa com Traute, funcionária da Kollmorgen que o idolatrava desde o primeiro dia.

Tian se lembrou com desagrado do dia em que Traute se lançou em seus braços e lhe suplicou que a amasse. Não foi fácil para nenhum dos dois continuarem se vendo na fábrica; contudo, com o desemprego em alta, não quis pedir a Traute que fosse embora.

— Eu imploro que você não volte a tramar nada como aquilo que fez com Traute — pediu enquanto passava geleia de laranja no pão.

— Isso foi há muitos anos — objetou Ling.

— Gosto de viver com você.

Ling balançou a cabeça.

— Você ainda ama Ida.

— Não — interrompeu-a Tian.

— Por que você nega com tanta veemência?

Tian colocou o pão no prato. Teria Ida andado a sua procura, sem o encontrar, depois de seu vigésimo nono aniversário?

Era só ter ido à fábrica de Kollmorgen, se ele fosse importante para ela. Achou que a comoveria com o pequeno elefante. Teria ela se transformado numa pessoa dura e ele, em um sentimental?

Ling suspirou fundo.

— Coma. Você está magro.

Tian pegou a fatia de pão e segurou-a sem mordê-la. Não, não voltaria a tentar aproximar-se de Ida, mesmo que o magoasse que o pequeno elefante negro não a fizesse procurá-lo.

"Algumas coisas são como um sopro morno, outras, como um vento frio." Às vezes Tian recorria a Lao Tsé, filósofo de seus antepassados.

Era questão de sobrevivência. Tudo.

———·!·———

Landmann tomava a sopa de lentilhas diretamente na panela. Não tinha disposição para pôr a mesa, colocar um prato, o guardanapo com o debrum e uma das colheres de prata que herdara da mãe.

A sopa fora preparada pela empregada, era isso que ela fazia aos sábados. Não tinha dúvida de que seria leal, porque era uma boa mulher e porque lhe pagava mais que o habitual em Hamburgo.

Esperava sentir-se em segurança ainda durante bastante tempo em casa. Tinha combinado com o pai de Unger ficar em Duvenstedt durante a semana, no quarto que fora de Theo e do irmão.

O quadro de Okke Hermann era sua aquisição mais recente. Não era o melhor da coleção, mas os contornos das dunas altas faziam-lhe lembrar *Mulheres de Nidden*, de Agnes Miegel. Ao contemplar a tela, veio-lhe à mente o volume vermelho-claro de baladas que Oda lia durante os dias que passaram em Westerholz, e depois as recordações o derrubaram, tal como as dunas fizeram às mulheres de Nidden. Oda lendo a balada para ele, as tardes de verão junto ao mar Báltico.

Quatro semanas depois, a guerra eclodiu, e não voltaram a se ver. Como se Oda tivesse evaporado.

Certa vez estivera no apartamento da Bremer Reihe, pouco depois de ter se instalado, em 1912. Acabara de conseguir seu primeiro emprego em St. George, no hospital Lohmühlenkrankenhaus.

Kurt Landmann pôs a panela na pilha de louça; mais tarde trataria de lavá-la. O mais importante era não se deixar levar pela brusca modificação em sua vida. O fato de comer na panela devia ser exceção.

A partir de maio, exerceria as funções de médico de província em Duvenstedt. Estava grato a Theo e seu pai. A mãe do amigo, ao que parecia, ainda o olhava com certo ceticismo, mas a casa do médico era grande, então não incomodavam uns aos outros. Teria preferido regressar a seu apartamento no fim da tarde, mas o pai de Theo se preocupava sobretudo com as noites. Nas zonas rurais de Walddörfer, as pessoas não hesitavam em bater-lhe à porta às duas da madrugada ou telefonar e tirá-lo da cama.

Ao longo de todos aqueles anos, ele guardara a fotografia de Oda no diário que carregou durante a guerra. A foto e o diário acompanharam-no em todos os *fronts*.

Havia outra foto: Oda e ele sentados na praia, numa cadeira de vime, sorrindo para o fotógrafo, que percorria com a câmara aquele lugar nas margens do fiorde de Flensburg.

Landmann olhou o relógio. Tinha a sensação de que o tempo passava devagar, pois ainda faltavam dez horas para começar a trabalhar. Estava radiante por substituir Theo naquele Domingo de Páscoa, e faltavam apenas catorze dias para 1º de maio.

———————— ~¡~ ————————

— Deu-me todo o dinheiro que tinha na cafeteira — contou Jacki.
— É seu esconderijo. Antes, deixava-o assim, sem mais nem menos, no armário da cozinha, atrás do açúcar, mas meu pai descobriu. Não consegue evitar; quando tem dinheiro, gasta tudo nas tabernas.

— Guarde o dinheiro — respondeu Guste Kimrath. — Deixo você ficar no quartinho de graça. — Contemplou o jovem que a mãe havia acordado no meio da noite para lhe dizer que fosse embora, para bem longe dali. — É mesmo verdade que aqui as pessoas estão mais seguras que em Berlim? A polícia secreta já veio aqui.

Jacki tinha quinze anos. Com a camisa apertada e o cabelo louro desgrenhado, ela lhe daria menos idade.

— Não distribuí panfletos aqui.
— Foi minha mãe que me mandou — disse Jacki ao bater à porta. Sua fama de apanhar o que o mar atirava na praia teria chegado a Berlim? Naquele momento não se deteve em aprofundar o assunto. — Minha mãe trabalha como costureira no teatro Volksbühne. Foi lá que falaram de você, que não recusa ninguém em apuros.

Guste assentiu. As pessoas do teatro estavam sempre entrando e saindo de sua casa.

— E ela sabe que você chegou aqui são e salvo?

Jacki negou com a cabeça.

— A senhora poderia telefonar para o teatro? Eu não me atrevi, pois conhecem minha voz.

Guste levantou-se com dificuldade do sofá no pequeno sótão. Estava completamente afundado, precisava comprar outro.

— Você tem o número?

Jacki foi até a pasta, o único volume que tinha consigo. Provavelmente era a mesma que outrora levara para a escola.

Guste pegou o papel com o número de quatro algarismos pertencente ao teatro da praça Bülowplatz.

— Sendo Páscoa, não creio que haja alguém lá — argumentou.

— Não, não no camarim.

— Ah, você está aqui — disse Bunge, ofegante por ter subido a escada até o sótão. — Há dois guardas lá embaixo. Momme está tentando entretê-los, mas eles querem falar com você, Guste.

— E você sobe aqui para trazê-los diretamente ao Jacki?

— Não creio que o assunto tenha relação com ele; nesse caso, não teriam vindo eles, mas a polícia secreta.

Guste conhecia o mais velho dos guardas, que parecia perturbado.

— Sinto muito, senhora Kimrath, mas nos informaram que o livro de registro não está em ordem. Temos de verificá-lo.

— Com prazer, cavalheiros. Imagino que a informação seja anônima. A concorrência é feroz e gosta de colocar obstáculos.

Se me permitir dar uma olhada...

Guste tirou o livro de trás do balcão e apontou para uma das poltronas de veludo da entrada.

— Sente-se.

O homem seguiu seu ritmo, como se saboreasse cada nome que lia.

— Entre seus hóspedes há judeus?

— Não é proibido, que eu saiba.

— Não, claro que não. — Entregou-lhe o livro e levantou-se. — Não me leve a mal — acrescentou. — Vamos dar mais uma volta. Temos coisas melhores para fazer na Páscoa.

A porta de folha dupla da sala de estar abriu-se, e Bunge surgiu com um cestinho em mãos. Guste presumiu que estivera o tempo todo atrás da porta.

— Permitam-me que vos ofereça um ovo de chocolate para adoçar vosso trabalho.

— Não vamos considerar isso um suborno — replicou o mais velho, que já tinha a mão estendida quando olhou para o colega, que fez uma expressão de desagrado. — Sinto muito — desculpou-se, encolhendo a mão.

— Procure não dar nenhum passo em falso, senhora Kimrath — aconselhou o mais jovem. — Saiba que tem fama de hospedar gente muito peculiar.

Depois de dizerem por duas vezes "*Heil, Hitler*", saíram da pensão.

Novembro de 1933

Foram às quatro da madrugada. A pistola no coldre de couro, na mão um cassetete. A polícia municipal de Hamburgo fazia o trabalho sujo da polícia secreta.

Käthe e Rudi levantaram-se num pulo da cama e pegaram a roupa quando tocaram a campainha com insistência. Käthe estava de combinação enquanto eles reviravam os armários, esvaziavam gavetas, atiravam caixas no chão de modo a abri-las e ver o que continham.

Rudi estava completamente mudo, mas Käthe berrava a plenos pulmões. O que estavam procurando? O que queriam? *O copiógrafo,* pensou Rudi. Käthe não sabia que estava no sótão, supunha que a oficina se situasse no porão da gráfica Friedländer.

No entanto, não perguntaram sobre o sótão.

Käthe não percebia por que Rudi tinha de repente vestido o sobretudo, por que o arrancaram de casa aos empurrões tão cedo naquela madrugada chuvosa de novembro. Virou-se para ela, mas não lhes permitiram que se abraçassem, que se despedissem.

A porta dos vizinhos se abriu. O senhor simpático que morava ao lado havia doze anos fez um gesto afirmativo com a cabeça ao ver Rudi. Por que assentia? Não era para cumprimentá-lo.

No início do ano tinha-se realizado um desfile com lanternas. Por que ninguém se insurgia contra aquele regime tirânico? Senhores simpáticos que assentiam.

Käthe correu para a janela. Rudi levantou a cabeça, fitou-a e fez menção de erguer a mão para se despedir, mas um dos homens deu-lhe um forte empurrão que quase o derrubou.

Käthe tremia da cabeça aos pés quando vestiu a saia e a camisola. Sentou-se à escrivaninha, que mais parecia ter sido estripada, e desatou a chorar. Para onde levavam Rudi? Para a infame Stadthaus, na Neuer Wall? Talvez regressasse no mesmo dia. A frase ressoava-lhe na mente. Pelo menos arrumaria as coisas da escrivaninha, o santuário do marido.

Haviam vasculhado tudo com brutalidade, mas não com minúcia. Na gaveta do fundo estava o pacotinho, embrulhado num pedaço de papel de jornal do *Hamburger Echo*, que deixou de ser publicado em março.

O alfinete de gravata do pai que Rudi não conhecera.

Talvez devessem ter ido embora antes, pensou Käthe, que nunca tinha considerado isso até aquele momento. Talvez para a Dinamarca ou para a Suécia... Pelo alfinete poderiam conseguir bastante dinheiro. Mas sair do país e deixar seus pais para trás?

Käthe começou a arrumar a bagunça. Só entraria no trabalho dali a três horas. Quem dera Landmann continuasse na Finkenau.

— "Parabéns pra você" — cantaram Henny, Ernst e Marike, embora Klaus fosse perfeitamente indiferente a essa canção.

Era seu segundo aniversário. Ofereceram-lhe livros ilustrados, um jogo de construção com inúmeras colunas e atlantes e um tambor, que era o que mais incomodava Else. Mesmo sem ele, cada vez era mais sensível ao ruído, por isso naquela manhã de aniversário não estava lá. Chegaria mais tarde.

Henny estava de folga – feliz coincidência que se havia verificado, nenhuma contrariedade. Na clínica, tinham mudado muitas coisas, e o médico de Bonn era um chefe difícil, que de uma hora para a outra passava da leveza jovial à intransigência e à repreensão. Eram poucos os que não lamentavam a ausência do doutor Landmann.

Ernst saiu de casa; voltaria à tarde, à hora do lanche. Marike se despediu, ia para a escola.

Unger telefonou. *Não podia ser algo bom*, pensou Henny. Teria de trabalhar, no fim das contas?

— Käthe está comigo — informou. — Nesta madrugada prenderam o marido dela.

Henny pôs o aniversariante no carrinho e dirigiu-se o mais depressa que pôde para a Finkenau. Esqueceu completamente que Else logo chegaria com um bolo. Rudi, seu querido Rudi. A chuva fina que caía desferiu o golpe de misericórdia em seu estado de espírito.

Empurrando o carrinho, passou na frente da parteira Dunkhase, que, ao que tudo indicava, já estava a par do que afligia Käthe. Também deixou para trás o doutor Aldenhoven, o médico de Bonn.

— Não há registro de que esteja escalada para este turno, senhora Lühr. Menos ainda com um carrinho de bebê — disse, ríspida.

Não lhe agradou que ela entrasse no consultório do doutor Unger sem bater. Achava duvidosa a familiaridade que existia entre o colega e as parteiras Lülu e Odefey. Para Aldenhoven, a hierarquia era importante.

— Quer que eu a substitua? — perguntou Henny ao mesmo tempo que abraçava Käthe. — Assim, pode ir até a Stadthaus.

Ir à procura de Rudi. Era isso que Käthe queria fazer. Aceitou agradecida a oferta de Henny. Só esperava que Klaus ficasse com a avó.

— Cale-se, por favor — pediu Henny a Else, que tinha a certeza de que aconteceria algo parecido com Käthe desde aquele aniversário de Henny, pouco depois do fim da guerra.

— As coisas que disse do *kaiser* e da pátria — comentou Else Godhusen. — Sempre se metendo em confusão. É evidente que Hitler não pode se dar ao luxo de deixar passar um deslize dos comunistas.

— Tenho de ir. Obrigada pela ajuda.

— Ai, pobrezinho do Klaus — disse Else. — Não era assim que esperávamos passar seu aniversário. O bolo também está triste.

— Podem saboreá-lo quando Ernst e Marike chegarem. Na despensa há batatas gratinadas para o almoço, é só colocá-las no forno.

Henny já segurava a maçaneta.

— É sorte que você tenha um marido sensato — acrescentou Else.

Contudo, Henny já não ouvia. Desceu a escada correndo e saiu para a Mundsburger Damm.

— Quem brinca com o fogo se queima — disse Else para o neto, colocando-o diante do jogo de construção.

———-·:-———

Käthe foi obrigada a esperar uma hora até que a informassem de que o preso Odefey não estava na central da polícia secreta, a Stadthaus. Ao que parecia, tinha-se livrado dos porões onde se executavam torturas.

— Vá procurá-lo no Kola-Fu — disse-lhe um homem que parecia um agente da polícia comum. — Pode levar-lhe alguma roupa, pois a que vestia não deve estar limpa.

Será que o teriam arrastado pela lama?

Käthe foi para casa e encheu uma sacola: uma troca de roupa, um casaco de malha quente, sabão, escova de dentes. Eram tão poucas as esperanças que colocou lá dentro o livro de poesia, que continuava aberto em cima da mesinha de cabeceira de Rudi.

"Uma pequena canção." Marie von Ebner-Eschenbach.

O centro de detenção policial de Fuhlsbüttel, detrás de cujos muros se erigia o Kola-Fu, campo de concentração. Käthe aproximou-se da entrada. A construção, com as duas torres e os tijolos vermelhos, sequer lhe pareceu ameaçadora.

Em contrapartida, o soldado das SS que pegou a sacola e a esvaziou em cima de uma mesa negra a deixou com muito medo. O homem assobiou ao ver o volume de poesia de Ebner-Eschenbach, sacudiu-o e deslizou os dedos pelas páginas como se o livro fosse um folioscópio. Não encontrou nenhuma mensagem oculta. Jogou o livro a seus pés.

— Leve também o casaco, pois aqui não se mima ninguém — declarou, com rispidez, atirando-lhe também a peça de roupa.

— Posso falar com meu marido?

A gargalhada ainda ressoava nos ouvidos de Käthe quando voltou a entrar no metrô, com a sacola de compras no colo, com o casaco de malha, o livro de poesia e a roupa íntima, que lhe foi entregue depois de lhe terem ordenado que esperasse: a camiseta e a cueca que Rudi vestira às pressas às quatro da madrugada. Manchadas de sangue.

Käthe continuava sem demonstrar grande interesse na poesia que Rudi lia, mas se sentou à mesa da cozinha e leu duas estrofes curtas. Achava que devia isso ao marido.

Uma pequena canção. O que tem
para que possamos amá-la?
De que é feita? Diz!

É feita de um pouco de som,
sons e palavras reconfortantes
e toda a alma de alguém.

Rudi procurava refúgio num mundo são. Käthe fechou o livro e deixou que lhe escorressem as lágrimas. Considerou o poema uma declaração de amor.

———⁃⁞⁃———

— Conspiração para cometer alta traição — contou na cozinha dos pais.

— Mas encontraram alguma coisa em sua casa? — perguntou Henny, que estava lá, não na própria casa, onde dentro de pouco tempo comeriam sanduíche para comemorar o aniversário de Klaus. Estava pensando nos panfletos de que Käthe lhe falara na primavera. O que sabiam os senhores Laboe?

— Nada — respondeu Käthe —, não encontraram nada.

— Você fala como se isso lhe causasse estranheza — comentou a mãe. — Filha, o que eles procuravam? Em que vocês estão metidos? Proibiram o KPD desde que o Reichstag pegou fogo.

— Annsche, não creio que você queira saber o que fazem seus filhos — disse Karl. — E é melhor que não saiba, senão também virão buscá-la.

Anna Laboe olhou para o marido.

— E você, o que sabe? — perguntou-lhe.

— Só precisei somar dois mais dois. Rudi não abandonou a coisa dos panfletos só porque em Berlim ardeu.

— Se não encontraram nada, vão ter de libertá-lo — argumentou Henny. — Procure um advogado, Käthe. Talvez Unger possa lhe recomendar algum. Com certeza há recursos legais.

Käthe fitou-a como se ela fosse de outro planeta.

— Aqui, a única coisa que há é ilegalidade! — vociferou.

Era esse o Estado em que Ernst acreditava? A estabilidade?

— É melhor eu ir para casa — desculpou-se Henny. Seu turno terminara havia duas horas. Disso tanto Ernst como Else sabiam.

Quando se dirigiu para o corredor a fim de vestir o casaco, Käthe foi atrás dela. Henny queria dizer a ela a qualquer custo, pois era importante para ela: "Conte comigo sempre que precisar". Quando Lud era vivo, teria dito com a maior naturalidade do mundo.

— Obrigada por me substituir de manhã — disse Käthe. — E por tudo.

— Pode contar comigo sempre que precisar.

— Você também acha que Rudi em breve estará de volta, certo? — perguntou Käthe, apoiando a cabeça no ombro da amiga.

— Claro que sim — assegurou Henny, acariciando-lhe o cabelo.

— Com tanta lágrima, vou molhar seu casaco.

— Adoro você.

— Eu também — respondeu Käthe, afastando-se. — Ande, vá encontrar as crianças e Ernst.

Henny saiu e olhou para as janelas escuras do segundo andar da casa da esquina, a casa dos pais, onde tinha morado quando pequena.

Agora, na cozinha de Henny, Else estaria preparando as travessas com sanduíches. Não só os de salsicha; Henny tinha comprado presunto da Vestfália, queijo suíço autêntico e, para Ernst, enguia. Com a faca afiada, Else cortaria no sentido do comprimento, em leque, os pequenos picles e colocaria as cebolinhas no meio dos sanduíches, como se fossem pérolas. Era assim que fazia quando a filha era criança.

Naquele instante, Henny agradeceu pelo curto trajeto que tinha de percorrer até chegar em casa, por poder deixar para trás o desespero que aquele dia lhe causara.

— Posso saber onde você esteve? — perguntou Else assim que a avistou no corredor.

— Você não ia sair do trabalho às quatro? — retrucou Ernst. — São seis e meia.

Henny não respondeu às censuras, tampouco se desculpou: pegou na mãozinha que lhe estendia Klaus, inquieto, para conduzi-lo à sala de estar, diante de uma alta torre de blocos de madeira que logo em seguida o pequenino derrubou.

— De novo não, Klaus — queixou-se Ernst. — Não derrube a torre.

Mas, ao que parecia, o que o menino queria rir.

— Bom, então podemos comer — anunciou Else, indo à cozinha buscar as travessas. Picles em conserva cortados em leque. Cebolinhas dispostas como pérolas. — Abra a cerveja de seu marido.

— Vou te pegar! Vou te pegar! — exclamou Ernst, agarrando o filho, que dava gritos de alegria, a fim de sentá-lo no cadeirão.

Marike estava sentada à mesa, calada. Teriam falado sobre a prisão de Rudi? Na frente das crianças? Marike gostava dele.

— Imagino que você estivesse na casa de Käthe — arriscou-se a dizer Else.

— Isto é um aniversário — interveio Ernst, servindo a cerveja num copo. — Às mães. Aos filhos.

— Na verdade, até me cairia bem uma taça de vinho — disse Else —, para festejar o dia.

— Desculpe, devia ter lembrado. — Ernst arrastou a cadeira. — Tenho de descer à adega.

— Não quero incomodar — afirmou Else, mas Ernst já tinha fechado a porta ao sair. — E agora, me diga, o que aconteceu ao Rudi? É lógico que queremos saber.

Marike endireitou-se e olhou para Henny.

— Levaram-no para Fuhlsbüttel.

— Para a prisão central? — replicou Else.

— Para um campo de prisioneiros políticos que construíram lá.

— Vão fazer alguma coisa com ele? — questionou Marike, curiosa.

— Esperamos que volte para perto de Käthe em breve.

Else estalou a língua – seria em sinal de incredulidade ou porque ouvira a porta?

— Caramba, você é rápido — comentou, dirigindo-se a Ernst. — A escada é enorme.

Ele se sentiu lisonjeado, mas estava sem fôlego. Sacou a rolha e foi buscar duas taças na cristaleira.

— Brindemos de novo. — Ernst levantou o copo de cerveja, que já quase não tinha espuma. Parecia aborrecido. — O que as senhoras acham de colocarmos uma música? — Levantou-se. Era o orgulhoso proprietário de um gramofone. "Liebling, mein Herz lässt dich grüssen", começaram a cantar Lilian Harvey e Willy Fritsch.

Em seguida, foi à cozinha buscar outra cerveja.

Só quando já estavam na cama foi que perguntou por Käthe e Rudi, e Henny sentiu-se aliviada ao constatar que na voz dele não havia censura nem malícia.

Sentada na borda da banheira, Louise via a pastilha de folhas de abeto se dissolver. A água tingiu-se de verde.

— O banho está quase pronto — anunciou, em voz alta o suficiente para que Lina, que estava no quarto ao lado, a ouvisse.

Lina entrou e enfiou a mão na água.

— Temperatura excelente. Você devia trabalhar como preparadora de banho, e talvez, eu também.

— Preparadora de banho? Talvez num bordel. Você tem uma ideia completamente equivocada dos preparadores de banho. O que fazem não é preparar banhos verdes, mas ficar na beira da piscina tocando apitos estridentes.

Lina tirou o penhoar e entrou na água.

— Ontem bebemos demais — observou. — Kurt não parava de encher os copos.

— O álcool mitiga a dor.

— Você não teve a impressão de que as coisas vão bem em Duvenstedt?

— Sim. Só que não faz o estilo dele. Você quer um aperitivo de arenque e picles? É bom para a ressaca.

— Não temos — objetou Lina, mergulhando mais ainda na água verde. — Você está se referindo ao fato de que ele nunca quis ser médico de aldeia?

— E de ter junto dele um simpático médico de idade que o controla o tempo todo.

— Não creio que Unger pai consiga manter-se longe.

— Espero que os nazistas não proíbam os médicos judeus de exercer a medicina.

Lina suspirou e inclinou a cabeça para trás até sentir a porcelana na nuca. O que seria de todos eles? Em seu caso ainda não tinha acontecido nada pior a não ser deixar de dar aulas no liceu. Havia outros em situação muito pior.

Dorothea Bernstein, colega sua, viu-se obrigada a abandonar a escola por ser judia e, com quarenta anos, tinha-lhe sido imposta uma aposentadoria forçada e não remunerada.

— Você parece triste — comentou Louise. — Quer que eu entre na banheira também?

— Você acha que vai adiantar? — Lina sorriu.

Era domingo, ouviam-se os sinos da vizinha igreja de Santa Gertrudes, e ali estava ela, na banheira. Levavam uma vida dissoluta naqueles tempos sombrios.

— Na sexta-feira que vem são as eleições para o Reichstag — disse.

— Eu não pretendo ir — declarou Louise, tirando a camisa. — Vá mais para lá. — Entrou na banheira e formou umas ondas na água.

— Você acha que pode não ir?

— Não acredito que nos prendam por isso. Em todo caso, não se trata de referendo. A saída da Sociedade das Nações é um fato, e que isso seja decidido por voto popular é hipocrisia. Além do mais, você pode escolher entre NSDAP e NSDAP.

— Pode ser até que examinem as listas para descobrir quem não votou.

— Você é medrosa.

"Cagona" – por que lhe veio à mente essa palavra? Não era assim que o pai se referia a Lud? Lud teria se saído bem na Nagel & Kämp, que era uma empresa de arianos, e não sofreria represálias.

— Gema de ovo com molho inglês, pimenta e sal — disse Louise.

— Como?

— É isso que meu querido pai toma quando está de ressaca. Temos ovos frescos e molho também. Comprei para os pastéis folhados.

— Nesse caso, estamos salvas — respondeu Lina.

— Talvez devêssemos ir juntas para a Inglaterra.

— O que uma professora alemã faria lá?

— Quer dizer que você se sente bem na nova escola?

— Também defendem a pedagogia reformista.

— Até agora. — Louise começou a se mexer dentro da água, que já não estava muito quente. Saiu da banheira e enrolou-se na toalha que tinha as iniciais da mãe de Lina.

— E eu? — perguntou ela.
— Não está muito molhada.
— Pode-se ver que você é mesmo filha única.
— Menina dos olhos lilás, saia da banheira e venha comigo para a cama.
— Só depois que você preparar esses ovos milagrosos — respondeu Lina.
Quem imaginaria que as coisas seriam assim?

———————— ·!· ————————

Kurt Landmann contemplava a Bremer Reihe pela janela. A neblina envolvia as casas da frente. Talvez devesse ir à tarde para Duvenstedt; sua presença era necessária lá às sete da manhã do dia seguinte, e não podia se dar ao luxo de que o mau tempo o impedisse.

"O judeu", chamavam-lhe as pessoas, mas o respeitavam, pois sabiam que era bom médico. E com Unger pai ele se dava bem. *Sorte*, pensou Landmann, tinha tido sorte.

Quando não havia ninguém na sala de espera, Theodor Unger pai desaparecia com o jornal *Fremdenblatt* e a revista *Reclams Universum* – no jardim se o tempo estivesse bom e na salinha no inverno. As visitas aos domicílios agora eram responsabilidade de Landmann, que ia de bicicleta. Talvez por ter imaginado que a vida o expulsaria da cidade grande, adotara uma atitude consideravelmente mais desprendida no que dizia respeito a obter carteira de habilitação.

"Aí vem o médico novo pedalando", era isso que dizia o velho Harms, seu paciente preferido, em quem aplicava uma injeção de insulina todos os dias. Àquela altura, Kurt Landmann já era o rei dos pedais.

Afastou-se da janela e decidiu ficar em casa. Desde que o outono chegara, as tardes eram tristes em Duvenstedt. Lotte Unger convidava-o para ir até a salinha, mas ele não queria importuná-los e ficava no que antes era o quarto dos rapazes, no sótão, onde ainda estavam pendurados os diplomas emoldurados das competições de hipismo de que Claas, irmão mais novo de Theo, havia participado.

Lotte era uma mulher prática, coisa que ele apreciava. Às galinhas e aos coelhos, havia acrescentado uma horta na primavera, sacrificando em seu favor os últimos canteiros.

— As coisas não vão nada bem com aquele homem — confidenciou a Landmann, referindo-se a Hitler.

No entanto, Unger pai mostrava-se muito mais otimista com relação à paz e à estabilidade no novo regime.

Landmann entrou na cozinha, tirou as taças já lavadas do escorredor e levou-as para a cristaleira em estilo Biedermeier, também herdada da casa de sua mãe. Tinham bebido no dia anterior, sobretudo Louise e ele... Lina, como sempre, fora mais comedida.

O quadro de Okke Hermann estava torto. Ele o havia tirado da parede no dia anterior para que as mulheres pudessem vê-lo bem. Provavelmente, quando o devolveu ao devido local, não era capaz de ficar como devia.

Louise tinha virado a tela das dunas e soltado um gritinho.

— Que título mais alegre — comentou.

Landmann não fazia ideia de que título seria. Para ele, o que havia comprado do galerista era *Mulheres de Nidden*.

Lina leu o título e balançou levemente a cabeça.

— Olha que não gosto nada, Kurt. Como você compra um quadro que se intitula *A morte*?

Passou-lhe pela cabeça *O grito*, de Edvard Munch. Talvez a artista tivesse se inspirado no colega.

— Nem sabia que se chamava assim. Só o comprei porque me fez lembrar alguma coisa.

— Conte — incentivou Louise, aproximando-se dele.

Mas nem mesmo naquela noite estava bêbado a ponto de falar às duas mulheres sobre Oda.

Elisabeth tinha ouvido os boatos que circulavam sobre o ator Hans Otto. Dizia-se que o tinham obrigado a saltar de uma janela do terceiro andar da Vosstraße, onde ficava a sede berlinense do NSDAP.

Estremeceu quando passou pela rua e viu a grande insígnia na fachada. "Um povo, um Führer, um sim." Os nazistas haviam conseguido com sua única lista negra. Tranquilizava-a saber que poderia partir para Inglaterra com a mãe e com Betty quando quisesse. Mas e Theo?

Para ir até a estação Lehrter, pegou um táxi; com o Fliegender Hamburger estaria em casa em duas horas e meia. Sentia-se satisfeita por deixar Berlim por uns tempos.

Em janeiro, tinha assistido à estreia de *Fausto II* no Teatro Nacional. Naquela ocasião, Hans Otto dividiu o palco com Gründgens e Werner Krauss; agora estava gravemente ferido e era provável que morresse porque, depois de ter sido despedido do teatro, tornou-se comunista. Tinha trinta e três anos. Tantos quanto o novo século, dois a mais que ela. Estava tudo de pernas para o ar. Fora uma boa ideia renunciar ao bebê.

Elisabeth não sabia o que seria de sua carreira profissional. A *Die Dame* e o *Vossische Zeitung* continuavam satisfeitos com seus textos, mas nas redações ocorreram muitas mudanças, gente de confiança tinha sido despedida, ninguém sabia quanto tempo mais a editora Ullstein aguentaria. A espada de Dâmocles da arianização pendia sobre eles – e sobre muitos outros.

Entrou na primeira classe e, quando se preparava para se acomodar, outro passageiro levantou-se num gesto de cortesia. Em seguida, concentrou-se no jornal que estava lendo: *La Stampa*. Pouco depois de deixar para trás a cidade de Ludwigslust, colocou o jornal de lado e pôs-se a contemplar a paisagem através da janela. Começava a escurecer.

Só então se deu conta de como era imprudente deixar à mostra o livro de Erich Maria Remarque que estava lendo. Mas saberia um italiano que *O caminho do regresso* era um dos títulos que tinham queimado em maio em Berlim, na Opernplatz, e em outros lugares, porque romancistas e obras foram denunciados pelos novos governantes? Afinal, Mussolini era aliado de Hitler. Talvez o atraente cavalheiro à frente estivesse a seu serviço.

Era provável que esse lhe tivesse lido o pensamento, uma vez que sorriu para ela.

— Já li *A oeste nada de novo*. Esse que a senhora está lendo ainda não conheço — observou, num alemão perfeito, mas com um forte sotaque.

— É uma espécie de continuação — comentou Elisabeth.

— O autor já não é bem-visto. Fiquei sabendo que, na estreia do filme, o senhor Goebbels mandou soltar ratos brancos no cinema.

— O senhor está muito bem informado.

— Meu nome é Garuti, sou assessor cultural.

Então era verdade, estava mesmo a seu serviço. Elisabeth sentiu que corava um pouco.

— Mas não sou espião nem delator.

— Isso nem me passou pela cabeça.

Quantos anos teria? Cinquenta e poucos? No farto cabelo encaracolado, assomavam já os primeiros fios brancos. Em todo caso, era bastante provável que já se dedicasse à diplomacia antes da tomada de poder por Mussolini.

Quando chegaram a Hamburgo, deu-lhe seu cartão de visita: 'Dott. A. A. Garuti". Só na plataforma, quando ele se despediu e se afastou apressadamente, foi que Elisabeth percebeu que não tinha lhe dito como se chamava.

— Um homem alemão, não se podia pedir nada melhor — afirmou o doutor Aldenhoven, mostrando à mãe exausta o recém-nascido, que se contorcia nos braços de Henny.

— Não lhe falta nada?

— Por que havia de lhe faltar alguma coisa?

Aldenhoven deixou escapar sua gargalhada jovial, que sempre fazia Henny estremecer.

— Vamos, senhora Lühr, parece que está nervosa — comentou o médico. — Tem todos os dedinhos das mãos e dos pés e um pênis magnífico.

Mas ainda não levanta o braço para fazer a saudação alemã, pensou Henny. No dia anterior, Unger tinha-lhe mostrado um livro que acabava de ser lançado: *Manual para obstetras e parteiras*. O bochechudo bebê da capa tinha o braço direito erguido.

— Como vai se chamar? — quis saber Aldenhoven.

— Heiner.

— Também é um nome germânico. Não se podem chamar todos Adolf ou Hermann. — Voltou a soltar sua estrondosa gargalhada.

Na medida do possível, Henny cedia a Käthe os turnos com Unger e com Geerts. Desde que a parteira-chefe ficara doente e suas ausências eram cada vez mais frequentes, era ela quem se ocupava de escalá-los, e suas funções cada vez se aproximavam mais das de uma parteira-chefe. Käthe estava a passar um mau bocado na clínica desde que Dunkhase contara a todos que o marido dela estava detido no campo de concentração de Fuhlsbüttel.

Aldenhoven era um bom médico, mas seguia a corrente dos novos tempos, mesmo que carecesse da infâmia da parteira Dunkhase.

De Rudi, nada se sabia. Käthe tivera autorização para lhe levar mudas de roupa duas vezes. A que levara consigo para casa novamente estava manchada de sangue.

— Hão de tratá-lo devidamente — afirmou Ernst. — Se for inocente, isso ficará provado.

Ele parecia acreditar nisso, mas Henny não.

— Coloque um sorriso no rosto, pois logo será Natal — disse Else. — Você tem dois filhos, precisa se mostrar feliz.

Mas antes chegou o Dia de Finados, e Henny foi com Marike ao cemitério de Ohlsdorf depositar uns ramos de abeto no túmulo de Lud. Marike fez um desenho para ele que a chuva já tinha desbotado quando chegaram ao portão principal. A filha de Lud havia desenhado o irmãozinho, Henny e ela.

No dia seguinte ao Dia de Finados, Henny combinou de encontrar Ida, mas esta tinha outras coisas na cabeça e não sofria por Käthe nem pela Alemanha: Ida estava apaixonada.

— Tem mãos divinas — elogiou Ida.

— E o que faz com elas? — perguntou Henny.

Ida dirigiu-lhe um longo olhar de desaprovação.

— Toca piano no Vier Jahreszeiten — respondeu.

Para Henny, aquilo soava como coisa de gigolô, mas estava sendo injusta com o pianista que só tocava em salas de concertos.

"*Acontece apenas uma vez, uma única vez, talvez não seja mais que um sonho, algo assim só pode suceder uma vez na vida, talvez amanhã tenha terminado.*"

Tanto o autor como o compositor da canção já tinham emigrado, mas nem Ida, nem Henny, nem ninguém tinha conhecimento disso no Vier Jahreszeiten.

— Não sabia que o conhecia.

— Eu o frequentava com Campmann.

— Mas é evidente que desta vez você estava sem Campmann. Ou será que ele gosta de ser testemunha de suas aventuras?

— Você se tornou uma mulher triste ao lado de Lühr.

Henny olhou para as mãos e para a grossa aliança. Talvez fosse verdade.

— Conte-me o que se passa no mundo — pediu.

Ida não percebeu a ironia. Falou-lhe com o entusiasmo de quem tem uma paixão secreta e pode, por fim, desabafar com alguém.

"*Apenas durante um instante nos ilumina uma luz dourada do paraíso.*"

— Tocou a peça até o fim e depois levantou-se e veio até minha mesa — contou Ida.

— E depois?

— Fez uma cortesia e deu-me seu cartão. Disse que infelizmente não podia sentar-se comigo, porque a direção não gostava.

— E então você telefonou para ele?

— Nem imagina o quanto estava sedenta. Jef é lindo de morrer e facilitou-me a vida. É belga.

Aquilo era uma explicação?

— Não me parece nada bom. O que você fez do pequeno elefante e do Tian? Exponha a situação ao Campmann de uma vez por todas.

— Você esqueceu que vi outra nos braços do Tian?

— Perdoe-lhe. Há anos vocês dois estão afastados. O homem não ia se lamentar a vida toda.

— Você quer que eu vá atrás dele?

— Alguma vez você fez algo por seu grande amor?

A conversa foi subindo de tom. Ainda bem que Mia tinha saído e Campmann não estava em casa. Naquela tarde, quando se separaram, sentiam-se esgotadas e tristes.

Henny foi em direção à Hofweg e seguiu pela Papenhuder até chegar à Mundsburger Damm. Não escolheu o caminho mais curto para ir para casa, pois talvez também quisesse se esquivar de uma ou outra verdade.

———⋅⋅⋅———

— O que estão fazendo com os judeus não está certo — declarou o velho Harms. Baixou a manga da camisa depois de Landmann ter colocado um pequeno curativo no ponto onde lhe aplicara a injeção.

— É verdade — concordou Landmann —, não está certo.

— Se numa noite dessas quiser tomar cerveja com cúmel, venha me visitar. O velho doutor já não está para aguardentes.

Por que Landmann se lembrou naquele momento do cúmel *Helbing*, com que tantos anos antes havia entupido o jovem Unger? Talvez Henny Lühr, naquela época Godhusen, fosse a mulher adequada para Theo.

— Se é um convite, não vou recusar.

— Quando o senhor quiser, doutor, quando o senhor quiser. Desde que minha mulher faleceu, as tardes na aldeia são solitárias, e a casa é grande demais.

— Sim, eu sei — replicou Kurt Landmann —, as tardes são solitárias.

— Nós dois nos entendemos, doutor, embora o senhor seja judeu.

— É bem verdade, nós nos entendemos. — Landmann se divertia. O velho, com sua franqueza, o fazia se sentir bem, e ele não se sentia assim havia muito tempo.

Talvez as coisas continuassem correndo bem durante um tempo e o deixassem exercer sua profissão naquela aldeia, entre prados e velhas casas de campo. Hamburgo e a Stadthaus, inclusive Fuhlsbüttel, pareciam muito longe.

No galinheiro as galinhas ciscavam, na coelheira dormiam os coelhos e no verão havia feijão-verde, que colhiam na mata, além de chicória, frisada e lisa, para saladas.

Quando voltou, diante da porta do consultório estava parado o *Dixi* verde de Louise.

— Só queria saber como você está. Lina está preocupada.

— E você não? — Landmann sorriu.

— Você é como eu, não se dá por vencido — respondeu Louise.

— Você já era descarada quando nasceu.

— Besteira. Vamos dar uma volta.

Landmann consultou o relógio: faltava uma hora para começar as consultas. Louise parecia ter algum problema.

— Seus pais estão bem? — perguntou-lhe, já no carro.

— Por enquanto. Mas não sei mais nada.

Conduziam através da forte chuva. Ainda bem que o *Dixi* tinha capota.

— O que aconteceu? — indagou Landmann.

— No teatro, sugeriram-me que fosse embora — contou Louise.

Continuariam em frente, até o amargo fim.

— Você pensa que é como eu — gritou Landmann, quando o carro fez a curva —, dos que não se dão por vencidos!

Depois, entrou no consultório para cortar um furúnculo e examinar uma língua inflamada.

---·:·---

O pianista de Ida tocou uma canção que acabava de ser cantada pela primeira vez num clube de Harlem: "Stormy Weather". Tocou "Smoke Gets in Your Eyes", de Jerome Kern, e "Isn't It a Pity", dos irmãos Gershwin. Com essas músicas arranjou problemas, uma vez que no salão da lareira havia cavalheiros do novo regime, não com o uniforme marrom, que não era bem-visto no elegante estabelecimento. No entanto, pediram ao pianista de Ida que voltasse às canções alemãs.

Quando Ida entrou no Vier Jahreszeiten, ele já não estava. De um dia para o outro.

— Um compromisso em Amsterdã — informou-a o recepcionista, com pesar.

Ele também gostava dos sons que saíam do salão, mas o jovem pianista não se mostrou disposto a modificar o repertório e ceder aos desejos dos nazistas.

"Algo assim só pode suceder uma vez na vida, e o que acabou está acabado."

Ida sentou-se no salão da lareira, com decoração natalina, e tirou as luvas de cor clara.

— Permita-me levar seu casaco para o cabideiro, senhora.

Deixou que lhe levassem o casaco de camurça forrado de pele e pediu de imediato uma salada de lagosta e um xerez. De maneira geral, só bebia chá, mas, naquele momento, precisava de algo mais forte.

Ao piano, estava um rapaz que tocava "Adieu, mein kleiner Gardeoffizier". O compositor, Robert Stolz, era bem-visto.

Ida bebeu o xerez depressa demais e sentiu que para ela nada dava certo, nem sequer manter um amante por mais de duas semanas. Campmann já estava havia três anos com a amante dele.

Teria cortado em tiras a roupa de Joan com uma tesoura afiada, caso tivesse acesso ao guarda-roupa dela. Sofreu um acesso de ira. Com que devassidão Campmann e a americana se entregavam à paixão.

Certo domingo, sentou-se para tomar café da manhã com um robe de seda novo e contou a Ida, em tom de satisfação, que fora Joan quem lhe havia dado, que o tinha comprado no Saks Fifth Avenue, e que ela não só tinha bom gosto como também dinheiro. Sim, estava desfrutando de sua vingança pelos anos de desamor passados.

Ida fez sinal para que lhe servissem outro xerez.

Uma situação degradante: continuar dividindo a mesa com ele, embora não dividissem a cama havia muito tempo; ouvir a voz daquela mulher ao telefone, a dizer que queria falar com Campmann; sentir o perfume dela; encontrar seus cabelos escuros no colarinho das camisas dele. No entanto, para Ida, era mais insuportável ainda a ideia de que a americana pudesse morar ali, em seu lugar, e viver no andar nobre.

Se aquela mulher se decidisse entre o Velho e o Novo Mundo e voltasse para a Filadélfia, para Nova York ou para onde quisesse naquele grande continente, Ida pediria o divórcio imediatamente.

Contudo, tinha de esperar Joan se distanciar. Ainda não tinha dinheiro suficiente na caixinha, e Campmann se tornara mesquinho com o *apanage* agora que já não agia às escondidas.

Uma senhora fez-lhe sinal numa mesa vizinha. Não era a esposa do cavalheiro que trabalhava na Câmara do Comércio? Ida não tinha amiga de seu nível social, e isso era algo que talvez devesse mudar.

A estratégia que seguia com Campmann prejudicava sua relação com Henny. Luxo em vez de liberdade. Henny chamara-lhe "vileza de sentimentos" e, pior ainda, não se mostrara compreensiva quando Ida renunciou à tarefa de cuidar dos bebês.

Continuava deslocada, explicou.

Algo pequeno demais para a princesinha, replicou Henny.

Isso significava que Ida abandonava toda a esperança. Será que Henny não era sensível a suas preocupações?

No dia seguinte ao Dia de Finados, Henny chamou Ida de egocêntrica, e esta chamou Ernst de pequeno-burguês detestável. Desde então, não se falavam – e ainda demorariam um tempo para fazer as pazes.

Ida comeu a salada tão depressa quanto bebeu o xerez, que lhe subiu à cabeça.

Quanta saudade sentia de Jef. De suas mãos, que também a tocavam de maneira magnífica. Sentia muita vontade de ser desejada. Jovem e de um tom rosa-madrepérola. Da cabeça aos pés.

Rudi voltou para casa numa sexta-feira, dois dias antes do primeiro domingo do Advento. Tinha a cabeça raspada e não conseguia se aquecer. Käthe deu graças por estar em casa quando ele chegou. Enrolou-o em cobertores e deitou-o no sofá onde Hans Fahnenstich estivera deitado.

Colocou mais lenha na lareira e deu-lhe chá quente com mel. Apesar de tudo, ele continuava a sentir frio, muito frio. Landmann passou por lá à tarde e viu marcas de tortura. Deixou pomada, comprimidos para dores do corpo e da alma, e uma garrafa de conhaque. Henny levou-lhe canja de galinha, mas nada aquecia Rudi. Tinha o frio e a umidade de novembro e a crueldade de seus torturadores entranhados no corpo.

À noite, refugiou-se nos braços de Käthe e quase não dormiu; quando o fez, sobressaltava-se, e seus arquejos pareciam gritos abafados. Käthe pediu que lhe contasse o que lhe tinham feito para assim libertar-se desse peso, até que ele concordou.

— Vamos embora da Alemanha — propôs ela.

— E seus pais? — perguntou Rudi. — Já têm certa idade.

— Ainda temos o alfinete de gravata.

— Será nossa garantia quando as coisas piorarem.

Quão mais feias poderiam ficar?

Maio de 1938

— Uma exposição requer muita preparação — explicou Garuti, sorrindo para Elisabeth, que tinha ido com o marido ao Museu de Arte e Ofícios. — Daquela vez, naquele trem, não me disse como se chamava; isto é uma tremenda sorte, *signora*.

Sim, era mesmo. Era sorte o fato de as discriminações serem suportáveis para Elisabeth Unger mesmo com as leis para a proteção do sangue e da honra alemães, em vigor desde setembro de 1935. Theo Unger a protegia com esse "casamento misto". Como ela se sentia grata pelo fato de o pai já não ser vivo para ver as Leis de Nuremberg e de a mãe estar na Inglaterra com Betty. Havia algum tempo Elisabeth pensava em emigrar, mas ainda não tinha tomado nenhuma decisão. Agora, estava na exposição de cerâmica italiana que seria inaugurada naquela tarde, contemplando jarros e pratos, mosaicos e relevos de seiscentos anos antes, e o cavalheiro do trem tinha o cabelo grisalho.

A esposa do diretor da clínica era a curadora da exposição, portanto sua visita era obrigatória para o médico-chefe, o doutor Unger.

— Como fico satisfeita por terem vindo — afirmou a mulher do diretor, sorrindo um pouco mais para Theo Unger que para Elisabeth. Talvez concedesse tratamento preferencial aos homens.

Garuti pegou uma taça da bandeja que lhe ofereceram.

— Brindem comigo a este reencontro. Trata-se de um vinho simples, dos Abruzos, mas muito *abboccato*. Neste momento, não me recordo de como se diz esta palavra em alemão. — Ofereceu uma taça a Elisabeth e outra a Unger antes de tirar uma para ele. — *Salute* — disse, dirigindo a Elisabeth um olhar de adoração, coisa que não incomodou Unger. O italiano parecia-lhe encantador. — Suave ao paladar — acrescentou Garuti. — Essas eram as palavras que procurava.

— É verdade — concordou Theo Unger. — Conheceu minha mulher no trem, não foi isso?

— Entre Berlim e Hamburgo. Mas os anos não passaram para a *signora*; eu, porém, me transformei num ancião de cabelos brancos.

— Vem a Hamburgo com frequência?

— Infelizmente, não. Só para esta exposição. Trabalho para a embaixada de Berlim.

Unger teria gostado de perguntar por que falava um alemão quase perfeito, mas o mais provável é que soasse indelicado. Devia ser normal num assessor cultural que residia em Berlim, e já no trem Garuti tinha demonstrado saber ler pensamentos.

— Estudei numa universidade alemã — esclareceu —, uma eternidade atrás. Amo seu país e as mulheres daqui.

— Gostaria que viesse jantar conosco — convidou-o Elisabeth.

— É uma pena, uma verdadeira pena, mas tenho de regressar a Berlim amanhã — desculpou-se Garuti. — No entanto, desta vez não perderemos contato — disse, olhando para Theo Unger. Garuti tinha boas maneiras.

Unger estava muito satisfeito por aquele homem idolatrar Elisabeth daquela maneira. Ao longo dos últimos anos, tivera de ceder em inúmeros aspectos. A editora Ullstein tinha sido arianizada, a *Die Dame* era publicada agora na Deutscher Verlag e não aceitava escritores que não fossem arianos. O segundo cliente de Elisabeth, o *Vossische Zeitung*, tinha fechado as portas, por decisão própria, em março de 1934, por motivos políticos. "Em nosso entender, a atividade de um jornal como o *Vossische Zeitung* terminou", comunicara a redação aos leitores. Elisabeth agora escrevia textos para os catálogos de moda da Robinsohn, na Neuer Wallstraße.

Até quando a Robinsohn continuaria existindo? Havia acontecido coisas muito piores que as que Kurt Landmann previra em seus sombrios prognósticos.

Kurt e ele encontravam-se nos domingos em que não trabalhavam. Tinham planejado um pequeno passeio campestre no Mercedes de Elisabeth.

— No verde mês de maio — disse Landmann —, aproveitemos ao máximo a ocasião.

Garuti dedicou a Elisabeth um último e longo olhar quando se despediram. O italiano de cabelo branco ainda tinha um olhar fogoso.

— Brindemos por meus oitenta anos, doutor; sem o senhor, não o teria conseguido.

O velho Harms colocou quatro taças a sua frente e encheu duas de cúmel e duas de cerveja. Kurt Landmann já conhecia o procedimento: pegar o copo de cerveja com o polegar e o mindinho e o de cúmel entre o dedo médio e o anelar. A aguardente ia parar na cerveja, e ambas seguiam à boca. Em Duvenstedt, Landmann tinha aprendido não só a andar de bicicleta, mas também a apreciar essa bebida.

Theodor Unger pai havia se aposentado aos setenta e quatro anos; agora, eram raras as vezes que ajudava Landmann – apenas quando a sala de espera estava muito cheia ou se ele precisava de algo numa operação sem importância.

Kurt Landmann sugeriu muitas vezes que ele procurasse um sucessor mais jovem, mas o ancião nem queria ouvir falar do assunto. "Você ainda pode se encarregar disso por mais dez anos sem problema nenhum", declarou. "A última coisa que queremos é colocar aqui um rapaz que pretenda inventar a medicina."

— Mais dois, senhor doutor?

Landmann desatou a rir.

— Acho que o senhor quer me ver outra vez na bicicleta.

— O senhor é um homem da cidade — retorquiu o velho Harms —, com certeza bebe esses e quantos mais houver como se não fosse nada.

Lotte Unger era oito anos mais nova que o marido e mais perspicaz. O fato de agora seu filho Claas montar a cavalo com o uniforme negro da SS e pertencer ao Regimento de Cavalaria causava-lhe grande desgosto. Claas primava pela ausência na casa paterna desde que Landmann chegara. Já lhe havia custado aceitar a cunhada. Os filhos de Claas tinham vinte, dezenove e dezessete anos, e só Nele, o mais novo da família, ia visitar os avós em Duvenstedt, que já não era um povoado totalmente rural e fazia parte de Hamburgo havia um ano.

— Eu a estou privando de ver seu filho — lamentou-se Landmann.

Lotte, porém, balançou a cabeça com veemência.

— Primeiro, é preciso que ele volte ao normal. Então, poderá vir quando quiser.

— Bom, já é hora de eu ir embora — disse Landmann ao velho Harms. — Com certeza algum paciente já se encontra na sala de espera.

— Pois diga-lhes que Harms hoje faz oitenta anos. — O velho sorriu de maneira efusiva. — Nenhum deles pensou que tal coisa pudesse acontecer quando descobri minha diabete, mas, graças a você, ainda posso beber mais umas tantas rodadas, senhor doutor.

— E à bendita insulina — especificou Landmann.

———— ·!· ————

Na sala de estar, em cima do sofá, havia um cartaz antigo da Friedländer, *Leão sobre elefante*. Rudi o levara para emoldurar quando a tipografia fechou, em 1935. Aos filhos do fundador da empresa ainda lhes foram concedidos dois anos, porque traziam lucro para o Reich, mas depois tudo terminou em definitivo; o último número que se imprimiu foi o 9.078.

Rudi arranjou emprego numa tipografia da Zimmerstraße: cartões de visita, papel de carta, cartões de nascimento e casamento, mensagens de falecimento. Continuava a ouvir a Rádio Moscou, mas o copiógrafo já não estava no sótão, e sim apodrecendo no porão de uma casa vazia, cujos moradores tinham cruzado a fronteira dinamarquesa.

Käthe e ele continuavam a resistir e tentavam não fazer nada. Não podiam ser acusados de nada, exceto de ouvir rádio. Não proferiam palavras delatoras pelo recém-adquirido telefone; contudo, Rudi sabia que a polícia secreta o mantinha sob vigilância desde que fora preso.

Havia alguns dias tinha doado dois marcos para ajudar as famílias de camaradas detidos. Como iria desconfiar que cada um dos doadores da organização Rote Hilfe, que oficialmente já nem existia, passara a integrar uma lista de pleno direito, como se fossem membros de uma cooperativa de poupança e habitação?

Como a lista foi cair nas mãos da Gestapo? Naquela pacata manhã de domingo, foram em busca de cada um dos doadores e levaram-nos presos. Não encontraram Odefey, o último da lista.

Foi coincidência que de madrugada tivessem telefonado da Finkenau para que Rudi fosse buscar Käthe, que desmaiara durante o trabalho.

Käthe e ele acabavam de dar a volta na Bachstraße e entrar na Schützenhof quando avistaram o Mercedes preto parado em frente de casa.

Os homens estavam saindo pela porta à paisana, mas não era necessário uniforme para saber que eram da Gestapo.

Käthe e Rudi voltaram para a Bachstraße.

— Por que vieram? — perguntou Käthe.

— Não sei — admitiu Rudi, suando.

Ainda não era capaz de relacionar o donativo com esse fato. A única coisa de que tinha certeza era que não podiam ir para casa.

— Vamos para Duvenstedt — decidiu Käthe. — Landmann pode nos ajudar.

Por que achava isso? Um médico que fora expulso da clínica ajudando um comunista a fugir?

— Acha que consegue ir até lá, Käthe? Como você se sente?

— Melhor. Com o susto, minha pressão subiu.

— Alguma possibilidade de você estar grávida?

— Não — assegurou ela; dito isso, calou-se, como sempre fazia.

Já estavam no metrô, na linha Walddörferbahn, quando Käthe se lembrou de que, por ser domingo, talvez Kurt Landmann estivesse na Bremer Reihe, não em Duvenstedt.

— Nesse caso, vamos dar um passeio pelo bosque e logo pensaremos no que fazer — sugeriu Rudi.

— Você contou alguma piada sobre Hitler? — quis saber Käthe.

Rudi negou com a cabeça.

Deve ter sido a Dunkhase, pensou ela. Mas do que ela poderia culpar Käthe?

— Dei dois marcos para a família de camaradas detidos.

— Então deve ter sido isso. Mas como descobriram?

Quando chegaram a Mühlenweg, viram outro Mercedes à frente da casa. Um *170* escuro.

— Calma — disse Rudi. — Se dermos meia-volta e começarmos a correr, eles perceberão.

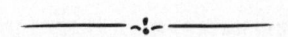

Kurt Landmann levava naquele momento uma pequena cesta com pão, bolos e uma térmica para o carro; era o café da manhã de que desfrutariam durante o passeio a Holstein, antes de entrar no Waldhaus, nas margens do Drosselbek, para almoçar com a senhora Fobrian e contemplar os cisnes.

Theo Unger havia entrado na casa para cumprimentar os pais, que estavam acordados havia um bom tempo, embora ainda fosse cedo; tudo indicava que, naquele dia de maio, a manhã seria magnífica.

Landmann colocou a cesta com um gesto bastante brusco no teto do Mercedes negro-azulado de Elisabeth com a surpresa que lhe causou ver Käthe e o marido na rua. Aquilo não podia ser bom indício e custava a crer que tivessem simplesmente decidido dar um passeio até Walddörfer.

Käthe correu ao ver Landmann e refugiou-se nos seus braços. Só precisou de cinco palavras para lhe explicar tudo:

— Gestapo na porta de casa.

Unger não precisou de mais nada para entender o que estava acontecendo, bastou-lhe ver o olhar de Landmann. Apresentou-os aos pais, que tinham ido até o muro para se despedir, sem rodeios: primeiro Käthe, que era parteira na Finkenau; depois o marido dela. Tinham ido visitar uns amigos e os acompanhariam em parte do trajeto.

Foram até o bosque de Wohldorf, comeram *croissants* junto ao monumento em homenagem aos que morreram na guerra e tomaram café.

— E agora? — perguntou Unger.

Voltar para casa não era uma opção. A Gestapo não largava aqueles que perseguia.

Sentado num tronco ouvindo os pássaros, Landmann se lembrou de um velho numa casa imensa.

— Vou pedir a Harms como solução paliativa para os primeiros dias, depois seria necessário pensar em outra saída. Se for preciso, viver na clandestinidade.

Viver na clandestinidade, pensou Rudi. Por causa de dois marcos para famílias de presos. Seria melhor se entregar? Ser torturado nos calabouços da Stadthaus ou no campo de concentração? Naquele novembro, foi por milagre que não acabaram com ele.

— Você colocará o velhote em perigo — objetou Unger.

— Herdei um alfinete de gravata com uma pérola do Oriente. Num leilão, peça semelhante atingiu dois mil marcos.

— Iremos para a Dinamarca ou para a Suécia — sugeriu Käthe. — Mas não viveremos na clandestinidade. De qualquer maneira, o que significava aquilo?

— Nos tempos atuais, há muita gente vendendo joias — explicou Landmann. — Não será fácil nem rápido.

Rudi estava atordoado. Fugir? Não era o que queria.

— Não quero pôr ninguém em perigo — afirmou.

— Pois venham comigo para a Bremer Reihe — decidiu Landmann. — Ninguém vai me pôr em perigo. E você, Rudi, tente vender o alfinete.

———— ~:~ ————

Com suas respostas, Käthe provou quem era. Deu o nome do melhor amigo do marido e contou como este havia morrido.

— Que preço atingiu alfinete semelhante?

— Dois mil *reichsmark* em Leipzig. Foi o montante que o senhor deu a meu marido — respondeu Käthe.

Jaffe assentiu.

— Receio que isso já não seja possível.

— Há muitas joias no mercado?

— Ocorre que meus contatos já não são bons. Quase não há ninguém disposto a fazer negócio comigo. Vou compreender se quiser vender a outra pessoa.

— Meu marido gostaria de deixar o alfinete em suas mãos.

— E por que ele não veio?

— Está escondido da Gestapo.

— Venha amanhã à tarde — replicou Moritz Jaffe. — Vou fazer o possível.

———— ~:~ ————

— "*Quando ondularem os vistosos estandartes*" — disse Fritz, filho de Mia. — Essa você conhece, mamãe. É a mesma melodia.

Ela assentiu.

— "*Com os últimos raios do dourado sol crepuscular, um regimento de Hitler entrou numa pequena cidade.*"

Fritz tinha catorze anos e era gordinho como a mãe. Sua voz acabara de amadurecer, e ele parecia rouco. Estava na cozinha dos Campmann vestido com o uniforme da Juventude Hitleriana, de calção e a cantar. Mia o contemplava, emocionada.

— O que o tio Uwe faz? — indagou. — Ainda é chefe?

— As pessoas morrem de medo dele — respondeu Fritz. — Não larga o chicote por nada.

Uwe tinha cavalo? Mia não se recordava.

Anna Laboe colocou o prato com *waffles* na mesa, com má vontade. Ainda por cima, era obrigada a dar de comer àquela gentalha. Claro que Fritz não tinha salvação, pois não era exatamente um gênio. Que outra coisa o rapaz seria se estava crescendo na casa de um nazista que se dava ares de importância às chicotadas?

— E os filhos de Lene? Também estão na Juventude?

— Claro — replicou Fritz, que já ia para o segundo *waffle*, com a camisa marrom cheia de açúcar em pó. — Precisa nos visitar em Wischhafen, mamãe. Agora temos uma bandeira hasteada na frente de casa.

— E quando você começa como aprendiz? — perguntou a senhora Laboe.

— Só em agosto.

— Seus primos também vão ser operários?

— Não — negou Fritz, que achava todas aquelas perguntas estúpidas.

— Estudam navegação em Glückstadt — respondeu Mia.

— Posso comer outro *waffle*, mamãe?

— "*Na nossa opinião, a juventude alemã deve ser alta e esbelta, veloz como um galgo, resistente como o couro e dura como o aço de Krupp*" — citou Friedrich Campmann, que havia entrado na cozinha. — Um copo de leite, por favor, senhora Laboe — pediu, dirigindo um olhar pouco complacente a Fritz, que comia com voracidade à mesa da cozinha. — Quem disse isso? — perguntou ao rapaz.

— O Führer — respondeu —, da Juventude Hitleriana.

Campmann assentiu. Pelo menos isso o garoto sabia.

Anna Laboe ofereceu ao patrão um copo de leite bem frio, que era como ele preferia.

— E agora, fora de minha cozinha, Fritz — ordenou Campmann. — Dê a volta no Alster rápido como um galgo inglês. Você verá o bem que lhe fará.

Jaffe mandou Käthe entrar na pequena sala nos fundos do estabelecimento. Em cima da mesa estava o alfinete de gravata.

— Lamento muito. Já não há ninguém que faça oferta justa. Só poderia vender o alfinete muito abaixo do valor, e isso é algo que não posso sugerir.

— O que o senhor faria em meu lugar? Iria a um dos grandes joalheiros da Jungfernstieg?

Moritz Jaffe encolheu os ombros estreitos.

— Pode tentar. É provável que saibam que a pérola não se ajusta ao alfinete e que é de grande valor. Mas o tempo urge. Os joalheiros vão perceber e baixarão o preço.

— Vou tentar. Não me resta alternativa.

— É bom o esconderijo onde seu marido está? — Jaffe pegou um saquinho, colocou o alfinete dentro e entregou-o a Käthe.

— Sim — afirmou ela —, mas não vai ficar lá. — Não fosse a Gestapo já andar vigiando há algum tempo a casa de um médico judeu.

— Dê-lhe cumprimentos de minha parte.

— E o senhor? O que está pensando em fazer, senhor Jaffe?

— Lutei pelo *kaiser*.

Isso lhe serviria de alguma coisa? Käthe viu a dúvida refletida nos olhos de Moritz Jaffe.

— Não sou rico e não tenho parentes no exterior — contou o homem franzino e baixinho. — Não me resta remédio a não ser me apegar a ilusões. — Sorriu. — Tenha muito cuidado.

— O senhor também — disse Käthe.

A sineta da porta tocou quando ela saiu do estabelecimento.

———— ~!~ ————

No copo de Louise só restava gelo. Talvez devesse mudar para bebidas em copos longos. Levantou-se do sofá vermelho-coral e levou o copo para a cozinha. Bebia depressa demais. O pai também havia reparado quando Louise visitou os pais em Colônia e a convidou para a cervejaria Unkelbach, perto da praça Barbarossaplatz.

A mãe já quase não saía de casa. "Porque andava adoentada", era a versão oficial, mas a verdade é que não se atrevia a sair na rua, embora o pai de Louise não tivesse conhecimento de que houvesse acontecido alguma coisa de ruim a ela.

— Agorafobia — diagnosticou Joachim Stein. — Provocada por nazistas.

Louise apoiou o garfo e bebeu o resto do vinho quando o pai lhe pediu que voltasse para Colônia, para a casa dele.

— Você estará mais protegida na casa de seu pai, que é ariano — observou, esboçando um sorriso triste. — Lina já não pode protegê-la, e também há a questão financeira.

— Tenho algum dinheiro. Durante esses anos, Lina insistiu em pagar sozinha as contas da casa, por isso pude poupar.

O sorriso de Joachim Stein tornou-se maior.

— Minha filha e o verbo poupar — comentou —, aí estão duas coisas que não combinam.

— Vou ficar com Lina. Estou em boas mãos.

— E em termos profissionais, como vão as coisas?

— Sou revisora em uma editora especializada em teatro. Então, vou ficar hibernando.

— Ficar hibernando. Tomara que não estejamos diante de uma nova era glacial.

Em seguida, tomaram de um só gole duas aguardentes cada um.

Não. Não voltaria para Colônia. Sua vida estava ali. Louise aproximou-se da grande janela de três folhas e contemplou as árvores floridas do outro lado do canal Eilbeck. Uma cena idílica, por enquanto. Mais ainda com copo na mão. Voltou para o sofá e passou outra página do *The Savoy Cocktail Book*, o livro de receitas de coquetéis de Harry Craddock, que Hugh e Tom lhes enviaram no Natal. *Brandy toddy*. Tinha os ingredientes: *brandy*, água, um torrão de açúcar. *Tudo muito simples*.

Dois dias antes, em Colônia, tinha se mostrado mais otimista. Ou teria feito isso apenas para não preocupar o pai? Ele havia perguntado por Kurt e contou a ela sobre o boato que circulava: médicos judeus perderiam a licença para exercer a profissão. Era só o que faltava.

— Por que está sentada no escuro? — perguntou Lina, que acabava de chegar em casa e acender a luz.

— À meia-luz — corrigiu Louise —, não no escuro. Os românticos chamam-lhe "hora azul". Você já jantou?

— Comi sanduíche na casa da Henny e do Ernst. O que você está bebendo?

— Um *brandy toddy*. Seco.

— O que aconteceu com o *gibson* de que tanto gostamos?

— Já não temos vermute.

Lina tirou os sapatos e sentou-se perto de Louise.

— Henny está muito preocupada com Käthe — contou. — Ela me revelou quando ficamos a sós. Para Ernst, infelizmente, Käthe não é tema de conversa.

— O que está acontecendo com Käthe? — Nos tempos atuais, a voz não fraquejava de imediato?

— A Gestapo anda à procura do marido dela, que está escondido. Na casa do Kurt.

— Mãe do céu. Pode ser que já estejam de olho em Kurt. Quem sabe disso?

— Só Henny, Unger, nós as duas e os envolvidos.

— É preciso evitar a todo custo que chegue aos ouvidos de Lühr.

Lina tinha consciência da desconfiança que Ernst inspirava em Louise, mas achava exagero. Talvez Ernst Lühr aprovasse o regime, mas isso não o transformava em delator.

— Ele tem de ir embora de lá. Caso contrário, Kurt não tardará a ir para um campo de concentração. — A voz de Louise não podia estar mais abatida.

— Käthe está tentando vender um alfinete de gravata muito valioso para conseguir fugir para a Dinamarca ou para a Suécia.

Louise suspirou.

— Neste exato momento, sinto-me tão impotente... — lamentou-se. — Tomara que não haja guerra, ou, então, invadiremos todos os cantos, tal como fizemos com a Áustria. Ainda estão gritando de alegria.

Lina lembrou-se dos pais, que tinham morrido de fome na última guerra para que os filhos pudessem viver. Aquele século era um descalabro.

Louise folheou de novo o livro de Harry Craddock. Já não dispunham da maior parte dos ingredientes. Chegara o momento de dar um pulo no Michelsen, embora devesse ser comedida nos gastos.

— Eu voto por um vinho leve de Mosela — disse. — Ainda temos uma garrafa.

— Vamos sair para nos divertir — propôs Lina. — Disseram-me que na Deichstraße há uma taberna agradável, com ambiente aberto.

— Há séculos não vou para aquelas bandas — comentou Louise.

— Pois então, vamos andar, dar uma olhada na cidade velha de Hamburgo.

Na verdade, era Louise quem costumava organizar os planos fora de casa, mas Lina tinha a impressão de que sua companheira havia regressado triste de Colônia.

Käthe dedicara parte da manhã a vender o alfinete de gravata. Agora, tentava a sorte num último endereço da Spitalerstraße. Por que sentia vergonha de mostrar o alfinete?

Comentários depreciativos sobre o latão banhado, que, no entanto, ela não tentava fazer passar por ouro a ninguém. Reparava na transformação quando os joalheiros assestavam a lupa e contemplavam a grande pérola do Oriente. Mas logo em seguida ofereciam-se para comprá-la como se tivesse sido adquirida numa feira e Käthe fosse uma palerma a quem se pudesse vender gato por lebre com facilidade.

O joalheiro da Spitalerstraße ofereceu-lhe duzentos marcos. Muito abaixo do valor, porém mais do que os outros se mostravam dispostos a pagar. Mas durante quanto tempo Rudi poderia sobreviver com aquele dinheiro? Käthe pediu ao homem que lhe desse um tempo para pensar. Percorreu o curto trajeto que a separava da Bremer Reihe e pegou a chave que Landmann lhe dera. Quatro batidas na porta para Rudi. Cinco para Käthe. Olhou para todos os lados, apurou o ouvido na escada e, em seguida, abriu. Rudi estava logo atrás da porta, colado à parede.

Sentados na cozinha, comentando que não havia remédio a não ser vender a joia por uma décima parte do que calculavam que valia, ouviram a chave na fechadura.

Kurt Landmann entrou com um grande saco cheio de iguarias: salmão defumado, salada de aspargos, morango. A última refeição de um condenado à morte? Landmann já os avisara de que o apartamento tinha de estar desocupado até sábado, que era quando a diarista iria. Ou seja, mais dois dias.

— Tem tempo, Käthe? Fique e coma conosco.

Precisava contar-lhes uma coisa e só o fez depois de comer.

— Tenho um comprador para o alfinete.

— Na Spitalerstraße ofereceram-me duzentos marcos — informou Käthe.

Landmann balançou a cabeça.

— Nem pensar. Hans Hansen está disposto a pagar dois mil.

Quem era Hans Hansen?

— Um dos afilhados de minha mãe — explicou Landmann. — Hans é um esteta que adora joias. Minha mãe deixou de herança para ele um de seus anéis, uma turmalina rosa rodeada de pérolas. Ontem, lembrei-me e entrei em contato imediatamente. Por sorte, Hans continua rico.

Pegou um morango e retirou-lhe o pequeno caule verde.

— Você me confiaria o alfinete, Käthe? Amanhã terá o dinheiro; primeiro Flensburgo e depois Egernsund, do outro lado do fiorde, então Rudi estará na Dinamarca. Andei pesquisando. Para atravessar os sete quilômetros do fiorde, arranjaremos um pescador. Ao que parece, trata-se de um novo modelo de negócio lá para o norte.

Kurt Landmann sentia-se brincando de polícia e ladrão. A única coisa que lhe faltava era convencer Unger de irem até Flensburgo no Mercedes de Elisabeth. Quem teria pensado que uma carteira de habilitação poderia ser tão útil?

— Estou sonhando? — perguntou Käthe.

— Não, não está sonhando, querida Käthe. Só terá de passar um tempo sem seu marido. Esperemos que não muito.

— Esse homem quer comprar a pérola mesmo sem tê-la visto? Por tanto dinheiro? — Rudi mal podia acreditar. — Sabe que o alfinete é de latão banhado a ouro?

— O que lhe interessa é a pérola do Oriente, e, quanto a isso, confia em mim de olhos fechados.

Landmann parecia satisfeito quando comeu outro morango.

— E se eu também for para a Dinamarca? — perguntou Käthe.

— Não será para sempre. O delito que ele cometeu foi uma coisa ridícula, até a Gestapo acabará colocando uma pedra sobre o assunto.

— Você perderia seu emprego, Käthe.

Rudi pegou na mão dela.

— O doutor Landmann tem razão. Não vou ficar lá por muito tempo, voltarei para perto de você num piscar de olhos. E você também precisa pensar em seus pais.

Rudi estava à beira das lágrimas e foi tomado por um profundo sentimento de gratidão a Landmann por encontrar comprador para o alfinete de gravata. Não seria preferível entregar-se a partir para o exterior? Rudi baixou a cabeça, fechou os olhos e permaneceu sentado em silêncio.

— Ainda me lembro das feridas que ele tinha naquele mês de novembro.

Rudi levantou a cabeça e concordou. Também a ele lhe vieram algumas imagens à mente: a cela, o balde imundo onde tinha de fazer suas necessidades, a bile que vomitava porque era a única coisa que tinha no estômago. "Já obriguei a falar gente muito mais durona que você." Pendurado na parede com correntes nas mãos e nos pés por não entregar nenhum nome. Os pontapés. Os socos. Os gritos. "Morra com seus segredos, porco comunista."

— Como Rudi irá para Flensburgo? De trem?

Landmann foi à sala ao lado, onde estava o telefone. Ouviram-no falar com alguém, mas não o que dizia.

— Amanhã de manhã, às oito — disse ao entrar na cozinha. — Unger virá nos buscar.

— Eu trabalho de manhã — replicou Käthe.

— É melhor assim. Só tornaria as coisas mais difíceis.

Agora era Käthe quem parecia prestes a chorar.

Que pretexto daria a Unger pai para se ausentar no dia seguinte? Não ficaria satisfeito por substituir Landmann no consultório.

— Não saia de casa com uma mala grande. Não me admiraria que essa gente estivesse por aí à espreita.

— Mas Rudi quase não tem roupa aqui — retrucou ela.

— Venha nesta tarde com a sacola de compras, Käthe; depois você comprará o que lhe faltar na Dinamarca, Rudi. Afinal de contas, terá dinheiro.

— O alfinete — lembrou-se Käthe, tirando o saquinho. — Ainda nem o viu.

Landmann depositou a pequena peça na palma de sua mão.

— Não lhe custa desfazer-se dele?

Rudi negou com a cabeça.

— O que eu gostaria mesmo era de ter conhecido o homem a quem ele pertenceu.

———— -ᐟ- ————

Aldenhoven contemplava as rãs, todas haviam desovado. Vinte e quatro horas antes tinham-lhes injetado a urina de três mulheres a quem agora ele podia dar a notícia de que estavam grávidas.

— Já podem levá-las para baixo, para o porão, para sua piscina — disse, apontando para as rãs.

Tinha simpatizado com a estagiária de enfermagem, que era esperta.

Duas das mulheres afirmaram ter lido o livro dos senhores Knaus e Ogino e seguido seu método para tomar precauções. Perante tal informação, ele só podia limitar-se a abanar a cabeça. *A fecundidade e infecundidade periódicas da mulher* mais parecia ser um guia prático para a procriação que um manual para fornecer conhecimentos confiáveis a fim de evitar tal resultado. Esperava não provocar um grande choque com as notícias. Uma das mulheres já tinha seis filhos, e a alegria da outra, solteira, provavelmente também seria limitada.

Por sorte, dava a impressão de que naquele dia não haveria muita confusão; ainda que o aviso do doutor Unger de que não iria trabalhar – com escassa antecedência – fosse inconveniente, o caos não imperou. Pelo menos Unger não tinha ido dar um passeio no campo com suas parteiras preferidas, pois ambas estavam trabalhando – mesmo que, pela enésima vez, achasse Käthe Odefey distraída.

Devia mostrar a ele com quantos paus se faz uma canoa e se possível chamar também a atenção para o clima horrível que havia entre ela e a parteira Dunkhase. Estavam sempre se provocando, inclusive quando estavam juntas na sala de partos e incentivavam a parturiente a fazer força. Agora Dunkhase dizia que a Gestapo voltava a ter o marido de Käthe Odefey na mira por ser um agitador comunista.

Embora não partilhasse das ideias políticas de Odefey, ela parecia ser mais confiável que Dunkhase, que era uma delatora nata. O olhar que lhe lançou quando contou aquela piada insignificante ainda o fazia estremecer. E tinha sido apenas uma brincadeira: imaginar a raça ariana loura como Hitler, magra como Göring e alta como Goebbels.

Aldenhoven atravessou para o corredor do primeiro andar e viu ao fundo Käthe Odefey debruçada na janela. As duas folhas abertas, de par em par, o céu de um azul cor de porcelana, o ar de maio perfumado, mas os ombros de Odefey subiam e desciam.

— Posso fazer alguma coisa para ajudá-la? É por seu marido?

Käthe virou-se para trás e balançou a cabeça com força.

— Tire a tarde de folga — propôs-lhe o doutor Aldenhoven. — Hoje não há muito trabalho. — Gostava de ser generoso.

Karl Laboe subiu ao primeiro andar agarrando-se ao corrimão. A perna rígida pesava-lhe como uma pedra, e o coração também o incomodava. Só tinha sessenta anos, como Anna, mas, comparando com ele, a mulher parecia uma jovenzinha. Parou no penúltimo degrau, pois havia alguém ali.

— Papai, sou eu — disse Käthe.

Karl levou a mão ao coração.

— Aconteceu alguma coisa, filha?

As mulheres consideravam sua imaginação fértil, e por sua cabeça desfilaram algumas imagens: Rudi numa poça de sangue, atirado dentro de um caminhão como se fosse um trapo.

— É o Rudi? — quis saber.

Como era possível que o jovem moderado que lia poesia tivesse acabado se transformando em alguém que se expunha a um perigo mortal e corria o risco de perder a vida por causa disso?

— Está indo para Flensburgo com o doutor Landmann e o doutor Unger, no carro do doutor Unger — explicou Käthe. — Depois, um pescador o levará de barco para o outro lado do fiorde, até a Dinamarca.

Era uma boa notícia? Karl Laboe tirou a chave do bolso da calça e abriu a porta de casa.

— Entre você primeiro, ande — pediu. — É melhor que ninguém ouça nada.

— Papai, tenho medo de nunca mais o ver.

— Lá para o norte ele estará bem. Tem dinheiro?

Käthe pensou no envelope com as notas. No dia anterior, quando havia levado na parte da tarde a sacola com as coisas de Rudi para a Bremer Reihe, Landmann lhe entregou o envelope. Vinte notas de cem. Rudi quase a obrigou a tirar três.

— O doutor Landmann conseguiu vender o alfinete de gravata do pai do Rudi.

Esses médicos. Ao ver como ajudavam, só podia tirar o chapéu para ele. Antes, era verdade, tinha dúvidas, mas aqueles dois tinham o coração no lugar certo e a mão sempre pronta a ajudar. Karl Laboe deixou-se cair no sofá, pois não se sentia bem.

— Saberemos se nosso Rudi chegou são e salvo à Dinamarca?

— Quando chegar, telefonará para o doutor Unger.

— O telefone que tanto se empenharam em comprar não servirá de muita coisa.

— Os nazistas podem ouvir as conversas.

Karl Laboe concordou. No fundo, a tecnologia era coisa do demônio.

— Sirva dois cálices de cúmel, vá — pediu.

— Vai fazer bem para você no estado em que está? Papai, quero que vá ao médico.

— Posso não sair vivo de lá. Os remédios para o coração são caros.

— Então, eu compro para o senhor — ofereceu-se Käthe.

— Primeiro vou tomar esse cúmel — insistiu Karl.

— Posso dormir aqui hoje?
— Neste sofá desconjuntado?
Käthe assentiu.
— Só preciso dizer a Henny que vou ficar aqui. Unger vai telefonar quando Rudi já estiver no barco.
— Vejo que vocês continuam unidas. Como antes.
— Sim — respondeu Käthe Odefey.

O motor a diesel já rugia quando Rudi embarcou. Uma embarcação a vela chamada *Helge Branstrüp*. Havia redes, mas os fugitivos pareciam ser o negócio mais lucrativo: os sete quilômetros custavam duzentos *reichsmark*.

Landmann e Unger estavam um pouco afastados, na margem; não se despediram dele acenando, pois aquele que soltava amarras não era um navio da frota da KDF.

— Você nunca pensou nisso? — perguntou Unger. — Atravessar o fiorde e fugir? Para a Suécia, talvez?

— E que eu faria lá?

— O que fará Rudi Odefey lá?

— Ele é jovem.

— Você não é velho.

— As coisas ainda estão bem fora de Hamburgo, com seu pai. Embora devesse procurar um sucessor mais jovem. Tomara que a situação não piore.

O barco deslizava na penumbra. Os pescadores não saíam para pescar de madrugada? Nisso eram como a Gestapo.

— Vamos esperar que o *Helge Branstrüp* regresse? Estará de volta em meia hora.

— Você não confia no pescador?

— Confio — declarou Landmann. — O negócio parece sério.

— Ali há uma cabine telefônica. — Unger tirou algumas moedas além do papel onde anotara o número de Henny. — O parto duplo de amanhã vai ser antecipado para as oito — rezava o texto que combinara com ela.

Henny atendeu imediatamente.

— Serei pontual — respondeu.

— E nós vamos ao Piet Henningsen — propôs Landmann quando Unger saiu da cabine. — Comer peixe e beber cerveja.

— Você tem de estar amanhã em Duvenstedt?

— Seu pai já me castigou no sábado e no domingo por ser obrigado a me substituir hoje. Só tenho livre a tarde de domingo.

— Como você conhece tão bem o fiorde?

— Bom — replicou Kurt Landmann. — Era uma vez...

— Quem é Hans Hansen, Kurt?

— Achar esse nome é como procurar agulha num palheiro.

Theo Unger assentiu.

— Já imaginava — observou.

———-:-———

— Aonde você vai a uma hora destas? — perguntou Ernst. — Já passa das nove.

— Vou dar um pulo rápido na casa de Else, pedir a ela que venha mais cedo amanhã. O doutor Unger quer antecipar o parto dos gêmeos.

— Já passou da hora de sua mãe instalar um telefone. Você não pode ficar sempre indo à casa dela.

— Pois é — concordou Henny, fechando a porta ao sair.

Käthe andava para cima e para baixo em frente à casa da Humboldtstraße.

— Já não aguentava ficar lá dentro — disse-lhe. — Rudi já devia estar na Dinamarca havia um bom tempo.

— E está. Correu tudo bem.

— Você acha que voltarei a vê-lo?

— Claro que sim — assegurou Henny.

— Quem dera você pudesse dormir em minha casa por alguns dias.

— Adoraria, mas Klaus ainda é muito pequeno.

Não era verdade. Klaus ficava com o pai e com Marike quando ela trabalhava no turno da noite. Era um menino esperto, de seis anos, que tinha começado a ir à escola em abril. Na turma do pai, algo que Henny não aprovava, pois era melhor ter outras influências.

Käthe não disse nada. Das duas vezes Henny se casara depressa demais. Lud era um bom homem, muito apegado, mas estava sempre disposto a dar liberdade a Henny. Lühr, o professor, não era capaz de deixar seu pedantismo fora da sala de aula.

— Desculpe, Käthe. Ambas sabemos que é um pretexto absurdo. Klaus se sentiria ofendido se eu o tratasse como a uma criança pequena.

— Você tem medo do Ernst.

— Não, mas estou cansada de discutir com ele.

Käthe foi tomada pelo desejo de ver Rudi com tanta intensidade que seu coração disparou. Rudi era um espírito generoso, que apoiava as atitudes dela mesmo quando contrárias ao que ele queria.

Henny a abraçou.

— Ele está a salvo — afirmou. — Vai correr tudo bem.

Nada corria bem. Quem teria adivinhado em 1933 o que estava por vir? Que seriam perseguidos pela Gestapo por doar dois marcos a pessoas necessitadas?

— Você vai trabalhar amanhã à tarde?

— Não — respondeu Henny. — Meu turno é de manhã.

— Talvez Ernst não se importe de tomarmos alguma coisa na esplanada do Stadtpark se o tempo estiver tão bom como hoje.

Ernst dificilmente aprovaria isso. No dia seguinte era sábado, véspera de domingo, e ele queria ver a família reunida.

— Às seis na plataforma do bonde de Mundsburg — propôs Henny, embora isso fosse lhe custar a paz doméstica.

Completar setenta e um anos, era um feito. Havia comemorado em uma pequena reunião no jardim, com ponche. A festa de arromba

Guste já havia organizado no ano anterior. Jacki, de Berlim, jovem de vinte anos que havia se se comportado com valentia e começado como estagiário no banco, compareceu. Bem penteado. Já não fazia besteiras. Nada contra os nazistas.

Bunge também conseguia lidar com eles. O *kaiser*, Hitler. Era capaz. Embora não pudesse evitar abanar a cabeça quando passava pelo campo esportivo da Turmweg e via e ouvia o líder da Juventude Hitleriana e seus cachorrinhos.

— O que somos?
— *Pimpfe.**
— O que queremos ser?
— Soldados.

Não gostou nada daquilo. Os pequenos não faziam a mínima ideia do que significava o que diziam. Ainda que ele também não soubesse o que estava por vir, já tinha quarenta e sete anos quando a guerra eclodiu e, além disso, negociava borracha, uma indústria importante para a guerra.

O lado bom de envelhecer era que ninguém esperava que ganhasse rios de dinheiro. Ida também já não se arrependia do empréstimo que Campmann lhe concedera e continuava na mansão da Hofweg. Quem iria pensar que não viveriam na Elbchaussee, embora o genro sem dúvida pudesse se dar a esse luxo? É provável que reservasse recursos para as finanças de Hitler e para a amante que tinha em Berlim.

— Ainda há sanduíche de salmão de ontem — informou Guste, que surgiu com um prato junto à porta de folha dupla.

Bunge recusou – àquela hora, o pão já devia estar ensopado do salmão.

— Convido você para tomar o primeiro sorvete da época — disse.

Um pequeno passeio pela Rothenbaumchaussee até o bairro de Grindel, à sorveteria nova, faria bem.

---

* Nome que recebiam os membros mais jovens (entre dez e catorze anos) da Juventude Hitleriana. (*N. T.*)

A criada que se encarregasse da recepção e dos hóspedes que chegassem.

O tecido do vestido novo de Guste tinha flores grandes, apropriado para as cortinas do grande salão do Atlantic, mas talvez fosse extravagante demais em seu corpo roliço.

— Você está esplêndida — disse-lhe, à guisa de elogio. — Acho que vou querer três bolas de chocolate com licor de ovo.

— O bairro mudou — observou Guste. — Todo mundo parece nervoso. Claro que não é de admirar.

— Eu não acho — retrucou Bunge, dirigindo-se para uma das mesinhas que havia diante da Gelateria Cadore. Ou seria melhor três bolas de baunilha com morango? Era o que Guste pedia sempre.

Já estava comendo a casquinha quando da casa ao lado saiu um chinês alto em um elegante terno de linho. Entreolharam-se antes de o jovem se afastar a passos acelerados. Bunge tinha a certeza de que era Tian.

Kurt Landmann tinha acabado de chegar à Bremer Reihe quando a campainha tocou. À primeira vista, pareceu-lhe um cavalheiro jovem, mas então este pegou um crachá oval que pendia de uma pequena corrente que, no caso dos cavalheiros, estava associada a um relógio de bolso. Landmann percebeu a insígnia da Gestapo com a águia do Reich. Um homem sozinho num domingo à tarde? Landmann deixou-o entrar. O que mais poderia fazer?

— É frequente ter convidados que passem a noite aqui?

Landmann esteve prestes a perguntar a quem isso dizia respeito.

— Só quando os convidados bebem demais.

O homem da Gestapo sorriu.

— Refiro-me a um em específico, que esteve aqui por uns dias.

— É proibido?

— Se o convidado em questão se esconde de nós, sim.

Quem podia saber onde Rudi estava para o ter denunciado à Gestapo?

Kurt Landmann manteve uma expressão de enfado.

— Às vezes recebo visita de colegas meus. Tanto mulheres como homens. Sou médico.

O homem assentiu.

— O senhor foi dispensado em 1933, de acordo com a Lei do exercício da função pública.

Parou diante dos quadros de Emil Maetzel e Eduard Hopf.

Também estaria ciente do acordo com os Unger em Duvenstedt? A ideia perturbou Kurt Landmann. Não queria que aquelas pessoas tão amáveis tivessem problemas por sua causa; no entanto, ninguém o havia proibido de exercer a medicina em consultório particular.

— Coleciona obras de arte de negros?

— No quadro de Maetzel há uma figura negra, nisso o senhor tem razão.

O homem da Gestapo voltou a sorrir, dirigiu-se para a porta e, para surpresa de Landmann, disse:

— Boa tarde.

O que fora aquilo? Um tiro de aviso? Landmann já tinha o telefone na mão, contudo colocou o fone no gancho e ficou olhando para o aparelho com desconfiança. Estariam escutando suas conversas?

Por que não ir a pé até a Eilenau naquela cálida tarde de maio, contando que Lina e Louise estivessem em casa? Para falar sobre o destino dos quadros. Ou não correriam perigo em suas paredes? Afinal, não havia organizado nenhuma exposição. Não estariam à espreita em frente à sua casa, na esperança de que os levasse a Rudi?

*De olhos azuis,** pensou. Que curioso sinônimo de *naïf*. Mas era esse o ideal daquela gente. Olhos azuis. Claros, como os de Hans Albers. Os seus eram castanhos. "Âmbar", costumava dizer Oda.

---

* Em alemão, a palavra *blauäugig*, "de olhos azuis", é sinônimo de "inocente". (*N. T.*)

Kurt Landmann tirou as chaves da escrivaninha, saiu de casa e fechou a porta. Iria à Eilenau. Sentia necessidade de conversar com amigos.

---·:·---

Na pequena esplanada nas margens do canal Nikolaifleet só havia seis mesas. Apenas um instante antes ainda se ouviam no canal os sons do trompetista de *jazz* Harry James, "Dream a Little Dream of Me". No entanto, apressaram-se em trocar a agulha do disco, e as vozes tornaram-se mais baixas. *"Ich werde jede Nacht von Ihnen träumen"*, cantava agora Johannes Heesters.

Apenas o dono estava no local revestido de madeira. Nenhum dos comensais queria passar aquela tarde primaveril na ilustre escuridão, nem mesmo os cavalheiros que se haviam sentado na mesa mais próxima da de Lina e Louise.

Estavam deslocados no Alte Spieluhr, ambos com o uniforme das SS. Era imaginação sua ou um deles tinha piscado para Lina assim que desviou os olhos da carta de bebidas?

— É porque você é loura — sussurrou Louise. — Mas não o despache com maus modos. Só poderia se dar a esse luxo se estivesse aqui sem mim.

Era evidente que Lina agradava ao mais novo, ao passo que o da exuberante cabeça branca observava Louise atentamente, com menos simpatia.

Se tivessem perguntado a Lina se Louise parecia judia, ela teria negado de forma categórica. Cabelo escuro, olhos escuros. Era isso? Não. As feições de Louise ostentavam um ar meridional, que a distinguia do ideal de mulher do novo regime. Podia ter sido romana. Não se parecia com o pai? O povo de Colônia não tinha genes romanos?

A conversa esmoreceu, embora tivesse sido boa ideia estabelecer uma discussão inofensiva, em que as palavras fluíssem, antes que um dos cavalheiros se aproximasse delas, com boa ou má intenção. Contudo, Lina e Louise contemplaram o canal e pegaram com força as respectivas taças.

— Beba o vinho e vamos embora — decidiu Lina.

O homem das SS com os olhos claros fez sinal ao garçom.

— Duas cervejas *pilsener*.

— Com certeza — respondeu o homem, que fez menção de se retirar.

— Diga-me uma coisa: permitem a entrada de judeus em seu estabelecimento? Ou por acaso estou enganado no que diz respeito à senhora da mesa ao lado?

O garçom ficou vermelho como um tomate. Na esplanada, fez-se um silêncio sepulcral. Sob as mesas ouvia-se o som das solas dos sapatos se arrastando.

"Ich wollt, ich wär ein Huhn", cantavam Lilian Harvey e Willy Fritsch naquele momento, como medida desesperada do proprietário, que havia percebido a cena e não era nenhum herói; contudo, aumentou o volume do gramofone.

— Vamos embora — disse Lina, num tom de urgência, pondo-se de pé. Conhecia Louise e tinha medo de que a noitada terminasse com um interrogatório na Stadthaus ou coisa pior.

— É lamentável que se encontre em semelhante companhia — afirmou o mais jovem, olhando para Lina.

— Nisso você tem toda a razão — disparou esta. — O ambiente aqui deixou de ser agradável, por isso vamos embora.

— Amanhã me encarregarei de verificar se na porta há um letreiro que indique que os judeus não são bem-vindos — advertiu o homem das SS.

— E o que fazemos nós agora com nossa noite? — perguntou Louise quando estavam meio da rua. — Tentamos a sorte em outro lugar?

— Vamos para casa — sugeriu Lina. — Para mim, chega por hoje.

Quando o *Dixi* entrou na Lerchenfeld, imaginaram ter visto Kurt Landmann, que saía da Eilenau e atravessava a rua em direção ao centro da cidade. Louise buzinou, mas, ao que parece, ele não a ouviu.

— Tenho certeza de que era Kurt — afirmou Louise. — Não podemos nos esquecer de telefonar para ele mais tarde. Parecia triste.

Lina não havia notado, mas, em todo o caso, prestariam mais atenção ao amigo.

Naquela noite, não se lembraram de telefonar.

Ernst gostava mais de gerânios que de brincos-de-princesa. Na varanda no terceiro andar da Mundsburger Damm eles se desenvolviam bem e, em julho e agosto, quando mais floresciam, chegavam até a varanda do vizinho do segundo andar.

Os gerânios vermelhos nos vasos, a toalha de chá branca enfeitada na mesa da varanda, os melhores copos, os biscoitos florentinos mais requintados, da confeitaria da Kristallschale. Colheres de prata. O sol da tarde.

Henny serviu o vinho e acrescentou um morango picado em pedacinhos a cada copo, pois queria que fosse tudo especial, uma vez que não era frequente Ida se sentar naquela varanda – era mais comum ambas fazerem isso no terraço da Hofweg, bem mais amplo e elegante.

A amizade delas tinha altos e baixos. A princípio, os braços de Ida foram um consolo no dia em que Lud sofreu o infeliz acidente. Durante um tempo, sentiram-se fascinadas com o estilo de vida da outra, até que, por fim, acabaram se afastando precisamente por esse motivo.

O que Anna Laboe contava sobre o que se passava na cozinha dos Campmann não demorou a fazer com que sua única desavença séria tivesse um feliz desenlace. Anna falou a Henny sobre Ida estar não apenas sedenta de luxo e que compreendera que detestava Joan porque havia conseguido desejar Campmann.

Ida tomou o primeiro copo de vinho e deixou que lhe servissem um segundo, e Henny acrescentou mais morango picado. Dava a impressão de que a amiga bebia para criar coragem.

— Meu pai viu Tian saindo de uma casa em Grindelhof. Eles se entreolharam.

— E...? — perguntou a pragmática Henny.

— Meu pai deu uma olhada nas placas das campainhas. Só figuram os nomes de Tian e Ling.

— Quer dizer que ele mora com a irmã.

— Mas você sabe que o vi com uma mulher nos braços. Em frente à fábrica, na Reichenstraße.

— Isso já faz quase oito anos, Ida. Fico surpresa que você ainda afirme estar tão segura da paixão e do amor que sente.

— Não houve outro amor em minha vida. Jef foi uma aventura.

— Talvez seu amor por Tian não passe de uma recordação romântica.

Ida balançou a cabeça.

— Continuo amando Tian — assegurou e quase pareceu obstinada. — À noite, fico acordada pensando nele e depois não consigo dormir porque meu coração bate desenfreado.

Henny serviu uma terceira taça de vinho, desta vez sem morango, pois estava muitíssimo interessada em saber como continuava a história.

— E agora, o que está pensando em fazer? — perguntou-lhe.

— Bunge diz que eu devia retomar o contato com ele.

— Desde quando você chama seu pai de Bunge?

— Já não me vejo chamando-o de "paizinho".

— E por que ele a aconselhou a entrar em contato com Tian depois desse tempo todo?

— Diz que a vida é curta demais para renunciarmos ao grande amor quando o encontramos.

— É um filósofo — observou Henny, contemplando os gerânios.

— O que eu faço?

— Escreva para ele.

— Vou destruir a dentadas a valiosa caneta de tinta permanente.

— Deixe de lirismos. Lugar, dia e hora é o suficiente.

Ida fitou-a com os olhos arregalados.

— Espero por ele na sorveteria?
— Há alguma?
— Bem ao lado. Era onde estavam Bunge e Guste quando Tian saiu da casa ao lado.
— Pois então se sente na sorveteria quanto antes.
— Lud foi seu grande amor?
Henny hesitou um instante antes de responder:
— Sim — disse, por fim. Ela tinha agido precipitadamente muitas vezes na vida, mas não tinha a menor dúvida de que havia amado Lud.
— E como é seu relacionamento com Ernst?
— Quando o conheci, ofereceu-me *Como fazer o meu marido feliz*, livro de Elsa Herzog. Espero ser capaz de alcançar isso. — Henny sorriu.
Uma bela resposta à pergunta. Henny olhou para Ida a fim de ver se ela percebia, mas a mente da amiga já estava em outro lugar.
— Nesse caso, me dê o papel de carta — pediu Ida. — Tenho uma caneta na bolsa. É agora ou nunca.

Chovia naquele dia. Uma chuva incessante, persistente. Sentada no estabelecimento em uma das mesinhas de mármore, Ida agia como se as pinturas das paredes, em que o mar Mediterrâneo estava na encosta dos Alpes italianos e suas águas eram atravessadas por gôndolas, fossem as mais fascinantes que já vira.

E se Tian não aparecesse? E se quisesse humilhá-la? Talvez já não se amassem. Tinham se passado muitos anos, estavam mais velhos. Muito mais velhos. Naquele verão, ela e Tian fariam trinta e sete anos.

Ida apertava as mãos com força; se bem que ninguém poderia ver aquilo, pois elas estavam nos grandes bolsos do casaco do *tailleur* cor de caramelo. Dentro do bolso esquerdo, o pequeno elefante.

Ida esperou o que lhe pareceu uma eternidade, embora tenham sido apenas alguns minutos, durante os quais Tian se manteve na porta ao lado, abrigado da chuva, tentando criar a coragem necessária para dar os escassos passos que o separavam da sorveteria Cadore, que Ugo, o *gelatiere*, chamava assim em homenagem a um vale das Dolomitas, seu lugar de origem.

No bolso esquerdo do blazer Tian levava a carta que Ida lhe havia escrito e que escondera de Ling no último momento. Parara de tentar entrar em contato com Ida por causa da irmã? Ou por medo de voltar a sofrer?

Ida não ouviu os passos no chão da esplanada quando por fim Tian chegou. Sentia calor e zumbiam-lhe os ouvidos. Talvez estivesse ficando doente. Uma febre repentina.

Tian parou à frente dela e fitou-a. Depois, pegou-lhe a mão e a beijou. Pigarreou para pronunciar aquelas que pareciam sílabas complicadas: Ida.

Nenhum dos dois disse naquela tarde que continuava a amar o outro, mas ficaram de mãos dadas, conversaram durante um longo tempo e em voz baixa e não duvidaram nem por um momento de que assim era.

É verdade, Tian achou Ida mudada. Os anos não haviam deixado nenhuma marca evidente em seu rosto, mas agora era uma mulher que sabia o que era a vida, e de repente ele parecia convicto de poder confiar na palavra dela.

Ida só viu seu jovem Tian, que continuava deslumbrante, muito diferente de Jef, cuja beleza era mais uniforme. Pôde ver a mudança em Tian, e foi a tristeza que seus olhos refletiam.

No entanto, não havia sido ele sempre o mais ponderado dos dois?

Podia Ida rir do terrível mal-entendido que tinha havido na Große Reichenstraße naquele setembro de 1930? Traute se lançara nos braços de um Tian que ela amava em vão.

Não, não podia rir. Tinham perdido tempo demais por culpa dessa conclusão precipitada. Por que ela não lhe dera outra chance? Como tinha sido impiedosa.

Ugo aproximou-se com dois cálices de um licor italiano de limão. Percebera havia um bom tempo que entre o casal estava acontecendo algo muito especial.

Tempos difíceis aqueles que haviam escolhido para declarar o amor que sentiam um pelo outro.

E ainda bem: não era tarde demais.

Novembro de 1938

Era tradição ver primeiro a vitrine da Schrader, embora a seleção de brinquedos fosse muito maior nos Karstadt. Ali, na Herderstraße, Marike colou o nariz no vidro, e agora Klaus fazia o mesmo. Completaria sete anos em uma semana, por isso tinha de concluir sua lista de desejos.

Uns carrinhos e uma locomotiva da *Märklin* encabeçavam a lista. De Else, queria uma carruagem verde e uma vermelha de segunda e terceira classes. Escala zero. Foi Ernst que a aconselhou, parecia razoável.

— Diga a Marike que também quero bonecos — acrescentou Klaus, apontando para um exército inteiro da marca *Elastolin*.

Henny reparou nas figurinhas com o uniforme das SA, Hitler com o braço móvel.

— Quero duas enfermeiras da Cruz Vermelha. Você acha que Marike ainda terá dinheiro para o cavalo?

Klaus era uma bênção. Quando discutia com Ernst, Henny pensava que sem ele não existiria o menino. Beneficiava todos, também amenizava a relação entre Ernst e Marike, que já tinha dezesseis anos e se rebelava contra o padrasto. E, não bastasse, Klaus mantinha ocupada Else, que só ficava de mau humor quando estava sem fazer nada.

— Bom, vou falar com ele e logo vemos — assegurou Henny.

Compraria o cavalo ela também. A mesada que Marike recebia só dava para ela ir ao cinema com Thies e comprar um produto ou outro para se maquiar. O amigo de infância continuava ao lado de Marike agora que ela já era mocinha. Henny não excluía a possibilidade de Thies ser seu genro.

— Vamos visitar tia Käthe? — perguntou Klaus.

— Você gostaria de ir?

O menino respondeu com um demorado "sim". Tinha o mesmo apego a Käthe que Marike a Rudi, que vivia havia seis meses em Jütland, onde confluíam o mar Báltico e o mar do Norte.

Käthe andava com a saúde fragilizada. Mentalmente esgotada, na opinião de Landmann, que ia vê-la em casa e tratava dela, embora esta o tivesse proibido. No dia 30 de setembro, haviam revogado a licença dos médicos judeus, o que foi um golpe para Kurt Landmann, mas também para Unger pai, que não tinha procurado sucessor para além de Landmann, que tanto estimava. Agora o velho médico voltava a exercer a profissão, e foi ele quem assinou o atestado de afastamento por doença de Käthe.

Kurt Landmann ministrava em Käthe injeções de ferro e vitaminas e recomendava-lhe banhos de lúpulo e a fórmula da mãe de Unger com que havia tantos anos resolveram questões médicas: vinho tinto com gema de ovo. Nunca lhe deixava mais que uns quantos comprimidos para dormir, embora não acreditasse que Käthe corresse o risco de tirar a própria vida. Queria voltar a ver seu Rudi.

— Que tal levarmos um bolo para Käthe? — perguntou Henny.

— Siiiiiim — respondeu Klaus.

Era uma pena que a pequena confeitaria dos Löwenstein, na Humboldtstraße, já não existisse, pois ficava no caminho. Na padaria não tinha bolo de creme de manteiga, então Henny comprou três rosquinhas, um biscoito açucarado para Klaus e uma dose extra de bolo de creme de manteiga e amêndoas para Käthe – para os nervos. Uma coroa de Frankfurt teria sido melhor.

Käthe espreitou pela pequena abertura da porta, reforçada com uma corrente. Não que a corrente servisse de alguma coisa contra a Gestapo, que continuava a passar por ali de vez em quando. Na escrivaninha havia cartas que Rudi enviava ao velho Harms, em Duvenstedt.

— É meu sobrinho, está na Dinamarca — explicou o velhote ao carteiro. — Agora resolveu escrever ao velho tio. Talvez esteja pensando na herança.

O carteiro assentia e levava as cartas, dirigidas a Skagen. Para uma agência do correio. O homem não fazia perguntas.

— O que me pode acontecer a esta altura da vida, senhor doutor? — questionou o velho Harms a Landmann quando este lhe pediu o favor. — Quem dera o senhor pudesse voltar a me dar as injeções em troca, pois é quem melhor as aplica.

De acordo com as cartas, as coisas estavam melhores para Rudi que para Käthe, mas quanto de verdade elas conteriam? Seria verdade que encontrara um bom alojamento e trabalho numa tipografia que também imprimia folhetos para o pequeno museu? Certa vez incluíra um postal artístico na carta, um quadro da pintora Anna Ancher, *Raio de sol no quarto azul*. Rudi apresentava a Käthe uma situação idílica.

— Na segunda-feira vou trabalhar — contou Käthe. — Kurt acha que é melhor que ficar sozinha em casa.

— Já o trata por "Kurt"?

A amiga consentiu.

— Como Landmann tem passado?

— Parece forte, como sempre — respondeu Käthe. — Mas não sei dizer como está de verdade.

— Posso comer seu bolo, tia Käthe?

— Claro, Klaus. Não estou com vontade.

Era óbvio que Käthe não estava bem.

---—·—---

Joan falava sobre regressar aos Estados Unidos, e isso o afligia.

— Já não gosto de seu país — confessou a Campmann. — A última coisa bonita que houve aqui foram as Olimpíadas.

Os Jogos Olímpicos de Berlim tinham sido dois anos antes.

Campmann procurava não pensar na despedida, pois andava ocupado demais com as atividades bancárias. Desde o fim do ano anterior no Banco de Dresden já quase não havia judeus. Quem teria pensado? Naquela que se considerava a instituição bancária judia entre os grandes bancos... As novas circunstâncias não o tinham prejudicado; inclusive ele tinha feito alguns progressos.

— Venha comigo para a Filadélfia — propunha Joan, embora não falasse a sério. O que ela faria lá com um banqueiro que ajudava a financiar nazistas?

Agora Campmann passava mais tempo no Hofweg-Palais, e Ida mal se interessava por ele e pela casa; evitavam-se mutuamente. No entanto, a senhora Laboe encarregava-se de tudo. Aquela simples trabalhadora superava-se, algo que a ele lhe fazia ser respeitável.

Agora gostava de beber o leite bem frio na cozinha com ela quando Mia não estava, pois a esposa cada vez lhe parecia um monstro colossal que grunhia. Ninguém o impedia de a colocar no olho da rua, mas nessas coisas havia se tornado fleumático.

Interessava-lhe saber se Ida tinha um amante? Era provável que passasse muito tempo na companhia de Bunge na Johnsallee, onde podiam esquecer juntos seu fracasso. Ida era tão incompetente quanto o pai, mas o fato de levar móveis da casa era algo que Campmann ainda não tinha percebido. Fazia bastante tempo que não punha os pés no *boudoir* de Ida ou em seu quarto.

A senhora Laboe não dizia nada, e até mesmo Mia mantinha a boca fechada. Não suportava Campmann... Por que havia de ficar do lado dele?

———-:-———

Ida não tinha consciência de quão tola Campmann a considerava. Deleitava-se agora que enfim tomava as rédeas de sua vida, do amor. Momme a ajudara a levar os móveis da Hofweg para a Johnsallee na caminhonete de distribuição do vinicultor Gröhl, de cuja organização se havia encarregado Guste Kimrath. Guste era uma boa cliente.

As pequenas poltronas amarelas do *boudoir* do pintinho; o toucador, que já vinha da Fährstraße. Ida deixou o candeeiro cujo pé era uma garça: sempre foi pobre, embora fosse um caro substituto do pastor que tocava gaita. Preferia comprar peças novas para seu futuro com Tian, que agia como se sobrecarregar o quarto do primeiro andar o preocupasse, mas que saboreava o fato de ver concretizadas suas expectativas. Eram um casal, só seria preciso sobreviver aos nazistas.

Que felicidade era amar Ida.

Ling encarou com reservas o reencontro do irmão com Ida. Só parou de ter dúvidas quando o tempo passou e Ida continuou ao lado de Tian.

Por sua vez, Ida tentava conquistar a confiança de Ling com prudência, então não invadiu o apartamento dos irmãos, optando por pedir a Guste Kimrath que lhe cedesse aquele quarto da Johnsallee, onde passava todo o tempo que podia com Tian. Saber que Guste era sua aliada pressupunha um alívio como jamais teria imaginado. Ida começava a entender o pai.

Podia-se dizer que os serões em torno da mesa da cozinha de Guste eram atos de conspiração, pois ali não havia amigos e simpatizantes de Hitler. De vez em quando Bunge era tomado pelo temor de que algum dia entre eles pudesse haver um infiltrado. E Guste sempre tão calma, apesar de os nazistas certamente considerarem uma desonra da raça que Ida e seu chinês vivessem ali juntos. No entanto, Guste tinha-lhe dito em alto e bom som que se referisse a ele apenas como "Tian", pois qualquer outra coisa era degradante. Portanto, Tian. Sua Guste. O que estava fazendo ali era pura e simplesmente uma reunião familiar.

Momme também voltava a residir na pensão de forma permanente; após um intervalo em Husum, começou a trabalhar na livraria de Kurt Heymann. Respeitadas as coisas, o chamado da cidade grande foi mais forte que o de seu adorado mar do Norte.

Um dia, Ling estava à mesa da cozinha.

— Por favor, traga sua irmã aqui um dia destes — tinha-lhe dito Guste Kimrath. — Seria um prazer.

Nos tempos atuais, tinham de se manter unidos. Só restava esperar que a polícia secreta não andasse vigiando aquele grupinho tão heterogêneo.

———— -¡- ————

— Que me cortem a cabeça se esse é seu primeiro filho! — disse Dunkhase, aos gritos na sala de partos. Unger a mandou sair. Se a mãe do recém-nascido tinha mentido, não havia necessidade de gritar isso aos quatro ventos. Não era assunto que dissesse respeito à parteira, muito menos a ele; no entanto, tratou de abordar o assunto com a mulher, pois talvez tivesse mentido para sair de algum aperto.

— Abri mão de dois filhos — elucidou a mulher quando ele foi vê-la na enfermaria e se sentou ao lado dela. Ninguém os ouvia, as camas enfileiradas estavam desocupadas. — Meu marido não sabe que fui mãe solteira. Afinal, isso aconteceu antes de o conhecer.

— Ele a teria censurado?

— É um homem rígido.

— E onde estão as crianças? Quem sabe do paradeiro delas?

— Foram adotadas por casais que não podiam ter filhos.

O que havia algum tempo Elisabeth pretendia fazer. Agora, dizia sentir-se muito grata por não ter de juntar aos problemas a responsabilidade de um filho naqueles tempos terríveis.

— Lamento que a parteira tenha dito o que disse para todo mundo ouvir. É provável que a senhora Dunkhase tenha se sentido enganada, pois não se pode andar por aí mentindo a uma parteira.

— O mais importante é que meu marido não descubra nada.

— Vou me encarregar disso — afirmou o doutor Unger. — O feliz pai já foi avisado?

— Ele vem para cá assim que terminar o turno. Trabalha na Stadthaus.

Unger levantou-se. Na verdade, seu turno já tinha acabado, estava exausto. O trabalho na clínica, as funções assumidas em Duvenstedt. A preocupação que sentia por causa de Kurt. A ideia de que um médico tão extraordinário como Landmann já não pudesse exercer sua profissão era angustiante. E em breve chegaria o afortunado pai da Stadthaus, onde talvez tivesse interrogado e torturado pessoas ou então só havia se sentado diante de uma máquina de escrever de modo a deixar registradas as atrocidades.

Unger dirigiu-se para seu consultório, despiu o avental branco e por um momento considerou pegar o conhaque do armário, mas queria ir para casa. Talvez Elisabeth já estivesse lá; nesse dia tinha ido falar sobre os novos catálogos da casa Robinsohn.

O Mercedes não estava estacionado longe da clínica. Agora, tinha passado a conduzi-lo para facilitar os trajetos até Duvenstedt. Elisabeth comprara um pequeno DKW cabriolé. Ainda havia dinheiro de sobra, embora agora ele tivesse assumido as funções de administrador da fortuna, e na conta de Elisabeth só houvesse uns poucos milhares de marcos e já não fosse mais possível efetuar transferências para o estrangeiro.

Theo Unger estacionou diante da garagem da Körnerstraße e olhou para a casa iluminada onde o esperava Elisabeth. Lenha na lareira. Um disco no gramofone. A vida estava boa para eles, apesar de tudo. Quem dera continuasse assim por algum tempo.

— A situação está se agravando — comentara naquele dia Geerts, na clínica, depositando nos braços da parteira o bebê que acabava de nascer. — Não creio que se aproximem tempos de paz para este pequenino.

Era a segunda vez que a Gestapo o visitava. Os cavalheiros estavam à porta, adornados cada um com seu sobretudo comprido. Não eram de pele, mas impermeáveis, e tinham gotas de chuva. Aquele mês de novembro seguia ameno e chuvoso.

O tom havia mudado, agora era cortante. Saberiam que de vez em quando dava uma injeção de insulina no velho Harms e ministrava ferro e vitaminas em Käthe? Que organizava a correspondência de Rudi Odefey, inimigo do regime de quem andavam à procura?

Deram uma olhada no apartamento e pararam diante dos quadros. Arte degenerada?

— Continua a ter pacientes?

— Não — respondeu Kurt Landmann —, infelizmente não.

— O que lhe diz o sobrenome Odefey?

— Käthe Odefey era uma de minhas parteiras na Finkenau. — Estariam vigiando a casa da Bartholomäusstraße, aonde ia com vitaminas e chá da mãe de Unger?

— O senhor sabe que só pode tratar pacientes judeus?

— Eu sei.

— O senhor é ex-combatente?

Landmann também respondeu de maneira afirmativa.

— Nesse caso, poderá solicitar pensão alimentícia.

O que queriam esses homens, afinal? Garantir-lhe a subsistência? Inquietou-o a maneira como olhavam para os quadros. Landmann ouvira dizer que confiscavam obras de arte com a mesma facilidade com que revogavam licenças. Os *marchands* estavam encarregados de obter preços elevados no exterior pelos quadros confiscados de "arte degenerada".

No entanto, as telas continuaram na parede quando os homens se foram. Só depois de passar a noite em claro foi que Landmann as retirou das paredes e as embrulhou em lençóis a fim de levá-las a Lotte Unger.

— Mas você ama estes quadros — afirmou Louise quando ele acomodou no banco traseiro do pequeno Dixi *Natureza morta com figura negra*, de Maetzel, *Banhistas na praia do Elba*, de Hopf, e *No sopé do monte Süllberg*, de Bollmann.

— Exatamente por isso quero protegê-los. — De manhã, tinha ido à estação para telefonar de uma cabine para Lina e Louise, e também para Lotte Unger, em Duvenstedt. Tinha boas razões para desconfiar de seu telefone, uma vez que a Gestapo sabia muitas coisas sobre ele.

— Você vai sentir muito a falta deles.

Landmann sorriu para Louise.

— Você lembra? Quando lhe ofereci o carro, disse que podia me levar para passear quando estivesse velho e cheio de enfermidades.

— Você não é velho nem está doente.

— Mas estou em apuros — retorquiu Kurt Landmann.

Lançou um olhar para Bremer Reihe como se tivesse medo de a Gestapo estar atrás das colunas das casas ou escondida nas entradas do porão. No entanto, só se viam crianças brincando e um camareiro que arrastava caixas em frente à Artistenklause.

— Nunca vi você assim, com medo — observou Louise.

— Nos tempos atuais, não ter medo é estupidez.

Você teria medo? Ou sentia apenas tédio por este mundo que não se pôde salvar depois da guerra? "Paz para nossos tempos", declarara ter conseguido o primeiro-ministro Neville Chamberlain no início do outono, depois de assinar o Acordo de Munique, em que os chefes de governo da Grã-Bretanha, da França e da Itália atiraram partes da Tchecoslováquia para que fossem devoradas pelo voraz Reich alemão. Uma política de apaziguamento que não ajudou o mundo. Nesse mesmo dia de setembro, ele perdeu sua licença de médico.

Começou a nevar quando seguiam pela estrada que levava a Duvenstedt; era uma neve que não solidificava.

— Entra água pela capota — comentou Landmann.

— É um carro para tempo bom.

— Você continua trabalhando como revisora? Está ganhando dinheiro?

— Mais ou menos — respondeu ela. — Para as duas coisas.

Ali, em Duvenstedt, o mundo era aprazível. Landmann sentia saudade da aldeia, dos Unger, do velho Harms. Talvez tivesse ficado feliz pela última vez que organizou a fuga de Rudi. Polícia e ladrão. Lotte Unger não hesitou nem um segundo quando lhe pediu que guardasse os quadros para ele.

— O que você pretende fazer, Kurt? — perguntou Louise.

— Testar os limites — respondeu —, o que ainda se permite fazer como médico. E você?

— Hibernar. Disse o mesmo a meu pai. Ele gostaria que eu voltasse para Colônia.

— Lá você estaria mais protegida na qualidade de descendente de um casamento misto. — Kurt Landmann deu-se conta do que acabava de dizer. — Que estupidez horripilante — acrescentou.

— Isso também sou em Hamburgo, descendente de um casamento misto.

Lotte Unger abriu a porta de casa quando o carro parou em frente.

— Entrem — convidou-os, como se se tivessem tratado por você a vida toda. — Acabo de tirar o bolo do forno. Harms já vem. Tem correio.

Naquela tarde, a luz era cálida, apesar do céu cinzento de novembro diante das janelas. Nenhum deles sabia ainda que naquele dia um rapaz desesperado de dezessete anos havia disparado um tiro em Paris contra o diplomata alemão Ernst vom Rath como vingança pela deportação de sua família. Nenhum deles imaginava o que isso viria a desencadear dois dias depois.

Käthe sobressaltou-se ao ouvir a buzina. Aproximou-se da janela e viu o cintilar da luz azul na rua molhada. Não era a polícia que ia à sua procura: em frente de sua casa havia uma ambulância parada.

Ouviu passos apressados na escada. Abriu a porta e avistou dois homens com uma maca que iam para a porta da frente buscar o vizinho. Há cinco anos ele estava na entrada quando foram buscar Rudi. Às quatro da madrugada. Käthe se preparava para fechar a porta, mas se manteve ali, como se aquilo a reconfortasse. Aquele homem simpático, seu vizinho havia dezessete anos, estava estendido na maca, com os olhos fechados, os lábios azuis.

— Fique aí olhando, sim — vociferou a mulher dele. — Meu marido andou bastante transtornado por sua causa. Foi demais para o coração dele, a Gestapo vindo aqui a toda hora.

O que aconteceu em sua relação com os vizinhos? "Esta é uma casa decente", o proprietário assegurou quando foram ver o apartamento. "Casais. Famílias." Alugara-lhes a casa mesmo que eles ainda não estivessem casados. Era um homem afável, que morrera muito tempo antes. No entanto, nunca tinha tido nenhum problema com seus herdeiros.

Regressou à cozinha a fim de embrulhar o presente de Klaus, um boneco – médico – da *Elastolin* que queria entregar a Henny. A figura era um acessório da Märklin. Será que se recriavam acidentes ferroviários? Com pessoal médico?

A campainha tocou. Já era tarde. Henny estava no trabalho.

Alguma vez Käthe tinha sido assim tão assustadiça?

Landmann surgiu na escada.

— Trouxe uma coisa — anunciou e, dito isso, olhou para a porta dos vizinhos, como se tivesse ouvidos.

— Não estão em casa. Ele foi para o hospital.

— Uma carta da Dinamarca — especificou Kurt Landmann.

— Quer entrar? Vou fazer um café.

— Não — recusou ele —, já devo ter tomado umas duas garrafas na casa de Lotte Unger. Agora só quero ir para casa.

Esperava que a Gestapo não se lembrasse de passar por lá naquele dia. Nesse caso, só poderia lhes oferecer *Mulheres de Nidden*, único quadro que ficara na Bremer Reihe.

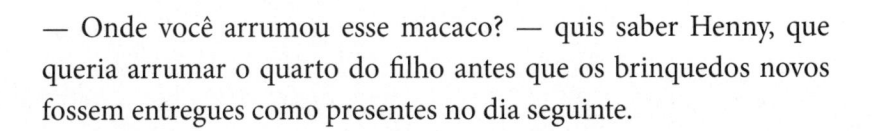

———-¡-———

— Onde você arrumou esse macaco? — quis saber Henny, que queria arrumar o quarto do filho antes que os brinquedos novos fossem entregues como presentes no dia seguinte.

— Chama-se *Jocko* — retorquiu Klaus. — Bert que me deu.

— Bert da sua turma? Ele lhe deu um macaco da *Steiff*, caríssimo, de aniversário?

— Não foi de aniversário. Ele me deu em outubro, quando ele e os pais foram obrigados a ir embora. Só podia levar uma pelúcia, escolheu o urso e me deu o *Jock*.

Henny sentou-se na cama de Klaus.

— Posso saber que história é essa? — perguntou-lhe. — Por que Bert e os pais foram obrigados a ir embora?

— Porque são poloneses. Tiveram de voltar para a Polônia.

— O papai sabe disso?

— Claro. Também era professor do Bert. Disse-me para não lhe contar nada, porque você ficaria aborrecida. É por isso que o *Jocko* estava no fundo da caixa dos brinquedos.

Henny colocou o *Jocko* debaixo do braço e foi para a sala de estar.

— Estou vendo que você encontrou o macaco — observou Ernst, colocando o jornal na mesa. Else, que costurava enfeites no vestido para a aula de dança de Marike, ergueu o olhar.

— Que macaco lindo — disse.

— E...? O que tem o macaco?

— Contei a ela — confessou Klaus atrás da mãe.

— Gostaria que seu pai me contasse tudo outra vez.

— Os Krone são judeus poloneses.

— Vivem aqui há anos — objetou Henny. — O menino nasceu em Hamburgo. O pai trabalha e tem um apartamento.

— No fim de outubro, o governo polonês retirou a nacionalidade de todos os poloneses que viviam no exterior há mais de cinco anos. Por isso os expulsaram tão rápido.

— "Os expulsaram tão rápido." Você diz isso como se tivesse sua aprovação.

— Bert chorou muito, e a mãe dele também — falou o rapazinho.

— Caramba — disse Ernst.

— Disso Hitler não sabe — assegurou Else.

Ernst levantou-se para sintonizar a emissora de rádio Reichssender. Qualquer coisa que evitasse aquela conversa. O diplomata Ernst vom Rath tinha morrido em Paris em consequência dos ferimentos, dizia o locutor.

Henny deu a mão a Klaus, voltou com ele e *Jocko* para o quarto do menino e fechou a porta.

— Posso ficar com o *Jocko*?

— Claro que sim. Sempre cuide muito bem dele. Com certeza Bert vai ficar contente se souber que o *Jocko* está feliz contigo.

— Ele sabe?

Henny não tinha resposta.

Durante a noite foram acordados por um clarão. Ernst aproximou-se da janela da sala de estar e afastou as cortinas. Era fogo?

Uma luz iluminou a enfeitada mesa dos presentes, da qual ao fim de algumas horas se aproximaria o aniversariante, que no momento dormia profundamente. Era a lua, não as luminárias que se viam três andares abaixo.

— O que é isto? — perguntou Henny, que se aproximou da janela por trás de Ernst.

Pela Mundsburger Damm avançavam multidões. Mais adiante, na direção da Hamburgerstraße, ouviam-se vidros partidos.

— Não sei — replicou Ernst. — Vamos dormir.

Moritz Jaffe dormia no sofá dos fundos da loja, como fazia sempre que ficava até tarde para consertar joias e, nesse caso, não voltava para o apartamento de dois cômodos da Schenkendorfstraße.

Assustou-se quando a vitrine foi reduzida a estilhaços, mas não acendeu a luz. Limitou-se a se aproximar da porta do quarto na ponta dos pés para trancá-la. Jaffe prendeu a respiração enquanto permanecia ali, apurando o ouvido.

— Morte à Judeia! Morte à Judeia! Morte à Judeia! — exclamavam a plenos pulmões e soltando gritos de alegria.

Um ruído, mais vidros. No entanto, não entraram no estabelecimento. Seguiram em frente. Quem sabe em direção à loja de tecidos Simon, na parte superior da Herderstraße.

Eles o teriam moído de pancada se soubessem que estava ali? Jaffe esperou bastante tempo antes de abrir a porta e ir para a frente da loja. Sentiu os vidros nos pés descalços e voltou a calçar-se.

Varreu a loja e colocou os cacos numa caixa resistente, deixando apenas os que havia no veludo da vitrine.

A Cruz de Ferro de Primeira Classe, que lhe fora outorgada quando lutou ao lado do *kaiser* na guerra, após a batalha de Verdun, ele guardava na parte de trás da loja, numa caixinha de couro.

Moritz tirou a condecoração do estojo e depositou-a no meio dos vidros, que brilhavam à luz de rua mais próximo. Um último objeto de exposição. A tolerância de que desfrutara até o momento havia terminado.

———-:-———

— As bonecas das vitrines da Robinsohn e Hirschfeld boiam no canal Alsterfleet — contou Lina. — Destruíram a loja inteira.

— Antes de qualquer coisa, sente-se — pediu Henny, dirigindo um olhar de súplica à cunhada. Estragaria a festa de aniversário de Klaus se falasse sobre isso na frente de Ernst.

Cortou o bolo marmorizado, em cujo centro estava a vela branca com trevos. Klaus tinha de soprá-la, pois dava sorte.

— No centro, quase não sobrou uma vitrine inteira.

Klaus contemplava a locomotiva com as carruagens de segunda e terceira classes.

— Também destruíram a vitrine da loja de brinquedos Schrader?

— Não — respondeu-lhe o pai —, a da Schrader não.

Klaus queria abrir o presente de Lina antes de comer o bolo.

— Os livros de Kästner estão proibidos — objetou Klaus.

— *Emílio e os detetives,* não — corrigiu Lina. — Nesse, nem nosso ministro da Propaganda conseguiu tocar.

— Klaus é muito pequeno para ler esse livro — disse Ernst.

— Não sou, não — negou Klaus. — Gosto de ler livros que não tenham tantas ilustrações. Tia Lina escolhe sempre os melhores.

Lina sorriu. Gostava de colocar o menino em contato com uma literatura distante da nova ideologia.

— Marike e Else não estão? — perguntou.

— Marike ainda está na aula de dança com Thies e, agora que você falou isso, Else já devia ter chegado há um bom tempo — respondeu Ernst. O curso na escola de dança Bartel, ali ao lado, na Ufa Haus, era caro demais para faltar.

Lina não esperou Else aparecer. Naquele dia, estava com menos paciência ainda para Ernst Lühr e tinha vontade de se sentar no sofá vermelho-coral para falar sobre as atrocidades que se haviam cometido em todo o país na noite de 9 para 10 de novembro.

Assim, não viu o quanto Else Godhusen estava transtornada quando enfim chegou para se juntar à comemoração do sétimo aniversário do neto, Klaus.

— Levaram Simon, o dos tecidos, porque tentou impedir que lhe destruíssem a loja. Foi a senhora Lüder quem me contou, ainda por cima orgulhosa. É provável que tenha sido seu rico Gustav quem partiu os vidros. Dei um pulo na loja para levar margaridas à senhora Simon.

Henny dirigiu à mãe um olhar de profundo carinho, algo pouco habitual. Else tinha coração e coragem. Haveria de chegar o momento em que a perdoaria por muitas coisas.

Ling, sozinha, estava debruçada na janela que dava para a Grindel-hof, vendo a sinagoga da frente, na praça Bornplatz, em chamas. Estava horrorizada com a ideia de que o fogo pudesse se propagar às outras casas da rua. "Noite de Cristal* do Reich", foi

---

* Também é conhecida como Noite dos Cristais (ou Vidros) Quebrados. (N. T.)

como batizaram a noite anterior. Como se tivesse sido um espetáculo festivo, magnífico. No entanto, dava a impressão de que ainda não terminara.

Estava preocupada com os pais, cuja taberna se encontrava fechada desde que as inspeções das autoridades começaram a ser constantes e tinham como único objetivo humilhá-los. Esperava que tivessem se refugiado na sala de estar e evitassem a rua.

No entanto, naqueles dias a "cólera espontânea do povo" que Joseph Goebbels mencionara parecia dirigir-se exclusivamente aos judeus. Podia sentir-se aliviada? Não. Ling tinha medo. Também por Tian, a quem os nazistas talvez castigassem com dureza por causa da relação que mantinha com Ida.

E ela? O que seria feito dela? Ling afastou-se da janela e dirigiu-se para o quartinho que dava para o pátio. Não queria ver mais nada queimando.

Kurt Landmann serviu o conhaque e bebeu-o enquanto perambulava pela sala com o copo na mão, olhando cada um dos objetos, tirando livros das estantes, como se estivesse disposto a organizar um leilão.

Voltou para junto da escrivaninha e fechou os embrulhos de acordo com a técnica cirúrgica, da qual ainda se recordava. Em seguida, iria até o correio da Hühnerpostenstraße enviar os três pacotinhos. E, por último, se ocuparia do que de fato precisava fazer naquele dia.

O que teria acontecido a Oda? Ainda estaria viva? Seus olhos pousaram nas *Mulheres de Nidden*.

Demorou trinta minutos para ir à Hühnerposten e voltar; àquela hora havia muita gente no correio. Bebeu outro conhaque. Já não restava muito na garrafa.

O frasquinho. Aqueles comprimidos eram de boa qualidade. Essa era a vantagem de ser médico, mesmo que sem licença para exercer a profissão. Foi à cozinha encher um copo de água da torneira.

Acabou o resto do conhaque e tomou os comprimidos. *Oda*, pensou. *Louise, Lina, Käthe*. Por último, pensou em Lotte Unger e nos quadros e em Theo, filho de Lotte.

Landmann contemplou *Mulheres de Nidden*, que não era o melhor quadro de sua coleção. Ainda assim, deixou-se levar pelas dunas.

———·!·———

Theo adivinhou o que significava o embrulhinho antes mesmo de abri-lo. Esperava estar enganado, mas a primeira coisa que lhe caiu nas mãos foi o alfinete de gravata com a pérola do Oriente. Depois leu a carta.

Não, pensou, e proferiu uma oração muda, embora na realidade soubesse que as súplicas e as preces dirigidas a um ser superior não serviriam de nada. Kurt Landmann, seu amigo havia muitos anos, morrera.

No diário que havia escrito durante a guerra, entre as páginas, quatro notas de cem marcos e a fotografia de uma jovem. "Oda", estava escrito em verde no verso. Tantos segredos. Também Unger guardava alguns.

"Vá até o apartamento e leve o que puder", escreveu Landmann. "Depois distribua as joias de minha mãe entre Lina, Louise e Käthe. E sem cerimônia. Não sou religioso e não tenho nada contra ser cremado. No diário, você encontrará algum dinheiro."

Theo Unger, o administrador de heranças.

Quando Elisabeth chegou em casa, ela o encontrou sentado, chorando.

———·!·———

Louise tinha diante de si um anel com uma turmalina rosa rodeada de pérolas e um envelope com mil *reichsmark*. "Não desista, bela criatura", tinha escrito Kurt Landmann. "Ainda é jovem para lutar. A mim, as forças abandonaram." Louise demorou muito para superar o sentimento de abandono.

Käthe surpreendeu-se ao constatar que a morte de Landmann lhe deu forças. Como se lhe devesse isso. Ao abrir o embrulho, deparou-se com o volume vermelho desbotado de poesia que deveria entregar a Rudi, além de vinte e quatro colheres de prata.

"Quem sabe que serventia poderão ter", escrevera Kurt Landmann.

Julho de 1940

No dia 18 de junho abateu-se sobre Colônia um grande ataque aéreo, o primeiro. O fato de Grete Stein ter abandonado naquele dia a proteção que lhe proporcionava a casa da Lindenthal foi ironia da vida. Morreu numa casa próxima da praça Chlodwig, pois nem no porão se salvaram ela e as amigas, que, depois de terem passado algum tempo tentando, a convenceram a sair para a rua aquela única vez.

O artilheiro tinha vinte e um anos, crescera em Bristol, onde viviam a mãe e a tia de Elisabeth. Ele e seus companheiros foram abatidos mais tarde, sobrevoando a Renânia.

A notícia afetou Louise como nenhuma outra. Nem a morte de Kurt tinha produzido aquele efeito. Talvez porque a de Grete Stein lhe parecesse muito mais atroz que a de Landmann, que, no fim das contas, tinha morrido quase pacificamente no sofá da Bremer Reiher.

Lina cuidava dela, mimava-a, amava-a. A ideia veio-lhe na época da morte de Lud, quando Louise a salvara da loucura.

Em Colônia, Joachim Stein tentava ser corajoso; ele convidara dois jovens a instalar-se em sua casa de Lindenthal. Não tinham podido prosseguir com os estudos de filosofia, cada um deles tinha um casal de avós judeus, e agora ambos trabalhavam nos escritórios da fábrica Ford Werke, em Niehl. As conversas vespertinas faziam bem aos três.

Numa tarde quente de verão, Lina e Louise estavam sentadas diante da janela, as três folhas abertas, a contemplar o canal. O céu era de um azul aveludado, mas já havia uns tempos que não inspirava confiança. Nem em Colônia nem em Hamburgo. Uns dias antes, perto da Fulsbüttelerstraße, um único bombardeiro tinha aberto caminho através das nuvens, e suas bombas explosivas tinham matado umas tantas crianças que estavam brincando.

Até a primavera, os britânicos tinham se limitado a lançar panfletos sobre Hamburgo; agora, jogavam bombas. Depois de um primeiro ataque aos portos St. Pauli e Altona, em maio, as sirenes passaram a ser algo cotidiano. No entanto, quase ninguém se dirigia aos abrigos antiaéreos, e agora, no verão, o apagão de casas e ruas, cuja disposição se havia ditado um dia depois de ter rebentado a guerra, no dia 1º de setembro de 1939, também não pressupunha uma grande limitação.

Louise tomou um gole de vinho, e lhe veio à mente o pensamento que tentava reprimir: que teria perdido o estatuto de filha de um casamento misto privilegiado se tivesse sido o pai, não a mãe, a morrer no bombardeio. Grete e ela teriam sido presas fáceis para os nazistas.

Levantou a mão e agarrou um dos últimos raios de sol do dia, o que arrancou um reflexo da turmalina rosa.

— Está pensando no Kurt — comentou Lina.

Henny fazia a mesma coisa com o anel de granadas: deixar que a luz lhe arrancasse reflexos e pensar em Lud.

A Gestapo selou e isolou o apartamento de Kurt Landmann assim que encontraram o corpo. Nenhum deles alcançou joias de sua mãe. O mais provável é que as tivessem leiloado em benefício do povo ou que apenas as tivessem distribuído em benefício da Gestapo. Unger só conseguira ficar com a urna, que depositou no túmulo dos pais de Landmann, em Ilandkoppel, cemitério judeu de Ohlsdorf.

— Sim — admitiu Louise —, estou pensando em Kurt. Podia estar aqui comigo, a reconfortar-me. Conhecia minha mãe havia muitos anos.

— Grete não gostava de sua relação comigo.

— Na opinião dela, seu único defeito era não ser homem.

— Acho que nunca chegou a admitir que somos um casal — refletiu Lina.

Sua locatária, a proprietária da casa nas margens do canal Eilbeck, também não. A senhora Frahm tinha a mesma idade de Grete Stein e, embora fosse de mente aberta, dificilmente lhe teria ocorrido que existisse uma forma de vida como aquela.

— Quanto tempo você acha que a guerra vai durar? Já lançaram a campanha na frente ocidental, estão na Dinamarca e na Noruega. Por que não se contentam com nada?

— Você se lembra do Momme, o rapaz de Dagebüll que vivia na pensão de Guste e era livreiro?

— Você fala como se ele estivesse morto. — Louise assustou-se.

— Quero pensar que não. Ocupou a Dinamarca em abril, é soldado de infantaria da Marinha. Agora está em Aalborg, e Jacki, de Berlim, está na Bélgica.

— É como se Guste precisasse engrossar o esforço de guerra.

— O mais provável é que dure uma eternidade. Na última guerra, também queriam regressar para casa na época do Natal. — Lina lembrou-se de um professor de desenho que morrera na França. Pôs-se de pé, foi ao quarto e tirou o medalhão de madeira de tília do toucador. Voltou para junto da janela e depositou-o no colo de Louise. — Abra.

— Quer que eu exponha seu segredo por aí?

— Era o que você sempre quis… Ou não?

— Escuro como o meu — observou Louise, depois de abrir o medalhão. — Mas meu cabelo é liso.

— Eu amava o homem a quem pertenceu esse cacho.

— Quem era?

— Meu professor de desenho. Eu tinha dezesseis anos, e ele, vinte e quatro.

— Teria sido aceitável — comentou Louise.

— Morreu na batalha do Somme. Quer que corte uma mecha de cabelo ou prefere fazer isso sozinha?

Louise fechou o medalhão.

— Agradeço por me contar seu segredo — declarou —, mas gostaria que o cacho continuasse onde está. Como ele se chamava?

— Robert.

— Em memória de Robert — disse Louise. — Afinal de contas, eu posso viver com você.

Era tarde, e a casa estava escura. Persianas negras diante das janelas, para trás haviam ficado os tempos em que a pequena vivenda urbana de três andares brilhava na noite como uma joia luxuosa.

Elisabeth ficaria em Berlim, na casa de uma amiga, até o dia seguinte. A opulência que a envolvia como uma manta de caxemira de Betty parecia protegê-la. Nenhum dos homens que vestiam camisas pardas a havia importunado. Sua aura de *grande dame* intimidava, e Unger esperava que continuasse assim.

Se acontecesse alguma coisa a ele, Elisabeth correria sérios riscos por ser a cônjuge judia desse casamento. A eclosão da guerra os tinha pego de surpresa, e acabavam de se habituar à ideia de que Elisabeth partiria para a Inglaterra.

Os tempos atuais eram avassaladores, um horror para quem só sonhava em ser feliz.

Onde estaria Landmann naquele dia? No exterior? Na Bremer Reihe? Sentia falta de Kurt. De sua generosidade, tanto em termos espirituais como materiais.

Aquela tarde em Flensburgo, quando colocaram Rudi Odefey num barco e depois foram ao restaurante de peixe de Piet Henningsen, era uma das recordações que Unger guardava como tesouro.

O alfinete de gravata com a pérola do Oriente estava no pequeno cofre que havia detrás do retrato a óleo das irmãs Ruth e Betty. Continuava a ser propriedade de Rudi; Unger esperava de coração que o destino não o privasse da possibilidade de lhe devolver a joia.

A última carta que havia escrito a Käthe estava datada de 2 de abril. Uma semana depois, a Wehrmacht invadira a Dinamarca, e desde então o velho Harms não voltara a receber correspondência.

"Vou voltar para casa", escrevia Rudi. "Dois anos são suficientes. Não quero mais viver sem você, Käthe."

Käthe tinha entrado em seu consultório e lhe pedido que lesse a carta para ver se ele era capaz de encontrar a resposta à pergunta sobre onde estaria Rudi.

"Não quero que você continue sofrendo enquanto vivo à vontade na Dinamarca. Não creio que me persigam mais por causa de uma quantia ínfima; agora eles têm outras preocupações."

Não. Theo Unger não tinha encontrado a resposta sobre o paradeiro de Rudi. Será que o teriam prendido? Um colega disse que nenhum grupo tinha chegado de Copenhague ainda.

"Devem ter interceptado suas cartas", disse a Käthe, para reconfortá-la, mesmo que isso fosse algo perfeitamente possível. Primeiro invadiam e ocupavam, depois do mais importante concentravam-se nas pequenas humilhações. Contudo, não havia como reconfortar Käthe, pois ela já estava uma pilha de nervos havia muito tempo. Henny confidenciara a ela que procurava evitar deixar Käthe sozinha na sala de partos.

Ele contou a Käthe que fora Kurt quem havia comprado o alfinete de gravata e que Hans Hansen não passava de um nome qualquer. Ela recebeu a notícia sem fazer nenhum comentário e pediu-lhe apenas que guardasse o alfinete para Rudi e as vinte e quatro colheres de prata. Käthe achava que a casa onde ele morava com Elisabeth era mais segura que a sua.

Um ruído do outro lado da porta o assustou. Teria passado pelas brasas?

Olhou para o relógio da lareira, já passava de meia-noite. Unger levantou-se da poltrona de couro e percebeu que sentia frio. Talvez até tivesse caído num sono profundo. Ouviu vozes no corredor. A porta da sala de estar abriu-se.

— Elisabeth — disse —, aconteceu alguma coisa? — Viu atrás dela Garuti, com a mala de Elisabeth na mão. — Pensei que você estivesse em Berlim.

— Alessandro fez a gentileza de me trazer de carro. Tem coisas a fazer em Hamburgo nos próximos dias.

— Não tinha passagem de trem? — Estava tão estupefato que se esqueceu de cumprimentar Garuti.

— Primeiro, peço que nos sirva alguma coisa para beber, porque a viagem foi esgotante. — Elisabeth deixou-se cair na poltrona de couro de onde ele próprio acabava de se levantar.

— O que você deseja? E você, Alessandro?

— Qualquer coisa forte — pediu Elisabeth.

Garuti não fez objeções.

Theo Unger abriu o conhaque, serviu três copos balão e ofereceu-lhes dois deles.

— Nas estações de Berlim arrancavam as pessoas dos trens e levavam-nas presas — contou Alessandro Garuti. — Primeiro na Anhalter e depois também em Lehrter.

— Por quê? — quis saber Unger.

— Examinavam os passaportes para encontrar judeus. Fiquei sabendo disso na embaixada.

Theo Unger dirigiu-se à mulher:

— Mas você não tem um "J" carimbado no passaporte, certo? — perguntou.

— Queria que eu ficasse ali vendo levarem os que têm esse distintivo enquanto eu continuava sentada no trem? Como você é insensível. — A voz de Elisabeth soava mais aguda e estridente que nunca.

Garuti tentou acalmar os ânimos.

— Em Berlim, respira-se uma tensão enorme — afirmou. — Veem-se por todo lado letreiros de proibição. Está todo mundo no limite. À tarde, quando tomávamos café na Kurfürstendamm, tive a sensação de que se aproximava uma tempestade, mesmo o céu estando limpo.

— E que, quando chegasse minha vez, eu diria que sou o cônjuge judeu de um casamento misto privilegiado, não é verdade?

— Sim — retorquiu Theo Unger. Já tinha bebido o conhaque e se colocou de pé para se servir mais.

— Apesar disso, em breve não me atreverei mais a pôr os pés na rua. — A voz de Elisabeth adquiriu um tom histérico.

— Com tudo o que está acontecendo e com a longa viagem, você está esgotada — diagnosticou Unger. — Vou lhe dar um remédio fraco para que descanse bem.

O movimento da mão de Elisabeth denotou o enérgico repúdio.

— Telefonei para sua mulher em Grunewald e propus a ela que viesse comigo de carro.

— Agradeço a atenção, Alessandro — disse Unger.

Estaria com ciúme? Não levantou nenhuma objeção quando Garuti se levantou de imediato e se despediu. Já eram duas e meia da manhã.

— Espero que amanhã à tarde não lhe surja nenhum imprevisto — comentou Elisabeth. — Vamos ver se é possível jantar aqui em casa, de uma vez por todas.

Unger acompanhou Garuti até o *Alfa Romeo*, que estava parado em frente à casa, na Körnerstraße.

— Até amanhã, então — despediu-se.

— Elisabeth anda muito tensa, está acusando a situação — explicou Garuti. — Desculpe-a. Não queria entrar em nenhum estabelecimento onde os judeus não sejam bem-vindos, mas já quase não sobra nenhum.

Theo Unger o seguiu com o olhar, alarmado.

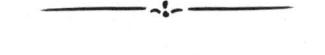

Em maio, completou oitenta e dois anos. Sem o médico. Com ele, teria sido melhor. O velho Harms bebeu sozinho sua cerveja com cúmel e se lembrou de Landmann. Sentia falta dele como de nenhuma outra pessoa havia muito tempo. Ninguém aplicava injeções como ele.

Naquele dia, o carteiro lhe entregara apenas um catálogo de plantas ornamentais, que não tinham muita saída, ouviu Harms, o jardineiro, dizer, uma vez que todo mundo queria plantar hortaliças no jardim.

— Imagino que seu sobrinho da Dinamarca já não esteja interessado na casa — observou o carteiro.

Harms demorou a entender o que o homem disse.

— Aquele que não parava de lhe escrever porque estava de olho na herança.

— Que nada. Acontece que já não está na Dinamarca, mas na França, com o exército vitorioso — redarguiu Harms.

Salvou a situação por uma unha; nos tempos atuais, as pessoas precisavam ter muito cuidado. Havia de perguntar ao jovem doutor Unger o que fora feito do rapaz no país vizinho depois da eficiente Wehrmacht ter varrido o local.

— Também distribuímos correspondência militar. Mas é provável que ande entretido com as francesas e não se lembre do velho tio.

O velho Harms mostrou-se resignado com a explicação.

———⁘———

Käthe foi até o porto, à missão para marinheiros dinamarqueses, mas nem lá alguém foi capaz de ajudá-la. Tinham trancado exilados alemães em algum campo ou prisão?

Mas, na missão para marinheiros, eram bastante cautelosos com o que diziam, com medo de provocar autoridades alemãs. A ocupação da Dinamarca estava sendo mais pacífica que a do resto dos países, uma vez que os nazistas consideravam os dinamarqueses praticamente um povo irmão, germânico. Quando Käthe saiu do escritório e já estava na escada, uma jovem a alcançou.

— Todos os processos de imigração da polícia dinamarquesa caíram nas mãos da Gestapo — confidenciou-lhe. — Ouvi falar em represálias, alguns exilados estão na prisão.

Käthe agarrou-se com força ao corrimão da escada.

— Mas muitos conseguiram fugir para a Suécia atravessando o estreito de Sund — acrescentou a mulher. — Quer um copo d'água?

Käthe negou com a cabeça; nos últimos tempos, desatava a tremer subitamente, mas depois passava.

— Espero que seu marido esteja vivo e que a senhora em breve tenha notícias dele. — A amabilidade da desconhecida reconfortou-a.

Käthe dirigiu-se às docas e embarcou no trem elevado. Em uma hora começava seu turno, e cada vez tinha mais dificuldade em se concentrar no trabalho. Onde Rudi estava? Se tivesse atravessado o Sund e chegado à Suécia, no momento um lugar seguro, teria tido notícias dele. Será que isso queria dizer que nas prisões dinamarquesas não era permitido nem mesmo avisar alguém de fora? Afinal, isso era possível inclusive nos calabouços da Gestapo na Alemanha.

— Más notícias? — perguntou Henny enquanto Käthe trocava de roupa. — Você está pálida e estamos em meados de junho.

— Morreu — respondeu a amiga.

Henny virou-se sobressaltada.

— Por que você diz isso?

— É um pressentimento.

Henny respirou fundo.

— Basta, Käthe. Assim você só vai se destruir.

Ali estava de novo o tremor. Desta vez durou mais tempo.

— Assim você não pode trabalhar — opinou Henny. — Imagine se comete um erro. É o que Dunkhase está esperando. — Conduziu Käthe à maca e encarregou-se de fazer com que ela se deitasse. Depois foi à procura de Unger.

No entanto, foi o doutor Aldenhoven quem a acompanhou. Unger não estava.

Examinou Käthe meticulosa e quase delicadamente.

— Você está proibida de trabalhar — declarou, terminantemente. — Vou afastá-la, senhora Odefey.

Não obstante, Käthe não o ouvia, havia perdido os sentidos – o que era a melhor coisa que lhe podia acontecer naquele momento.

Quando voltou a si, estava num quarto da ala particular. Unger, sentado ao lado, dizia que ficaria ali uns dias, até que terminassem os exames.

— Não posso pagar por isso.

— Mas eu posso — afirmou ele.

Casara-se com uma mulher rica, que naquela noite receberia Garuti para bajulá-lo com um jantar requintado. Soube por Henny que não havia ninguém que pudesse cuidar de Käthe a não ser a própria Henny, que andava assoberbada. A mãe de Käthe, que era quem ganhava dinheiro, trabalhava como cozinheira, e Karl Laboe já não era capaz de subir ao quarto andar.

— Se Rudi desse sinal de vida, Käthe ficaria boa em três tempos — afirmou Henny.

Talvez devesse ir ele próprio a Skagen, pensou Unger, à procura de Rudi. Era o que Kurt Landmann teria feito. Será que podia deixar Elisabeth sozinha? Mas primeiro tinha de ir a Duvenstedt buscar o frango cujo pescoço a mãe havia torcido para o jantar daquela noite.

Estaria com disposição para o jantar? Alessandro Garuti parecia-lhe um homem muito respeitável. Unger considerou que não existia motivo para sentir ciúme.

— E então ficou parado em minha frente — contava Else Godhusen —, de uniforme, e tinha a caveira na gola do casaco.

— Parece mentira que Gustav esteja ascendendo no seio dos nazistas — comentou Henny.

— Não me refiro ao Gustav, mas ao Gotha.

O caixeiro-viajante Ferdinand Gotha aparecera diante dos armazéns Karstadt, na Mönckerbergstraße, e agira com naturalidade.

— Quer dizer que ele é das SS… Não é muito velho para isso?

Esperava que esse fato não constituísse mais um motivo de preocupação. Henny ficou contente por Gotha ter saído da vida de Else. Será que ela pensava em retomar o contato?

O desmaio de Käthe, e a parteira Dunkhase correndo atrás dela com a certidão de nascimento porque tinha nascido um bebê com hidrocefalia. Desde agosto do ano anterior eram obrigados a denunciar todos os recém-nascidos que apresentassem algum tipo de deficiência. Era uma exigência para a prevenção de descendência com doenças hereditárias. Henny teria gostado muito de se deitar ao lado de Käthe no quarto da ala particular, pois tudo aquilo era demais para ela.

Na varanda dos fundos, a dos gerânios, estavam Marike e Thies. Marike completara dezoito anos dias antes, e Thies era pouco mais velho; eles se encaravam, olhos nos olhos, como se seu compromisso matrimonial estivesse iminente. Por mais que gostasse de Thies, Henny não queria que Marike cometesse os mesmos erros que ela. "Um pouco precipitado", tinha dito Käthe um tempo antes, quando o casamento com Lud estava prestes a acontecer. E tinha razão.

Onde Rudi estava? Teria morrido? Recusava-se a acreditar nisso, assim como Käthe, que lamentava sua morte a fim de apaziguar os espíritos malignos. Deixavam em paz quem imaginava o pior.

— Marike e Thies bem podiam deixar a varanda livre e dar um passeio. Queria desfrutar do verão com você por um momento.

— Então diga isso a ela — respondeu Henny a Ernst, embora pensasse que a varanda também era de Marike.

Sentia cada vez menos vontade de viver. Se ali tivesse entrado no outono e no inverno, o campo já teria acabado com ele.

Em abril, os alemães chegaram por terra, mar e ar, deixando a pequena Dinamarca fora de combate com os soldados da Wehrmacht, numa campanha perfeita. Ao contrário de muitos exilados social-democratas, ele não havia conseguido fugir pelo estreito de Sund; os social-democratas estavam mais bem organizados e marginalizaram os comunistas sem compaixão.

Como fora detido? Continuava sem saber. O problema fora um copiógrafo, que, dessa vez, nem sequer tinha utilizado para imprimir panfletos e demais material propagandístico? Transferiram-no para Aalborg com mais quatro companheiros de infortúnio num caminhão da Wehrmacht. Depois, enfiaram-nos num barco. E foram muito além da Suécia.

A paisagem que se estendia diante da vedação de arame farpado lhe parecia fria, inclusive naquela época do ano agradável; no campo havia outros que falavam com saudade da região sulcada de rios de Danziger Werder, do lago vizinho e do mar Báltico, um paraíso em tempos de paz.

Eram sobretudo polacos, muitos civis, os que ali estavam detidos no Waldlager Stutthof, o "campo do bosque", como lhe chamavam de forma eufemística os guardas alemães, quando não era outra coisa senão um campo de concentração erigido com a finalidade de exterminar os prisioneiros.

Nos dias que se seguiram à sua chegada, permitiram-lhe escrever um cartão-postal, que ele esperava que Käthe tivesse recebido. Nenhum dos que ali estavam conseguira entrar em contato com os entes queridos, de maneira que era improvável que Rudi pudesse contar com esse privilégio. Contudo, não ter notícias de Käthe durante aqueles dias de fome e castigos físicos e mentais era, para ele, quase a maior tortura.

---------·:·---------

Sem Lotte, dificilmente teria sido possível aproveitar o delicioso jantar. Deu-lhes o frango e o alecrim. Do pequeno terreno de Lotte eram também as frutas vermelhas do verão com que foi preparada a sobremesa; a palavra mágica era "*horta*". Lotte também cultivava, como por artes mágicas, batatas e feijão-verde, e Unger levou tudo de Duvenstedt até a cozinha da Körnerstraße, onde estava a mãe de Käthe, que foi quem preparou o jantar, como agradecimento por tudo o que Unger fazia pela filha dela.

Theo Unger desceu à adega a fim de escolher os vinhos. Desejava mostrar a Garuti a cultura alemã. Algumas garrafas valiosas provinham da casa que os Liebreiz possuíam na Klosterstern. Afinal, o vinho era o que melhor suportava a passagem do tempo, fossem quais fossem as condições meteorológicas.

Escolheu duas garrafas de *Château Haut-Brion* de 1921 da prateleira de madeira e uma de uvas selecionadas dessa mesma safra da adega *Schloss Johannisberg*, para servir com a sobremesa. Apenas três anos depois de terminada a guerra tinham sido colhidas as uvas com que se elaboraram aqueles vinhos, e agora a Alemanha voltava a estar em batalha.

Há muito tempo a mesa da sala de jantar não exibia seus maiores luxos; Theo Unger vivia dias de grandes contrastes. Retirou a cápsula prateada das garrafas de vinho, tirou-lhes a rolha e as colocou no vão da janela. No jardim da frente, as rosas floresciam como anos antes na casa de seus sogros.

Esperava de coração que Ruth e Betty estivessem bem em Bristol; desde que a guerra havia começado, não podiam se corresponder com elas, menos ainda falar por telefone. Era evidente que isso também fazia os nervos de Elisabeth à flor da pele – e talvez simplesmente se sentisse bem com a adoração que Garuti professava por ela.

No fim desse jantar, planejaria a sério ir a Skagen. Por ser uma viagem de oito horas, teria de justificar sua ausência aos colegas sem levantar suspeitas.

— Sua mãe é um anjo — elogiou Elisabeth —, todos estes quitutes.

Unger virou-se para ela.

— Você está linda com esse vestido — afirmou.

Era de linho branco, meia manga e justo na cintura. Elisabeth cortara uma das rosas acobreadas do jardim para prender ao vestido. Um complemento perfeito para o cabelo louro-avermelhado.

— Você também vai trocar de roupa — aconselhou Elisabeth —, Garuti deve chegar lá pelas sete.

— Muito cedo para um italiano — comentou ele.

— Pedi que viesse a essa hora para aproveitarmos a luz do dia antes de sermos obrigados a deixar a casa às escuras.

— Acho que vou vestir um terno de linho.

— Vista o cinzento-prata com a gravata que lhe dei, combinará com minha rosa.

Meu Deus, mas que conversa refinada. O que a mãe de Käthe pensaria daquela reunião que ocorria na cozinha?

Garuti chegou pontualmente e ofereceu a Elisabeth um ramo de rosas alaranjadas, como se adivinhasse as tonalidades da tarde; ao dono da casa, uma garrafa de *Asti Cinzano* bem gelado.

Beberam o espumante como *aperitivo*, como disse Alessandro Garuti, e saíram com as taças para o jardim dos fundos. O ambiente era tranquilo quando se sentaram à mesa e a criada serviu o jantar. Garuti desfez-se em elogios sobre o frango com alecrim, receita de sua terra, segundo afirmou. O que Lotte Unger tinha e cultivava era uma horta meridional. Contaram a história da horta, falaram de galinhas e de coelhos.

— O alfinete de gravata que você está usando é muito bonito, Alessandro — elogiou Elisabeth, depois de comer o doce, enquanto bebiam uma última taça de vinho de sobremesa. — É um diamante de corte em ranhuras? Parece cinzento, quase chumbo.

— Sim. Combinaria perfeitamente com o terno de seu marido. Era de meu pai. Meu irmão e eu herdamos algumas peças.

— Mostre ao Alessandro a pérola do Oriente, pode ser? — pediu Elisabeth.

Unger levantou-se e foi até a sala de estar. Depois de retirar o quadro a óleo da parede, abriu o cofre. Tirou o alfinete de gravata e voltou à sala de jantar.

Alessandro Garuti cravou os olhos na joia.

— A pérola é valiosa — concluiu. — Não é minha intenção ofender vocês, mas o alfinete não é.

— Nós sabemos — admitiu Unger.

— Eu tive uma pérola semelhante, mas o encaixe era de ouro lavrado.

Colocou o alfinete na palma da mão de Unger.
— Pertencia a sua família?
— Vamos ao salão — sugeriu Theo. — Tomamos um conhaque com café e lhe conto a história da pérola.
— Os senhores são pessoas de extrema cultura. Estou gostando muito dessa união. As conversas nas reuniões de Berlim mudaram muito.

No salão entrava a última luz do dia. Em breve teriam de fechar as cortinas e acender a luz. Serviu o café e o conhaque, e Theo falou de um comunista que lhe pareceu muito jovem quando Kurt Landmann e ele próprio o levaram de carro a Flensburgo, embora tenha sabido por Käthe que naqueles dias de julho Rudi completaria quarenta anos.

Até que ponto poderia contar àquele assessor cultural da embaixada italiana sobre essa fuga, sobre o desaparecimento, sobre a incerteza? A Itália era uma nação aliada de Hitler.

Teria Garuti desconfiado de sua hesitação?

— Em Berlim confidenciei a Elisabeth que não sou partidário dos fascistas — confessou. — Espero poder contar também com sua confiança, Theo.

— A última carta de Rudi Odefey data de 2 de abril. Desde então, a esposa não voltou a ter notícias dele. Diga-se de passagem que a cozinheira que nos mimou desta forma hoje é mãe dela.

— Ainda está aqui? Gostaria de agradecer-lhe — declarou Alessandro Garuti, embora parecesse ausente.

— Irá para casa em alguns minutos — respondeu Elisabeth.

— Nesse caso, você se importaria de me acompanhar até a cozinha?

Anna Laboe acabava de tirar o avental quando apareceu o assessor, que elogiou sua arte culinária e a perturbou. Continuou pasma por um bom tempo depois de Elisabeth e Garuti terem regressado ao salão.

— Gostaria de ajudar vocês a localizar Rudi. Talvez possa descobrir alguma coisa em Berlim sobre a atividade da Gestapo na Dinamarca ocupada. Sabem em que ano nasceu o desaparecido?

— Em 1900 — respondeu Theo Unger.

— Tenha cuidado — pediu Elisabeth. — Não se arrisque por nossa causa.

Garuti balançou a cabeça.

— Permitam-me fazer uma pergunta — replicou. — Não sei se entendi de forma correta o sobrenome. É Odefey?

— Positivo — confirmou Unger.

— Não há muita gente com esse sobrenome, certo?

— Sim, é pouco comum — concordou Elisabeth.

Alessandro Garuti levantou-se.

— Agradeço a vocês a hospitalidade. Espero poder retribuir a amabilidade muito em breve.

Elisabeth e Unger o acompanharam até o lado de fora. Na rua, não havia nenhum *Alfa Romeo*. Garuti tinha ido de táxi e pretendia seguir a pé até o outro lado do Alster. Um passeio lhe faria bem, garantiu.

Henny escutou Momme com atenção quando este falou da Dinamarca, da guerra, da Wehrmacht, da licença de que desfrutara em casa, e, em seguida, ela lhe contou de Rudi.

Momme olhou ao redor, como se nas árvores houvesse à espreita alguém que pudesse transformar-se em delator num piscar de olhos. Todavia, no jardim só estavam Henny e Guste, cada uma delas com um cesto no colo e um garfo na mão, de modo a soltar as groselhas dos caules que Momme acabava de colher. Ida nem sequer estava lá, e era por sua causa que Henny se encontrava na Johnsallee. Já quase não visitava a amiga na Hofweg.

— Ainda se mostram comedidos com os dinamarqueses, mas tratam os exilados com extrema dureza — contou Momme. — Dizem que a Gestapo transferiu alguns de Aalborg para Danzig.[*]

— Danzig?

---

[*] Atualmente a cidade de Gdansk, na Polônia. (*N. T.*)

— Passaram um pente fino no país e reuniram todos os comunistas. E depois enviaram-nos para leste de barco. Em Danzig há um campo de concentração.

Henny pressentia que Rudi estava lá.

— Posso dar um telefonema, Guste?

— Espero que não nos tenham colocado sob escuta.

Henny se arriscou e ligou para Unger.

— Campo de concentração perto de Danzig? — perguntou este. Nunca tinha ouvido falar. Tentaria averiguar.

— Não creio que Rudi ainda esteja na Dinamarca. — Contudo, tinha certeza de que continuava vivo. Não era o melhor?

— Vamos contar a Käthe? — sugeriu Theo Unger.

— Vou falar com ela — ofereceu-se Henny e, dito isso, voltou para o jardim. Sentou-se na cadeira de vime branco e continuou a separar as groselhas dos caules.

— Ida vai ter um filho — contou Guste. — Vai fazer trinta e nove anos em agosto. Antes tarde que nunca.

Henny esteve prestes a deixar cair o cesto do colo.

— É sempre uma bênção ter um filho — declarou Guste. — Quase sempre.

"Ficarão com o quarto do jardim", decidiu quando Ida e Tian lhe deram a notícia. "É iluminado e espaçoso. Eu e Bunge nos instalaremos no sótão."

Bunge não achou graça nenhuma: aquelas escadas todas, a quantidade de degraus. Contudo, era pelo bem do neto. Quem havia de imaginar tal coisa a essa altura?

— Está de quantos meses? — indagou Henny.

— Ida diz que está de quatro meses.

— Já dá para notar?

Guste negou com a cabeça.

— Se assim fosse, não os deixaria sair juntos — assegurou. — Ainda eram capazes de prender Tian e Ida na rua e levá-los por desonra da raça.

— Mas ele não é judeu — objetou Momme.

— Também arranjaram uma solução para os chineses — respondeu Guste. — Eles perdem a autorização de residência e são expulsos se mantiverem relação com uma mulher alemã e se, para piorar, com ela tiverem um filho.

— E agora andam juntos por aí? — Henny, que não queria esperar mais, pôs-se de pé a fim de levar o cesto para a cozinha. Preferia ir para a clínica a estar com Unger, que, naquele domingo, trabalhava. Depois falaria com Käthe.

— Tian foi visitar Ling — contou Guste. — Ida eu não sei onde está.

———— ·:· ————

— Estava a procurando — disse Friedrich Campmann.

Ida levantou os óculos de sol e colocou-os no alto da cabeça.

— Por quê? — quis saber.

— Queria me despedir. Vou para Berlim, ficar por uns dias.

Sentou-se à frente dela numa das novas cadeiras de ferro forjado do terraço; achava mais confortáveis as antigas, de vime; no entanto, Ida havia mudado todo o mobiliário da varanda na primavera.

— Joan está lá ou está viajando a negócios?

— As duas coisas — respondeu Campmann. Surpreendeu-o que ela dissesse "Joan".

— Nesse caso, vou aproveitar para conversar com você — disse Ida. — Friedrich, você tem a grande oportunidade de me atacar. Muito pior, pode acabar com Tian e comigo.

— Por que estamos falando sobre isso, Ida? Desde que a guerra começou sei que ele é seu amante. Você e eu seguimos por caminhos diferentes há muitos anos.

— Estou grávida.

Campmann, imóvel encostado à pequena almofada estampada de rosas, não disse nada.

— Existe há dois anos em Berlim um escritório central para assuntos chineses, e à frente dele está o chefe da Gestapo. Um decreto proíbe a relação de chineses com mulheres alemãs.

— Eu sei — afirmou Friedrich Campmann.

— E você ainda não fez nada?

— A tragédia do nosso casamento é que você sempre partiu do princípio de que eu queria prejudicá-la. Mas a verdade é que eu a amava. Os grandes sentimentos desapareceram, mas continuo não desejando mal nenhum a você, Ida.

— Isso significa que não vai nos denunciar?

— Não. Onde você vai morar?

— A irmã de Tian nos ofereceu o apartamento dela em troca do quarto da Johnsallee, mas ele não quer mandar Ling embora de lá de maneira nenhuma. Por enquanto, vamos morar com Guste.

— De qualquer modo, o futuro avô também vive lá — argumentou Campmann. — Não me oponho a que você utilize de vez em quando esta casa, mas sem seu chinês, é claro.

— Em termos profissionais, não o prejudica o fato de que a mulher com quem você ainda é casado tenha um filho de outro homem?

— Você quer o divórcio?

— Você quer? — perguntou Ida.

— Você não pode se casar com Tian.

— Eu sei.

— O que lhe peço, Ida, é que seja discreta. É imprescindível que ninguém próximo saiba que você terá um pirralho chinês. — Agora percebia por que motivo Ida tinha dito "Joan" e não "sua modernete americana".

— Perdoo você pelo "pirralho" — disse Ida. — Obrigada, Friedrich.

———·!·———

Estavam sentados no consultório de Unger, conversando sobre a "atual conjuntura", como Theo Unger chamava as informações de Momme e a convicção de Henny de que Rudi continuava vivo e estava perto de Danzig.

— Talvez estejamos criando falsas expectativas — disse Unger.

Henny foi ver Käthe na ala particular. O mais importante era a esperança. A cara magra da amiga ganhou cor assim que ela pronunciou as primeiras frases.

— Estou convencida de que ele continua vivo, Käthe.

— As pessoas que estão nos campos de concentração voltam para casa?

— Sim — respondeu Henny. — Afinal de contas, ele não passa de um preso político qualquer.

E não é judeu, pensou. Kurt Landmann estaria de fato assim tão irremediavelmente perdido a ponto de preferir colocar fim à própria vida?

— Posso buscá-lo?

— Não — negou Henny.

Nada de gestos desesperados na vedação de arame farpado, conhecia Käthe havia tempo demais. Ou ela também acabaria do outro lado do arame farpado.

— Diga a Unger que vou para casa amanhã. Vou me cuidar e reunirei forças por Rudi.

— E por você — acrescentou Henny.

———— ·:· ————

Garuti deixou o cartão de visita com a chancela da embaixada italiana em cima da reluzente madeira de carvalho fossilizado negro: "Dott. A. A. Garuti". Conseguira acesso ao diretor do registro civil do bairro hamburguês de Neustadt e estava prestes a obter autorização para consultar os dados dos registros de nascimento. O senhor Poppenhusen, vestido à paisana para sua grata surpresa, declarou-se disposto a buscar os livros do ano 1900 para o assessor cultural.

Garuti deu uma olhada no escritório: uma estante da mesma madeira negra que a escrivaninha e entalhes de madeira maciça; detrás do vidro viam-se livros encadernados em couro e uma coleção de xícaras com motivos campestres e borda dourada. O assessor consultou o relógio: pelo visto, não era fácil encontrar os livros.

A porta se abriu.

— Aqui está — disse Poppenhusen, colocando o registro à frente de Garuti.

Nome e sobrenome: Rudolf Odefey
Data de nascimento (por extenso): 20 de julho de 1900
Nome, sobrenome e profissão do pai: desconhecidos
Nome e sobrenome de solteira da mãe: Margarethe Odefey

Alessandro Garuti suspirou fundo. De quem a virtuosa Margarita engravidara...?

— Também tenho a certidão de óbito. Mesmo sobrenome. E mesma data — disse o diretor. Abriu a página para que Garuti visse. Therese Odefey. Nascida em 20 de agosto de 1880. Falecida em 20 de julho de 1900.

O dia em que nasceu o filho, Rudolf.

Teresa, pensou Garuti, *perdoe-me. Não sabia.* Olhou para Poppenhusen.

— Lamento que, ao que tudo indica, seja má notícia.

— É boa e má ao mesmo tempo — retorquiu o assessor. — Quanto lhe devo pela informação?

Poppenhusen balançou a cabeça.

— Fazemos isso com todo gosto para os diplomatas de um país aliado — replicou.

Karl tinha o coração fraco demais para mais sobressaltos, por isso ela não disse nada. No entanto, três dias depois do jantar com que Unger prestara serviços ao afável italiano que tinha ido vê-la de propósito na cozinha, Anna Laboe não foi capaz de aguentar.

— O convidado para quem cozinhei no sábado é parecido com Rudi. Rudi de cabelo branco.

Isso se ele não tivesse já havia tempos o cabelo branco, pensou Karl. Com tudo o que provavelmente tinha passado. No entanto,

Karl recebeu a notícia com uma serenidade muito maior do que Anna supunha.

— Eu sempre disse que o pai de Rudi era um homem fino. Essa característica o rapaz não herdou de Grit.

— Então você acha que ele pode ser pai de Rudi?

— Peça a Käthe que pergunte ao doutor e que este pergunte ao italiano.

— Por ora, não vamos envolver Käthe nisso. Fico feliz por ter recuperado um pouco as forças, agora que acredita que Rudi esteja em Danzig. — Passou-lhe pela cabeça o quanto seria espantoso que, agora que apareceu o pai, Rudi desaparecesse. Que pudesse estar morto, não em Pommern. Olhou para Karl, que tinha a mão no coração. — Você tomou seu remédio?

— É só emoção. Espero viver para ver Rudi conhecer o pai. Você não podia perguntar ao doutor? Pode ser que ele saiba alguma coisa.

— Não, não farei isso — retrucou Anna, constrangida. Talvez se tivesse enganado e se deixado levar pela impressão que os elogios lhe causaram.

— Será que o italiano é conde?

Anna abanou a cabeça.

— É uma pena — afirmou Karl Laboe.

―――――― ~·~ ――――――

Quando se deparou com ele na Winterhuder Weg, Käthe quase não reconheceu Jaffe, tão definhado estava. Não o tinha visto mais depois da noite do massacre. A pequena loja estava vazia, só haviam trocado o vidro da vitrine. Ao que tudo indicava, Jaffe não voltara a pôr os pés lá.

— A pérola do Oriente — interessou-se —, conseguiu vendê-la?

— Sim. Com ela meu marido financiou a fuga, mas a Gestapo o prendeu na Dinamarca e encarcerou-o num campo perto de Danzig.

Moritz Jaffe baixou a cabeça.

— Sabe dele?

Käthe deveria contar a ele que se apegava com unhas e dentes a uma esperança sem ter prova nenhuma? Conjecturas? Algo mais?

— Sim — respondeu. Era nisso que queria acreditar.

— Que Deus o guarde — disse Moritz Jaffe.

— E o senhor?

— Eu não passo de um velho.

— Com cinquenta e oito anos?

Käthe ficou olhando para ele quando se despediram. Jaffe não virou para trás quando pegou a Winterhuder Weg. Ela o seguiu e viu que entrava no porão de uma das casas da frente.

Käthe deu meia-volta e foi para casa. Restava-lhe uma única lata de raspas de chocolate. Havia muito tempo que não surrupiava nada.

Deixou o saco das compras com a lata, embrulhada em jornal, pendurado na maçaneta da porta de Jaffe. Um agrado a Jaffe e aos deuses.

Talvez a ajudasse a salvar Rudi.

Setembro de 1940

Ainda bem que à noite ainda fazia calor quando Rudi se viu na estrada que seguia a oeste, na esperança de que algu carro lhe desse carona para percorrer parte do caminho, que sabe até Pasewalk.

Apesar das feridas em seu corpo e alma, sentia-se mais forte, uma vez que levava no bolso o certificado de libertação do campo de Stutthof. A libertação tinha ocorrido com a mesma arbitrariedade que a detenção.

Em Danzig, embarcou num trem, mas pouco antes de chegar a Stettin ficou evidente que não tinha bilhete. O fiscal podia ter mandado prendê-lo por tentar fraudar a Deutsche Reichsbahn, mas fez vista grossa e limitou-se a expulsá-lo.

Foi recolhido por um caminhoneiro que transportava sacos de cimento na carroceria aberta. Rudi mal podia acreditar na sorte de esse homem levá-lo a Rostock. O homem era calado, assim como ele, e a única coisa que o surpreendeu foi que Rudi comesse a casca de pão que lhe ofereceu como um lobo saltando sobre uma ovelha.

Pensar que do porto de Rostock podia chegar pelo mar a Hamburgo era ilusão, e passou dois dias à procura de como ir de carro a Lübeck, também em vão. Dormia atrás de um barracão, tapando-se com jornais que encontrou em bancos do parque, preocupado que o detivessem. Em Stutthof, diziam que também iam para campos de concentração mendigos e vagabundos. A fome o atormentava, e rondando o porto ele revirava lixo e, se fosse mais veloz que as gaivotas, Rudi poderia ter roubado delas as migalhas que comiam.

Por fim, pegou carona com um representante comercial num *Ford Eifel* que tinha o porta-malas cheio de roupas, das quais lhe deu uma camisa com as mangas mal cortadas e costuradas. Com aquela camisa, Rudi chegou a Hamburgo.

Um dos gêmeos do primeiro andar abriu-lhe a porta da casa da Bartholomäusstraße quando tocou a campainha – em vão, pois Käthe não estava em casa.

— Fomos recrutados — contou-lhe o rapaz. — Meu irmão e eu fizemos dezoito anos em agosto. — Rudi chegou a pensar que o jovem se alegrava com esse fato.

Sentou-se no último degrau do quarto andar. A viúva do vizinho simpático já não morava ao lado. Não chegou ninguém para nenhum apartamento, até que Käthe subiu a escada e o viu ali sentado.

———·:·———

— Vamos dar uma olhada — disse o agente da Gestapo.

Parecia jovial, embora fosse fácil imaginar que quisesse passar essa impressão. Guste o acompanhou pela casa e, quando se viram diante do quarto de Ida e Tian, fez uma prece aos céus.

Quando entrou com ele no quarto do jardim, Guste se propôs voltar a acreditar em Deus: não havia ali nem rastro de Ida. Apenas Tian estava lá; ele, debruçado sobre um livro, se levantou da escrivaninha. O homem da Gestapo tirou um documento do bolso. Ou seja, a presença tinha a ver com eles dois. Fora para isso que percorrera a casa inteira com ele?

— Chang Tian? Mora aqui sozinho?

— Sim — respondeu Tian.

— Trabalha para a Kollmorgen, na Große Reichenstraße?

— Sou gerente lá.

— Aqui consta que seu domicílio é Grindelhof, número vinte e um.

— Aqui é minha casa temporária, onde ficarei até terminar o livro que estou escrevendo. Com vista para o jardim, inspira-me mais que a Bornplatz.

— Bom, a sinagoga desapareceu, já não poderá ofender a vista de mais ninguém — informou o agente da Gestapo, que se aproximou para ver o livro com os caracteres chineses. — E a máquina de escrever? Não parece que você de fato trabalha aqui.

— Neste momento, ainda estou preparando o livro, que trata das diversas relações comerciais entre o Reich alemão e a China.

— No entanto, o comércio de café não é uma delas.

— Não — concordou Tian. — Escrever é o que me dou ao luxo.

Será que alguém o teria denunciado à Gestapo? Teriam delatado sua relação com Ida? O marido de Ida? Na realidade, não acreditava que fosse isso.

O homem deu uma olhada pelo quarto. Guste havia feito o mesmo antes e só tinha visto os animaizinhos de jade branco e negro de Ida. Nada suspeito, uma vez que eram chineses, assim como o bule azul e branco e os pequenos copos de chá que estavam na cômoda. Onde estavam os vestidos de Ida e seus pertences?

— Gira, sobretudo, em torno da porcelana — explicou Tian, aproximando-se da cômoda, como se ali se encontrassem as provas para o livro.

— A empresa Kollmorgen está em mãos alemãs.

— Sempre foi assim — corroborou Tian. — Depois da morte do fundador, Hinnerk Kollmorgen, que foi quem me formou, eu a estou gerenciando em nome de seu herdeiro, Guillermo Kollmorgen, que vive na Costa Rica.

Não obstante, o agente da Gestapo parecia ter perdido o interesse e só queria ver o livro de registro de Guste. Este estava até amassado por causa das vezes que estivera nas mãos da Gestapo.

— Você devia escrever um livro sério — disse Guste a Tian quando voltaram a ficar a sós. — As ideias são boas.

— O homem do dia é o pai de Ida — revelou Tian, olhando para a porta por onde Bunge entrava com dois grandes sacos de juta com a folhagem recolhida no fim de setembro. No entanto, os sacos já estavam cheios e com as costuras arrebentando.

— As coisas de Ida nunca voltarão a ficar limpas — afirmou Bunge, esvaziando os sacos até cair tudo no encerado piso de madeira de carvalho; mais pareciam dois montes de roupa para a campanha de auxílio de inverno. — Fui buscar dois sacos desses enquanto você estava lá em cima com aquele imbecil; depois eu e Tian colocamos dentro tudo o que parecia pertencer a Ida e, então, as levei para a arrecadação.

— Você merece uma estátua — elogiou Guste.

— Não creio que Ida vá partilhar do entusiasmo.

— Pois acho que sim. A alternativa teria sido Tian ir para os calabouços da Gestapo.

— Isso não pode mais acontecer — refletiu Tian.

— Precisamos de um plano de fuga rápida — sugeriu Guste. — Mas posso saber onde está Ida?

— Na Hofweg. O marido continua em Berlim.

— Esperemos que a situação não se prolongue. — Guste não esclareceu se se referia ao casamento de Ida ou aos nazistas.

Käthe o teria beijado da cabeça aos pés, mas Rudi, constrangido, resistiu. Estava imundo e cheirava mal, e por ora só queria uma coisa: tomar um bom banho. Durante todo aquele tempo, voltar a ver Käthe era a maior felicidade que podia ter imaginado, mas agora se sentia abatido e invadido por um esgotamento que sentiu infiltrar-se até os ossos. Quem dera Kurt Landmann estivesse perto para ajudá-los com sua inteligência. Käthe se sentia desiludida pelo fato de ele não ter desatado a pular de alegria com ela pela sala.

A pele ardia-lhe quando por fim se lavou; ele a esfregou com a escova de crina, inclusive as unhas, debaixo das quais ainda parecia prender-se a terra do campo de concentração. Só depois pegou no livro vermelho desbotado que Landmann lhe dera. Os poemas de Agnes Miegel, *Mulheres de Nidden*.

Sabia como Landmann tinha morrido, Käthe lhe contara por carta no fim de novembro de 1938.

— Sei quanto foi difícil para você, mas me dê um tempo, Käthe. Venho de outro planeta.

E Käthe o deixou sozinho por uns instantes; foi visitar Karl para lhe dar a boa notícia, depois Henny, na esperança de que Ernst Lühr não estivesse, e sua mãe, que talvez tivesse algum petisco para Rudi diretamente da cozinha dos Campmann.

Voltou para casa levando-lhe a alegria de quase todos, além de ovos, um pedaço de queijo *emmental*, quatro peras com suco de Anna e a recordação do olhar que o marido de Henny lhe dirigiu por cima do jornal, onde lia um artigo sobre a batalha aérea na Inglaterra. Ligou para Unger de uma cabine – esperara utilizar o telefone de Henny, mas a presença de Ernst Lühr a impediu.

Só quando se sentaram à mesa e Rudi comeu a omelete com *emmental* ralado por cima que Käthe lhe havia preparado e um quarto de pera foi que se sentiram felizes, por ter sobrevivido e por estarem juntos.

Era uma daquelas coincidências de que Theo Unger não podia sequer desconfiar naquele momento. Mal desligara o telefone, feliz com o regresso de Rudi, o aparelho voltou a tocar, e Alessandro Garuti perguntou se podia falar com ele. Não se importava de ir até a clínica, mas precisava falar com Theo a qualquer custo; só ficaria um dia em Hamburgo e já tinha adiado o assunto em demasia.

O que pensou Unger? Que o assessor lhe daria explicações e lhe confessaria seu amor por Elisabeth?

— Espero não incomodar — desculpou-se o assessor quando se sentou diante da escrivaninha de Unger, no consultório deste.

— O desfile já terminou, e não há operações pendentes.

— O desfile? — perguntou Garuti.

— Era assim que meu finado amigo e colega, o doutor Landmann, chamava a ronda de visitas — elucidou Unger.

Alessandro Garuti assentiu.

— Agradeço-lhe por me dedicar um pouco de seu tempo. O que quero contar-lhe é complicado.

Então, eu tinha razão; é sobre Elisabeth, pensou Unger.

— A primeira vez que visitei sua cidade foi há quase exatamente quarenta e um anos, em setembro de 1899. Para estudar literatura. Já então falava bem o idioma, minha *bambinaia*, minha professora, era sua conterrânea. — Garuti hesitou, como se se preparasse para respirar fundo antes de prosseguir com o relato. Unger não sabia aonde o italiano pretendia chegar. — Quando me convidaram, em julho, para aquele delicioso jantar em sua casa, mencionou-se um sobrenome: Odefey, vosso amigo de paradeiro desconhecido.

Unger ia interrompê-lo para lhe contar a novidade, mas não o fez. Primeiro escutaria o que Garuti tinha a dizer.

— Naquela época, apaixonei-me, logo nos primeiros dias, por uma jovem dois anos mais nova que eu. Ela acabava de fazer vinte e um anos. Tivemos uma relação amorosa, para grande desgosto da irmã mais velha dela, com quem Teresa vivia depois da morte dos pais delas. Quando voltei para a Itália, em dezembro, a fim de passar o Natal com a família e na primavera estudar em Bolonha, deixamos para trás uns meses muito bonitos. Uma vez que Teresa vivia com dificuldades, deixei-lhe uma corrente de relógio em ouro e um alfinete de gravata com uma pérola do Oriente. Pensei que poderia vender as joias de modo a facilitar-lhe a vida e permitir-se comprar as coisas bonitas que durante esses meses eu tinha lhe oferecido.

Unger estava tenso, na expectativa, pois foi assaltado por um pressentimento.

— Como se chamava sua jovem amiga, Alessandro?

— Therese Odefey, caro Theo.

Unger balançou a cabeça.

— Acredito que a mãe de Rudi Odefey se chamava Grit, que é um provável diminutivo de Margarethe.

— Isso significa que Margarita também morreu?

— Ela se suicidou em 1926.

Garuti soltou um suspiro.

— Quantas tragédias — observou. — Estive na divisão do registro civil e vi a certidão. A mãe de seu amigo, minha Teresa, faleceu no dia em que deu à luz, e Margarethe declarou ser mãe do rapaz. Pode imaginar por quê.

— Então... você é o pai de Rudi.

— Estou convencido disso. A data se encaixa perfeitamente, e Teresa não era uma mulher libertina. Despedi-me dela sem saber que estava grávida. É possível que ela mesma não o soubesse; contudo, esqueci tudo muito depressa quando não recebi resposta nenhuma às cartas que lhe enviei.

— Perdoe-me, Alessandro, mas não pensou nas consequências de se deitar com uma mulher tão jovem?

— *Dottor* Unger, éramos os dois muito jovens. O amor, a paixão e a medida de prevenção que meu pai me recomendou.

— O *coitus interruptus*.

Garuti assentiu.

— Seja como for, o resultado foi uma pessoa estupenda — assegurou Unger.

— Apesar disso, causei sofrimento — lamentou-se o assessor cultural.

— Seu filho anda há muitos anos tentando encontrar o pai.

— E agora é ele quem tem o paradeiro desconhecido. Ironia do destino. Tenho pensado muito sobre esse assunto e gostaria de ajudar a mulher dele em termos financeiros.

— Aceita um conhaque?

— Faz parte do equipamento de um consultório?

— Sem dúvida — retorquiu Unger, que acreditou ter ouvido Landmann.

Encheu os copos antes de contar o que tinha sabido por Käthe naquele mesmo dia.

---•---

Garuti voltou para Berlim, tal como tinha previsto. Pretendia regressar a Hamburgo na segunda quinzena de setembro para conhecer o filho, quando este já tivesse recuperado as forças depois de tudo o que vivera: fuga, emigração e o tempo preso no campo de concentração.

No entanto, pediu a Unger que avisasse os Odefey. "Não quero ser como o *arlecchino* de mola que sai da caixa", explicou.

Não restavam dúvidas de que Garuti também precisava de tempo. Ele havia se tornado pai de um filho aos sessenta e dois anos e escutou assombrado que Rudi tinha o cabelo castanho encaracolado e amava poesia.

Theo Unger passou a noite maquinando sobre quando e onde pretendia conversar com Käthe e Rudi; por fim, decidiu fazê-lo na casa deles. De preferência, o mais depressa possível.

Não na casa de Unger. Nem numa taberna, onde haveria barulho e confusão, algo pouco indicado para um momento de grande intimidade.

Só conseguiu adormecer depois das quatro da madrugada, um descanso pouco reparador, em que sonhou que Landmann estava em Duvenstedt.

No dia seguinte, soube por Lotte que o velho Harms tinha morrido.

Talvez devesse voltar a Ilandkoppel para depositar flores nos túmulos de Landmann e Fritz Liebreiz. No entanto, os mortos estavam sempre em segundo plano, observando o que faziam os vivos à frente, em primeiro plano.

---•---

— Não confiava no sucessor de Landmann — contou Lotte Unger quando foram à casa do velho Harms, onde estava morto.

— E você? Confia nele? — perguntou Unger à mãe.

— Não creio que seja cem por cento partidário do Führer, mas age como se fosse. É um oportunista como tantos outros. Contudo, é um bom médico, e seu pai confia nele.

Um dos vizinhos abriu-lhes a porta e conduziu Unger e Lotte à salinha.

— Primeiro, tomemos cúmel com cerveja — propôs o homem, que não era nenhum rapazinho. — Harms teria gostado disso.

Lotte procurou uma jarra para pôr as dálias de um vermelho-vivo, pois não queria deixá-las perto do defunto para que murchassem antes do tempo. Flores do jardim da frente; no dos fundos só cresciam frutas e hortaliças.

— Penso muito no passado — comentou Theo Unger.

— Devo me preocupar? — indagou a mãe.

— Como estão os quadros de Landmann?

— Bem embalados, na adega. Desde que o médico novo está aqui, não me atrevo a trazê-los para cima. E como vão as coisas com Elisabeth?

— Naquela época, quando me vi na mansão da Klosterstern e fiquei noivo, jamais teria pensado que me transformaria no trunfo da vida da Elisabeth. Protejo-a porque sou ariano, e isso não faz bem a nosso casamento.

— Também não faz bem ao casamento de Claas o fato de ele ser nazista.

Unger não pretendia dizer nada sobre o irmão, pois havia muitos anos que mal se viam.

— O pai de vocês não viverá muito mais — admitiu Lotte Unger.

— Por que você diz isso? Está doente? Como eu não sei de nada?

— Só está cansado de estar vivo — disse Lotte. — Acha que setenta e seis anos são suficientes.

— Mas ele não pretende se matar, certo?

— Não. Simplesmente um dia vai se deitar e não voltará a acordar. Tem tendência à teimosia, então colocou na cabeça que sua vida terminou, e assim será.

— E você ficaria aqui sozinha, sem ninguém por perto, em Duvenstedt.

— Tudo tem seu tempo — retorquiu Lotte, olhando para o filho com carinho. — Não se preocupe, ainda amarei a vida durante um tempo.

———·:·———

Por que Unger queria conversar com eles dois? Se tivesse a ver com o trabalho de Käthe, não os visitaria em casa.

— Você se preocupa demais — disse Rudi.

Havia muitos anos que Käthe tinha todos os motivos do mundo para isso.

Colocou uns sanduíches na mesa e cortou tomates e rabanetes. A cozinha não era uma paixão dela, e todas as tentativas de Anna ensinar-lhe as artes culinárias haviam fracassado anos atrás. Tinham dado o assunto por encerrado.

Quando cozinhavam em casa, quem se encarregava disso era Rudi, que, para aquela noite, comprara duas garrafas de *riesling*.

Rudi tentava reconquistar seu mundo, encontrar satisfação. Andava no trem elevado para percorrer a cidade e contemplava Hamburgo como se quisesse ver com os próprios olhos que todas aquelas coisas continuavam a existir. Em breve procuraria emprego numa tipografia, pois tinha chegado o momento de fazê-lo. Rudi esperava não mais ser alvo da Gestapo.

— Vou direto ao assunto — disse Unger, que logo em seguida só foi capaz de balbuciar. — Foram muitas as coincidências até agora.

Rudi demorou um pouco a entender que tinha um pai que agora sabia de sua existência e se declarava como tal. Desatou a chorar todas as lágrimas que não havia derramado desde que havia regressado de Danziger Werder.

— Era amante de Grit?

— Não — corrigiu Unger —, de Therese, irmã mais nova dela. Therese é sua verdadeira mãe, Rudi, mas morreu no parto.

Rudi não sabia nada sobre Therese, mas se levantou e foi buscar uma fotografia. Duas mulheres jovens. Uma foto manuseada da jovem Grit, de braço dado com uma mulher ainda mais jovem num jardim. As duas de vestido branco. Com gola alta que se cingia em redor da garganta. O cabelo preso num rabo de cavalo, tão repuxado atrás das orelhas que dava a impressão de terem o cabelo curto.

— Encontrei-a ao esvaziar o apartamento de minha mãe.

— Sua mãe é Therese, a quem seu pai chamava Teresa.

Rudi tinha de digerir tanta informação nova. O que a vida estava fazendo com ele? De Skagen a Danzig, passando por Aalborg. De Stettin a Pasewalk e Rostock. De Hamburgo à embaixada italiana em Berlim.

— Alessandro Garuti deve vir a Hamburgo no 20 de setembro e ficaria muitíssimo feliz em conhecer o filho — contou Theo Unger, entregando a Rudi o cartão de visita do assessor cultural e perguntando-se pela primeira vez a que corresponderia o segundo "A" do nome próprio.

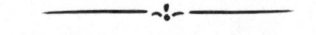

———— ·!· ————

— Então, afinal, é conde — disse Karl ao ver o cartão de visita.

Era a chancela da embaixada em Berlim na Tiergartenstraße, o bairro dos diplomatas. "*Ambasciata italiana*." Karl não foi capaz de pronunciar a primeira palavra.

E tudo aquilo dizia respeito a Rudi, seu genro. Quanta distinção na família.

— Você tinha razão, Annsche, nas semelhanças com Rudi.

— É parecido comigo? — perguntou Rudi.

— É muito parecido — corroborou Anna.

Rudi quase não acreditava. Tinha medo de o dia 20 de setembro chegar.

———— ·!· ————

Pai e filho estavam no saguão do hotel Reichshof, onde Garuti se hospedou. Quando se cumprimentaram, Alessandro apertou demoradamente a mão de Rudi.

— Vamos dar um passeio pela margem do belo Alster — propôs. — Quero contar o quanto Teresa, sua mãe, era maravilhosa.

Qualquer um teria adivinhado que eram pai e filho passeando pela margem do Alster, um com farto cabelo branco, outro com os cachos ainda escuros, onde surgiam os primeiros vestígios de branco. Inclusive a maneira de andar os denunciava, e apenas vinte e dois anos os separavam.

Na ponte Schwanenwik, pararam entre dois altos candeeiros de rua de ferro fundido e apoiaram as mãos na balaustrada. Os dois tinham mãos longas e estreitas. Garuti desatou a rir.

— "*Mani di pianista*", dizia minha mãe. Mãos de pianista. Nada indicadas para gerir uma propriedade. Ainda bem que meu irmão é o mais velho.

— Minha avó. — Rudi estava espantado.

— E seu tio, que ainda está vivo.

Teriam tempo para se conhecer e fechar o abismo aberto quarenta anos antes?

Garuti ofereceu a Rudi os cantos do poeta Giacomo Leopardi, falecido em Nápoles, em 1837, e Rudi deu-lhe um de seus maiores tesouros, um dos primeiros livros de Erich Mühsam, que fora preso após o incêndio do Reichstag e levado ao campo de concentração de Oranienburg, onde morreu pouco tempo depois.

Os dois gostavam das palavras.

Quando se despediram, uniram-se num abraço.

O recrutamento chegou no último dia de setembro. Segunda-feira, depois de passar um fim de semana em que quase acreditaram que reinava a paz, tão cheios de sol haviam sido os dias junto ao Alster, a tarde no Uhlenhorster Fährhaus – uma sensação como a de antes de se iniciar a guerra. Seria mesmo verdade que queriam que alguém que acabava de ser libertado de um campo de concentração combatesse?

Outra forma de extermínio.

Voltariam a separá-los? Se tivesse forças para fazê-lo, Rudi teria desertado, teria cometido outra ilegalidade. Seria mesmo possível?

Käthe não acreditava. Aonde chegaria tudo aquilo, se já não existia a liberdade de ação, se podiam dispor de uma pessoa como se fosse um boneco da *Elastolin* num exército de brinquedo?

Julho de 1943

Os gerânios vermelhos subiam com tamanha opulência que era como se saudassem os gerânios de Rottach, nas margens do lago Tegernsee, para onde havia fugido Klaus, que tinha onze anos, junto com sua turma. Era como se quisessem apregoar aos quatro ventos quão belo podia ser um verão no norte. Havia muito que os hamburgueses não aproveitavam um verão como aquele.

Henny e Marike passavam bastante tempo na varanda naqueles primeiros dias de julho e nem desciam ao porão cada vez que soava a sirene de alarme, uma vez que desde 19 de junho não houvera nenhum ataque importante na cidade.

Apesar do medo que lhes inspiravam as bombas e da preocupação que sentiam por Thies e Rudi, que estavam na Rússia, desfrutavam do tempo que passavam sozinhas no apartamento da Mundsburger Damm. Ernst tinha ido com sua turma para a região de Mecklenburg e só regressaria no início de agosto.

Marike estava de férias, e Henny tirara uns dias de folga; aproveitaram para passear de bicicleta. No dia anterior, tinham voltado com sacos cheios de cereja da região de Altes Land. Ernst ficaria satisfeito ao ver a dúzia de frascos com cerejas em conserva na prateleira mais alta da despensa.

Thies estava no Báltico, com o grupo de exércitos do norte; Marike soubera dele pela última vez no fim de junho, e o rapaz estava preocupado com as notícias que circulavam sobre os bombardeios de cidades alemãs.

Como se à frente não tivesse balas a lhe rasgar a cabeça a toda hora e a todo instante nem granadas a explodir. Nos jornais de Hamburgo, os anúncios de óbito com a Cruz de Ferro enchiam páginas inteiras, e elas rezavam para que seus entes queridos continuassem vivos e estivessem sãos e salvos.

Naqueles dias Käthe foi pela segunda vez jantar com elas na varanda dos fundos do espaçoso apartamento, que era ainda mais bonito sem a presença de Ernst.

O fato de Rudi arriscar a vida combatendo na frente russa era algo que encarava com mais serenidade que o período que vivera na primavera e no verão de 1940, quando o havia dado por desaparecido. Agora, contava com um número na repartição militar e umas cartas que, no entanto, só apaziguavam seu medo provisoriamente: não seria possível lhe acontecer alguma coisa depois de enviar a carta?

Käthe levou quatro tomates grandes e maduros para Henny.

— Theo mandou lembranças. Esteve hoje em Duvenstedt. Também lhe trouxe umas framboesas.

— Guardou algumas para você?

— Levei-as para Karl.

Karl Laboe estava cada dia mais fraco, mas se propusera viver até o fim de julho, que era quando Rudi teria licença para ir para casa. Käthe ia vê-lo sempre que o trabalho lhe permitia, e, além disso, Anna tinha mais tempo agora, pois só cozinhava e limpava para Campmann.

Mia fora para junto da irmã em Wischhafen depois de os filhos desta terem morrido, um nos Bálcãs e o outro às portas de Stalingrado. Lene tinha o coração despedaçado de sofrimento, e Uwe não se lembrou de nada melhor para fazer que se atirar nos braços de uma camponesa do povoado vizinho de Kehdingen.

— Fico contente por o céu estar tranquilo — comentou Käthe.

— Karl já não é capaz de descer até o porão.

Parecia mentira que semelhante loucura tivesse acabado por se transformar num hábito. Descer até o porão. Ir para o *bunker*. Para o abrigo antiaéreo. Refugiar-se do que caía dos céus. Bombas. Não pensavam nisso sempre que os dias permaneciam tranquilos?

Ver os filhos, os irmãos, os pais embarcar nos trens, dar-lhes ovos cozidos, sanduíches e rabanetes, provisões para seguirem adiante. E esperar que voltassem. Ilesos, pelo menos de corpo.

Eram uma geração iludida, que se via obrigada a viver a Segunda Guerra Mundial. Que, depois da primeira, quis fazer melhor, mas não foi capaz de evitar a segunda das guerras.

— Amanhã é meu último dia de férias — disse Henny. — Se você tiver a tarde livre, podíamos dar um passeio pelos arredores do Aussenalster.

Käthe negou com a cabeça.

— Quero ter duas semanas inteiras quando Rudi vier, por isso estou acumulando dias de trabalho.

— Ainda bem que estão as duas aqui — comentou Marike.

A garota vinha de uma visita aos pais de Thies, que agora viviam na Armgartstraße, num apartamento maior, e parecia afobada.

— Corre o boato de que os ingleses lançaram panfletos em que anunciam a destruição de Hamburgo.

"Conversa fiada do inimigo", teria dito Ernst Lühr. Mas ele não estava ali.

As três mulheres entreolharam-se atemorizadas e tentaram não pensar no assunto durante o resto daquela noite de verão; preferiram contemplar as estrelas, que iluminavam o céu com tranquilidade.

———— ~!~ ————

O Alster resplandecia sob o sol e, sem barcos nem vapores, parecia abandonado à própria sorte. O Binnenalster era o único dos lagos que estava coberto para confundir os tripulantes dos bombardeiros. No entanto, Henny decidiu ir a Rothenbaum pela ponte Krugkoppel.

Já na ponte, contemplou a vista: as torres da cidade, as casas que se erguiam na margem, o verde tão abundante. Hamburgo parecia intacta. Em inúmeras cidades, as bombas haviam causado grandes estragos; Louise contava coisas espantosas de Colônia, e Lübeck ficara arrasada desde o Domingo de Ramos do ano anterior. Será que os panfletos que tinham caído do céu avisavam sobre um bombardeio maciço como o de Lübeck?

Henny tentou pensar na Johnsallee, nos poucos momentos de felicidade que se viviam a par dos grandes êxitos. Para Ida, Tian e a menina não havia melhor lugar que a pensão de Guste. Viviam em dois ambientes: o grande quarto do jardim para Ida e a pequenina e o outro para Tian, onde não havia nem rastro da família.

Tian achava uma feliz coincidência que na carinha de Florentine não se distinguisse nenhum traço chinês. Ida podia passear com ela nas margens do Alster e dar de comer aos patos, para quem Guste tinha sempre um pouco de pão, e não havia chance de passar pela cabeça de alguém com quem cruzavam que aquela menina de cabelo preto e os olhos azuis da mãe tivesse pai chinês.

Bunge saía com elas com frequência, o ritmo da menina de dois anos e meio ajustava-se ao seu. A pequena Florentine parava diante de cada flor, olhava assombrada para os cães que via e fazia com que os passeios fossem tranquilos.

Apesar da escassez de alimentos que proporcionavam as senhas de racionamento, seu avô quase não perdia peso. Ou talvez fosse coisa de Guste, com excelentes dotes de organização. O barril de arenques em salmoura, que havia chegado de Dagebüll por intermédio de Momme, alimentava-os havia semanas.

Ofereceram um arenque a Henny assim que ela chegou à Johnsallee, além de batata cozida. Agora Guste tinha cinquenta e seis anos, vinte a menos que Bunge, e este não era o único que esperava que aquela mulher conservasse seu brio.

Henny deveria falar sobre os panfletos? Não o fez. Só perguntou até que ponto o porão da casa era seguro.

— O teto é bastante sólido — afirmou Tian —, lá embaixo estaremos protegidos.

— Tem as paredes de uma fortaleza — acrescentou Ida, que parecia alegre e forte, apesar do segredo com que se via obrigada a viver.

Ela mudara muito ao lado de Tian. Como era bom tomar uma decisão. E que sorte quando essa decisão era adequada.

Guste deu a Henny várias groselhas do jardim, uma tigela grande, e essa quantidade significava muito nos tempos que era preciso passar horas na fila para comprar alface.

Henny pensou em levá-las à mãe, que se sentia um pouco perdida sem Klaus, para quem cozinhava todos os dias antes de o neto ter sido enviado para a Baviera com a turma.

A familiar casa da esquina da Humboldt com a Schubert, onde Henny tinha crescido. Else ficou feliz por vê-la. Inclusive tinha um pouco de açúcar para as groselhas, que dividiu em duas pequenas taças. Henny aproximou-se da janela e olhou para a casa dos Laboe, cujas janelas estavam abertas. Fazia um dia quente. E se tudo aquilo deixasse de existir? Não. Também dessa vez se recusou a seguir esse raciocínio.

— Deixe-me deitar no sofá, Annsche — pediu Karl Laboe. — Mas com você. — Não aguentaria até o regresso de Rudi, era evidente, mas isso Karl guardava para si. Seu coração parava durante alguns segundos. Não demoraria a esquecer-se de voltar a bater.

Quando o sol estava a pino e o calor era insuportável na cozinha, evocava imagens. Os filhos que a difteria havia levado em 1910 surgiam sempre em seus pensamentos. Mas também seus pais e Annsche. E seus irmãos, um dos quais morrera quando era pequeno e o outro, que morrera em setembro de 1914, numa localidade francesa cujo nome nunca havia sido capaz de lembrar. Se Käthe e

Rudi tivessem tido filhos, se preocupariam com eles nesta segunda guerra. Teriam sido em vão.

— Estou com sono, Annsche — disse.

Anna aproximou-se com a xícara, umedeceu-lhe os lábios secos com água fria e acariciou-lhe o rosto.

— Espere um pouco, Karl. Käthe deve estar quase chegando.

— É melhor que se apresse — respondeu ele.

Anna sentou-se na cadeira, junto ao sofá, e pegou-lhe na mão, fria apesar do calor. Virou-se para trás quando ouviu a chave na fechadura. Käthe apareceu no corredor.

— Vem, filha — pediu Anna. — Seu pai acaba de falecer.

— Ai, mamãe — replicou Käthe, ajoelhando-se e acariciando o rosto de Karl. Anna não lhe soltava a mão.

Uma morte doce. Nem imaginavam o sofrimento de que Karl Laboe havia sido poupado.

———— ·!· ————

A casa estava vazia. Elisabeth tinha ido visitar Lotte em Duvenstedt e traria ervilha e feijão-verde, acelga e chicória. Quem teria pensado tal coisa de Elisabeth Liebreiz, que só conhecia as rosas inglesas do jardim: *Lady Emma Hamilton* e *The Generous Gardener*? As duas mulheres entendiam-se ainda melhor desde que o pai de Theo Unger morrera, apesar de este nunca ter interferido na relação das duas.

Nesse dia, houve na clínica uma simulação de defesa antiaérea no *bunker* em que realizavam as operações e nos abrigos para as parturientes.

Aonde chegaria tudo aquilo?

Começava a escurecer. Theo Unger, que estava no jardim, entrou no salão. Sem olhar para o disco que tocava no gramofone, limitou-se a baixar a agulha.

A teu lado tudo era maravilhoso,
e não sabes quanto me custa partir,

pois só a teu lado me sentia como em casa,
mas o sonho que sonhava terminou.

Lizzi Waldmüller cantava. Será que Elisabeth teria comprado aquele disco?

Talvez Hamburgo se livrasse da destruição que tinha assolado outras cidades, por ser, como sempre havia sido, uma cidade anglófila.

Unger não pensava em nenhum inglês, pensava num italiano. Continuaria Garuti em Berlim? Havia muito tempo perderam o contato. Como ele avaliaria a situação em que estavam? Ou teria regressado à sua propriedade perto de Pisa?

Ouviu a porta e esperou Elisabeth entrar no salão. Carregava uma cesta de hortaliças.

— Está no escuro — observou.

Acender a luz implicava baixar as persianas escuras, e isso não lhe apetecia. O dia tinha sido duro. No ar pairava um grande nervosismo.

No dia seguinte, Henny voltaria ao trabalho; havia dias que ela não aturava a parteira Dunkhase. Não a aguentava mais.

— Sua mãe mandou saudações — transmitiu Elisabeth.

— Está tudo bem em Duvenstedt? — indagou.

— Está muito sozinha.

E quem não está?, pensou Unger.

— Perguntaram-me por que não ostento a estrela amarela.

Agora Unger tinha toda a sua atenção.

— Quem?

— O sucessor de seu pai.

Lorenzen, esse simpatizante.

— Imagino que deve ter relatado o argumento do "casamento misto privilegiado", não? — perguntou Unger.

— Dei um soco nele.

Quem dera não houvesse consequências. Unger recostou-se na poltrona de couro e fechou os olhos.

— Sou um fardo para você, Theo.
— Não — respondeu. Se havia algo que não queria admitir, era isso.

Na primavera, decidiu não ir com as crianças que evacuassem, pois havia voluntários suficientes para as oito turmas. Lina não queria ficar longe de Louise, pois sabia o que podia acontecer a ela nos tempos que estavam vivendo, quando os judeus eram obrigados a se apresentar no parque Moorweide, perto da estação Dammtor, a fim de serem deportados para Lódz, Minsk ou Riga, para os guetos que os nazistas ali haviam construído.

Havia tempos que não queria ser professora no serviço desse regime; era como se estivesse traindo ideais que já dava por perdidos. Na escola da Ahrensburgerstraße, a educação mista deixara de existir em setembro do ano anterior, de modo que meninos e meninas voltavam a estar em turmas separadas. Lina sentia vontade de desistir de tudo, mas de que viveriam se não estivesse empregada depois das férias de verão?

Lina não conhecia Moritz Jaffe, de quem Lud tinha comprado a ametista para seu medalhão de madeira de tília muitos anos antes. Jaffe rumou a caminho de Lódz, para o gueto de Litzmannstadt, já em outubro de 1941. O homem que elaborou as listas de deportados dessa primeira vaga deve ter ignorado que Jaffe lutara na Primeira Guerra Mundial e fora condecorado. Por isso, teve de ir para o campo de concentração de Theresienstadt provisoriamente antes de ir para o extermínio, em Auschwitz.

Contudo, Moritz Jaffe não levantou nenhuma objeção.

No cemitério de Ohlsdorf um pequeno grupo de pessoas se reuniu quando enterraram Karl Laboe junto aos filhos. Käthe e Anna,

Henny, Marike e Else. Theo Unger. O caixão de madeira de pinho claro entrou em contato com a terra seca; não chovia já havia algum tempo.

Cada um deles segurava uma rosa branca que Unger havia cortado de manhã no jardim dianteiro de sua casa, de uma roseira da variedade branca-de-neve, que quase não tinha espinhos.

Quando voltaram do cemitério naquele dia 22 de julho, à frente das casas, na rua, havia sacos de areia.

— É preciso jogar areia até no sótão. Proteção contra incêndios. Ordem da delegação local — informou o responsável pela defesa antiaérea da casa da Mundsburger Damm.

O que sabiam os da delegação? Henny e Marike subiram ao terceiro andar e tiraram a roupa preta, que as tinha feito transpirar.

— Já vou buscar a pá — disse Marike —, como se a areia servisse de alguma coisa.

Tinham esvaziado os sótãos, mas as vigas secas arderiam como pólvora.

Henny foi para a Finkenau. Nas árvores gorjeavam os pássaros.

———·:·———

A frivolidade de um dia de verão. Regar os gerânios. Engomar as blusas. Ir ao Alster. Comer sorvete na casquinha.

Marike foi à Biblioteca Nacional estudar para o exame de setembro. Tinha terminado os três primeiros semestres de medicina e, depois do quarto, teria o exame de residência.

Henny estava orgulhosa da filha; parecia o passo seguinte de uma nova geração, depois de ela se ter atrevido a formar-se enfermeira e trabalhar como parteira. Sua pequena Marike seria médica.

Naquele sábado, mais tarde, estavam as duas sentadas na varanda. Henny lia em voz alta uma carta de Klaus que chegara no início da tarde. Klaus sentia saudade de casa, mas estava bem em Tegernsee.

Quase não havia refrescado, e ambas estavam de combinação. Por cima das casas, o céu limpo.

— Vamos descer ao porão cada vez que soar a sirene? — perguntou Marike. — Seria bom dormir a noite toda.

A sirene havia tocado ininterruptamente, depois parado.

Embora estivesse na primeira fase de um sono profundo, Henny sobressaltou-se com aquelas sirenes horripilantes que ressoavam nas paredes da casa. Seriam os refletores da defesa antiaérea, cuja luz lhe permitia ver o relógio? Um pouco antes de meia-noite. Ou seria outra coisa? Os rumores a estavam deixando louca?

Henny acordou Marike. Vestiram-se depressa e pegaram as malas. A bagagem com documentos, senhas de racionamento, fotografias, as poucas joias que possuíam.

O porão estava mais cheio que de costume. O responsável pela defesa antiaérea, com o capacete de aço da última guerra na cabeça e o extintor de incêndio em mãos, os incentivou a entrar. Lugares fixos, que raras vezes haviam ocupado ao longo das semanas anteriores. A velha senhora Dusig segurava com força a gaiola de seu canário, que parecia adormecido. O filho mais novo dos Altmann lia história em quadrinhos enquanto a mãe tricotava. Günter, o irmão, de catorze anos, agarrava-se com unhas e dentes ao gramofone portátil. Henny e Marike eram as únicas que tinham vazias as mãos, que fecharam em punho quando ouviram as primeiras bombas.

— Não é aqui — observou alguém. — Soa muito longe.

Ouviu-se um sussurro quando as luzes de emergência piscaram. Depois, reinou o silêncio lá fora, até que as sirenes anunciaram o fim do alarme.

Nas ruas, havia pedras e telhas, argamassa que se desprendera das paredes. No ar, fuligem e cheiro queimado, mas os incêndios pareciam bem ao longe.

O apartamento sofreu alguns danos. As persianas tinham caído do encaixe, havia janelas quebradas. Marike foi buscar a vassoura e a pá e varreu os vidros. Henny levantou o auscultador do telefone e surpreendeu-se ao ver que dava linha. Discou o número de Else.

— Acabo de sair do porão — informou a mãe, sem fôlego. — Foi muito pior que das outras vezes.

— Quer que eu vá para aí?

— Não se atreva a sair de casa. Para eu dormir, você não faz falta nenhuma.

Quando desligou, Henny tentou ligar para Käthe; ficou algum tempo na linha.

— Parece que está funcionando — disse Marike. — Não se preocupe.

Sentaram-se na varanda e ficaram contemplando o céu noturno. Cada uma tomou vinte gotas de valeriana, mas teria sido preciso que bebessem o frasquinho inteiro para o coração acalmar.

Uma camada de pó cinzento cobria os gerânios.

———·:·———

— Aqui eu não fico — declarou Louise. — Ainda vou parar nos escombros de uma casa, como minha mãe.

— A Igreja de São Nicolau está em chamas — argumentou Lina —, assim como toda Neustadt. Grindel e Hoheluft e partes de Altona.

— Eu avisei. Vamos embora daqui, para o campo.

— Mas para onde? — perguntou Lina. — Para uma pensão?

— Por que não? Ainda me resta algum dinheiro de Kurt. Podemos ir para a baía de Hohwacht. Essa região sempre foi muito bonita.

— É em Hohwacht que formam os auxiliares de artilharia antiaérea. Ainda explodem seus ouvidos, embora se limitem a praticar.

— Como você sabe disso?

— Porque há alunos meus lá.

— Santo Deus — exclamou Louise, parecendo tímida e sem esperança.

Naquele domingo, os sinos de Santa Gertrudes ficaram em silêncio, embora a igreja não tivesse sofrido danos. O sol brilhava sem força e dava forma a uma estampa irreal, espectral como um quadro de Willink. No entanto, sua casa estava intacta, as mansões de fins do século continuavam de pé, com ar idílico, nas margens do canal Eilbeck. Por quanto tempo?

Talvez tivesse sido aquilo, e não houvesse mais bombardeiros.

De manhã cedo, Lina tinha ido visitar Henny e Marike, e na Mundsburger Damm o panorama era diferente. Nas ruas, escombros, inúmeros vasos de plantas despedaçados e tiras de papel-alumínio lançadas por aviões. Numa segunda visita, levou para Marike e Henny cartolina grossa que utilizava na aula de trabalhos manuais e que Marike pregou diante das janelas sem vidros.

Else estava na cozinha. Contou-lhes que Anna Laboe e Käthe haviam passado a noite no porão da Humboldtstraße e estavam bem.

Quando Lina voltou para casa, Louise arrumava uma mala. Em cima da mesa, diante do sofá vermelho-coral, havia outra, vazia.

— Pegue coisas para uma semana, até terminarem as férias. Falei pelo telefone com a Guste e ela me deu o endereço da mãe de Momme. Vamos para Dagebüll. Ainda me sobram alguns vales de combustível, não quero que as bombas me matem.

— Como estão as coisas na casa de Guste?

— Bastante bem, mas do outro lado da Rothenbaumchaussee é um horror. Grindel está em chamas, assim como Eimsbüttel.

Lina começou a fazer a mala. A casa ficaria vazia, pois, dias atrás, a senhora Frahm tinha ido para Landes com uma prima.

Antes de partir, Lina foi pela terceira vez à Mundsburger Damm e entregou a Henny a chave da Eilenau. Por via das dúvidas.

— Cuidem-se bem — disse. Mas servia de alguma coisa dizê-lo?

Tian estava diante da casa de Grindelhof, que se encontrava em ruínas, reduzido a cinzas.

— Ali ninguém sobreviveu — comentou um homem sujo de fuligem. — Tiraram muitos mortos do porão.

Talvez Ling tivesse escapado. Pode ser que tivesse ido dormir na casa de alguma amiga. No entanto, Tian pressentia que estava enganado, que sua irmã mais nova tinha sido vítima dos bombardeios noturnos.

— Para onde levam os mortos? — perguntou.

— Não faço ideia. Isso é um caos. Dizem que a Stadthaus também está em chamas.

A casa da esquina da Bornstraße continuava de pé. À frente, via-se muito ferro fundido proveniente das mesas da sorveteria. Tian sentia os olhos arderem, quase não conseguia ver, as lágrimas e o pó formavam uma pasta áspera como lixa. Talvez Ling nem sequer tivesse descido ao porão. Desde que os pais morreram, antes do nascimento de Florentine, ela estava melancólica. Ele não lhe deu a devida atenção, inebriado de felicidade com a chegada da filha. Sem os pais havia muito tempo, deixara Ling a sós com sua dor.

Uma mulher pegou-lhe a mão e afastou-o dos escombros, julgando, talvez, que ele fosse cego.

— Senhor Yan — disse —, lamento muito, mas sua irmã estava no porão. Eu mesma vi quando retiraram os corpos.

Tian tentou abrir os olhos, mas em vão: era como se tivesse as pálpebras coladas. Puseram-lhe uma garrafa na mão. De vidro. Água. Jogou a cabeça para trás e deixou que a água lhe escorresse pelos olhos até poder abri-los. Tinha à frente uma vizinha da casa da esquina.

— Para onde levaram os mortos?

— Dizem que estão abrindo valas comuns no cemitério de Ohlsdorf. Há milhares de corpos.

— Obrigado.

— A casa da Johnsallee sobreviveu à noite?

Tian fitou-a com cara de espanto.

— Foi sua irmã quem me contou. E também sobre sua filhinha. Às vezes eu e ela conversávamos.

— Obrigado — repetiu Tian.

A mulher era amável, mas o fato de pessoas desconhecidas saberem da existência de Florentine inquietou-o sobremaneira. Fez um agradecimento de cortesia em tom de despedida e empreendeu o caminho de volta até a Johnsallee, com muito custo.

Naquela noite, Unger trabalhava na Finkenau. Elisabeth tinha ido para junto da mãe, em Duvenstedt, uma vez que lhes parecia ser mais seguro; por sorte, Lorenzen não morava na casa de Lotte.

Duas noites antes, depois de o céu se apaziguar, subiram ao último andar da casa da Körnerstraße e viram o fogo do outro lado do Alster. Um inferno de que se livrara o bairro de Harvestehude.

Ele e Elisabeth não tinham descido ao porão nem se refugiado no *bunker* da vizinha Dorotheenstraße. Sentados na sala de estar às escuras, beberam duas garrafas do *Haut-Brion* de 1921. O que seria aquilo? Fatalismo? Não se tratava de medo de morrer, apenas de preocupação por Henny e por Käthe.

Naquela noite, tinham atribuído a Henny o turno das parteiras, e ele se propusera a levar Marike para a clínica. A futura colega estaria mais segura com eles no *bunker* da maternidade.

Na cantina, soube que Hildegard Dunkhase tinha perdido tudo nos bombardeios. O edifício que havia à frente do hospital de Eppendorf já não estava de pé. Ele não sabia que a parteira continuava morando ali. Por que não tinha ficado com o famoso professor Heynemann? A ela não acontecera nada, pois, na noite anterior, estava trabalhando; a Finkenau parecia ser uma garantia de sobrevivência.

Trinta minutos antes da meia-noite, Henny foi encontrá-lo no consultório.

— Pode ser que não aconteça nada — disse.

— E na sala de partos?

— As coisas estão tranquilas. Ao que parece, muitas das mulheres na reta final da gravidez saíram da cidade. Todos aqueles que têm parente no campo vão-se embora.

— Você não tem? — Como soava natural àquela altura tratar Henny e Käthe por você.

Suas "parteiras preferidas", dizia Aldenhoven, que ergueu as sobrancelhas da primeira vez que ouviu que se tratavam por você. Sem dúvida o chefe também não via com bons olhos a confiança, que lhe parecia excessiva. Não obstante, depois de tudo o que se havia passado e continuava a passar-se, Unger não se importava com hierarquias.

— Não — respondeu Henny. — E preciso ficar aqui. E não só pela clínica, mas também por Marike, Käthe e minha mãe.

A última parte da frase foi pronunciada em meio a sirenes. Faltavam vinte minutos para a meia-noite. As portas do inferno voltaram a abrir-se, e desta vez o fogo consumiu os bairros a leste da Lübeckerstraße. No entanto, as bombas abriram caminho até Hohenfelde e Eilbeck. Ainda bem que Lina e Louise dormiam com tranquilidade em Dagebüll, muito embora a casa que se erguia na margem do canal não tivesse sido afetada.

A jovem estava nos últimos meses de gestação quando chegou à Finkenau, praticamente despida. No corpo, só trapos queimados. Tinha atravessado o fogo desde Hamm pela Wartenaustraße, e Unger a levou nos braços até a maternidade. Acabavam de lhe tratar as queimaduras quando entrou em trabalho de parto, um parto que à jovem mulher pareceu fácil em comparação com o que havia passado para chegar ali. O filho nasceu faltando pouco para as quatro horas, e o ataque aos bairros a leste do centro tinha cessado duas horas antes.

É uma dádiva de Deus, pensou Unger, *o menino devia chamar-se Donatus.*

Colocou-o nos braços de Henny, uma vez que a mãe, exausta, tinha adormecido, muito embora as pálpebras tremelicassem.

Na noite de 28 de julho, uma infinidade de crianças foi vítima das bombas e da tempestade de fogo, mas disso Theo Unger e Henny ainda não tinham conhecimento.

---·:·---

Rostos fantasmagóricos de pessoas esfarrapadas, às vezes apenas de pijama e com o cabelo queimado, que empurravam carrinhos de bebês, transportavam restos de malas e muitas vezes se arrastavam pelas ruas dos bairros periféricos até chegar a uma povoação já repleta de pobres.

No entanto, dos que tinham ficado em Hamburgo, ninguém hesitava em descer aos porões, muito menos refugiar-se nos *bunkers*, nem sequer os mais imprudentes. Relatavam em voz baixa o horror vivido em Hamm, Hammerbrook, Rothenburgsort, assolados por incêndios inacreditáveis.

Käthe não quis ir ao *bunker* detrás da Beethovenstraße quando Anna lhe propôs já à tarde que procurassem um lugar para dormir. Käthe queria esperar em casa por Rudi, que em princípio deveria chegar na noite de 29 de julho.

— Promete que pelo menos descerá ao porão quando soar a sirene de alarme? — pediu Anna Laboe.

Ainda bem que Karl já não era vivo para ver que do céu caía fogo e enxofre, que ele tinha morrido antes de correr o risco de ser queimado no sofá.

Käthe não desceu ao porão quando, dois minutos antes da meia-noite, as sirenes começaram a tocar e Rudi ainda não tinha chegado. Correu para o *bunker*, e foi uma das últimas pessoas que deixaram entrar antes que as portas de aço se fechassem. Quem lhe sussurrou que fosse para lá juntamente com Anna e Else?

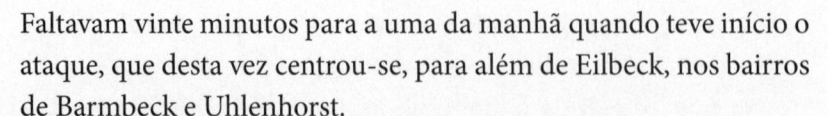

---·:·---

Faltavam vinte minutos para a uma da manhã quando teve início o ataque, que desta vez centrou-se, para além de Eilbeck, nos bairros de Barmbeck e Uhlenhorst.

Unger estava de prevenção ao incêndio na Finkenau. Não dormia havia duas noites, mas não se importava, estava sob tensão.

Durante o dia, passou umas horas no jardim da Körnerstraße e surpreendeu-se ao ver que o verão continuava ali, assim como os besouros e os pássaros.

Pedira a Henny, em vão, que fosse para a clínica com Marike, pois ficava preocupado que não estivessem a salvo no porão. O que podiam fazer aquelas simples vigas que deviam sustentar o teto do porão se as bombas atingissem a casa?

Dessa vez atacariam seu bairro. Unger não teve dúvidas quando uma bomba caiu na casa dos diretores, junto à clínica. No seguimento das piores explosões na Hamburgerstraße, correu o rumor de que os grandes armazéns Karstadt tinham sido alvo das bombas.

Viam-se pequenos incêndios no telhado de quatro sótãos da Finkenau. Conseguiram apagá-los. No entanto, na Hamburgerstraße as chamas eram vorazes. Unger não sabia a extensão do incêndio.

No porão da casa da Mundsburger Damm eram muitos os que faltavam; no entanto, estavam ali a senhora Dusig com seu canário e a senhora Altmann com os filhos, além de uma senhora desconhecida que, com uma criança pequena no colo, mordiscava um cigarro apagado.

Pouco antes da uma da manhã, o inferno desabou. Mal houve silêncio entre as explosões, que faziam tremer o chão de cimento. Caía cimento do telhado, que começava a queimar. A casa estava em chamas. A partir do telhado, o fogo devorava tudo o que encontrava pelo caminho e passava pelos diversos apartamentos. O edifício não demoraria a ruir sobre eles.

O responsável pela defesa antiaérea propôs que abandonassem o porão.

A maçaneta da pesada porta era um pedaço de ferro em brasa, mas o homem conseguiu abri-la e foi recebido por um fogo crepitante antes que a porta se fechasse de repente. Não havia escapatória: morreriam asfixiados ou queimados. Henny e Marike deram as mãos, com força.

As luzes de emergência falharam. A desconhecida pegou um isqueiro da mala que levava e tentou acendê-lo. Lá fora, as labaredas eram altas, e ali dentro tentavam conseguir que uma pequena chama lhes mostrasse como sair do porão. No entanto, apagou-se.

Günter levantou-se de um pulo, derrubando o gramofone portátil, que estava à frente: acabara de se lembrar de que tinha uma lanterna. Um pequeno ponto de luz que foi percorrendo as paredes de tijolo até encontrar a marca que assinalava onde se podia abrir a parede de modo a passar para a casa ao lado.

Começaram a bater no tijolo com as pás do carvão e um único martelo. A brecha não era grande, mas do outro lado não havia fogo e o ar parecia mais claro. Günter fez passar a mãe, o irmão. Entregou a este último o gramofone e a gaiola da senhora Dusig. Em seguida, o rapaz ajudou a velha a transpor a abertura. Depois, a jovem com o bebê. Do outro lado, puxavam para ajudar. Depois Marike. Henny. As malas. Günter foi o último.

Quando saíram do porão da casa vizinha, viram que também ali o fogo causava estragos, mas que acabara de chegar ao terceiro andar. A casa de Henny e Marike estava prestes a desmoronar.

Os frascos das cerejas em conserva. *Jocko*, o macaco. Os trabalhos de carpintaria de Lud. E também a maleta de parteira. Tudo havia desaparecido.

———-:-———

O trem de Rudi parou antes de chegar à estação de Schwerin. Os trens tinham parado, e naquela noite mais nenhum prosseguiria até Hamburgo. Só às nove da manhã do dia seguinte Rudi estaria diante da casa onde vivia com Käthe, que agora era apenas um monte de escombros.

— Sua mulher está viva! — gritou uma senhora atrás dele. Se bobear, bastava falar.

Rudi virou-se: a mãe dos gêmeos. Ainda estariam vivos? Assim desejou, de coração.

— Onde ela está? — perguntou-lhe.

— Na casa da mãe! — exclamou a vizinha, aos gritos. Teria ficado surda depois da barulheira da noite? Segurava um papel chamuscado. "Torcidos de noz", dizia. Uma receita. Os restos de um livro de cozinha vienense resgatado dos escombros.

Seu olhar repousou nas vigas e nas pedras, nos azulejos, no concreto arrebentado, nos móveis destruídos. O livro vermelho desbotado com os poemas de Agnes Miegel estava sepultado debaixo do entulho.

Na Humboldtstraße havia uma casa praticamente intacta, a exemplo da situada na esquina da frente, na Schubertstraße. Anna e Else viram que as respectivas casas continuavam de pé quando, às primeiras horas da manhã do dia 30 de julho, saíram com Käthe do *bunker*.

Rudi quase derrubou a porta para subir ao primeiro andar.

Não vamos mais nos separar, pensaram os três quando se abraçaram na cozinha, em frente ao sofá de Karl: Anna, Käthe, Rudi.

Outubro de 1943

Henny e Marike passaram os últimos dias de julho no sótão de Lina; limparam do corpo o pó daquela noite, repetida e obsessivamente, no banheiro de azulejos brancos do apartamento, onde os vidros das janelas seguiam intactos.

Aproximaram-se da janela de três folhas e viram as casas destruídas de Lerchenfeld, do outro lado do canal. Os trabalhos de extinção dos incêndios que haviam devorado a Mundsburger Damm podiam ser vistos por trás da estação de trem; diante da ponte de Mundsburg só restavam duas casas em pé.

Lina e Louise regressaram de Dagebüll no dia 2 de agosto; Marike instalara-se com os pais de Thies, na Armgartstraße, e Henny, com Else, na casa onde passara a infância. Não tinham ficado desamparadas, mas era assim que se sentiam.

Klaus ficaria mais uns tempos em Tegernsee; Ernst permaneceria em Mecklemburgo até o fim de agosto, pois ali os alunos estavam melhor que na destruída Hamburgo. Henny sentia saudade de Klaus.

Ernst chegou pouco antes dos dias de terror e foi ver os escombros. Henny já tinha resgatado o chamuscado porta-joias de madeira de cerejeira, onde depositou o anel de granadas e as duas alianças, a dela e a de Lud, tesouros que tirara de uma das pequenas malas.

Käthe na Humboldtstraße, e ela ali, na Schubertstraße. Quase como vinte e dois anos atrás. Faltava Karl.

O mais difícil aconteceu quando Ernst voltou. A estranheza poderia ter surgido em algumas semanas? Isso se devia à presunção do marido? Ernst achava um insulto ter perdido tudo. Não se dava conta da sorte que era Henny e Marike continuarem vivas?

Henny saía cada vez mais cedo para trabalhar na Finkenau, percorria as ruas com a esperança de ver alguma coisa que lhe fosse familiar. Dos grandes armazéns Karstadt, em cuja esplanada do terraço estivera tantas vezes a ouvir a orquestra, só restava a parede do fundo e partes da escadaria. Bastidores de um teatro extravagante.

Num dos *bunkers* dos armazéns centenas de pessoas morreram asfixiadas, depois de terem caído bombas explosivas sobre o edifício e de este ter desmoronado em etapas, ao longo de duas angustiantes horas.

Os acessos foram encobertos, o carvão em brasa que se acumulava nos porões para abastecer os aquecimentos liberara uma quantidade letal de dióxido de carbono.

Henny já não ia pela Mundsburger Damm. Se quisesse chegar ao canal Kuhmühlenteich, pegava o longo caminho pela Schwanenwikstraße e pela Armgartstraße, passando em frente da casa onde moravam os pais de Thies, depois seguia pela Eilenau a fim de chegar a Lina e Louise. Agradecia por cada pedaço de rua intacto e pela igreja de Santa Gertrudes, que, com sua torre, continuava de pé, refletindo-se no canal.

Foi tomada por um desejo profundo de viver num mundo intocado, mas a guerra ainda não tinha terminado; Thies e Rudi seguiam na Rússia, no *front*, e eles moravam no apartamento de Else como um estorvo.

— Você é uma ingrata — disse-lhe Käthe. — Tem um teto e seu marido não se encontra numa missão suicida.

Sim, Henny era uma ingrata. De manhã, voltava a lavar-se na cozinha, na pia, em vez de fazê-lo no banheiro. O varão de ferro que o pai levara para lá pouco depois de Henny completar doze anos continuava ali, mas Else substituíra havia tempos a cortina de algodão branco com os bordados desfiados por um impermeável que caía pesado. As argolas da cortina já não deslizavam com tanta facilidade pelo varão, mas ao menos o pano conferia certa privacidade.

Haviam resgatado do porão a cama dobrável, os recantos continuavam vazios, e continuava lá a areia que não fora obstáculo para o fogo que assolara aquelas noites de julho.

Else dormia na cama dobrável, como outrora, na sala de estar; havia cedido a Henny e a Ernst o quarto com a cama de casal. No ano seguinte, faria quarenta anos que era viúva de guerra. Todos aqueles anos dormindo com metade da cama vazia. Agora, tinha sessenta e seis anos e permaneceria viúva de guerra até o fim de seus dias.

Quando regressasse de Tegernsee, Klaus teria de se contentar com o sofá na cozinha. Mas não dormira Käthe inclusive até os vinte e um anos no sofá que se transformara no leito de morte de Karl?

Muitos outros estavam em porões frios e úmidos, os edifícios em ruínas.

Henny costumava perambular pelas ruas destruídas para ver as casas incólumes de Harvestehude, chegar à Johnsallee e sentar-se no jardim de Guste, que pisara pela primeira vez num dia de setembro. Embora naquela época a morte de Lud fosse recente, dava a impressão de que a vida estava quase intacta.

———— ·:· ————

Unger enveredou pela Oberaltenallee, que não passava de um monte de escombros, assim como a paralela Hamburgerstraße, com as ruínas do grande Karstadt. À mente veio-lhe Fausto, que Goethe fez voltar a si num local mais aprazível. Tremenda sorte de Fausto.

Achava estranho que de vez em quando ainda o assaltasse a ideia de que a guerra já terminara em Hamburgo, porque as coisas não podiam piorar mais.

Quem dera se livrassem o quanto antes dos nazistas e dos ataques. Contudo, as deportações continuavam desde que o parque Moorweide deixara de ser necessário como lugar de concentração e abastecimento daqueles que haviam perdido tudo nos bombardeios. As cozinhas de campanha tinham desaparecido, e o pesadelo recomeçara.

Soube por um amigo que as hordas nazistas se propunham a exterminar a qualquer preço o cônjuge judeu de "casamentos mistos privilegiados", assim como os filhos nascidos dessas uniões.

Ao que tudo indicava, nas gavetas aguardavam os planos para eliminá-los antes de fevereiro de 1945. Quem podia parar os nazistas, se nem o faziam os bombardeiros, que condenavam à morte cidades inteiras?

Na frente russa, as coisas estavam complicadas para a Wehrmacht, e isso era algo que também deixavam transparecer as cartas que Rudi enviava, se bem que muitas vezes eram críticas e remetiam a poemas que falavam de desintegração e do dia do juízo final.

No domingo anterior, ele e Elisabeth foram dar um passeio nas margens do Alster para ver a colorida folhagem outonal em vez de escombros; saindo de casa, haviam atravessado a ponte Krugkoppel para ir até a Harvestehuder Weg. Uma rota de peregrinação dos hamburgueses dos bairros limítrofes, que desfrutavam da vista das casas do pouco arrasado bairro de Harvestehude, onde tudo parecia em ordem. A tal ponto que até mesmo o supervisor e governador do Reich Kaufmann continuava à vontade na mansão da Harvestehuder Weg, número doze, onde residia desde os anos 1930.

Não. Os nazistas ainda empunhavam com mão firme as rédeas que muitos os haviam ajudado a agarrar.

No entanto, poderia ele se queixar, com sua luxuosa vivenda na Körnerstraße, sua idílica casa em Duvenstedt? Lotte enfrentava a vida com valentia, dividia frutas e hortaliças com uma família que perdera tudo em Wandsbeck, uma mulher com duas filhas e um bebê. Ele e Elisabeth esperavam havia algum tempo poder realojar pessoas em sua casa.

Ela falava em ir para Inglaterra quando a guerra terminasse, mas não sabia o que pensar a esse respeito. Quantos anos teriam quando o combate finalmente acabasse? E então não seria seu dever ficar, ajudar a trazer ao mundo bebês na Finkenau, permitir que crescesse uma nova geração numa cidade a reconstruir?

Teria gostado de estabelecer contato com Garuti. Com certeza o assessor tinha feito as malas no próprio dia 3 de setembro, depois de as relações com a Itália serem rompidas, com o armistício de Cassibile assinado. Por que era muito mais difícil o mundo livrar-se de Hitler que de Mussolini?

Nas noites seguintes aos bombardeios de julho, uma fuligem negra revestiu o jardim de Lotte durante semanas. Em Duvenstedt, longe de Hamburgo.

Apesar de ser um punhado de ilhas afortunadas, Hamburgo já não era um local aprazível.

———— -:- ————

— Com mamãe não posso ir — afirmou Fritz.

— E o que quer que eu faça? — perguntou-lhe Anna Laboe.

Os olhos lacrimejavam, e então baixou a faca a fim de passar as mãos na água antes de continuar cortando as cebolas em cubos pequenos. Acrescentando caldo e um pouco de sêmola, preparava uma sopa que até mesmo Campmann comia.

— Essa faca é bem afiada.

— Quer que eu a enfie em sua barriga?

Fritz balançou a cabeça com veemência.

— Corte-me só a ponta do dedo indicador.

Estendeu a mão direita, estava falando sério.

Anna Laboe olhou o relógio de parede para ver a que horas Campmann chegaria do banco para pôr fim ao pesadelo que tinha nesse momento na cozinha. Faltavam duas horas.

— Você enlouqueceu, Fritz — declarou. — Então você já não quer servir ao Führer?

Pouco mais de um ano antes, com dezoito, Fritz tinha ido para o *front* da Iugoslávia. Contudo, por mais que gostasse de ser sobrinho de um nazista temido na aldeia e de pertencer à Juventude Hitleriana, atuar como soldado causava-lhe pânico. Já tinham morrido seus dois primos, um deles precisamente na zona para onde o tinham destacado. Fritz estava apavorado.

— Assim que a sopa de farinha estiver pronta, eu lhe dou um prato bem cheio e você desaparece daqui. Como pode passar por sua cabeça que eu o ajudaria a se mutilar? Você fugiu ou está de licença?

Fritz tirou a licença do bolso da calça e a colocou na mesa da cozinha. Anna conferiu.

— Já quase não lhe restam dias de folga. Vai para a casa da Mia.

Fritz balançou a cabeça, olhando em frente.

— O que você acha que farão com você, e comigo, diga-se de passagem, se eu lhe cortar um pedaço de um dedo como se fosse uma bela vitela? Você acha que nosso Rudi quer estar na Rússia?

Além disso, por que o rapaz teria recorrido a ela? Alguma vez ela tinha demonstrado grande simpatia por ele? No entanto, Anna tinha suas desconfianças. Até mesmo em Wischhafen, na casa de Lene e de Mia, sabiam que Anna não morria de amores por Hitler e pela guerra.

Fritz começou a chorar, dava pena.

Anna permitiu que ele se sentasse enquanto a sopa não ficava pronta, e depois o rapaz a comeu em silêncio.

Aquele palerma gordo inspirava-lhe pena. Foi à despensa e pegou um grande pedaço de chocolate.

— Tome isto também. É bom para os nervos.

Fritz limpou a boca com o dorso da mão e levantou-se.

— E agora vá para Wischhafen e mande lembranças a Mia por mim.

— Obrigado — disse ele, e deu a impressão de que desataria a chorar de novo.

Anna despediu-se dele na porta e aproximou-se de uma das janelas da frente, por onde viu que Fritz, cabisbaixo, dirigia-se para a plataforma do bonde que o levaria à estação central.

Seu irmão mais velho nunca deixara de lhe chamar de Angelo, inclusive hoje zombava do fato de Garuti ter optado pelo segundo nome de batismo quando ingressou no corpo diplomático. Por uma razão simples: Alessandro parecia-lhe mais sério.

Não tinha ido embora de Berlim por opção quando começava a desfrutar da relação com Elisabeth e Theo, sobretudo, e com Rudi, seu filho. Contudo, era bem capaz de entender Badoglio, que assinara o armistício. Embora não fosse amigo do marechal, de fama e título graças às incursões fascistas, o acordo celebrado na Sicília com os britânicos e os americanos fora uma boa decisão.

Agora, estava no lugar onde havia passado a infância, na fazenda de Terricciola, e não tinha o que fazer. Amadeo geria a propriedade havia quarenta anos – para ele, era uma paixão.

A mãe de Angelo e Amadeo era uma mulher religiosa.

Que estranho que a fotografia lhe caíra nas mãos assim que se sentou à escrivaninha daquele que fora seu quarto de criança.

Teresa e ele tinham-se deslocado para um estúdio fotográfico de St. Pauli. O fotógrafo acomodou Teresa numa cadeira de vime e ele atrás dela. Será que supunha que eram casados? Teresa segurava um ramo de rosas artificiais e estava arrebatadora com o vestido de veludo escuro e a gola de renda. O instantâneo devia ter sido tirado no inverno, pouco antes de ele partir. Era provável que Teresa já estivesse grávida, sem saber, embora sua cintura fosse tão fina que ele era capaz de abraçá-la com as mãos.

Colocou a fotografia num envelope, que teria gostado de enviar de imediato a Rudi, depois de ter tido conhecimento em agosto de que a casa da Bartholomäusstraße virara escombros, assim como, com ela, tudo o que continha. Incluindo a fotografia de Teresa e Margarita.

Só esperava que Rudi não sucumbisse na guerra. Rodolfo. Teria dado seu consentimento a esse nome? Teria sido melhor Domenico. O dia do Senhor. Garuti sorriu. Teria se enquadrado na perfeição com Angelo e Amadeo. Em honra da avó religiosa. Quem dera tivesse a possibilidade de fazer chegar a foto a Hamburgo. Não queria confiá-la ao correio.

Talvez de San Remo. Iria até lá visitar um velho amigo, antes que a vida campestre começasse a parecer-lhe enfadonha demais.

———— ·:· ————

Tian sofria. Só a filha o alegrava. E Ida começava a sentir-se incomodada com a tristeza, que os cobria como a fuligem naqueles dias de julho.

— Fique com o apartamento — oferecera-lhe Ling um tempo antes, quando ele lhe confessou que Ida estava grávida. — É grande e iluminado. Bom para uma família. Eu só preciso de um quarto.

Se tivesse aceitado a oferta, a irmã ainda estaria viva, e talvez Ida, a menina e ele tivessem morrido. Era o que queria?

Sentou-se no quarto e contemplou o jardim outonal.

O melhor lugar para escrever um livro. Melhor que a vista para a Bornplatz, onde havia agora outros escombros; os da sinagoga havia muito tinham sido removidos. Teria tempo para escrever um livro, pois no momento a fábrica da Große Reichenstraße estava tranquila. Não exatamente um livro sobre as relações comerciais entre a China e o Reich alemão, mas sobre o amor que um chinês professava por uma alemã.

A Gestapo não havia regressado depois dos bombardeios nem voltara a pôr as mãos no livro de registro de Guste. Desde que o fogo devastara a Stadthaus e sua sede se situara na Feldbrunnenstraße, dava a impressão de que precisavam se reorganizar.

Quem dera a guerra terminasse depressa e levasse consigo os nazistas, da mesma forma que fizera com a vida de tantas pessoas.

Tian virou-se quando ouviu baterem à porta. Por causa do curativo que tinha na cabeça, precisou olhar duas vezes para reconhecer Momme.

— Não é nada de especial — tranquilizou-o Momme antes de Tian abrir a boca.

— Pensei que na Dinamarca se vivesse em paz.

— Já não era assim desde que o general Von Hanneken dissolveu o governo e decretou a lei marcial, pois o exasperava que a Dinamarca não continuasse lambendo as botas do Reich alemão.

— O que houve na cabeça?

— Uma bala pegou de raspão. Não vou me livrar de voltar para a guerra, a não ser que termine em novembro.

— Sente-se — convidou-o Tian.

— Um momento, porque Guste quer falar comigo sobre as provisões. Volto hoje mesmo para Dagebüll.

— Ainda há comida lá?

— Sempre tem peixe. Queria dizer a você que sinto muito por Ling.

Ali estavam as lágrimas outra vez. Tian jogou a cabeça para trás e piscou repetidamente para as segurar.

— Ida tem se irritado com minha choradeira.

— Ida é osso duro de roer — declarou Momme.

Tian preparou-se para defendê-la.

— Não é necessário. Simpatizo com ela — afirmou Momme. — Mas você é a parte sensível. Espero de coração que não morra mais nenhum dos nossos. Tenho muitos planos para quando nos livrarmos desse pesadelo e preciso de todos vocês.

— Imagino que estarão relacionados com os livros — suspeitou Tian.

— Exato — confirmou Momme Siemsen.

— Mas eu sou comerciante.

— Justamente por isso. — Momme sorriu. — Acho que a cidade vai precisar de livrarias novas.

A noite de 30 de julho fez com que a vida de Günter, então com catorze anos, sofresse uma reviravolta. Continuava adorando o gramofone portátil, mas já não era isso que dava sentido a sua vida. Na primavera, depois de terminar o oitavo ano, abandonara a escola com o firme propósito de se transformar num virtuoso do gramofone.

— Gostaria de falar com você sobre um assunto — disse o rapaz quando interceptou Henny à frente da clínica, onde estava à espera havia um bom tempo. — Sobre trabalho.

— Nesse caso, acompanhe-me. Onde vocês estão vivendo?

— Com minha tia, na Lübeckerstraße. A casa dela escapou de maneira bastante razoável. Sei que parteiro não posso ser, mas talvez possa trabalhar com doentes.

— Você quer ser enfermeiro? Posso lhe ajudar — ofereceu-se Henny.

— Exato. — Günter estava radiante. — Era a isso que me referia.

Assim sendo, o gramofonista se tornaria enfermeiro. Na cratera do vulcão, abriam-se caminhos que afastavam do abismo.

Janeiro de 1945

Joachim Stein tinha medo de não ser capaz. O mais importante era não se deixar vencer pelo cansaço e Louise ficar protegida. Em 1933, pensou que aquilo seria um pesadelo que passaria depressa, mas os nazistas continuavam ali. Colônia e Hamburgo tinham sido reduzidas a escombros, à semelhança de muitas outras cidades do continente. De ambos os lados, uma infinidade de gente tinha sido deportada ou morria.

— Certifique-se de que me manterá com vida — pediu a um velho amigo que era médico de família havia muito tempo. — Pelo menos até nos livrarmos de Hitler.

— Com seu coração não há problema nenhum. Parece mais coisa da alma. Perdeu a esperança nos tempos que vivemos, que são menos gloriosos, se é que isso é possível, que quando tínhamos o *kaiser*.

— Mas eu tenho vontade de viver. Caso contrário, Louise será presa fácil.

O amigo aplicou-lhe uma injeção com grande quantidade de ferro e que entre os médicos era conhecida como "injeção de fígado". Talvez se desse bem com a cocaína. Era muito provável que fosse graças a ela que os camisas pardas se mantivessem ligados. Ou seria apenas à base de morfina e demência?

— Quem teria pensado? — refletiu Stein. — No início dos anos 1920?

— Calhou-nos viver num século interessante.

— Podia muito bem passar sem ele.

— Pena que Louise tenha preferência por mulheres, pois um homem ariano podia acolhê-la sob sua asa.

— Cale-se — pediu Joachim Stein. Não queria ouvir os próprios pensamentos.

---·:·---

Louise estava tentando organizar uma festa para cinco mulheres com o objetivo de comemorar o quadragésimo sexto aniversário de Lina. Lina, Henny, Käthe, Ida, Louise.

Diante da janela de três folhas, caía uma neve ligeira, que salpicava as ruínas como se fosse açúcar em pó numa sobremesa. Louise levou para dentro de casa a poncheira e deixou-a em cima da mesa, em frente ao sofá vermelho-coral. Havia encontrado uma lata de abacaxi em calda de outra época, de quando fazia compras no Michelsen. E uma garrafa de vinho do Reno.

O que teria acontecido com Hugh e Tom? Não souberam deles desde que a guerra começara. Louise esperava que não tivessem deixado cair nenhuma bomba sobre Colônia e Hamburgo. E que nenhuma bomba tivesse caído sobre eles em Londres.

Lina, Henny, Käthe, Ida, Louise.

Aquela guerra tinha de terminar depressa. Ergueram os cálices de ponche e brindaram.

Lina tossiu.

— O que tem nisso? Álcool?

Louise e Käthe se entreolharam: apenas um frasquinho que Käthe havia surrupiado na clínica. Louise sabia que era melhor não pedir nada a Henny; para esse tipo de assunto, a mais indicada era Käthe.

— É com esta velhota que vivo — comentou Louise, que só tinha dois anos a menos. — Não aguenta nem um ponche de guerra fraquinho.

Foi à cozinha buscar o prato principal da noite: os ovos recheados com substituto de caviar. Louise não hesitou em tirar os cigarros *Guldenring* do maço que o pai lhe havia enviado no Natal e deslizá-los por baixo do balcão da mercearia onde estavam registradas suas senhas de racionamento. Ainda era possível obter algumas coisas quando se deparava com um fumante inveterado para quem as próprias senhas de tabaco não eram suficientes.

— Como o conseguiu? — perguntou Henny.

— Isso nem minha mãe é capaz de encontrar na cozinha do Campmann — comentou Käthe, que olhou para Ida, que, por sua vez, acolheu com indiferença a menção ao marido.

No andar nobre do Hofweg-Palais três famílias tinham sido alojadas em outubro de 1944. Até então, Friedrich Campmann tinha mexido os pauzinhos e levado a vida adiante, mas nos tempos atuais nem mesmo ele seria capaz de se poupar desse "inconveniente", como lhe chamava: uma casa de oito cômodos onde morava uma única pessoa. Desde outubro ele se entrincheirava no escritório e dormia no sofá.

Havia muito tempo que Anna Laboe também já não era dona e senhora da cozinha, que agora dividiam em quatro: as três mulheres que as bombas haviam deixado sem nada e ela. A isso era necessário acrescentar um mutilado de guerra e seis crianças. Muitas bocas para alimentar e pouca comida. Limpar só o escritório de Campmann, os dois banheiros, o corredor e o hall de entrada. Da limpeza e da arrumação do restante dos cômodos encarregavam-se as famílias que as ocupavam. Ou pelo menos era o que Anna esperava.

A casa de Campmann se transformara em algo tão seu que não era fácil para ele ver o que fora feito dela.

Para Ida, já não significava nada. Oficialmente, continuava a ser esposa do banqueiro, que fazia assim as vezes de pai da pequena Florentine: desse modo, protegia-a dos nazistas e de seu racismo. Nada mais.

Sua vida se desenrolava na Johnsallee, bem organizada por Guste, que mesmo naqueles tempos criara um lar onde Ida, Tian, sua filhinha e o velho Bunge se sentiam a salvo, como qualquer outra pessoa que precisasse de abrigo.

— Agradeçam por eu não fumar — retrucou Louise, embora tenha sentido vontade de começar a fazê-lo nos anos 1930, quando os nazistas mandaram distribuir panfletos que sugeriam às mulheres que não fumassem: "A mulher alemã não fuma".

No entanto, Lina e ela já haviam se eximido de uma ideologia que considerava a concepção e o nascimento a chave da vida da mulher. Sem dúvida os camisas pardas teriam gostado que a ariana Lina, loura e de olhos cor de violeta, tivesse filhos.

— Bebam, minhas amigas. Ainda há mais.

— Vou cair da bicicleta — retorquiu Ida.

Duas bicicletas imprestáveis que tinham sido relegadas ao esquecimento no fundo do barracão do jardim de Guste. Tian as encontrara quando andava à procura de sementes e bulbos para plantar no jardim e ver florescer algo comestível. Uma das quatro câmaras de ar não tinha conseguido salvar, mas acabara ficando com uma nova e trocando-a por porcelana chinesa.

— Em último caso, você pode empurrá-la — aconselhou Lina.

Tian insistira em acompanhar Ida e buscá-la depois. A cidade estava deserta e um breu.

"É perigoso demais você ir sozinha", insistiu Tian. Esperava que ninguém mais se importasse de ver uma mulher alemã ao lado de um chinês. As pessoas tinham outras preocupações.

— O que faremos quando terminar? — perguntou Henny.

— Viver, enfim — respondeu Käthe, pensando em Rudi.

— Não voltar a ser professora — afirmou Lina.

Desde que a cidade fora aniquilada, em Hamburgo já não se davam aulas. Seria possível voltar a fundar uma escola onde ela sentisse vontade de ensinar, se os colegas tivessem na cabeça a ideologia do Terceiro Reich?

— Você e eu poderíamos abrir um teatro — disse Louise.

— Vou incluir isso na lista de ideias fáceis de pôr em prática — sorriu Lina. Começar de novo perto dos cinquenta anos? Ela não entendia nada de teatro. Arte? Seria possível?

— Ainda não terminou — enfatizou Käthe.

Quando Käthe e Henny voltaram para casa juntas, a neve iluminava as ruas e os caminhos, onde já não era necessário escurecer quase nenhuma janela, uma vez que estas não mais existiam.

— E como estão as coisas em casa? — interessou-se Käthe.

Em casa? Era isso que era?

— Ernst passa o dia sem fazer nada, olhando pela janela.

— Sente falta da escola. — Käthe inventou uma desculpa.

A escola da Bachstraße fora destruída em julho. A de Lerchenfeld e a de Lina, na Ahrensburgerstraße, haviam sofrido graves danos.

— Está com esperança de formar auxiliares de artilharia em breve.

— E eu espero que em breve não precisemos de auxiliares de artilharia.

Isso significava que Ernst Lühr continuava a acreditar na tão anunciada vitória final?

Anna e ela viviam muito satisfeitas juntas, embora estivessem preocupadas com a ausência de notícias de Rudi desde fim de novembro. O correio militar demorava cada vez mais a chegar; no entanto, o principal era não receber a notícia de que havia sido morto "pelo Führer, pelo povo e pela pátria", pois, nesse caso, ela morreria.

— Sorte que a Finkenau siga funcionando. — Se ela também não tivesse nada para fazer, enlouqueceria.

— Soube de Rudi? — perguntou Henny.

Mas chegaram à casa de Käthe, e esta limitou-se a negar com a cabeça antes de entrar.

———-~·~———-

O que devia ter feito quando o rapaz apareceu em sua porta? E se um de seus filhos tivesse sido como ele? O pai de Anna também era alto, corpulento e ruivo. Talvez seus filhos tivessem puxado ao avô, o lenhador, em vez do franzino Karl.

— Está bem, entre — assentiu Anna Laboe.

Na verdade, já devia estar na Hofweg havia um bom tempo. Iam levar-lhes um saco de batatas. Alguém que devia um favor a Campmann. Foram muitas as coincidências que conduziram ao infortúnio.

— É só por uma noite — prometeu Fritz.

— Você ainda tem a ponta dos dedos?

O filho de Mia mostrou-lhe as mãos como se fosse uma criança a provar que as tinha lavado direito.

— É só por uma noite — repetiu.

— De onde você vem?

— De Wischhafen. Estou de licença.

— E quando termina?

— Ontem.

— Você pode dizer que perdeu o trem.

— Não pretendo voltar para a guerra.

— Aqui também há guerra.

— Agora estou na Rússia — contou Fritz —, e lá ainda é muito pior.

— Por que você não se esconde na casa da sua mãe?

— Ela mesma me levou até a estação e depois ficou olhando até o trem sair de Glückstadt.

— Só por uma noite — concordou Anna.

Ausentar-se do destacamento sem autorização era deserção. Anna sabia que podia se meter em apuros. Käthe estava fazendo o turno da noite e o diurno seguidos. Nem precisava ficar sabendo.

A primeira vez que lhe chamou a atenção foi à tarde, quando começava a escurecer e ele resolveu fechar as persianas. Na casa em frente, um homem estava junto à janela. E não era Rudi, porque, embora este também fosse alto, tinha o cabelo escuro e estava muito magro; não fosse de esperar que tivesse engordado na Rússia.

No dia seguinte, de manhã, olhou deliberadamente para o outro lado da rua e viu a senhora Laboe sair de casa.

Ernst Lühr foi até a cozinha, sentou-se à mesa e tomou o substituto de café que Else lhe serviu. Klaus tinha ido para casa de um amigo – era provável que gostasse mais de estar com ele que com eles. A casa não havia sofrido danos, uma das poucas naquele lugar.

— Quando você vai falar com eles? — perguntou-lhe a sogra.

— Depois de amanhã — respondeu ele.

— Será que ainda formam auxiliares de artilharia?

— Posso saber o porquê dessa pergunta? Por acaso acha que a guerra está perdida? — Conteve-se ao ver a cara de Else. — Se não tiverem nada para mim, irei até a administração. Afinal, o conselho escolar vai ter de reorganizar o ensino. Isso não pode continuar assim, dispensar as crianças por motivos insignificantes em vez de enviá-las para a escola.

Depois de tomar o café, voltou a se aproximar da janela que dava para a rua. Lá estava outra vez o jovem. Ernst Lühr virou-se para trás.

— Sabe se na casa de Käthe, amiga da Henny, vive um homem? — perguntou levantando a voz.

— Rudi chegou? Veio de licença?

— Rudi, não — replicou e deixou o assunto de lado.

Da vez seguinte, aproveitou a ausência de Else, que havia saído com as senhas de racionamento, para buscar os binóculos no aparador da sala de estar. Sim. Assim podia ver o interior da cozinha. O lugar onde estava a mesa. Ao que tudo indicava, o jovem estava cortando alguma coisa. Ernst Lühr baixou os binóculos de Heinrich Godhusen e os pegou de novo. Seria capaz de jurar que o rapaz estava cortando com a faca era rijo tecido de um uniforme.

— Você enlouqueceu? — disparou Käthe, com aspereza, segurando-se para não gritar. Expor-se ao maior dos perigos por causa do imbecil do filho de Mia enquanto Rudi estava na Rússia.

— Só mais uma noite, depois vou embora — garantiu Fritz. — Talvez eu encontre um barracão no campo onde possa me esconder.

E por que não o fez antes?

Käthe lembrou-se da fuga de Rudi para a Dinamarca. Landmann. Teria sido capaz de pôr o rapaz na rua? Numa fria tarde de janeiro?

— Só por esta noite — ressaltou. — Trabalho de manhã e, quando chegar em casa à tarde, não quero vê-lo aqui.

Contudo, à tarde ele continuava lá.

———-:-———

— Ficaremos agradecidos a qualquer um que ajude a retirar os escombros das escolas mais prejudicadas — disse o homem que estava atrás da escrivaninha e que exibia o uniforme de coronel das SS.

— Tinha em mente tarefas de organização. Imagino que seja necessário reconstruir o sistema educativo em Hamburgo.

— Dessas tarefas já se ocupa o pessoal habilitado.

Lühr olhou de soslaio para a insígnia do partido, colocada na lapela de propósito para a ocasião.

— Já tinha visto. No entanto, não posso oferecer-lhe mais nada.

— Quem sabe possa eu oferecer-lhe algo de seu interesse — afirmou Ernst Lühr.

———-:-———

Käthe foi detida na clínica. Naquele momento, Fritz já estava a caminho de Berlim, rumo à prisão de Plötzensee, e Anna, da de Fuhlsbüttel. Quem os teria traído? Durante um instante em que ficou sozinha na sala de interrogatórios, quando os segundos entre perguntas que eram como chicotadas e socos reais, Käthe levantou-se do banco a fim de dar uma olhada no documento que estava em cima da mesa e leu o nome do delator. Perdeu todas as forças. Quando entrou de novo na sala, o torturador já não encontrou a comunista Odefey, que era culpada de um delito e ainda assim retrucava; agora no banco, ao que tudo indicava, só havia alguém digno de pena.

Quando Fritz chegou a Plötzensee, Käthe e Anna já estavam no campo de concentração de Neuengamme, nos arredores de Hamburgo.

———— ·:· ————

Henny soube por Theo Unger que haviam detido Käthe. E quase teve o mesmo destino ao segurar os agentes da Gestapo, tentando interpor-se entre eles e Käthe, enquanto Henny, na sala de partos, não desconfiava de nada.

— Onde está seu saudável sentimento popular? — pronunciaram, em voz baixa, como ameaça.

— Traição militar, motim e derrotismo, ajuda a um desertor.

Nem Henny nem Unger entendiam o propósito de tudo aquilo. Será que Rudi havia regressado da Rússia? Käthe o teria escondido em vez de enviá-lo de volta para uma frente sangrenta?

A parteira Dunkhase, que permanecia afastada, viu que Unger e Henny se dirigiram ao consultório dele. Mostrava-se tímida desde que as bombas haviam destruído sua casa, mas agora sorria.

— Acha que a Dunkhase tem a ver com isso? — perguntou Henny.

Unger encolheu os ombros.

— Vou à Gestapo — decidiu —, à Feldbrunnenstraße. Só assim poderemos ajudar Käthe.

— Você não pode ir. Pense em Elisabeth. Eu sou a única que não levanto suspeitas. Pelo contrário, meu marido é membro do partido.

— Quase todos os que trabalham para a administração são.

— Você, não — objetou ela.

— Porque sou casado com uma judia.

— Não só isso. Ernst acredita nos nazistas. — Henny levantou-se. — Posso tirar um dia de folga? Quero ir à Hofweg. Pode ser que a mãe de Käthe ainda não saiba de nada.

— Talvez ela tenha respostas para nossas perguntas — disse Theo Unger. — E faça-me um grande favor: fale comigo antes de ir à Gestapo.

No entanto, na Hofweg Henny só encontrou três mulheres desconhecidas, seis crianças e um mutilado de guerra. Preparava-se para ir embora quando Friedrich Campmann, irritado, abriu com veemência a porta do escritório.

— Poderia me dizer onde está a senhora Laboe?

— Prenderam a filha dela — respondeu Henny.

Seria Campmann a pessoa adequada a quem passar essa informação? Ida não lhe havia contado que ele se dava com a cúpula nazista em Berlim?

— A comunista — disse Campmann, ríspido —, dali não sairia nada de bom. Ela cavou a própria cova. Se por acaso vir a senhora Laboe, diga-lhe que tenha a gentileza de vir trabalhar. Caso contrário, tudo acabará desmoronando. E as coisas já não estão nada boas.

Henny foi até a Humboldtstraße e tocou à campainha durante um bom tempo. Um vizinho chegou e viu o nome que correspondia à campainha que Henny não largava. Abriu-lhe a porta.

— A Gestapo veio buscá-la hoje — confidenciou-lhe, em voz baixa. — Ela e um jovem.

— A senhora Laboe?

O homem assentiu.

— O gordo não sei quem era.

Henny quase não se deu conta da presença de Ernst quando se dirigiu para o telefone a fim de ligar para Unger e contar-lhe que tinham prendido Anna.

— Não se meta nisso — aconselhou Ernst Lühr. — Ou quer que venham buscar você também?

Quando Henny voltou a sair de casa apressada, aproximou-se da janela para ver aonde ela ia. E se tentasse invadir o apartamento da frente? As Laboe ainda demorariam a voltar. Contudo, o melhor era não contar nada a Henny nem a Klaus. Não havia feito tudo pela família? Pegou os binóculos, que ainda não arrumara. Heinrich Godhusen utilizava-os em viagens e quando ia ao teatro.

Do outro lado da rua, na casa das Laboe, não havia ninguém. Claro que não, afinal quem estaria lá? Não. Tentar invadir o apartamento era ir longe demais. Dali não sairia nada que prestasse.

Quando tudo aquilo aconteceu, Rudi era prisioneiro de guerra havia dois meses. Nos Urais, passando frio e fome, trabalhando na mina. À noite, lia poemas de um livro que um camarada lhe havia deixado.

Desta vez sua vontade de viver não tinha diminuído, ao contrário do que sucedera anos antes, em Danziger Werder. Quase não pensava em outra coisa senão estar, por fim, junto de Käthe. Durante o resto da vida que lhes restasse.

Maio de 1945

Naquele dia 3 de maio, a luz era aquosa, como se tivessem acrescentado água demais às cores de aquarela. Dois dias antes, na noite do dia 1º, a mãe telefonara para lhe dizer que Hitler tinha morrido. Como não estava ouvindo a Reichssender Hamburg, os sons de Wagner e a *Sétima sinfonia* de Bruckner, e a voz do almirante Dönitz, que era o sucessor de Hitler?

Não. Unger não estava ouvindo a rádio, mas chegara-lhe aos ouvidos por outros meios a suposta morte heroica de Hitler, que havia sucumbido em combate. Só mais tarde ficou-se sabendo do suicídio do Führer e de Eva Braun, que no último momento se convertera em senhora Hitler.

— Vêm aí os britânicos — anunciou a Elisabeth. — A guerra acabou.

Nos arredores de Hamburgo, nas Landes, o supervisor Karl Kaufmann e o general de divisão Alwin Wolz assinaram a Ata de Capitulação, na véspera de 3 de maio, livrando Hamburgo da guerra urbana e da total aniquilação.

O exército britânico entrou na circunscrição municipal de Hamburgo numa ordem de três linhas às dezoito horas, proveniente do sul. Colocaram agentes da polícia nos cruzamentos para indicar o caminho até a câmara municipal.

Passados vinte e cinco minutos, Wolz entregava a cidade nas mãos do general britânico Spurling: *"The entry was completely without incident*", anotaria o britânico. Não houve rebelião por parte dos incorrigíveis, tampouco houve bandeira branca. Uma grande ambivalência.

Theo Unger foi invadido por um alívio infinito. Abriu a última garrafa de *Haut-Brion* que lhes restava e bebeu-a com Elisabeth.

Naquela mesma tarde de 3 de maio, foi suspenso o toque de recolher valendo a partir do dia seguinte. A vida começava.

— Quero agradecer a você tudo o que fez por mim — disse Elisabeth.

— Somos casados. Foi por amor — replicou Unger.

Elisabeth sorriu e ergueu a taça de Bordeaux.

Quem se alegrava? Todos? Até mesmo Ernst parecia fazê-lo, assim como a parteira Dunkhase.

Paz, o despertar da primavera. Ninguém mais seria obrigado a mandar alguém para o *front*, a exibir uma estrela de Davi, a dar motivo para ser bombardeado.

— Afinal, o que aconteceu em janeiro? — perguntou Henny. — Else afirma que você não tirava os olhos da casa de Käthe. É verdade?

Ernst Lühr mantinha-se em silêncio. Como todos os outros.

Ninguém sabia onde estavam Käthe e Anna. Será que ainda estavam vivas?

As portas dos campos de concentração estavam abertas, os russos libertaram Auschwitz em janeiro. Por ordem de Himmel, no dia 20 de abril as SS tinham começado a evacuar o campo de Neuengamme. Nenhum prisioneiro devia cair com vida nas mãos dos vencedores no campo de concentração da cidade de Hamburgo. Os presos escandinavos já estavam em liberdade, os automóveis brancos recolhiam-nos nos campos de concentração desde março para levá-los para a Dinamarca e para a Noruega. Folke Bernadotte, vice-presidente da Cruz Vermelha sueca, negociou pessoalmente com Heinrich Himmler, ministro do Interior do Reich.

No entanto, para Käthe e Anna não chegara nenhum automóvel, tampouco para o restante dos reclusos procedentes de países ocupados. Completamente extenuados, obrigaram-nos a empreender as marchas da morte; sete mil deles pereceram a bordo dos barcos que deviam levá-los, o *Cap Arcona* e o *Thielbek*, quando afundaram na baía de Lübeck depois de serem bombardeados. Um erro trágico dos britânicos, que pensaram tratar-se de soldados do Reich.

Ninguém sabia ao certo se Käthe e Anna estiveram no campo de Neuengamme. Na Feldbrunnenstraße, falava-se da penitenciária de Celle. No entanto, nenhuma pista deu resultados.

Henny descartou as suspeitas que chegara a acalentar acerca de Ernst por considerá-las ridículas. Não, não era possível.

———-:-———

Garuti tentou falar por telefone com Hamburgo logo depois de se verificar a capitulação alemã, no dia 8 de maio, mas não conseguiu. Só uma semana depois, quando voltou a levantar o auscultador do telefone da casa, em Corso degli Inglesi, San Remo, e pediu à telefonista que o pusesse em contato com a *Germania*, a *signorina* permitiu-lhe ter esperanças, mesmo que a coisa fosse demorar.

Durante todo o dia, não se atreveu a sair de casa, mas o telefone só tocou no meio da tarde.

— *La sua telefonata, dottor Garuti.*

Depois ouviu a voz de Elisabeth.

— Elisabetta, fico emocionado em ouvi-la — afirmou. — Como vocês estão? Todos bem?

Alessandro Garuti sentiu o coração apertado quando soube que Käthe e a cozinheira, Anna, tinham o paradeiro desconhecido e que a última carta de Rudi datava de novembro de 1944 e ele era dado como desaparecido. Saber que tinha um filho naquela altura da vida para que este lhe fosse arrancado pouco depois? A vida brincava com ele e com os outros?

Na janela do primeiro andar da residência de estilo modernista, propriedade de seu antigo colega de universidade, ponderou se o *Alfa Romeo* conseguiria chegar à Alemanha. Tentaria descobrir se os franceses, os suíços e o alto-comissariado alemão lhe concederiam o visto. Se alguém poderia consegui-lo, esse alguém era um diplomata aposentado.

Elisabeth Unger desligou o telefone e contemplou o jardim dianteiro, onde haviam florescido as pequenas rosas em rosa-claro, as primeiras delas naquele ano. Pôs-se de pé assim que viu chegar o jipe, do qual saiu um soldado britânico que se dirigiu a sua casa. Trariam em mãos a autorização para telefonar para Bristol?

Elisabeth abriu a porta antes de o soldado bater.

Theo Unger viu que a mulher estava acompanhada por um soldado britânico ao pé das roseiras quando chegou em casa depois da clínica.

— Theo, este é o capitão Bernard. Trouxe-me notícias de Ruth e Betty. As duas estão bem.

Unger cumprimentou com cordialidade o bem-apessoado capitão, que devia ter a idade de Elisabeth, e surpreendeu-o ouvir que falava alemão fluente.

— O capitão Bernard emigrou para a Inglaterra com a família em 1933 — esclareceu Elisabeth, em seguida.

— Um tio meu dava aulas na Universidade de Bristol desde os anos 1920, para nossa sorte — enfatizou o capitão. — Foi assim que pudemos estabelecer-nos na Inglaterra.

Enquanto tomavam chá no salão, Unger mencionou o que havia acontecido a Käthe e Anna.

— Em abril, fui testemunha da libertação do campo de concentração de Bergen-Belsen — contou Bernard. — Jamais esquecerei o que vi.

— Poderíamos descobrir por fontes britânicas se elas estiveram em Neuengamme? Sem dúvida deve haver alguma lista.

— O campo estava deserto quando chegamos, no dia 4 de maio, mas tentarei consultar os nomes dos prisioneiros.

— Seria muito importante para nós, capitão. Trabalhei anos e anos com Käthe Odefey. Era uma de minhas melhores parteiras. — Tinha dito "era"?

— Acredito que o senhor seja o médico-chefe numa clínica de mulheres, estou certo?

— Sim — confirmou Theo. Veio-lhe à mente, não pela primeira vez nos últimos tempos, Kurt Landmann, que ocupava o cargo antes dele. — E qual é sua ocupação quando não está no exército britânico?

— Sou engenheiro na British Aircraft Corporation, mas, quando regressar, vou integrar um setor que se dedicará à construção de automóveis pequenos, bonitos e velozes: a Bristol Cars Ltd.

— Voltaremos a ter coisas boas — afirmou Elisabeth, entusiasmada.

O que seria melhor que saber que Käthe, Rudi e a mãe de Käthe sobreviveram?, pensou Unger, que, em seguida, deu ao capitão Bernard os nomes de Käthe Odefey e Anna Laboe. Este os anotou num pequeno bloco cor de açafrão.

Momme voltou em maio. Passou os primeiros dias com a mãe, em Dagebüll, e chegou a Hamburgo num velho DKW que encontrou no terreno do avô, falecido em fevereiro. Na garagem, perto da motocicleta, havia um recipiente com mistura de gasolina.

Na casa de Guste, na Johnsallee, seu regresso foi recebido com júbilo; Guste sentia-se feliz por todos os que se salvaram daquela loucura. Cedeu a Momme o quarto de Tian, que agora vivia com a mulher e a filha de quatro anos no quarto grande do jardim, sem ter receio de a Gestapo aparecer.

— Está preparado para se dedicar ao negócio dos livros? — perguntou Momme.

Tian sorriu. Sua intenção era reerguer a fábrica.

No entanto, Momme Siemsen levava muito a sério fazer concorrência àquele que havia sido seu patrão, Kurt Heymann. Tinha trinta e dois anos; se não o fizesse de imediato, quando teria sua própria livraria? Andava à procura de locais comerciais vazios cujo piso térreo continuasse de pé. No centro havia muitos.

— Agora é um bom momento, está tudo destruído — disse a Louise naquele aprazível dia de primavera no jardim de Guste.

Tinham organizado uma pequena comemoração por seu regresso. Guste Kimrath esperava poder dar muitas festas como aquela.

— Precisa de sócios? — interessou-se Louise. As boas ideias voltavam a ser frequentes desde que os nazistas foram derrotados e a guerra terminara.

— Você e Lina? — disse Momme.

Louise ainda não tinha pensado em Lina. Seria mesmo verdade que não queria continuar sendo professora quando as escolas reabrissem?

— Ouvi meu nome? — indagou Lina.

— Você gostaria de ser livreira? — perguntou-lhe Momme.

Lina riu, assim como Tian havia feito, mas depois parou para pensar. Ela não tinha fábrica para reerguer. Talvez aquela fosse sua chance, aos quarenta e seis anos de idade.

———·:·———

Joachim Stein, pai de Louise, sentia-se fortalecido desde que os nazistas foram escorraçados. Teria gostado de ver a filha, mas não achava possível viajar até Hamburgo. Havia barcos que ligavam as margens esquerda e direita do Reno, uma vez que pela ponte

Hohenzollern já não circulava o trem. Mas como prosseguiria a partir dali?

O velho médico da família, seu amigo, o desencorajou:

— Não exagere, Jo, apesar de se sentir mais forte. Sua filha está bem — disse. — Atravessar até a margem direita do Reno num bote? É demais, companheiro.

Mas pelo menos conseguiu falar com Louise por telefone.

— Livreira — disse-lhe o pai. — Por que não?

Essa profissão não estava assim muito longe do teatro, e, no fim das contas, também tinha a ver com palavras. Joachim Stein deu uma olhada em sua grande casa de Lindenthal e pensou que, até mesmo nos tempos atuais, podia ter algum valor.

Por que não viver em Hamburgo em curto ou longo prazo? Ajudar a filha e esse tal livreiro com um nome de batismo tão esquisito a construir um futuro novo? Seria uma ideia temerária quando já se tinha setenta e oito anos? Não restava dúvida de que Louise herdara dele o otimismo e a espontaneidade.

------ ⁘ ------

Em março, Ernst viu que uns desconhecidos se instalavam no apartamento de dois cômodos das Laboe. "Realojamento de refugiados", ouviu dizer.

Sua traição nem sequer o havia ajudado a gozar de alguns privilégios.

Surpreendeu-o saber que as autoridades pudessem fazer tal coisa, entregar a casa. Isso significava que Käthe e a mãe tinham morrido? Não era o que queria. No entanto, até o momento nem uma nem outra tinham voltado para o apartamento. Ernst Lühr, junto à janela da sala de estar, contemplava a casa da frente.

As noites eram desagradáveis, não dormia bem; quando dormia, a culpa atormentava-lhe os sonhos. Sim, em janeiro havia se mostrado ávido; ávido a caminhar com confiança, a ser professor, a ressurgir das cinzas. Contudo, não levou em consideração que outros podiam morrer.

O principal era que Henny nunca descobrisse.

— Ficar parado de braços cruzados não faz bem — observou a sogra, atrás dele. — E menos ainda que estejas sempre a vigiar a casa das Laboe.

Ainda por cima nem eram mais as Laboe, mas mulheres desconhecidas, uma idosa e uma jovem, e três crianças. Tinham ouvido que chegaram do leste no inverno. Uma primeira caravana de refugiados. Como era possível que não dessem preferência aos que eram de lá na hora de adjudicar as casas?

— Deram-me um pote de manteiga em troca de banha.

A palavra "*manteiga*" atraiu-o à cozinha. O que havia na mesa era mais um pote. Else adicionou uma fatia de pão. Ainda bem que Henny comia na Finkenau quando estava trabalhando. Klaus continuava um palito.

Ainda assim, Ernst tinha a impressão de que o desenvolvimento do rapaz não era normal. Henny dizia que ele era sensível, mas lhe parecia algo débil, embora não restassem dúvidas de que Klaus tinha endurecido na Juventude Hitleriana. Quando voltassem a abrir as piscinas, nadaria com ele. Os homens deviam ter costas fortes. Pelo menos, podiam abrir em breve o lago do parque Stadtpark.

— Você me serve outra fatia? — pediu.

Else era a guardiã do pão, havia muito tempo já não era ele quem mandava em casa.

— Na escola de Lerchenfeld ainda estão à procura de gente para transportar pedras — informou Else. — Pode ser bom para você. Além de eles darem cupons em troca.

— Não se preocupe comigo.

Ele e Else entendiam-se perfeitamente antes de as bombas os deixarem sem casa, mas agora aquela mulher o irritava demais. Ainda bem que Marike tinha saído de casa e vivia com os pais do namorado. Ninguém sabia se Thies continuava vivo. Marike não recebia notícias dele desde abril. Estava tudo de pernas para o ar.

No entanto, Ernst admitia que Marike lhe infundia respeito. Em julho, faria vinte e três anos e já estava no semestre de ensino prático na clínica universitária de Eppendorf.

Será que Klaus seria alguém na vida? Tinha treze anos, e desde o verão em que se verificaram os devastadores ataques não havia escolas. Iria propor a Klaus que ele mesmo lhe desse aulas. Quatro horas por dia, a partir do dia seguinte. Isso lhe faria bem. Por ora, o rapaz se limitava a andar à procura de mantimentos. Por Vierlande, batendo à porta dos camponeses, uma vez que já não tinham nada para negociar no mercado clandestino.

Tudo perdido por causa das bombas. Isso sim era uma derrota. Quem dera as escolas voltassem a funcionar e, assim, ele pudesse buscar certa prosperidade.

Else entrou na cozinha e olhou para o frasco.

— Caramba, não deixou muito — comentou. — Bom, vamos ver se Klaus teve mais sorte.

O que era obrigado a aguentar.

———— ·!· ————

O *kaiser* morto. Hitler morto. E em breve também ele estaria morto. Bunge intuía que seu fim se aproximava. Sentia-se velho e decrépito, ainda que aqueles primeiros dias de paz lhe tivessem insuflado um pouco de vida. Mas isso acabara. Poderia desfrutar de um derradeiro mês de maio no jardim de Guste, por isso devia agradecer.

Quando o esplêndido maio deu lugar a um tempo mais frio e chuvoso, deitou-se na cama e lá ficou. Já estava farto do mau tempo. Chamou Guste, que não tentou convencê-lo de que a morte não o rondava, mas o obrigou a ir ao médico da Rothenbaumchaussee.

Bunge não via muito sentido naquilo, tinha vivido bem, apesar dos altos e baixos. Ou seja, estava pronto.

— Imaginei que quisesse desfrutar um pouco mais da paz — disse Guste, em tom de resignação. No entanto, era pragmática e continuou a sê-lo quando do último suspiro de Bunge.

Com Ida, a coisa foi mais difícil, embora a relação entre pai e filha estivesse desgastada durante anos por causa do maldito empréstimo que ele aceitara de Campmann. O que seria feito dele desde que os ingleses ali tinham chegado? Havia muito para desnazificar em Friedrich Campmann. Tal como em tantos outros que não caíram rápido o suficiente nas graças das novas potências.

— Paizinho, por favor, não nos deixe. Florentine tem só quatro anos.

Desde que a pequenina nascera, Ida tinha reencontrado seu "paizinho". Mas seria culpa dele ela ter filho tão tarde?

Queria ser honesto consigo mesmo no leito de morte: também tinha culpa. Vai saber como teria sido a vida de Ida se, em 1921, desafortunado ano em que a minhoca morreu, não tivesse vendido sua filha a Campmann.

— Fico satisfeito por ver que finalmente você está feliz, junto à sua filha e seu chinês.

Começava a falhar-lhe a voz? Ela a achou baixa e fraca e se aproximou dele.

— Agora já posso deixá-la.

Bunge também pediu a Tian que fosse vê-lo. Pediu-lhe encarecidamente que cuidasse de Ida e da pequena Florentine.

Dois dias depois, morreu em paz, dormindo.

———-:-———

O capitão Bernard foi visitar Unger na clínica para informá-lo de suas descobertas. Olhou com curiosidade ao redor e sorriu ao ouvir um bebê que passava naquele momento por ali nos braços de uma parteira. Theo Unger pediu-lhe que entrasse no consultório.

— Verifiquei as listas de presos do campo de concentração — confidenciou-lhe o capitão assim que ficaram a sós. — Figuravam os dois nomes: Käthe Odefey e Anna Laboe. Tudo indica que as obrigaram a empreender uma dessas marchas da morte das SS a partir de 20 de abril; o que não compreendo é por que não conseguiram fugir e voltar para casa. É provável que as SS acompanhassem esses pobres desgraçados e estivessem armados até os dentes. Mas não tenho certeza.

— As duas estavam vivas em abril, certo?

O capitão Bernard assentiu.

— Ou, pelo menos, as SS não registraram data de óbito. E, nesse aspecto, costumavam ser meticulosas.

— É possível que estivessem a bordo de um daqueles funestos barcos que afundaram na baía de Lübeck?

— Quanto a isso, só posso conjecturar — lamentou-se Bernard. — Mas é pouco provável que, sendo daqui, fossem para Lübeck e acabassem em um desses barcos.

— Agradeço-lhe imensamente, capitão. Existe motivo concreto para ter vindo para a clínica em vez de ir a nossa casa?

O capitão hesitou.

— Talvez quisesse ver uma maternidade, para variar, e não apenas esses campos da morte — explicou.

No penúltimo dia de maio, à tarde, Theo Unger descobriu o segundo motivo daquela visita – ou ao menos achou que tinha relação com ela.

Elisabeth pediu-lhe que se sentasse na sala de estar; não parava de andar de um lado para o outro, inquieta, rearranjando as rosas nas jarras.

— Vou embora para Bristol — anunciou. — Em julho, quando David regressar à Inglaterra, vou com ele.

Unger afundou na poltrona de pele e manteve-se em silêncio.

— São amantes? — perguntou, depois de um longo tempo.

— Ainda não — respondeu ela. — Theo, quero agradecer por tudo.

— Você já me agradeceu no início do mês.

— E é verdade. Sei que parece banal, mas gostaria de manter a amizade.

— Você está pensando em viver com sua mãe e Betty? Sabe que é uma mulher rica, não sabe? Vou transferir o dinheiro para você.

Devíamos apressar-nos, pois quem sabe o que vai acontecer com a moeda.

Será que falava tanto e tão depressa para espantar a tristeza que sentia?

— Me dê um abraço, por favor — pediu Elisabeth.

E ele o fez.

Seu casamento havia terminado.

Junho de 1948

O sol forte que lhe incidia nos olhos afugentou as imagens do sonho. Henny respirou fundo ao abri-los. Aqueles dias de julho de 1943 a acompanhariam por toda a vida, e, se durante o dia conseguia reprimir muitas coisas, em sonhos estas voltavam a assolá-la. No entanto, não a atormentavam apenas imagens da guerra, mas também a recordação de Käthe, Anna e Rudi.

Nenhum dos três regressara. Ainda. Era a isso que Henny se agarrava, dizia para si mesma esse "ainda" como se fosse uma palavra-chave.

No ano seguinte ao fim da guerra, ela fora com frequência ao parque Moorweide, aonde chegavam os automóveis vindos de Theresienstadt; como se Käthe e Anna pudessem ter ido parar lá no decurso da marcha da morte, depois de terem deixado o campo de concentração de Neuengamme.

— Uma loucura — sentenciou Ernst. Como poderiam ter chegado tão perto de Praga?

Contudo, Henny não perdeu as esperanças – e também ia à estação quando anunciavam um trem com pessoas que voltavam da guerra. Procurava Rudi no lugar de Käthe, seu nome escrito em letras grandes e acompanhado por uma fotografia num cartaz que havia pregado em uma haste comprida e que segurava acima de todo mundo. Talvez alguém que regressava o tivesse conhecido e pudesse contar-lhe o que havia ocorrido com ele, pronunciando as palavras redentoras: que continuava vivo e que era apenas questão de tempo até voltar para casa.

Henny e Unger recorreram ao serviço de investigação e busca da Cruz Vermelha para localizar Rudi; ao serviço de investigação e busca da VVN e à Associação de Vítimas do Regime Nazista, para seguir o rasto de Käthe e Anna. Fazia três anos que a guerra havia terminado, e cada vez acalentavam menos esperanças.

Apesar disso, aquele verão parecia ser diferente, como se tudo voltasse a ter cor. Seria porque Ernst saíra de sua vida... se é que uma pessoa com quem se tem um filho pode desaparecer assim.

Klaus foi o detonador da separação quando, no dia de seu décimo sexto aniversário, de pé na cozinha de Else e retorcendo as mãos até não poder mais, confessou-lhes, balbuciando, que gostava de rapazes.

O desdém que destilava a voz de Ernst: "Cento e setenta e cinco".* Nem ela nem Else entenderam a que se referia, mas Klaus ficou branco como a parede e saiu correndo da cozinha. Continuava a não ter um canto naquele apartamento onde pudesse se refugiar, de maneira que, naquele dia de novembro, saiu para a rua, na garoa.

Ernst também saiu de casa, irado, e Else e ela ficaram ali plantadas com o bolo e a vela de aniversário que o rapaz não chegara a soprar. Talvez não tivesse sido uma ideia muito feliz Klaus escolher aquele momento para fazer sua confissão.

Desde então, Klaus vivia com Else e com ela. Na tarde do aniversário, Ernst colocou suas coisas na mala e foi embora de casa. Talvez suportasse Henny tão pouco quanto ela a ele. Ou talvez não quisesse continuar numa casa que o próprio filho podia transformar num "lamaçal de vício", tal como Ernst dizia.

---

* Denominação depreciativa referida aos homossexuais. Deriva do artigo 175 do Código Penal, introduzido em 1871, que proibia as relações homossexuais entre homens. Só foi revogado por completo em 1994. *(N. A.)*

Passou os primeiros dias numa pensão perto da estação central, depois se instalou num quarto mobilado na Lübecker, não muito longe da Angerstraße, onde se situava a escola primária em que agora dava aulas. Qual teria sido a causa de se tornar tão duro? Ter perdido tudo o que tinha? O sentimento de culpa?

Só depois de ele ter ido embora de casa Else e Henny tiveram uma longa conversa sobre janeiro de 1945, quando Ernst não perdia de vista a casa das Laboe. "Os binóculos do Heinrich estavam sempre no parapeito da janela", contou Else. Nenhuma das duas podia afirmar se Ernst tinha se transformado num traidor, mas não era o que parecia?

———·:·———

Henny sacudiu a preguiça naquela manhã calorenta e se levantou. A metade da cama que Else ocupava já estava feita, o lençol esticado, a almofada e o edredom afofados. Henny voltara a dividir a cama paterna com a mãe, quase trinta anos depois de enfrentar Else disposta a não continuar a dormir mais assim. Contudo, na sala de estar, na cama dobrável, dormia Klaus, com um resquício de privacidade para um rapaz de dezesseis anos.

A porta da sala de estar continuava fechada, e Else não estava na cozinha, onde além do mais também não se via a sacola grande de compras. O que esperaria conseguir com os cupons? Nas lojas quase não havia alimentos, circulava o boato de que os comerciantes reservavam alguns artigos para o dia em que se cunhasse uma nova moeda.

Henny correu a cortina e lavou o rosto. No pátio, o balanço rangia.

Seria o mesmo balanço em que o pai a empurrava? Não. A estrutura de madeira apodrecera anos atrás, o metal enferrujara... só as correntes eram as mesmas, disse Else.

Era um milagre que o balanço tivesse sobrevivido ao desespero dos hamburgueses, que não haviam recuado perante nada para procurar lenha nos frios invernos anteriores. Sacrificaram árvores e arbustos, assim como molduras de madeira dos caixotes de areia de parques infantis.

Pouco depois de terminada a Primeira Guerra Mundial, Gustav, filho dos Lüder, sentava-se no balanço. O rapaz morrera na França.

A sós na cozinha, afastou-se da janela e foi para trás da cortina se lavar da cabeça aos pés. Entrava no serviço à uma. Na verdade, na clínica continuava tudo como sempre, os mesmos processos, ainda que, em relação a medicamentos, houvesse grandes inovações, como a penicilina, com a qual parecia ser possível extinguir por fim e de uma vez por todas a febre puerperal.

Tudo seguia como sempre. Mas sem Käthe.

— Importa-se de vir um momento a meu consultório? — perguntou Theo Unger quando Henny, que acabava de começar seu turno, cruzou com ele no corredor.

"Henny, ao que parece Rudi está vivo, num campo nos Urais. Friedrich Campmann enviou-me um postal que lhe foi entregue na Hofweg. 'Entregue-o a Anna Laboe.' Foi escrito por um homem que, pelo visto, esteve no campo com Rudi. Libertaram-no em abril. Infelizmente, esqueceu-se de mencionar para onde ele foi, só disse que está vivo, que está num campo de prisioneiros de guerra e é obrigado a trabalhar numa mina."

— Mas por que enviou o postal a Anna na Hofweg, não a Käthe na Humboldtstraße?

— Talvez Rudi tenha pedido que enviasse um segundo postal para a Hofweg, por via das dúvidas. Na esperança de que alguma das duas casas continuasse de pé.

— O mais importante é que sobreviveu — comentou ela, que quase não acreditava.

Käthe, pensou Henny, *por favor, aguente. Por Rudi. Por mim.*

— Iremos outra vez à Cruz Vermelha, agora que podemos fornecer-lhes uma localização. Por que essa cara de preocupação?

— E se ele preferir ficar nos Urais a viver sem Käthe?

— Por ora, vamos tentar ver o lado bom da notícia. Hoje mesmo informarei o serviço de investigação e busca.

— E o carimbo do postal? — perguntou Henny.

— É de Essen — respondeu Unger. — E o postal está assinado por Heinz Hoffmann. Pelo menos foi o que decifrei.

Não era muito melhor que Hans Hansen. "Encontrar esse nome é como procurar agulha num palheiro", dissera Kurt tempos antes. Unger pegou o postal na mesa e entregou-o a Henny.

O senhor Rudi Odefey encarregou-me de vos comunicar que está detido num campo de prisioneiros de guerra russo nos montes Urais e é obrigado a realizar trabalhos forçados numa mina. Eu mesmo estive preso nesse campo até abril.

— Heinz Hoffmann ou Haffmann não é amante das palavras — comentou Henny. — Apesar de saber que aqui todos estaremos atentos a cada sílaba.

— Pelo menos cumpriu sua obrigação — desculpou-o Unger. — Vou telefonar para Alessandro Garuti em San Remo e lhe dar a boa notícia. Talvez possa aconselhar-nos sobre o que fazer.

— Quem dera Rudi, Käthe e Anna voltassem.

— Tenho outra coisa para lhe contar — prosseguiu Unger. — Elisabeth pediu o divórcio. Quer se casar com seu capitão.

— Isso o deixa muito triste?

Theo Unger encolheu os ombros.

— Estamos separados há três anos — contou. — Tive tempo de me habituar à situação. No domingo, minha mãe faz setenta e seis anos. Consultei o horário dos turnos e vi que estamos os dois de folga.

— Quer que o acompanhe a Duvenstedt?

— Encarecidamente.

Devia ter convidado Henny para visitar a horta de Duvenstedt já no verão de 1921, para lhe mostrar as galinhas, os coelhos, as macieiras, um mundo saudável. No entanto, tinha perdido a chance e, depois da farra com Landmann, não fora capaz de recuperar seu interesse.

Na sequência, ela se casara com Lud Peters, e ele, com Elisabeth Liebreiz. Desde que Henny se separara do segundo marido, ele não parava de se perguntar se haveria uma segunda oportunidade.

— Vou com o maior prazer — respondeu Henny. — É muito provável que eu seja a única que ainda não conhece Lotte e sua horta.

Thies regressou da Rússia no outono de 1945. A febre que tivera no campo de prisioneiros concedeu-lhe a liberdade, pois era intensa o suficiente para semear o pânico de uma epidemia, e a médica do campo, russa, deu-lhe alta. Quando se viu retido em Erfurt sem nenhum trem para Bebra, onde imaginava encontrar transferência para Hamburgo, a febre já tinha sumido.

A cidade por onde perambulou durante horas, uma vez que o trem seguinte partia de Erfurt à tarde, mal havia sofrido danos durante a guerra. Ele tinha um pedaço de pão e um pouco de água no cantil, mas sentia, sobretudo, medo dos soldados soviéticos, que ocupavam a Turíngia.

Será que ainda se notava que havia sido membro da extinta Wehrmacht? O que estava vestindo não passava de trapo.

Uma pequena praça com uma fonte. Thies tinha esperança de encher o cantil, mas não havia água. Foi invadido por um profundo esgotamento quando se sentou na beira da fonte.

O que era aquilo? Lá em cima, a janela do terceiro andar. Aberta. Uma mulher fazia sinais. Para ele? Thies olhou ao redor, mas não se via mais ninguém. Olhou para a janela e apontou para si mesmo. Estava a chamá-lo?

— Aproxime-se — disse a mulher, que espreitava da janela. — E suba.

Seria uma armadilha? Não podia ser. Que armadilha? A mulher devia ter a idade de sua mãe, não parecia perigosa.

A porta da casa, de quatro andares, estava aberta. Subiu a escada, vendo as paredes pintadas em tom mostarda. A mulher o aguardava à porta.

— Entre e vá para a cozinha, ao fundo.

Em cima da mesa havia dois pratos, duas colheres, dois copos.

— Vou comer com você. Sopa de ervilhas com toucinho defumado. O toucinho está há um ano na despensa, mas ainda está bom.

— Por que está fazendo isso? — quis saber Thies.

No entanto, a mulher não respondeu e levou a panela de sopa para a mesa.

Thies não sabia se pegava a colher, mas havia muito tempo não cheirava nada tão tentador como a sopa que tinha no prato.

— Foi prisioneiro?

Thies assentiu.

— Coma devagar e apenas um prato. Dou-lhe pão para a viagem.

Thies começou a comer, e, embora lhe tivesse apetecido encher o prato de novo, a mulher tinha razão: para aquele estômago encolhido, seria demais.

Intuiu algo quando ela o levou a um quarto pequeno com um grande guarda-roupas e lhe ofereceu roupa.

— Era do seu marido?

— Do meu filho — respondeu. — Que se parecia com você.

— Morreu na guerra. — Thies tomou-o como certo.

— Nos últimos dias.

Mais tarde, Thies abandonou Erfurt e se dirigiu para Bebra com um terno apresentável, uns sapatos que lhe ficavam apenas um pouco grandes e uma emoção profunda no coração.

Por que Henny se lembrou da experiência que Thies vivera em Erfurt e que este havia contado quando regressou, embargado pela emoção?

Talvez porque agora soubesse que Rudi estava num campo de prisioneiros russo?

Thies escreveu à senhora de Erfurt, mas não obteve resposta. O que fez foi apenas por seu filho.

Quem dera Rudi pudesse contar com um pouco da sorte que Thies tivera. Quando regressou, este parecia a transbordar de força, como se não tivesse vivido uma guerra. Assim que chegou, foi procurar emprego na nova rádio NWDR, que os britânicos acabavam de inaugurar sob a direção de Hugh Greene. Contrataram-no como redator, apesar de não ter mais que o bacharelado, uma vez que, depois, o obrigaram a ir para o *front*.

Ele e Marike se casaram em dezembro de 1945. Uma hora depois, ele foi para a NWDR e Marike seguiu para a clínica universitária, onde cumpria seu semestre de estágio. Ao que tudo indicava, os casamentos grandiosos não eram costume de sua família, que fazia tudo sempre depressa.

Noutros tempos, Henny sonhara com um casamento luxuoso, que depois da cerimônia religiosa se comemorasse no Uhlenhorster Fährhaus, mas isso fora muito tempo atrás, e o Fährhaus nem existia mais.

Käthe não queria se casar; no entanto, seu casamento fora o mais feliz. Oxalá ela e Rudi tivessem oportunidade de continuar a desfrutar dele.

Nesse dia, quando regressava do trabalho, Henny parou diante da casa da Humboldtstraße. A família de refugiados ainda vivia no apartamento das Laboe. Quantas vezes Henny colara o dedo naquela campainha pensando que a mãe de Käthe lá estava, sem sequer imaginar que a Gestapo a havia levado.

Depois de uma breve hesitação, Henny tocou e subiu os degraus de linóleo rachado até o primeiro andar. Abriu-lhe a porta uma mulher que segurava um cigarro numa mão e um cinzeiro de vidro na outra. Henny reconheceu o objeto: os Laboe o haviam comprado no Báltico. Não era um bom momento para perguntar se chegara algum postal para Käthe Odefey ou Anna Laboe. Aos moradores da casa parecia importar pouco de quem eram os pratos em que comiam e a quem pertencia a recordação onde apagavam os cigarros.

— Jogamos o postal no lixo — respondeu a mulher. — Afinal, o paradeiro da família é desconhecido.

Theo tinha razão: houve um segundo postal para a Hofweg, para a residência de Campmann.

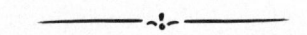

———·:·———

A praça da Câmara Municipal, que já não tinha por que chamar-se Adolf Hitler, estava em ruínas. Só restava o porão e o suficiente do primeiro andar para que a chuva não entrasse na pequena livraria a que os proprietários deram o nome de Siemsen, Stein e Peters, mesmo que na placa por cima da porta constasse um único nome: Landmann. Louise e Lina tinham chegado a um acordo com Momme, que, embora não tivesse conhecido Kurt Landmann, tinha faro para saber quando um nome pegava.

A livraria era uma solução provisória; em breve teria início uma reconstrução minuciosa, demoliriam as ruínas que ocupavam a esquina da praça da Câmara Municipal e ergueriam novas paredes. Momme já andava à procura de espaços e estava de olho na praça Gänsemarkt, onde se efetuariam obras em alguns edifícios antigos cujo estado de conservação era bastante bom.

Felix Jud transferiria sua livraria da Colonnaden para a Neuer Wall; desse modo, eles não se prejudicariam mutuamente. Também não estavam muito preocupados com os custos e o capital, pois aguardavam com otimismo a chegada de uma nova moeda e viviam tempos gloriosos para vender livros. A sede pela leitura demoraria a saciar-se, o interesse pelos autores estrangeiros de cujos romances se haviam visto privados durante tanto tempo era grande. *Adeus às armas*, de Hemingway, tinham-lhe arrebatado das mãos, mas também eram cobiçados livros de autores conhecidos e proibidos durante doze anos, como Heinrich Mann, Erich Kästner, Kurt Tucholsky, Jack London, Joseph Roth e Joachim Ringelnatz.

Draußen vor der Tür,* drama sobre o regresso a casa de um suboficial, estreara em novembro do ano anterior nos teatros de câmara; seu jovem autor tinha falecido um dia antes em consequência das sequelas da guerra. No entanto, a fama literária de Wolfgang Borchert perdurou inclusive depois de sua morte.

Verdade seja dita, viviam bem entre os escombros. Naqueles dias de ressurgimento, tudo parecia possível.

— Kurt ficaria feliz por nós — declarou Louise.

Ela e Lina tinham a sensação de que os anos mais felizes da vida delas ainda estavam por vir.

— Não vai ser por isso que os russos irão colocá-lo em liberdade mais cedo — disse Unger —, mas a Cruz Vermelha tem esperança de fazer contato com Rudi.

— E então saberá que o paradeiro de Käthe é desconhecido, que talvez até tenha morrido, e perderá a vontade de viver e morrerá na Rússia — argumentou Henny.

Theo Unger a encarou.

— Quer dizer que você sugere que não devemos buscar contato com o campo dos Urais?

Henny soltou um suspiro profundo.

— É verdade — respondeu —, por mais que isso me doa.

Unger contemplou a estrada que tantas vezes percorrera com o velho Mercedes 170.

— Você acha que Käthe e a mãe morreram — replicou ele.

— Se não, onde elas estão, Theo? Saíram de Neuengamme há mais de três anos. Ou Käthe e Anna não sobreviveram à marcha da morte ou estavam a bordo de um dos barcos.

---

* Não publicado em português, mas o título deste livro poderia ser traduzido como *À porta, do lado de fora*. (N. T.)

— Käthe é jovem e tem bastante força para sobreviver à marcha — objetou Unger.

— Nesse caso, por que não bate à nossa porta? Por que não aparece na casa de Else ou na Finkenau?

De novo aqueles pensamentos sombrios, que ofuscavam o belo dia de verão. Poderiam alguma vez se ver livres de preocupações? Henny ia sentada ao lado, linda com o vestido azul-claro com flores brancas, o cabelo ondulado que continuava louro, e ele só tinha uns primeiros vestígios de branco no cabelo escuro. No entanto, depois de tudo o que havia acontecido, seu espírito parecia muito mais velho.

Henny fixou os olhos no embrulhinho que levava no colo e que Lina tinha feito com tanto carinho. Um volume de poesia de Kästner, *Herz auf Teille*,* Theo havia dito que a mãe gostava de Kästner.

Será que ela e Lotte se dariam bem? Seria essa visita algo mais que a chance de finalmente conhecer a horta e o pomar cujos frutos degustara tantas vezes? Henny olhou para Unger. Estivera tão apaixonada por ele. Havia muito tempo.

— Pelo visto, o sucessor de Lorenzen é simpático — comentou ele. — Muito jovem ainda. Fico contente por termos nos livrado daquele nazista.

Não obstante, os nazistas continuavam por todo lado... afinal, para onde iriam? Klaus e ela tinham ido ao cinema ver *Os assassinos estão entre nós*, de Staudte. Ernst também teria se transformado em assassino? De Käthe e de Anna?

Henny foi recebida com grande cordialidade. Lotte Unger arrumara a mesa no jardim: xícaras de café com margaridas e trevos na toalha branca. Um bolo de maçã e outro de cereja. Henny lembrou-se dos frascos de cerejas em conserva que ninguém pôde saborear. Sob os escombros.

---

* Não publicado em português, mas o título deste livro poderia ser traduzido como *Coração por medida*. (*N. T.*)

Sentaram-se os quatro à mesa: Lotte Unger, seu filho Theo, Henny e o jovem médico Jens Stevens, embora também estivessem presentes Landmann, o pai de Theo e o velho Harms.

Quando se preparavam para ir embora, Lotte pediu ao filho que levasse de uma vez por todas os quadros de Landmann, a fim de pendurá-los em sua casa ou confiá-los a outra pessoa. Ela era idosa demais para continuar a guardá-los.

— Vou dá-los a Louise e Lina — decidiu. — Afinal, são as herdeiras de Kurt. — Ele era apenas o administrador. — E mais uma coisa, Henny — acrescentou, no caminho de volta. — O que você acha de oferecer a seu filho um quarto em minha casa? Ainda me surpreende o fato de até agora não terem realojado ninguém lá.

— Acho que ele adoraria.

— Apesar de tudo, Klaus não vai demorar para terminar o ensino médio.

— Só tem dezesseis anos e já perdeu dois. A coisa está demorando. Está disposto a acolher um estudante por tanto tempo?

Unger teria gostado de dizer que também adoraria dar as boas-vindas à mãe do estudante, mas não queria cometer outro erro se pretendia conquistar o amor de Henny.

— Ele já sabe o que quer fazer?

— Gostaria de ser jornalista, como Thies e o pai dele. Gosta de escrever. Contos e poesia.

— Continua achando que é melhor não entrarmos em contato com Rudi antes de sabermos o que aconteceu a Käthe?

— Sim — confirmou ela.

— Isso me dói muito — confessou Unger.

———— -:- ————

A desnazificação não tardou a ficar no passado, e faziam falta pessoas como ele para reconstruir o país. Na Hofweg, as coisas também progrediam, mesmo que devagar; só os dois quartos dos fundos continuavam ocupados pelo maneta, a mulher e a filha.

Apesar de o comando da casa continuar insatisfatório — sabe-se lá onde estaria a senhora Laboe —, eles se davam bem. A que servia agora só prestava como diarista, pois não havia quem comesse o que preparava no fogão.

Soubera que a filha de Ida começara a frequentar a escola em abril. Quem havia contado? Ele não mantinha contato com a pensão da Johnsallee. Pouco depois do falecimento de Bunge, pedira o divórcio e renunciara oficialmente às dívidas que este havia contraído com ele. Podia-se dizer que demonstrara extrema consideração por Ida: não tinha se divorciado dela durante o Terceiro Reich para que não ficasse em apuros por causa do pai de sua filha. Essa questão só foi resolvida depois do divórcio, quando se registrou oficialmente que o chinês era o pai.

Campmann não tinha arrependimento. Sentia-se bem. Tinha certeza de que ainda seria capaz de fazer alguma coisa de proveitoso na vida. Além disso, continuava a trabalhar no Banco de Dresden.

Na sexta-feira seguinte, seria comunicada ao povo a reforma monetária, por rádio e na comunicação impressa. A Alemanha seguiria em frente.

Seria melhor procurar de uma vez por todas outra governanta, a quem pagaria já com marcos alemães. Em breve voltariam a ter cotação na Bolsa de Frankfurt.

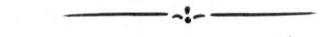

Ida e Tian viviam com Florentine no último andar da casa da Johnsallee. Guste havia ocupado, com prazer, o quarto do jardim, no térreo, e mentalmente pedira perdão a Bunge por tê-lo enviado lá para cima, com tantas escadas. Já tinha sessenta e um anos e começava a sofrer com as articulações.

Seu desejo de gerir uma pensão sumira; agora considerava a residência da Johnsallee uma casa para receber seus amigos. Não era isso já havia muito tempo? A verdade era que a pensão substituiu a família.

Sob seu teto ainda viviam a família de três membros e Momme, em dois sótãos. De Jacki não se soube nada; Guste só esperava que tivesse sobrevivido à guerra.

Era uma pena que o domingo tivesse sido arruinado pela chuva, apesar de já terem o dinheiro novo.

— Olhe, Florentine. Está aí, em cima da mesa.

Duas notas verdes. Vinte marcos alemães. Quem eram os dois gordos da esquerda? De certo modo, parecia o paraíso. Wagner já não estava na moda, tampouco esses velhos antiquados.

— Amanhã trocamos o dinheiro e compramos um sorvete — afirmou Guste.

Havia notas no valor de um marco e de cinquenta *pfennig*. Faltava metal para as moedas.

— Aposto que amanhã as lojas estarão cheias — disse para Momme, que acabava de entrar em cena. — Seria a ocasião ideal para um banquete. Vamos fazer uma lista de convidados.

Guste continuava a mesma de sempre.

Dezembro de 1948

Era provável que o inverno não fosse tão ruim como o anterior, quando já em novembro os termômetros ficaram abaixo de zero e houve os recordes de temperaturas mais baixas registradas até março. E as pessoas nas cidades em ruínas foram obrigadas a aguentá-lo, passando fome e frio.

E naquele dezembro? Até o momento, as temperaturas eram suportáveis, e ao que as lojas ofereciam desde a reforma monetária Unger não dava grande crédito. Sabia por Elisabeth que na Inglaterra não se podiam comprar tantas coisas já havia algum tempo.

Os berlinenses, no entanto, sofriam o bloqueio soviético e, por causa disso, só podiam abastecer-se por via aérea do que se ocupavam os americanos com seus aviões. "Bombardeiros de guloseimas", era assim que os berlinenses chamavam os aparelhos, como sempre dando provas de um humor suspeito.

Unger parou diante das vitrines dos armazéns Karstadt, que tinham voltado a abrir as portas em novembro, depois de terem sido consumidos pelas chamas no verão de 1943. Fora possível salvar o edifício.

As compras natalinas o entusiasmavam pela primeira vez desde que a guerra terminara – algo que tinha menos a ver com a oferta que com a perspectiva de poder presentear Henny e Klaus com alguma coisa. Com que prazer teria procurado também algo para

Käthe e para Rudi. Os tesouros que teria encontrado para Rudi na livraria Landmann e os doces que teria oferecido a Käthe.

Não queria habituar-se à ideia de que Käthe tinha morrido e esperava que Rudi voltasse para casa de uma vez por todas para não receber a terrível notícia no campo de prisioneiros russo e mergulhar no desespero mais absoluto sem que eles estivessem ao lado para lhe mitigar a dor.

Seria válido que se alegrassem com a chegada do Natal, com os presentes, quando o paradeiro de Käthe e sua mãe era desconhecido, como tantos outros, e quando Rudi continuava num campo de prisioneiros de guerra? Envergonhavam-se de ter tido mais sorte que aqueles de quem gostavam.

Na Körnerstraße, o retrato a óleo das irmãs Ruth e Betty já não ocultava o cofre, onde continuavam a pérola do Oriente de Rudi e as vinte e quatro colheres de prata de Käthe: Elisabeth havia levado o quadro com ela para a Inglaterra.

Agora, *Natureza morta com figura negra,* de Emil Maetzel, ocupava o lugar. Lina e Louise afirmaram que Kurt teria gostado de Unger ficar com o quadro.

Na casa das duas mulheres, por cima do sofá vermelho-coral, estavam *Banhistas na praia do Elba,* de Hopf, mais em consonância com as preferências de Lina e de Louise, assim como a tela de Paul Bollmann.

Kurt teria ficado satisfeito de seu sobrenome dar nome à livraria. E teria comprado o frasquinho de *L'Air du Temps** sem peso na consciência.

Unger aproximou-se do balcão da seção de perfumaria dos armazéns Karstadt e comprou para Henny a nova água-de-colônia chegada da França, cujo frasco diminuto era decorado com uma pomba de vidro como símbolo da paz daqueles tempos; no primeiro andar, pegou uma camisa e uma gravata de seda para Klaus.

---

* Um dos perfumes mais emblemáticos da casa Nina Ricci, criado em 1948 e que ainda é comercializado nos dias de hoje. (*N. T.*)

Por último, iria ao Fischbratküche, restaurante de Daniel Wischer, para se dar ao luxo de comer peixe frito e salada de batata.

Precisava encarnar o *alter ego* de Kurt com mais frequência.

---·!·---

Campmann não podia acreditar. Estaria vendo fantasmas ou era Mia sentada em sua cozinha, conversando com a nova governanta?

Levantou-se assim que o viu entrar, esfregando as mãos. Continuava gorda; podia supor que, depois da guerra, o campo estivera muito mais bem abastecido de mantimentos. Caso contrário, dificilmente teria valido a pena a ostentação a que se havia dedicado a população urbana.

— Estou procurando emprego — disse Mia.

— Aqui não será — retorquiu Campmann.

— Não posso continuar na casa de minha irmã. Agora tem um marido que não gosta que eu viva lá.

Por que lhe contava isso? Alguma vez ele havia demonstrado qualquer interesse pelo destino daquela mera criada?

— Além disso, Fritz morreu.

Ou pelo do filho?

— Morreram milhares de pessoas — contrapôs, com maus modos.

Bom, tinha de admitir que isso não impedia que cada um se importasse com a própria tragédia.

Friedrich Campmann fez o que já havia feito com o postal do companheiro de armas: enviou Mia para a Finkenau. Que fosse trabalhar na cozinha da clínica.

---·!·---

Havia muito tempo que Henny tinha esquecido de Mia, mas prestou atenção quando uma das parteiras disse que a nova funcionária da cozinha perguntara por Käthe. Continuava a trabalhar ali?

Logo que terminou o turno, Henny foi até a grande cozinha e pediu à encarregada que lhe permitisse falar uns minutos com Mia. Esta baixou a faca e colocou as mãos na pia com água onde estavam as batatas já descascadas. Não duraria muito ali se não perdesse aqueles hábitos rudes.

Saíram para o corredor e sentaram-se num dos bancos.

— Perguntou por Käthe? — indagou Henny.

— Eu e a senhora Laboe trabalhamos na casa de Campmann.

— Está se referindo a Anna, mãe de Käthe. E, afinal, o que quer de Käthe?

— Contar-lhe o que aconteceu com meu Fritz. No fim das contas, essa comunista também teve culpa de ele ter morrido.

Henny achou que não tinha ouvido bem. Contudo, independentemente do que a mulher fosse dizer, Theo devia ouvi-lo. Talvez ainda estivesse no consultório àquela hora.

— Vai demorar um pouco a voltar — avisou na cozinha, e em seguida levou Mia consigo, com má vontade, ao consultório de Unger.

Theo, que estava sentado à mesa, demonstrou surpresa quando Henny a mandou entrar.

— Não sei como você se chama — disse.

— Mia Thöns — respondeu ela. — E eu não sei por que tudo isso. Só perguntei por Käthe.

— Conhece Käthe? — perguntou Theo Unger.

— Ela é culpada por terem enforcado meu Fritz, em Berlim.

Theo e Henny se entreolharam, fazendo ambos um esforço para manter a calma.

— Senhora Thöns, sente-se e conte-nos o que aconteceu, por favor — solicitou Unger.

— Fritz queria desertar, já em Wischhafen, pois a batalha lhe causava pânico. Eu o proibi, entrei com ele no *ferry* para levá-lo a Glückstadt e depois o acompanhei à estação para que embarcasse para Hamburgo e, em seguida, para a Rússia. Mas ele não o fez e, para se esconder, bateu à porta da senhora Laboe e da filha. Por isso a Gestapo foi até lá e o levou para Plötzensee.

Henny fechou os olhos.

— Como sabe de tudo isso? — perguntou Unger.

— Leram para mim. Era o que estava escrito no papel que me enviaram. Notificação de execução da sentença ou coisa que assim.

— Sinto muito por seu filho, senhora Thöns. Imagino que tenha insistido com Käthe e a mãe dela para que o acolhessem em sua casa, e elas pagaram com a vida por esse gesto de bondade.

— Nesse caso, fez-se justiça — retrucou Mia.

Unger levantou-se, tomado por fúria.

— Saia daqui. Suma da minha frente — vociferou, ríspido. Descarregou todo o sofrimento que lhe causava a perda de Käthe ao ouvir a frase que Mia Thöns proferiu com tanta alegria.

Mia pareceu surpresa com o acesso de raiva do médico, mas não disse nada. Levantou-se disposta a voltar para a cozinha.

Henny só abriu os olhos quando a porta se fechou.

— Acredita nessa história? — perguntou Unger.

— Sim. Nesse dia, quando fui à casa de Anna, um vizinho me disse que, além de Käthe, tinham levado um rapaz gordo.

— Agora lembro que me contou essa história.

— Seria capaz de acreditar que Käthe faria um pacto com o diabo por Rudi, mas por esse Fritz, que nem sequer conhecia?

— Talvez tivesse pensado justamente em Rudi, no fato de que, se conseguisse ficar a salvo na Dinamarca, alguém o ajudasse.

— Mas Anna não. Ela nunca foi de se meter em aventuras.

— Receio que hoje tenha se esclarecido o mistério da prisão de Anna e Käthe. Mas, infelizmente, continuamos sem saber onde estão.

E ninguém pediu a Ernst explicações pelo ocorrido, pensou Henny, que, no entanto, não descobriu o terrível segredo.

Quando ainda estava na Körnerstraße havia apenas alguns dias, Theo Unger abordou Klaus e perguntou-lhe se achava que era homossexual e se queria falar sobre o assunto.

— Não acho, doutor Unger. Tenho certeza — respondeu Klaus.

Agradeceu o tato com que Unger agiu, a franqueza com que abordou o tema. Talvez nunca se tivesse sentido tão bem como naquela casa, cujo ambiente culto e instruído parecia mostrar-lhe um caminho para seu futuro.

Os livros que lhe dava o médico, que não demorou a pedir-lhe que o tratasse por Theo, os discos que ouvia e, como se fosse pouco, o firme propósito de poder falar sobre qualquer coisa que fosse importante para Klaus. Desde que passara a morar com Unger, era o primeiro da turma, e os professores cogitavam adiantá-lo um ano para recuperar parte do tempo que perdera devido à guerra.

No dia de seu décimo sétimo aniversário, foi à casa de Henny e Else à tarde, apagou a vela que lhe puseram no bolo, que no ano anterior tinha ficado acesa depois de ele sair de casa correndo. Tinham-lhe acontecido muitas coisas boas.

Marike propusera-lhe que morasse com ela e Thies em seu novo apartamento, que ficava perto do Alster, mas ele queria ficar na casa de Theo, que também parecia beneficiado por esse acordo.

— Acho que me senti um pouco sozinho nestes últimos anos — admitiu Theo. — Gosto de viver nesta casa com você. É o filho que nunca tive.

Klaus não voltou a ver o próprio pai desde aquela tarde, um ano antes; mesmo assim, entristecia-o ser uma desilusão para Ernst. Talvez no ano seguinte tentasse se reconciliar com ele.

Lina ficou aborrecida por ele não ter sido sincero com ela; pensava que podia ter evitado um escândalo, mas, nesse caso, a ira do pai também teria recaído sobre a tia e sobre Louise. Klaus ouvia com frequência as expressões depreciativas que Ernst empregava para se referir à relação das duas mulheres.

Que Theo sentia um afeto especial por Henny era algo de que Klaus havia se dado conta nas conversas que mantinham na sala de estar à tarde. Se desejava algo, era que as duas pessoas mais importantes para ele estivessem juntas.

Desejava muito que chegasse o Natal. Primeiro passaria a ceia com Henny e a avó, depois se sentaria na sala de estar com Theo. O dia de Natal ele passaria na casa de Marike e de Thies; o doutor iria a Duvenstedt, à casa da mãe.

Seu pai ficaria sozinho, e isso era algo que afligia Klaus, certo de que talvez Ernst se consolasse com outra mulher. Como era triste não saberem mais nada um do outro.

Klaus ouviu a chave na fechadura e fechou o livro a fim de ir ao andar de baixo cumprimentar Theo.

Unger pousou o chapéu e o sobretudo e dirigiu-se à sala de estar, que ainda estava às escuras.

— Pode estudar aqui — propôs-lhe ao mesmo tempo que ia acendendo os candeeiros.

— Algum problema na clínica? — perguntou Klaus.

— Por quê?

— Porque parece.

— Aceita um cálice de vinho do porto, Klaus? Se não se importar, pode servi-los.

Klaus tirou da cristaleira dois dos cálices de cristal e serviu o porto que estava numa das bandejas de prata.

— Você é o rapaz mais sensível que conheci — disse Theo Unger, que, em seguida, o colocou a par do que havia descoberto sobre Käthe e Fritz Thöns.

Henny levou para casa de Marike e Thies uma travessa de salada de arenque que Else havia preparado à tarde. Heinrich Godhusen gostava de comer isso no jantar da véspera de Ano-Novo. Na verdade, não gostava de começar o ano sem esse prato, mas era a primeira vez nos últimos cinco anos que o comiam.

Marike tinha convidados naquela noite, e todos comemorariam a inauguração da casa e a virada de ano ao mesmo tempo. A casa de seus filhos era bonita, embora a fachada ainda estivesse bastante enegrecida e na sala de estar a madeira do assoalho tivesse sido consertada precariamente onde uma bomba atravessara o telhado antes de ser atirada por um destemido em direção ao pátio.

Deve ter acontecido na noite em que ela e Marike quase morreram asfixiadas não muito longe dali, no porão de sua casa. Não parecia algo que tinha passado há séculos? Não. Imediatamente, as imagens voltavam a atormentá-la.

Naquela noite, Else estaria sozinha, pois não aceitara o convite de Theo Unger. Talvez tivesse pressentido, algo raro nela, que a filha queria ficar a sós com o médico. Klaus iria para casa de Marike e Thies.

A vida limitava-se a continuar, simples assim. Como estaria Rudi nos montes russos? Theo tinha dito que, ao que parecia, lá fazia trinta graus abaixo de zero.

Não teria sido um erro não entrar em contato com ele, embora não garantisse que os russos fossem libertá-lo mais cedo? Desse modo, Rudi saberia que eles estavam lá, a sua espera. Podiam transmitir seu amor e seu carinho.

Começou a nevar quando saiu da porta de casa de Marike e Thies. A parada da ponte de Mundsburg não ficava longe. Vinte e dois anos atrás um *Opel* tinha atropelado Lud naquele local. Haveria algum recanto nos bairros de Barmbek e Uhlenhorst onde não se deparasse com alguma recordação?

Barmbek, que agora se escrevia sem "c". Assim como Eilbek. E a Kanalstraße escrevia-se agora com "K". Havia dois anos. Como se essas pequenas alterações adiantassem na busca de uma era sem os nazistas.

Henny levantou a gola do casaco. Estava frio, mesmo que não fossem, nem de longe, as temperaturas dos montes Urais.

Chegou o bonde que ia para o centro da cidade. Henny tinha de atravessar até a parada do outro lado. Ficou onde estava, esperando, para não acabar debaixo do bonde, como Lud, anos antes, debaixo de um carro.

O rosto olhava pela janela da carruagem da linha dezoito. Os olhos que procuraram os seus e os encontraram. Henny achou que seu coração ia explodir.

Tentou, em vão, apanhar aquele bonde. Já fazia alguns segundos que ouvia o aviso de que o veículo se preparava para arrancar.

— Käthe! — gritou Henny. — Käthe! Käthe! Käthe!

Desatou a correr atrás do bonde pelas pedras escorregadias da calçada.

Todavia, o vagão onde Käthe seguia já havia dobrado a esquina.

Agradecimentos

Gostaria de agradecer a:

Dirk Meyhöfer, que colocou a Finkenau em minha cabeça.

Ulf Neumann, do gabinete de história de Santa Gertrudes, que me viabilizou grande quantidade de informações.

Christian Pfannenschmidt, que sempre me ajuda.

Minha editora, Katharina Dornhöfer, que me transmitiu seu entusiasmo e não afrouxou seu empenho.

Meu marido, Peter Christian Hubschmid, e meus filhos, Maris e Paul, que me dão asas.

E Petra Oelker, que organizou tudo.

Leia também

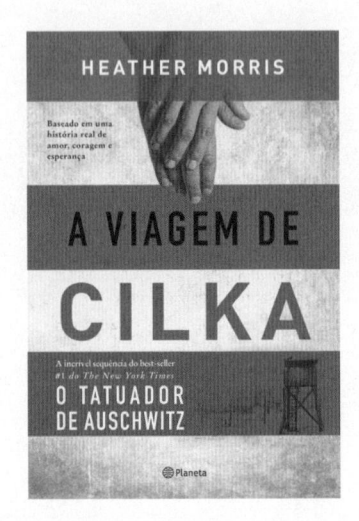

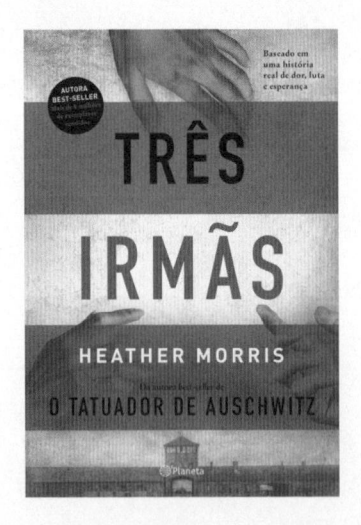

O tatuador de Auschwitz
Neste romance histórico, um testemunho da coragem daqueles que ousaram enfrentar o sistema da Alemanha nazista, o leitor será conduzido pelos horrores vividos dentro dos campos de concentração nazistas e verá que o amor não pode ser limitado por muros e cercas.

A viagem de Cilka
Este livro é baseado na história real de Cilka Klein e na de tantas outras mulheres presas nos campos de concentração nazistas e, após o fim da Segunda Guerra Mundial, nos gulagui russos. Nesta emocionante sequência do grande best-seller mundial *O tatuador de Auschwitz*, Heather Morris nos apresenta um testemunho não apenas do poder do amor e da esperança, mas também da força que há nas mulheres.

Três irmãs
Quando meninas, as irmãs Cibi, Magda e Livia fizeram uma promessa ao pai: sempre estariam juntas, não importa o que acontecesse a elas.

Anos depois, com apenas 15 anos, Livia é enviada a Auschwitz pelos nazistas. Cibi, 19 anos, decide cumprir a promessa e vai com Livia, determinada a proteger a irmã ou a morrer com ela. Magda, 17, escapa da captura por um tempo, mas eventualmente também é transportada para o terrível campo de extermínio.

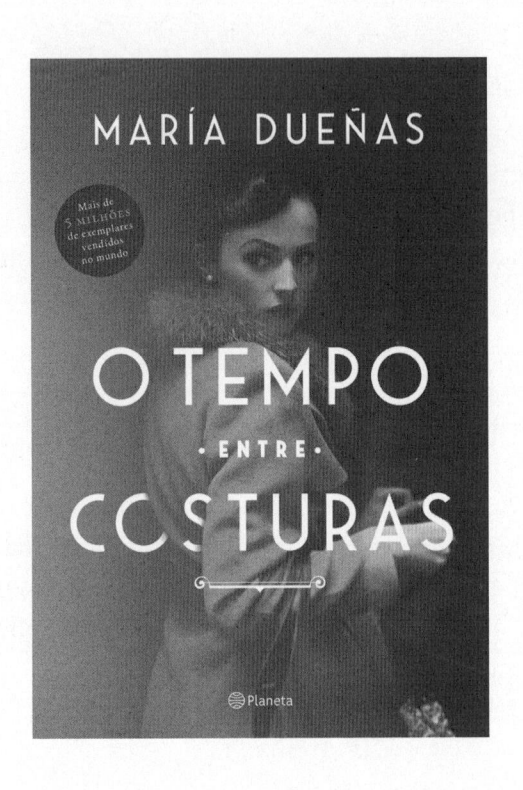

MARÍA DUEÑAS

Mais de
5 MILHÕES
de exemplares
vendidos
no mundo

O TEMPO
· ENTRE ·
COSTURAS

Planeta

Uma traição e duas guerras devastaram seu passado.
Uma falsa identidade a precipitou ao futuro.

Sira Quiroga é uma jovem costureira que, na Madri dos anos 1930, se apaixona por Ramiro. Ainda que mal o conheça, decide deixar o país por aquele novo amor. Mas o destino lhe reserva uma série de surpresas, a começar pelo desaparecimento de Ramiro pouco depois de chegarem ao Marrocos. A partir daí, a jovem se converte, quase sem se dar conta, numa peça-chave na luta contra o fascismo europeu – da ditadura franquista em sua Espanha natal ao nazismo na Alemanha.

Comparada a Carlos Ruiz Zafón por sua prosa envolvente e pela imaginação ao combinar fatos e personagens reais com ficcionais, María Dueñas conta em *O tempo entre costuras* uma aventura apaixonante, na qual os ateliês de alta-costura, a sofisticação dos grandes hotéis, as conspirações políticas e as obscuras missões dos serviços secretos se fundem com a lealdade às pessoas próximas e com o poder incontrolável do amor.

IMOGEN KEALEY

LIBERTAÇÃO

Heroína. Combatente. Espiã. Líder. Esposa.
Seu nome é Nancy Wake.

Planeta

Para os Aliados, ela era uma destemida combatente, fundamental em operações especiais, uma mulher à frente de seu tempo. Para a temida Gestapo, a polícia secreta do regime nazista, ela era um fantasma, uma sombra... e a pessoa mais procurada do mundo, com uma recompensa de cinco milhões de francos por sua cabeça.

Seu nome era Nancy Wake.

Agora, a lenda dessa fascinante heroína será contada pela primeira vez. Em meio à incrível missão para salvar o homem que ama, essa mulher irá mudar o rumo da guerra e se vingar brutalmente de todos aqueles que ousaram cruzar seu caminho.

**Acreditamos
nos livros**

Este livro foi composto em Minion Pro e impresso pela Geográfica para a Editora Planeta do Brasil em junho de 2023.